swb media publishing®

Für all jene, die unermessliche seelische Schmerzen leiden,
für alle die, die trauern und leiden,
ist dies der falsche Weg!

1

Seit seiner Scheidung vor etwa einem Jahr verlief sein Leben in ruhigeren Gewässern. Die schmutzige Schlammschlacht hatte er überstanden. Mit einem überschaubaren Schuldenberg, den er noch für weitere drei Jahre monatlich abzahlen musste, konnte er leben. Wusste er doch, dass seine Exfrau für ihre Hundsgemeinheiten das Doppelte an die Bank blechen musste. Seit diesem weniger schönen Erlebnis hatte er keinen befreiten Lebenswandel geführt. Natürlich nahm er Frauen wahr, hatte aber seit der Trennung bis zum heutigen Tag keinen ernsthaften Versuch gestartet, eine interessante Frau anzusprechen. Er hatte in dieser Zeit keinen Sinn für einen One-Night-Stand und erst recht nicht für eine ernsthafte Beziehung. Sein Selbstwertgefühl hatte einen enormen Schaden erlitten, er benötigte einfach Zeit, um mit sich selbst und der Welt ins Reine zu kommen. Andererseits hätte er doch in manchen Situationen vielleicht anders reagieren sollen. Die eine oder andere »nette Gelegenheit« hätte ihm vermutlich zu einer gesunden Portion Selbstbewusstsein verholfen. Noch brachte er jedoch für diese netten Gelegenheiten nicht die nötige Muße mit. So konzentrierte er sich zurzeit auf das Wesentliche – seine Arbeit und das, was er am besten konnte – er frönte dem heiß geliebten Sport. Doch besonders in den letzten Nächten schwebten geräuschlos eigenartige Gefühle in seinen Träumen, dass ein Ereignis über ihn hereinzubrechen drohte. Es handelte sich nicht um eine weitere Verschlechterung des Gesundheitszustandes seines Vaters. Albträume seines eigenen Todes rissen ihn in den letzten Nächten aus dem Schlaf. Nass geschwitzt saß er aufrecht im Bett, sichtlich froh, dass er sich nicht zwicken musste. Zu intensiv hämmerte sein Herz. Erst als er sich im Internet über die Traumdeutung des eigenen Todes informierte lächelte er beruhigt. Laut dieser Traumdeutung kündigt der Tod vor allem zunächst erst einmal eine Veränderung an. Es heißt, dass der Tod einen neuen Lebensabschnitt markieren kann und sogar als Symbol für Lebensfreude und Gesundheit steht. Wer vom Tod träumt, dem kündigen sich in der Regel bedeutsame Veränderungen an. Limo schenkte leichtsinnigerweise dieser optimistischen Traumdeutung Glauben.

Es hatte vor einiger Zeit unauffällig und schleichend begonnen. Für deutsche Verhältnisse brannte die Sonne im Juli in jenem Jahr extrem heiß. Eine tropisch schwüle Luft hielt das ganze Land in ihrem Bann. Limo, ein draufgängerischer Sportler, der ohne Rücksicht auf Verluste seinen Körper zu Höchstleistungen auch schon mal weit über die Grenzen der physischen Möglichkeiten trieb, befuhr gerade mit seinem pechschwarzen Nissan 350 Z Cabriolet die Landstraße, um dann später auf seiner Haus- und Hofstrecke einige Runden mit seinen Inlinern zu drehen. Seine Lieblingsstrecke lag idyllisch und sanft hügelig unmittelbar an der Siegerländer Breitenbachtalsperre, ganz in der Nähe der Stadt Hilchenbach, im südwestlichen Rothaargebirge des Kreises Siegen-Wittgenstein. Um den künstlich angelegten Stausee schlängelte sich ein feinkörniger, etwa fünfeinhalb Kilometer langer Rundweg. Die geteerte Oberfläche ließ genügend Freiraum zum Fahren. Ein dichter, unorthodox angelegter Mischwald säumte beidseitig den Rundweg. Die unterschiedlichsten Bäume und Sträucher wucherten unbeirrt um die Wette. Ab und an ragten

Buchen in einem kleinen Verbund wohlgeordnet in den Himmel. Aus einiger Entfernung erweckten sie den Anschein einer bedrohlichen Garde. Zwischendurch entfalteten sich uralte Eichen, neu gezüchteter Ahorn und Birken. Nur vereinzelt gelang es Tannen oder Fichten, sich ebenso in Szene zu setzen. Die unterschiedlichsten Gräser und blühenden Wildgewächse lechzten nach Wasser. Der Rundweg hinterließ stets den Eindruck, als würde ihn ein engagierter Hausmeister höchstpersönlich pflegen. Nur vereinzelt verirrten sich winzige Steinchen und Stöckchen auf die Oberfläche des Straßenbelags, die durchaus für Skater gefährlich werden konnten. Abhängig von Limos Tageslaune störte ihn die Tatsache mal mehr und mal weniger. Auch, dass sehr viele Mitmenschen diesen See zur Freizeit nutzten und dass dadurch das Skaten seine erhöhte Aufmerksamkeit in Anspruch nahm. Viele Familien mit ihren Kleinkindern, die soeben das Laufen für sich entdeckten, ihren Kinderwagen und Hunden, die regelmäßig nicht angeleint umherstreunten, erschwerten zusätzlich den Freizeitsportlern die freie Fahrt. Radfahrer, die wie aus dem Nichts von hinten auftauchten, erschreckten die Fußgänger und die Skater, die ihrerseits die Jogger durch ihre rasante Fahrweise einige Male zur Verzweiflung brachten. Dennoch mühte sich die Mehrheit der Leute um Rücksicht. Limo zählte zu ihnen. Obwohl oder gerade weil er seine Runden rasant hinter sich brachte, fuhr er weit vorausschauend und belästigte niemals die Mitbenutzer der Talsperre. Aber selbst dann kam es vor, dass *Gutmenschen* lauthals ihre Mitmenschen zu einer, aus ihrer Sicht, vorbildlichen Verhaltensweise anhielten. Mit dem Ergebnis, dass sie heftige verbale Auseinandersetzungen bis hin zu einer handfesten Schlägerei vom Zaun brachen. Limo stritt sich hingegen nur in Ausnahmefällen. Doch wie jeder Mensch, so hatte auch er Schwächen. Wenn Limo morgens mit dem falschen Bein aufgestanden war, gelang es ihm leider nur selten, seinen Jähzorn in den Griff zu bekommen. Durch diese Eigenwilligkeit handelte er sich durchaus Ärger ein. Dieser Ärger führte dann schon mal zu überlauten verbalen Auseinandersetzungen und gipfelte letztendlich in einer wüsten Keilerei. Ab und an erntete er für sein Verhalten verständnislose Reaktionen seiner Umgebung, und wenn er feststellte, dass er zu Unrecht stänkerte, provozierte er erst recht und ließ es dann auf eine Prügelei ankommen. Es kümmerte ihn dabei einen feuchten Dreck, dass sein Gegenüber die besseren Argumente aussprach. Spätestens wenn er die Schlägerei zu seinen Gunsten entschieden hatte, stellte sich heraus, wie viel dessen Argumente wert waren. Schläge auszuteilen verstand Limo verdammt gut und damit lieferte er in solchen Situationen das letzte und entscheidende Argument. Diese Art der ungelenken Problemlösung sprach nicht unbedingt für ihn. Pragmatisch war sie allemal. Limo war der sinnbildliche Wolf im Schafspelz. Ein Orkan, dem man sich um keinen Preis der Welt entgegenstellen sollte. Und doch so herzlich und sensibel, dass einem das Herz blutete, wenn man mitansehen musste, wie aufopferungsvoll er sich für schwächere und behinderte Menschen einsetzte. Ein Typ, der die Spinne in der Wohnzimmerecke nicht erschlug, sondern sicher in die Natur setzte – lebend. Jeder, der Limo kannte, konnte klar erkennen, dass ihm die Tierliebe weitaus wichtiger erschien als die Liebe zum nächsten Menschen. Besonders gegenüber missgünstigen, niederträchtigen Gestalten sowie Vergewaltigern und pädophilen Kinderschändern erwachte in ihm der ausgeprägte Gerechtigkeitssinn.

Seit seiner Scheidung wohnte er in Eiserfeld, ein Stadtteil Siegens im südlichen Siegerland gelegen, im Obergeschoss eines Altbaus in einer Wohneinheit. Von dort aus benötigte er nur einige Kilometer bis zur Breitenbachtalsperre. Die günstige Lage der Talsperre war für ihn bei der damaligen Wohnungssuche ausschlaggebend gewesen. Als er an diesem Sonntagmorgen mit seinem Cabrio die Schnellstraße entlang fuhr, zeigte das Thermometer gegen halb neun bereits 24 Grad Celsius. Limo hatte gut daran getan, sehr früh loszufahren, um den Hochbetrieb zu umgehen, der für gewöhnlich am späten Vormittag begann und seinen Höhepunkt am frühen Abend erreichte. Als Limo dreißig Minuten später das Gelände des Sees ansteuerte, fand er den Parkplatz noch völlig verwaist vor und stellte sein liebstes Männerspielzeug unter einen von vier eindrucksvollen Eichenbäumen, deren mächtiges Geäst den ganzen Tag genügend Schatten für mehrere Fahrzeuge spendete. Um Langfingern keine Aufforderung zum Diebstahl zu präsentieren schloss Limo das Verdeck des Wagens. Immer für eine Überraschungsaktivität gewappnet, lagen ständig ein komplettes Sportdress sowie zwei Handtücher bereit. Noch auf dem Gelände des Parkplatzes streifte er rasch die Klamotten ab und zwängte sich unbeobachtet in die Sportkleidung und fischte mit einem langen Arm die Inliner heraus, als ein zweites Auto auf dem Parkplatz eintraf. Rasch verschwand der erste Fuß im Schuh. Als er in den zweiten Schuh schlüpfte, erspähte er aus dem Augenwinkel am Himmel östlich des Sees gut sichtbar in der Erdatmosphäre schwebende Ansammlungen von verdichteten Wassertröpfchen. Noch hielt der Wind die Vorboten des Gewitters auf Distanz. Trotzdem wollte er rechtzeitig mit dem Training fertig sein, bevor das Unwetter losbrechen würde. Limo verlor keine Zeit und lief umgehend los. Die hundert Meter vom Parkplatz bis zum Beginn der Strecke ließ er bedächtig angehen. Erst als er seine imaginäre Startlinie überquert hatte, fand er nach zehn bis zwölf schnellen Schritten gleich in seinen Rhythmus. Kraftvoll beschleunigte er mit seinen muskulösen Beinen das Tempo. Sein sommerlicher Teint förderte bei seinem Sportdress einen durchaus erotischen Charme. Ein azurblaues, körperbetontes T-Shirt ließ seinen trainierten Body nicht nur erahnen. Anthrazitgraue Shorts und blaue Socken rudeten sein Outfit ab. Manchmal bekam Limo von Frauen Komplimente, wenn er im Gespräch natürlich nur beiläufig erwähnte, dass er bereits vierzig Lenze zählte. Es kam durchaus vor, dass er auf Anfang dreißig geschätzt wurde. Das interessierte ihn nicht sonderlich, schmeichelte aber seinem Ego dennoch. Sein Aussehen führte er auf eine gesunde Ernährung und viel Bewegung zurück. Schon seit seinem fünfzehnten Lebensjahr betrieb er überdurchschnittlich viel Sport. Mit siebzehn folgte bereits die Berufung zur Nationalmannschaft des Karateteams. Genau am Tag seines achtzehnten Geburtstags bestand Limo die Prüfung zum Dan – dem schwarzen Gürtel im Karate – unter dem Prüfer Hideo Ochi, seinerzeit Trainer der Nationalmannschaft. Von diesem Tag an bestimmte der Sport sein Leben. Die aktive Laufbahn beendete er zwölf Jahre später.

Bald schon hatte er die erste Runde hinter sich gebracht und gab jetzt mächtig Gas. Die Startrunde nutzte er gleichzeitig auch als Aufwärmrunde. Ab jetzt achtete er auf die Zeit. Für die fünfeinhalb Kilometer lange Runde benötigte er durchschnittlich fünfzehn Minuten. Auch bei diesen Wetterbedingungen, die Limo als alles andere als angenehm empfand, trieb ihn sein Ehrgeiz unentwegt an. Vier von zehn Runden hatte er bereits hinter sich, als er bemerkte, dass es merklich mehr Menschen an die Talsperre zog. Aber es blieb noch genügend Freiraum, um Vollgas zu geben. An bestimmten Punkten der Strecke kontrollierte Limo mit Hilfe seiner Uhr am Handgelenk, wie gut er in der Zeit lag. Der Schweiß schaffte es einigermaßen, Limos Körper zu kühlen. Die nächsten Runden flogen an ihm vorbei. Nun startete er die zehnte und letzte Runde. Auf der Höhe Start/Ziel schnaufte er heißen Atem ins Freie. Holte erneut tief Luft und gab dem ermüdeten Lauf neuen Schub. Gleichzeitig streifte sein Blick kurz den Himmel. Die Windrichtung musste sich gedreht haben. Mittlerweile gewannen die mehrschichtigen Wolkenverbände an Masse und schwebten scheinbar schwer beladen unmittelbar über der Talsperre. Noch einmal überprüfte er seine Zeit. Er staunte nicht schlecht, dass er trotz der heißen Luft sehr gut unterwegs schien. Motiviert drehte Limo jetzt noch einmal voll auf. Knapp hundert Meter vor sich registrierte er eine Panoramabank am Rande des Weges. Dass er sie wahrnahm, lag wohl an der Tatsache, dass eine hübsche Blondine sie zierte. Sie schien in ein Buch vertieft. Je näher er ihr kam, desto gekonnter drosselte er das Tempo. Soviel Zeit musste schon sein, um sie etwas genauer betrachten zu können. Warum ausgerechnet diese junge Frau sein Interesse weckte, wusste Limo nicht. Vielleicht nur, weil sie eine Frau war. Vielleicht weil sie jung und schön war. Vielleicht aber spürte er auch, dass die Zeit gekommen war, um seine Enthaltsamkeit zu beenden. Oder wenigstens sein asketisches Verhalten Frauen gegenüber zu lockern. Limo lächelte bei sich. Als er schließlich bis auf wenige Meter an sie herangekommen war, unterbrach sie für wenige Sekunden das konzentrierte Lesen und betrachtete den auf Rollern rasch näher kommenden Sportler.

Als er sich auf ihrer Höhe befand, lächelte er sie an und begrüßte sie mit einem schüchternen Hallo, lief mit leicht gedrosseltem Tempo, aber ohne anzuhalten, weiter. Die junge Frau grüßte ebenfalls mit einem Lächeln. Limo drehte noch einmal neugierig seinen Kopf. Ihr aufregendes Dekolleté erregte seinen angestaubten Sinn für Erotik. In diesem Augenblick fuhr sie mit einer Hand lasziv durch ihre langen blonden Haare. Bevor sie seinen erneuten Blick bemerken konnte, sah er wieder nach vorn und lief die letzten Kilometer zu Ende. Die hübsche Frau ging ihm dabei nicht mehr aus dem Kopf. Klar, ihm war bewusst, dass sie mindestens fünfzehn oder gar zwanzig Jahre jünger war. Doch selbst diese Erkenntnis störte ihn nicht. Schließlich wollte er die schöne Unbekannte ja nicht heiraten. Für dieses süße junge Ding bin ich doch bestimmt ein alter Knacker, aber hoffentlich kein notgeiler … Limo begannen seine simplen Sexgedanken zu martern. Ganz seinem Naturell entsprechend machte er sich wieder einmal einen Kopf über ungelegte Eier. Als er zurück zu seinem Wagen gelangt war, zog er aufgeregt wie ein Teenager die Inliner aus und glitt, ohne Zeit zu verlieren, in seine Laufschuhe und schnürte diese in Windeseile zu. Vielleicht würde sie ja noch dort sitzen …

Zum ersten Mal seit gut einer Woche verschwand die Sonne hinter den Wolken. Limo betrachtete das bedrohliche Wolkenspiel für einen Augenblick intensiver. Der aufkommende böige Wind trieb das wilde Gebilde am Himmel voran. Man hätte glauben können, dass dieser feuchte Dunst tanzend die Wipfel der Bäume streifte, so tief und schwarz bedrohten die Wolken die sommerliche Idylle. Limo jedoch genoss den Wind, der ihm verstärkt in den Rücken blies. Obwohl er regelmäßig hart auf Ausdauer trainierte, spürte er, wie seine Kräfte spürbar schwanden. Trotz der Müdigkeit, die er in seiner Muskulatur spürte, rannte er los, schaute noch einmal in den Himmel und entschied sich, weiter zu laufen, selbst wenn er in einen heftigen Regenguss geraten sollte. Außerdem war er neugierig auf die schöne Frau. Die Hoffnung auf ein Wiedersehen zerschlug sich jedoch jäh. Die Bank stand verlassen am Wegrand. Mit enttäuschter Miene erhöhte er das Tempo. Vielleicht ist sie ja nur weiter gegangen? flüsterte es in seinem Kopf, aber wenn nicht, mhm … Ihn beschäftigte die Frage, ob er die Gelegenheit bekommen würde, sie kennenzulernen. Während er sich die aufregendsten Dinge mit ihr vorstellte, lief er, tief in seinen Vorstellungen versunken, weiter, sodass er beinahe am eigenen Auto vorbei lief. »Oh Mann, das gibt es doch nicht. So schnell müsste die Runde immer zu laufen sein«, sagte er leise und musste gleichzeitig über seine Dusseligkeit schmunzeln. Ein eigenartiges Gefühl kroch ihm plötzlich den Rücken hinauf bis zum Nacken. Er fühlte sich beobachtet. Er wandte sich blitzschnell in alle vier Himmelsrichtungen. Nachdem er sich vergewissert hatte, dass das Gefühl nur Einbildung war, zog er im Eiltempo seine Laufschuhe aus.

Nun folgte der letzte Abschnitt seines üblichen sportlichen Pensums. Erneut galt seine Aufmerksamkeit dem Himmel. Der Wind blies nun sehr kräftig. Es würde nur noch wenige Minuten dauern, bis das dunkle Gebilde über seinem Kopf sich seiner schweren Last entledigen würde. Er hatte soeben zweihundert Liegestütze absolviert und anschließend ausgiebig seine überanstrengten Muskeln und Sehnen gedehnt, als die ersten kleinen Tröpfchen auf dem aufgeheizten Asphalt tanzten. Kurz darauf brach der Regen los. Obwohl am See ein generelles Badeverbot herrschte, zog er die Socken und das T-Shirt aus und eilte zum Ufer. Bis auf sein Cabrio lag der Parkplatz verwaist hinter ihm. In Anbetracht der Tatsache, dass sich jede Minute ein Mordsgewitter zum Regen hinzu gesellen würde, sprang er noch schnell in das kristallklare Wasser und erfrischte sich. Als er nach wenigen Sekunden wieder auftauchte, krachte der Donner los. Es begann nicht wie üblich mit einem leisen Grollen. Dieses Mal prallten die unterschiedlichen Luftschichten ohne Vorwarnung aneinander. Das leichte Regengeplätscher wich einem harten Trommelregen und brachte Limo dazu, hastig in seinen schnittigen Wagen zu springen. Dort rieb er sich mit einem der Badetücher die Nässe ab. Wieder und wieder zuckten mehrere Blitze gleichzeitig über dem See nieder. Zu Blitz, Donner und Regen fegte nun auch ein Sturm über den See. Limo saß heilfroh im Trockenen. Er zögerte nicht lange und begann die nassen Hosen auszuziehen. Er ersparte sich, einen Slip anzuziehen und zwängte seine Beine gleich in eine Shorts, als er im Augenwinkel eine Bewegung registrierte. Abermals täuschte ihn der Sinn. Es war niemand zu sehen.

Das Unwetter verursachte binnen weniger Minuten einen extremen Temperatursturz. Das Thermometer in seinem Wagen zeigte nur noch zwanzig Grad an. Noch vor zehn Minuten dürften es noch einige über dreißig gewesen sein. Plötzlich sah er erneut eine Bewegung unter den Bäumen unweit des geteerten Wegs. Diesmal erkannte er die Silhouette eines Menschen, sicherlich auf der Suche nach Schutz vor dem Gewitter. Baum für Baum näherte sich der Unbekannte Limo. »Das gibt es doch nicht, was macht die denn noch da?« sagte Limo laut, als er die bildhübsche Fremde erblickte. Die Blondine von der Bank lief als wohl einziger Mensch durch dieses Chaoswetter. Jetzt hatte sie sich auf Rufweite genähert. Höchstens zwanzig Meter von Limo entfernt hopste sie zum nächsten Baum vor. Limo riss spontan die Tür auf und rief ihr zu. Sie hob ihren Kopf, schien ihn aber nicht genau verstanden zu haben. Er nahm beide Hände hoch, winkte ihr zu und schrie noch einmal lauthals los. Einige Wortfetzen musste sie wohl verstanden haben. Sie sprintete die letzten Meter zu Limo ins Auto.

»Hallo, so sieht man sich wieder!« begrüßte sie ihn völlig außer Puste.

»Ja, das ist eine sehr nette Überraschung! Aber was machst du denn noch da draußen alleine bei diesem Wetter?« klang seine Frage väterlich besorgt.

»Ich wollte den Weg etwa einen Kilometer weiter hinten am nördlichen Teil des Sees abkürzen. Die Gemeinde hat anscheinend neuerdings alles mit einem über zwei Meter hohen Drahtzaun abgesperrt. Da kam ich nirgendwo mehr durch. Als es dann losdonnerte, war es schon zu spät. Ich hatte Mordsangst vor einem Blitzschlag. Es erschien mir sicherer, unter den Bäumen zu laufen als auf offenem Weg. Gut, dass du hier noch stehst!«

»Wie heißt du denn?« fragte sie, ohne einen neuen Atemzug zu nehmen.

»Ich bin Mirco. Mit Nachnamen Langen, meine Freunde rufen mich Limo.«

»Limo? Wie die Limonade?« fragte sie und lächelte kess.

»Nee, nicht wirklich. Den Namen habe ich weg, seit ich vor einigen Jahren einen Film gesehen habe, der nicht nur toll war, sondern auch extravaganten asiatischen Kampfsport bot. Der Hauptdarsteller hieß Li Mo Bai. Als ich meinen damaligen Kumpels von diesem Film vorschwärmte, haben sie ihn sich mit mir gemeinsam angeschaut. Leider kam der Film bei den Jungs nicht so gut an. Dirk, einer meiner Kumpels, meinte, dass der Film ihn nicht gerade überzeugt hätte, aber dieser Typ, Li Mo Bai, würde einfach zu mir passen. Von dieser Zeit an heiße ich eben Limo. Wenn du magst, kannst du gerne Limo zu mir sagen.«

»Gerne. Ich heiße übrigens Maria. Höre aber auch auf Mary.«

Beide lächelten erneut. Limos Herz wummerte aufgeregt. Als Mary für einen kurzen Augenblick aus der Vorderscheibe des Nissans schaute, betrachtete er ihr Profil von der Seite. Sie hatte ein süßes Gesicht, das von ihren hellblonden glatten Haaren halb verdeckt blieb. Eine Strähne hatte sie hinters Ohr gelegt, so dass Limo ihren Perlenohrring entdeckte. Als er verstohlen seinen Blick an ihr hinabgleiten ließ, bemerkte er, wie ihr regendurchnässtes T-Shirt auf ihrer sonnengebräunten Haut klebte. Ihre Brüste schimmerten durch das feuchte Shirt und ihre Brustwarzen drückten sich erkennbar durch den dünnen Stoff. Diese Tatsache und ihre verboten langen Beine verursachten einen Blutsturz in seinen Adern. »Ich habe hinter meinem Sitz noch ein frisches trockenes Handtuch. Wenn du magst, kannst du dich trockenreiben«, bot er ihr freundlich an.

»Das ist echt lieb von dir. Es wird doch etwas kühl jetzt mit diesem nassen Shirt. Aber das Abtrocknen allein würde nicht allzu viel bringen.« Limo verstand gleich. »Ich habe auch noch ein frisches Shirt dabei, das kannst du gerne überziehen.« Er vollführte mit seinem Oberkörper rasch eine 180-Grad-Drehung und versuchte mit seinem linken Arm über die rechte Schulter das Handtuch und das Shirt zu greifen. Während er nach den

Sachen wühlte, zog sie völlig ungeniert ihr nasses Oberteil aus und saß nun oben ohne neben ihm. Als Limo die trockenen Sachen schließlich zu fassen bekam, ließ er sich auf seinen Sitz zurückfallen und touchierte unbeabsichtigt mit seinem Oberarm leicht ihre linke Brust. Limo lächelte peinlich berührt und entschuldigte sich bei Mary. Ihre Blicke trafen sich in diesem Moment lange und intensiv. Länger und intensiver als normal. Dass er diese zauberhafte junge Frau mochte, war ihm klar, und sein einziger Gedanke schien sich nur noch darum zu drehen, mit dieser Schönheit aufregenden, spontanen Sex zu erleben. Dass sie jedoch ebenfalls diese Lust in sich verspürte, wagte Limo nur zu träumen. Da sie beobachtete, wie sein Blick bei ihren Brüsten länger als nur einen Wimpernschlag ruhte, befürchtete er nun einen derben Spruch. Doch Mary regte sich nicht. Schweigend, nur durch vielsagende Blicke, zog die erotische Phantasie beide in ihren Bann. Vergessen, dass Mary seine Tochter sein könnte. Verdrängt, dass Limo problemlos als ihr Vater durchginge. Mary übernahm überraschend die Initiative, indem sie ihn sanft in den Sitz drückte. Er versuchte, selbst cool und abgeklärt das Abenteuer zu steuern, was ihm aber aufgrund seiner Erregung und der Neugier nicht gelang. In der Zwischenzeit schob sie sein T-Shirt nach oben, streichelte seine Haut und fuhr zärtlich durch seine männliche Brustbehaarung. Sie kam ihm nun sehr nahe. Ihre Brüste berührten schon seine Haut, die jede ihre zärtliche Berührung aufsog. Wie lange war es her, dass Limo es zugelassen hatte, so berührt zu werden. Während sie anfing ihn zu küssen, ließ sie ihre Hand über seine Hose streifen und fühlte mit einem gekonnten Griff seine erigierte Männlichkeit.

»Ich glaube, da lechzt jemand nach Freiheit?« hauchte Mary ihm flüsternd ins Ohr.

Sie küsste ihn auf den Mund und bewegte dann ihren Kopf in Richtung seiner Lenden. Mit beiden Händen zog sie ihm seine einengende Hose über die Knie. Was nun folgte, kannte Limo bisher nur aus Kinostreifen oder aus Erzählungen von Jungs, die mit ihren angeblichen Abenteuern prahlten. Marys Fertigkeiten überflügelten Limos Bemühung, das Heft in die Hand zu nehmen. Er wollte mithalten. Doch Mary führte die Regie.

Glücklich und schwer atmend schmiegte Mary sich an seinen Körper.

»Oh, wow, war das geil. Genau das, was ich gerade gebraucht habe«, flüsterte sie ihm ins Ohr.

»Du bist echt unglaublich. Ich habe es noch nie im Auto getan. Muss sagen, das geht besser als ich geglaubt hätte. Mhm, ist immer wieder interessant, wie sich die Dinge entwickeln. Jetzt kann ich es dir ja sagen. Als ich dich vorhin auf der Bank sah, hätte ich dich am liebsten sofort vernascht« – wobei Limo daran denken musste, wer wen flach gelegt hatte – »und erst danach nach deinem Namen gefragt. So intensiv habe ich das noch niemals in meinem Leben gefühlt. Ich hoffe, das kommt jetzt nicht sexistisch oder sonst wie dämlich rüber?« fragte er vorsichtig nach.

»Nein, Quatsch. Mach dir keinen Kopf. Ich kann sehr gut unterscheiden zwischen plumper Anmache und … na ja, wie soll ich es ausdrücken, auf jeden Fall kamst du mit deinen Inlinern daher und lächeltest mich so süß an, da habe ich auch nicht gedacht, Mensch, mit dem muss ich mal'n Kaffee trinken! Ich glaube, da geben sich Männer und

Frauen nicht viel. Es hat doch gepasst, und das allein zählt für mich in diesem Moment. Nicht, was andere darüber denken.«

»Da hast du recht und trotzdem bin ich etwas überrascht, dass du so locker darüber reden kannst«, antwortete Limo.

»Weißt du, Limo, wir kennen uns kaum eine Stunde, wobei man nicht einmal unbedingt von ‚kennen' sprechen kann. Dennoch hatten wir tollen Sex. Viele werden so ein Abenteuer gar nicht erst erleben, weil sie dies oder das nicht wollen oder können, und bemerken nicht im Geringsten, dass sie sich ständig selbst im Weg stehen. Jedenfalls soweit ich meine Erfahrungen sammeln musste.«

»Das hört sich ja alles sehr erwachsen an«, sagte er.

»Oh Gott, das soll nicht bedeuten, dass ich zu einer gefrusteten Emanze mutieren möchte. Bitte entschuldige meine Wortwahl, aber diese möchtegernselbstständigen Frauen, sie kotzen mich buchstäblich an. Mindestens genauso wie diese Möchtegernmachos. Machtspielchen mag ich überhaupt nicht. Aber nu ist genug. Ich denke, man könnte einige Bücher mit dieser Thematik füllen, wenn es sie nicht schon gäbe.«

Limo lächelte. Er dachte ähnlich darüber.

»Ja, da gebe ich dir uneingeschränkt recht. Vielleicht können wir dieses Thema einmal in einem gemütlicheren Umfeld diskutieren?« fragte er Mary. Denn mit dem Begriff »Abenteuer«, wie sie es eben formuliert hatte, kam er nicht ganz klar. Er hegte die Hoffnung, dass sie seine Frage bejahte und ihn ebenso wiedersehen wollte wie er sie.

»Das wäre sehr schön, ich würde mich sehr darüber freuen. Ich muss dir aber gestehen, dass ich mich überwiegend nur an den Wochenenden hier in Siegen bei meiner Mutter aufhalte. Ich studiere in Hamburg. Ich hatte in den vergangenen drei Jahren zwei Beziehungen. Beide Typen sind mir fremdgegangen. Und ausgerechnet mein Vater hat meine Mutter gleich mehrfach betrogen. Ich befürchte, dadurch habe ich einen kleinen Knacks im Kopf. Wenn du also jetzt noch Lust hast, mit mir mehr anzufangen als diesen Hammersex von eben, dann lass uns die Sache locker beginnen, okay? Sehr locker«, betonte sie bestärkend. »Ach ja, außer dass ich zu viel dummes Zeug quatsche, bin ich doch ziemlich normal in meinem Kopf … hoffe ich.«

Limo strahlte. Er war fasziniert von dieser rassigen, quicklebendigen Person.

Limo empfand ihre direkte Art als sehr angenehm. Limo wischte die beschlagene Fensterscheibe auf seiner Seite frei. Der Regen hatte sich verzogen. Das schwere Gewitter hatte die belastende Luft gereinigt. Die Wolken blieben jedoch tief und dunkel. Limo fröstelte.

»Sollen wir uns schnell anziehen? Ist doch sehr frisch geworden.«

»Ist eine gute Idee. Nicht, dass sich dein Prachtstück noch verkühlt. Ab einem bestimmten Alter …« Mary lächelte unwiderstehlich süß. Limo gelang es nicht, ihrem Charme zu widerstehen. Ihm blieb nichts anderes übrig als ebenso zu lächeln.

»Was für ein Quatsch«, betonte er und musste jetzt laut lachen.

Nachdem Limo sich angezogen und Mary sein trockenes T-Shirt übergezogen hatte, gab sie ihm einen leidenschaftlichen Kuss.

»Ist das okay, wenn du mich nach Hause fährst? Ich wohne nur fünf Minuten von hier. Das wäre sehr lieb von dir.«

»Klar, selbstverständlich.«

Kurz darauf startete er den Wagen und fuhr bedächtig vom längst verwaisten Parkplatz. In seinem Kopf schwirrte die Frage herum, wann sie sich wieder sehen könnten. Der Entschluss reifte ihn ihm, ihr seine Telefonnummer zu geben, und dass sie sich bei ihm melden solle, wenn sie Lust verspürte ihn zu sehen. Sie lotste ihn nach Dahlbruch, einen kleineren Ort, der sich in der unmittelbaren Nähe des Sees befand. »Hier diese Straße links rein und die Hausnummer 10.« Dort angekommen, fixierten seine Augen eine hochattraktive Frau vor der Haustüre, die über einen Blumentopf gebeugt Unkraut zupfte.

»Das ist meine Mutter«, bemerkte Mary beiläufig.

»Mutter? Könnte aber auch deine ältere Schwester sein«, staunte Limo nicht schlecht.

»Findest du? Mama wird nächste Woche vierzig.«

Limo zog ein verknautschtes Gesicht, so dass er wie eine runzelige Bordeauxdogge aussah. »So, vierzig …, sag mal, nicht, dass du mich für unhöflich hältst, aber wie alt bist du denn, wenn deine Mutter noch so jung ist?«

»Ich bin vor zwei Monaten vierundzwanzig geworden. Ist aber hoffentlich kein Problem für dich?«

»Ganz und gar nicht. Aber es ist schon ein merkwürdiges Gefühl.«

»Wie meinst du das?« wollte Mary wissen.

»Ich weiß nicht, ob du dich schon gefragt hast, wie alt ich bin.«

»Ehrlich gesagt, nicht wirklich. Aber wenn wir schon dabei sind und du mich jetzt neugierig gemacht hast, wie alt bist du?«

»Vierzig«, antwortete Limo trocken.

»Vierzig? Das ist ja verrückt! Dann wärst du ja eher was für meine Mutter. Ich hätte dich vielleicht auf Anfang dreißig geschätzt.«

»Hast du jetzt ein Problem?« fragte Limo.

»Nein, ganz und gar nicht.«

Sie schob diese kleine Notlüge vor. In ihrem Kopf reifte ein ganz anderer Gedanke. »Also, dann sehen wir uns wieder?« fragte er. Mary zögerte. Limo spürte eine gewisse Spannung, und bevor Mary doch antwortete, sagte er: »Weißt du was? Ich gebe dir meine Handynummer und wenn dir danach ist, meldest du dich. Wenn nicht, dann bleibt dieser Sonntagvormittag der aufregendste, den ich je erlebt habe. Ist das so okay für dich?«

»Das ist sehr lieb von dir. Lass uns einfach schauen, was in der nächsten Zeit geschehen wird.«

Genau das war der Satz, den Limo nicht hören wollte. Er hätte lieber eine positivere Antwort erhalten. Aber er akzeptierte selbstverständlich ihren Wunsch. Sie drehte sich zu ihm rüber und küsste ihn erneut auf den Mund und Limo erwiderte nur allzu gerne. »Ich wünsche dir eine schöne Woche und lass es dir gut gehen in Hamburg. Vielleicht bis bald.« Mary steckte die Telefonnummer in ihre klammen Shorts und stieg aus. Er blickte ihr hinterher. Kurz bevor sie ihre Mutter erreichte, drehte sie sich noch einmal um und winkte ihm zu. Er nickte mit einem Lächeln und fuhr davon.

»Wer war das denn?« begrüßte Marys Mutter sie, noch bevor sie die Treppe zur Haustür erreichte.

»Limo«, antwortete Mary knapp.
»Limo, was ist das denn für ein Name?«
»Och, Mama, er heißt eigentlich Mirco. Wird aber von Freunden Limo genannt.«
»Wo bist du gewesen? Bist du ins Gewitter geraten? Warum bringt er dich nach Hause?«
»Gut, dass du nicht neugierig bist! Können wir einen Kaffee trinken? Ich erzähle dir dann alles. Okay?« schlug Mary ihrer Mutter vor.
»Gerne. Würde mich interessieren«, antwortete Anke.
»Ich gehe rasch duschen und ziehe mir passende Klamotten über.«
»Du meinst, ein T-Shirt, das dir gehört und auch noch passt?« alberte Anke mit einem Lächeln auf den Lippen. Natürlich war ihr nicht entgangen, dass Mary ein fremdes Shirt trug.
»Ha ha!«, lachte Mary ironisch. »Bitte mach du doch schon mal den Kaffee, bin in fünf Minuten fertig, ja?«

Mary fühlte sich wie frisch geschlüpft. Die warme Dusche empfand sie als wahren Segen. Als sie die blonden Haare mit einer Bürste zu bändigen versuchte, stieg ihr der Kaffeeduft in die Nase. Sie legte die Bürste auf eine Kommode, tauchte zwei Fingerspitzen in ihre Gesichtscreme und sauste die Treppe hinunter, während sie die Creme im Gesicht und am Hals verteilte. Wenn Anke ihre Tochter so betrachtete, wie sie die Stufen hinunter polterte, sah sie sich wie in einem früheren Spiegelbild. Sie liebte ihre Tochter. Sie empfanden ihre Zuneigung nicht wie eine normale Mutter-Tochter-Bindung. Sicher gab es auch ab und an Meinungsverschiedenheiten. Aber das Miteinander-Lachen und für den anderen Da-Sein hatte das intensive Band ihrer Freundschaft über die Jahre untrennbar zusammengeschweißt. Sie waren die besten Freundinnen.
»Setz dich, mein Schatz, der Kaffee steht schon auf dem Tisch.«
»Bin schon da!« antwortete Mary breit grinsend.
»Erzähl mir doch bitte mal, wohin du so früh schon aus dem Haus geschlichen bist?« legte Anke gleich neugierig los, als sie Marys Honigkuchengrinsen bemerkte.
»Ich konnte nicht gut schlafen, ich habe von Papa geträumt. Der Arsch brachte mich um den Schlaf. Ich war dann so hibbelig und bin gegen halb sieben aufgestanden. Im Fernseher lief auch nur Grütze. Da kam mir die Idee, an der Breitenbach gemütlich eine Runde zu drehen.«
»Und da hast du diesen Typen mit dem Angeberauto zufällig getroffen?«
»Mama, ich denke, da irrst du dich ein wenig. Sicher fährt er einen Sportwagen, aber irgendwie habe ich das Gefühl, dass er echt ist.«
»Echt ist!?«
»Ja, es ist die Art und Weise, wie und was er redet und wie er mich anfasste.«
»Soso, angefasst! Das volle Programm?« Ankes Neugierde stieg rasant an.
»Ja. Ich habe allerdings angefangen, ich Sünderin …« Mary lächelte kess.
»Ich weiß gar nicht mehr genau, wann ich mal so ein angenehm leichtes und geborgenes Gefühl verspürt habe.«
»Aber wo habt ihr es denn getan bei dem Gewitter?« hakte ihre Mutter genauer nach.

»Die Wolken hatte ich ja bemerkt, aber ich habe trotzdem unterschätzt, wie schnell das Unwetter hereinbrach. Ich wollte dann hinten die Abkürzung nach Hause nehmen, kam aber nicht durch, weil dort seit Neuestem ein hoher Drahtzaun den Weg versperrt. Also blieb mir nichts anderes übrig als den normalen Weg zu gehen. Limo sah mich kommen und rief mir von seinem Auto aus zu, dass ich bei ihm einsteigen solle. Er war, bevor es anfing zu schütten, skaten gewesen und hat mir ein trockenes Handtuch und ein frisches T-Shirt angeboten. Über eine nette Plauderei und eine zufällige Berührung verspürte ich eine unglaubliche Lust. Ich konnte nicht anders.«

»Vielleicht sollte ich auch einmal bei Gewitter um die Talsperre laufen«, scherzte Anke lächelnd.

»Soll es nur ein Gastspiel gewesen sein?«

Mary zuckte mit den Schultern. »Bin mir nicht sicher. Der Typ hat etwas.«

»Was denn?« fragte Anke amüsiert.

Mary musste verschmitzt grinsen. »Außer einem Hammerding …«

»Bitte was?« Anke erschrak und ließ ein schallendes Lachen folgen. »Das glaub ich ja jetzt wohl nicht«, fügte sie hinzu.

»Ja, Mama. Echt. Ich habe noch nie ein so großes Geschütz in mir gehabt! Sorry, das war jetzt krass. Aber du weißt, was ich meine. Und wie verlegen er mich anschaute, als ich ihm das sagte. Richtig süß. Aber verlieben werde ich mich nicht.«

»Wie kannst du das so steuern?«

»Steuern nicht. Aber mein Studium geht vor. Alles andere muss hinten anstehen. Allein die Entfernung lässt kaum Spielraum für ein Beziehungsdings. Ich weiß nur, dass ich primär mein berufliches Ziel erreichen möchte. Und dafür benötige ich noch mindestens vier Semester, wenn alles glatt geht. Aber soll ich dir was sagen?«

»Sehr gerne, was denn?«

»Er ist genauso alt wie du.«

»Süße, was willst du mir damit sagen?«

»Ganz einfach, ich denke, dass ich zu jung für ihn bin.«

Anke lachte lauthals los. Tränen kullerten vor Vergnügen die Wangen herunter. Nach einiger Zeit ebbte das Gelächter ab.

»Du bist ein Früchtchen.«

»Nein, im Ernst. Ich denke, du solltest Limo kennenlernen. Ich denke, das könnte sehr gut passen.«

»Schatz, du hast ihn eben erst vor wenigen Stunden getroffen. Und mit ihm gleich Sex gehabt.« Mit dem Handrücken rieb Anke sich die Augen halbwegs trocken.

»Ja, eben. Das war nur Sex. Wir haben kurz darüber gesprochen. Wir lassen es ruhig angehen. Sehr ruhig, wenn du verstehst, was ich damit zum Ausdruck bringen möchte.«

»Weißt du eigentlich, was du da von dir lässt? Du glaubst ihm das?«

»Ich denke schon. Er hinterließ nicht den Eindruck eines Klammeraffen. Hört sich ziemlich brutal an. Ich mag ihn und er mich sicherlich auch. Sonst hätten wir es nicht spontan in seinem Auto getrieben. Und ich glaube auch nicht, dass er sich kopflos in einen Menschen verliebt.«

»Oh Gott, wenn jemand unsere Unterhaltung hören könnte.«

»Mama, das ist doch schnurzpiepegal. Weißt du was? Ich werde ihm Anfang der Woche eine SMS schreiben und ihn fragen, ob er am Freitag Lust hat mich, beziehungsweise uns, zu besuchen.«

»Das kannst du doch nicht machen!?«

»Und ob ich kann. Da ist doch nichts dabei. Limo ist vierzig und sieht für einen Kerl seines Alters echt klasse aus. Bitte, sag ja, Mama! Und wenn ihr vielleicht nur Sex habt. Ich weiß ja auch nicht, was oder wie er über mich denkt. Gehen wir einfach die Aktion mal locker an.«

»Habe ich dich wirklich so erzogen? Ich muss sagen, ich bin einigermaßen erschrocken. Aber Langeweile habe ich mit dir nicht! Okay, dann lad ihn ein. Könnte nicht sagen, dass ich abgeneigt wäre.«

»Super! Du wirst Augen machen, wetten?«

»Ja, ja, bestimmt«, antwortete Anke mit einem Lächeln und gab Mary einen dicken Kuss.

Anke und Mary wurden seit dem Scheidungskrieg vor einigen Jahren wie zu mittelalterlichen Zeiten buchstäblich von Jedermann im Ort geächtet. Sie, die Rabenmutter und unfähige Ehefrau, ließ sich doch tatsächlich von einem mit dem Namen Köhler, einem alteingesessenen Urgestein des Ortes, scheiden. Dieser arme Mann. Frauen hätte er damals haben können …! Aus vornehmsten Familien. Aber nein, es musste diese Durchschnittsschlampe aus der Stadt sein. Sie wurde nie in den Kreisen ihres Mannes akzeptiert. Bestenfalls geduldet. Die Leute ließen sie in aller Regel auflaufen und berichteten ihrem Mann, was für eine unwürdige Durchschnittsfrau sie sei und nicht in der Lage, die einfachsten Dinge zu erledigen. Immer stärker verlor »Möchtegern Hochadel« Von Oldenberg-Köhler die Bindung zu seiner Frau. Er kam gar nicht mehr auf die Idee, sich zu erinnern, warum er sie einmal so sehr begehrt hatte. Lange schon geriet in Vergessenheit, dass sie eine gemeinsame Tochter besaßen. Er war damals fünfundzwanzig gewesen, als er Anke verführt hatte. Sie zählte ganze fünfzehn Lenze und wurde schwanger. Schon damals stand er nicht wie ein Fels in der Brandung zu ihr. Zunächst versuchte die Adelsfamilie die junge Frau mit der in ihr heranwachsenden Brut wie eine lästige Schmeißfliege zu vertreiben. Als dies nicht funktionierte, drängte die Familie zur Hochzeit. Aus Gründen der Minderjährigkeit zahlten die »Blaublütler« ein enormes Schmiergeld, um das Geburtsdatum der Unwürdigen zu fälschen. Niemand schien es zu interessieren. Ihr seriöses Adelsgesicht blieb gewahrt. Die Jahre vergingen, und er vergnügte sich weiter mit jungen Frauen. Mit sehr jungen Frauen. Selbst heute noch, nach so vielen Jahren, vögelte er alles, was ihm vor die Flinte kam. Nur achtete er sorgfältig darauf, nicht noch einmal an eine Minderjährige zu geraten. Den Ärger wollte selbst dieser charakterlose Typ nicht mehr durchexerzieren. Wenigstens das hatte er gelernt.

Einen Trost gab es Gott sei Dank für Anke: Ihr Mann wurde bei dem Scheidungsgerangel zu empfindlich hohen Unterhaltszahlungen verdonnert. Ihr blieb das kleine Haus, in dem sie seit der Heirat wohnte, und sie erhielt fortan eine komfortable monatliche

Unterhaltszahlung. Mary stand nie zur Diskussion. Selbst ein Besuchsrecht blieb diesem Widerling mit seinen anstößigen Eigenschaften verwehrt. Wie das in einem Dorf so ist, bewunderten ihn seine Artgenossen für seine Taten. Anke hingegen ertrug von nun an den Ruf, eine Hure zu sein. Sie lernte wider Erwarten nicht sehr schnell damit umzugehen. Monatelang glaubte sie, an den fiesen Lügen zu zerbrechen. In dieser Zeit war sie besonders froh, dass ihre Tochter zu einer selbstbewussten jungen Frau heranwuchs. Heute redete niemand mehr über sie. Nur sporadisch hörten sie irgendeinen Lügenschund, über den sich die beiden köstlich amüsierten. Mary brachte ihr bei, wie man mit Männern umging, und Anke führte ihrer Tochter immer wieder vor Augen, warum sie fertig studieren solle. Bloß nicht aufgeben!

Limo schaute während der Fahrt auf seine Uhr und wunderte sich, warum seine Mutter noch nicht angerufen hatte. Sie hatte ihn unter der Woche gebeten, mit Ronny, einem pechschwarzen Schäferhund, bereits am späten Vormittag einen Spaziergang durch den Brachbacher Wald zu unternehmen. Der Hund brauchte sehr viel Auslauf. Eigentlich war Ronny Limos Hund. Als Limo noch verheiratet gewesen war, und in dieser Zeit selbstständig tätig, war es ihm gelungen, sich die Zeit mit Ronny gut einzuteilen. Der Vierbeiner war Limos absoluter Liebling. Er gehorchte aufs Wort. Seit der Scheidung verbrachte Limo unter der Woche für gewöhnlich nach der Arbeit mit seinem treuen Freund noch eine Stunde im Wald. Meistens wurden dann zwei draus. Limo hatte in seinem bisherigen Leben noch nie eine Frau geschlagen und er würde es niemals tun. Er verabscheute Männer, die ihren physischen Vorteil ausnutzten, um Frauen und Kinder nicht nur zu schlagen, sondern auch noch sexuell zu missbrauchen. Doch seine Exfrau hätte es beinahe geschafft, Limo aus der Reserve zu locken, als das ehemalige Vorzeigeehepaar sich einmal wieder, wie so oft in den letzten Monaten ihrer in Scherben liegenden Ehe, gestritten hatte. Ronny hatte an diesem Tag einen Pullover von seinem Frauchen angeknabbert. Als sie von einem Einkauf zurückkehrten und sie das Drama erkannte, drehte sie durch und trat zweimal nach dem Hund, wobei sie ihm beim ersten Tritt so wehtat, dass Ronny laut aufheulte, den Schwanz ängstlich einzog und sofort versuchte, humpelnd das Weite zu suchen. Limo hastete zu ihr hin und baute sich vor ihr auf. Er verzog sein Gesicht zu einer hasserfüllten Fratze, und noch bevor sie einen Ton sagen konnte, drohte er ihr. »Wenn du noch ein einziges Mal deine Unzufriedenheit an Ronny auslässt, ich schwöre dir, ich werde dich in Stücke reißen.« Seine Stimme klang sehr rau und brachte seinen Körper zum Beben. Sie wusste nur allzu genau, welchen Knopf sie bei ihm drücken musste, um die gewünschte Reaktion zu erzwingen. Sie arbeitete als Psychologin und verstand ihr Handwerk nahezu perfekt. Auch in diesem Moment zeigte sie wenig Angst und Respekt.

»Das kannst du gut, was? Frauen schlagen, das könnt ihr Männer wirklich gut. Dieser mistige Köter hat meinen teuren Pulli zerlegt.«

»Genau! Den ich dir vor zwei Jahren gekauft habe, und? Solltest du Ronny noch ein einziges Mal treten oder sonst was, ich schwöre dir, ich werde dich in Fetzen reißen. Du kotzt mich an mit deiner überheblichen Arroganz. Kein Wunder, dass unsere Nachbarn und Freunde dich für eine affektierte Tussi halten.«

»Und du machst deinen Eltern alle Ehre. Wenn du weiter so absinkst, bleibst du genauso ein Bauer wie deine Eltern es sind«, konterte sie boshaft.

Nach diesen beleidigenden Worten wich sie einen Schritt zurück und vermutete, dass sie den nötigen Funken zum Anlasser gefunden hätte. Noch ein Wort und er würde sie wahrscheinlich zerlegen.

»Ist das schon alles, was du drauf hast? Nicht mehr?« reagierte Limo für Sonja wider Erwarten gar nicht unruhig oder gar primitiv. Er strahlte das Gegenteil aus. Limo stand da und lachte ironisch. Natürlich durchschaute er ihren Plan. Sie versuchte ihn tatsächlich zu locken, damit er sie schlagen würde und sie freie Bahn hätte, ihn anzuzeigen. Er lachte lauter.

»Du bist simpler gestrickt als ich eh schon vermutete. Mit solch einer Hobbypsychologie unternimmst du den Versuch, mich zu demütigen? Wer hier Bauer ist oder nicht, steht noch nicht geschrieben. Denk, was du willst. Die Zeit, die dir nicht gefallen wird, hat gerade begonnen. Du wirst früh genug die Rechnung für deine Verhaltensweisen bekommen. Eher als dir lieb ist. Du tust mir einfach nur leid. Möchtegern-Dozentin«, legte Limo nach. Er ließ Sonja einfach stehen. Von diesem Zeitpunkt an fochten sie ihren Streit auf einer unangenehmen Ebene aus. Vierzehn Monate Scheidungsschlacht hatten Limos Gemüt gezeichnet. Endlich wurde die Ehe per Gerichtsbeschluss für geschieden erklärt. Als Limo in die neue Wohnung in Eiserfeld umzog und auch Limos Mutter sehr an dem prächtigen Tier hing, fanden er und seine Eltern diese Lösung für Ronny. Er blieb während der Woche in Limos Elternhaus in Brachbach, einem kleinen, netten Dörfchen nahe der Grenze zu Nordrhein-Westfalen. Dort fühlte sich Limo immer wohl. An Wochenenden, wenn die Zeit es zuließ, holte Limo seinen Liebling zu sich.

Im Radio lief gerade einer seiner Lieblingssongs und er lauschte den sinnlichen Klängen der Popballade. Mitten in dem Lied klingelte endlich das Telefon.

»Hallo, Mirco, hier ist Mama.«

Limos Mutter nannte ihn wohl als einziger Mensch nach wie vor bei seinem richtigen Namen.

»Hallo, Mama. Ich dachte schon, es wäre etwas passiert! Ich bin gerade auf der HTS in Siegen. Ich müsste so in zwanzig Minuten bei dir eintreffen.«

»Hör mal, du musst nicht unbedingt kommen. Wir fahren doch nicht zu Tante Elli. Ich habe vor wenigen Minuten mit Onkel Hans gesprochen. Elli geht es gar nicht gut. Vergangene Nacht stand sie kurz vor einer Lungenembolie. Auch in den Beinen hat sie noch extrem viel Wasser. Ich hoffe, die Arme übersteht die schlimme Krankheit. Ich wollte dir nur Bescheid geben.«

»Ich komme trotzdem vorbei und geh mit Ronny noch eine Runde. Ich bin gleich da.«

Limo verabschiedete sich. Als er gerade auflegen wollte, hörte er, wie sie ihn nach seiner Schwester fragte. Ob er wüsste, wo sie stecke. Er teilte ihr mit, dass Carmen in Köln bei ihrer Freundin Conny das Wochenende verbringen wolle. Beruhigt wie eine besorgte Mutter nur sein kann, legte sie den Hörer auf.

Limo hegte keine besorgten Gedanken. Carmen war zwar erst fünfundzwanzig, aber Limo hatte ihr einige Jahre lang effektive Elemente zur Selbstverteidigung aus dem Karate beigebracht. Sie verstand es sehr gut auf sich aufzupassen. Er freute sich schon auf Ronny und wusste, wenn er gleich zur Haustür hereinkam, was für ein freudiges Spektakel sein kleiner »Schisser«, so nannte Limo liebevoll seinen tierischen Freund, anstellen würde. Obwohl Limo beinahe jeden Tag mit Ronny spazieren ging, wurde er von seinem Hund, einem rassigen Vierbeiner, begrüßt, als sei er Wochen nicht bei ihm gewesen. Limo drehte im Radio einen Sommerhit aus den Achtzigern laut auf, tippte mit den Fingern den Takt auf dem Lederlenkrad und sang lauthals den Refrain mit. Er fühlte sich gerade mit einem gigantischen Energieschub bedacht. Die sprichwörtlichen Bäume würde er aus der Verwurzelung reißen können. Doch je länger der Song aus den Boxen dröhnte, umso stiller blickte er aus dem Fenster. Die Finger umschlossen jetzt angespannt das Lenkrad. Limo fielen seine Alpträume ein. Warum gerade jetzt? Jetzt bei diesem Hochgefühl? Vor seinem geistigen Auge lief erneut sein Lebensende ab. Die Häufigkeit dieser Träume jagte ihm einen nie gekannten Schrecken ein. Wer hatte ein derartiges Interesse, ihn töten zu wollen? Die Echtheit des Tagtraums übersäte die Haut seines kompletten Körpers mit Gänsehaut, während das Cabrio Richtung Elternhaus steuerte.

2

12 Stunden zuvor, Samstag.

Sie lag noch in der Wanne und genoss die Entspannung. Ihre langen blonden Haare hatte sie zuvor auf dem Kopf notdürftig zu einem duttähnlichen Gebilde zusammengesteckt. Ihre natürliche Schönheit benötigte keine Hilfe der Kosmetikindustrie. Carmen unterstrich höchstens zu besonderen Anlässen mit einem Eyeliner die Konturen ihrer Augen. Mit Wimperntusche verwandelte sie ihren Augenaufschlag in einen wahren Männertraum. Ihren Lippen gönnte sie maximal den durchsichtigen Fettfilm eines Lippenpflegestifts. Limo liebte seine Schwester wie keinen zweiten Menschen. Die beiden Geschwister verband eine tiefe Freundschaft, obwohl oder gerade weil ein Altersunterschied von 15 Jahren bestand. Er stand ihr als Beschützer zur Seite, wann immer sie in Schwierigkeiten steckte. Als sie im Teenageralter ihre Lebenslust zu verspüren begann und pubertierende Jungs sie auf plumpe Art anbaggerten, lag es durchaus im Bereich des Möglichen, dass Limo die Sache in die Hand nahm. Dabei achtete Limo genau darauf, seiner Schwester nicht zu nahe zu treten. Er war bedacht darauf, ihr genügend Freiraum zu lassen. Sie erzählte ihm stets die Wahrheit und nutzte die Hilfsbereitschaft ihres Bruders niemals aus. Sie wusste, dass Limo sie bis zu seinem Tod beschützen würde.

Carmen hielt eine Modezeitschrift in ihren Händen und stöberte genüsslich darin herum. Sie fixierte gerade eine interessante Bluse und suchte den Preis, als plötzlich das Telefon klingelte. Sie hatte den Anruf ihrer besten Freundin bereits erwartet. Aus diesem Grund hatte sie zuvor das Telefon unmittelbar neben die Badewanne auf einem aus Kunststofffaser geflochtenen Hocker abgelegt. Sie knickte rasch ein Eselsohr in die obere Seitenhälfte, schloss die Zeitschrift und meldete sich.

»Hallo, Süße! Na, bist du schon gelackt und gestylt?« feixte ihre Freundin Conny erwartungsvoll und gut gelaunt.

»Hi, du! Nee, ich liege noch in der Wanne und schmökere in meiner Lieblingsboutique.«

»Bist du fündig geworden?«

»Wenn ich finanziell stabiler dastehen würde, ja. So aber hält sich meine Ausbeute doch sehr im überschaubaren Rahmen.«

»Süße, vergiss nicht, dich zu rasieren, wer weiß, wen du später in der Stadt noch kennenlernst«, kicherte Conny ins Telefon.

Conny war ebenfalls eine mehr als attraktive junge Frau, die mit ihren zweiundzwanzig Jahren genau wusste, wie sie den Jungs die Köpfe verdrehte. Oft startete sie einen heftigen Flirt mit einem Burschen, nur um ihm dann einen Korb zu geben. Es kam auch schon mal vor, dass sie mehreren Jungs gleichzeitig die Hormone gewaltig durchschüttelte. Durch solche Aktionen galt sie in ihrem Bekanntenkreis sehr schnell als arrogante Schnepfe. Weil Carmen ständig mit ihr gemeinsam die Gegend unsicher machte, wurde sie gleich mit als Tussi geadelt.

»Woran du immer denkst … Ich rasiere mich auch, wenn ich nicht auf Tour gehe. Aber etwas anderes, bleibt es bei zwanzig Uhr, bei dir?«

»Wo denn sonst? Ich hoffe, du bist pünktlich.«

»Klaro«, antwortete Carmen.

»Dann wünsch ich dir noch viel Spaß in der Wanne. Und fahr gleich vorsichtig. Ich glaube, ich klettere auch noch in die Wanne. Mein Lover soll ja ein Prachtexemplar vorfinden.«

»Ja, ja, ich weiß. Sobald dich irgendein Knackarsch anlabert, machst du sowieso wieder ne Rolle rückwärts. Hunde, die bellen, sag ich nur …«

»Ja, selber doof.«

Beide lachten am Telefon. Conny wusste, wie Carmen das meinte. Ihre große Klappe hatte Conny nur, um abzulenken. Denn Carmen ahnte nicht, dass Conny sie aus ganzem Herzen nicht nur platonisch mögen würde. Sie liebte Carmen ohne Hoffnung auf Erfolg und hatte sich bisher nicht getraut, Carmen ihre Gefühle einzugestehen. Aber heute Abend würde sie all ihren Mut zusammennehmen. Das männerverzehrende Weib spielte sie nur, um ihre Neigung zu übertünchen. In Wirklichkeit war sie sehr verletzbar. Nur zwei Jungs durften bisher mit ihr Sex erleben. Die Jungs kannten sich und testeten sie, ohne dass Conny eine Ahnung von diesem miesen Spiel gehabt hatte. Beide Burschen ließen in ihren Cliquen kein gutes Haar an ihr. Sie würde uninspiriert wie ein Brett im Bett liegen. Conny fühlte beim Sex mit Jungs keinen besonderen Reiz. Für diese dämliche Rammelei hatte sie nichts übrig. Für sie zählten einzig und allein Streicheleinheiten und anmutige Zärtlichkeit. Zudem empfand sie den Geruch der Jungs unten herum als sehr abtörnend. Zweimal versuchte sie, es Jungs französisch zu besorgen. Beide Male überkam sie eine Übelkeit. Der Geruch von Urin und mangelnder Hygiene ekelte sie an. Einen dritten Versuch hatte sie sich erspart. Sie verschwendete keinen weiteren Gedanken daran auszuprobieren, ob es alle Jungs mit der Hygiene nicht so ernst nahmen. Doch seit sie vor zwei Jahren beim Campen ein zärtliches Erlebnis mit Carmen gehabt hatte, fühlte sie Schmetterlinge im Bauch. Dabei begannen die Zärtlichkeiten mit einer harmlosen Nackenmassage. Conny erinnerte sich sehr gut an den warmen Sommerabend. Nur mit einem String-Tanga bekleidet lagen sie in ihren Schlafsäcken und genossen den Wein aus Pappbechern. Zärtlich verwöhnte Carmen Connys Nackenbereich. Der Vollmond in dieser beinahe wolkenlosen Nacht zauberte die abstraktesten Gebilde. Die beiden Frauen schauten aus dem geöffneten Zelt und redeten über ihre Träume. Leicht beschwipst gab Carmen ihrer Freundin einen Gutenachtkuss und schloss müde ihre Augen. Conny warf ihren Kopf herum und sah, wie Carmen wegdämmerte. Leicht zitternd näherte sich Conny ihrer Freundin. Der Reiz, Haut an Haut mit Carmen zu sein, überfiel sie wie ein Blitzschlag. Sie fing an, Carmen zu streicheln. Mit hauchzarten Berührungen ihrer Fingerspitzen verwöhnte sie den Bauch ihrer Freundin. Conny beobachtete das anmutige Gesicht Carmens. Langsam ließ Conny ihre Finger zärtlich und sanft über die Brüste kreisen. Ein wohliges Seufzen entwich Carmen in diesem Augenblick. Conny wollte es versuchen. Sie schlug die Decke vorsichtig zurück und erblickte in dem spärlichen Dämmerlicht das hauchdünne Höschen. Mit zittrigen Fingern streifte sie gekonnt das winzige Dessous bis zu Carmens Knöcheln hinunter und zog es sanft über die Füße. Nun lag sie mit ihrem Gesicht in unmittelbarer Nähe der entblößten Vagina ihrer Freundin. Zunächst roch sie Carmens schlafwarme Haut, schloss die Augen und begann, sie behutsam unterhalb des Bauchnabels zu küssen und ließ dabei immer wieder ihre Zunge auf der wohlriechenden Haut kreisen, bis sie dann ihren Schoß erreichte. Willig öffnete Carmen ihre Schenkel leicht und ließ Conny gewähren. Liebevoll verwöhnte diese sie bis zum Höhepunkt. Anschließend blickte Carmen Conny überrascht und zugleich angetan von diesem Erlebnis an, zog sie hoch und revanchierte sich bei ihrer Freundin ebenso liebevoll. Nach diesem spannenden Erlebnis schliefen beide aneinandergekuschelt ein. Kaum vier Stunden später wachten sie wieder auf.

»Was war das denn heute Nacht?« lächelte Carmen.

»Was meinst du?« fragte Conny amüsiert zurück.

»Ich würde sagen, kein Typ der Welt kann so küssen, wie du es vorhin getan hast. Aber ich möchte nicht, dass du diesen Moment falsch verstehst.«

»Ja, klar. Mir war einfach danach und ich bin dir dankbar, dass du diejenige bist, mit der ich dieses Erlebnis genießen durfte. Es war ein unglaublich schöner Augenblick. Aber lesbisch sind wir deswegen ja noch lange nicht!« fügte Conny mit hochrotem Kopf hinzu.

»Ja, das stimmt«, beließ es Carmen dabei.

Seit diesem romantischen Abenteuer träumte Conny davon, Carmen immer so nah sein zu dürfen. Sie brachte aber nie den Mut auf, es ihr mitzuteilen. Sie verspürte viel zu große Angst in sich, ihre liebste Freundin durch ihre zu intensive Sehnsucht zu verlieren. Dann doch wenigstens eine platonische, aber innige Liebe. Doch dies sagt sich einfacher, als es in der Realität umzusetzen ist.

Carmen schaute noch einmal in den Spiegel, zupfte hier und da an ihrer sexy Wäsche, bis sie zufrieden ihren Autoschlüssel von einem kleinen Bord an der Wand nahm. Per SMS informierte sie Conny, dass sie nun unterwegs zu ihr sei.

Währenddessen rieb sich Conny eine besonders duftende Creme auf ihren makellosen Körper. Genau die Creme, die Carmens Haut damals in ein hauchzartes Vanillefeld verwandelt hatte, als sie die Zärtlichkeiten mit ihr erlebt hatte. Vielleicht würde sich Carmen daran erinnern. Leicht nervös zog sich Conny dann an. Ihre Vorstellung neigte zu einem erotischen Fummel. Es sollte aber nicht nuttig rüberkommen. Sie wurde fündig, indem sie ihre sexy Kurven in einen Jeansminirock zwängte. Ein sonnengelbes Top sollte ihren Busen zur Geltung bringen, was bei ihren jugendlich festen Brüsten kein ernsthaftes Problem darstellte. Ihre bis zum Hintern reichenden dunklen Haare bändigte sie zu einem Zopf. Wie Carmen benötigte auch sie nur dezent die Hilfe der Kosmetikbranche. Sie prüfte ihr Konterfei erneut im Spiegel. »Na ja, so'n bisschen nuttig sieht's schon aus. Aber auch irgendwie verführerisch sexy.« Sie schaute auf die Uhr, sah, dass es wenige Minuten vor acht war und begab sich ungeduldig ins Wohnzimmer. Conny lebte seit geraumer Zeit in ihrer Zweizimmerwohnung. Eine weitere Parallele zu Carmen. Ihre Eltern hatten es ihr schließlich nach endlosen Debatten erlaubt. Sie baten ihre Tochter aber darum, eine Wohnung in der Umgebung ihres Elternhauses zu suchen. Für Conny keine Strafe.

Im Gegenteil. Es gab ihr ein beruhigendes Gefühl, ihre Eltern in der Nähe zu wissen. Sie wusste, dass sie sehr viele Freiheiten genießen durfte. Das war schon immer so gewesen. Sie dankte es ihren Eltern, indem sie keine größeren Dummheiten anstellte und sich vor allem von Drogen fern hielt. Dass ihr Kind mit Drogen in Berührung kommen könnte stellte die größte Sorge ihrer Eltern dar.

Es klingelte. Conny sprang vom Sessel auf und eilte zur Tür. Neugierig lugte sie durch den Spion. Obwohl sie niemanden außer Carmen erwartete, vergewisserte sie sich stets, ob wirklich die ›erwartete‹ Person hinter der Tür stand. Durch ihr vorlautes und unbedachtes Mundwerk hielt man sie zumeist fälschlicherweise für selbstbewusst. In Wirklichkeit übertünchte sie mit ihrer kessen Art ihre Ängste und Schwächen. Freudestrahlend öffnete sie Carmen die Tür, die beiden umarmten sich herzlich und gaben sich einen Begrüßungskuss.

»Komm rein, Süße. Magst du noch ein Gläschen trinken?« fragte Conny.

»Gerne, wenn du 'ne Apfelschorle für mich übrig hast?«

»Natürlich habe ich.«

Conny führte Carmen ins Wohnzimmer. Sie selbst stiefelte weiter in die Küche und schenkte zwei Gläser ein.

»Sag mal, wo treibt sich denn eigentlich dein missratener Bruder rum?« wollte Conny eher beiläufig erfahren.

»Weißt du was, das kann ich dir nicht sagen. Ich habe Limo selbst über eine Woche nicht gesehen«, antwortete Carmen. Dabei zog sie eine nachdenkliche Miene. Ihr wurde in diesem Augenblick bewusst, dass es wirklich bereits eine gefühlte Ewigkeit her war. Sonst klingelten sie mehrmals in der Woche durch.

»Vielleicht gabelt er wieder 'ne Maus auf?«

»Wieso wieder?« reagierte Carmen neugierig. Wusste Conny mehr als sie selbst?

»Er hat mir vor kurzem erzählt, dass er seit geraumer Zeit echt übel drauf ist, was das Thema Frauen anbelangt.«

»Limo?«

»Klar, Limo. Vielleicht sind das jetzt die Nachwehen seiner Scheidung?«

»Nein, das glaube ich nicht. Das hätte er mir längst erzählt«, entgegnete Carmen.

»Wundern würde es mich aber nicht. Was der alles mit seiner Ex erlebt hat. Das ist so ein süßer Typ und das Beste ist, er sieht echt nicht aus wie vierzig. Eher wie ein fünf Jahre älterer Bruder. Okay, zehn Jahre älterer Bruder«, feixte Conny gut gelaunt.

»Tja, ich weiß nicht so recht. Ich denke, für alles gibt es einen Moment, den man dann auch ausleben darf. Mir hat er jedenfalls gesagt, er würde Frauen niemals auf 'ne billige Art flachlegen und dann abservieren wie ein Stück Abfall. Bevor er noch mal mit einer Frau schlafen würde …« Carmen beendete den Satz nicht. Stattdessen zeigte ihr zuckersüßes Gesicht ein breites Grinsen.

»Warum grinst du denn?«

»Denk jetzt nichts Falsches von mir, aber wenn er das so sagt, frage ich mich immer, wie er wohl so im Bett ist.«

»Carmen …«, fauchte Conny und lachte sie an, »Wie kommst du denn auf so'n Gedanken?«

»Ich sehe ihn ja ab und an nackt in der Sauna. Er ist schon mit einem ordentlichen Ding bestückt.«

»Vielleicht sollte ich mal näher hinschauen?« fragte Conny und lachte laut los.

Mit weit geöffneten Augen schaute Carmen ihre Freundin an. Fast erschrocken!

»Was …?«

»Hey, das war nur ein Joke. Ein Witz, du verstehst? Auch wenn er noch so süß ist, ich steh auf einen ganz anderen Typ …«, Conny wurde richtig flau in der Magengegend.

»Komm, lass uns austrinken und was essen gehen«, wechselte Conny mit errötetem Teint das Thema.

Sie verließen gemeinsam zur besten Tagesschauzeit das Mehrfamilienhaus und fuhren in die pulsierende Kölner Altstadt. Wie so oft entschieden sie sich für die italienische Küche. Nachdem ein Zufallstreffer dafür gesorgt hatte, dass die beiden Schönheiten unerwartet einen raschen Parkplatz fanden, marschierten sie drei Blöcke weiter, bis sie im *Ristorante Parmigiano* eintrafen. Nachdem sie die Karte überflogen hatten, bestellten sie. Eifrig verzehrten sie ihre Lieblingspizza Quattro Formaggi und genossen den süßen Hauswein dazu. Sie unterhielten sich angeregt und schmiedeten Pläne für ihren gemeinsamen Urlaub. Da beide die Liebe zu Italien teilten fiel die Entscheidung nicht schwer. Anfang Oktober sollte es für eine Woche an die italienische Riviera gehen. An die ligurische Küste Genuas. Der Teil der Küste, der sich bis in die Toskana erstreckt und von den Einheimischen liebevoll als *Riviera di Levante* bezeichnet wird. Die letzten drei Tage der Woche sollten für Roms Antike genutzt werden. Nur das eigentliche Thema ihrer Herzensangelegenheit anzusprechen verfehlte Conny erneut kläglich. Es gelang ihr zu keinem Zeitpunkt des Abendessens, einen Zugang zu Carmen zu finden. Es gab für sie keine Möglichkeit aus der Unterhaltung heraus, ihre Liebe zu Carmen einzugestehen. Und wenn sie es in einem winzigen Moment hätte ansprechen können, versagte ihr sonst so kesses Mundwerk.

Conny schaute auf ihre Uhr.

»Es ist erst kurz nach zehn, wollen wir zahlen und noch im Pub nebenan was trinken?«

»Gerne. Ich komme mir vor, als würde ich hier schon fünf Stunden sitzen. Ich rieche bestimmt auch schon selbst wie 'ne Pizza«, scherzte Carmen. Conny winkte die Bedienung an den Tisch und bat um die Rechnung. Nachdem sie die Rechnung beglichen hatten, verabschiedeten sich die beiden Freundinnen und verließen das Restaurant. »So, dann lass uns den Schuppen unsicher machen«, lächelte Carmen Conny verheißungsvoll zu. Schon einige Meter vor dem Pub dröhnte die Musik durch die Glasfassade.

»Hey, cool … House-Music. Habe ich schon lange nicht mehr gehört.«

»Dann gehen wir mal rein«, antwortete Conny und betrat direkt vor Carmen den völlig überfüllten Laden. Conny strebte auf direktem Wege die lange Theke an. Sie kämpfte sich durch die dicht gedrängte Menschenmasse. Carmen mühte sich, ihrer Freundin zu folgen. Doch je tiefer sie in die Traube von Leuten gerieten, umso unangenehmer fühlte Carmen eine Beklemmung in sich aufsteigen. Es lagen gefühlte Monate zwischen dem letzten Besuch eines Pubs und dem heutigen Abend. So übervoll und jeder versuchte mit Parfum das andere Geschlecht zu betören. Und immer wieder schlich sie gezwungenermaßen an Typen vorbei, die Duschen für reine Zeitverschwendung hielten. »Hör mal, Conny, bitte nur ein Glas und dann gehen wir wieder, okay?« schrie Carmen. Die Musik schmerzte in ihren Ohren wie das plötzliche Kratzen der Kreide auf einer Tafel. Dass es sich dabei um House-Music handelte, die sie für gewöhnlich mochte, schien sie nicht mehr zu interessieren. »Ja klar«, antwortete Conny. Sie wunderte sich nur mäßig, dass ihre Freundin es relativ eilig hatte, wieder aus dem Pub zu gehen. In diesem gelblich schummrigen Licht fiel ihr nicht auf, dass Carmens Kreislauf zu streiken begann. »Was möchtest du trinken?« fragte Conny stattdessen, als sie das rettende Ufer erreicht hatte. »Batida Orange. Mit extra viel Eis.« Carmen stand jetzt unmittelbar hinter Conny und schaute sich die Jungs an, während Conny die Getränke bestellte. Nach einigen Atemzügen reduzierte sich ihre Übelkeit auf ein flaues Gefühl. Die Ablenkung wirkte einigermaßen. Dann verfingen sich ihre suchenden Blicke mitten im Menschengewühl. Sie entdeckte drei auffällige Gestalten, Typen mit enorm großer Statur. Soweit sie sehen konnte steckten sie in teurer Kleidung. Der Kleinste dieser Riesen hatte mittellanges blondes Haar und blickte mit einem unverschämt süßen Lächeln zu ihr rüber, während die anderen beiden auf eine merkwürdige Art bedrohlich wirkten. Der blonde Typ war schon groß, doch die beiden Gestalten, die ihn flankierten, waren zwei furchteinflößende, gigantische Berge, die finster umherblickten. Sie erwiderte den Blick des blonden Typen mit einem zerknautschten Lächeln. Er hob seinen Arm und prostete ihr mit seinem Glas zu. Sie zuckte ihre Schultern und gab ihm zu verstehen, dass sie noch ohne Getränk dastand. »Hey Jungs, ich bin fündig geworden. Noch nicht hinsehen, ich komme sofort wieder«, teilte der blonde Typ seinen Bekannten mit. Carmen entging nicht, dass er sich mit den beiden flüchtig unterhalten hatte. Er schaute noch einmal zu ihr rüber und kämpfte sich durch die Massen.

»Hallo, mein Name ist Kai. Darf ich dir einen Drink holen?« fragte er freundlich.

»Das ist sehr nett, aber meine Freundin bringt mir gerade einen mit. Trotzdem Danke.«

Sie musterte diesen Aufreißer-Typ sorgfältig. Seine Figur passte irgendwie nicht zu seinem attraktiven Gesicht. Das hatte etwas Knabenhaftes, während sein Kreuz viel zu breit wirkte und seine Beine viel zu kurz erschienen. Es sah aus, als wenn die Beine unter diesem massigen Oberkörper einzuknicken drohten. Als er an seinem Glas nippte, bemerkte sie, wie sich sein Jackett im Oberarmbereich ausdehnte. Carmen dachte, dass er wahrscheinlich Bodybuilder sei. Kein untrainierter Mann verfügte über einen so gigantischen Bizeps im Umfang eines Oberschenkels. Auch wenn es Carmen nicht beabsichtigte, kam die erotische Komponente ins Spiel. Wie viele Frauen ihres Alters stand auch Carmen auf einen durchtrainierten Männerkörper mit einem Schuss gesunder Sonnenbräune. Was sie nicht gleich bemerkte: seine Augen spiegelten nicht den Charme wider, den sie hinter seiner offenen Art vermutet hatte. Wenigstens schien dieser Typ auf den ersten Blick hin nicht gleich auf dem dunklen Pfad Satans zu wandeln, so wie seine beiden Kollegen.

»Aber wenn meine Freundin jetzt kommt, können wir gerne noch anstoßen.«

Kai grinste. »Darüber würde ich mich sehr freuen. Meine Kumpels und ich stehen drüben. Wir konnten vorhin einen Tisch erobern. Ich meine, wenn ihr Lust habt, dann kommt doch. Ist wenigstens etwas angenehmer dort zu stehen«, schlug Kai selbstbewusst vor. Seine Stimme klang nach einem Typen, der wusste, was er wollte. Auch diese Komponente mochte Carmen an Menschen …, Männern.

»Hört sich gut an. Ich frage meine Freundin, ob es okay ist für sie.«

»Dann hoffentlich bis gleich«, sagte er freundlich und blickte Carmen verschwörerisch in die Augen. Kaum den Satz ausgesprochen, drehte er sich um und ging zurück zu seinen Begleitern. Er schien von seiner narzisstischen Anziehungskraft Frauen gegenüber sehr überzeugt. Aber es imponierte ihr schon, wie er geradewegs eine Schneise durch die Menschenmasse schlug.

»Mann oh Mann, dieser Laden könnte noch fünf Bedienungen mehr vertragen. Hier, Süße, dein Batida mit extra viel Eis.«

»Danke schön. Das ist jetzt genau das Richtige.«

Sie prosteten sich zu und tranken einen großen Schluck. Conny nippte nur an einem Glas Wasser. Sie bot Carmen an, die Rückfahrt zu übernehmen. Carmen lächelte zustimmend.

»Du schau mal, da drüben stehen drei Typen. Einer von denen war gerade noch bei mir und fragte, ob wir uns dazustellen würden. Ich fand den Kerl eigentlich ganz nett. Was meinst du?«

»Können wir gerne tun, geht es dir denn etwas besser?«

»Ja, schon. Wir müssen auch nicht lange bleiben. Wir lassen uns einen Drink spendieren und fahren dann wieder nach Hause, okay?«

»Okay, aber ohne die Kerle, ja?« flehte Conny sie an.

»Klar, ohne« antwortete Carmen knapp.

»Ich wollte dich nämlich noch etwas fragen. Aber das hat Zeit bis später.«

»Was denn?« wollte Carmen logischerweise gleich wissen.

»Später, so wichtig ist es nicht. Lass uns jetzt erst einmal die Jungs nervös machen«, antwortete Conny lachend. Dieses Mal ging Carmen vorweg und Conny folgte ihr.

»Hallo, da sind wir. Ich bin Carola und das ist meine Freundin Claudia« stellte Carmen sich und Conny vor. Die Jungs brauchten ihre tatsächlichen Namen nicht zu erfahren. Sie gaben immer falsche Namen an, wenn sie im Vorfeld bereits wussten, dass sie nicht mehr von einem Typen wollten als ein Gratisgetränk. Conny spielte sofort mit.

»Mich kennst du ja bereits« meinte Kai zu »Carola« und gab »Claudia« die Hand. »Dies sind Igor und Andrej.« Nachdem der Begrüßungsakt hinter ihnen lag, fragte Kai »Carola«, ob sie hier häufiger anzutreffen seien. Die beiden Mädels spielten sehr clever ihren Part herunter und beließen das Gespräch auf einer oberflächlichen Ebene. »Carola« erzählte ihnen alles Mögliche, nur nicht die Wahrheit. Trotz ihres jungen Alters verfügten sie über genügend Erfahrung, um fremde Männer vorsichtig auf Distanz zu halten. Kai bemerkte, dass sie bei den Tussis einen schweren Stand haben würden und versuchte, ihnen noch einen Drink schmackhaft zu machen.

»Darf ich euch noch ein Getränk bringen?« fragte er aufmerksam nach, als er die bis zur Neige geleerten Gläser der Mädels betrachtete. »Carola« nickte. »Eins noch, das wäre sehr nett«, lächelte sie.

Kai fragte auch seine Kumpels, nahm die Bestellung entgegen und war im Begriff zur Theke zu gehen, als er, für die Mädchen nicht zu erkennen, seinen Kumpels ein Signal sendete. Darauf übergab Andrej ihm unauffällig ein winziges Fläschchen. Den beiden Mädels blieb dieser Vorgang verborgen. »Bin gleich wieder zurück«, sagte Kai und lächelte »Carola« zu. Carmen und Conny schauten sich an und dachten wohl das Gleiche. Die beiden wahrscheinlich aus Russland stammenden Kerle brachten kein einziges Wort über die Lippen. So wortkarge Typen hatten sie noch nie kennengelernt. »Wo kommt ihr denn her?« fragte »Carola« die alles andere als redseligen Burschen in einem sarkastischen Ton. »Wir nix verstehe!« antwortete Igor und beendete den überschwänglichen Redefluss. »Aha …!« sprudelte es nur so aus Carmen alias »Carola« heraus. Sie fragte sich, warum dieser Kai sie an den Tisch gebeten hatte, wenn diese finster dreinblickenden Türsteherverschnitte anscheinend kein Wort Deutsch verstanden. Carmen wandte sich Conny zu. Sie versuchte, ihrer Freundin ihr mulmiges Gefühl im Magen zu signalisieren, als Kai mit einem kleinen Tablett voller Getränke um die Ecke balancierte. »Hey, da bin ich wieder.« Der blonde Schönling stellte das Tablett auf den Tisch und verteilte die Drinks. Die drei Kerle ließen ihre Wodkagläser aneinander krachen und prosteten sich in russischer Sprache zu. Sie lachten und kippten den Wodka in einem Zug in ihre Hälse. Diese ‚kulinarische' Art fanden Carmen und Conny schon widerlich. Carmen verdrehte die Augen. Conny verstand das Signal und nahm mehrere schnelle Schlucke, um rasch das Glas zu leeren. Sie wollten auf dem schnellsten und elegantesten Wege diesen Pub verlassen. Doch plötzliche Hitzewallungen und eine übermäßige Übelkeit durchschüttelten die blonde Schönheit. Von jetzt auf gleich sah Carmen den Pub, die Leute und alles, was um sie herum geschah, nur noch verschwommen. Conny versuchte noch zu fragen, was mit ihr los sei, als auch sie die fremdartigen Symptome überfielen. Beide Mädels sackten zusammen. Scheinbar helfend griffen die Kerle die Mädels ab, bevor sie auf dem Fliesenboden aufschlugen. Kai grinste spöttisch, wie zuverlässig die KO-Tropfen ihre Wirkung vollzogen.

»Bitte gehen Sie zur Seite! Achtung! Bitte zur Seite! Wir müssen diese Frauen an die frische Luft bringen!« rief Kai scheinheilig. »Ich bin Arzt, bitte machen Sie doch den Weg frei!« schrie er durch die verbrauchte Luft. »Soll ich den Notarzt rufen?« fragte eine Bedienung am Ende der Theke. »Das ist nett, aber ich habe schon alles veranlasst. Ich bin selbst praktizierender Allgemeinmediziner. Sie könnten mir aber helfen, den Weg frei zu bahnen, damit wir draußen an der frischen Luft helfen können«, bat er die Bedienung kackdreist. Der Kellner ebnete den Weg, und ehe irgendjemand wirklich zu begreifen vermochte, was da genau vor sich ging, verschwanden die drei Männer auch schon mit den ohnmächtigen jungen Frauen vor die Tür.

Ein paar Minuten später hatte sich die Situation wieder beruhigt. Da der Pub nicht direkt an der Hauptstraße lag, sondern etwas verschachtelt im Abseits, zeigte sich der Gästestrom um diese Uhrzeit für gewöhnlich nicht umfangreich. Kai schaute sich um und erfasste die günstige Lage. »Igor, du hast den Schlüssel, hol den Wagen«, bestimmte er und übernahm vorerst das Kommando. »Okay, bin schon unterwegs«, antwortete einer der

Russen in sehr gut verständlichem Deutsch. Kai und Andrej gesellten sich derweil kniend zu den Frauen. Sollte jemand vorbeikommen, würden sie so tun, als seien sie dabei, die Frauen aus ihrer Ohnmacht zu holen. Wenige Minuten später sah Kai schon den großen dunklen Wagen herannahen. Das Grummeln des V8-Motors vibrierte bis tief in den Magen. Igor fackelte nicht lange. Er parkte nicht unmittelbar im Eingangsbereich, sondern einige Meter weiter, dort wo die Dunkelheit das Laternenlicht zu verschlucken begann. Kai schnappte sich Carmen und Andrej hob Conny auf seinen Arm. Währenddessen öffnete Igor den Kofferraum und die Seitentüren. Als hätten sie es bis zum Erbrechen einstudiert befanden sich alle innerhalb weniger Sekunden im SUV. Niemand schien den Vorgang bemerkt zu haben. Wie Viehzeug zum Schlachten bereit lagen die jungen Frauen zusammengepfercht im Kofferraum. Weiße Kabelbinder verursachten bereits innerhalb kürzester Zeit eine starke Rötung an den Handgelenken. Bei Conny schnitt der scharfe Grat des Kabelbinders ins Fleisch und hinterließ eine offene Wunde. Nach gut fünfzehn Minuten zügiger Fahrt befanden sich die Entführer mit ihrer »Ware« bereits kurz vor der Autobahnausfahrt der A4 Köln – Düren.

»Wie lange wirken die KO-Tropfen?« fragte Igor Kai.

»Noch etwa eine Stunde, schätze ich. In ein paar Minuten sind wir am Bestimmungsort.«

»Glaubst du, dein Kollege zahlt wirklich die Knete bar auf die Kralle?«

»Da mach dir keine Sorgen, Igor. Wenn er diese prächtige Ware erhält, kriegt er'n Ständer vom Feinsten.«

»Du weißt, dass ich mir keine Sorgen mache. Ich bin nur etwas nervös, wenn ich es mit Neukunden zu tun habe« antwortete Igor.

»Du nervös?« fragte Kai lachend.

»Ich meine, ich habe keinen Schiss oder so. Nur wenn ich den Hauch eines Gefühls verspüre, mir will jemand an meine Eier, dann …«

»Hey, entspann dich, Junge. Für den Eismann lege ich meine Hand ins Feuer. Du machst dich unnötig verrückt. Wir sind über fünf Jahre gemeinsam im Geschäft. Wenn der Eismann Scheiße baut, dann machen wir ihn eben kalt. Fertig! Ist das okay für dich?« tönte Kai großspurig. »Andrej, wie sieht's aus, alles noch in Ordnung bei dir dahinten?«

»Keinerlei Regung. Nicht, dass sie uns noch hops gehen!?«

»Das passt schon. Ist ja nicht das erste Mal«, beschwichtigte Kai.

Kai benutzte kein Navigationsgerät. Er hätte die Strecke zum Eismann mit verbundenen Augen gefunden. Schon entdeckte Kai die Hütte, in der dieser Handel stattfinden sollte. Obwohl er durchaus so etwas wie eine Freundschaft mit den beiden Russen pflegte, fuhr er doch als Vorsichtsmaßnahme absichtlich mehrere Umwege. So würde es für Igor und Andrej nur schwer nachvollziehbar sein, diesen Weg alleine zu finden. Kai wusste den Wert von Freundschaften einzuordnen. Er wäre nicht der erste Ganove, den man ausbootete und hinter dessen Rücken sie ihre miesen Geschäfte weiter abwickeln würden. Freundschaften waren in diesem Gewerbe, wo Raffgier, Prostitution und Mord an der Tagesordnung waren, einen Dreck wert.

»Da sind wir«, freute sich Kai. »Lasst uns die Knete abholen und uns eine schöne Zeit gönnen.«

»Bevor wir reingehen, Kai, was passiert eigentlich mit den Mädels?« wollte Andrej wissen. Ausgerechnet Andrej, der nie Fragen stellte, nur Befehle ausführte!

»Sag mal, ist das hier eine Quizshow?« bellte Kai in barschem Ton.

»Verdammt noch mal, wenn ich dir eine Frage stelle, dann erwarte ich eine Antwort und keine beschissene Gegenfrage. Also frage ich dich noch einmal, was geschieht mit den Mädels?«

»Falls du dich verliebt haben solltest«, provozierte Kai, »dann dürfte das zu spät sein. Alles andere …« In diesem Augenblick schnellte Andrej mit seinem massigen Körper nach vorne, und zog mit beiden Händen Kais Kopf in die Kopfstütze des Sitzes zurück. Kai verspürte einen Druck, als würde sein Schädel in einer Schraubzwinge festsitzen.

»Du Arsch, glaubst wohl, wir sind im Kindergarten. Wenn du weiter so einen Müll laberst, reiß ich dir deinen Scheißschädel ab. Ist das bei dir angekommen, hä?«

»Ey, ist okay, alles okay«, antwortete Kai hektisch. Er spürte, wie die eisigen, pfannengroßen Pfoten des Russen seine Stirn umklammerten. Nie hätte Kai vermutet, dass Andrej ihm bei einer derartigen Banalität so zusetzen würde. Was würde er erst mit ihm anstellen, falls er Andrej wirklich reinlegen wollte? Schnell verwarf Kai diesen erschreckenden Gedanken. Andrej war mit fünfunddreißig Jahren der Ältere der beiden. Er ließ wen auch immer Chef spielen, erledigte heikle Aufträge prompt und professionell. Wenn er sich aber einer Sache nicht hundertprozentig sicher war, reagierte er aufbrausend. Dies bekam Kai gerade am eigenen Leib zu spüren. So hart er auch sein mochte, Andrej war der klar Überlegene dieser Bande.

»Also, Jungs, jetzt mal in Ruhe. Kai, du sagst uns jetzt, was mit den Mädels geschieht, und du, Andrej, beruhigst dich, klar?« versuchte Igor die nervöse Anspannung zu entschärfen, während der blonde Schönling erleichtert durchschnaufte.

»Es wird folgendermaßen ablaufen: Wir bringen die beiden Schlampen zum Eismann und kassieren dafür die Knete. Hunderttausend Euro auf die Kralle. Keine Fragen und nix. Er wird sie dann an seine kranke Kundschaft weiterverkaufen. Ab und zu vögelt er die Nutten vermutlich selbst und reicht sie dann weiter. Bevor die es dann begriffen haben und wieder bei Verstand sind, soweit man von Verstand reden kann, sind sie sauber und verkaufsfertig.«

»Wer sind die Käufer?« wollte Andrej wissen.

»Keine Ahnung. Ich weiß nur, dass sie vorrangig in den europäischen Markt eingreifen. Wir besorgen die Schlampen bloß. Natürlich werden die Wünsche der Käufer berücksichtigt. In diesem Fall suchte jemand zwei junge Frauen. Eine Blondine und eine Brünette. Und da haben wir ja wohl zwei Prachtexemplare aufgegabelt. Es wird übrigens keine lästigen Zeugen geben.«

»Du meinst, die Mädels werden kalt gemacht?« fragte Igor.

»Ja klar. Viele verrecken schon, bevor so ein krankes Arschloch seine perversen Spielchen mit ihnen beendet hat. Sollte dennoch eine diesen Akt der Nächstenliebe überleben … willkommen im World Wide Web!« Kai grinste hässlich.

»Okay, warum nicht gleich so. Dann lass uns die Ware abliefern.«

Plötzlich regte sich Carmen, wobei ihre Bewegungen eher unkontrollierten Zuckungen ähnelten.

»Alle Achtung, die Blondine ist wieder auf dem Weg in die Realität. Jetzt los, bevor sie aufwacht«, forderte Andrej seine beiden Kollegen auf.

»Hattest du nicht was von sechzig Minuten gefaselt?« fragte Igor Kai. Der zuckte gelangweilt mit den Achseln.

Vier uniformierte Hünen mit Maschinengewehren im Anschlag bewachten den Eingang einer unscheinbaren Blockhütte. Einer dieser Riesen erkannte den blonden Typen und fragte ihn, ob es ein Problem geben würde. Kai verneinte und meinte nur, dass sie den Frauen sicherheitshalber Handfesseln angebracht hätten. Kai, Andrej und Igor stiegen gleichzeitig aus dem Wagen. Die beiden letzteren wuchteten die menschliche Ware aus dem Kofferraum. Während der Riesentyp voranschritt, folgte Kai wie ein dressierter Hund. Igor und Andrej schulterten die zwei Mädels und folgten umgehend. Carmen stöhnte. Igor befürchtete, dass sie tatsächlich aufwachen würde. Sie betraten einen kleinen Raum. Auf der rechten Wandseite unmittelbar hinter der Eingangstür befand sich ein versteckter Knopf. Mit einem Druck senkte sich ein Teil der Bodenplatte. Eine hölzerne Stiege wurde im diffusen Licht sichtbar. Ein übler Schwall kroch aufdringlich in die Nasen. Igors und Andrejs Gesichtszüge verrieten spontane Überraschung, was nicht allein dem Gestank einer mittelalterlichen Spelunke zuzuschreiben war. Als sie die Stufen hinunterstiegen, trat ein riesiger Raum zum Vorschein. Ein weiteres Dutzend schwer bewaffneter Gestalten hielt sich dort auf, um das Innere des Gebäudes zu bewachen. Spätestens zu diesem Zeitpunkt stand für Andrej fest, dass es sich um keine Freizeitkiller handelte. Igor schaute sich ebenfalls um. Die beiden Russen mochten es absolut nicht, unbewaffnet auf fremdem Terrain zu agieren. Doch die spärliche Beleuchtung in diesem Luxuskeller verhinderte es, konkrete Details in den hinteren Ecken zu erkennen. »Stopp! Wartet hier!« befahl der Hüne und versuchte mit eisiger Miene Eindruck zu schinden. Andrej fragte sich in dieser Sekunde, wo dieser Eismann die unnatürlich großen Kerle her hatte. Sah aus, als wenn diese Kerle gezüchtet worden wären. Andrej selbst war mit einsachtundneunzig alles andere als klein. Doch nahezu alle diese Wachhunde übertrumpften ihn durchweg um einen halben Kopf. Sowohl in Andrejs als auch Igors Augen spiegelte sich ein erheblicher Respekt wider vor solch einer Eskorte. Immer wieder fragte sich Andrej, wer dieser Eismann war. Und warum überhaupt »Eismann«?

»Stellt die Frauen nebeneinander auf. Oder legt sie, wenn es nicht anders geht. Der Chef kommt sofort!« befahl der Riese, als er zurückkehrte. Andrej und Igor legten die zwei jungen Frauen auf dem Fußboden ab. So, wie Kai es ihnen erzählt hatte, kam es dann doch nicht ganz. Sie waren davon ausgegangen, dass sie die Mädels abschleppten und diese zuerst ordentlich durchvögelten. Danach sollten sie dann an diesen Eismann verschachert werden. Und jetzt standen sie zu dritt wie unwichtige Kleinganoven angespannt und umgeben von schwer bewaffneten Killern in einer gottverdammten Hütte. Besonders die zwei Russen verspürten ein für ihre Verhältnisse mulmiges Gefühl. Es sah so aus, als würden sie dem Scharfrichter vorgeführt werden. Wenn die Situation eskalieren sollte, aus dieser Hütte würden sie nicht wieder lebend rauskommen.

»Ah, Kai mein Freund«, grüßte der Eismann gekünstelt, als er wie aus dem Nichts auftauchte.

»Grüß dich! Wie versprochen bringen wir dir die bestellte Ware.«

»Warum so hektisch, Junge? Lass uns doch erst mal zur Begrüßung einen kräftigen Schluck nehmen. Oder hast du es tatsächlich so eilig?« Beiläufig erfasste der Eismann die Ware. Seine Miene blieb versteinert. Nur die Augen glühten hässlich.

»Nicht unbedingt eilig, aber wir sind auf'm Sprung, noch ein weiteres Geschäft zu erledigen, du verstehst?!«

»Gut, dann werde ich eure Ware mal antesten lassen.«

»Okay, bin gespannt, was du dazu sagst«, antwortete Kai euphorisch.

Er war grundsätzlich froh, wenn vom Eismann ein Auftrag für ihn heraussprang. Der zahlte immer fair und cash. Dennoch verspürte er eine Art der Erleichterung, wenn er mit der Knete in der Tasche verschwand. Kai verabscheute diesen Typen, aber er benötigte ihn für lukrative Geschäfte.

In der Zwischenzeit wurde Carmen in einen Sessel gesetzt und bewacht, während einer dieser Hünen Conny eine Injektionsnadel brutal in ihren Hals rammte und den kompletten Inhalt abdrückte. Innerhalb weniger Minuten regten sich die Lebensgeister. Sie schüttelte sich noch benommen und hustete die modrige Luft aus. Sie hatte keinen blassen Schimmer, was in den letzten Minuten oder Stunden geschehen war. Der Puls hämmerte ihr bis zum Kopf. Sie erinnerte sich noch nicht einmal daran, wo sie sich zuvor befunden hatte, als es sich um sie herum verdunkelt hatte. Auch Carmen erhielt nun eine Dosis in ihren Hals gespritzt. Völlig irritiert schaute sie sich um und erkannte diesen Kai. Carmen sammelte ihre Gedanken schneller als Conny. Sie bemerkte, dass finster aussehende Gestalten ihre Freundin auf einen hohen Tisch gelegt hatten. Mitten im Raum postierten sich zwei dieser Muskelpakete hinter ihr und einer lauerte vor ihr. Carmen runzelte ihre Stirn und fragte sich, was das alles sollte? Warum waren sie hier? Als sie sich weiter umschaute, entdeckte sie die Russen, die angeblich kein Wort Deutsch verstanden. Außerdem erfassten ihre Sinne, dass sie von zwei Kerlen bewacht wurde. Aber was hatten sie getan? Und überall schwer bewaffnete Kerle. Das konnte doch nur ein Irrtum sein.

»Hallo, Prinzessin, schön, dass du es rechtzeitig geschafft hast, unserer Party beizuwohnen, als sozusagen eine der beiden Hauptattraktionen des Abends. Wie oft kann man das schon von sich behaupten? Es darf also ruhig mehr Engagement gezeigt werden.«

Der Eismann grinste hämisch und schritt noch ein Stück näher an Carmen heran.

»Du wirst dich bestimmt fragen, was das hier soll? Warum ihr beiden Schönheiten in meinem bescheidenen Etablissement die Hauptrolle spielen werdet? Richtig?«

Sein anwiderndes Grinsen wuchs zu einem abartigen Lachen.

»Nun, fürs Protokoll, diese Party wird für euch beiden Grazien die letzte Attraktion eures Lebens bedeuten. Ihr dürft also die Ehre genießen, meine Jungs am Ende eures Lebens kennenzulernen. Ist das nicht toll«, lachte der Eismann erneut und zog eine ekelerregende Grimasse. Carmens Augen schimmerten feucht.

»Wie du sicher bemerkt haben wirst, liegt deine Freundin wohl drapiert auf diesem königlichen Tisch aus brasilianischem Edelholz. Sie darf nun meine Jungs persönlich begrüßen!«

»Was …, warum …, wer seid ihr denn?« fragte Carmen stotternd.

»Ist doch scheißegal, Kleine. Du bist gleich tot, und das muss dir als Antwort genügen. Jetzt genieß doch erst einmal die Show. Wer kann schon von sich behaupten, er habe seinen eigenen Tod gesehen? Erst recht die Art des Todes«, frohlockte der Eismann in seiner sadistischen Art. Er gab seinen Jungs ein Zeichen, bei der Dunkelhaarigen loszulegen. Die Kerle knöpften ihre Hosen auf und taten nun das, was ihr Chef befahl. Sie vergewaltigten Conny mehrfach. Dabei ließen sie sich unerträglich viel Zeit für ihre brutalen Aktionen. Conny versuchte, so gut es ging, sich wie ein Aal zu winden. Doch die Fesseln ließen keinen Spielraum für ihre Bemühungen. Durch die immer wiederkehrenden brutalen Stöße in ihren Genitalbereich erlitt sie eine menschenunwürdige Qual. Herablassende Ohrfeigen brannten wie Höllenfeuer. Carmen wimmerte fassungslos. Es folgte der fünfte oder sechste Kerl, der Conny bearbeitete. Carmen würgte und röchelte. Sie vernahm nur noch mitleiderregendes Gejammer ihrer besten Freundin. Es hatte den Anschein, als gebe Conny die Hoffnung auf, lebend aus dieser menschenverachtenden Peinigung zu entfliehen. Carmen wollte es nicht mit ansehen. Mit harten Schlägen auf ihren Kopf brachten die Wächter sie jedoch dazu, es zu tun. Unbarmherzig riss einer der Kerle sie an den Haaren und zwang Carmen, hinzuschauen. Für einen Wimpernschlag gelang es Conny, zu Carmen herüberzuschauen. Für eine unerträgliche Winzigkeit schien sie Carmen zuzulächeln. In dieser Sekunde spürte Carmen, dass Conny es nicht überstehen würde. Carmen würde niemals erfahren, dass Conny sie so sehr liebte und dass es ihr nie vergönnt war, ihrer besten Freundin ihre Liebe zu gestehen. Carmen würgte erneut und erbrach das Essen vom Italiener, das sie noch vor wenigen Stunden hatten genießen dürfen. Sie schüttelte verstört ihren Kopf. Abermals erbrach sie und schrie vergebens ihre Verzweiflung bis zur drohenden Bewusstlosigkeit hinaus. Aber es gab keinen Adressaten, der sich ihrer Hoffnungslosigkeit annahm.

Nachdem die Kerle Conny auf dem Tisch halbtot zurückgelassen hatten, erhob sich der Eismann mit breitem Grinsen aus einem Sessel und bewegte sich gelassen zu ihr hin. Zwei Bewacher hoben sie hoch und drehten sie um, sodass er ihr Gesicht erblickte. Oder das, was von dem von den Schlägen zugerichteten Gesicht noch übrig geblieben war. Er erahnte nur noch ansatzweise, welche Schönheit sie so demütigten. Er trat jetzt ganz nah heran und betrachtete sie intensiv wie ein Kunstwerk. Plötzlich funkelten seine Augen glutrot. »Schade, wirklich schade«, äußerte er mit erstarrter Miene. Die Stimme klang unterdrückt. Seine Augen blitzten eiskalt. Connys sonst vorlaute Klappe erstickte in ihren verweinten Augen. Sie flehte ihn mit ihrem Blick an, sie leben zu lassen. Blut rann aus Mund und sämtlichen Körperöffnungen. Sie wusste tief im Innern, dass er sie nicht gehen lassen würde. Den Versuch, dem Chef ihrer Peiniger mit einem Lächeln zu begegnen, unterbrach sie, als angesammeltes Blut und Speichel in ihrer Lunge sie zu ersticken drohten. Sie röchelte qualvoll. Carmen musste den verzweifelten Todeskampf ihrer Freundin mit ansehen. Die Schreie waren längst verstummt. »Nein, mein Schatz, zu spät«, flüsterte der Eismann ihr zu. Er spürte, was ihre Augen ihm sagen wollten. Dann zog er seine Pistole, die er hinter seinem Rücken zwischen Hemd und Hose versteckt hatte, und führte die großkalibrige Waffe an ihren Kopf. »Bye, bye«, hauchte er ohne Mitleid und drückte ab. Carmens grüntürkisfarbene Augen weiteten sich übergroß. Pure Angst spiegelte sich darin. Als sie erneut zu schreien begann, stieß ihr ein Wächter den Schaft seiner Schnellfeuerwaffe seitlich gegen den Kopf. Der Eismann wandte sich hektisch herum, schnellte drei Schritte zu der Blondine hin und riss ihr mit einer Hand ihre Haare aus dem Nacken. So heftig, dass sie vom Sessel geschleudert wurde und nun mit dem Kopf im Nacken vor ihm kniete. »Du Fotze wirst nicht mehr gefickt, Pech gehabt!« bellte er außer sich vor Wut. Hielt seine Waffe direkt an ihren blonden Schopf und drückte ab. Niemand begriff den Grund seiner wütenden Attacke.

Entsetzt hielt sich Kai nur wenige Meter neben dem Mörder der jungen Frauen auf. Er wagte sich nicht zu bewegen. Igor und Andrej beobachteten lautlos das Geschehen. »Räumt die verdammte Scheiße aus diesem Raum«, fluchte der Eismann unbeherrscht. Noch während er diesen Satz aussprach, drehte er sich wie eine Katze um die eigene Achse und beförderte Kai professionell mit einem Fußfeger zu Boden. Anschließend bewegte er seinen hageren Körper geschmeidig wie ein Bengaltiger um Kai herum und klemmte mit einem Knie seine Gurgel und den Hinterkopf fest zu Boden. Diesem Tempo war Kai nicht gewachsen. Als nächstes registrierte er den Lauf der Pistole im Zentrum seiner Stirn.

»Du verdammtes Riesenarschloch. Ich habe dir den Auftrag erteilt, zwei Mädchen zu besorgen, die nicht älter sein sollten als sechzehn! Und was schleppst du Vollidiot an? Zwei alte Schlampen!«

»Alt? Die zwei waren knapp über zwanzig. Wo soll ich denn sechzehnjährige Mädels herbekommen, so kurzfristig?« versuchte sich Kai in einem krächzenden Tonfall zu rechtfertigen. »Hast du was an den Ohren? Wenn ich dir sage, ich brauche zwei Frauen im bestimmten Alter und das zum festgelegten Termin, dann solltest du besser diesen Job erledigen! Du Arsch sagst zu allem ›ist kein Problem‹. Ich sag dir jetzt mal was: Wenn wir weiter im Geschäft bleiben wollen, solltest du besser keinen leichtsinnigen Fehler mehr begehen. Keinen einzigen, ist das angekommen bei dir? Sonst ist das nächste, was hier verstreut auf dem Boden liegen wird, DEIN Spatzenhirn!« Kai schäumte innerlich vor Wut. Er hasste es, wenn man ihn wie einen kleinen Schuljungen maßregelte, besonders öffentlich vor den Augen aller. Er kam sich vor wie der kleinste Fliegenschiss an der Wand. Dennoch wagte er es nicht, gegen den Eismann das Wort zu erheben. Kai wusste genau, wenn er jetzt seine Schnauze aufmachen würde, würde dieses brutale Arschloch keine Sekunde zögern ihn abzuservieren. »Okay, ich werde mich drum kümmern«, gab Kai klein bei. Seine Stirn glänzte im diffusen Licht. Seine Todesangst spiegelte sich im eigenen Schweiß wider.

»Bis Donnerstag, gleiche Zeit. Ich verlasse mich drauf!«

Igor und Andrej verhielten sich nach wie vor ruhig an der gleichen Stelle. Sie sahen und hörten genau zu, was dieser Eismann für ein blödes Zeug herumkrakeelte. Sie hatten schon längst einen Plan in der Tasche. Igor und Andrej unterschätzten nichts und niemanden, und überließen nichts dem Zufall. Beide drehten ihren Kopf vorsichtig zueinander und blickten sich verstehend an. Es musste ihnen nur noch gelingen, lebend dieser bedrohlichen Situation zu entkommen.

»Okay, ich werde meinen Fehler wiedergutmachen«, betonte Kai erneut zähneknirschend.

»Dann raus hier, bevor ich mir es noch einmal anders überlege. Und nimm deine beiden Schwachköpfe mit!«

Igor und Andrej verbeugten sich leicht und gaben dem Eismann zu verstehen, dass er hier der Chef im Ring sei. Igor lächelte zaghaft dem Eismann ins Gesicht, als er sich wieder aufrichtete. Während man die leblosen Frauenkörper aufsammelte, geleiteten Wachen die drei wie Anfänger hinaus. Das Kniffligste hatten sie überstanden. Sie durften lebend die Hütte verlassen! Die jungen Frauen hingegen würden nun niemals mehr erfahren können, wie es sich anfühlt, der wahren Liebe zu begegnen, vielleicht zu heiraten und Kinder großzuziehen. Carmen würde niemals Conny oder ihren Bruder wiedersehen können. Ausgelöscht und ausradiert. Völlig sinnlos!

Kai stieg mit seinen beiden Kumpanen in den SUV. Sie fuhren los, ohne ein Wort miteinander zu wechseln. Erst nachdem einige Minuten vergangen waren und sie sich alle drei annähernd beruhigt hatten, sah Kai, wie Igor neben ihm begann, seinen Kopf zu schütteln, und wie irre zu lachen.

»Hey, alles klar bei dir?« fragte Kai, dem absolut nicht zum Lachen zumute war. Als habe sich eine Fischgräte in seiner Luftröhre verkeilt, holte Igor noch einmal tief Luft und stoppte mit dem irren Lachen. Anschließend wandte er seinen Kopf zu Kai und beäugte ihn spöttisch von der Seite.

»Du wirst da vorne in der Einbuchtung anhalten. Sofort!«

»Warum?« wollte Kai von Igor wissen.

»Du stoppst da vorne, alles weitere wirst du schon erfahren.«

»Gut, okay. Ich weiß natürlich, dass die Aktion daneben gegangen ist. Aber wir haben noch die Möglichkeit, die Sache ordentlich zu beenden.«

»Halt jetzt deine Schnauze und halt an. Sofort! Oder soll ich gleich ein Loch in deinen Scheißschädel schießen?«

Igors Zorn geriet jetzt so richtig in Fahrt. Kai hielt an der Straßenseite an. Igor stieg aus. Kai und Andrej folgten ihm. Kai bekam mit, wie Igor sein Handy aus der Jackentasche kramte.

»Wen willst du denn jetzt um diese Zeit noch anrufen?«

»Halt dein Maul, du Arsch. Du sagst besser für einige Zeit kein Wort mehr. Wir werden das Ding jetzt übernehmen«, antwortete Igor herrisch. Kai hob beide Hände als Zeichen der Ergebenheit und zündete sich eine Zigarette an.

»Hallo, Gy, tut mir leid, dich zu stören. Aber ich brauche innerhalb einer Stunde zwanzig Mann. Mit schärfster Bewaffnung.«

»Zwanzig Mann? Ist irgendwo ein Krieg ausgebrochen und ich habe davon nichts mitbekommen?« fragte Gy ironisch. Seine Stimme klang hellwach.

»Ich erkläre dir später warum. Aber ich denke, es ist auch noch einiges an Knete abzuräumen.«

»Ja, aber zwanzig Mann, und dann noch in so extrem kurzer Zeit.«

»Gy, bitte. Ich würde dich nicht für die Affen aus dem Frankfurter Zoo um diese Uhrzeit um diesen Gefallen bitten. Wir sind hier in der Kölner Gegend und müssen eine offene Rechnung aus der Welt schaffen. Umgehend!«

»Okay. Aber nur weil ich weiß, dass ich dir hundertprozentig vertrauen kann. Die Jungs sind praktisch schon unterwegs. Wie soll ich das mit den schärfsten Waffen verstehen?«

»Außer dem Standardkram wäre die eine oder andere Bazooka als Sicherheit eine feine Nettigkeit.«

»Aber du bist dir sicher, dass es nicht noch ein Panzer sein soll?« scherzte Gy erneut ironisch.

»Ich will, dass diese miesen Wichser ins Gras beißen. Alle!«

»Jetzt machst du mich neugierig. Soll ich vielleicht mitkommen?« bot Gy seine Hilfe an.

»Machst du einen Scherz?«

»Nein. Ohne Quatsch, ich wollte mich gerade mit Toy und Kalli ins Bordell verdrücken. Aber wenn ich dich so höre, könnte ich meine Freizeitgestaltung auch ohne Probleme ändern. Toy und Kalli bringe ich gleich mit.«

»Also die Elite!« vergewisserte sich Igor.

»Sag mir, wo genau ihr euch befindet und wir sind in etwa einer Stunde dort.«

»Hey, Gy, tausend Dank. Warte einen Augenblick«, Igor blickte zu Kai rüber. Er schien in Gedanken.

»Kai, wo befinden wir uns hier genau? Ist dieser Ort mit dem Navi zu finden?«

»Was hast du vor?«

»Gib mir eine Antwort auf meine Frage. Kriegst du das hin?«

»Ja, ist er. Aber nur bis zum Ortsrand. Die letzten drei Kilometer führen leicht verzwickt durch den Wald. Wir sollten uns besser am Ortsrand treffen und ich führe uns dann gemeinsam zur Hütte«, schlug Kai eingeschüchtert vor. Igor nickte ihm zu und gab die Info an Gy weiter.

»Jetzt ist es kurz vor zwei. Sagen wir, Treffpunkt um drei Uhr! Und noch was, Igor. Das mit der Bazooka lassen wir lieber sein. Unauffällig und effektiv ist in diesem Falle die cleverste Option« bestimmte Gy und verabschiedete sich von seinem Kumpel Igor, den er schon seit dem gemeinsamen Militärdienst in Russland kannte. Kai hatte Igors Telefonat mit angehört.

»Es leuchtet mir ja ein, dass du mir nach wie vor am liebsten in die Schnauze hauen würdest. Aber was hast du vor? Wer ist Gy?« Eine gewisse Sorge lag in Kais Stimme.

»Mit deiner Annahme liegst du goldrichtig. Wenn du schlau genug bist, bereinigst du gleich selbst den Mist mit dem Eismann. Was Gy anbelangt, kann ich mich kurz fassen. Er stammt aus Kiew. Ich kenne ihn seit der Militärzeit. Er ist auf dem Weg, einer der gefürchtetsten Typen in Deutschland zu werden. Wo er jetzt wohnt, ist für dich nicht relevant. Wenn du ihm gleich gegenüberstehst, solltest du ihn nicht unterschätzen.«

»Warum sollte ich das tun wollen?« Kai scharrte irritiert mit einem Fuß im Dreck.

»Er sieht auf den ersten Blick unscheinbar aus. Solltest dich aber nicht von seiner schmächtigen Erscheinung blenden lassen. Er verfügt über Fähigkeiten, die den Eismann um Längen in den Schatten stellen. Vergiss alles, was du jemals über die Russenmafia in Erfahrung gebracht hast. Er ist für die Bullen der absolute Alptraum. Verrätern sticht er bei vollem Bewusstsein die Augen aus und schneidet ihnen anschließend die Zunge heraus. Sie bluten einfach aus. Er schaut seelenruhig zu. Vielleicht ahnst du jetzt, was er dann erst mit den Feinden anstellt. Selbst mir würde er keine Sonderrechte gewähren. Sein Imperium wächst von Tag zu Tag.«

»Klingt ziemlich heftig.«

»Heftig? Multipliziere das mit der größten Zahl, die dir in den Sinn kommt. Dann erahnst du, wie genial und brachial zugleich dieser Typ ist.«

»Arbeitest du für ihn?«

»So ist es. Andrej ebenso. Und jetzt genug mit dem Gequatsche. Wir warten ab, bis sie hier eintreffen.«

Der unscheinbar wirkende Ex-Elitesoldat tätigte einige Telefonate und trommelte binnen weniger Minuten dreißig Mann zusammen. Bewaffnet bis an die Zähne fuhren sie mit acht Fahrzeugen zum vereinbarten Treffpunkt.

»Was passiert jetzt?« fragte Kai.

Igor und Andrej standen etwa zehn Meter abseits von ihm und unterhielten sich. Sie dachten überhaupt nicht daran, Kai eine Antwort zu geben.

»Hey, was soll der Mist? Ich habe selbst einen dicken Hals auf den Eismann.«

Andrej drehte sich zu ihm um.

»Hals, du hast einen Hals? Schnallst du Arsch nicht, dass wir nur mit Glück aus dieser abgefuckten Hütte entkommen sind? Wir sind regelrecht vorgeführt worden. Und wir sind uns immer noch nicht im Klaren darüber, von wem wir eigentlich mehr reingelegt worden sind.«

»Ich verstehe nicht ganz?« wollte Kai genauer wissen.

»Ich dachte, du wärst ein Profi. All die Jahre, in denen wir Geschäfte abgewickelt haben, ist so etwas wie eine Freundschaft gewachsen. Jetzt stellt sich raus, mit was für dämlichen Wichsern du zusätzlich Geschäfte abwickelst. Unsere Art Geschäfte zu tätigen besteht darin, die Kontrolle nicht aus den Händen zu geben. Wir sind jederzeit Herr über alle Geschehnisse. Auf das, was eben bei diesem Eismann ablief, würde im Normalfall die Exekution des Schuldigen stehen. Bei uns herrscht ein Kodex, der besagt, dass niemals einer unserer Leute von einem Kollegen in eine so extrem kritische Situation gebracht wird. Du hast uns den Tipp gegeben, in diesen Deal mit einzusteigen. ›Leicht verdiente hunderttausend Euro‹ klingt noch bei mir in den Ohren. Und jetzt erzähl mir, warum dieses Arschloch ›der Eismann‹ heißt!

Kai musterte den Russen. »Genau kann ich das nicht sagen …«, begann er. »Gut, versuch es ungenau!« ließ Andrej nicht locker.

»Der Eismann ist wohl der Neffe von irgendeinem noch größeren Arsch. Kaum jemand kennt den richtigen Namen des Typen. Angeblich heißt er Goran Vladec. Aber diese Information beruht auf Tratsch aus der Gerüchteküche. Man erzählt sich, dass der Eismann zu Beginn seiner Killerkarriere mit einem mobilen Eiswagen die Gegend unsicher machte. Erst als die Bullen kurz davor standen, die Tarnung des Typen auffliegen zu lassen, wechselte er seine Taktik. Vorher muss er die Bullen noch an der Nase herumgeführt haben. Denn während sie einen eigentlich geheimen Zugriff durchzogen, saß er wenige hundert Meter entfernt seelenruhig auf einer Bank und leckte genüsslich am Eis. Wohingegen das Opfer längst eliminiert im eigenen Blut gelegen haben soll. Obwohl er monatelang observiert wurde und die grünen Jungs sich sicher waren, dass sich der Eismann bei seinem nächsten Opfer befinden musste, schlug der Einsatz des SEKs also fehl. Wie er das hinbekommen hat, ist bis heute ein Rätsel. Seit dieser Zeit wurde er von der Polizei und in erster Linie von den Medien als ›der Eismann‹ betitelt. Jedenfalls ist mir die Story so zu Ohren gekommen. Reicht das?«

Andrej nickte energisch in die entgegengesetzte Richtung. Er schien gedanklich auf Reisen zu sein. »Ist schon gut«, antwortete er jetzt klar, und sein Blick wendete sich wieder Kai zu.

»Gy und einige seiner Jungs sind hierher unterwegs. Um drei Uhr treffen wir uns am besagten Punkt. Wenn du es genau wissen willst«, kam Andrej auf das eigentliche Thema zurück, »auch wenn ich dir eben am liebsten ein Loch ins Hirn geblasen hätte, werde ich Gy keine Einzelheiten von diesem Scheißdeal berichten. Vorausgesetzt, er fragt mich nicht konkret. Hast du kapiert, wie ich das meine?«

»Ja, habe ich.« Kai senkte demütig seinen Kopf, als er antwortete.

»Ich werde es wiedergutmachen, versprochen!«

»Dazu erhältst du mit Sicherheit gleich genügend Gelegenheit.«

Kai und Igor bewegten sich aufeinander zu und klatschten sich mit der Hand ab. Auch bei Andrej entschuldigte sich Kai mit diesem Ritual.

»Jetzt lasst uns zum Treffpunkt fahren, damit wir früh genug dort sind« schlug Andrej vor. Die Anspannung stand ihm bereits ins Gesicht geschrieben.

»Wie ist denn jetzt der Plan?« fragte Kai beiläufig.

»Den Eismann wird es nicht mehr lange geben, das ist der Plan! Jeder, der uns ans Bein pisst, egal wer auch immer, wird dafür zahlen!«

»Dann werden alle dran glauben müssen?« fragte Kai, wobei sein Tonfall nun erheblich interessierter klang.

»Wenn nämlich auch nur ein einziger überlebt, wird derjenige nach Österreich flüchten oder zumindest dorthin Kontakt suchen. Irgendwo in Südösterreich sitzt der Kopf der Mafia.«

»Was? Kopf der Mafia? Das wird ja immer beknackter«, fluchte Igor mit unterdrückter Stimme. Ihn beschlich ein merklich unruhigeres Gefühl.

»Der Eismann ist ein Vetter von Zoltan Bajramovic. Der muss ein Domizil irgendwo unterhalb von Innsbruck besitzen. Wenn er die Nachricht erhält, dass sein Vetter ermordet wurde, wird er keine Ruhe geben, bis er den Mörder seines Verwandten erwischt hat. Zoltan besitzt alleine in Österreich über zweitausend Killer, eine ganze Armee.«

»In welchen Ländern außer Österreich und Deutschland geht er noch seinen Geschäften nach?« wollte Igor genauer wissen.

»Ich sage es mal andersrum, dann bin ich schneller fertig. Außer in Russland hat er in jedem einzelnen Staat in Europa die Finger im Spiel. Aber vor rund einem Jahr erzählte mir ein Strohmann, dass Zoltan auch schon seine Fühler nach Russland ausgestreckt haben soll. Er berichtete auch davon, dass Zoltan in der Zwischenzeit über mindestens dreieinhalbtausend hervorragend ausgebildete Soldaten verfügt. Ich dachte mir, wenn wir gute Geschäfte mit dem Eismann machen, dann wären wir in naher Zukunft gemachte Leute.«

»Hast du gedacht«, fügte Igor beiläufig an.

»Klar. Das war allerdings, bevor du mir von Gy erzählt hast.«

»Dumm gelaufen. Das mit dem Denken solltest du besser sein lassen. Vielleicht liegen dir ja andere Dinge eher? Vielleicht Sackhüpfen.«

Igors Verstand verriet ihm, was er unternehmen musste. Er widmete dem Thema Bajramovic zunächst keine weiteren Gedanken. In einem Punkt lag Kai freilich richtig: War der Typ nur annähernd so mächtig, wie es Kai vorhin beschrieben hatte, durfte das in einigen Minuten stattfindende Massaker nicht schiefgehen. Die Folgen eines Bandenkrieges sind niemals vorhersehbar. Wenn Kai die Wahrheit sagte, dann, so war Igor klar, wären sie hoffnungslos unterlegen und es nur eine Frage der Zeit, bis dieser Bajramovic sie finden würde. Niemand durfte also überleben. Niemand!

»Es kann nicht mehr lange dauern«, warf Andrej in die Runde. Keiner der beiden anderen schien Notiz davon zu nehmen. Andrej schaute auf seine Uhr, die ihm in roten Leuchtdioden verriet, dass die Zeit rasch vorübergeflogen war und es bereits 03:04 Uhr war. Er blickte sich instinktiv um. Die Dunkelheit verschluckte alles weiter Entfernte. Noch gab es niemanden zu entdecken. »Auftrag hin oder her, es ist schade um die kleinen Girls. Die sind völlig umsonst hingerichtet worden«, bemerkte Andrej. Obwohl er sonst eher schwieg, lag ihm nun daran, seine Nervosität mit belanglosem Zeug zu überspielen.

»Bitte erinnere mich nicht daran«, antwortete Kai. »Wir hätten sie vorher doch noch vögeln sollen. Geil waren diese zwei Schlampen ja. Die Blondine hatte so richtig geile Blaslippen«, fügte er hinzu, »und der Arsch war die Krönung, den hätte ich am liebsten …«

»Mann, halt jetzt endlich deine blöde Fresse!!! Fängst du schon wieder an. So ’ne Scheiße labert höchstens ein abgewichster Pisser! Denkst jetzt ans Vögeln!« unterbrach ihn Igor erneut. Kai reagierte äußerst kratzig. Es stank ihm gewaltig, mitten im Satz unterbrochen zu werden. Auch wenn es Igor war.

»Da, das sind sie!« rief Andrej. Aus etwa fünfhundert Metern Entfernung erkannte er die Lichter der Fahrzeuge. Das mussten Gy und seine Jungs sein. Konzentriert zählte er die erkennbaren Lichtkegel der Scheinwerfer, welche die finstere Nacht über diese Distanz zu durchbrechen vermochten. »Perfekt, acht Wagen! Gy bringt weit mehr als zwanzig Jungs mit!« johlte Andrej, wie ein Teenager. Igor und Andrej eilten im Gleichschritt auf Gy zu, als der Konvoi unmittelbar vor ihnen zum Stehen kam.

»Hey, Gy, gut dass ihr da seid!« zeigten sich Igor und Andrej sichtlich erleichtert. Gy musterte seine beiden Jungs und sah die nervöse Anspannung in ihren Augen.

»Also, jetzt erzählt mir genau, was los ist«, kam Gy zur Sache. Die Ausführungen seiner beiden Kombattanten dauerten nicht länger als ein gewöhnlicher Musiktitel. Nach der Berichterstattung wandte sich Gy mit finsterer Miene zu Kai um.

»Hat dir dieser Eismann gesagt, dass du ihm zwei Kinder bringen sollst?«

Gys Blick durchbohrte quasi Kais Selbstbewusstsein. – Junge Frauen zwang man zur Prostitution. Kinder sind tabu! Soll diese Weisheit eine legalere Weisheit sein? schoss es Kai durch den Kopf. Stattdessen neigte er unschuldig den Kopf zur Seite und meinte: »Ja, das war der Deal. Ich habe das aber nicht für so eklatant wichtig erachtet.«

»Ach, für nicht so eklatant wichtig erachtet. An seiner Stelle hätte ich selbst nicht die Frauen ermordet. Da ließe sich mit Sicherheit eine treffendere Person finden. Ist selbst für dich nicht schwer zu erraten was?«

Kai konnte diesen Mist wirklich nicht mehr hören. So langsam schlug ihm die Angelegenheit mächtig auf die Eier. Trotzdem fügte er nichts hinzu, sondern nickte nur sicherheitshalber. Gy ließ die anderen Jungs aus den Fahrzeugen steigen. Kai verdonnerte er dazu, die Gegebenheiten in und um die Hütte herum zu schildern. Soweit es möglich war, stand der Plan. Mehrfach spulten sie die Vorgehensweise vor ihrem geistigen Auge ab. Jeder einzelne wusste nun, welche Instruktionen er wann zu erwarten und anschließend in die Tat umzusetzen hatte. Bis auf zweihundert Meter fuhren sie an die Hütte heran. Das verräterische Licht der Scheinwerfer blieb aus. Dort scharte Gy seine Jungs erneut um sich und spulte ein letztes Mal das Vorgehen theoretisch durch. Flüsternd ließ er sich von Andrej nochmals die Gegebenheiten des Zielobjektes aus dessen Sicht erläutern. Anschließend gab Gy das Zeichen, dass jeder einzelne seine Position einnehmen sollte. Igor bekam sechs Jungs mit, die sich von hinten an die Hütte heranschlichen. Andrej und Kalli sollten jeweils mit vier Jungs die Hütte von den Seiten her in die Zange nehmen, während Gy mit sechs Jungs von der Vorderseite den Angriff starten wollte. Kai sollte unbedingt bei Gy bleiben. Er musste es irgendwie unter einem Vorwand schaffen, dass man ihm die Tür öffnete, ohne dass sie Verdacht schöpften. Schwer bewaffnet hockten die Angreifer auf ihren Plätzen und warteten auf das Signal ihres Kommandeurs. Die Anführer der einzelnen Truppen kommunizierten per Headset miteinander. »An alle! Kai marschiert jetzt los«, flüsterte Gy ins Mikro. Kai eilte zurück zum eigenen Wagen, und steuerte den SUV zur Hütte hin. Zwei Wachen registrierten ihn frühzeitig.

»Was will der denn noch?« fragte einer der Wachen seinen Kumpanen und lachte.

»Lass ihn kommen, wir werden ja sehen, was er für ein Problem hat«, antwortete sein Kompagnon lässig. Kai parkte unmittelbar an der Hütte, nicht wie vorhin knapp dreißig Meter entfernt. Unterdessen schlich Gy mit seiner Truppe unauffällig bis auf zwei LKW-Längen an die Tür heran. Bis auf zwei Spezialisten, die mit Blasrohr und Pfeilgeschossen bewaffnet auf der Lauer lagen, robbten alle anderen bis auf zehn bis zwölf Meter seitlich an den Eingang heran.

»Hey Jungs, ich habe …, ähm …, ich muss dem Eismann noch etwas Wichtiges sagen. Ist er noch zu sprechen?« fragte Kai scheinheilig, wobei er ins Stottern geriet.

»Was willst du von ihm, sag es uns, wir leiten es weiter. Anordnung vom Chef höchstpersönlich.«

»Warum denn so geheimnisvoll? Ich weiß, ich hab Mist gebaut und will es wieder gerade biegen. Es wäre cool von euch, wenn ihr mich zu ihm bringen könntet.«

Kai hatte gerade den Satz beendet, als sich die Kerle, so groß wie Kleiderschränke, innerhalb einer Sekunde an ihre Hälse fassten. Anstandslos ließen sie ihre Waffen zu Boden fallen und zeigten zwei Atemzüge später keinerlei Lebenszeichen mehr. Sie waren von zwei Pfeilen getroffen worden, die mit einem hochgiftigen Sekret präpariert worden waren. Immer wieder setzte Gy diese Waffe sinnvoll ein. Schneller und lautloser konnte man kaum jemanden aus der Entfernung töten. Die kniffligste Hürde hatten sie ohne Zwischenfall überwunden. Im Laufschritt eilten Gy und sein Trupp zum Eingangsbereich. Zwei Wachen ließ er im Dickicht zurück. Sie sollten weiterhin den kompletten vorderen Außenbereich der Hütte absichern. »An Kalli und Andrej! – Pforte gesichert. – Besetzt die Fenster. – Jeweils einer bleibt als Sicherung im Hintergrund. Ich will keine bösen Überraschungen! – Igor, beweg dich zum Eingang und bring drei Jungs mit. Die übrigen zwei sichern weiter die Rückseite. Und los!«, befahl Gy flüsternd, aber bestimmt. Sekunden später besetzten Gys Leute ihre neuen Positionen. Mit aufgeschraubten Schalldämpfern umschwirrten nun elf geschulte Soldaten den kleinen Vorraum. Kai bewegte sich vorsichtig zusammen mit Gy zur rechten Wandseite, wo sich der Knopf befand. Er wusste, wo man drücken musste. Er schaute skeptisch zu Gy rüber.

»Wenn ich diesen Knopf drücke, senkt sich mechanisch eine Treppe ab. Der Raum, den wir dann betreten, ist riesig. Achtet darauf, dass die ersten Burschen vermutlich sofort links und rechts neben der Treppe stehen werden. Den Eismann erkennst du an den schneeweißen Haaren. Ich denke, den sollten wir uns als letztes vornehmen. Er hat den Code für den Safe. Ich wette, dass er dort eine lohnende Summe bunkert. Ich kann aber nicht sagen, ob sich am hinteren Ende des Raumes ein Hinterausgang, eine Art Fluchtweg, befindet. Vielleicht ist es sinnvoll, hinter dem Gebäude weitere Männer zu postieren.« Gy nickte und orderte umgehend jeweils zwei Jungs von Andrej und Kalli zur Rückseite der Hütte. Nachdem er die Rückmeldung erhalten hatte, ballte Gy seine rechte Faust und gab das Zeichen zum Angriff.

Kai drückte den Knopf bis zum Anschlag. Die Treppe begann sich zu senken. Ehe die Wachen dies noch bemerkt hatten, durchschlugen die ersten Projektile die Schädeldecken der beiden Wachposten. Einer nach dem anderen von Gys Jungs ließ sich auf den Saalboden fallen und begann auf alles, was sich bewegte, zu schießen. Noch bevor eine reelle Gegenwehr möglich gewesen wäre, sicherten Gys Leute den Raum bereits ab. Es gelang ihnen ohne Verluste den Eismann selbst und drei seiner Kumpane festzusetzen. Sie saßen in der Falle! Goran Vladec, besser bekannt als ‚der Eismann‘, versuchte noch in letzter Sekunde durch einen geheimen Hinterausgang zu flüchten. Als er bemerkte, dass mehrere Gewehrläufe auf ihn gerichtet waren, brach er die Flucht ab und ergab sich zähneknirschend.

»Andrej, beweg dich zum hinteren Teil der Hütte! Dieses Gebäude besitzt noch einen geheimen Ausgang. Hier ist alles unter Kontrolle. Irgendwo hinter dem Gebäude könnte ein selbst angelegter unterirdischer Tunnel nach draußen führen. Kann sein, dass ihr irgendwo auf dem Areal aus dem Boden kommen werdet. Mal schauen, wo es dort raus geht. Okay? Also nicht schießen!« teilte Gy sein Vorhaben Andrej und den anderen Jungs übers Headset mit. Andrej selbst bestätigte und begab sich auf den Weg.

»So, nun zu dir, EISMANN! Du bist also der Held, der kleinen Mädels Eiskugeln verkauft. Oder sie vergewaltigen lässt und ihnen anschließend den halben Kopf wegschießt. Muss schon sagen, EISMANN«, sagte Gy erneut stark betont, »reife Leistung!« Gy ließ die drei anderen Gefangenen derweil akkurat nebeneinander aufstellen. Igor, der sich mittlerweile ebenfalls im Raum befand, bewegte sich zu seinem Boss und verzog sich mit ihm anschließend einige Meter nach hinten. Sie steckten die Köpfe zusammen und Igor berichtete ihm doch davon, was Kai ihm vor gut einer Stunde über diesen Eismann erzählt hatte. Nachdem Igor seine Erzählung beendet hatte, blickte Gy für einige Atemzüge zu Boden. Igors Ohren vermochten in dieser Sekunde förmlich zu hören, woran Gy dachte.

»Ich kenne diesen Zoltan. Toy und ich haben vor einigen Jahren unmittelbar nacheinander zwei Geschäfte mit ihm abgewickelt. Er machte auf mich in dieser Zeit einen sehr fairen Eindruck. Warum es zu keinem weiteren Deal kam, weiß ich nicht mehr. Ich denke, wir sollten uns keine Vernachlässigung erlauben. In diesem Fall erzählt Kai wohl keinen Scheiß. Wir sollten es folgendermaßen aussehen lassen ...« Gy flüsterte Igor geheimnisvoll ins Ohr.

»Was habt ihr Tussis zu bequatschen?« rief der Eismann ungeduldig.

»Tussis?« antwortete Gy, während er sich dem weißhaarigen Zottel zuwandte und dämonisch grinste.

»Du unbedeutender Fliegenschiss traust dich noch dein armseliges Maul aufzumachen? Ich weiß nicht genau, ob du mutig oder einfach nur größenwahnsinnig bist. Wobei Größenwahn wohl eher den Kern der Wahrheit trifft« Gy schritt zum Eismann hin.

»Weißt du, du kleiner ‚Eislutscher', für dich endet nun dein überflüssiges Wandeln auf Erden. Du brauchst dir keine Gedanken mehr zu machen, wie es weiter geht. Ist das nicht schön? Nur Lebende zerbrechen sich den Kopf darüber«, spottete Gy. Er setzte einen großen Schritt zur Seite und stand jetzt genau vor den drei Mitgefangenen, die ihn allesamt um einen Kopf überragten. Er zog seine Pistole und presste dem ersten Hünen den Lauf zwischen Kinn und Kehle. Gy verzog keine Miene und drückte ab.

»Fliegt ganz schön weit, was?« fragte Gy höhnisch grinsend.

»Viel Hirn dürfte bei diesem Typen sowieso nicht vorhanden gewesen sein. Trotz seines überdimensionalen Kanisterschädels. Mal schauen, vielleicht gibt's ja beim Nächsten mehr Qualität auf dem Boden zu verteilen.«

Als er seine Waffe ansetzte, verrenkte dieser Riese seinen Kopf verzweifelt. Gy lächelte und schoss ihm ins linke Knie. Als sich der Riese vor Schmerzen krümmte, zielte Gy aus zwanzig Zentimetern Entfernung auf den Hinterkopf und drückte ab. Noch im gleichen Atemzug zielte er auf den dritten Gefangenen und löschte dessen Leben ebenfalls aus.

»So, Eismann, jetzt erzähl doch mal, warum jedermann in der Branche dich unter dem Namen Eismann kennt, he?«

Dabei setzte Gy eine gelangweilte Miene auf.

»Fick dich selbst! « antwortete dieser knapp.

»Danke, das werde ich bei Gelegenheit versuchen. Im Augenblick überlege ich nur, wie ich es Bajramovic wissen lasse, warum du krankes Arschloch abtreten musstest. Ich wette, dein Vetter in Österreich hat keine Ahnung, was für ein mieser Drecksack du bist. Eigentlich müsste ich, bevor ich dich abserviere, deinen Arsch von meinem Freund Almaida«, Gy deutete mit dem Arm in die Richtung seines Kameraden, »vögeln lassen. Ist doch so eine große Leidenschaft von dir. Aber so viel Ehre sollst du dann doch nicht erhalten. Sollst dich schließlich nicht mit einem Lächeln verabschieden.«

»So ist das nun einmal, wenn man selbst nicht über einen harten Schwanz verfügt, muss jemand anderes den Job übernehmen«, äußerte der Eismann bellend.

»Humor hast du, das muss ich neidlos anerkennen. Ich könnte mir vorstellen, dass mir in deiner Situation nicht so nach Witzchen zu Mute wäre.«

»Du bist ja auch ein dämlicher Wichser. Du weißt doch nicht im Geringsten, was Härte ist.«

»Da gebe ich dir Recht, und jetzt sag schön artig gute Nacht, Arschloch!«

Gy gab dem Eismann einen heftigen Hieb mit dem Pistolenkolben auf die Nasenwurzel. Das Blut quoll ihm wie aus einer defekten Wasserleitung über Mund und Kinn. Er wankte halb ohnmächtig. Gy griff rabiat in die schneeweiße Mähne und riss den Kopf zurück, wobei er den Lauf seiner Pistole soweit in den Hals schob, bis der Eismann zu würgen begann. Trotzdem blickte dieser Bastard in Gys Augen. Er forderte ihn mit seinem provozierenden Blick geradezu auf, abzudrücken. Diese Aufforderung nahm Gy zum Anlass und drückte noch im selben Atemzug ab.

»Man kann es sehen, wie man will, er war eine zähe Sau. Ich habe noch niemanden erlebt, der im Angesicht seines Todes so mutig seinem Scharfrichter entgegengeblickt hat. Lasst alles so stehen und liegen. Die Bullen sollen ruhig sehen, dass hier eine Hinrichtung stattfand. Los! Lasst uns schnell verpissen!« gab Gy das Kommando für den Abzug. »Aber die Knete?« rief Kai in den Saal. »Scheiß was drauf! Los, raus jetzt hier!« befahl Gy.

Als die Beteiligten außerhalb der Hütte standen und sich noch im Bereich der Eingangstür befanden, schlenderten Gy und Kai mit einer trügerischen Gelassenheit gemeinsam in Richtung seines SUV. Gy legte vertrauensvoll seinen linken Arm auf Kais Schulter. Er kniff die Augen zusammen. Kai traute der freundschaftlichen Geste des Russen nicht über den Weg.

»Kai, es ist nicht gegen dich persönlich, aber es muss sein.«

»Was meinst du?« fragte Kai überrascht. Sein Puls schnellte explosionsartig in den roten Gefahrenbereich. Blitzartig hob Gy die Hand, in der er noch die Pistole hielt. Sechs Schüsse hallten in die noch dunkle Nacht. Gys Gefährten, außer Igor und Andrej, drehten sich verwundert um; sie verstanden nicht, warum Kai dran glauben musste.

»Warum legst du Kai um? Und warum mit gleich sechs Kugeln?« fragte Kalli, der eine sichtlich überraschte Miene aufsetzte. Er trommelte seine Jungs zu einer Runde zusammen.

»Weil er derjenige ist, der eine Verbindung zu Zoltan Bajramovic hätte herstellen können, durfte er nicht davonkommen. Das Risiko wäre unkalkulierbar gewesen. Ich habe keinen Bock auf einen Krieg mit diesem Typen. Wir besäßen nicht den Hauch einer Chance. Ich bin mir sicher, dass unsere grünen Staatsdiener viel enthusiastischer an die Lösung des Falles gehen werden. Ein gewöhnlicher Kopfschuss löst doch bei den Profilern heutzutage kein Interesse mehr aus. Wo hingegen ein zerfetztes Gesicht ...« Gy grinste seine Jungs an. Er wollte sichergehen, dass niemand die Situation missverstand. Emotionslos forderte er sie anschließend auf, in die Wagen zu steigen und den Schauplatz des Massakers zu verlassen. Gy und Igor verweilten noch für wenige Augenblicke.

»Gy, bist du dir sicher, dass dieser Zoltan die Aktion nicht herausfinden wird?«

»Warum so ängstlich?«

»Nicht ängstlich, mein flaues Gefühl in der Magengegend bereitet mir Kopfzerbrechen.«

»Verlass dich auf mich. Mein Magen sagt mir etwas anderes. Ich denke, dass es nur eine Frage der Zeit gewesen wäre, bis er uns verraten hätte. Nicht ob, sondern wann! Also gehe ich auf Nummer sicher. Kai war keiner von uns. Das sagt mir mein Magen. Ist das ein Problem für dich? Außerdem wollte ich noch ein paar Jährchen hier verbringen. Du nicht?«

»Klar«, antwortete Igor flüchtig.

»Na komm, lass uns zurückfahren. Hast du noch Bock auf 'ne geile Nummer?«

»Nee, lieber morgen. Ich leg mich gleich aufs Ohr.«

Igor eilte in Richtung Waldrand und pinkelte ins taufeuchte Gras. Sichtlich erleichtert knöpfte er seine Hose zu. Plötzlich sprang er erschrocken zwei Sätze nach hinten.

»Scheiße Mann ...«

»Was ist los?« rief Gy, »wir sollten sehen, dass wir hier wegkommen!«

»Die Mädels, die hätte ich beinahe vergessen. Sie liegen hier unter Ästen versteckt.«

Gy eilte zum Fundort. Er hockte sich hin und drehte die Blondine, die auf der anderen Toten lag, um.

»Was meinst du, sollen wir sie hier so liegen lassen?«

»Sicher. Wir sollten nichts anrühren. Die beiden Mädels werden den Bullen zusätzlich einiges zu knabbern geben«, antwortete Gy selbstbewusst, als er sich erhob.

Igor blickte in das junge Gesicht und fror seinen Blick ein, als er den Hals des leblosen und halbnackten Körpers betrachtete. Jetzt bückte er sich und fasste ihr an den Hals, an dem eine Halskette mit einem kleinen Anhänger hing. Er betrachtete diesen amulettähnlichen Gegenstand genauer.

»LIMO? Was soll das bedeuten, ein Name?« wollte Igor wissen.

»Keine Ahnung. Vielleicht ein Tiername, von einem Hund oder Pferd«, antwortete Gy, der ebenfalls ratlos seinen Kopf schüttelte. Igor war im Begriff, das Amulett abzureißen, da schnellte Gy mit einer Hand vor, noch bevor Igor es berührt hatte.

»Nicht, lass es hängen«, drängte er Igor. Beide schauten sich kurz an. Rasch verstand Igor Gys Reaktion.

»Der Eismann hat sich nicht gerade viel Mühe gegeben, die Girls zu entsorgen. Dann tun wir es auch nicht«, meinte Gy gleichgültig.

Noch einmal schauten beide zur Hütte und stiegen dann ins Auto. Gy drehte den Zündschlüssel um und startete. Aus dem CD-Player erklangen klassische Töne. Das wollte irgendwie nicht zur Person Gys passen. Ein Killer, der klassische und herzerwärmende Musik mochte. Igor grinste Gy von der Seite an.

»Was grinst du so?« fragte Gy.

»Mhm, nix. Schöne Musik«, feixte Igor.

Gy lachte. Er wusste dass ihn Igor auf den Arm nahm und drehte noch einige Phon lauter. Sie rasten los. Doch der Gedanke, dass Zoltan Bajramovic den Mord an seinem Neffen sühnen würde, begleitete die Killer auf der kompletten Heimfahrt. Speziell Igor verarbeitete noch den Satz, den Gy von sich gelassen hatte: Es sei nicht die Frage ob, sondern nur wann Kai sie aus gekränktem Hochmut verraten hätte. Igors Gedanken balancierten mühevoll zu einer neuen Frage: Was, wenn jemand anderes den Verrat beginge …?

3

Die folgenden Tage verpufften im Gefüge der Zeit. Die Tage von Montag bis Mittwoch verlebte Limo überwiegend auf der Inlinerpiste oder mit seinem treuen Vierbeiner, und ehe er sich versah, nahte bereits der Donnerstag. Limo und Mary verabredeten sich für den kommenden Samstag. Limo wusste, dass Marys Mutter Geburtstag feierte. Es würden genügend Leute bei ihrem vierzigsten Geburtstag geladen sein, sodass er nicht direkt als Fremdling auffallen würde. Er freute sich schon sehr darauf, Mary wieder zu sehen.

Limo lag schweißnass auf seinem Bett. Die Bettdecke strampelte er tief in der Nacht verschmähend bis zu seinen Füßen runter. Dennoch fühlte sich sein sommerlicher Schlafanzug klamm an. Erneut strapazierten ihn die Alpträume seines eigenen Todes. Die Leuchtdioden seines Weckers nervten. Noch keine vier Uhr am Morgen und schon hellwach. Er stand auf, trank ein Glas Mineralwasser und legte sich wieder hin. Immer noch keine vier Uhr. Er stand auf und suchte die Toilette auf. Dort löste er für eine gefühlte Ewigkeit in einer Zeitschrift ein Rätsel nach dem anderen. Die bösen Gedanken schienen vertrieben. Wenige Augenblicke darauf räkelte er sich im Bett und suchte nach einer geeigneten Schlafposition. Erfolglos. Seine Ängste ergriffen wieder die Oberhand, sobald er glaubte, eine Möglichkeit gefunden zu haben, um wenigstens noch eine Stunde zu schlafen. Limo drückte seinen Kopf seitlich ins Kissen und las die Uhrzeit. Angewidert schlug er mit der Faust auf die Matratze. Die Wucht des Schlages verpuffte kläglich im Kaltschaumstoff. Zurück blieb die Wut. Ein letztes Mal erfassten seine Augen die Zahlen. Konsterniert und schließlich frustriert warf er den Oberkörper aufrecht, stampfte die Füße auf den Teppichboden und verkroch sich ins Bad. Der Spiegel und die Fensterscheibe sahen mittlerweile aus wie Milchglas. Er drehte das Wasser abwechselnd heiß und kalt auf. Erst als es dem Wechselbad gelang, ihm Leben einzuhauchen, zog der Verstand nach. Während er zum tausendsten Mal über den ewig gleichen Traum grübelte, regelte er den Wasserstrahl auf eine angenehme, gleichbleibende Temperatur.

Die geschmierten Brote wickelte Limo in Stanniolpapier ein und steckte sie in die Arbeitstasche zu seinen Getränken. Gelangweilt nippte er noch den letzten Schluck lauwarmen Kaffee aus der Tasse und verließ frühzeitig die Wohnung, dreißig Minuten eher als gewöhnlich. Die ersten Sonnenstrahlen rissen eine klaffende Lücke in den dichten Wolkenverband. Je näher er das RO-Trock-Gelände ansteuerte, umso eher gelang es dem heißen Stern, die Fahrbahn zu trocknen. Limo summte eine Melodie aus dem Radio mit. Er freute sich über die Tatsache, dass er am heutigen Donnerstag mit einem seiner beiden Lieblingskollegen auf die Strecke geschickt wurde. Tom Galgen versprühte eine Energie wie ein Hurrikan. Die eng aneinander stehenden Augen und die rappelkurzen blonden Haare übermittelten dem Betrachter das Gefühl, es sich mit ihm besser nicht zu verscherzen. Und dann war da noch Galep. Ein bulliger Türke, zweiunddreißig, in Deutschland geboren. Ein Musterbeispiel für Integrität und Integration. Allein seine Haltung, sowohl physisch als auch intellektuell betrachtet, verriet eine Entschlossenheit, der sich besser kein Mensch entgegenstellen sollte. Bei Bedarf rasch zu einem menschlichen Monster-Truck mutiert. In solchen Momenten versteckte er seine Feinfühligkeit, Höflichkeit und Sensibilität in seinem tiefsten Innern. Limo ein Wolf, Galep ein Monster-Truck. Eine nahezu unzerstörbare Kombination, und zugleich höchst explosiv. Vermutlich verstanden sie sich auf Grund der ähnlichen Grundeinstellung so gut. Liebenswert – samtweich und knallhart – unerschrocken. Der Türke war seit seiner abgebrochenen Ausbildung für eine Leiharbeitsfirma tätig. Die wiederum seit vielen Jahren für die RO-Trock gewisse Abriss- und Sanierungsaufgaben übernahmen. In dieser Zeit war eine gute Freundschaft zwischen ihm und Limo entstanden. Limo fuhr durch das obere Eingangstor. Der Parkplatz, vorrangig für die gewerblichen Mitarbeiter, lag noch verwaist vor ihm. Als er seinen Sportwagen am hinteren Ende auf das untere Plateau lenkte, staunte Limo nicht schlecht, dass Tom schon an seinen Wagen angelehnt dastand und telefonierte. Tom zog seinen Kopf schräg rüber und erkannte Limos Wagen. Noch im selben Augenblick beendete er das Gespräch und winkte Limo zu. Sichtlich erfreut begrüßte Tom seinen Kollegen. Limo gab ihm die Hand, ebenso froh, sein Gesicht zu sehen.

»Hey. Was machst du schon hier. Aus dem Bett gefallen?« flachste Tom. Für gewöhnlich betrat Limo das Firmengelände sonst nur kurz vor knapp.

»Hatte 'ne Scheißnacht.«

»Wieder doof geträumt?«

»Japp.«

»Mann oh Mann. Langsam glaube ich, dass du einen Psychiater aufsuchen solltest.«

»Vielleicht die letzte Option.«

»Wie geht's dir denn sonst? Ist ja über drei Wochen her, dass wir gemeinsam die Ehre hatten.«

»Leider! Mir gehen diese ständigen Tourenwechsel gewaltig auf die Nüsse.«

»Tröste dich. Das geht beinah allen so.«

»Tja, du sagst es. Beinah allen. Aber eben nicht allen.« Tom verstand die Anspielung.

»Nimm es gelassen. Manche sind eben gleicher als gleich. Wir zählen nicht dazu.«

»Vielleicht sollten wir öfter Fußball spielen, dann würden wir wohl regelmäßiger zusammen fahren«, ergänzte Limo ironisch.

»Nee, lass mal stecken. Mit diesen Pennern will ich nichts weiter gemein haben. Es genügt schon, wenn ich die Arbeitszeit mit ihnen verbringen muss. Das ist im Grunde genommen schon ein Übermaß dessen, was ein Mensch ertragen sollte.« Limo und Tom lachten herzhaft.

»Wie verarbeitest du mittlerweile deine Außenseiterrolle? Geht's?«

»Nicht gut. Wenn man hinterhältige Schlangen mag, geht es. Die normalen Frotzeleien versuche ich zu ignorieren. Leider meist nur mit mäßigem Erfolg. Und dass ständig gute Mitarbeiter entlassen werden, irritiert mich sehr. Die Schnarchsäcke bleiben natürlich weiter unantastbar.«

»Fußballer eben. Die Penner schmieren unsere Projektleiter und hauen sich regelmäßig nach dem Sport die Birne weg. Scheint zu funktionieren. Wir sind zu dämlich dazu.«

»Charakter besitzt man oder nicht! Lernen kann man das nicht«, fügte Limo trostlos hinzu.

»Ach, bevor ich es vergesse …« – Limo runzelte die Stirn und hörte zu – »… ich bin gestern mit Poller unterwegs gewesen. Er hat absichtlich die erste und die zweite Baustelle nass gemessen. Als ich auf den Auftragsblättern nachsah, bestätigte sich mein Gefühl, nachdem ich eine Kontrollmessung durchgeführt hatte. Logischerweise ohne dass Poller Wind davon bekommen hat. Du hast vor Ort die Baustellen aufgebaut. Allein! Ich brauche dir also nicht zu erklären, was das bedeutet.«

»Dieses verdammte Dreckstück. Das war nicht das erste Mal.« Limo scharrte mit einem Fuß auf dem Asphalt. »Könntest du mir die Anschriften der beiden Baustellen übergeben?«

»Klar. Was glaubst du, warum ich hier stehe? Was hast du vor?«

»Ich melde mich telefonisch als Schadensregulierer der Firma. So könnte ich die Baustellen ohne Konsequenzen betreten.«

»Hä …«, Tom runzelte die Stirn wie eine britische Bulldogge, »aber die kennen dich doch vom Aufbau.«

»Scheiße. Manchmal bin ich aber so was von dämlich.« Limo überlegte.

»Dann vereinbare ich eben einen neuen Termin für die Zwischenmessung. Außerdem lasse ich mir die Werte von Poller von den Leuten vor Ort geben. Meine Werte notiere ich separat. Vielleicht sollte ich die Werte auf dem Messgerät fotografieren?«

»Ich möchte deine Euphorie nicht dämpfen. Aber du bist dir hoffentlich im Klaren darüber, dass du denen einen sofortigen Kündigungsgrund liefern würdest. Wenn nicht gar eine Anzeige, die sich gewaschen hat.«

»Das weiß ich nur zu gut. Was soll ich sonst unternehmen? Gäbe es sinnvolle Alternativen?«

»Ich hätte da vielleicht noch eine bessere Idee.«

»Lass hören …« Limo wollte natürlich Näheres erfahren.

»Vereinbare einen Termin mit den Leuten, erkläre ihnen, dass du von einem Kollegen gehört hast, dass die gemessenen Feuchtigkeitswerte noch hoch sein sollen. Du würdest dort gerne selbst noch einmal eine Kontrollmessung vornehmen. Sag ihnen einfach, wie es ist. Du hast doch immer einen sehr guten Draht zu unseren Kunden. Nutze diese Tatsache. Erzähl denen im Vertrauen, dass auf der Firma einige Kollegen im großen Stil mobben. Dass auch du davon betroffen bist. Und wenn deinerseits keine Feuchtigkeit gemessen wird, würdest du dies dem Schadensregulierer der Versicherung mitteilen. Aber sie sollen sich auf keinen Fall selbst mit der Versicherung in Verbindung setzen. Finanziell haben die Leute ja keinen Nachteil, sondern nur die Versicherung. Mach ihnen verständlich, dass die Sache auffliegt, wenn die Verantwortlichen in unserer Firma und die Leute von der Versicherung im Vorfeld schon Kenntnis darüber erhalten würden. Du würdest alles gerne mit Bildern und einem schriftlichen Bericht zusammen mit der Unterschrift der Versicherten dokumentieren. Damit du, wenn es erforderlich ist, gerichtsverwertbare Beweise in deinen Händen hältst.«

Limo schluckte und grübelte. Er schaute auf den Boden. Seine Gesichtszüge ähnelten intensiv einer Reaktion nach einem Biss in eine Zitrone.

»Was denkst du, Limo?«

»Das ist schon sehr abenteuerlich, aber was habe ich zu verlieren? Ich hoffe nur, dass die Leute mir diese hollywoodreife Story abkaufen werden.«

»Da bin ich mir eigentlich sicher«, antwortete Tom selbstbewusst.

»Tja, wenn dieses ‚eigentlich' nicht wäre …«

»Hör zu Limo, in allem was ich tun kann unterstütze ich dich. Da kannst du dir sicher sein.«

Limo betrachtete Tom mit Dackelblick. Das ständige Intrigieren einiger seiner Kollegen hinterließ immer deutlicher werdende Spuren.

Tom legte seine Hand freundschaftlich auf Limos Schulter.

»Hey, das schaffst du! Fang an dich zu wehren! Jetzt! Wie viele Jahre willst du denn noch diesen Scheiß ertragen? Du musst unglaublich gewitzt sein und endlich diesen Mistkerlen zeigen, was 'ne Harke ist. Schläge androhen können wir ihnen später immer noch, oder? Das ist doch für dich kein Hexenzauber, die Schwachköpfe fertigst du doch schon allein ab. Besser ist es, sie auf subtile Art aus der Reserve zu locken. Was meinst du?«

Limo fing sich einigermaßen und starrte nicht mehr in ein astronomisches Objekt. Das *schwarze Loch* schien nicht mehr seine Gedanken zu verschlingen. Er musste sich nun entscheiden. Entweder er zog jeden einzelnen seiner mobbenden Kollegen in eine dunkle Ecke und brach ihm sämtliche Knochen oder er schaltete seinen Grips ein und ging so vor, wie Tom es vorschlug. Egal für welche Variante er sich entscheiden würde, es würde den Beginn einer klaren Struktur bedeuten. Eine Entscheidung!

»Hallo … Mars an Limo!«

»Du hast recht, absolut recht.«

Noch vor wenigen Augenblicken war ihm mies zumute gewesen. Mit hängenden Schultern hatte er vor seinem Freund gestanden. Jetzt baute er sich zu seiner vollen Körperlänge auf, atmete tief durch und streckte das Kinn nach vorne, so dass er Tom wieder gefühlt einen Kopf überragte.

»Ja, verdammt noch mal, deine Idee ist genial! Hanebüchen verrückt, aber genial. Ich werde aber das ein oder andere Mal deine Hilfe in Anspruch nehmen müssen.«

»Immer und zu jeder Zeit! Außerdem haben wir noch einen kleinen Vorteil. Keiner von diesen Schlaumeiern weiß, dass wir befreundet sind. Das soll auch so bleiben, vorläufig wenigstens. Damit komme ich besser an Informationen ran. Ich denke, die werden uns noch von großem Nutzen sein. Jetzt sollten wir uns trennen, bevor einer der Jungs das Gelände erreicht.«

Limo schaute Tom für endlos erscheinende Sekunden an und bedankte sich in schüchternem Tonfall. Tom nickte und lächelte. Der weitere Tag verlief harmonisch und voller Euphorie. Tom war es gelungen, Limos Kampfgeist anzustacheln. Noch am selben Abend begann er seine Strategie festzulegen, die er am nächsten Tag auch strikt befolgte. Da er geschickt mit seiner Wortwahl vorging, stieß er bei den Kunden durchweg auf Verständnis. Er legte sich von diesem Tag an von jedem Vorgang eine Akte an und versteckte diese an einem sicheren Ort mit der inneren Zufriedenheit, die richtige Entscheidung getroffen zu haben. Nicht ahnend, welche lebensgefährliche Lawine er auslösen würde.

Kurz vor Mitternacht zappte er ein letztes Mal gelangweilt durchs Fernsehprogramm. Bald darauf legte er sich schlafen und blickte noch eine ganze Weile auf die nächtliche Zimmerdecke. Er sandte gleich mehrere Stoßgebete gen Himmel. Was würde er alles dafür tun, um noch einmal eine Nacht durchzuschlafen. Limo registrierte nicht, wie seine Gedanken verschwammen. Sein Atem bewegte den Brustkorb gleichmäßig auf und ab. Der Pulsschlag regelte sich auf einen erholsamen Modus herab. Er schlief sanft ein. Für einen flüchtigen Augenblick entschwand er dem Mobben seiner Kollegen.

Plötzlich ertönte der Wecker. Limo riss erschrocken die Augen auf. Es kam ihm vor, als habe er kaum zwei Stunden geschlafen. Doch die überdimensionalen Leuchtdioden, die dieser automatische Weckdienst auf die Zimmerdecke projizierte, verrieten die nüchterne Realität. Zudem erhellten die ersten zaghaften Sonnenstrahlen sein Schlafgemach. Es wurde Zeit, den Tag sinnvoll zu begehen.

Im Gegensatz zur üblichen Morgenzeremonie fand er es am heutigen frühen Morgen angenehmer zu duschen, um anschließend bei einem heißen Kaffee die Restmüdigkeit zu vertreiben. Seit Wochen hatten ihn die bösen Geister nicht mehr in Frieden schlafen lassen. Als er unter der Dusche stand und lauwarmes Wasser seine Glieder erwachen ließ, bemerkte er, dass auch seine Männlichkeit in voller Pracht stand. Er begann sich vor Erregung selbst Hand anzulegen. Doch als er nach wenigen Sekunden aufhörte und seine Augen öffnete, betrachtete er sein bestes Stück lächelnd und unterbrach die Masturbation.

»Nein, mein Freund. du musst morgen Abend die Stellung halten«, dachte Limo laut und grinste schelmisch. Doch die morgendliche Erregung und die Erinnerung an das aufregende Abenteuer am letzten Sonntagvormittag mit Mary zeigten sich allzu verlockend. – Ach was soll's, ist zum Warmwerden. Wenige Minuten später genoss er sichtlich, wie der Erguss am frühen Morgen die sexuelle Spannung erschlaffen ließ. Anschließend verwischte er mit dem Brausekopf intensiv die Spuren der Erregung. Entspannt trocknete er sich ab, zog seine Arbeitskluft an und setzte Wasser für den Kaffee auf. Er mochte löslichen Kaffee. Er fand es praktisch, nur heißes Wasser in die Tasse zu gießen, das er in einem simplen Wasserkocher aufkochen ließ. In der Zwischenzeit schmierte er sich seine Brote.

Zwanzig Minuten später hockte Limo in seinem Wagen und fuhr zur Arbeit. Als er auf die Autobahnauffahrt A 45 Siegen in Richtung Drolshagen auffuhr, wo sich der Hauptsitz der Firma RO-Trock befand, klingelte sein Handy. Limo drehte die Musik leise.

»Hallo, Mama, was um Gottes Willen ist passiert? Warum bist du schon auf? Ist was mit Papa?« rief er besorgt ins Telefon, als er die Nummer erkannte.

»Mirco, bitte entschuldige …«

»Quatsch, warum entschuldigst du dich, du kannst zu jeder Zeit anrufen. Aber was ist denn?« Limos Stimme klang hektisch. Diesen sorgenvollen Tonfall kannte er nur zu gut.

»Mit Papa gibt's nichts Neues. Aber weißt du, was mit Carmen ist?«

»Mama, das fragst du mich früh morgens um kurz nach sechs?«

»Sie ist seit Tagen nicht mehr in ihrer Wohnung gewesen«, ignorierte sie Limos Gegenfrage.

»Wie kommst du darauf? Sie erwähnte mir gegenüber, dass sie eventuell das Wochenende bei Conny verbringen wollte.« Den Satz noch nicht beendet, fiel ihm auf, was er gerade sagte. – Scheiße! Heute ist Freitag. Fast eine Woche später. Sie klingelte sonst spätestens im Laufe des Wochenbeginns durch … Die Gedanken behielt er für sich.

»Mama, woher weißt du, dass sie nicht wieder in ihrer Wohnung eingetroffen ist?« Limos Stimme klang souverän. Allein aus Rücksichtnahme seiner Mutter gegenüber. Innerlich jedoch malte er sich Horrorszenarien aus.

»Connys Mutter rief mich gestern Abend gegen elf Uhr an, um mich zu fragen, ob Conny die letzten Tage beziehungsweise auch die letzten Nächte bei Carmen in Hamburg geschlafen hätte. Ich konnte ihr keine genaue Antwort geben. Ich habe sie auf ihrem Handy zu erreichen versucht. Nichts. Vorübergehend keine Verbindung. An den Festnetzanschluss geht sie auch nicht ran. Ich habe es mindestens zehnmal versucht. Auch nichts. Zuletzt erst vor fünf Minuten. Oh Gott, ihr wird doch hoffentlich nichts passiert sein?«

Limo hörte, wie seine Mutter am anderen Ende des Telefons anfing zu weinen.

»Mama, warte doch erst mal ab. Ich werde mich darum kümmern«, versuchte er seine Mutter zu beruhigen.

»Soll ich denn nicht besser die Polizei anrufen?«

»Nein, Mama. Ich rufe gleich Frank an. Wie du weißt, ist er Polizist. Ich werde ihn um Rat fragen, wie wir uns verhalten sollen, okay? Und du machst dir bitte nicht so große Sorgen. Nimm nicht gleich wieder das Schlimmste an. Ich denke, es wird sich rasch aufklären. Bis später, tschüss, Mama.«

»Tschüss, mein Junge. Melde dich später.«

Limo wusste, dass er seine Mutter mit dieser Floskel nicht wirklich zu beruhigen vermochte. Er legte, wie so oft in letzter Zeit, seine Stirn in Falten und grübelte darüber nach, wo Carmen stecken könnte. Auch Conny hatte er längst in sein gutmütiges Herz geschlossen. Beide Mädchen weg, verschwunden und ohne ihn zu benachrichtigen, das ging gar nicht. Zumal solch eine Situation noch nie vorgekommen war. Genau das war der Punkt, der in ihm Panik entstehen ließ. Obwohl er es zu verdrängen versuchte, ahnte und spürte er, dass ein Unheil in der Luft lag. Schließlich lagen schon drei Wochen zurück, seit er seine Schwester das letzte Mal gesehen hatte. Bis auf die letzten beiden Telefonate an den Wochenenden hatten sie keinen Kontakt mehr gehabt. Er weigerte sich daran zu glauben, seiner Schwester sei etwas Ernsthaftes zugestoßen. Als er auf dem Firmengelände eintraf, sammelte er seine Gedanken. Er benötigte nun volle Konzentration für den Umgang mit seinen Kollegen. An der Art jedoch, wie er mit durchhängendem Rückgrat über den Hof schlich wie ein geprügelter Hund, mussten die Kollegen erkannt haben, dass es ihm nicht gut ging. Poller stand mit drei weiteren Jungs im Halbkreis. Sie unterhielten sich lauthals und lachten abartig. Limo registrierte es, schleppte sich dennoch mit ehernem Blick zur Eingangstür des Bürotrakts. Nur Galep blickte ihm nach. Dass Limo so herumkroch, gefiel dem sympathischen Türken nicht. Gerade vor diesem Wichser Poller demonstrierte er sonst stets Stärke. Das heute passte nicht zu Limo. Die miesen Lumpen würden sich in einigen Minuten wie Hyänen auf ihr wehrloses Opfer stürzen. Ganz besonders Poller. Ein mieser Lump, eine Schabrackenhyäne, die die Welt nicht braucht.

4

Zur gleichen Zeit.

Wie eine geschmeidige Gazelle auf der Flucht sprang der kleine Labrador-Mix dem Stöckchen hinterher. Sein beinahe schneeweißes Fell blitzte bei jedem Sprung zwischen den hoch gewachsenen Grashalmen auf. Es dauerte nur wenige Sekunden, dann fand er das Apportierstöckchen, um es auf direktem Wege zurück zu seinem Herrchen zu bringen. Energisch forderte er sein Herrchen mit hechelndem Atem auf, erneut das Stöckchen zu werfen. Schwerfällig hob der Mann das Hölzchen auf, täuschte einige Male einen Wurf an und warf es dann in eine entgegengesetzte Richtung. Erfreut hechelte der Hund hinterher. Der gebrechlich wirkende Mann schaute ihn lächelnd nach. Das silbergraue schüttere Haar versuchte der Mann unter einem Hut zu verstecken. Er mühte sich schleppend, voran zu kommen. Plötzlich blieb der betagte Herr stehen. Seine Ohren vernahmen fremdartige Laute. Ganz in der Nähe des Waldweges, der eher einem breit getretenen Trampelpfad ähnelte, registrierte er das Knurren seines eigenen Hundes. Sein vierbeiniger Freund ließ nicht locker. Der Mann war sich unsicher und tapste wenige Schritte abseits des Weges, bis er fast in den hüfthohen Gräsern versank. »Sam, Fuß! Bei Fuß!« Er wartete einen Moment ab. Dann rief er erneut. Doch Sam machte keine Anstalten, dem forschen Befehl seines Herrchens zu folgen. Der alte Mann versuchte nun den Geräuschen seines Hundes tiefer ins Unterholz zu folgen. Jetzt stand er schon über zwanzig Meter weit in den wild wachsenden Gräsern. Es roch nach verfaultem Holz. Ein modriger Duft von Pilzen und feuchter Luft umgarnte die Nase des kränklich wirkenden Mannes. Trotz seines betagten Alters waren seine Augen noch sehr gut. Er blickte ständig in die Richtung, in der er seinen Hund den Geräuschen nach vermutete. Weiter ab vom Weg hielt er wieder kurz inne und bemerkte ein kleines Blockhaus, das, nur einen guten Steinwurf entfernt, unscheinbar mitten im Wald dastand. Unscheinbar und bedrohlich zugleich. Vor dem Haus befand sich ein notdürftig hergerichteter Schotterplatz. »Das Haus muss öfter Gäste haben«, dachte er lapidar. Der erste Eindruck des Platzes und die Hütte selbst vermittelten einen gepflegten Zustand. In diese Gegend verirrte sich der alte Herr für gewöhnlich nicht. Seine Spaziergänge machte er normalerweise auf den südlich gelegenen Strecken. Vielleicht hatten die Eigentümer Essensreste im Wald entsorgt. Immer schneller trampelte er auf dem unebenen Waldboden des Geländes seinem Hund entgegen. Er rief erneut dessen Namen. Sam reagierte wieder nicht. Dann entdeckte der Mann endlich seinen kleinen Liebling in einiger Entfernung. Die weiße Rute wedelte aufgeregt hin und her. Der Wuchs des Grases verdichtete sich zusehends. Umgefallene Baumstämme verhinderten einen bequemen Gang durchs Dickicht.

»Sam, was machst du da? Du sollst hören, wenn ich dich rufe.«

Völlig außer Puste kam der alte Mann dem Hund näher. Sehr nahe!

»Oh mein Gott …«, entwich es seinen schmalen Lippen. Seine Gesichtsfarbe wechselte ins Aschfahle. Er zitterte am ganzen Leib. »Sam! Sofort Fuß!« Im lauten Befehlston schrie er Sam an. Der Labradorrüde machte drei Sätze und stand unmittelbar neben seinem Herrchen.

»Sitz, Sam, bleib sitz!«, betonte er. Der süße Hund setzte sich auf seine Hinterläufe und hechelte mit aufgerissener Schnauze. Er sah aus, als würde er drollig lachen. Während der alte Mann es sonst sehr amüsant fand, so saß ihm in dieser Minute der Schreck tief in seinen Gliedern. Ihm war nicht zum Lachen zumute. Er setzte einen Fuß näher hin und erkannte den Arm eines Kindes. Vielleicht einer jungen Frau. Ängstlich und vorsichtig zugleich hob er die großen Äste neugierig an. Vor Entsetzen ließ er das schwere Geäst fallen. Zwei junge Frauen lagen dort übereinander und nur spärlich bekleidet. Er sammelte sich kurz, nahm dann sein Handy aus der Tasche und wählte die Nummer der Polizei.

»Polizeidienststelle Köln-Düren, Dörrmann, wie kann ich helfen?« meldete sich eine unaufgeregte Männerstimme.

»Mein Name ist Keiner, Horst Keiner. Ich befinde mich mitten im Wald, in der Nähe des Zollerwegs wenige Kilometer vor Düren. Ich bin gerade mit meinem Hund Sam unterwegs. Sam hat beim Apportieren eine Spur in der Nase gehabt, die ihn direkt zu zwei Frauenleichen geführt hat«, berichtete Herr Keiner. Seine Stimme klang unerwartet gefasst, obwohl er noch vor Aufregung zitterte.

»Wenn es Ihnen möglich ist, bleiben Sie in der Nähe des Fundortes, ja? Und können Sie mir bitte Ihre Telefonnummer nennen, mein Display zeigt Ihre Nummer nicht an. Vielleicht haben Sie Ihre Rufnummer unterdrückt. Ich schicke Ihnen umgehend Kollegen vorbei. Ihre Nummer reiche ich meinen Kollegen weiter. Die melden sich dann bei Ihnen. Bitte fassen Sie nichts an.«

»Dauert es lange, bis die Herren hier eintreffen?«

»Ich denke, in spätestens fünfzehn Minuten sind die Kollegen vor Ort. Ich habe schon den Zollerweg im Radar erfasst. Stehen Sie auf der Seite in Richtung Düren oder Köln?«

»Ich befinde mich in der unmittelbaren Parallelstraße zur A4 in Richtung Düren. Es sind geschätzte sechs bis sieben Kilometer vor der Autobahnausfahrt Köln-Düren«, antwortete der freundliche Herr.

»Vielen Dank für die Angaben. Meine Kollegen sind schon informiert und auf dem Weg zu Ihnen. Alles weitere erfahren Sie gleich. Wiederhören, Herr Keiner.«

Sam stand vor seinem Herrchen und wedelte auffordernd mit seiner Rute. Der Labrador-Mix bellte ihn an und stupste mit seiner Nase gegen ein kleines Hölzchen. Die beiden hatten sich wieder auf den plattgetretenen Weg begeben und warteten auf die Polizei. Horst Keiner schien mit seinen Gedanken nicht ganz bei seinem Hund zu sein. Er musste unentwegt an die zwei Leichen denken. Wie konnte man nur zwei so junge Leben vernichten. Horst Keiner zählte weit über achtzig Lenze. Er hatte damals 1942 im Krieg in Afrika unter Rommel gedient. Gegen Ende des Jahres 1944 wurde er in Ostpreußen an die sinnlos gewordene Front geschickt. Die Schlachten im Krieg waren für ihn brutal genug gewesen. Er hatte tausende Menschen sterben sehen, darunter auch sehr viele Zivilisten. Zu viele, wie er sich erinnerte. Er hatte sich nie daran gewöhnen können, tote Kinder oder Frauen zu bergen, um sie dann im Niemandsland zurückzulassen. Nun wurde er wieder mit seiner Vergangenheit konfrontiert. Welcher Mensch ist böse genug, so junge Menschen zu töten? Jetzt? Zu angeblichen Friedenszeiten, wobei er alleine das Wort schon für eine Farce hielt. Er registrierte kaum die Aufforderungen seines Hundes, mit ihm zu spielen. Doch endlich riss das Gebell von Sam ihn aus der Vergangenheit, und er kniete sich anschließend vor seinen Hund. Er kraulte ihn mit Hingabe und Sam nutzte die Gunst der Stunde und ließ sich komplett auf den Rücken fallen und streckte alle vier Pfoten gen Himmel. Seine Lefzen formten sich zu einem weiten lachenden Maul. Dieses Mal verkniff sich Horst Keiner nicht ein Schmunzeln. Dann endlich hörte er aus einiger Entfernung die Geräusche eines Autos und streckte neugierig seinen Hals in die Höhe. Ein Streifenwagen näherte sich. Er befestigte Sam an der Leine und wickelte sie um einen kleinen Baum. Sam machte niemals einen Unterschied zwischen Freund und Feind. Er musste jeden stets freundlich begrüßen. Meistens sehr stürmisch.

»Du, da vorne steht der Mann«, erkannte einer der Polizisten die Person, die zu der knappen Positionsbeschreibung passen könnte.

»Ja, hab ihn auch im Visier«, antwortete sein Partner. Nach einigen Metern holpriger Fahrt parkten die Polizisten den Wagen unmittelbar vor Horst Keiner.

»Etwas schmal der Weg, was?«, sprach der alte Mann die beiden Polizisten an, als sie sich aus dem Streifenwagen mühten.

»Guten Morgen, Sie sind Herr Keiner?«

»Ja, guten Morgen, Herr Wachtmeister.«

Der Polizist lächelte süffisant über die altertümliche Berufsbezeichnung. Es passte zu dem alten Herrn.

»Nun ja, nicht gerade Wachtmeister«, antwortete er, in Anbetracht des tragischen und grausamen Ereignisses dennoch amüsiert.

»Mein Name ist Günter Seiler, Oberkommissar, und dies ist mein Partner Hauptkommissar Andre Stark, Kripo Köln. Können Sie uns zu dem Fundort der Leichen bringen?« bat Oberkommissar Seiler ohne Umschweife. Das Lächeln verschwand.

»Ja, natürlich.«

Horst Keiner stapfte durch die wildwüchsige Flora voran. Die beiden Staatsdiener folgten ihm. Sam ließen sie angeleint zurück. Nach wenigen Minuten deutete der alte Mann mit dem Finger auf einen kleinen Stapel Äste.

»Haben Sie irgendetwas angefasst?«, wollte der jüngere der beiden Polizisten wissen. Für einen Augenblick schien es so, als scannte Keiner die Beamten sorgfältig. Unauffällig kratzte er sich den schneeweißen Haaransatz im Genick. Während der Ältere mit seinem dicklichen Bauch eher eine stoische Gemütlichkeit und Erfahrung ausstrahlte, wirkte der wesentlich jüngere Beamte sehr drahtig und draufgängerisch. Er passte irgendwie besser in die heutige Schnelllebigkeit. Sein militärischer Kurzhaarschnitt erinnerte Horst Keiner an seine eigene Zeit als Wehrmachtssoldat. Die Bewegungen des Beamten wirkten im feuchten Frühreifschleier zackig und dynamisch, fast hektisch. Der dickliche Polizist schien hingegen eher die Gelassenheit und Nachdenklichkeit zu schätzen. Etwas schmuddelig, aber seine Augen blitzten hellwach und jugendlich aus einem lebenserfahrenen Gesicht. Er erinnerte Keiner an den TV-Inspektor Columbo. Damals aus den Siebzigern.

Nur sein gewöhnungsbedürftiger Bartwuchs erschien ihm für die Gegenwart zu antik. Beide wirkten auf ihre Weise sympathisch.

»Ich bin nur hingegangen und habe mit einer Hand einige Äste angehoben und vor Schreck wieder fallen lassen. Ansonsten vermute ich, dass mein Hund mit der Schnauze oder den Pfoten die Leichen berührt hat.«

»Okay, dann schauen wir uns mal die Sache genauer an.«

Während die Polizeibeamten den grausigen Fundort nach offensichtlichen Spuren absuchten, stand Herr Keiner in sich zusammengesackt in sicherer Entfernung, dort wo die feinen Wassertröpfchen des Morgentaus die Schuhe nicht noch weiter durchnässten. Er stierte gedankenversunken zu Boden. Plötzlich hörte er ein Jammern und Winseln. Er erschrak, richtete sich dann auf, und machte sich auf den Weg zu seinem Hund, den er für einen kurzen Moment vergessen hatte. Sam war das Einzige, was ihm in dieser Welt übrig geblieben war. Seine Frau war vor drei Jahren bei einem tragischen Autounfall ums Leben gekommen. Ein achtzehnjähriger Fahranfänger hatte sie auf dem Zebrastreifen übersehen. Einfach übersehen! Sie war auf der Stelle tot gewesen. Bis heute hatte er diesen schlimmen Verlust nicht überwunden. Immer wieder redete sich Horst Keiner ein, dass sie wenigstens kaum gelitten haben konnte. Manchmal gelang es ihm sogar mit Hilfe dieses Gedankens, sich selbst für wenige Augenblicke zu trösten. Der Unglücksfahrer hatte sich zwar entschuldigt, doch trösten konnte das den alten Mann nicht. Als er bei Sam eintraf, kniete er sich vor ihn und begann seinen Liebling zu streicheln. Der Rüde genoss schwanzwedelnd die Liebkosungen seines Herrchens.

»Was meinst du, Günter? Dies dürfte wohl kaum als Ort des Geschehens in Frage kommen«, stellte Stark fest.

»Bin der gleichen Meinung. Wir sollten …«, Seiler hob seinen Kopf und überblickte die Gegend, als befänden sich der oder die Täter noch in unmittelbarer Nähe. Beim zweiten Blick erspähte der aufmerksame Oberkommissar die kleine Hütte.

»Wir sollten uns vielleicht die Hütte da hinten mal anschauen. Ist ja möglich, dass wir dort jemanden antreffen, der etwas Verdächtiges gesehen hat.«

»In dieser Bude?«, antwortete Stark seinem Partner überrascht.

»Schaden kann es nicht.«

»Stimmt«, antwortete Stark zackig.

»Wir sollten folgendermaßen vorgehen …«, begann Seiler.

»Ich höre …«

»Geh du zur Hütte vor und schau sie dir genauer an. Ich warte hier auf die Kollegen der Spurensicherung. Ich komme dann nach. Wenn du auf eine interessante Auffälligkeit stoßen solltest, dann schrei.«

»Okay.« Hauptkommissar Stark folgte dem Vorschlag seines Kollegen und begab sich auf den Weg.

Oberkommissar Seiler hielt das Telefonat mit dem Leiter der kriminaltechnischen Spurensicherung bewusst knapp. In der Zwischenzeit, bis die Kollegen an diesem grauenvollen Fundort eintreffen würden, würde er die Daten des betagten Herrn aufnehmen. Als der Kripobeamte den begehbaren Pfad wieder erreicht und den feuchten Morgentau von den Hosenbeinen abgewischt hatte, trat ihm Herr Keiner bereits entgegen. Seiler lächelte mit zerknautschter Miene. »Die wilde Natur ist nicht so ganz meine Welt«, klang er fast schon entschuldigend. Herr Keiner beäugte das Verhalten des Polizisten argwöhnisch und achtete darauf, dass sein Vierbeiner wohlerzogen neben ihm saß. Seiler zückte aus der Sakkoinnentasche einen kleinen Notizblock und zog den Kugelschreiber aus der Innenseite der Lederhülle heraus. Noch bevor Seiler ansetzen konnte, wandten sich die beiden erschrocken zur Holzhütte hin. Die Schreie des jungen Hauptkommissars fuhren besonders Herrn Keiner bis tief ins Knochenmark.

»Hey, Andre, was ist los?«, drang es tief in den Wald.

»Scheiße, noch eine Leiche! Mitten auf dem Platz. Männlich«, schrie Stark lauthals zurück.

»Bitte warten Sie noch einen Moment hier. Ich laufe schnell zu meinem Kollegen.«

Herr Keiner nickte stumm. So schnell er es schaffte, seinen adipösen Leib in Wallung zu bringen, hetzte Seiler zu seinem Partner. Dort angekommen schnaufte er hastig und unkontrolliert durch. Stünden sie nicht gerade bei einer weiteren Leiche, würde Stark einen passenden Scherz über die Lippen bringen. Doch in dieser Sekunde dachte er nicht einmal daran, über die Fitness seines älteren Kollegen zu frotzeln.

»So ein verdammter Mist! Nach dem Zustand der Leiche zu urteilen müsste der Typ hier schon ähnlich lange liegen wie die beiden Frauen. Nur dass jemand diesem Toten sein Gesicht wahrscheinlich mit einem ganzen Magazin bis zur Unkenntlichkeit zerschossen hat. Was mag da abgelaufen sein? Wie kann es möglich sein, dass hier eine Leiche einige Tage unentdeckt rum liegt? Nicht einmal von einem Tier angenagt«, rätselte Seiler nach wie vor schwer atmend.

»Ich gehe zum Haus und versuche dort reinzukommen. Ist jetzt ja wohl unwahrscheinlich, dass dort jemand haust. Zumindest regelmäßig«, schlug Stark vor.

»Ist gut. Ich warte hier und schau mich kurz um.«

Hauptkommissar Stark eilte die wenigen Meter zum Haus und umfasste instinktiv mit einer Hand seine Pistole, die er in einem Halfter steckend eng am Körper trug. Er schaute nach jedem geringsten verdächtigen Hinweis im Inneren des Gebäudes. In dem kleinen eingelassenen Fenster in der Tür spiegelte sich schwach sein eigenes Gesicht. Als er eine Hand zum Schutz gegen das Blenden der Sonnenstrahlen über seine Stirn legte und gegen die Scheibe drückte, knarrte die Tür und gab einige Zentimeter nach. Er drehte seinen Oberkörper so weit herum, bis er seinen Partner erspähte. Gleichzeitig bemerkte er, wie Seiler ihn auf halbem Weg entgegenkommend beobachtete. Er gab ihm ein Zeichen, ihm zu folgen. Unwesentlich später traf Seiler bei seinem Kollegen ein.

»Die Türe ist offen, aber irgendetwas befindet sich dahinter und blockiert. Hilf mir mal sie aufzuschieben.«

»Okay, bei drei!« antwortete Seiler. Mit einem kräftigen Ruck schoben sie die Tür soweit wie nötig auf. Stark steckte als erster die Nase in den Vorraum. Ein Schwall von Moder, faulen Eiern und übel riechender Verwesung stach ihm durchdringend in die Nase.

»Boah, was stinkt die Bude. Das gibt's doch nicht.«

Stark schüttelte den Ekel von sich und reckte seinen Kopf um die Tür herum. Er kniff die Augen zu schmalen Schlitzen zusammen und hielt sich einigermaßen Nase und Mund bedeckt. Angewidert erblickte er den Grund für die Schwergängigkeit der Tür. Seine Bewegungen waren längst nicht mehr hastig. »Noch zwei Tote.« Seine Stimme klang so beiläufig, als habe er dort weitere Leichen vermutet. Nacheinander zwängten sie sich zwischen Türrahmen und Türblatt ins Haus. Seiler entdeckte per Zufall, dass von diesem kleinen Vorraum aus eine Tür in ein weiteres Zimmer führte, die einen Fußbreit offenstand. Er hielt die Hand vor die Nase und stieß vorsichtig die Tür mit der Schuhspitze auf. Die Treppe zum Keller trat nun schemenhaft ins Blickfeld. Seiler suchte nach einem Lichtschalter, um die diffuse Umgebung zu erhellen, was ihm auch rasch gelang. Der erfahrene Beamte fuhr erschrocken zusammen. Noch im selben Atemzug zog auch Stark blitzschnell seine Pistole aus dem Halfter. Der schmale Lichtkegel einer verstaubten und mit Spinnweben übersäten Wandlampe gewährte freien Blick auf den nächsten Toten. Die weit aufgerissenen Augen der männlichen Leiche suchten scheinbar Seilers Aufmerksamkeit. Je länger er ihn fixierte, umso extremer übersäte ein Schauer des Ekels sein breites Kreuz. Die Augen des Fremden schienen zum Ausdruck bringen zu wollen: »Was glotzt du blöder Bulle so doof?« Vorsichtig stieg er die Treppenstufen hinunter. Andre Stark folgte seinem Partner unmittelbar. Es bot sich ihnen das Bild eines Gemetzels. Dieser Anblick drang tief in ihre Glieder.

»Ach du große Scheiße!« durchbrach Seiler die unheimliche Stille. Dieser Raum beinhaltete das Zentrum der ekelhaften Verwesungsgerüche.

»Was verdammt ist hier passiert?« dachte er laut.

»Sieht aus wie auf einem verdammten Schlachthof. Vielleicht ein Bandenkrieg?« gab Stark zum Ausdruck.

»Das sind mindestens acht bis zehn Tote«, ergänzte Seiler.

»Wenn das reicht?«

Nachdem ihnen der erste Schreck aus den Knochen gewichen war, fingen die beiden Polizisten an, über den Tathergang zu philosophieren. Seiler schlug vor, umgehend das gesamte Kollegium der Kriminaltechnik anzufordern. Toxikologen, Serologen, das volle Programm. Stark stimmte zu.

»Gut, dann informiere ich die Zentrale. Die sollen veranlassen, dass die Jungs von der Spurensicherung diese freudige Szene abgrasen. Und mehrere Kollegen von der Streife sollen herkommen, um die komplette Gegend hier abzusichern. Ich laufe rasch zu Keiner zurück, bevor der noch Wurzeln schlägt. Muss erst mal seine Daten erfassen. Schicke ihn dann nach Hause. Ich möchte nicht, dass er diesen Vorgang mitbekommt. Scheint ein netter alter Herr zu sein, aber diesen Tatort werden wir völlig abriegeln. Vorläufig soll niemand etwas erfahren. Erst recht nicht die Presse.«

Nachdem er sich vergewissert hatte, dass der betagte Mann keine medizinische Versorgung benötigte und nach der Erfassung seiner Personalien schickte Seiler Herrn Keiner nach Hause. Er beorderte ihn aber für den nächsten Tag aufs Revier, um seine Zeugenaussage zu Protokoll zu bringen. Innerhalb einer Stunde zeigten die Verstärkungen der jeweiligen Sparten vor Ort rege Präsenz. Der Ablauf zwischen den einzelnen Abteilungen griff hervorragend wie geölte Zahnrädchen ineinander. Nach und nach trugen sie sämtliche Daten und Fakten zusammen. Noch vor Ort fügten die Kriminalisten die ersten gewonnenen Erkenntnisse puzzleähnlich aneinander. Über Todesursache und Todeszeitpunkt der Leichen, auch die der beiden Frauen, würde Professor Hans Eberle, Spezialist der forensischen Pathologie, in zwei Tagen sicher weitere Informationen präsentieren können. Hauptkommissar Seiler hegte die Hoffnung, dass Professor Eberle die ein oder andere Spur finden, beziehungsweise konkretisieren könnte.

Gleicher Tag, 10.30 Uhr.

Limo wurde heute von der Disposition alleine losgeschickt. Er bekam eine Abbautour aufs Auge gedrückt. Diese Touren mochte er gerne. Ganz im Gegensatz zu den meisten anderen Kollegen, die eine reine Aufbautour bevorzugten. Gelegentlich kam es vor, dass er ein bis zwei Stunden eher die Tour abfertigte. Er genoss diese Art der Arbeit. Im Allgemeinen wurden die Termine sehr großzügig eingeplant. Stress kam dann eher selten vor. Heute schenkte er überwiegend seine Aufmerksamkeit der Uhrzeit. Seine unruhigen Gedanken kreisten unentwegt um seine Schwester. Plötzlich fiel ihm wieder sein ehemaliger Freund Frank Helmes ein. Vor einigen Jahren hatten Limo und Frank sich wegen einer Lappalie so sehr verkracht, dass sie seit dieser Zeit kein Wort mehr miteinander sprachen. Limo hatte es damals sehr weh getan, seinen besten Freund verloren zu haben. Frank war nicht nur sein Sportpartner. Nur von ihm ließ er sich manchmal die Leviten lesen, ohne dass Limo es ihm nachtrug. Frank kannte nicht nur alle seine geheimen, sondern auch seine finstersten Gedanken und Sorgen. Er traute sich nicht, seine Nummer zu wählen. Vielleicht reagierte Frank immer noch sauer auf ihn. Andererseits fiel ihm nichts Sinnvolleres ein. An wen konnte er sich sonst vertrauensvoll wenden? Frank erledigte seinen Dienst bei der Siegener Autobahnpolizei. Limo fühlte sich zwar unwohl, entschloss sich dann aber doch, seinen inneren Schweinehund zu überwinden. Franks Handynummer musste noch in Limos Telefonkontakten gespeichert sein. Hoffentlich war die Nummer noch aktuell. Er zappte einige Namen durch, die er in seinem Handy gespeichert hatte. Die Mundwinkel zuckten erleichtert nach oben, als er tatsächlich die Nummer fand. Mit dem Zeigefinger tippte er angespannt dreimal aufs Display, bis Limo das Freizeichen hörte.

»Hallo, Frank Helmes hier.«

»Hallo, Frank, hier ist Limo.«

»Bitte wer? Ich glaube, ich habe mich verhört.«

»Nein, ich bin's. Limo. Wie geht es dir?«

»Du brauchst über fünf Jahre, um mir diese Frage zu stellen?«

Überschwängliche Freude hörte sich irgendwie anders an.

»Ich weiß, dass du sauer bist …«

»Einen Scheiß weißt du! Wenn du das von mir glaubst, dann hast du in all den Jahren alles und jeden gekannt, nur nicht mich. Ich bin nicht sauer. Ich war es auch nie. Pure

Enttäuschung, sonst nichts! Das genügt ja wohl. Ich hätte mir einfach nur gewünscht, dass du dich nach dem Vorfall bei mir oder besser bei meiner damaligen Freundin entschuldigt hättest. War das so schwer?« unterbrach Frank seine angestauten Emotionen mit einer einfachen Frage.

»Ich …, ich …«

»Komm zur Sache, Limo. Du bist doch sonst auch immer sehr redselig gewesen.«

»Ich weiß, ich hätte mich schon längst bei euch beiden entschuldigen müssen. Ich war einfach zu feige und zu stolz, war eingeschnappt, dachte, ich sei im Recht. Irgendwann hab ich es dann eingesehen, dass es nicht so ist. Ehrlich gesagt hatte ich nicht den Arsch in der Hose, um mit euch darüber zu reden.«

Frank hörte am Klang seiner Stimme, dass Limo es in diesem Augenblick ehrlich meinte. Er wirkte sehr niedergeschlagen und schwermütig. Auch Limos Gefühle bei der damaligen Geschichte lagen noch unaufgeräumt in seinem Herzen. Eine Baustelle, an die er sich in den letzten Jahren nicht herangetraut hatte. Frank ahnte, dass es seinem ehemals besten Kumpel alles andere als gut ging.

»Mensch, Limo, was ist los? Was ist passiert? So deprimiert habe ich dich nur selten erlebt«, fragte Frank besorgt nach, anstatt ihm deutlich die Meinung zu sagen.

»Frank, hättest du für mich morgen 'ne halbe Stunde Zeit?«

»Du weißt noch, wo ich wohne?«

»Natürlich!«

»Gut, dann würde ich sagen, sei so gegen 16 Uhr bei mir. Und bring besser Blumen mit. Denn trotz deiner ungerechtfertigten Vorwürfe damals habe ich Tine vor drei Jahren geheiratet. Während ich dir damals deine Aussetzer übel genommen habe, war sie diejenige, die mich aufforderte, das Gespräch mit dir zu suchen. Ich war genauso stur wie du. Ich muss wohl nicht extra betonen, dass sich Tine überaus freuen wird, dich zu sehen. Ist das okay für dich?«

»Super, ja danke. Vielen Dank. Bis morgen …«

»Gut, dann bis morgen, mach's gut«, verabschiedete sich Frank und legte auf.

Limo lächelte selig. Frank hatte so reagiert, wie er es gehofft hatte. Er befürchtete noch während des Telefonats, Frank würde ihn links liegen lassen. Jetzt hellte sich seine Miene sichtlich erleichtert auf und er rief wie versprochen seine Mutter an.

»Langen. Hallo?«

»Hallo, Mama. Es gibt noch nichts Neues. Ich werde morgen mit der Polizei sprechen. Bitte mach dich nicht verrückt. Es wird schon alles gut werden. Ich versuche gleich selbst einmal, Carmen zu erreichen. Spätestens morgen am späten Nachmittag melde ich mich noch mal.«

»Ja, ist gut, mein Junge«, antwortete seine Mutter mit erstickter Stimme.

»Und wie geht es Papa?«, lenkte Limo rasch auf ein anderes Thema. Sein Vater litt seit über zehn Jahren an den Folgen eines Schlaganfalls. Eine halbseitige Lähmung im rechten Arm und Bein machte ihm schwer zu schaffen. Ständig hämmerten Schmerzen durch seinen Kopf. Nur die Arzneimittel mit den heftigsten Nebenwirkungen sorgten wenigstens kurzfristig für eine erträgliche Zeit. Aber die Nebenwirkungen waren immens. Also erhielt er weitere Präparate, um die Nebenwirkungen erträglich zu gestalten. Er kämpfte tapfer gegen seinen gesundheitlichen Schicksalsschlag an. Limo war ungeheuer stolz auf seinen Vater. Er resignierte niemals. Und wenn sich Tage abzeichneten, an denen sein Vater Todesängste durchlebte, fing ihn seine Mutter auf. Dieser Zusammenhalt und die liebevolle Fürsorge freute Limo besonders.

»Och, seit drei oder vier Tagen geht es ihm ordentlich. Ich denke, das tolle Wetter in den vergangenen Tagen hat ihm sehr gut getan. Ach, bevor ich es vergesse. Bringst du bitte Futter für Ronny mit? Der Eimer ist nur noch ein Drittel voll. Müsste noch bis Mittwoch ausreichen.«

»Sicher. Bringe ich spätestens am Wochenende mit. Mama, ich muss jetzt weiter, bin jeden Augenblick an der Baustelle. Bis dann.«

»Ja. Tschüss, Mirco.«

Limo entschied sich zunächst dazu, seiner Mutter nichts vom ersten Kontakt seit Jahren mit Frank zu erzählen, der wie Limos Eltern in Brachbach lebte. Jede überflüssige Aufregung für seine Eltern wollte er vermeiden. Limo traf an der nächsten Baustelle an, zog den Auftragsschein aus seinem Ordner und erledigte seinen Job. Gegen vier beendete er seine Abbautour, fuhr auf den Firmenhof und lud die verschmutzten Geräte aus. Er reinigte sie gründlich und stapelte jedes einzelne Gerät ordentlich in die dafür vorgesehene Bahn. Zehn Minuten vor Feierabend trafen die ersten Kollegen ein und räumten ebenfalls ihren Servicewagen aus. Limo wollte ihnen gerade behilflich sein, als sein Privathandy klingelte.

»Langen. Hallo«, meldete er sich knapp.

»Hallo, hier ist Mary.«

»Ja, hallo. Wie geht's dir? Das ist ja 'ne angenehme Überraschung.«

»Danke schön, mir geht es soweit gut. Ich wollte dich nur fragen, ob es dabei bleibt. Kommst du morgen?«

»Ja. Ich könnte so gegen zwanzig Uhr bei dir eintreffen.«

»Das wäre toll. Mir selbst wird es nicht vor halb elf gelingen. Ich habe vorhin meiner Mutter mitgeteilt, dass du schon zwei, vielleicht drei Stunden eher eintreffen würdest. Sie freut sich dich kennenzulernen. Sei also bedenkenlos gegen acht da. Ich beeile mich auch. Versprochen.«

»Aber … ich kenne deine Mutter doch gar nicht. Ich, ich kenne dich ja noch nicht einmal richtig«, stammelte er ins Handy.

»Macht doch nichts. Der Sex war trotzdem geil, oder? Nee, Spaß beiseite. Es wäre einfach schön, wenn du schon gegen acht bei ihr aufschlägst. Meine Mutter war so was von neugierig, als sie dich am vergangenen Sonntag flüchtig gesehen hat. Sie würde sich riesig freuen, dich kennenzulernen«, flunkerte sie beiläufig.

Limo fiel auf, dass Mary ihre Mutter wiederholt erwähnte.

»Ich freue mich ja auch, aber ausgerechnet an ihrem runden Geburtstag? Ich vermute, sie hat an diesem Tag andere Dinge im Kopf, als mich kennenzulernen. Oder willst du mich etwa verkuppeln?« fragte Limo eher mit Hintergedanken als belustigt.

»Quatsch, wie kommst du denn auf die Idee? Bitte fahre mir zuliebe einfach schon mal hin, ja?«

»Was soll ich darauf schon antworten. Okay, ich bin dann gegen acht bei deiner Mutter.«

»Danke, Süßer. Ich informiere meine Mutter, dass du morgen tatsächlich kommst.«

Limo lachte ins Handy, und meinte süffisant: »Du bist vielleicht eine charmante Lügnerin.« Er hörte sie ebenfalls lachen und beendete das Gespräch. In diesem Augenblick war Marys wahre Absicht aufgeflogen. Dennoch stand keine Enttäuschung auf Limos Stirn geschrieben. Seine Miene verriet eher Neugierde. Limo schob das Handy in die Hosentasche und kehrte auf der Stelle um. Ihm entging nicht, dass sein spezieller Kollege Thomas das Telefonat mitbekommen hatte und ihn nachäffte. Limo näherte sich ihm bis auf eine Armlänge und verweilte. Thomas verharrte wortlos auf der Stelle.

»Was bist du für eine armselige Kreatur. Soviel Schiss in der Hose? Keine Angst, du armes Licht, ich tu dir nichts«, Limo wandte sich von ihm ab, drehte sich nach einigen Schritten aber noch einmal flüchtig um. »Noch nicht!« drohte er. Dann ließ er diesen miesen Lump stehen und machte Feierabend.

Die folgende Nacht schlief er gut wie lange nicht mehr. Wie ein eingerollter Igel lag sein athletischer Körper unter der Bettdecke. Als Limo erwachte, streichelten ihn die frühen Sonnenstrahlen, die durch das schräge Schlafzimmerfenster brachen. Wohlig räkelte er sich in den Federn. Er benötigte einige Minuten zum Aufstehen. Er überlegte, wie er am sinnvollsten seinen arbeitsfreien Samstag gestalten sollte. Zunächst räumte er die Wohnung auf. Danach bereitete er das Frühstück vor und genoss die Brote und den Kaffee. Im Hintergrund säuselte Randy Crawford ihre sinnlichen Balladen aus dem CD-Player. Gegen elf fuhr er nach Dahlbruch zum Skaten, wobei er sich an diesem Tage nicht wie üblich verausgabte. Als Limo gegen 13 Uhr dennoch erschöpft in seiner Wohnung eintraf, duschte er und ruhte sich auf seiner Couch aus. Er legte eine DVD ein. Die Zeit rauschte wie sooft samstags vorüber. Gegen Ende des Spielfilms spürte Limo, wie die Nervosität stetig anstieg. Die Gedanken an Frank und Christine mischten sich vermehrt in die Handlung des Films ein.

Er ließ die Haustüre hinter sich ins Schloss fallen und fuhr los. In Niederschelden, einem Ort genau an der Grenze zwischen Rheinland-Pfalz und Nordrhein-Westfalen, unterbrach er kurz die Fahrt und kaufte für Christine einen farbenprächtigen Blumenstrauß. Er wusste noch, dass sie besonders warme Farben mochte. Er nahm einen Strauß mit fünf dunkelroten Rosen in der Mitte. Jeweils eine Rose für ein verlorenes Jahr, in dem er dämlicherweise der Freundschaft zu den beiden aus verletztem Stolz entsagte. Fünf Minuten später traf Limo in Brachbach ein. Er fuhr in die große Einfahrt und staunte nicht schlecht. Die Sträucher und Bäume, die er gemeinsam mit Frank eingepflanzt hatte, als Frank damals das Haus noch alleine bewohnte, waren in den vergangenen Jahren zu einer famosen Hecke gewachsen. Jetzt stand er vor der Tür und klingelte. Ein schrilles Hundekläffen durchbrach die ruhige Idylle. »Benni, aus, und sitz!« Limo erkannte sogleich Tines Stimme. Seine trockene Kehle lechzte nach einer kühlen Erfrischung. Wie würde sie jetzt wohl aussehen? Dann öffnete eine attraktive Frau die Türe. »Hallo, Limo, ist das schön, dass du uns besuchen kommst!« sagte sie und nahm ihn gleich freundschaftlich in den Arm, als läge das letzte Treffen kaum vierzehn Tage zurück. Limo genoss die Umarmung und schloss schwermütig die Augen. Wie sehr er Tine vermisst hatte, fühlte er durch und durch, als sie in diesem Augenblick in seinem Arm lag. Selbst der liebliche Geruch von Blumenfeldern, den ihre Haut ausströmte, hatte sich nicht verändert. Limo schob sie einige Zentimeter zurück und betrachtete sie intensiv.

»Mann oh Mann, siehst richtig klasse aus! So schöne lange Haare. Früher wolltest du sie nie länger als bis zum Nacken«, bemerkte Limo.

»Danke schön. Das weißt du noch?«

»Natürlich«, antwortete Limo kurz.

»Seit du nicht mehr in unserem Leben bist, habe ich die Haare stetig weiter wachsen und nur das Nötigste abschneiden lassen. Tja, wie du siehst, ist inzwischen einige Zeit vergangen!«, fügte sie hinzu und strahlte ihn ohne Vorbehalte an. Den kleinen Seitenhieb verstand Limo dennoch. Er lächelte wehmütig. »Ich hoffe, sie gefallen dir«, sagte er in dem Moment, als er den Blumenstrauß hinter seinem Rücken hervorzauberte. »Sogar mit Rosen. Du hast es nicht vergessen. Fünf? Für jedes Jahr eine?« kombinierte Tine geistesgegenwärtig mit einem süßen Lächeln. Sie machte sich ganz lang und gab Limo einen Kuss auf die Wange. »Dann komm rein. Dieser kleine Nervzwerg vor dir ist Benni.«

Als der Hund seinen Namen hörte, begab er sich auf seine vier Pfoten und tänzelte auf der Stelle. Limo hockte sich hin und rief seinen Namen. Freudig flitzte er furchtlos auf Limo zu und ließ sich für einen Augenblick ausgiebig krabbeln.

»So ein Süßer. Wie lange habt ihr den denn schon?«

»Seit drei Jahren. Wir haben ihn aus dem Tierheim in Siegen geholt. Er nervt zwar ab und an, ist uns aber ans Herz gewachsen. Und er ist ein ausgesprochen guter Wachhund.«

»War nicht zu überhören«, feixte Limo.

»Nun komm aber endlich rein. Frank ist noch oben in seinem Büro, kommt aber jeden Augenblick. Möchtest du etwas trinken?«

»Ein Wasser wäre nett.«

»Kommt sofort.«

Tine brachte ein Glas Wasser, stellte es auf den Tisch und setzte sich zu Limo ins Wohnzimmer. Im gleichen Moment trat Frank durch die offene Tür.

»Da ist er ja, der verlorene Sohn. Grüß dich, Limo.«

Die Begrüßung der beiden fiel ebenso herzlich aus. An Frank schien die Zeit spurlos vorübergegangen zu sein. Mittlerweile auch neununddreißig, sah er noch genauso aus wie damals. Die blonden Haare noch genauso kurz geschoren. Nur das ein oder andere Pfündchen zwängte sich ansatzweise seitlich an den Hüften über den Gürtel. Aus seinen Augen leuchtete echte Freude und wachsame Neugierde, bevor er ihn kurz in den Arm nahm. Frank lebte sein Leben mit dem Herz auf dem rechten Fleck. Unter Freunden und Bekannten sowie bei den Kollegen galt er als extrem aufrichtig. Kein Stereotyp, der gut sichtbar an Fäden hing, sondern jemand, der hohe Ideale von seinen Mitmenschen und von sich selbst einforderte. Für kein Geld der Welt würde er sich glatt machen, sich bequemerweise mit verräterischen Schmiergeldern arrangieren. Ein Freigeist, offen für alle Fragen. Stets neugierig und gierig nach Wissen. Bestrebt, richtige Entscheidungen zu treffen.

»Nun erzähl mal, warum meldest du dich nach so vielen Jahren aus dem Nichts?«

»Mhm, der eigentliche Grund ist der, dass Carmen seit knapp einer Woche wie vom Erdboden verschluckt ist. Mama hat schon mit der Vermieterin oder der Nachbarin von Carmen gesprochen. Die meinte, dass sie seit Samstag nicht mehr in ihrer Wohnung gewesen sei. Sie glaubt, Carmen gesehen zu haben, als sie mit ihrem Auto davonfuhr. War aber nicht sicher, ob sie es tatsächlich war.«

»Weißt du, zu welcher Uhrzeit? Genaues Datum?«

»Soll so gegen fünfzehn Uhr gewesen sein. Letzten Samstag.«

»Ist bekannt, welche Kleidung sie an diesem Tage trug?« fragte Frank weiter nach.

»Nein. Leider nicht. Ich denke, die Vermieterin oder sonstige eventuelle Zeugen dürften noch nicht konkret befragt worden sein. Wenn denn Zeugen aufzufinden sind. Noch ist die Polizei nicht involviert. Beziehungsweise nicht informiert.«

»Bist du dir sicher, dass sie nicht vielleicht im Urlaub ist?«

»Nein, glaube ich nicht. Das hätte sie mir gesagt. Da fällt mir aber ein, Mama sagte noch, dass auch ihre beste Freundin Conny nicht wieder aufgetaucht ist.«

»Ich will eure Sorgen nicht herunterspielen, Limo, aber kann es wirklich nicht sein, dass die beiden gemeinsam ausgebüchst sind? Für 'ne Woche nach Malle oder so?«

»Nein, glaube ich nicht. Carmen und ich haben einen sehr engen Kontakt zueinander. Sie spricht sogar mit mir über intime Angelegenheiten. Auch was ihren jeweiligen aktuellen Freund betrifft. Bis ins kleinste Detail wollte sie von mir alles über Männer wissen. Sie wollte von Zeit zu Zeit einen Zuhörer für ihre Probleme haben. Ich gab ihr den ein oder anderen Ratschlag, und sie erteilte mir dafür öfter eine Lektion, wie Männer ihre Frauen behandeln sollten. Ich liebe diese süße Frau. Ich will einfach nicht glauben, dass ihr etwas Schlimmes widerfahren sein könnte. Das gleiche gilt natürlich auch für Conny. Ich kann mir gut vorstellen, wie diese beiden toll aussehenden Mädels die jungen Burschen verrückt machen.«

»Die Polizei ist also nicht eingeschaltet?« fragte Frank beiläufig. Man merkte, dass er seit knapp zwanzig Jahre im Polizeidienst tätig war. Ruhig und sachlich fragte er Limo weiter gezielt nach Auffälligkeiten.

»Meine Mutter rief mich gestern früh an. Sie wollte mit Carmen sprechen, doch sie ging nicht ans Telefon. Auch eine Nachricht auf dem Anrufbeantworter blieb unbeantwortet. Ich konnte Mama nicht sagen, dass ich nichts Gutes ahne.«

»Wo wohnt denn Carmens Freundin?« wollte Frank wissen.

»Conny? Conny bewohnt eine kleine Mietwohnung in Köln. Soweit ich weiß, lebt sie da auch alleine. Die Anschrift habe ich mir erst vor wenigen Wochen notiert. Die gebe ich dir natürlich. Wir sind auch schon mal zu dritt in Köln um die Häuser gezogen.«

»Bitte mach das. Ich werde mich mal schlau machen. Könnte sein, dass die Kollegen aus Köln etwas wissen. Und ich werde mich zusätzlich im näheren Umfeld von den beiden umhören. Natürlich auch in Hamburg. Mehr kann ich im Moment nicht unternehmen. Okay?« Frank klang ziemlich sachlich und realistisch. Es lag nicht in seinem Naturell, große Hoffnungen zu schüren. Er malte aber auch nicht gleich die schlimmste aller Möglichkeiten über den Verbleib der beiden jungen Frauen an die Wand.

»Okay? Das ist mehr als nur okay, danke, Frank!« Limo fiel ein dicker Felsbrocken vom Herzen. Insgeheim hatte er gehofft, dass Frank ihn nicht im Stich lassen würde. Limo wusste aus der gemeinsamen Vergangenheit noch gut, biss sich Frank erst einmal in einer Sache fest, reizte ihn das Unlösbare daran.

»Wie ist es dir denn sonst so die letzten Jahre ergangen?« fragte Tine interessiert.

»Wie ihr vielleicht schon gehört habt, lebe ich alleine und bin glücklich geschieden. Vor einiger Zeit habe ich eine nette Wohnung in einem Altbau bezogen. Mitten in Eiserfeld.«

»Ja, wir hörten davon. Das tut mir leid mit der Scheidung. Warum dann nach Eiserfeld? Warum nicht wieder nach Brachbach?«

»Hab ich mir auch überlegt. Doch im Nachhinein bin ich froh, dass ich etwas weiter entfernt von meinen Eltern und meinen Bekannten wohne. Ist ja nicht so, als lebte ich jetzt in Pusemuckel. Wenn irgendetwas mit Papa oder Mama ist, bin ich in zehn Minuten dort.«

Tine wollte Genaueres von der Scheidung und von den letzten Jahren erfahren. Bereitwillig erzählte Limo von seinen Erfahrungen, zumal die beiden sich schon immer sehr gut verstanden hatten. Damals vielleicht zu gut. Frank saß da und hörte sich Limos Erzählungen geduldig mit an. Doch seine Gedanken schweiften immer wieder ab.

»Wo bist du jetzt stationiert?« versuchte Limo Frank mit ins Gespräch einzubeziehen. Frank erwachte aus seiner Lethargie und sein starrer Blick wandte sich wieder der Gegenwart zu.

»Ähhm. Entschuldige bitte. Ich dachte gerade, wie wäre es, wenn wir uns zum Badminton verabreden würden? Oder zum Squash. Das war doch immer geil.«, fragte Frank. Tatsächlich hatte er seine Aufmerksamkeit Carmen und ihrer Freundin gewidmet. Deren Verschwinden war knapp eine Woche her. Seitdem kein Lebenszeichen von beiden. Warum sollten sie abhauen, so wie manche Menschen es einfach tun? In einer Vielzahl von Fällen dieser Art steckte eine Straftat dahinter. Frank war unruhig. Er wollte Limo dennoch nicht von seinen Gedanken erzählen.

»Hört sich super an«, antwortete Limo begeistert. Er erhaschte einen flüchtigen Blick auf die riesige Uhr an der Wohnzimmerwand.

»Seid mir nicht böse, aber ich muss los. Ich wollte noch kurz bei meiner Mutter vorbeischauen und mit Ronny 'ne Runde drehen. Ich bin gleich auch noch auf einer Geburtstagsfeier eingeladen. Da es schon fünf ist, wird es sonst zu hektisch.«

»Klar, kein Problem«, antwortete Frank.

»Würdest du mir noch eine Frage beantworten, die mir am Herzen liegt?« fragte Tine mit unterdrückter Stimme. Limo ahnte, auf was sie hinauswollte …

»Gerne«, flunkerte er. Mit den Gedanken bei der erwarteten Frage betrachtete Limo Tine gewissenhaft. Sie sah mit fünfundreißig Jahren und ihren längeren Haaren noch besser aus. Reifer, fraulicher und mit einer erotischen Ausstrahlung ausgestattet, die einem Mann den Herzschlag aus dem Takt bringen könnte. Limo mochte zudem ihre eloquente Art. Er hatte schon seit der Teenagerzeit viel von ihrer Redegewandtheit lernen können. Sie war nicht umsonst eine gern gesehene und im Kollegium geschätzte Vertrauensperson des Gymnasiums. Frank und Tine waren Limo kognitiv um Lichtjahre voraus, was nicht nur die Berufswahl anging. Sie liebten und lebten ihre Jobs. Limo ertrug seine Tätigkeit nur.

»Warum hast du damals die gemeinen Sachen über mich erzählt?«

Da war sie – die befürchtete Frage! Limo hatte gehofft, niemals mehr an die damalige schmerzliche Erfahrung erinnert zu werden. Jedenfalls nicht so konkret. Jede Sekunde seines dämlichen und zugleich unentschuldbaren Verhaltens seinerzeit konnte sein Erinnerungsvermögen abrufen, wenn es erforderlich war. Jetzt, da ein Neuanfang ihrer Freundschaft leise an die Tür pochte, wäre Zurückhaltung ein falsches Signal.

»Na ja, im Grunde genommen ist das eine banale Geschichte. Dank eurer Hilfe konnte ich mich weitestgehend von meinem Jähzorn befreien. Ihr seid es gewesen, die mir aufgezeigt haben, dass noch andere Möglichkeiten existieren, Konflikte zu lösen, und dass mein Groll gegen alles und jeden nicht weiter ein zentraler Bestandteil meines Lebens sein durfte. Leider entferne ich mich zeitweilig von der sinnvollen Konfliktbewältigung und falle in engstirnige Verhaltensmuster zurück. Zu dieser Zeit waren wir allesamt noch Singles. Je häufiger ich mich mit dir, Tine, alleine unterhalten habe, desto mehr Schmetterlinge flatterten mir im Bauch. Ich habe es dir aber nicht zeigen können. Ich war ein Gefühlskrüppel sozusagen. Ich wartete immer wieder auf eine passende Gelegenheit dir meine Gefühle zu gestehen. Doch wenn man nicht weiß, wann der richtige Moment da ist? Woran erkennt man ihn? Und dann trat das ein, was ich nie für möglich gehalten hatte. Ihr zwei seid euch bei der Fete von Freddie damals näher gekommen. Sehr nahe. Ich konnte überhaupt nicht damit umgehen. Vor lauter Wut habe ich kurze Zeit später Lügen verbreitet. Allein schon um eure innige Beziehung zu zerstören. Frank sollte dich nicht kriegen. Meine eigene Unfähigkeit kotzte mich, nachdem ich die ersten verbalen Giftpfeile gesetzt hatte, selbst unglaublich an. An einem verkaufsoffenen Sonntag sah ich euch beide Händchen haltend durch die Stadt schlendern. In dem Augenblick verstand ich erst, was ich versucht hatte zu zerstören. Gott sei Dank ist mir es nicht gelungen! Ich war nun alleine. Immer wieder kreiste mir dieser Gedanke durch meinen engstirnigen großen Dickschädel. Ich stand mir wochenlang, monatelang selbst im Weg. Irgendwie habe ich es dann aus eigener Kraft geschafft, mich zu befreien. Aber der Preis war zu hoch. Viel zu hoch. Nie mehr würde ich mit dir so reden können wie damals. Nie wieder würde ich mit Frank um die Häuser ziehen oder unserem geliebten Sport nachgehen können. Mein Selbstmitleid ging mir schnell selbst auf den Keks. Ganz zu schweigen von meinem Stolz. Ich habe es so bereut, dass ich mich euch gegenüber so verhalten habe.«

Frank verdaute das Gesagte. Während er noch ungläubig dreinschaute, stand Tine auf und nahm Limo in die Arme und küsste ihn auf die Wange.

»Tut mir leid, ich habe es nicht mitbekommen, dass du solche Gefühle mir gegenüber hegtest. Es ist nicht leicht, mit so einem Gefühlschaos klar zu kommen, geschweige denn damit zurechtzukommen, wenn man mit ansehen muss, dass der Mensch, den man besonders mag, mit jemand anderem geht. Dann ist es auch noch, aus keiner bösen Absicht heraus, dein bester Freund«, sagte sie mitfühlend.

»Hey Mann«, sagte Frank, als er aufstand, »das alles ist schon sehr lange her. Lass uns einen Neuanfang starten! Und lass uns nicht noch einmal über so viele Jahre im Stich. Okay?«

Er hob einen Arm und öffnete seine Hand. Limo schlug ein und sie umarmten sich. Sie verabschiedeten sich anschließend und Frank versprach Limo, ihn spätestens am Montag anzurufen. Tine stand noch an der Haustür, als Limo davonrauschte. Sie schloss die Tür hinter sich und folgte Frank in die Küche.

»Hast du das mitbekommen, dass er sich in mich verliebt hatte?« fragte sie ehrlich erstaunt.

»Nein, keine Sekunde. Da denkt man, man kennt einen Menschen sehr gut, dann geschieht so etwas. Ich kann mir vorstellen, wie schwer es für ihn gewesen sein muss. Na ja, zumindest erahnen. Aber ich bin froh, dass es raus ist. Er ist von Grund auf ein feiner Kerl. Ich denke, er hat in der Zwischenzeit enorm viel gelernt. Wir ja auch. Auf jeden Fall freu ich mich, bald mit ihm wieder Badminton zu spielen. Mal schauen, ob er immer noch eine Klasse besser ist als ich«, lächelte Frank.

»Waren es nicht zwei Klassen?« feixte Tine.

»Und was denkst du, was mit Carmen passiert ist?« wechselte sie gleich zu einem ernsteren Thema.

»Schatz, ich weiß es nicht. Die Realität ist leider zu oft ein mieses Martyrium. Ich bin nicht genau im Bilde, wie hoch die Prozentzahl liegt, aber ich weiß, dass die Todesrate bei verschwundenen Personen extrem weit oberhalb des Ertragbaren liegt.«

»Ist eine Todesrate ertragbar?« wollte sie wissen.

»Nein, natürlich nicht. Aber du weißt, wie ich das meine. Fakt ist, wenn eine Person länger als drei Tage vermisst wird, steht am Ende meist ein Todesfall. Egal, ob es sich dann dabei um einen Mord oder einen tragischen Unfall handelt. Wobei ein Mordfall, beziehungsweise die Tätersuche, alle Beteiligten seelisch zermürben kann. Ich kann nicht bis Montag warten, Schatz. Ich werde mich jetzt mit meinen Kollegen in Köln in Verbindung setzen und auch bei anderen Dienststellen mal nachforschen. Vielleicht hatten die beiden einen Unfall und liegen in einem Krankenhaus. Ich kenne Carmen ja schon, seit sie in den Kindergarten gegangen ist.«

Limo stand mittlerweile vor seinem Kleiderschrank und überlegte. Was wäre wohl am besten geeignet für einen Anlass wie den vierzigsten Geburtstag einer attraktiven Frau, die ihm noch dazu fremd war. Er musste lachen.

»Wie 'ne Tussi steh ich hier vor dem Schrank und weiß nicht, was ich anziehen soll«, dachte er laut.

Letztlich entschloss er sich, nicht nackt auszugehen. Ungeduldig raffte er sich auf und griff nach einer dunkelblauen Jeans und streifte sie über. Dazu passte ein eng anliegendes weißes Hemd, das die Konturen seines durchtrainierten Oberkörpers abzeichnete. Modische, aber dennoch unauffällige schwarze Schuhe rundeten das Gesamtbild ab. Er sprühte sich noch Haarlack auf die Haarspitzen und verstrubbelte sie anschließend in alle Himmelsrichtungen. Seine Exfrau hatte ihm damals, als es noch toll lief, gesagt, dass er damit richtig frech und süß aussähe. Er betrachtete sich im Ganzen und zog eine Schnute, als wolle er mit Fröschen um die Wette quaken.

»Na ja, einen schönen Menschen kann nichts entstellen …«

Mit dieser ermutigenden Einstellung fuhr er wenige Minuten später zur Party. Er versuchte Mary unterwegs erfolglos telefonisch zu erreichen. Mehrmals ging ihm durch den Kopf, ob es wirklich so eine gute Idee war, zu dieser Feier zu fahren. Kurz bevor er sich umentscheiden wollte, befand er sich schon vor dem Haus. Überrascht warf er einen Blick auf die Umgebung. Es kam ihm merkwürdig vor, dass noch kein Auto am Haus parkte. Entweder lud sie weitere Gäste ein, die nach dem Alkoholkonsum nicht den Verlust des Führerscheins riskieren wollten oder sie legte mehr Wert auf einen qualitativen statt quantitativen Freundeskreis. Sein Blick streifte die im Auto befindliche Uhr. Eine Viertelstunde über der vereinbarten Zeit. Er nahm seinen ganzen Mut zusammen und holte einen farbenfrohen Blumenstrauß und zwei Konzertkarten für ein Rod Stewart-Konzert aus dem Kofferraum. Er hoffte, ihr damit eine Freude zu bereiten.

Anke Hammer stand schon längst hinter dem Fenster und wartete nervös auf den aufregenden Fremden. Als sie ihn aus dem Wagen steigen sah, eilte sie auf dem Weg zur Haustür am Spiegel im Korridor vorbei und erhaschte noch einen flüchtigen Blick ihres Konterfeis. Dann zwinkerte sie sich selbst zu und drückte die Daumen. Sie öffnete die Tür, noch bevor Limo die erste Stufe der Treppe erreicht hatte.

»Hallo, Limo. Darf ich dich so nennen?« fragte sie nervös wie ein Teenager. Bemühte sich redlich um eine coole Fassade.

»Sehr gerne sogar. Bin ich zu früh?«

»Ähhm, nein. Komm doch erst mal herein«, bat sie ihn freundlich. Er begrüßte sie mit einem schüchternen Küsschen auf die Wange, gratulierte noch auf der Türschwelle und wünschte ihr alles Gute zum runden Geburtstag. Der süßlich blumige Duft ihres Parfums stieg Limo angenehm in die Nase. Er schloss für einen tiefen Atemzug die Augen und speicherte den sinnlichen Geruch ab. Auf eine ganz besondere Art roch sie sehr verführerisch. Ihre langen blonden Haare wellten sich bis zur Mitte ihres Rückens. Ihm fiel gleich auf, dass sie ihm angenehm dezent geschminkt gegenübertrat. Die schneeweiße Bluse ließ einigen Freiraum für erotische Phantasien. Als er einen dunkelfarbenen BH unter der Bluse ausmachte, schaute er verschämt zur Seite. Instinktiv schäumte in ihm der Gedanke hoch, sie sofort hier und jetzt auf der kleinen Edelholznische im Korridor flachlegen zu müssen. Er schämte sich für diesen Primatengedanken keineswegs. – 'Ne Hammer-Frau. Der Name ist Programm. Mary spielte für einige Sekunden keine Rolle mehr in seinen Gedanken. Wahrscheinlich sollte die Zeit vorüber sein, als er sich geschworen hatte, eine Zeitlang abstinent zu leben. Eine seltsame Kraft dirigierte ihn, sie unbedingt berühren zu wollen. Sie führte ihn zur Wohnstube und bot ihm ein Getränk an. »Ein Wasser für den Anfang wäre nicht schlecht«, versuchte Limo freundlich und zurückhaltend zu wirken.

»Mhm … darf es auch ein kleiner Sekt sein?«

»Alternativ ist Sekt immer gut.«

Sie lächelten sich an. Limo schaute sich im Wohnzimmer um. Ihm gefiel ihr toller Geschmack, was die Einrichtung betraf. Als Anke zwei Gläser auffüllte, sah sie ihn verstohlen von der Küche aus an. Während sie sich in knisternden Gedanken verfing, beobachtete Limo sie seinerseits lang und ausdauernd. Ihm wurde heiß und kalt. Anke erging es nicht anders. Limo kapierte endlich, warum er so frühzeitig herkommen sollte. Auch warum keine weiteren Gäste geladen waren. Es ging ihm zwar durch den Kopf, »erst die Tochter und dann die Mutter«. War schon eine sehr delikate Situation, aber er lebte seit geraumer Zeit ein Singledasein und war seit dem Abenteuer mit Mary beinahe zu jeder Schandtat bereit. Anke brachte die Gläser und stellte eins davon auf den Tisch. Das andere Glas führte sie zu Limos Mund und er nahm einen Schluck. Sie trank aus dem gleichen Glas und stellte es dann auf den Tisch.

Limo stand einfach nur da, als sie den obersten Knopf seines Hemdes öffnete. Längst hatte sie ihn um den kleinen Finger gewickelt, wie eine von Odysseus' Sirenen aus der griechischen Mythologie. Gefangen in der von diesem Wesen ausgehenden gefährlichen Versuchung und den zu Sinneslust verführenden weltlichen Reizen. Dann knöpfte sie den zweiten und ganz langsam auch den dritten Knopf auf. Als das Hemd ganz geöffnet seine männliche Brust freilegte, streifte sie ihm sein Hemd ab. Den Rest erledigte die Erdanziehungskraft. Sie wägte vorsichtig die Reaktion Limos ab. Jetzt wäre der Augenblick für Limo gekommen, ihre aufregende Initiative zu unterbinden. Als er keine Gegenwehr zeigte, begann sie kess zu lächeln, während sie mit der einen Hand seinen straffen Bauch streichelte und mit der anderen Hand tiefer mit seiner längst erigierten Männlichkeit auf Tuchfühlung ging. Anke selbst schien unglaublich erregt und zugleich nervös. Sie erahnte die Größe seines Phallus. – Mary hatte nicht übertrieben, dachte sie sich im Stillen. Wie würde er es verstehen damit umzugehen? Winzige Fältchen um die Augenwinkel verrieten ein lüsternes Lächeln. Sie wusste, dass sie Gefahr lief, sich ihm billig anzubiedern. Sie konnte und wollte sich aber nicht vorstellen, dass er ihr jetzt noch einen Korb gab. Sie wollte ihn. Hier und jetzt! Ohne zu zögern öffnete sie ihre Kleidung selbst und streifte sie lässig vom Leib. Limo registrierte jede noch so winzige Bewegung dieser außergewöhnlich erotischen Frau. Er bemerkte, wie sie nackt vor ihm auf die Knie ging. Limo schloss die Augen und ließ sie nervös gewähren. Sie öffnete rasch seine Hose und entblößte Amors Marmor. Sie umfasste ihn mit beiden Händen und begann ihn mit ihrer Zunge zu verwöhnen. Limos Beherrschung hielt kaum zwei Atemzüge stand. Mit beiden Händen umfasste er mit der nötigen Mischung aus Zärtlichkeit und Begierde ihren Kopf und bewegte rhythmisch sein Becken. Anke unterbrach überraschend, zog ihn aufs Sofa und genoss einen Augenblick später seine Männlichkeit in sich. Sie spürte seine Hände sie tausendfach berühren. Kurz darauf überflutete die Wollust ihren Leib.

Wie lange war es schon her, dass sie Sex mit einem Mann erlebt hatte? Sie schaute Limo danach verwundert an. »Du noch nicht?« fragte sie ihn mit einem süßen Lächeln. Diese Tatsache kannte sie nicht. Für gewöhnlich kam ihr Exmann stets als Erster ins Ziel. Sie blieb meist unbefriedigt zurück. Es blieb ihr damals nichts anderes übrig als zu masturbieren. Heimlich, wenn die Lust sie überkam.

»War es schön für dich?«

»Schön?« Sie richtete sich auf, so dass es ihr gelang, seine noch erigierte Männlichkeit zu betrachten. Dann kniete sie sich seitlich neben ihn, küsste und knabberte mit leidenschaftlichen Liebesbissen daran. Ihre Hände führten sanfte onanierende Bewegungen aus, die rasch intensiver wurden. Limo legte seinen Kopf in den Nacken und genoss mit geschlossenen Augen. Sein Stöhnen wurde lauter und Ankes Zunge vollbrachte abenteuerliche Kunststücke, während ihre Hände gefühlvoll masturbierten. Endlich stimulierte sie ihn soweit, dass sich seine aufgebaute Anspannung durch einen befreienden Orgasmus entspannte. Für eine Weile sprach nur die Wanduhr im Wohnzimmer. Das sanfte Ticken wirkte besänftigend. Anke beobachtete Limo. Sie beobachtete auch sein bestes Stück. Beobachtete, wie ruhig und gleichmäßig er jetzt atmete. Limo lag mit geschlossenen Augen auf der Couch und genoss Ankes Fingerspitzen, die zärtlich über seine Lenden kreisten. Zaghaft blinzelte er und sank erneut in eine Zwischenwelt. Anke erhob sich und im selben Moment schlug er die Augen auf. Schweigend und lächelnd nahm sie Limo an die Hand und führte ihn zum Bad.

»Jetzt duschen wir schnell und ich stelle anschließend das Essen auf den Tisch. Du bist doch mindestens genauso hungrig wie ich, oder?«

Limo lächelte: »Mindestens!«

Sie hopste als erste in die Dusche und Limo beobachtete sie dabei. Durch die beschlagene Tür nahm er ihren sonnengebräunten Traumkörper noch verschwommen wahr. Je länger er hin schaute, desto mehr regte sich in ihm erneut die Lust. Anke fühlte sich beobachtet. Sie schaute instinktiv zu ihm herüber und wischte spontan mit einer Hand einen Teil der vernebelten Scheibe frei. »Hoppla, da ist aber noch jemand unternehmungslustig«, strahlte Anke über das ganze Gesicht. Sie hielt die Duschtüre einladend auf.

Nachdem sie sich ein zweites Mal geliebt hatten, kuschelte sie sich an ihn und fühlte sich in seinen Armen so geborgen wie seit Jahren nicht. Als das Wasser nach einer gefühlten Ewigkeit spürbar kühler wurde, beeilten sich die beiden mit dem Duschen und schlenderten gemeinsam in die Küche. Sie kochte das Essen fertig, das sie schon Stunden vorher vorbereitet hatte. Limo zeigte sich nützlich und deckte in der Zeit den Tisch. Fast gleichzeitig wurden sie fertig. »Mhm, duftet das lecker. Was gibt's denn?« fragte Limo, als ihm das Wasser im Munde zusammenlief.

»Schweinelendchen mit frischen Champignons und Preiselbeeren. Dazu Spätzle.«

»Und wieso zauberst du so ein tolles Geburtstagsessen nur für zwei Personen?«

Anke setzte sich nun auch an den Tisch und lächelte verschmitzt. Limos Frage blieb unbeantwortet. Limo schenkte den gekühlten Weißwein in die dafür vorgesehenen Gläser ein und prostete ihr zu.

»Ich wünsche dir alles Liebe und vor allem Gesundheit zu deinem runden Geburtstag.«

»Vielen Dank. Schön, dass du hier bist. Lass es dir schmecken.«

»Bestimmt.«

Es vergingen nur wenige Bissen, als Limo vor Neugier platzte.

»Warum sitze ich hier alleine mit dir?«

»Wie meinst du das?«

»Was soll ich sagen, ich habe dich vergangenen Sonntag nur kurz gesehen, und durfte eben mit dir einen Hammer-Sex genießen. Sozusagen einen Anke-Hammer-Sex«, alberte er und grinste. Kam sich aber gleich darauf dämlich vor, als er bemerkte, was für ein kindischer Quatsch über seine Lippen rutschte.

»Mhm, *wie* soll ich es dir sagen?« Sie rang nach den passenden Worten.

»Immer raus damit. Ich bin ein großer Junge. Das interessiert mich jetzt.«

Anke lächelte verschmitzt: »Als du mit Mary an dem besagten Sonntag hier vorbei kamst, entging mir nicht das Lächeln in Marys Augen. Da ich meine Tochter nur zu gut kenne, zählte ich eins und eins zusammen. Mary berichtete mir später von ihrem, von eurem Abenteuer.«

»Aha, Abenteuer also? Plauderte sie etwa auch pikante Einzelheiten aus?«

»Ja, auch die«, lächelte Anke kess. Sie hielt Limos Blick stand.

Limo errötete und verspürte Scham.

»Limo, bitte versteh mich nicht falsch. Meine Tochter und ich teilen unsere Liebhaber nicht.« Limo schaute überrumpelt und zog die Augenbrauen hoch in die Stirn.

»Mary erzählte mir, unter welchen Umständen sie dich kennengelernt hat. Auch das mit dem Sex in deinem Proll-Flitzer. Sie schwärmte von dir in den höchsten Tönen. Dann schlug Mary vor, dass du zu meinem Geburtstag kommen solltest. Sie war der Meinung, vier Jahre ohne Sex seien Enthaltsamkeit genug. Man kann also nicht gerade behaupten, dass ich nymphoman veranlagt sei. Aber dir gelang es, in mir einen Denkprozess anzustoßen.«

Limos Augen funkelten vor Staunen.

»Natürlich wollte ich das nicht. Meine Tochter und ich gehen sehr offen miteinander um. Aber so eine Geschichte …, und je mehr sie mir erzählte, umso stärker keimte in mir das Verlangen, es doch zu versuchen. Um ehrlich zu sein machte sie mich total neugierig, als sie mir von deinem, ähm, du weißt schon, deinem …« Ein schelmisches Grinsen huschte ihr übers Gesicht, auch wenn sie selbst während ihrer Ausführung ins Stocken geraten war. Währenddessen wusste Limo nicht, ob er nun eher lachen oder weglaufen sollte. Ihm kam sein Kopf wie eine überreife Tomate vor.

»Ja, ich weiß, was du meinst«, antwortete Limo und räusperte sich verlegen.

»Bist du jetzt sauer?«

»Nein, sauer nicht. Belustigend finde ich es aber auch nicht gerade. Aber ich möchte nicht heucheln. Habe mich ja vorhin auch nicht sonderlich gewehrt. Ganz im Gegenteil. Nur weiß ich nicht, was du jetzt denkst.«

»Wie meinst du das?« fragte Anke nach.

»Ich bin auch seit einiger Zeit Single. Ich tu mich noch schwer mit einer festen Bindung.«

»Nein, um Gottes Willen. Keinen Stress. Ich bin froh, dass du hier bist, und mich von meinen sexuellen Nöten befreit hast. Jetzt kann ich es dir ja sagen, denn bei Männern wird dies ja als absolut normal angesehen. Aber ich war so was von geil, das kann ich dir kaum mit Worten beschreiben. Je mehr Mary von dir schwärmte, umso aufgeregter wurde ich. Ich konnte es kaum erwarten, dich zu verführen. Das wollte ich ihr aber sicher nicht erzählen. Und jetzt sitzen wir hier am Tisch, hatten super tollen Sex. Ich würde sagen, lass uns einen stressfreien Abend genießen. Alles weitere lassen wir locker auf uns zu kommen, okay?«

Limo fiel eine zentnerschwere Last von den Schultern. Er glaubte aber in den wenigen Sätzen Ankes ihre Tochter Mary herauszuhören. Sie waren sich wohl wirklich sehr ähnlich.

»Aber ich hoffe, du verwöhnst mich gleich noch mal so richtig, ja?«, bat Anke Limo mit einem süßen Lächeln. Limo legte einen Dackelblick auf: »Och, schauen wir mal.« Einträchtig lachten sie vielsagend und ließen sich das wunderbare Essen schmecken.

»Vielen Dank für dieses prächtige Dinner«, bedankte sich Limo. »Das war köstlich. Könnte ich mich dran gewöhnen.« Anke lag schon eine Antwort auf der Zunge, sie ließ aber Limos Aussage unkommentiert im Raum stehen. Ihre Gedanken verloren sich bei der Vorstellung, die Bekanntschaft mit Limo eventuell doch über einen One-Night-Stand hinaus ausdehnen zu wollen. Ganz abgeneigt wäre sie nicht. Sie unterhielten sich eine ganze Weile über ihre Ex-Partner, Freunde, Hobbys und alles, was man so von sich preisgibt bei einer intimen Geburtstagsfeier zu zweit. Unaufhaltsam nahte Mitternacht. Noch immer keine Spur von Mary. Sie unterhielten sich weiter, bis Limo beiläufig die Uhrzeit erfasste. »Was, schon gleich halb eins?!« Limo klang, als habe er seiner Mutti versprochen, pünktlich zu Hause zu sein. »Musst du schon fahren?«, fragte sie ihn und hoffte, dass er noch eine Weile blieb. Sie hatte sich schon seit langer Zeit nicht mehr so angeregt unterhalten. Sicher, mit Mary, nicht aber mit einem gleichaltrigen Menschen. Es tat ihr sichtlich gut. Zumal niemand in seiner Wohnung auf ihn wartete. »Nein, nicht wenn du es möchtest. Aber wollte Mary nicht gegen dreiundzwanzig Uhr hier eintreffen?« Anke drehte ihren Kopf zur Seite und biss verlegen auf ihre Lippen. Limo entging ihr Verhalten nicht.

»Ist auch nicht wahr?« fragte er schließlich.

»Nnn… nein, nicht wirklich«, stotterte Anke.

»Ihr seid mir vielleicht …, was soll's.«

»Jetzt bist du aber sauer?« fragte Anke und befürchtete, dass die harmonische Stimmung dahin sei. »Soll ich Mary anrufen, dass sie kommen soll?«

Limo schaute in Ankes Augen und erkannte eine gewisse Traurigkeit. Und was sollte er jetzt mit Mary noch anstellen? Entweder Mutter oder Tochter. Aber ganz bestimmt nicht noch einmal beide. War schließlich schon für normal denkende Menschen eine kranke Sache. Strenggläubige würden diese Aktion sicher mit einer Steinigung aburteilen.

»Nein, es ist dein Geburtstag und eure Überraschungen habe ich verdaut. Jetzt feiern wir noch ein bisschen.«

»Ich bin sehr froh, dass du dieser Meinung bist. Ich dachte schon, du würdest jetzt fahren. Komm, wir machen es uns auf dem Sofa gemütlich«, unterbreitete sie ihm den Vorschlag.

»Gerne. Da fällt mir ein, ich hatte dir doch ein kleines Geschenk mitgebracht. Erinnere mich vage daran, dass es bei den Blumen liegen müsste. Im Flur.«

Limo erhob sich, betrat den Korridor und fand die Blumen. Unter dem Strauß befand sich der Umschlag mit den Konzertkarten auf einer Kommode. Anke hatte das Geschenk dort abgelegt, als sie sich bei der Begrüßung umarmt hatten. In der Zwischenzeit stellte Anke eine Flasche Wein und die passenden Glaskelche auf den Wohnzimmertisch. Auf der gemütlichen, cremefarbenen Couch harmonierten die Decken und Kissen in passenden warmen Erdfarben. Der Raum versprühte den Charme eines romantischen Liebesnests. »So, da bin ich wieder.« Limo hielt mit einer Hand den Strauß Blumen hinter seinem Rücken. In der anderen Hand versteckte er den Umschlag. Anke tapste halbnackt zu ihm hinüber. Ihre sinnlichen Lippen in Verbindung mit ihrem verführerischen Blick ließen Limo dahinschmelzen. »Also noch mal von vorn«, sagte er. Lachend überreichte er die Blumen erneut und zauberte hinter seinem Rücken den Umschlag hervor. In sanftem Ton wünschte er ihr abermals alles Gute und dass alle ihre Wünsche und Sehnsüchte in Erfüllung gehen würden. Anke bedankte sich mit einem zärtlichen Kuss. Als sie den Umschlag in Empfang nahm, stieg die Spannung. Sie öffnete das kleine Kuvert und sah die Tickets. Innerhalb einer Sekunde las sie gleichzeitig: Köln-Arena – Rod Stewart! Der Glanz in ihren Augen, ihre Freude! Dieser Augenblick war für Limo unbeschreiblich. Er hatte offenbar mitten ins Schwarze getroffen.

»Du Süßer, was ist das ein tolles Geschenk! Wie bist du denn auf so eine Idee gekommen? Die Karten haben doch sicher sehr viel Geld gekostet.«

»Einfach nur Blumen zu schenken schien mir zu einfallslos. Auch wenn der Strauß sehr schön ist, wie ich finde. Durch Zufall las ich in der Zeitung, dass Rod Stewart in einigen Wochen in Köln gastiert. Da kam mir die Idee, du könntest diese Musik mögen. Ich habe gedacht, Mary und du …«

»Darf ich mir aussuchen, mit wem ich das Konzert besuche? Oder ist das Bedingung?«

»Natürlich keine Bedingung. Es sind deine Karten, dein Geschenk«, antwortete er und spürte eine leise Ahnung.

»Ich weiß, keinen Beziehungsstress, aber ich würde sehr gerne mit dir zum Roddy-Konzert.«

Limo lächelte. Eigentlich hätte er Nein sagen sollen. Aber seine innere Stimme suchte vergebens nach einem Gegenargument. Als sie ihn lächeln sah, ließ sie sich nach vorne fallen, umarmte Limo und küsste ihn erneut. Er erwiderte ihren freundschaftlichen Kuss. Rasch entfachte der zarte Kuss einen Flächenbrand und loderte zu einer erneuten heißen Knutscherei empor. Berauscht von der knisternden Begierde, verstreuten sie ihre spärliche Kleidung ein zweites Mal auf den Boden.

Die Morgensonne übernahm bereits seit einigen Stunden das Zepter von der Nacht und versuchte mit ihren warmen Strahlen durch die Glasfassade des Wohnzimmers zu dringen. Der Schlüssel drehte sich bis zum Klicken. Mit leichtem Druck öffnete sich die Haustür. Mary schob die Türe auf und stellte ihre Sporttasche in den Flur. Auf Samtpfoten schlich sie lautlos in den Korridor, um ihre Mutter nicht aufzuwecken. Sie betrat die Küche und setzte behutsam Kaffee auf. Als sie die Vorbereitungen beendet hatte, bemerkte sie, dass die Vorhänge an den Fenstern im Wohnzimmer noch dreiviertel zugezogen waren und den Sonnenstrahlen nur bedingt Einlass gewährten. Mary nutzte die Zeit, während das

Wasser durch die Kaffeemaschine tröpfelte, bewegte sich zum Wohnzimmerfenster und führte den wallenden Gardinenstoff lautlos zur Seite. Sie erblickte Limos Cabriolet in der Einfahrt. Verwundert drehte sie sich um. Sie vermutete, dass er oben im Schlafzimmer mit ihrer Mutter gemeinsam die Nacht verbracht hatte. Plötzlich erschrak sie, als sie die beiden aneinander gekuschelt auf der Couch liegen sah. Schnell hatte sie sich gefasst, und schlich näher zum Sofa. Mary lächelte – wie Gott sie schuf! Ihr gefiel der friedliche Ausdruck im Gesicht ihrer Mutter. Sie hatte es verdient, endlich einen netten Mann an ihrer Seite zu haben. Oder wenigstens die Chance zu haben, jemanden wie Limo kennenzulernen. Sie betrachtete für einige Sekunden das schlafende Gesicht ihrer Mutter. Sie wirkte, als würde sie im Schlaf lächeln. Auch Limos Miene machte einen friedvollen Eindruck. Mary entfernte sich und lächelte vor sich hin. Sie dachte daran, dass der Abend zuvor wohl sehr romantisch verlaufen sein musste. In diesem Augenblick übersah sie eines der beiden bis zur Neige geleerten Weingläser, das gerade soeben noch auf der Tischecke stand. Es fiel unaufhaltsam zu Boden, wo es in mehrere Scherbenstückchen zerbrach.

»Ähm, hallo, ihr Schlafmützen.«

»Hallo, mein Schatz, bist du schon lange da?« fragte Anke noch schlaftrunken.

»Entschuldige bitte, nein. Ich bin vor fünf Minuten durch die Tür. Ich habe gerade erst das Auto von Limo in der Einfahrt entdeckt. Dachte, du bist allein. Jedenfalls, bis ich den Vorhang zur Seite zog. Was schlaft ihr denn hier auf der Couch? Wäre das Bett nicht bequemer? Wie lange habt ihr denn gefeiert?« legte Mary neugierig mit einer Salve von Fragen los.

»Och, wir haben uns festgequatscht.«

»Mhm, klar sehe ich. Muss ja ’ne heiße Diskussion gewesen sein«, lachte Mary sie beide an. Limo öffnete durch die Stimmen geweckt die Augen. Schüchtern griff er nach der Decke, die vernachlässigt am Fußende des Sofas lag.

»Ist mir etwas peinlich«, dachte Limo laut.

»Quatsch«, antwortete Mary. »Wenn jemand ein schlechtes Gewissen haben sollte, dann ich.« Sie schaute verlegen zu Boden und suchte wenige Sekunden später das Gesicht ihrer Mutter.

»Ich möchte mich bei dir entschuldigen, Limo«, sagte Mary. »du denkst bestimmt, dass wir ständig so lügen«

»Ist schon okay, deine Mutter hat mir gestern erzählt, wie ihr den gestrigen Abend angeleiert habt. Ich weiß es einzuordnen.« Limo lächelte.

»Ich mache jetzt frischen Kaffee«, beendete Anke das pikante Thema.

»Nein, Mom, den habe ich schon aufgesetzt. Macht ihr euch erst mal frisch. Bis dahin habe ich den Tisch gedeckt«, befahl Mary. Sie gab ihrer Mutter einen Schmatzer auf die Wange und verließ das Wohnzimmer ohne schlechtes Gewissen. Anke und Limo standen sich gegenüber und schauten sich in die Augen.

»Du Süßer warst gestern unglaublich«, flüsterte sie ihm ins Ohr und gab Limo einen langen innigen Kuss. Mary bekam das mit, als sie ihren Kopf neugierig in die offene Tür steckte.

»Limo, Kaffee mit Milch und Zucker?«, fragte sie kess grinsend.

»Sehr gerne beides«, grinste er genauso zurück.

Nachdem ein Duschgang die Lebensgeister beflügelt hatte, saßen Anke und Limo artig angezogen am Tisch. Mary hatte den fertigen Kaffee bereits in die Tassen ausgeschenkt. Nach einer halben Stunde schaute Limo auf die Uhr.

»Ich glaube, ich werde mich jetzt auf den Weg machen.«

»Schon?« bedauerte Anke.

»Ja. Ich muss noch zu meiner Mutter. Außerdem wartet mein Hund auf mich. Er freut sich sicher schon auf eine große Runde durch den Wald.«

»Oh schön, welche Rasse?« fragte Anke neugierig.

»Ein pechschwarzer Schäferhuund. Die durchgehend schwarze Farbe seines Fells ist eine Besonderheit bei dieser Rasse. Ein Traum von einem Hund.«

»Vielleicht kann ich ihn ja mal irgendwann sehen?« fragte Anke in der Hoffnung, dass sie Limo sehr bald wieder sehen würde.

»Gerne sogar«, antwortete er knapp und stand auf. Er ging auf Mary zu, gab ihr einen Kuss zum Abschied auf die Wange und bedankte sich bei ihr.

»Warum bedankst du dich? Ich bin diejenige, die sich bedanken müsste.«

»Nur so«, antwortete er und strahlte wie ein Honigkuchenpferd.

Anke folgte ihm bis zur Haustür, während Mary in der Küche blieb.

»Was meinst du, so ohne Stress, sollen wir uns wieder sehen?« flüsterte er.

»Unbedingt, natürlich stressfrei«, grinste sie.

Sie streckte sich, um ihm etwas ins Ohr zu flüstern.

»Wenn du es einrichten kannst, dann komm am Mittwochabend. So um sieben? Ich koche uns etwas und anschließend …, so wie gestern, ja?«

»Gestern? Was war denn …, aha, du meinst genauso wie gestern?«

»Mindestens«, ergänzte sie und lachte verstohlen.

Sie zog die Tür auf, küsste ihn zärtlich verlangend und streifte mit einer Hand noch mal lässig über seine Hose.

»Och, oder du bleibst noch ein bisschen«, grinste sie frech.

Limo grinste zurück: »Okay, Mittwoch geht klar.«

Er eilte zu seinem PS-Monster. Die tiefe Einfahrt lag noch im Schatten. Der Tag versprach sonnig und heiß zu werden. Anke winkte ihm kurz zu, als er beinah andächtig aus der Einfahrt fuhr, und schloss die Tür hinter sich.

»So, jetzt möchte ich alles von dir haarklein erzählt bekommen!« forderte Mary ihre Mutter auf.

»Ich glaube, ich habe mich verliebt oder so.«

»Bitte? Und was ist mit ‚stressfrei'?«

»Ja, ja, aber wenn dieser Kerl kein Sechser im Lotto ist, inklusive Zusatzzahl, dann weiß ich nicht mehr weiter.«

»Was ist passiert? Und was ist mit der Bekanntschaft aus dem Internet?«

»Mein Schatz, ich weiß gar nicht, wo ich anfangen soll. Es ist so, wie du es vor kurzem erwähnt hast. Die Art, wie er was erzählt, was er sagt. Seine Gesten, einfach alles. Er hat mir diese Blumen geschenkt, und zwei Tickets zum Rod Stewart-Konzert in der Köln-Arena.«

»Zwei.«

»Ja, sie waren für dich und mich gedacht. Aber sei mir nicht böse. Ich möchte mit Limo hin. Ist das okay?«

»Mutti, klar ist das okay. Ich hätte mich zwar auch gefreut, aber ich sehe ja, es hat dich anscheinend richtig heftig erwischt, was?«

Anke zuckte mit beiden Schultern und schaute Mary fragend an.

»Ich weiß es nicht. Wirklich nicht. Aber es fühlt sich irgendwie gut an.«

»Wann seht ihr euch denn wieder? ‚Stressfrei'?« hackte Mary mit einem Augenzwinkern darauf herum.

»Er kommt am Mittwochabend.«

»Mama, ich freue mich für dich. Vielleicht wird ja was daraus?«

»Ja, vielleicht«, antwortete Anke knapp und spielte ihre eigene Hoffnung herunter.

»Was wird denn nun mit dem Typen aus dem Internet? Du bist dieser Frage noch ausgewichen.«

»Keine Ahnung. Vielleicht treffe ich mich mit ihm mal in einem Pub. Oder ich lasse es ganz sein. Ich lasse es einfach auf mich zukommen.«

Marys Blicke verfinsterten sich skeptisch.

»Mach keinen Blödsinn, okay? «

»Was gibt es denn Neues aus der Uni?« wechselte Anke geschickt das Thema.

»Eigentlich nichts. Ich werde aller Voraussicht nach nächstes Wochenende in Hamburg bleiben. An dem darauf folgenden Montag und am Mittwoch sind zwei wichtige Klausuren angesagt. Aber sonst läuft's ganz ordentlich.«

Mutter und Tochter unterhielten sich noch eine ganze Weile, während ein Teil in Ankes Kopf bereits den Mittwochabend herbeisehnte.

Limo befand sich mit seinem Sportwagen schon kurz vor Brachbach, als er auf sein Handy schaute. Er überprüfte die Mailbox. Ihm fuhr ein Schreck in die Glieder, als er sah, dass Frank am Vorabend fünf Versuche unternommen hatte, ihn zu erreichen. Außerdem lag noch eine SMS-Mitteilung vom heutigen Morgen vor. Er öffnete sie mit flinken Fingern. Als er sie las, war der romantische Vorabend wie weggeblasen: *»Hallo, Mirco, ich habe wichtige Nachrichten, die Carmen und Conny betreffen könnten. Bitte melde dich! Gruß, Frank.«*

Limo stockte der Atem. Er parkte den Wagen in einer angrenzenden Seitenstraße unmittelbar an einem dichten Waldstück und wählte Franks Nummer.

5

Das Telefon klingelte bereits zum vierten Mal. Limo flehte Frank in Gedanken an, ans Telefon zu gehen. Beim sechsten Läuten meldete sich Frank endlich.

»Hallo, Limo, gut dass du dich meldest, ich hatte schon gestern Abend versucht dich zu erreichen.«

»Ich habe es gerade erst auf dem Display gesehen. Tut mir leid, ich war gestern auf einer Geburtstagsfete und habe dort übernachtet. Mein Handy lag natürlich im Auto.«

»Schöne Feier?« fragte Frank nach. Doch Limo ignorierte Franks wohlgemeinte Nachfrage. Jetzt, da Limo wusste, dass sein Kumpel bereits gestern Abend die Info auf seinem Handy hinterlassen hatte, interessierte ihn nur noch eine Frage.

»Was hast du erfahren?« Limos Stimme klang zittrig.

»Also ...,« begann Frank den Satz. Limo stockte am anderen Ende der Leitung der Atem.

»Ich habe meine Kollegen im Siegerland, im Sauerland, im Rheinland und sogar in Hamburg über zwei vermisste junge Frauen informiert, indem ich ihnen eine Personenbeschreibung zugemailt habe. Eine Beschreibung der zuletzt getragenen Kleidung war ja leider nicht möglich. Binnen einer Stunde habe ich die Antworten sämtlicher kontaktierten Polizeidienststellen erhalten. Zunächst kein Ergebnis.«

»Was bedeutet das konkret?«

»Dass keine besonderen Vorkommnisse gemeldet wurden. Was zunächst durchaus positiv schien. Aber heute früh bekam ich den Anruf eines Kollegen aus Köln. Es wurden«, Frank stockte »es wurden mehrere Leichen in der Nähe von Düren gefunden. Darunter auch zwei Frauenleichen, zwei junge Frauen.«

»Neeeiin!«, Limo heulte auf wie ein Kind. Er ahnte instinktiv, dass es sich um Carmen und Conny handelte.

»Limo, hey, Limo, hör mir doch erst mal zu« Das herzzerreißende Weinen ging Frank nahe. Schließlich kannte er Carmen ebenfalls sehr gut, wenn auch der Kontakt in den letzten Jahren nicht intensiv gewesen war.

»Limo, bitte ...«, Frank versuchte erneut, Limo zu beruhigen.

»Limo?« fragte Frank nach, als er bemerkte, wie auf der anderen Seite der Leitung Stille einkehrte.

»Ja? Tut mir leid.«

»Quatsch. Muss dir nicht leid tun. Hör mir jetzt genau zu. Ich setz mich gegen dreizehn Uhr in den Wagen und versuche mir in der Kölner Dienststelle ein genaues Bild zu verschaffen. Andre Stark – ihn kenne ich seit der gemeinsamen Grundausbildung – er leitet gemeinsam mit einem BKA-Kollegen vor Ort die Ermittlungen. Ich habe ihm die Situation geschildert. Wir treffen uns um fünfzehn Uhr auf dem Dürener Revier. Ich schaue mir die Frauen in der hiesigen Pathologie an. Bitte informiere deine Mutter nicht voreilig. Ich melde mich bei dir, sobald ich Genaueres weiß, okay?«

»Ja, Frank, danke!«

Limo schien wieder ein wenig gefestigt.

»Hey, vielleicht handelt es sich ja wirklich um jemand anderes«, versuchte er zu trösten. »Limo?«

»Ja, vielleicht. Bis gleich dann. Ciao, Frank.«

»Ja. Bis später.«

Frank hatte im Grunde keine Hoffnung, dass es sich bei den beiden Frauenleichen nicht um Carmen und Conny handelte. Die von den Kollegen geschossenen Fotos der Frauenleichen ließen bei Frank keinen Zweifel zu. Dennoch hoffte er, nach der Beschau Limo eine positive Nachricht überbringen zu können.

Limo stand noch mit seinem Sportwagen an der Straßenseite und kämpfte mit den Tränen, die sich in seinen Augen sammelten, bis sie letztlich zu schwer wurden und in kleinen Rinnsalen über seine Wangen rollten. Carmen ging ihm nicht mehr aus dem Kopf. Obwohl er die voreilige Trauer zu unterdrücken versuchte, – das Glas ist halb voll, das Glas ist halb voll – puschte er sich Erinnerungen an gemeinsame Erlebnisse mit seiner Schwester in den Sinn. Ähnlich einem Kinostreifen, dessen beste Szenen man immer wieder anschaut. Mit starren und verweinten Augen hockte er wie in Trance gefangen noch eine ganze Weile regungslos da. Dann endlich schüttelte er sich und wischte sich mit der Hand durchs Gesicht, holte ein Taschentuch aus dem Handschuhfach und verschaffte sich freie Luft durch die Nase. Anschließend drehte er sich um, schnappte sich den kleinen CD-Koffer und suchte nach einer bestimmten CD. Neil Diamond hörten Carmen und Limo leidenschaftlich gerne. Er legte das Best Of-Album ein. Drückte dann so lange auf den Titelsucher, bis der gesuchte Titel auf dem Display erschien und drehte den Player so laut auf, bis gefühlte hundertfünfzig Dezibel aus den Boxen dröhnten. Bis er in Brachbach bei seiner Mutter eintraf, drückte er immer wieder auf die Titelwiederholung. Den Text von *I am ... I said ...*, Carmens Lieblingssong, sang er sanft und leise mit. Noch einmal wischte er sich die Tränen aus seinem Gesicht. Er hoffte, dass seine Mutter ihm seine schlimmen Ahnungen nicht ansah.

Limo schlug gerade die Autotür zu, als ihm auch schon das Bellen seines Hundes entgegenhallte. Mit beiden Vorderpfoten stemmte Ronny sich aufrecht auf die Fensterbank im Wohnzimmer seiner Eltern. Limo lächelte traurig. Wie sehr liebte er diesen Hund. Limos Mutter öffnete die Haustüre, damit Ronny sein Herrchen empfangen durfte. Mit einem Riesensatz übersprang er sämtliche Treppenstufen und begrüßte Limo so stürmisch, als sei er seit Wochen nicht da gewesen. Limo knuddelte und herzte seinen Liebling. Nach dem ausgedehnten überschwänglichen Begrüßungsritual beruhigte sich Ronny langsam. Währenddessen wartete Limos Mutter oben auf dem kleinen Plateau.

»Hallo, Mama.«

»Komm rein, Mirco, oder gehst du erst eine Runde mit Ronny?«

»Ich werde erst mal losmarschieren.«

»Hast du denn schon was Neues erfahren?«

»Mama, die können auch nicht zaubern.«

Er hatte gewusst, dass seine Mutter diese Frage stellen würde. Trotzdem hasste er diese Frage. Er behielt das bisschen, was er von Frank erfahren hatte, noch für sich. Wie Frank so war auch ihm klar, dass er auf gar keinen Fall seine Mutter unnötig belasten sollte. Nicht, solange es unumstößlich war.

»Aber es kann sein, dass ich gegen Abend noch eine Information erhalte«, versuchte er sie dennoch zu beruhigen.

»Soll ich denn nicht doch einmal den Frank Helmes anrufen, der ist doch Polizist«, bohrte seine Mutter nach.

»Mama, Frank ist bei der Autobahnpolizei. Er kümmert sich bestimmt nicht um Vermisstenangelegenheiten. Ich bin in Verbindung mit der Polizei in Köln und Hamburg. Ein gewisser Herr …, Mist, habe den Namen vergessen.«

Limo ließ nicht über seine Lippen, was eigentlich für ihn feststand. Wie oft kam es wohl vor, dass das BKA in Köln falschen Indizien folgte. Nun lag ihnen nicht nur ein Phantombild, sondern ein gestochen scharfes und aktuelles Foto von einer jungen Frau vor, das mit hundertprozentiger Sicherheit eine der vermissten Personen zeigte, nämlich Carmen Langen.

Inge Langen nahm die Aussage ihres Sohnes hin.

»Wo ist denn die Hundeleine?« fragte Limo, um auf andere Gedanken zu kommen.

»Warte, ich hol sie hinten aus dem Flur.«

Ronny hatte in den letzten dreißig Sekunden sein Herrchen nicht aus den Augen gelassen und johlte vor Vorfreude, als er die Lederleine in Inges Hand erspähte.

»Ich nehme die große Runde. Wundere dich nicht, wenn ich nicht wie gewohnt in einer Stunde zurück bin.«

»Übertreibe es aber bitte nicht, es ist ziemlich heiß.«

»Ja, ja, im Wald ist regelmäßig Schatten, das schafft Ronny schon.«

Natürlich meinte es seine Mutter nur gut. Dennoch nervte manchmal ihre übervorsichtige Art.

Ronny tapste aufgeregt vor Limo her und wedelte mit seiner Rute. Zackig leinte er das prächtige Tier an und eilte schnellen Schrittes in die vertraute Flora. Während Ronny dutzendfach seinen Revieranspruch untermauerte, vertrieb sich Limo die Zeit mit den verschiedensten Gedanken. Limos Elternhaus verfügte nur über eine einfache Isolierung. Nie enden wollende Geldnöte sorgten dafür, dass gespart werden musste. Schon vor Jahren wollte sein Vater – Horst Langen – diesen desaströsen Zustand des Hauses ändern. Doch der Schlaganfall veränderte die Lebensgewohnheiten der Familie völlig. Das wenige Geld aus dem Sparstrumpf floss mit in die Genesung des Hausherrn. Limos Bruder Axel kaufte zu jener Zeit mit seiner Ehefrau und den zwei Kindern ein relativ neues Haus. Er steckte noch bis zum Hals in Arbeit und Schulden. Zu seiner Schwester Carola hatte Limo schon seit über zehn Jahren keinen Kontakt mehr. Ab und an berichtete seine Mutter von irgendwelchen neuen Eskapaden. Carola verbüßte mittlerweile sogar einige Jahre im Gefängnis. Über etliche Jahre hinweg hatte sie ihren Eltern ständig Kummer bereitet. Für Limo endete der Kontakt endgültig, als seine Schwester ihm – noch zu DM-Zeiten – dreihundert Mark aus dem Portemonnaie stahl. Das Geld sah er nie wieder. Ihm war egal, wo sie sich rumtrieb. Beziehungsweise, ob sie noch lebte. Für Limo war sie einfach nur Schall und Rauch. Er hinterfragte auch niemals, warum seine Schwester so war, wie sie war. Limo selbst begann in dieser Zeit eine Umschulung zum Techniker im Metallbereich. Er wollte Konstruktionstechniker werden. Doch nach gut einem Semester erlitt sein Vater diesen Schlaganfall. Finanziell drohte den Eltern nun ein Fiasko und Limo unterbrach seine Weiterbildung, um Geld zu verdienen. Er unterstützte seine Eltern gerne, musste jedoch seinen Traum von einer Karriere als Konstruktionstechniker zunächst aufgeben. Er hangelte sich von Job zu Job. Glücklich wurde er nie. Erst recht nicht mit dem, was er bei seinem jetzigen Arbeitgeber durchleben musste. Er lernte eine interessante Frau kennen, die er schließlich auch heiratete. Es sollte sich als zu voreilig herausstellen. Die Scheidung folgte noch bevor sie die vier Jahreszeiten als Ehepaar gemeinsam verlebt hatten. Seine damaligen Freunde entpuppten sich allesamt als heuchlerisches Fallobst. Niemand hielt ihm die Treue. Er wäre nicht der erste Mensch gewesen, der in einer solch vertrackten Zeit den Halt unter den Füßen zu verlieren drohte. Doch da geschah etwas Sonderbares. Limos Gedanken befassten sich nun mit seinem ersten Aufeinandertreffen mit Ronny. Limo hatte sich unterwegs nach Hamburg befunden, als er nur wenige Kilometer auf der A1 kurz hinter Unna einen Parkplatz ansteuerte, der durch einen sehr dichten Wuchs von Bäumen und Sträuchern auffiel. Limo schaffte es nicht mehr bis zu einer regulären Toilette, um sein kleines Bedürfnis erledigen zu können. Angesichts eines unfreiwilligen Aufenthalts auf der Autobahn wurde er gezwungen, ebenso geduldig zu warten wie die anderen Stauteilnehmer, bis es weiter ging. Er parkte an einer besonders bewaldeten Stelle, stieg aus und rannte wie die Feuerwehr zum Einsatz in die Büsche. Erleichtert kehrte er um. Nur wenige Schritte trennten ihn von seinem Auto, als seine Ohren ein armseliges Wimmern vernahmen. Erschrocken drehte er sich um. Vorsichtig lugte er hinter Büsche und Sträucher. Der Urheber der jämmerlichen Laute musste sich ganz in seiner Nähe befinden. Etwa zwanzig Meter weiter rechts von der Stelle entfernt, an der er seiner gequälten Blase freien Lauf gelassen hatte, entdeckte er einen angeleinten, pechschwarzen Hund. Er ähnelte einem bulligen Schäferhund. Limo näherte sich bis auf einen ausreichenden Sicherheitsabstand. Als er seinen Arm ausstreckte, schnappte das Tier mit gefletschtem Maul nach seiner Hand. Erschrocken wich Limo zurück. Er schaute dem faszinierenden Vierbeiner direkt in die Augen und bewegte sich keinen Millimeter, obwohl er wusste, dass man keinen fremden und ganz bestimmt keinen so großen Hund mit Blickkontakt fixieren sollte. Merkwürdigerweise beruhigte sich das Tier. In einer sonderbaren Erwartungshaltung setzte es sich auf seine Hinterpfoten. Es hechelte angestrengt mit aufgerissenem Maul, sodass seine Zunge doppelt so lang wie seine Schnauze wirkte. Limo lächelte gelassen. Er hatte das Gefühl, als würde der Hund ihm die Zunge herausstrecken. – Fehlte nur noch, dass er mir mit einer Pfote einen Vogel zeigt. Limo lachte laut los bei dieser grotesken Vorstellung. »Okay, Kleiner. Da können nur Profis helfen«, sprach Limo mit dem Hund. Gelassen entfernte er sich von dem faszinierenden Tier. Am Auto eingetroffen, lehnte er sich mit dem Rücken gegen die Fahrerseite seines Flitzers und kratzte sich den Hinterkopf. In diesem Fall konnte nur sein damaliger Kumpel Peter helfen. Mit den Jahren hatte sich die enge Freundschaft zwischen Peter und Limo verloren. Nach Limos letztem Wissensstand ging Peter nach wie vor mit einer unglaublichen Faszination seinem Beruf nach. Limo freute sich für Peter. Es gab also noch Menschen, die ihren Beruf als wirkliche Berufung ansahen. Von dieser Möglichkeit schien Limo zurzeit Lichtjahre entfernt zu sein. Die Sekunde, als er Peters Handynummer anwählte, rief ihm eine lustige Geste in Erinnerung. Zu seinem zwanzigsten Geburtstag schenkte ihm Peter damals eine alberne Mütze. So eine, die ein Arschgesicht macht. Dennoch trug Limo sie oft. Selbst im Winter, bis sie nicht wieder auftauchte.

Peter erkannte gleich die Stimme seines ehemaligen Klassenkameraden. Limo brauchte nicht lange um den heißen Brei herum zu reden. Er schilderte die Sachlage und bat ihn darum, selbst zu kommen. Nach gut einer Stunde traf Peter auf dem Parkplatz ein. Limo lächelte, als er in dessen gütig dreinschauende Augen blickte. Nach einer freundschaftlichen Begrüßung öffnete der passionierte Tierpfleger den Kofferraum und fischte einen stabilen Hundefänger heraus. Peter legte gekonnt eine Drahtschlaufe um den Hals des Hundes. Limo öffnete die größte Box in Peters Kleintransporter und trat einige Schritte beiseite. Mühelos führte Peter den Hund zu seinem Wagen. Seltsamerweise hopste der Hund ohne Gezerre mit einem Satz in die Box. Fürs erste war er in Sicherheit. Peter schlug vor, den Hund mit ins Heim zu nehmen, um sich ein genaueres Bild zu verschaffen. Limo könne ihn am nächsten Tag besuchen. Bis dahin würden sie dann bestimmt eine passende Lösung finden. Limo zeigte sich über diesen Vorschlag sehr dankbar.

Beruhigt war Limo weiter nach Hamburg gefahren und hatte den sonnigen Tag in Norddeutschland genossen. Peter brachte wie versprochen den Hund ins Heim und versorgte ihn. Mit Leidenschaft und Gier verschlang der Hund die Mahlzeiten. Mit einem raffinierten Trick entfernte Peter dem Tier das lästige Halsband, an dem ein Amulett aus Messing baumelte. »Ronny« stand dort eingraviert. Da Ronny sich sehr ruhig und unauffällig verhielt, versuchte Peter, ihn zusammen mit einem sehr verträglichen, zehn Jahre alten Border Collie in einem für das Tierheim verhältnismäßig geräumigen Zwinger unterzubringen. Peter hockte mit einem mulmigen Gefühl vor dem Zwinger und beobachtete geduldig die beiden Vierbeiner. Wie zwei Boxer schienen sie nur auf den ersehnten Gong zu lauern. Doch der Gong ertönte nicht und die beiden verhielten sich friedlich. Eine geschlagene Stunde verstrich, bis sich die Hunde einander näherten und sich beschnupperten. Eine ganze Weile beobachtete der freundliche Tierpfleger das Geschehen, bevor er es doch riskierte, seiner eigentlichen Arbeit nachzugehen. Am frühen Abend, wenige Minuten bevor Peter noch einmal seine Abschlussrunde durch die Anlage drehen wollte, riss ihn ein unheimliches Gebell aus seiner Ruhe. Es musste aus *dem* Hundezwinger kommen. Plötzlich wechselte das Bellen in ein erbärmliches Heulen über. Peter erstarrte kurz und rannte dann los. Er erreichte bald das Hundegehege. Ronnys Käfig. Ihm stockte der Atem! Der Border Collie lag regungslos auf dem Boden. Eine kleine Blutlache bildete sich am Boden um den Kopf des betagten Hundes. Ronny saß in der hintersten Ecke und quetschte sich gegen die Drahtmaschen des Gitters. Peter zückte das Handy, rief seine Chefin an und bat sie, umgehend zu ihm zu kommen. Er hegte großen Respekt davor den Innenraum des Käfigs zu betreten. Unwesentlich später traf seine Chefin Claudia – ihr Körper über und über tätowiert und mit Metall gepierct wie der schwarze Ledergürtel einer Gothic-Drag-Queen – bei ihm ein. Peter schilderte ihr seine Vermutung. Ronny verharrte noch in der hintersten Ecke. Er blickte zu ihnen herüber, als könne er kein Wässerchen trüben. Ihre Überlegungen tendierten dahin, den Hund entweder vom ansässigen Veterinär einschläfern oder von einem Polizisten erschießen zu lassen. Wenn in dieser Richtung eine Entscheidung feststand, reagierte die Chefin des Heims für gewöhnlich rigoros, auch wenn es ihr in der Seele wehtat. Sie wussten nicht genau, wie weit der Hund noch gehen würde. Vermittelbar würde er kaum sein. Schweren Herzens setzte sich daraufhin Peter mit Limo in Verbindung und schilderte ihm das Drama. Limo bat darum, mit der Tötung des Hundes zu warten. In neunzig Minuten wäre er vor Ort. Peter kam der Bitte nach. Zwei Polizisten warteten bereits im Tierheim, als Limo zum Käfig eilte. Nachdem die Begrüßung recht nüchtern verlaufen war, ließ Limo Ronny nicht aus den Augen. Die selbstgefällige Art der Polizisten mochte Limo nicht. Er ließ die Beamten links stehen und fixierte Ronny in einer Art, die den Vierbeiner scheinbar besänftigte. Der Hund hockte lauernd im Käfig. Limo bewegte sich zu der anderen Seite des Hundezwingers. Ronny beobachtete seine Bewegungen sorgfältig. Nach einigen Minuten fragte der ältere der Polizisten, welche Vorgehensweise am sinnvollsten sei. Er erhielt zunächst keine Antwort. Selbst die Chefin des Tierheimes kratzte ratlos ihren bunten Hals. Dann forderte Limo Peter auf, ihn in den Zwinger zu lassen.

»Das kannst du nicht wirklich wollen, Limo«, sagte Peter beinah flehend.

»Doch. Ich übernehme auch für alles, was passieren könnte, die Verantwortung.«

»So einfach ist das nicht«, mischte sich einer der Polizisten ein.

»Gesetzlich …«

»Gesetzlich? Gesetzlich geht mir am Arsch vorbei. Ich werde jetzt das tun, was ich für richtig halte. Dieses Tier ist keine Bestie.«

»Natürlich! Und wenn es schief geht, schreiten wir wieder einmal ein«, konterte der Polizist.

»Wo ist das Problem?« blieb Limo stur.

»Das Problem ist, dass dieser Hund einen anderen friedfertigen Hund zerfleischt hat. Warum sollte dieser Köter dasselbe nicht mit Ihnen anstellen? Oder versuchen? Und auf welches fachmännische Wissen berufen Sie sich, wenn Sie meinen, dass dieses Tier keine Bestie ist?«

Limo drehte sich zu Peter um.

»Peter, du hast mit eigenen Augen gesehen, wie problemlos er sich die Schlinge hat umlegen lassen. Uns gegenüber zeigte er nicht den Funken einer Aggression. Könnte ich einen Maulkorb für Ronny bekommen?«

»Klar. Den könnte ich holen. Aber glaubst du nicht, der Polizist hat recht?«

»Sicher.« Konsterniert schaute Limo zu Peter hinüber.

»Ja, und warum gehst du für dieses Tier ein solch großes Risiko ein?«

»Peter, du weißt doch, dass ich Herausforderungen mag. Du erinnerst dich doch sicher daran, als ich dir vor fünf Jahren quasi das Leben gerettet habe.«

»Das weiß ich noch sehr gut. Aber hier handelt es sich um einen Hund und keinen Menschen. Du weißt, wie gerne ich Tiere habe. Das sollte man dann doch entschieden differenziert sehen.«

»Sagt wer? Bist du so vermessen zu sagen, dass wir Menschen so viel mehr wert sind?«

»Klingt ziemlich polemisch, findest du nicht auch?«

Limo antwortete wortlos mit einem Abwinken. Die Polizisten schauten sich mit verdrehten Augen genervt an. Sie fühlten sich wie dumme Jungs behandelt.

»Glauben Sie nicht, Sie übertreiben?« mischte sich noch mal einer der Beamten ein.

»Glauben, glauben geht mir ebenfalls auf den Nerv. Ich sehe, was ich sehe, Punkt. Ich werde jetzt auch nicht mehr weiter diskutieren. Das Gelaber dauert schon viel zu lange. Was Sie tun, ist mir ehrlich gesagt egal.« Limo geriet allmählich in Fahrt.

»Stopp!« befahl der Polizist lautstark, »Ich glaube, so langsam vergreifen Sie sich im Ton«, und er hielt Limos Oberarm unsanft fest.

»Sie haben genau drei Sekunden Zeit, meinen Arm loszulassen! Ansonsten setze ich mich zur Wehr«, drohte Limo. Der Wolf in ihm regte sich.

»Ich lasse mich von niemandem in die Enge treiben. Der Hund wahrscheinlich ebenso wenig. Also, Pfoten weg von meinem Arm.«

Plötzlich unterbrach Claudia den Streit.

»Hey! Könnten Sie alle miteinander bitte einen Gang zurückschalten? Ich glaube, Sie vergessen den eigentlichen Grund Ihres Hierseins. Es geht um den Hund und nicht um Sie persönlich. Nun lassen Sie Herrn Langen in den Zwinger, wir geben unser Bestes von hier draußen. Sie, Herr Langen, mäßigen dafür Ihre Äußerungen. Ich neige in dieser Angelegenheit dazu, die Meinung des Beamten zu teilen. Ich bin mir ziemlich sicher, dass ein alternder, nahezu blinder Border Collie den fremden Hund nicht in die Enge getrieben hat. Sollte der Versuch schief gehen, müssen wir Ronny einschläfern. Ist das ein faires Angebot?« bot die Heimleiterin an. Obwohl die Frau auf den ersten Blick wie eine Provokation der vermeintlich sauberen Gesellschaft wirkte, zeigte sie auf den zweiten Blick entgegenkommende und hilfsbereite Züge.

»Danke, vielen Dank«, antwortete Limo erleichtert.

Während die Polizisten nur widerwillig zustimmten, brach Peter eilig auf, um einen Maulkorb aus dem Hauptgebäude zu holen. In der Zwischenzeit entfernte der eigenwillige Hundenarr den Bürstenkopf von einem Besen, der am Drahtgeflecht des Nebenzwingers stand. Als Peter zurückkehrte, übergab er Limo den Maulkorb. Limo legte diesen sachte auf den Boden, direkt neben die Eingangstür des Zwingers. Den langen Besenstil hielt er vor sich in seiner Hand. Er bedeutete allen Anwesenden mit einer Geste, sich einige Meter vom Zwinger zu entfernen. Erst als sie dieser Aufforderung nachgekommen waren, öffnete er die Tür und begab sich vorsichtig in die Mitte des Zwingers. Limo begann zaghaft mit dem Hund zu sprechen. Den Besenstil hielt er zum eigenen Schutz hinter seinem Rücken. Immer wieder versuchte Limo den Vierbeiner mit einer besonnenen Tonlage zu besänftigen. Ronny legte den Kopf seitlich und stellte sich nach einigen Minuten auf alle Viere. Zögernd hob das schöne Geschöpf den Kopf und streckte seinen Hals Limo entgegen. Mit der Nase im Wind schnupperte er Limos Eigengeruch. Mutig trat Limo Ronny noch einen kleinen Schritt näher und hob seinen Arm leicht an. Die Handinnenfläche zeigte dabei nach oben. Erneut sprach er mit dem Hund. Dieses Geduldspiel dauerte knapp zwanzig Minuten. Bis Ronny schließlich mit seiner Schnauze nur wenige Zentimeter von seiner Hand entfernt stand. Ronny schob seine Pfoten noch ein kleines Stückchen näher, bis er schließlich Limos Fingerkuppen berührte. Im Zeitlupentempo sank Limo auf die Knie, um nicht wie eine drohende Gefahr zu wirken. Es vergingen weitere Minuten, und dann geschah endlich das, was Limo so sehr erhofft hatte. Ronny ließ zu, dass Limo ihn sachte und sanft streicheln durfte. Als sei es das Selbstverständlichste auf der Welt, legte er Ronny den Maulkorb um. Ronny versuchte nicht ein einziges Mal zu schnappen. Limo vereinbarte mit der Tierheimchefin, dass er versuchen würde, Ronny zu erziehen. Er musste schriftlich quittieren, dass er die Auflagen erfüllen würde oder ansonsten die Konsequenzen tragen müsste.

Limo befand sich damals noch drei Wochen im Urlaub. Er hegte die aus seiner Sicht gerechtfertigte Hoffnung, dass er in dieser Zeit den Hund wieder ‚hinbekommen' würde. Wahrscheinlich nicht komplett in den drei Wochen, aber für die meisten Grundübungen sollte es genügen. Am darauffolgenden Morgen geschah etwas Sonderbares. Wie sich herausstellte, sollte dieses Erlebnis das Schlüsselerlebnis sein. Limo zog Ronny in dieser Nacht den Maulkorb über, hatte sich selbst aber dennoch im Schlafzimmer eingeschlossen. Ständig wachte er auf und lauschte, ob Ronny die Wohnung zerlegte. Doch hinter der Schlafzimmertür herrschte Ruhe. Am frühen Morgen öffnete er vorsichtig die Schlafzimmertür einen Spalt breit. Ronny hatte ihn längst bemerkt. Er stand mit der Rute wedelnd vor Limo und winselte wie ein Welpe. Mutiger geworden, drückte Limo nun die Tür ganz auf und Ronny tapste sofort zu ihm und stupste ihn mit der Nase an. Vor Freude pullerte Ronny ein paar Tropfen Pipi auf den Boden. Limo schimpfte nicht. Er strahlte vor Glück. Von diesem Tag an wuchs eine Freundschaft zwischen Mensch und Tier, wie sie eigentlich nur in Kitschromanen vorkommt. Limo spürte, wie zwei unstete Seelenverwandte zu einer Einheit verschmolzen und erkannte bereits nach kurzer Zeit charakterliche Gemeinsamkeiten. Vorteilhafte, aber auch nachteilige. Zwei Wölfe auf der Suche.

Limo legte Ronny die Leine um und marschierte los. Seine Mutter schaute ihm noch einen kurzen Moment hinterher, dann schloss sie die Haustür. Ronny fegte wie ein wilder Stier durch die Hecke. Immer wieder warf Limo Stöckchen oder Tannenzapfen. Ronny apportierte sie leidenschaftlich, spuckte sie zwei bis drei Schritte vor seinem Herrchen aus und forderte Limo auf, das Hölzchen erneut zu werfen. Der Hund verzog seine Lefzen zu einem Grinsen und folgte dem angesabberten Stöckchen, das in hohem Bogen im dichten Unterholz landete. Es verging einige Zeit, bis Ronny den vertrauten Geruch witterte. Limo folgte dem Treiben belustigt, als plötzlich aus heiterem Himmel die Gedanken an Carmen und Conny wieder in ihm erwachten. Er malte sich aus, was den beiden wohl zugestoßen sein könnte. Der Gedanke an eine Vergewaltigung oder gar an einen Mord raubte ihm die Sinne. Währenddessen warf er völlig mechanisch das Hölzchen. Ronny apportierte es mit einer erfrischenden Hingabe und warf es vor seinen Füßen ab. Lustlos sank Limo auf die Knie. Er suchte nach einer trockenen Stelle an dem Stöckchen und legte seinen Kopf in den Nacken. Er spürte, wie Ronny ihn fixierte. Sehnsüchtig blickte Limo seinem vierbeinigen Liebling in die Augen. Ronny stupste sein Herrchen mit der Nasenspitze. Er umfasste Ronnys Hals und zog ihn zu sich. Das seidige, schwarz schimmernde Fell roch nach Sonne und Wald. Ronny vergrub seinen anmutigen großen Kopf zwischen Limos Brust und Kinn, so als würde er verstehen. Ein inniger und rührender Augenblick. Durch sein freundliches Wesen schaffte es Ronny, immer wenn nötig, dass Limo sich besser fühlte. Auch dieses Mal gelang es dem Hund, sein Herrchen aufzumuntern. Limo malte sich nach wie vor einige schlimme Szenarien aus, doch hielt er seine Trauer im Griff. Nach mehr als der Dauer eines gewöhnlichen Fußballspiels kehrten die beiden Freunde nach Hause zurück. Inge ließ schon Kaffee durch die Maschine laufen. Sie setzten sich an den Tisch und Ronny legte sich wie immer zu Limos Füßen, immer in Limos direkter Nähe!

»Wie ist es denn eigentlich in der Firma? Immer noch so schlimm mit deinen Kollegen?« unterbrach seine Mutter die Stille.

»Ja, Mama. Leider. Ich weiß nicht, was ich denen getan habe. Aber es sind nicht alle so. Einige der Jungs sind echt okay. Aber eben nur einige. Dieser Poller und der Klein sind die größten Schweine. Sie hetzen die anderen auf. Die sind noch so blöd und würden glatt von einer Brücke stürzen, wenn die beiden das Kommando dazu geben würden.«

»Poller? Ist das nicht dieser arrogante Typ, der hier in Brachbach Fußball spielt?«

»Ich glaube nicht, dass der arrogant ist. Der ist einfach nur strohdoof. Und ‘ne richtig linke Ratte. Ja, und genau dieser Typ spielt hier Fußball.«

»Wie kommt der denn dazu, dich so runterzuputzen?«

»Er versucht es, aber ich bin auf dem besten Weg, eine Lösung zu finden.«

»Junge, mach keinen Unsinn.« Auch wenn sie ihren Jungen nicht mehr täglich sah, so änderte diese Tatsache nicht, dass sie das Funkeln in seinen Augen sah und die aufwachende Bestie erahnte. Sein Blick war dann voller Inbrunst und Jähzorn.

»Mama!« antwortete Limo entrüstet. »Glaubst du, an so einem miesen Arsch beschmutz ich meine Hände? Die trauen sich nicht an mich ran. Sie wissen sehr wohl, dass ich sie in Einzelteile zerlegen würde, wenn sie mir nur einen winzigen Anlass geben sollten. Leider ist es so, dass sie zwar dumm, aber trotzdem gerissen genug sind. Die mobben mich, wo sie nur können. Schleimen sich gekonnt bei den Projektleitern ein und reden auch über die anderen Kollegen schlecht. Die Möchtegern-Bosse schnallen das nicht. Oder sie wollen es nicht kapieren. Wenigstens kommt es mir so vor. Du brauchst auch nicht zu glauben, dass die Herren sich die Mühe machen, der Sache nachzugehen. Tja, und da diese Typen alle Fußballer sind, klüngeln sie miteinander und trinken auch schon mal einen zusammen. Dadurch bekommen Poller und Co. die schönsten Baustellen, und die, die aus deren Sicht hohl im Kopf sind, erledigen den letzten Dreck. Ich sag nur Fäkalienschaden. Welcher Mensch entfernt schon gerne freiwillig die Scheiße anderer Leute. Was soll ich sagen, Mama, ich stecke mittendrin.«

Inge sah ihrem Jungen die Frustration an. Je länger sie den Blickkontakt hielt, umso nervöser rutschte sie auf dem Stuhl hin und her. Es war nicht nur die Frustration, die sie in seinen Augen las. Sie verrieten auch eine niederträchtige Wut. Inge befürchtete, dass ihr Junge mit der erwähnten Lösungsfindung eine blindwütige Racheaktion gegenüber seinen mobbenden Kollegen durchführen würde. Der Wolf in ihm war schon längst auf Streifzug.

»Warum suchst du dir nicht etwas anderes?« schlug sie vor.

»Ich weiß es selbst nicht. Vielleicht sollte ich. Mal sehen, was die nächsten Wochen bringen. Wie ich bereits erwähnt habe, spinne ich an einer effektiven Lösung. Dementsprechend werde ich vorgehen. Weglaufen war noch nie mein Ding.«

Inge atmete tief durch.

»Lass dich bloß nicht fertig machen.«

»Mach dir keine Sorgen, Mama, die kriegen mich nicht klein.«

Limo schaute auf die Küchenuhr. Er nahm das Ticken nicht mehr wahr.

»Mama, ich fahre jetzt in meine Wohnung. Es ist schon fast vier. Ich dusche dann in Ruhe. Sobald ich was höre, melde ich mich, ja? Ach, wie geht es denn Papa in der Kur?«

»Ganz ordentlich. Die Kopfschmerzen haben ihm in den letzten Tagen wieder enorme Schwierigkeiten bereitet. Die Ärzte haben seine Medikamente neu eingestellt. Seitdem geht es ihm etwas besser.«

»Wie lange muss er denn noch in Boppard bleiben?«

Inge überlegte und schaute rasch auf den Kalender.

»Es sind noch dreizehn Tage, warum fragst du?«

»Wir beide könnten ihn nächsten Sonntag mit einem Besuch überraschen. Vielleicht ist es für Papa eine willkommene Abwechslung, uns statt nur weiße Kittel und Leidensgenossen um sich herum zu sehen.«

»Es sind weniger die Ärzte, die ihm so zusetzen. Es liegt viel mehr daran, dass dort viele Patienten liegen, die noch um einiges schlimmer dran sind als Papa. Es vergeht kaum eine Woche ohne dass dort jemand verstirbt. Aber das ist eine schöne Idee. Er würde sich bestimmt freuen.«

»Gut, dann machen wir das auch. So, jetzt bin ich weg.«

»Ja. Ist gut. Vergiss nicht dich zu melden, sobald du Neues von der Polizei hörst.«

Limo stand auf und sofort war Ronny an seiner Seite. Freudig strahlte er sein Herrchen an.

»Du, ich muss jetzt fahren. Wir beide waren doch schon fort.«

Diese Aussage interessierte Ronny nicht die Bohne. Er stupste sein Herrchen an und bellte auffordernd. Nochmals kniete sich Limo vor Ronny und umfasste sanft seinen Kopf.

»Morgen sehen wir uns wieder, versprochen.«

Ronny drehte seinen Kopf zur Seite und schaute seinem Herrchen zu. Wie ein begossener Pudel ließ dieser schlaue und unglaublich schöne Hund seine Ohren hängen, als verstünde er jedes Wort. Limo erhob sich, verabschiedete sich von seiner Mutter und fuhr mit offenem Verdeck zu seiner Wohnung. Dort angekommen, stellte er bereits im Hausflur fest, wie angenehm ihm die Kühle doch in diesem alten, noch vor dem Ersten Weltkrieg erbauten Mehrfamilienhaus entgegenschlug. Wenn man über den langen Korridor ging, knarrten die uralten Holzdielen bei jedem Schritt, als würden sie sich krümmend aufschreien vor Schmerzen. Niemand würde unbemerkt durch das Haus gehen können. Aber genau dieses Flair machte das Wohnen dort urig und angenehm. Nichts an diesem Haus war während der Bauphase gleich nach dem Krieg perfekt geraten. Sämtliche Ecken und Kanten des Hauses und die darin befindlichen Wohnungen überzeugten eher durch unakkurate Bauweise. Die Trennwände der einzelnen Zimmer bestanden aus einfachen Gipskartonplatten. Bilder oder ähnliche Dekorationen, die schwerer als zwei bis drei Kilo wogen, an der Wand anzubringen, stellte eine echte Herausforderung dar. Trotzdem mochte Limo die Wohnung. Außerdem zahlte er monatlich für neunzig Quadratmeter Wohnfläche einen moderaten Betrag. Für moderne Wohnungen in dieser Wohngegend zahlte man durchaus das Doppelte. Allerdings musste Limo einräumen, dass der Preisunterschied nicht nur aufgrund der geraden Wände zustande kam.

Als er seine Wohnung betrat, legte er die Autoschlüssel in die dafür vorgesehene Schale und stapfte dann durch das Wohnzimmer ohne Umschweife ins Bad. Er pellte sich aus der angeschwitzten Kleidung, betrachtete sich im Spiegel und entschied sich gegen eine Rasur. Ohne zu zögern, drehte er den Wasserhahn auf und huschte unters lauwarme Nass. Nach der wohltuenden Erfrischung schnappte Limo sich die Fernbedienung des Fernsehers und zappte durch die Programme. Bei einem live übertragenen Handballspiel stoppte er. Mit einer Flasche gekühltem Mineralwasser statt einer Flasche Bier fläzte er sich genüsslich auf der Couch. Limo geriet ins Grübeln. Seit er diese Wohnung bezogen hatte, hatte ihn noch kein einziger Mensch besucht. Nur einmal seine Eltern. Aber das zählte nicht wirklich. Er verspürte einen Hauch von Einsamkeit. Und doch genoss er das Singleleben. Dann wechselten seine Gedanken zu Anke Hammer. Er schmunzelte, als er den phantastischen Sex mit ihr Revue passieren ließ. Für Limo schien einfach die Zeit gekommen, den Sex neu zu entdecken. Ihm kam es heute so vor, als habe er in den vergangenen Jahren nur prüden Schul-Sex praktiziert. Wenn es denn so etwas gab. Seit Mary und Anke wusste er, was ihm gefehlt hatte. Er genoss diese neu gewonnene Freizügigkeit und nahm sich vor, sie in vollen Zügen auszukosten. Nur eine wichtige Komponente fehlte in seinem Leben. Das Gefühl, »Wo gehöre ich hin?« Bei Anke deutete sich ein vertrautes Gefühl der Zweisamkeit an. Er konnte sich gut vorstellen mit ihr eine feste Bindung einzugehen. Zumindest in naher Zukunft. Vielleicht!

Wie auf einer Merkliste bearbeitete er nacheinander die Gedanken. Nun beschäftigten sie sich wieder mit Carmen. Obwohl er seit mehr als zwanzig Jahren keine Kirche aufgesucht hatte, außer es handelte sich um eine Hochzeit oder Beerdigung, flehte er in diesem Moment zu Gott. Eher beiläufig schaute er immer wieder zum Fernseher. Doch seine Schwermut ließ ihn zu sehr abschweifen, als dass er den Verlauf des Handballspiels verfolgt hätte. Nach einiger Zeit regelte die Müdigkeit seine Sorgen auf einen erträglichen Standby-Modus herab. Limo schlief auf dem bequemen Sofa ein.

Plötzlich riss ihn der musikalische Klingelton aus den Träumen. »*Always look on the bright side of life*«, hallte durch die Wohnung. In diesem Augenblick wirkte der Song irgendwie makaber. Limo wischte sich mit beiden Händen, die Sinne reanimierend, hastig durchs Gesicht. Er setzte sich auf, nahm das Handy und erkannte die Nummer seines Freundes.

»Ja, Frank?« fragte Limo bang.

»Hallo«, antwortete Frank im ernsten Tonfall. »Limo, ich …, die zwei toten Frauen …«, stotterte er.

»Es tut mir leid, es ist Carmen! Bei der anderen Frau handelt es sich um Conny Reimann.«

Auf der anderen Seite der Leitung manifestierte sich eine grausige Stille. Frank hörte jetzt den Atem seines Kumpels. Er legte sein Ohr ganz nah auf die glatte Oberfläche des Handys. Es blieb dabei. Kein Weinen, kein Schrei, nichts! Nur Limos Atem schien die Leitung zu erdrücken. Langsam und qualvoll. Frank schwieg. Sein Herz wummerte mitfühlend.

»Weißt du, was passiert ist?« fragte Limo emotionslos.

»Sicher ist, dass beide Frauen ermordet wurden.«

»Wie?«

»Mensch, Limo …«

»Frank, bitte, wie? «

»Mhm, das BKA geht von einem Sexualverbrechen aus. Die Indizien erhärten den Verdacht. Sie starben durch eine Schussverletzung. Mehr kann ich dir nicht sagen. Alles weitere wären nur vage Aussagen meinerseits. Keine Fakten. Wenn die Obduktion von Carmen und Conny, voraussichtlich morgen, eventuell übermorgen, abgeschlossen ist, erfahre ich mehr.«

Dass Frank durchaus mehr Informationen besaß, musste Limo jetzt noch nicht erfahren. Die zahlreichen männlichen Opfer sollten Limo vorläufig ebenso nicht interessieren.

»Mein Kollege vom Kölner BKA, Andre Stark, beziehungsweise sein Partner, Herr Seiler, wird sich bestimmt morgen mit euch in Verbindung setzen. Wahrscheinlich mit deiner Mutter. Ich denke, dass es besser ist, wenn sie es heute noch von dir erfährt. Schaffst du das? Oder soll ich mitkommen?«

»Ich … ich werde es ihr gleich erzählen, danke, Frank«, antwortete Limo knapp mit trauriger Stimme.

»Melde dich, wenn ich dir irgendwie helfen kann, okay? Es tut mir wirklich von Herzen leid! Tschüss, Limo«, beendete Frank das Gespräch tief berührt.

Limo schüttelte fassungslos den Kopf. Immer wenn er solche Geschehnisse in den Medien las oder hörte, stimmte es ihn nachdenklich. Aber diese Ereignisse erschienen ihm so weit entfernt. Jetzt lagen die Überreste seiner Schwester auf dem Obduktionstisch. Sein durchtrainierter Körper bebte. Minuten verstrichen. Limo appellierte an seinen gesunden Menschenverstand. Er musste seine Wut im Zaum halten. Sonst würde seine Trauer in einen blinden und unkontrollierbaren Hass übergehen. Das durfte nicht passieren. Genau jetzt war es an der Zeit, einen kühlen Kopf zu bewahren.

Als er sich einigermaßen beruhigt hatte, streifte er sich legere Sachen über und fuhr nach Brachbach. Er war sich bewusst, dass er Carmens Tod seiner Mutter auf keinen Fall telefonisch mitteilen durfte. Limo befürchtete, dass sie die Nachricht nicht heil überstehen würde. Noch größere Sorgen bereitete Limo die Frage, wie oder wann er es seinem Vater sagen sollte. Gegen halb acht am Abend parkte er sein Auto in der Einfahrt seines Elternhauses. Bevor er die Haustreppe erreicht hatte, bellte Ronny schon los. Inge öffnete die Haustür. Die Vermutung über den Grund für den Besuch ihres jüngsten Sohns stand in ihrem Blick geschrieben. Ronny sprang nicht wie gewohnt die Treppe hinab. Inge hielt ihn am Halsband fest.

»Ist sie tot?« fragte sie mit zittriger Stimme.

»Wir gehen lieber rein, Mama.«

Limo streichelte seinen Hund zärtlich, während sie gemeinsam in die Wohnstube trotteten.

»Ronny, mach sitz, und platz«, befahl Limo beherrscht. Ronny gehorchte aufs Wort. Er legte sich auf seine kuschelige ausgefranste blaue Decke und verfolgte jede Regung seines Herrchens. Inge nahm auf dem alten Sofa Platz. Ihre Augen glänzten feucht.

»Ja, Mama. Carmen ist tot.«

Eine schmerzvolle Stille folgte diesem Satz.

»Ich habe es geahnt. Ich wusste es schon, als ich Anfang der Woche nichts von ihr hörte.«

Die Tränen liefen ihr über die Wangen, bis sie das Kinn erreichten, von wo sie zu Boden tropften.

»Mama, Conny ist auch tot.«

»Oh mein Gott. Auch dieses junge Ding?«

Limo hätte nicht im Geringsten daran gedacht, dass seine Mutter diese Tatsache so gefestigt aufnehmen würde. Er hätte schwören können, dass sie einen Weinkrampf erleiden würde. Carmen war die Jüngste, *die* Süße.

»Beide fand man in der Nähe von Düren.«

»Gefunden?«

»Ja! In einem Waldstück, Mama. Ein Spaziergänger mit seinem Hund hat sie gefunden.«

»Mirco, bitte erzähl mir alles, was du weißt«, forderte sie ihren Sohn energisch auf. Sie konnte richtig sauer werden, wenn sie jemandem, besonders ihrem Sohn, jeden einzelnen Satz aus der Nase ziehen musste.

»Ich … ich …, mir fällt es schwer, Mama.«

Es dauerte eine ganze Weile, bis die entsetzliche Tragödie in eine beklemmende Stille wechselte. Sprachlosigkeit und Entsetzen wichen der Wut. Nur das Ticken der Wanduhr drang in den Vordergrund. Unaufdringlich, uninteressiert am Schicksal der beiden Opfer.

»Junge, sag es mir, was weißt du noch?«

Limo kam der auffordernden Frage seiner Mutter umgehend nach.

»Carmen und Conny wurden erschossen. Sie untersuchen noch, ob sie einem Sexualverbrechen zum Opfer gefallen sein könnten. Der Polizist teilte mir im Vertrauen mit, dass noch einige Ungereimtheiten zu klären sind. Morgen oder übermorgen meldet sich einer der Beamten bei mir. Oder, was wahrscheinlicher sein wird, bei dir.«

»Melden?«

»Ja, ich denke, wir müssen Carmen noch identifizieren. Aufgrund der Fotos gab es keine Zweifel. Sowohl Carmen als auch Conny wurden identifiziert. Aber fürs Protokoll ist es ja so, dass Familienmitglieder die Identifizierung des Opfers bestätigen müssen. Schließlich liegt es ja im Interesse aller, dass Irrtümer ausgeschlossen werden.«

Inge nickte beipflichtend.

»Woher hat die Polizei denn das Bild von Carmen?«

»Ich wollte es dir eigentlich noch nicht sagen. Aber was soll ich jetzt noch um den heißen Brei herum reden. Ich habe Frank doch angerufen und ihn um Hilfe gebeten. Er hat sich um alles gekümmert und ich hab ihm ein Bild übergeben, auf dem beide sehr gut getroffen waren. Frank hat sich persönlich in Düren oder Köln davon überzeugt, dass …, also ich will damit sagen, dass er sie beide auf Anhieb erkannt hat.«

»Sollen wir Papa schon was sagen?« fragte Inge mit unsicherer Stimme.

»Weiß nicht. Bin mir da nicht ganz sicher. Vielleicht ist es besser zu warten, bis wir Einzelheiten erfahren haben«, antwortete Limo und senkte seinen Kopf. Erneut herrschte eine unheimliche Stille im Zimmer. In Gedanken versunken liebkoste Limo seinen Hund.

Limo verabschiedete sich nach geraumer Zeit von seiner Mutter und Ronny. Als er mit seinem knapp dreihundert PS-starken Wagen über die Straße kroch, suchte er im Seitenfach der Fahrertür nach einer bestimmten CD. Sarah Brightman sollte ihn jetzt durch ihre feinfühlige Stimme trösten. *Nella Fantasia* übertönte seine Einsamkeit. Immer und immer wieder lauschte er dieser ruhigen und besinnlichen Arie. Diese Interpretation der klassischen Popmusik ließ in Limo Traurigkeit erwachen. Er benötigte keinen harten Rocksound, um sich seiner wütenden Gefühlswelt zu stellen. Tief im Innersten schlummerte in ihm ein Softie. Die harte Schale ein Fake. Wenn er allerdings seine harte Seite herauskehrte, dann mit einer brachialen Gewalt, die weder Freund noch Feind zu differenzieren vermochte! Abwechselnd übermannten ihn die übelsten Gedanken. Zum einen schien er vor Hilflosigkeit in Ohnmacht zu fallen, wenn er an Carmen und Conny dachte. Rachegedanken versuchten seine Vernunft über Bord zu werfen. Den Täter finden und eliminieren. Gnadenlos ausradieren! Seine berufliche Situation schoss ihm durch den Kopf. Es schwebte ihm noch keine endgültige Lösung vor. Immer wieder hatte er mit ansehen müssen, wie ihn seine Kollegen zu erledigen versuchten. Er wollte aber nicht aufgeben. *Niemals*! Je eindringlicher die Ballade seine Gehörgänge durchspülte, umso intensiver manifestierte sich seine Kämpfernatur. Wenige Kilometer vor seiner Wohnung wählte er das Lied Nummer vier auf der CD an. Die Klänge von *Time to say goodbye* hallten durch das Wageninnere. Alles was die Musikanlage hergab, dröhnte durch die geschlossenen Scheiben. Die Passanten am Straßenrand verdrehten verständnislos ihre Köpfe. Gegen dreiundzwanzig Uhr rief er noch einmal besorgt seine Mutter an. Doch die Sorge war unbegründet. Inge ging es gut. Soweit man dies den Umständen nach sagen konnte. Er putzte sich noch die Zähne und schaufelte flüchtig Wasser ins Gesicht. Bald darauf lag er im Bett und schlief wider Erwarten rasch ein.

Am nächsten Morgen traf Limo mit zwiespältigem Gefühl auf dem Firmengelände ein.

»Guten Morgen«, begrüßte ihn Tom grinsend.

»Grüß dich, Tom. Na, ein schönes Wochenende gehabt?«

»Ja, war echt cool. Meine Familie hat mich in den Duisburger Zoo geschleppt. Das erste Mal nach über zwanzig Jahren, dass ich wieder in einem Tiergarten rumgeschlichen bin.«

Während sich die beiden unterhielten, marschierten sie in Richtung Waschhalle. So nannten die meisten Mitarbeiter süffisant die Halle, in der die verschmutzten Geräte gereinigt und gewartet wurden. Die Schabrackenhyäne hatte bereits ihr Gehör auf Empfang gestellt und verfolgte den Rest des Gespräches mit. Als Tom und Limo die Halle betraten, äffte dieser armselige Prolet Tom nach.

»Oh, wie cool! Endlich seine Familie im Zoo wieder zu sehen. Die Affen müssten dir doch am besten gefallen haben«, spottete er.

»Willst du kleines Arschloch schon am Montagmorgen eine in die Fresse?«

»Dädädä …«, war die dümmliche Reaktion.

»Ja, Poller, so kennen wir dich alle. Geistig unterbelichtet und ein Vokabular wie ein frisch geborenes Hängebauchschwein«, äußerte Limo bewusst arrogant.

»Du kochst doch auch bloß mit Wasser«, konterte Poller.

»Klar, ich schon. Ich bin mir nicht wirklich sicher, ob du das hin bekommst. Dem Geruch aus deinem Hals nach zu urteilen kochst du eher mit Mäuse- oder Kuhkacke.«

»Oh, jetzt haste mir so richtig eins gegeben.«

»Poller, warum schwirrst du nicht einfach ab und lässt uns in Ruhe?« wollte Tom wissen.

»Na, haben wir da ein neues Liebespaar, oder was? Aber nehmt bitte Kondome. ihr wisst ja, Verhütung und so«, lästerte Poller. »Nicht dass einem noch die Soße aus dem Arsch läuft.«

»Deine rudimentäre Fäkalsprache sind wir ja schon gewohnt. Es ist schon tragisch, mit ansehen zu müssen, dass es deinen Erzeugern nicht gelungen ist, dir wenigstens eine empathische Ader mit auf den Weg zu geben. Aber wo nix ist … Warum springst du nicht zu unserer Freude vor den Zug? Wir würden doch alle davon profitieren.«

Mit dieser Antwort ließ Limo den Stänkerer abblitzen. Doch Poller war auf Krawall gebürstet und er versuchte Limo aus der Reserve zu locken. Poller wusste, wenn er diesen arroganten Typen so dermaßen reizen könnte, dass der ihn handgreiflich attackierte, dann wäre die Kündigung nur noch eine formelle Angelegenheit. Daher beleidigte Poller Limo weiter, sehr persönlich werdend.

»Ey, Langen, deine Schwester ist nicht gerade eine Granate in der Kiste. Als ich sie gestern Abend gevögelt habe, schrie sie nach meinem Prachtschwanz. Okay, Blasen ist nicht ihre Stärke. Aber ihr jungfräulicher Arsch war herrlich eng. So unverbraucht.«

»Poller, du mieses Stück Scheiße.«

»Lass ihn«, beruhigte Limo Tom.

»Aber …«

»Du bist ein Guter, Tom«, unterbrach Limo erneut.

»Poller, du kannst meine Schwester nicht gevögelt haben, und selbst wenn, müsste das nicht schon am Samstag gewesen sein?«

Poller schaute verdutzt aus der Arbeiterkluft. »Jetzt wo du es sagst, erinnere ich mich«, antwortete er verlegen und blickte irritiert zu Tom rüber. Was führte dieser Klugscheißer im Schilde? Was sollte diese Frage? Poller stand ratlos da. Limo bewegte sich auf diesen widerlichen Kackstiefel zu und blieb kaum eine Handbreit vor ihm stehen.

»Wenn dem so ist, bist du einer der Hauptverdächtigen.«

»Hauptverdächtigen? Was?«

Poller setzte einen vertrottelten Blick auf, soweit er seine übliche dümmliche Miene noch zu toppen vermochte.

»Was laberst du für einen dämlichen Mist?«

»Meine Schwester fand man vor ein paar Tagen tot auf. In einem Waldstück. Hört sich das nach Mist labern an?«

Poller lachte laut los.

»Der war gut! Richtig gut!«

Tom fasste Limo leichenblass am Arm.

»Was sagst du da? Das ist doch ein Scherz, oder?«

»Nein, Tom, leider kein Scherz. Sie ist vermutlich einem brutalen Sexualdelikt zum Opfer gefallen. Anschließend mit einer Kugel ins Jenseits befördert worden.«

Limo schaute selbst überrumpelt. Er wusste nicht genau, warum er es für nötig erachtete, dieses Wissen mitzuteilen. Ausgerechnet Poller!

»Das ist wirklich kein Scherz?« hakte Tom nach.

»Erschossen ja. Vergewaltigt wahrscheinlich. Die Obduktion läuft noch.«

Geschockt senkte Tom den Kopf.

»Ey, der Typ quatscht doch nur Müll!« krakeelte Poller in die Halle.

»Poller, falls du das nicht kapiert haben solltest, du kannst jetzt deine Kumpel, oder wer auch immer hinten im Waschraum rumlungert, rausholen. Dich zu durchschauen ist wahrlich kein Kunststück. Wenn ich jemals dir gegenüber handgreiflich werden sollte, dann entscheide ich über Zeitpunkt und Örtlichkeit. Ich lasse es dich gerne wissen, wenn es soweit ist.« Poller verfluchte Limo. Woher wusste Limo …?

In diesem Moment stapften zwei Kraftpakete albanischer Abstammung aus dem Waschraum.

»Guten Morgen«, begrüßte Limo sie freundlich. Die zwei blickten sich an, als verstünden sie kein Wort.

»Ihr versteht Deutsch?«

»Ja«, antwortete einer der beiden einsilbig. Limo kannte diese finsteren Figuren nicht. Er hatte keinen Schimmer, woher Poller diese Gestalten kannte.

»Arbeitet ihr beiden für die Firma?«

»Nein.«

»Redselig seid ihr beide ja nicht unbedingt. Gut, dann zum Mitschreiben. Verschwindet, und das ganz schnell!« drohte Limo.

»Du bist ganz schön mutig!« konterte der Kleinere von beiden.

»Schön? Oder mutig, oder beides, oder was? Und jetzt verschwindet.«

Die Typen verließen gelassen das Firmengelände. Sie vermieden mit ihrer besonnenen Reaktion einen Rauswurf aus der Leiharbeiterfirma. Poller stand alleine da. Limo trat zwei Schritte an ihn heran. Mit Bedacht beugte er sich provokant zu seinem physisch unterlegenen Gegenüber vor.

»Poller, wir beide werden uns zu gegebener Zeit köstlich amüsieren. Versprochen. Da wiederhole ich mich sehr gerne. Genau wie die Zeit für diesen Flachwichser Thomas kommen wird. Ich werde euch fertig machen! Beide! Wenn es das letzte ist, was ich hier auf der Firma noch erleben werde.«

Mit diesem Versprechen drohte Limo auf Pollers niedrigem Niveau, in der Hoffnung, der kapiere endlich den schmalen gesundheitlichen Grat, auf dem er wandelte.

»Ja, ja. Kommt Zeit, kommt Lösung«, poetisierte Poller lächerlich.

»Hey, Poller, kannst du dich nicht einfach entschuldigen für den Spruch von vorhin?« bat ihn Tom.

»Wieso sollte ich? Ich kann doch nichts dafür, dass seine Schwester hinüber ist.«

»Was bist du für ein mieser Typ«, sagte Tom und schüttelte den Kopf.

»Ist gut, Tom, lass ihn in Ruhe. Für diesen Typen und seinen Spezi halte ich bereits zu gegebener Zeit eine Überraschung bereit. Bin gespannt, was sie dazu sagen werden.«

Limo hatte es kaum ausgesprochen, als ein weiterer Kollege mit seinem Servicewagen auf den Hof rauschte. Tom und Limo stiefelten in die erste Etage des Büroblocks, scherzhaft Tower genannt, und schauten auf den Terminplaner der Monteure. Auf dieser Etage befand sich die Führungsebene der einzelnen Sparten, die Schreiner, die Herren der Leckageortung, die Maler und Lackierer und die Leute von der Komplettsanierung sowie die Trocknungsmonteure, die Mädels des Sekretariats und die Projektleiter. Bereits morgens um halb sieben, eine halbe Stunde vor Beginn der bezahlten Arbeitszeit, fand auf dieser Ebene des Gebäudes ein reges Treiben statt. Tom und Limo sahen, dass sie auf dem schultafelgroßen Routenplaner gemeinsam eingetragen standen. Leider kam das selten vor. So gut wie nie durften zwei Monteure mehrere Tage hintereinander zusammen rausfahren. Tag für Tag zauberte der Niederlassungsleiter neue Konstellationen an die Wand. Die Projektleiter unterbanden mit dieser Taktik eine Grüppchenbildung. Außerdem sah die Geschäftsleitung nicht gerne eine intensive Freundschaft der Monteure. Angeblich sollte dadurch eine gesunde Konkurrenz gesteigert werden. Limo und wenige seiner Kollegen hegten eher oppositionelle Gedanken. Aus ihrer Sicht steigerte man eine Motivation unter den Monteuren, indem man eine geregelte Zusammenarbeit förderte. Zwei sehr gut harmonierende Monteure würden zu einem effektiveren Ertrag der Firma beitragen, weitaus mehr als diese aktuelle unsinnige Routenplanung je erzielen würde. Taube Ohren waren allerdings das einzige, worauf die Opposition stieß. Somit fraß der Frust sich weiter tief in die Arbeitslust. Tom trottete zur Ablage. Dort befanden sich sämtliche Aufträge, die den Touren zugeordnet lagen. Er nahm sich den kleinen Stapel Aufträge und gab Limo mit einem Kopfnicken zu verstehen, zum Projektleiter gehen zu wollen. Mit ihm sprachen sie die Baustellen durch. Noch bevor die beiden gemeinsam das Büro des Projektleiters betreten hatten, öffnete Ernst Kohlmeier seine Bürotür. Der Niederlassungsleiter führte sein Fußvolk in einem absolutistischen Ton. Nur eine einzige Person unter den Monteuren besaß das nötige Format und den Schneid, verbal auf die niveaulosen Titulierungen seitens des Niederlassungsleiters zu reagieren. Als Spinner oder Nixkönner betitelt zu werden war noch das absolut Harmloseste. Regelmäßig eckten Limo und Kohlmeier deshalb aneinander. »Langen, rein zu mir ins Büro!« brüllte Kohlmeier, obwohl Limo nur drei Meter von ihm entfernt stand. Ernst Kohlmeier sah aus wie Ende sechzig. Weit über sein wahres Alters. Er hatte das mitgenommene Äußere einer Gestalt, die vor vielen Jahren einmal leidenschaftlich Sport getrieben hatte, heute jedoch nur noch von Sport sprach. Aknenarben aus seiner Teenagerzeit und tiefe Furchen durchzogen sein Gesicht. Kohlmeier trug eine Feindseligkeit in sich, die in immer kürzeren Abständen hervorbrach. Er schien seine momentane Situation nicht zu genießen. Limo schaute verdutzt zu Tom herüber und schüttelte verständnislos den Kopf. Tom wandte sich währenddessen zu Kai Peters um, der als Projektleiter für die beiden an diesem Tag fungierte und mit ihm die Baustellen durchsprach. Peters war ein kleiner, recht unwichtiger Typ, der sich aber vor allem gegenüber Frauen unwiderstehlich vorkam. Eine jämmerliche Erscheinung. Ein schmieriger Mitschwimmer ohne ernsthafte Bösartigkeit. Jemand ohne Rückgrat. Limo ging gelassen gleichzeitig ins Büro des Diktators. Limo musterte Kohlmeier ruhig demonstrativ von Kopf bis Fuß.

»Es mag ja sein, dass Sie so mit Ihrer Lebensabschnittspartnerin umspringen. Egal was auch immer ich wieder verbrochen haben soll, so gebührt es der Anstand, dass man die tägliche Uhrzeit kennt! Zum Beispiel wäre gegen ein ‚Guten Morgen' nichts einzuwenden. Zudem, auch wenn Sie mein Vorgesetzter sind, würde ich Sie darum bitten, diesen militanten Umgangston auf eine gesunde Erträglichkeit zu reduzieren«, legte Limo gleich opponierend los und forderte mit seiner harschen Kritik die Konfrontation heraus.

»Was du denkst, ist völlig uninteressant!«

»Falsch. Sie! So sehr ich mich auch anstrenge, es gelingt mir nicht mir in Erinnerung zu rufen, dass Sie und ich nach dem Sport uns nackig unter der Dusche begegnet wären. Ich möchte damit zum Ausdruck bringen, dass jegliche Intimität für eine gesunde Basis, mich zu duzen, somit nicht gegeben ist. Bitte berücksichtigen Sie der Form halber diese Tatsache.«

»Sie sind ein aufgeblasener, hilfloser Monteur. Einfach nur eine Nummer. Wenn sich nicht bald einige Dinge gravierend ändern, erleben Sie das zwanzigjährige Firmenjubiläum in sechs Monaten nicht mit.«

»Nämlich?« forderte Limo Kohlmeier gelassen auf.

»Das werden Sie dann schon noch früh genug erfahren.«

»Wenn Sie mir schon die Pistole auf die Brust setzen, dann erwarte ich, dass man mir die Möglichkeit gibt, mich zu rechtfertigen. Mit diesem Scheißgefühl schicken Sie mich nicht aus Ihrem Büro. Das können Sie meinetwegen mit einem Ihrer Fußballerdeppen veranstalten, aber nicht mit mir. Also bitte ...?«

Limo richtete sein Rückgrat auf und zog die Schultern breit auseinander. Er wirkte jetzt nicht nur arrogant. Es gelang ihm sogar durch seine bedrohliche Haltung, seinen Vorgesetzten einzuschüchtern.

»Auch wenn ich es nicht müsste, aber Sie haben zum Beispiel vergangene Woche nach Feierabend Ihren Servicewagen nicht ordnungsgemäß ausgeräumt. So haben Sie generell gegen die seit zwei Monaten bestehende Anordnung verstoßen. Dafür erhalten Sie eine Abmahnung in schriftlicher Form. Ferner ist mir in letzter Zeit zu Ohren gekommen, dass Sie nach wie vor Anpassungsprobleme gegenüber den Kollegen haben. Wie lange sind Sie jetzt für unser Unternehmen tätig? Drei, vier Jahre? Das ist schon sehr sonderbar, finden Sie nicht? Dann äußern Sie sich unpassend bei Kunden und achten nicht darauf, dass die Maschinen, die Sie auf den Baustellen hinterlassen, reibungslos funktionieren. Zudem überschreiten regelmäßig Ihre installierten Baustellen den gewohnten vierzehntägigen Trocknungszeitraum. Scheint so, als ob Sie jegliche handwerklichen Fähigkeiten vermissen lassen. Diese Defizite sind seltsamerweise nur bei Ihren Baustellen extrem auffällig. Außerdem befolgen Sie des öfteren meine Anordnungen nicht. Das werde ich nicht länger dulden. So, nun können Sie nochmals klugscheißen!«

Limo lächelte süffisant und folgte gerne der Aufforderung.

»Herr Kohlmeier, Sie können mir so viele Abmahnungen schreiben wie Sie möchten. Wenn Ihnen das eine innere Befriedigung verschafft, bin ich der Letzte, der Ihnen das nicht gönnt. Sie sollten aber folgende Kleinigkeiten berücksichtigen: Erstens habe ich den Servicewagen berechtigterweise nicht ausgeräumt, weil ich mich an diesem Tag schon über eine halbe Stunde im Feierabend befand. Ich werde einen Teufel tun und unbezahlt meine arbeitsfreie Zeit opfern, indem ich für lau arbeite. Zumal ich, wie meine anderen Kollegen übrigens ebenso, jeden Tag dreißig Minuten vor dem bezahlten Arbeitsbeginn meinen Dienst antrete. Unbezahlt! Was also wollen Sie mir da anhängen? Zweitens: Meine Ablehnung meinen Kollegen gegenüber beruht auf reiner Willkür zweier Kollegen. Die Namen dürften Ihnen geläufig sein. Sie spielen ja oft Fußball mit diesen Primaten. Und drittens: Ich achte akribisch bis ins kleinste Detail auf alles, was die Kondenstrockner und auch meine effektive Arbeitsweise anbelangt. Außerdem achte ich peinlichst darauf, dass der Kunde versteht, was ich ihm über die Handhabung mit unseren Geräten im täglichen Gebrauch erkläre. Noch dazu erhalten meine Kunden, beziehungsweise die Kunden der Firma RO-Trock, bei denen ich vor Ort die Trocknung aufbaue, meine Telefonnummer. Sie können mich bei jeglichen Störungen anrufen. Das ist insofern sinnvoll, da ich die Baustelle schließlich aufgebaut habe und schneller helfen könnte als sonst wer. Ich denke, diese Vorgehensweise kann man auch als besonderen Service ansehen. Nennen Sie mir doch bitte einen weiteren Kollegen, der diese Dienstleistung in dieser Form anbietet. Zum vierten und letzten: Wenn sich in Ihnen das Gefühl regt, ich folge nicht Ihren Anweisungen, so ist das ein Irrglaube Ihrerseits und völlig opportun gegenüber meiner Einstellung zur Arbeit. Ich denke, des Weiteren ist es Ihre Aufgabe, bezüglich des Zuerkennens oder Zusprechens der Arbeitsleistung zu differenzieren, eine strenge Objektivität vorausgesetzt. Denn genau diese vermisse ich besonders bei den verantwortlichen Herren. Ich bin nicht so vermessen und werde Sie, auch wenn dieses Gespräch unter vier Augen stattfindet, als parteiisch bezeichnen. Wenn Sie mir also eine oder gar mehrere Abmahnungen schreiben wollen, Herr Kohlmeier, nur zu. Es steht Ihnen natürlich frei, wie ich schon zu Beginn erwähnte. Dementsprechend behalte ich mir weitere Schritte vor. Dafür haben Sie bitte Verständnis.«

Nach außen hin wirkte Limo wie ein scharfkantiger Eisblock. Doch sein Puls klopfte in Wahrheit im ungesunden Bereich.

»Ach, eines vergaß ich in meiner *anmaßenden* Ausführung. Warum schickt man gerade mich auf Baustellen mit komplizierten und peniblen Kunden? Wohl nicht, weil ich ein Vollidiot bin.«

Ernst Kohlmeier saß in seinem ledernen Chefsessel und zog scharf Luft durch die Zähne. Angewidert und voller Ekel.

»Hören Sie sich eigentlich selbst reden?«

»Jeden Tag. Ich weiß, ich bin ein arrogantes Arschloch. Doch je nachdem, wer das zu mir sagt, empfinde ich es als ein riesiges Kompliment. Darf ich nun meiner Arbeit nachgehen?«

»Gehen Sie! Alles Weitere folgt in den nächsten Tagen.«

»Danke. Ich wünsche Ihnen auch einen schönen und erfolgreichen Tag.«

Limo stiefelte innerlich befriedigt aus dem Büro. Seine Miene jedoch verriet Eiseskälte. Er begab sich zwei Zimmer weiter, konnte Tom aber nirgends mehr entdecken. Also eilte er im Laufschritt den Weg nach unten zum Lager, wo sein Kollege wahrscheinlich schon die notwendigen Geräte einlud.

»Und, was meinst du?« fragte Kohlmeier seinen Chef. Den Mann, der die Firma angeblich aus dem Nichts aus dem Boden gestampft hatte. In Insiderkreisen hieß es allerdings, dass dieser aalglatte Typ seinen damaligen gleichberechtigten Partner über den Tisch gezogen hatte. Nun existierten zwei Dienstleistungsunternehmen dieser Branche unmittelbar nebeneinander in den beiden Nachbarorten. Teilweise herrschte, angeblich jedenfalls, zwischen beiden eine brutale Rivalität. Limo kannte dies nur vom Hörensagen. Ihm war es egal, was wer wem vor Jahren abgeluchst hatte. Er war damals einfach nur froh gewesen, dass er nicht arbeitslos auf der Straße stand. Obwohl der Gedanke an eine Arbeitslosigkeit mittlerweile als Option für eine Lösung des Mobbings stetig an makaberer Attraktivität gewann. Helmut Kaltmann, Anfang vierzig, verfügte über gefährliche Eigenschaften. So lauerte Kaltmann nicht bloß auf fette Beute, sondern jagte sie gnadenlos.

Mittlerweile nach den letzten erfolgreich verlaufenden Jahren gut genährt, trat er in einem dunkelgrauen, maßgeschneiderten Zweireiher mit passendem ultramarinblauen Hemd und einer darauf abgestimmt gemusterten Krawatte an Kohlmeier heran. Er hatte das komplette Gespräch hinter dem tief im Büro stehenden Schrank mitverfolgt. Bevor er seinem Niederlassungsleiter antwortete, griff Kaltmann in die Innentasche seines Jacketts und zog bedächtig eine Zigarre hervor, steckte sie mit dem einen Ende in den Mund und zündete sie lässig mit einem Zündholz an. Dann nahm er gleich mehrere paffende Züge, bis er letztlich einen langen kräftigen Zug genüsslich inhalierte, um dann dem Rauch aus seinem Mund die Freiheit zu gewähren.

»Ich weiß nicht genau, was du meinst, Ernst?«

»Ähm, ich meine … ich …«

»Stopp!« unterbrach Kaltmann forsch das Gefasel seines Stellvertreters.

»Hast du nicht noch vor wenigen Minuten Langen gefragt, ob er sich selbst reden hören würde? Vielleicht solltest du dir selbst mal zuhören.«

»Aber das ist doch etwas völlig anderes. Du kannst mich doch nicht mit diesem arroganten Knallkopf vergleichen!«

»Ach nein? Nenne mir einen plausiblen Grund!«, äußerte Kaltmann überheblich.

»Er ist einfacher Monteur. Den Noten seines Zeugnisses nach zu urteilen war er in seiner aktiven Schulzeit keine besonders große Leuchte.«

Kaltmann paffte einige Züge. »Soll das die Antwort auf meine Frage sein?«

»Immerhin besitze ich einen akademischen Titel. Das genügt doch wohl als Antwort.«

»Ernst, das, was ich vorhin mitgehört habe, war vernichtend. Für dich! Er hat jedes einzelne deiner Argumente in Einzelteile zerlegt. Auch wenn sich die Art seines Artikulierens geschwollen anhört, und das ein oder andere Fremdwort grammatikalisch vielleicht nicht ganz korrekt saß, so war er dir doch haushoch überlegen. Wenn ich jetzt eine Entscheidung treffen müsste, die seine Person beträfe, dann würde ich seinen Ausführungen Glauben schenken. Ich weiß nicht, was gegen ihn läuft! In dieser Angelegenheit bin ich nicht tief genug ins Tagesgeschäft involviert, um mitreden zu können. Was mir Sorgen bereitet, ist die Tatsache, dass mir dein Führungsstil mit fortlaufender Dauer suspekt erscheint.«

»Was willst du damit andeuten, Helmut?«

»Du weißt sehr wohl, was ich damit zum Ausdruck bringen will. Soviel Wissen über meine Mitarbeiter solltest du mir zutrauen. Außerdem, hast du dir mal die Umsatzzahlen der letzten zwölf Monate angeschaut? Wenn nicht, würde ich es dir dringend empfehlen!«

»Was ist denn jetzt los? Steh ich jetzt am Pranger?«

»Hier steht niemand am Pranger! Nur bin ich primär daran interessiert, dass meine Firma schwarze Zahlen schreibt. Wie, ist mir völlig egal! Und wenn ihr Probleme mit den Monteuren habt, dann klärt euren Disput alleine. Lasst mich mit solch einem Kinderkram in Ruhe. Wie ihr jetzt mit Langen verfahrt, ist nicht meine Angelegenheit. Bedenkt aber, dass er nicht gerade dumm zu sein scheint. Gerade du solltest das nach der eben erlebten Demontage sorgfältig einschätzen können. Sekundär rate ich dir, mach dir mal gründlich Gedanken darüber, warum einige Monteure dich nicht für voll nehmen. Ein kleiner Tipp von mir: Das Herausschreien von Fäkalienausdrücken ist nicht unser Stil. Nicht in der Führungsetage. War sonst noch etwas, außer dass ich Langen entlassen sollte? Dann würde ich jetzt gerne zum üblichen Tagesablauf übergehen.«

»Nein, das war alles.«

»Gut. Dann ändere bitte deine Mitarbeiterführung. Mir tanzt niemand auf der Nase herum. Ich muss auch nicht laut und ausfallend werden. Nimm es nicht persönlich, okay?«

»Ja, ich habe verstanden«, antwortete Kohlmeier kleinlaut.

»Hey, da bist du ja«, rief Tom Limo zu. »Wie war's beim Diktator?«

»Nett«, antwortete Limo wortkarg und verdrehte seine Augen. Tom verstand, dass zu viele Neugierige im Lager ihre Ohren auf Empfang stellten. Zehn Minuten später steuerte Tom den Sprinter auf der A45 in Richtung Ruhrgebiet, Dortmund.

»Was sagt denn der Arsch oben?«, wollte Tom wissen.

»Es läuft auf eine Abmahnung hinaus. Vielleicht auch auf mehrere. Die Begründungen dafür sind nicht nur lächerlich, sondern auch abenteuerlich an den Haaren herbeigezogen.« Limo erzählte Tom von dem Gespräch mit Kohlmeier. Nach den Ausführungen schwiegen sie kurz. Ihre Mimik verriet eine amüsierte Heiterkeit. Wenige Kilometer vor Hagen brach Tom das Schweigen, in dem nur das Radio bis dahin leise säuselnd zu hören gewesen war.

»Du, Mirco …«

»Entschuldige, Tom, aber ich würde mich freuen, wenn du mich Limo nennen würdest. Nur meine besten Freunde nennen mich so. Ich würde mich freuen, wenn du dazu gehören würdest. Sorry, ich habe dich unterbrochen. Was wolltest du sagen?«

»Kein Problem. Klar, gerne sag ich Limo.«

Tom lächelte und kratzte sich den Hals.

»Ähm, also, was ich fragen wollte, das mit Carmen …, sie ist wirklich tot, kein Scherz?«

»Ja, Tom. Ein Spaziergänger fand Carmen und ihre beste Freundin Conny tot auf. Sie wurden erschossen. Aber bitte behalte das für dich. Auch nicht zu Hause erzählen. Wenigstens im Moment noch nicht, okay?«

»Ja klar.« Tom blickte irritiert.

»Aber Poller weiß doch nun schon Bescheid.«

»Ich weiß, das war dumm von mir. Ihm gelingt es leider zu oft, bei mir den richtigen Knopf zu drücken. Das wollte ich ihm gar nicht sagen. Nun ist es raus, schlimm genug«, antwortete Limo. Er war selbst auf seine Dummheit sauer.

»Wo sind sie denn gefunden worden? Bei uns in der Gegend?«

»In der Kölner Gegend. Die Polizei wird sich wahrscheinlich heute noch bei meiner Mutter melden. Die Pathologie ist noch dabei, die beiden zu obduzieren. Der Verdacht, dass sie einem Sexualverbrechen zum Opfer gefallen sind, liegt leider nah.«

Tom bemerkte, dass dieses Thema Limo emotional sehr mitnahm und lenkte geschickt die Gedanken Limos in eine andere Richtung.

»Sag mal, wie sieht es denn mit den Recherchen aus? Kommst du weiter?«

Limo rieb sich unauffällig mit den Händen die Wangenknochen. Sein Kopf glich einem Feuerball.

»Du kannst dir nicht vorstellen, was passiert, wenn die Bombe platzt.«

»Weiß du denn schon, wann es soweit ist?«

»Das ist schwierig. Ich hoffe, dass auch Kohlmeier irgendwann Mist baut. Er ist der Einzige, der noch keinen Dreck am Stecken hat. Zumindest nichts, was ihm nachzuweisen wäre.«

»Alle anderen sind mit im Spiel?« hakte Tom nach.

»Ja, alle. In etwa von dem Zeitpunkt an, als du mir den Vorschlag erzählt hattest, liegt die Größenordnung aktuell bei dreißig bis vierzig Fällen. Wesentlich mehr, als ich je angenommen habe. Doch mir geht es auch besonders darum, Kohlmeier, diesen Hitlerverschnitt, zur Strecke zu bringen.«

»Bist du dir sicher, dass das nicht eine Nummer zu groß ist?«

»Was meinst du?«

»Habe vor langer Zeit gehört, dass der Typ über die übelsten Kontakte verfügt.«

»Was meinst du mit ‚übelsten'?«

»Dieser Arsch treibt sich des Öfteren in gewissen Etablissements herum.«

»Was? Dieser miese Lump, dieses dämliche Pockengesicht, der immer auf glückliche Familie macht?«

»Genau der.«

Limo griff sich sichtlich geschockt in den Nacken.

»Könntest du für mich herausfinden, in welchen Schuppen der Typ sich für gewöhnlich aufhält?«

»Klar! Was hast du vor?«

»Nun, ich kenne seine Frau, na ja, kennen ist vielleicht etwas übertrieben. Sie ist eigentlich eine ganz sympathische Frau. Könnte mir vorstellen, dass sie zur reißenden Bestie wird, wenn sie erfährt, was ihr lieber Mann so alles treibt.«

Beide lachten. Tom versprach den exklusiven Männerclub ausfindig zu machen.

»Wer hätte das gedacht? Dieses primitive Schwein …«, dachte Limo laut und schüttelte seinen Kopf.

»Wusstest du das echt noch nicht?« fragte Tom erstaunt.

»Nee! Absolut nicht.«

»Tja, was soll ich sagen. Ein Mann, ein Schwanz, ein Schwein!« bemerkte Tom süffisant und lachte lauthals los über seine erlangte Weisheit. Just in diesem Augenblick kündigte das Navigationsgerät des Sprinters die nächste Ausfahrt an. Tom tippte an dem Gerät herum, um die Information zu erhalten, wie viele Kilometer es noch bis zum Ziel waren. Unwesentlich später zeigte das Gerät das Ergebnis an. Noch sechs Kilometer bis zu den Lehnhofs, den ersten Kunden für den heutigen Tag.

Die Arbeitszeit verstrich reibungslos. Trotz der unangenehm schmutzigen Baustellen erledigten sie ihren Job fix. Gegen vierzehn Uhr dreißig begaben sie sich bereits auf den Heimweg. Sie legten noch eine kurze Rast in Höhe Meinerzhagen ein. Dort, unmittelbar an der A 45, auf dem Parkplatz eines Baumarktes, gab es die schmackhaftesten Würstchen der Gegend. Die »Langen Lüdenscheider«. Limo saß keine zehn Sekunden im Wagen und versuchte gerade genüsslich in die »Lange Lüdenscheider« zu beißen, als eine Melodie aus seinem Handy einen Anrufer ankündigte. Mit einer Hand fischte er aus der Seitenablage des Servicebusses sein Handy heraus. Limo las »Unbekannter Teilnehmer« auf dem Display. Ihm wurde plötzlich heiß und kalt.

»Limo, was ist? Gehst du nicht ran?« fragte Tom. Er sah, wie geistesabwesend Limo auf sein Handy starrte.

»Äh, doch, klar …«, antwortete Limo irritiert. Er ahnte, wer der Anrufer sein könnte.

»Langen, guten Tag.«

»Guten Tag, Herr Langen. Mein Name ist Seiler. Günter Seiler. Oberkommissar des Bundeskriminalamtes Köln. Gut, dass ich Sie erreiche. Bei Ihrer Mutter hatte ich weniger Glück. Ist das in Ordnung, wenn ich mit Ihnen rede?«

»Ja, natürlich«, antwortete Limo kurz angebunden. Seine leckere Zwischenmahlzeit legte er lustlos auf die Mittelkonsole des Firmenfahrzeugs.

»Ich vermute mal, Herr Helmes hat Sie bereits über erste Kenntnisse informiert. Wir sind in der Zwischenzeit um die eine oder andere Erkenntnis reicher geworden. Ich bitte Sie darum, morgen im Laufe des Vormittags aufs Revier nach Köln zu kommen. Sie können auch Ihre Mutter mitbringen. Leider bleibt es Ihnen nicht erspart, die Leichname der jungen Frauen zu identifizieren. Das Gesetz sieht es so vor.«

»Ich komme morgen früh gegen neun Uhr zu Ihnen. Alleine! Ich denke, das ist besser so.«

»Ja, das kann ich verstehen. Dann kommen Sie morgen um neun Uhr zum Revier nach Köln. Das ist die Leopoldstraße 255. Mein Name, wie bereits erwähnt, ist Günter Seiler. Auf Wiedersehen, bis morgen.«

»Ja, tschüss.«

»Die Polizei?« fragte Tom nach.

»Ja. Ich muss morgen auf das Kölner Revier. Sie sind wohl fertig mit der Obduktion. Außerdem soll ich Carmen und Conny identifizieren. Scheiße!«

Limos Augen brannten. Abermals blieb er standhaft und biss die Zähne zusammen.

»Glaubst du, Kohlmeier gibt dir Urlaub? So kurzfristig?« fragte Tom skeptisch.

»Das wird er. Und wenn ich sonst was unternehmen werde.«

»Soll ich dich morgen begleiten?«

»Das ist nett von dir und ich weiß es auch zu schätzen. Da muss ich alleine durch. Aber danke trotzdem für dein Angebot.«

Limo nahm das Brötchen in die Hand. Die Wurst mittlerweile nur noch lauwarm, verschlang er den Imbiss gierig. Seine Gedanken drehten sich in der Folgezeit um Carmen. Immer und immer wieder um Carmen und Conny. Tom betrachtete Limo von der Seite aus intensiv.

Sie erreichten das Firmengelände und sahen, dass alle anderen Monteure ebenfalls frühzeitig ihre Touren abgefertigt hatten und bereits die verschmutzten Geräte aus ihrem Servicewagen entluden.

»Okay, Limo, der BMW vom Chef ist noch da. Marschier du schon mal rauf und klär das mit dem Urlaub. Ich entlade dann schon den Kram.«

»Lass uns erst gemeinsam klar Schiff machen, danach gehe ich dann zum Kohlmeier.«

»Mach es lieber jetzt. Hinterher fährt der Typ früher und dann hast du echt ein Problem.«

»Mhm! Hast recht. Ich beeile mich.«

»Keinen Stress, okay?«

Einmal mehr war Limo heilfroh, wenigstens ab und an mit einem Kollegen wie Tom zusammen zu arbeiten. Er flog die Treppenstufen in den Bürotrakt nach oben und klopfte an Kohlmeiers Tür.

»Was ist? Keine Störung jetzt!« schallte es durch die geschlossene Tür. Limo verzichtete auf eine intensivere Forderung eintreten zu dürfen und hetzte wieder runter zu Tom ins Lager und packte mit an.

»Und?«

»Nix. Das blöde Rindvieh hat, wie so oft, schlechte Laune. So wie der durch die Tür schrie, hatte er wohl hohen Besuch. Ich geh gleich noch mal hin.«

»Hat wahrscheinlich schlecht gefickt«, begab sich Tom auf ein niederes Niveau. Limo ließ die Aussage im Raum stehen.

Während des Ausladens liefen Thomas und Poller wieder zu Hochform auf. Dieses Mal hatten sie sich Galep als Opfer ausgesucht. Galep, eingefleischter Türke, der nie negativ auffiel. Ein ruhiger, gutmütiger und stets hilfsbereiter Kerl. Zwischen Limo und ihm bestand schon seit über fünfzehn Jahren eine Art Freundschaft. Als Teenager war Galep zum Karate gekommen. Damals unterrichtete Limo die Anfänger. Die Lust am Karate verlor Galep jedoch recht schnell. Alles viel zu kompliziert und anstrengend, meinte er zu Limo. Doch Freunde blieben die beiden trotzdem. Besonders wenn einer von beiden in der Klemme steckte, konnten sie sich aufeinander verlassen. Und das, obwohl sie nach Feierabend sehr selten Kontakt hatten.

»Na, du kleiner Kafferboy, der Wagen ist ja immer noch nicht sauber. Was glaubst du, wofür du bezahlt wirst?« versuchte Thomas ihn zu ködern.

»Bin noch nicht fertig. Ist gleich fertig«, antwortete Galep freundlich. Sein Blick jedoch verriet, dass die Samtpfoten bald schon gegen scharfe Klauen getauscht werden mussten.

»Boah, Geräte schleppen ist zu anstrengend und selbst für den Bulli braucht der Türke 'n paar Stunden«, provozierte Thomas bewusst lautstark.

»Was willst du von einem Schwarzfuß erwarten?« mischte sich Poller ein. Galep bewahrte Ruhe. Er fegte den Wagen noch rasch sauber und sprang anschließend von der Ladefläche auf den harten Estrichboden.

»He, kleiner Türke! Du bist noch nicht fertig! Stell die Trocknungsgeräte hinten in den Waschraum und mach die Dinger sauber!« Erneut gab er kein Widerwort. Stattdessen griff er sich gleich das erste Gerät. Das Gerät vor der Brust wirkte auf eine sonderbare Weise wie ein Schutzschild. Nicht für ihn selbst. Thomas' und Pollers Intelligenz vermochten dies nicht zu verarbeiten. Stattdessen grinsten die beiden hämisch. Nicht ahnend, dass dieses Gerät sie selbst beschützte. Die übrigen Monteure verfolgten die Situation argwöhnisch, aber niemand schritt Galep unterstützend ein. Limo schaute zu Tom und gab ihm ein Signal, dass er zu Galep wollte. Tom nickte und grinste. Für die beiden benötigte Limo seine Hilfe nicht. So setzte sich Tom auf einen Trockner und genoss das, was nun folgte.

»Ihr zwei seid ja richtige Helden!«

»Och, Langen, mit dir spielt doch keiner!« versuchte Thomas cool zu bleiben.

»Du kleiner armseliger Stinker, irgendwie schaust du dir die falschen Filme an. Reißt wie so oft die Fresse auf und dann folgt gähnende Leere. Galep hat dir nicht im Geringsten was getan. Ganz im Gegenteil. Er räumt auch deinen Scheiß weg und du markierst hier den Supermann?«

»Ja, ja, Langen. Was willst du dagegen tun?«

»Dich vielleicht töten?« konterte Limo humorlos.

Thomas hielt sich den Bauch vor Lachen.

»Sicher! Aber natürlich, was sonst!?«

»Was bist du ein dummer Mensch. Du erkennst nicht mal im Ansatz die Zeichen der Zeit. Bald schon wird euch der Spaß am niederträchtigen Mobben vergehen. Garantiert!«

Limo registrierte das schäbige Grinsen von Thomas aus dem Augenwinkel. Limo beließ es bei dem verbalen Grollen. Es schien ihm abermals kein geeigneter Tag für eine physische Auseinandersetzung. Limo zog eine kauzige Miene und lächelte ironisch. Die Bestie in ihm hatte schon längst die Krallen gewetzt und war zum Sprung bereit.

»Galep, mach jetzt Feierabend! Du bist schon zehn Minuten drüber. Den Rest kann das blöde Arschloch selbst erledigen«, forderte Limo Thomas heraus.

»Danke, Limo«, sagte Galep und klopfte ihm kurz auf die Schulter.

»So, bist du jetzt der neue Abteilungsleiter und entscheidest darüber, wer wann gehen darf.«

»Was willst du dagegen tun?«

»Dann bin ich doch mal gespannt darauf, was der Kohlmeier macht, wenn ich den über deine selbsternannte neue Funktion unterrichte.«

Limo schnellte bis auf wenige Zentimeter auf Thomas zu.

»Tu, was du nicht lassen kannst. Aber es ereignen sich tragischere Schicksale auf dieser Erde, deren Verläufe nicht zu recherchieren sind. Sie geschehen einfach so, aus heiterem Himmel.«

Thomas verging das Grinsen. Er wusste wieder einmal genau zur rechten Zeit die Schnauze zu halten. Für einen Funkenflug erspähte er das Tier in Limos Augen.

»Geschnallt, Arschloch! Vergiss es ab jetzt niemals, immer wenn die Dunkelheit hereinbricht, werde ich zu gegebener Zeit als Schatten in deiner Nähe sein. Dann, wenn du nicht damit rechnest! Halt es für polemischen Kram oder nicht. Wenn du die Bedeutung meiner Worte auch nur im Ansatz begriffen haben solltest ...« Limo unterbrach bewusst. Der Sinn seiner Worte drang nachhaltig und giftig in die Ohren seines Gegenübers.

Thomas hielt sich bedeckt. Seine innere Stimme signalisierte ihm, die Ruhe zu bewahren. Er lachte oft über Limos Drohgebärden. Doch dieses Mal fühlte er, wie der Bogen sich gefährlich überspannte. Nach diesem verbalen Scharmützel und dem glimpflichen Ausgang erledigten die Monteure ihre Arbeit. Mehr oder weniger! Limo schnaufte tief durch und versuchte nochmals sein Glück bei Kohlmeier. Er klopfte an und hoffte auf eine positive Reaktion des Niederlassungsleiters. »Ja?« drang es schneidend durch die geschlossene Tür. »Herr Kohlmeier, darf ich Sie kurz stören?« bat Limo höflich, als er seinen Kopf zwischen Türrahmen und geöffnetes Türblatt schob. In den darauf folgenden Sekunden versammelten sich nach und nach einige Monteure im Großraumbüro der Sachbearbeiterinnen. Sie studierten wie so oft die große Tourentafel. Die Touren standen bereits fest. Nur die Namen der Teams noch nicht. Plötzlich hallte es aus dem Büro des Chefs.

»... und wenn ich sage, es herrscht zurzeit Urlaubssperre, dann gilt das verdammt noch mal auch für dich. Musst du ständig eine Extrawurst haben?« schrie Kohlmeier mit hochrotem Kopf. Alle, die auf der Etage standen oder saßen, bekamen diesen neuerlichen Ausbruch von Kohlmeiers Unbeherrschtheit mit. Regungslos verfolgten Limos Kollegen den Vorgang. Das Gespräch mit Kaltmann vom Morgen und der Appell, an seinem Führungsstil zu arbeiten – nur Schall und Rauch.

»Aber ich nehme mir keinen Shoppingurlaub. Es ist wirklich enorm wichtig! Ein familiärer Grund.«

»Das ist mir völlig egal! Alle wissen, dass kein Urlaub drin ist. Und jetzt raus aus meinem Büro!« schrie Kohlmeier, sein Gesicht erblasste bis hin zu reinem Weiß.

Limo hasste diesen Typ und jetzt kannte er kein Pardon. Sein Herzschlag jagte sauerstoffreiche Blut in jedes noch so winzige Kapillar seines Körpers. Mit unbändiger Wucht schrie Limo unbeherrscht los.

»Sie verdammtes Arschloch, das ist mir scheißegal, ob Sie mir den Urlaub genehmigen oder nicht! Meine Schwester wurde in der vergangenen Woche umgebracht. Ihre beste Freundin gleich mit! Sie können mich mal kreuzweise! Ich nehme den Urlaub, weil ich Carmen identifizieren muss! Außerdem werde ich mich bei Herrn Kaltmann über die Art und Weise, wie Sie mich behandeln, beschweren! Haben Sie mich verstanden?!«

Limo verließ das Büro. Mit einem respektablen Knall schlug die Bürotür hinter ihm krachend ins Schloss. Nun hatte Limo den Tod seiner Schwester doch hinausposaunt. Einmal mehr hatte er selbst einen Beleg seiner Unbeherrschtheit geliefert, an der er dringend arbeiten musste. Sollte es ihm nicht bald gelingen, die persönlichen Attacken gegen andere Personen zu kompensieren, drohte ein klägliches Desaster im Kampf gegen die Machenschaften des Niederlassungsleiters samt seiner Dienerschaft. Fassungslos und mit offenem Mund verharrten die Mitarbeiter an Ort und Stelle und starrten vereinzelt betreten zu Boden. Nach einigen Sekunden, die bleischwer wie Stunden verrannen, legte sich die Aufregung. Kohlmeier unterbrach in einem besonnenen Ton die Stille.

»Bitte komm in mein Büro«, bat er Limo.

Der begab sich zum Büro des Diktators und blickte noch einmal zurück, in der Hoffnung Tom zu sehen. Als sich ihre Blicke trafen, nickte Tom ihm zu.

»Es tut mir leid, Mirco. Das wusste ich nicht. Mir war nicht klar, wie schlimm und unerträglich die Situation für Sie gewesen sein muss. Entschuldigen Sie bitte.«

»Es tut mir ebenfalls leid«, antwortete Limo reumütig.

»Selbstverständlich bekommen Sie für morgen Urlaub. Ist denn ein Tag genug?« fragte Kohlmeier plötzlich fürsorglich.

»Sie wissen, dass wir im Augenblick die Urlaubssperre ausgesprochen haben. Aber für einen solchen traurigen Anlass …«

»Ja. Aber ich denke, je nachdem wann die Beerdigung ist, werde ich noch ein oder zwei Tage benötigen.«

»Ist gut. Wird auf jeden Fall genehmigt. Wobei es dafür Sonderurlaub gibt. Können wir sonst noch irgendetwas für Sie tun?«

»Nein. Außer …«

»Ja?«

»Darf ich Sie etwas fragen, was mit heute früh zu tun hat?«

»Mhm. Was gibt's?«

»Warum wollen Sie mir unbedingt Abmahnungen geben? Ich verstehe nicht, was ich alles in den vergangenen Wochen und Monaten verbrochen haben soll.«

»Nun, es ist so, ich erhalte regelmäßig Informationen. Besonders negative, an denen ich mich orientieren muss. Immer wieder fällt ihr Name. Und glauben Sie mir, das hat nichts, aber auch gar nichts mit den Burschen zu tun, mit denen ich meine Freizeit verbringe.«

Limos Blick fixierte Kohlmeier. Sein Chef versuchte seine Unsicherheit hinter seiner viel zu dickrahmigen 70er Jahre-Brille zu verbergen. Limo spürte instinktiv, dass sein Vorgesetzter log. Limo nickte dennoch zustimmend, bedankte sich für den genehmigten Urlaub und verließ das Büro. Keiner der Monteure befand sich mehr im Haus, nur Tom wartete noch an sein eigenes Auto angelehnt. Limo erzählte ihm, wie das Gespräch beim Chef verlaufen war. Bald darauf verabschiedeten sie sich. Nacheinander verließen sie das Firmengelände.

Limo parkte auf den angestammten Platz vor dem Altbau und rief noch seine Mutter an, bevor er aus dem Wagen stieg. Er informierte sie darüber, dass er am nächsten Vormittag in Köln sein solle. Mit Engelszungen gelang es ihm, seine Mutter davon zu überzeugen, dass er alleine hinfahren müsste. Weinend gab Inge schließlich nach. Er betrat seine Wohnung. Die Arbeitstasche warf er lustlos in die Ecke und zottelte durch alle Räumlichkeiten, bis er zuletzt das Bad erreichte. Sein Konterfei im Spiegel verriet pure Erschöpfung. Mit einem kurzen Ruck zog Limo die Arbeitsoberbekleidung vom Leib, drehte den Wasserhahn im Waschbecken auf und warf sich eiskaltes Wasser ins Gesicht. Erneut betrachtete er sich skeptisch. – Scheiße, Falten bekommst du, mein Freund. Richtig tiefe Falten. Er lachte über den Gedanken und über die Tatsache, dass er keine zwanzig mehr war, und verspürte plötzlich enorme Lust, die Kunststoffrollen seiner Speed-Skater zu strapazieren. Mit dem Bedürfnis, den angefressenen Zorn zu vertreiben, blickte er aus dem kleinen Fenster im Bad nach außen. Das Wetter stimmte. Spontan streifte er seine Sportsachen über, vergewisserte sich im überschaubaren Kofferraum über die komplette Ausrüstung und rauschte dann mit offenem Verdeck zu seiner Lieblingsstrecke.

Völlig erschöpft kehrte er nach über zweieinhalb Stunden in die Wohnung zurück. Keine Minute später stand er glücklich erschöpft unter dem lauwarmen Wasserstrahl. Wie schon lange nicht mehr sog er die Ruhe unter der Dusche in sich auf. Lange und ausgiebig massierte das prasselnde Wasser die Kopfhaut. Das Genick lechzte nach einer feuchten Massage. Limo selbst flehte innerlich zu Gott, dass der morgige Tag rasch vergehen möge. – Oh Mann, überall in meinem Leben tun sich enorme Baustellen auf. Ich darf den Überblick nicht verlieren. Wenn ich nicht bald zur Ruhe komme, werde ich demnächst wie mein Vater enden. Mit einem Schlaganfall. Als er glaubte, erste Auflösungserscheinungen der Haut zu verspüren, drehte er den Hahn zu, trocknete sich gründlich ab und schlüpfte in leichte Shorts. Ohne auch nur eine Minute vor dem Fernseher zu verbringen, stieg er ermattet ins Bett. Den Wecker stellte er auf etwas später als sonst und schloss die Augen. Die Müdigkeit übermannte ihn. Seine Albträume hielten sich in den vergangenen Nächten verdächtig im Hintergrund. Die Ruhe vor dem Sturm. So als würden sie nur auf eine passende Gelegenheit lauern, um dann erneut in Limo Angst und Schrecken zu verbreiten.

7.30 Uhr. Die Klänge einer eingängigen Melodie erfüllten Limos Schlafzimmer. Verschlafen und ungläubig schaute er aus schmalen Sehschlitzen sicherheitshalber auf die Uhr. So wirklich wollte er dem Wecker die Zeitangabe nicht glauben. Er wartete noch das Ende der Ballade ab und stieg dann unmotiviert aus den schlafwarmen Federn. Im Schneckentempo gelang es ihm, sich im Bad mit eiskaltem Wasser Leben einzuhauchen. Das Frühstück glich dagegen einer panischen Flucht. Und ehe er sich versah, saß er bereits gegen acht Uhr in seinem schnittigen Wagen.

Je rascher der Sportwagen die Kilometer fraß und der Kölner Dom näher rückte, umso nervöser rutschte Limo auf dem Sitz hin und her. Punktgenau um neun stellte er seinen Flitzer auf einem Besucherparkplatz unmittelbar am Gebäude der Kölner Polizeiinspektion 5 ab. Mindestens dreimal in der Minute redete er sich ein, dass es nicht so schlimm werden würde. Bevor er das Gebäude betrat, streckte er seine Hand mit gespreizten Fingern vor sich aus. Er zitterte. Zudem kämpfte Limo mit einer Übelkeit, die er irgendwie in den Griff bekommen sollte. Er hatte in seinem Leben noch nie eine Leiche sehen müssen. Nun sollte er hier in Köln seine eigene Schwester identifizieren.

Am Empfang fragte er bei einer adretten Beamtin nach Oberkommissar Seiler. Sie erklärte Limo den Weg, woraufhin er sich freundlich bedankte. Für einen flüchtigen Augenblick lenkte ihn die attraktive Dame in Uniform ab. Sein nervöser und aufgeheizter Körper vergaß für einen Wimpernschlag die Anspannung. Als er im 2. Stock vor der Tür mit der Nummer 25 stand, las er auf einem kleinen Hinweisschild die Namen: Günter Seiler – Oberkommissar und Andre Stark – Hauptkommissar. Limos Puls pochte spürbar im Hals. Er klopfte an.

»Herein!« drang eine Stimme aus dem Büro. Zaghaft öffnete sich die Tür.

»Guten Morgen, mein Name ist Mirco Langen. Ich bin da wegen meiner Schwester Carmen«, begrüßte Limo die Beamten mit einem für ihn ungewöhnlichen nasalen Tonfall.

»Ah ja, kommen Sie doch herein und schließen Sie bitte die Tür hinter sich«, begrüßte ihn ein sehr großer, wohlgenährter Mann mit einem imposanten und kunstvoll gepflegten Kaiser-Backenbart. Seine Haare kurz, beinah zu einer Glatze geschoren. Sein bulliges Erscheinungsbild wirkte auf Limo zunächst einschüchternd. Doch die knorrige Stimme des Beamten, besänftigte die erste Nervosität. – Er dürfte so um die fünfzig sein, dachte Limo.

»Mein Name ist Seiler.« Er schritt ein wenig beiseite und deutete auf den Mann ihm gegenüber. »Und das ist mein Kollege Stark«, führte er fort.

»Guten Morgen«, grüßte auch Andre Stark und bot Limo einen Stuhl an.

»Haben Sie den Weg gut gefunden?«, begann Seiler eine beiläufige Konversation.

»Ja. Mit dem Navi im Wagen kein Problem.«

Seiler nickte zufrieden. »Bitte gedulden Sie sich noch zwei Minuten. Ich muss gerade noch die Daten fertig in den PC eingeben. Aber dann können wir loslegen.«

»Okay«, antwortete Limo zackig. Er zitterte am ganzen Leib. Er erinnerte sich an keinen anderen Moment in seinem Leben, der ihm ein ähnliches Unbehagen verursacht hatte.

»Entschuldigen Sie bitte, aber hätten Sie eventuell einen Schluck Mineralwasser für mich?« fragte Limo die Polizisten.

»Aber natürlich.«

Andre Stark verließ für eine Minute das Büro. Mit einer Flasche Wasser und einem Glas in der Hand stiefelte er ins Büro zurück und schob mit der Hacke die Tür zu. »Bitte schön«, sagte der drahtig wirkende Polizist, als er die Utensilien auf dem Tisch abstellte. Kurz flackerte ein Lächeln in Limos Gesicht auf. – Wie in einem Kinofilm. Der eine Cop smart und athletisch, der andere dicklich und ungelenk wirkend. Limos Nervosität legte sich langsam. Es keimte in ihm ein Gefühl der Sicherheit und Geborgenheit, je länger er dort auf dem Stuhl saß. Bald darauf verschwanden diese Gefühle jedoch wieder, als Seiler einen Berg von Papieren zusammenraffte und sie sorgfältig auf einen Nebentisch gleich neben einen zweiten Aktenberg legte. Auch sein Kollege beendete seinen Schreibkram, richtete seinen Oberkörper auf und wandte seine Aufmerksamkeit Limo zu.

»Herr Langen, bitte entschuldigen Sie nochmals, dass wir Sie haben warten lassen. Aber Sie sehen ja selbst, wie viel Papierkram sich im Laufe der Zeit anhäuft.«

»Ist kein Problem. Ganz im Gegenteil. Bin jetzt nicht mehr ganz so nervös.«

»Nervös?« fragte Stark nach.

»Ich kann sagen, dass ich nicht allzu oft in einem Polizeirevier gastiere. Ehrlich gesagt habe ich Bammel davor, gleich meine tote Schwester zu sehen.«

»Tja, wo Sie auch schon das Thema erwähnen«, äußerte Stark.

»Konnten Sie sich denn einigermaßen darauf vorbereiten, Ihre Schwester zu identifizieren?« fragte Seiler mit tiefer Stimme.

»Wie bereitet man sich denn darauf vor?«

»Sie haben vollkommen recht. Ich wollte Sie nur sachte auf diese unangenehme Aufgabe lenken.«

»Dafür danke ich Ihnen auch. Sie müssen wissen, ich liebte Carmen mehr als jemals einen anderen Menschen auf dieser Welt. Uns verband eine unglaubliche Innigkeit. Ich kann es nicht verstehen, dass es Menschen gibt, die solche Gräueltaten fertig bringen. Sie war noch so jung. Auch ihre Freundin Conny war aufgeweckt und bildschön. Beide zusammen vermittelten Energie und Lebenslust pur. Wir haben so oft gemeinsam unsere Freizeit gestaltet. Die beiden interessierte es nicht, dass ich gut fünfzehn Jahre mehr auf dem Buckel habe. Ich glaube, daran werde ich mich nie gewöhnen, dass das nie wieder so sein darf!«

Limo seufzte, und seine Augen wurden wie so oft in den letzten Tagen feucht. Hilflos schaute er zu Seiler hinüber. Günter Seiler erwiderte den Blick und stellte wieder einmal fest, dass dies einer der undankbaren Momente im Leben eines Polizisten war. »Tut mir leid, Herr Langen. Aber dürfte ich Sie nun bitten, uns in die Pathologie zu begleiten? Dann können wir diese unangenehme Aufgabe rasch hinter uns bringen.«

Limo schaute zu Stark hinüber und pflichtete dem Polizisten nickend bei. Seiler schritt voraus. Limo unmittelbar hinter ihm. Andre Stark trabte fünf Meter hinter den beiden her. Nach drei Etagen abwärts öffnete Seidel die Tür zur ‚Schnitzerei'. So makaber nannten die Mitarbeiter der Pathologie die Abteilung. Jedoch nicht in Anwesenheit von trauernden Hinterbliebenen.

»So, da wären wir. Herr Langen, wenn Sie sich eindeutig sicher sind und Sie es uns bestätigen, verlassen wir umgehend den Raum. Okay soweit?« drang Seilers Stimme mit besonderm Timbre in Limos Ohren.

»Ja, ich bin bereit«, antwortete Limo mit einem immer größer wuchernden Kloß im Hals.

»Gut, dann warten wir nur noch einen Augenblick auf Dr. Eberle. Er ist unser Rechtsmedizinprofessor aus der forensischen Pathologie. Er führt uns direkt zu den Frauen.«

Bald darauf näherte sich ein Herr mit schlohweißen Haaren. Trotz seines betagten Äußeren machte er einen dynamischen Eindruck. Limo blickte sein Gegenüber mit anerkennendem Respekt an, als der Professor ihm die Hand entgegenstreckte und zudrückte.

Limo fühlte sich, als geriete ihm die Hand in einen Schraubstock. Eberle begrüßte Limo sehr höflich und mitfühlend. Die Begegnung passte in kein Klischee, das gerne in Fernsehfilmen dargestellt wird. So wie ein Gerichtsmediziner als Typ, der einen schrägen Touch vorlebt und täglich mies gelaunt die Nerven der Mitmenschen arg strapaziert. Der Professor lotste die Polizisten und Limo durch drei schmale Gänge und drückte dann eine schwere Eisentür mit beiden Händen auf. Ein großer Saal trat zum Vorschein. Limo schaute sichtlich geschockt. Still zählte er die verhüllten Leichen, die auf speziellen Edelstahlseziertischen für die Obduktionen bereit lagen. Als er bei achtzehn angekommen war, unterbrach ihn eine Stimme. Eine sonderbare Kälte nistete sich in Limos Innerem ein. Die stickige Luft war sicher nicht kühl, wohl temperiert fühlte sich aber definitiv anders an. Doch der Grund für die Eiseskälte bestand in der Tatsache, dass ihn die Leichen ängstigten. Mehr als ein Lebender es je fertigbringen könnte.

»Da sind wir. Bei diesen jungen Frauen soll es sich um Carmen Langen und Conny Reimann handeln. Ich zeige Ihnen zunächst Frau Reimann.«

Limo stand noch am Fußende der Edelstahlbahre und entdeckte den kleinen Zettel, der an der dicken Zehe mit einem Gummi befestigt hing. Er las den Namen »Conny Reimann«. Mittlerweile signalisierte ihm seine Nase einen unangenehm stechenden Geruch nach Formalin. Übelkeit breitete sich in seinem Magen aus.

»Bitte treten Sie an meine Seite, Herr Langen«, beorderte der Professor Limo zu sich. Kommentarlos schlich Limo zur Kopfseite. Ohne Vorwarnung zog Professor Eberle ein stückweit die schneeweiße Decke zurück. Limo fühlte weder Schock noch Trauer. Er sah in das leblose und aschfahle Gesicht. Seine Blicke fielen unter anderem auch auf die freigelegten Brüste. Überall fielen ihm die mehrfarbigen Leichenflecke auf. Starr verharrte sein Blick in ihrem Gesicht. – Du Süße, was ist euch bloß zugestoßen? Warum konnte ich nicht bei euch sein? haderte Limo verbittert.

»Ja, das ist Conny. Ja …« Limo stockte, den Tränen nahe.

»Wird es gehen, Herr Langen?« fragte Oberkommissar Seiler.

»Ja«, antwortete er mit zittriger Stimme. »Es muss ja.«

Der Professor verhüllte Connys leblosen Körper wieder mit dem dünnen Tuch und schritt zum nächsten Tisch. Er winkte Limo stumm zu sich heran. Die Blicke des Professors verrieten nüchterne Anteilnahme. Limos Beine schienen unter der Last seines Körpers einzuknicken. Die Füße, die in den Sommerschuhen steckten, spürte er nicht mehr. Jede noch so winzige Bewegung glich einer Höllenqual. Schließlich erreichte er doch den Platz neben dem Professor. Die beiden Beamten reihten sich unmittelbar auf der entgegengesetzten Seite des Rechtsmediziners auf. Wie ein Häufchen Elend verharrte der Sportliebhaber und wartete, während die ersten Tränen die Wangen hinunterrollten. »Bitte schlagen Sie die Decke auf«, bat Limo den grauhaarigen Professor. Daraufhin fasste der Mann das Leichentuch andächtig an den beiden oberen Ecken und klappte es bis zum Brustbereich um.

»Ja, das ist Carmen«, bestätigte Limo teilnahmslos. Plötzlich kehrte er um und verließ fluchtartig den Seziersaal. Seiler und Stark bedankten sich kurz bei Professor Eberle und folgten Limo nur unwesentlich später. Wenige Meter vor dem Treppenhaus hockte er zusammengekauert auf dem Boden. Die beiden Staatsdiener standen in der Tür. Sie ließen ihm etwas Zeit. So oft, vielleicht zu oft, hatten die Polizisten versucht, trauernde Menschen zu trösten. Je mehr Dienstjahre Günter Seiler hinter sich ließ, umso schwerer fiel es ihm, solche Momente zu verarbeiten. Nach einigen Minuten legte Seiler seine Hand tröstend auf Limos Schulter. Leicht erschrocken hob dieser daraufhin den Kopf. Er blickte in Seilers verständnisvolle Augen.

»Herr Langen, können wir wieder in unser Büro?«

Limo nickte und rang nach Luft. Als sie das Büro der beiden BKA-Beamten betraten, hatte sich der größte Schock auf ein erträgliches Maß gelöst.

»Herr Langen, bitte setzen Sie sich«, bat Seiler.

»Wie geht es nun weiter?« fragte Limo den Polizisten.

»Wissen Sie, Herr Langen, wir haben es nicht nur mit der Aufklärung des Mordes an Ihrer Schwester und deren Freundin zu tun. Ich möchte so offen sein, wie es die Ermittlungsumstände zulassen. Wir tappen absolut im Dunkeln.«

»Wie meinen Sie das? Gibt es keine Spur? «

»Doch, einige Ansätze durchaus. Ihnen sind sicher vorhin die anderen Leichen aufgefallen?«

»Ja, das ist richtig. Warum?«

»Alle diese Toten haben etwas gemeinsam.«

Limo drehte verdutzt seinen Kopf.

»Was?«

»Sie wurden alle am gleichen Ort getötet.«

»Alle?«

»Ja, alle«, antwortete Seiler. Dann zog er eine Schublade im Schreibtisch auf und fischte ein Plastiktütchen heraus mit einem darin befindlichen zartgliedrigen Goldkettchen.

»Herr Langen, können Sie mir vielleicht sagen, wer oder was LIMO ist?«

Limo nickte. Er erkannte sein Geburtstagsgeschenk für Carmen wieder.

»Das bin ich. Woher haben sie Carmens Kettchen?«

»Sie?«

»Ja. Das ist mein Neckname. Den verdanke ich meinen Freunden. Carmen liebte diesen Namen. Vor drei oder vier Jahren überfiel mich die Idee, ihr diese Kette mit den vier Buchstaben extra zum Geburtstag anfertigen zu lassen. Sie freute sich so sehr darüber. Trug sie es noch?«

»Ja«, antwortete Seiler enttäuscht. Er nahm zur Kenntnis, dass sich ein interessanter Anhaltspunkt oder gar eine mögliche Spur in Luft auflöste. Limo bemerkte die enttäuschte Miene des Beamten.

»Habe ich etwas Falsches gesagt?«

Seiler schüttelte den Kopf und übergab Limo das Kettchen. Der Schmuck war mit einem Wimpernschlag unnütz geworden, zumal die Kriminaltechnik keine Spuren gefunden hatte.

»Wir müssen viele Puzzleteile zusammenfügen, um mehr als nur Theorien aneinander reihen zu können«, brachte sich Kommissar Stark ins Spiel.

»Können Sie uns sagen, ob ihre Schwester einen Freund hatte? Wenn ja, könnte er in eine Gang oder eine ähnliche Organisation involviert gewesen sein?«

»Nein, das glaube ich nicht. Carmen war ein offener Typ. Ich glaube nicht, dass sie Geheimnisse gehütet hat. Nicht vor mir. Wissen Sie, Herr Stark, Sie werden vermutlich denken, dass haben Sie alles schon öfter gehört. Aber Carmen und ich waren nicht einfach bloß Bruder und Schwester. Uns verband eine sehr innige und aufrichtige Freundschaft. Aber denken Sie jetzt an nichts Abnormales. Es gab nur einfach kein Thema, worüber wir nicht sprachen. Sowohl ihr Gefühls- und Liebesleben als auch meins war oft Bestandteil unserer Unterhaltungen. Sie hat mir in den letzten Wochen nie etwas von einem neuen Freund erzählt. Oder in dieser Richtung irgendetwas angedeutet. Ich wusste, dass Carmen in Kürze ein Wochenende mit Conny in Köln verbringen wollte. Ich weiß nicht genau, ob es sich um das vergangene Wochenende handelte. Sie würde sich spätestens bei mir melden, wenn sie zurück in Hamburg in ihrer Wohnung einträfe. Je nachdem, was die Mädels in Köln planten, wollte sie sich eher melden. Ich wäre ihnen dann nachgekommen. Das kam für gewöhnlich etwa jedes dritte Wochenende vor. Aber sie sendete mir keine SMS.«

»Wie gut kannten Sie Conny Reimann?«

»Schon ganz gut. Aber sicher nicht so gut wie Carmen. Sie war auf alle Fälle ein unglaublich schönes Mädchen. Das wusste sie auch. Oft genug spielte sie mit den Jungs, die den Mut fanden, sie anzusprechen. Diese Seite an Conny mochte ich nicht.«

»Die Jungs wurden doch bestimmt das ein oder andere Mal stinkig, oder? Ich jedenfalls ließe mich nicht lange an der Nase herumführen«, fügte Stark hinzu.

»Ja natürlich. Es gab sogar einige Burschen, die sie am liebsten zum Teufel geschickt hätten. Aber gleich töten?«

»Sie sagten es gerade selbst.«

»Ich verstehe nicht?« bemerkte Limo irritiert.

»Na ja, Burschen, die Sie am liebsten zum Teufel ...«

»Entschuldigen Sie bitte, dass ich Sie mitten im Satz unterbreche. Aber das ist doch nur eine Floskel! Das ist doch im normalen Wortgebrauch üblich. Genauso, wie man jemanden schon mal die Pest wünscht.«

»So? Ich gebrauche diesen Satz für gewöhnlich nicht«, antwortete Kommissar Stark straff. Limo verstand nicht, was der Polizist zu bezwecken versuchte.

»Wenn Sie sagen *Jungs,* wie soll ich mir das vorstellen?«

»Naja, Jungs eben. Etwa ihrem Alter entsprechend.«

»Oder älter?«

»Kann sein. Vielleicht kam das vereinzelt vor. Genau kann ich das nicht sagen.« Limo hob entschuldigend die Schultern.

»Ist gut, ändern wir das Thema«, mischte sich Seiler ein.

»Also, wir haben die Aussage von Ihnen, Herr Langen, dass Ihre Schwester bildhübsch und Ihnen gegenüber sehr offen war. Conny Reimann geizte nicht mit ihren Reizen vor den Jungs. Ohne einen Burschen ernsthaft abgeschleppt zu haben. Richtig soweit?« fasste Seiler nochmals grob zusammen.

»Ja, das kann man so sagen.«

»Gut!«

»Hatte denn Frau Reimann jemals einen festen Freund? Oder kam es zu Kontakten in den letzten Jahren mit Jungs oder Männern, die sie mit nach Hause nahm? Besonders in der letzten Zeit?«

»Soweit ich sagen kann, habe ich ganz am Anfang, als ich sie über Carmen kennenlernte, mitbekommen, dass sie mit einem gut aussehenden Typen rummachte. Das ist aber gut und gerne vier Jahre her. Nur war ich damals in ihr Leben nicht so involviert, als dass ich über ihr Liebesleben Tagebuch hätte führen können.«

»Wie sieht das mit Ihrer Schwester aus?«

»Sie meinen ob sie Jungs mit in ihre Wohnung nahm?« Seiler nickte. »Ich weiß definitiv von zwei Jungs, mit denen sie intim war. Vermutlich auch mit in ihr Reich nahm.« Erneut nickte Seiler.

»Herr Langen, es ist so: Wir können Ihnen zum aktuellen Zeitpunkt keine näheren Einzelheiten weitergeben, da die laufenden Ermittlungen gerade erst am Anfang stehen. Mehr als das, worüber wir Sie in Kenntnis setzen konnten, ist also nicht drin.«

»Können Sie mir denn noch sagen, ob die beiden Mädels einer Sexualtat zum Opfer gefallen sind?« Limos Stimme klang wieder leiser und trauriger.

»Herr Langen, bitte verstehen Sie …«

»Nein, Herr Seiler, kann ich nicht verstehen. Ich denke, dass ich ein Recht darauf habe, die Wahrheit zu erfahren.«

»Natürlich haben Sie das Recht«, stimmte Seiler zu, »aber es sind nun einmal Tatsachen, welche die aktuellen Ermittlungsergebnisse betreffen. Erst wenn jeglicher Irrtum ausgeschlossen ist, werden Sie jede Frage von uns beantwortet bekommen. Ist das okay für Sie?«

»Eine Frage hätte ich da noch.«

»Bitte!«

»Wie würden Sie reagieren, wenn Sie einen über alles geliebten Menschen auf solch bestialische Weise verlieren würden und die Möglichkeit bestünde, dass mindestens eines dieser miesen Schweine sie brutal vergewaltigt haben könnte, um sie abschließend wie lästig stinkenden Abfall im Wald zu entsorgen?« fragte Limo gleichzeitig wütend und hilflos.

»Wenn es einer dieser Kerle getan hätte … Wenn überhaupt … Bis zu den Untersuchungsergebnissen sollten wir noch mit unsachgemäßen Spekulationen warten.«

»Aber wenn? Nur rein hypothetisch gesehen«, ließ Limo nicht locker.

»Herr Langen, bitte verstehen Sie. Geben Sie uns die Zeit, die wir benötigen. Die Medien werden sich wie Haie darauf stürzen. Wir bleiben auf alle Fälle in Verbindung. Jede Neuigkeit, die wir Ihnen mitteilen können, werden Sie erhalten.«

»War es das?« fragte Limo frustriert nach.

»Ja, Herr Langen. Vorerst ja. Aber bitte halten Sie sich für eventuelle Fragen bereit. Ich baue auf Ihre Kooperation.«

Seiler umschmeichelte geschickt Limos Frustration. Limo stemmte die Hände auf die Armlehnen des Stuhls und erhob sich. »Da fällt mir ein, warum sollte ich Conny ebenso wie meine Schwester identifizieren? Müssten das nicht auch Familienangehörige ihrerseits tun?«

»Völlig korrekt. Die Eltern sind auf einer Urlaubsreise. Wir konnten sie ausfindig machen. Der nächste machbare Flug geht erst in zwei Tagen. Natürlich werden sie auch noch den schweren Gang über sich ergehen lassen müssen. Genau wie Sie. So gewinnen wir aber einige Tage eher Gewissheit.«

Limo nickte sanft und seine Miene verriet Verständnis. Er mochte den Beamten. Dann entschuldigte er sich für seinen Tonfall von vorhin und verabschiedete sich knapp. Einige Zeit später, Limo längst außer Haus, informierte Professor Eberle die beiden Kollegen des BKA über die neuesten Untersuchungsergebnisse.

Limo befand sich nur noch wenige Kilometer entfernt vom Autobahnkreuz Olpe Süd. Er fuhr noch weitere dreißig Kilometer auf der A45 Richtung Siegen. Die restliche Strecke führte über Landstraßen zu seiner Mutter nach Brachbach. Die Sonne gewann mittlerweile die Überhand. Zwischen den dichten Wolken hindurch gelang es ihr, immer größere Löcher zu reißen, durch die der azurfarbene Himmel aufblitzte, bis schließlich der feuchte Dunst sich gänzlich in Nichts auflöste. In Niederschelden hielt Limo spontan am Seitenrand an und öffnete mit einem Daumendruck das Verdeck. Einen Augenblick später trieben die zweihundertachtzig Pferdchen unter dem pechschwarzen Blechkleid den Wagen behutsam über den Asphalt.

Er stellte seinen Wagen wie gewohnt vor dem Elternhaus ab, zottelte niedergeschlagen zur Haustür und klingelte. Niemand öffnete. Er klingelte wiederholt und klopfte zusätzlich an die Tür. Erst als Limo registrierte, das sein treuer Vierbeiner ihm nicht schon längst an der Fensterbank entgegenbellte, warf er einen Blick auf seine Uhr. Mit Erleichterung atmete er tief durch. Vormittags gegen elf Uhr war genau die Zeit, in der seine Mutter für gewöhnlich mit Ronny im Wald eine Runde drehte. Limo hockte sich auf die oberste Treppenstufe. Die Treppenstufe kaum warm gesessen, sah er die beiden schon von weitem herankommen. Ronny bemerkte sein Herrchen zuerst. Freudig wedelte er mit seiner Rute und begrüßte Limo mit seinem einschüchternden Bellen. Inge gelang es kaum, die Zugkraft des Tieres zu bändigen. Mit einem Ruck spannte sich die Leine. Sie blickte zur Haustür und kannte nun Ronnys Grund für die Aufregung. Sie befahl ihm, sitz zu machen. Ungeduldig aber gehorsam folgte er dem Kommando. Erwartungsvoll starrte Ronny zu Limos Mutter hoch. Er wedelte mit seiner Rute und schien zu grinsen. Inge lachte: »Du Verrückter, warte!« Endlich löste sie die Leine und Ronny raste über Stock und Stein geradewegs auf Limo zu. Er streichelte ihn und umschloss ihn mit beiden Armen. Limo liebte diesen vertrauten und liebevollen Augenblick, wenn er seinen Hund umarmte und Ronny schnaufend seinen majestätischen Kopf an Limos Hals schmiegte. Nach diesem Begrüßungsritual begrüßte er anschließend auch Inge.

»Hallo, Mama.«

»Hallo, mein Junge. Na, wie geht es dir?« fragte sie fürsorglich. Wie jedes Mal.

»Ganz gut soweit. Dir und Papa?«

»Papa geht es ganz schlecht. Aber komm erst mal rein.«

In der Küche, die in der Sommerhitze angenehm die Kühle im Inneren speicherte, was so ziemlich das einzig Positive an diesem Altbau war, nahmen sie Platz. Ronny legte seinen anmutigen Kopf direkt auf Limos Füße.

»Möchtest du etwas trinken?«

»Wenn du Wasser da hast, gerne.«

Schnell griff Inge eine Flasche Mineralwasser aus dem Kühlschrank und schenkte beiden ein Glas ein.

»Was ist mit Papa?«

»Er verträgt die Medikamentenumstellung doch nicht. Er leidet unter sehr starken blutigen Durchfällen.«

»Und jetzt?«

»Ich habe das Gefühl, dass wissen die Herren Doktoren selbst nicht«, antwortete Inge frustriert.

»Ja aber da muss doch was passieren?« fragte Limo besorgt.

»Es gibt da wohl noch Medikamente, die aus Amerika kommen sollen. Angeblich soll man damit in den Staaten sehr gute Erfolge erzielt haben. Am Donnerstag wollen sie mit diesem Präparat beginnen. Aber frag mich nicht, wie das Medikament heißt. Ich kann mir diesen lateinischen Kram nie merken.«

Limo lächelte gequält.

»Hoffentlich hilft es ihm.«

»Bestimmt. Wird bestimmt gut gehen. Es muss ja auch einmal etwas gelingen.«

Limo war verwundert über diese Aussage seiner Mutter. Denn in all den Jahren war alles nur schlecht, scheiße und eben nicht zu ändern gewesen. Wie oft hatte Limo vergebens seinen Eltern beizubringen versucht, dass man das Glas ab und an auch einmal als halb voll betrachten sollte. Dass man nicht immer nur alles mies reden dürfe. Aber er hatte schon seit vielen Jahren die Hoffnung aufgegeben, seine Eltern zu ändern. Sein Vater äußerte sich daraufhin meist, der Himmel sei nicht immer nur königsblau. Limo konterte darauf stets angewidert: »… aber auch nicht immer mit fetten Gewitterwolken verhangen«. Limo marschierte nicht blauäugig und mit rosa Wölkchen durchs Leben. Er zog eine optimistisch realistische Denkweise vor. Ein ordentliches Selbstbewusstsein und sein sensibles Einfühlungsvermögen bescherten ihm eine stabile Erdung. Umso schöner empfand es Limo, dass nun anscheinend etwas Hoffnung in seiner Mutter aufkeimte, sie über den Tellerrand der Trostlosigkeit schaute. Wenigstens einen ersten Blick riskierte.

»Mama, ich komme auf dem direkten Weg von der Polizei in Köln.«

»Es ist Carmen, nicht wahr?«

»Ja, es ist Carmen. Und bei der anderen Frau handelt es sich um Conny. Nähere Einzelheiten konnten und wollten die Polizisten nicht verraten. Die Ermittlungen stünden ja noch am Anfang. Das einzige, was unwiderruflich feststünde, wäre, dass Carmen und Conny erschossen wurden. Die Fragen wo, wie und warum wären noch nicht geklärt. Sie boten mir an, mich umgehend zu informieren, wenn es neue Ermittlungsansätze gäbe.«

Inge saß mit versteinertem Blick am Küchentisch. Ihre Hände lagen zusammengefaltet, als betete sie ehrfürchtig das *Vaterunser*. Als gute Katholikin eine Pflicht! Limo schaute sich in der Zwischenzeit unauffällig um. Eine schäbige mausgraue Tischdecke versuchte die Tischplatte aus furniertem Billigholz zu veredeln. Seit seiner ärmlichen Kindheit kannte er zuhause nur diesen drittklassigen Einrichtungsstil. Heute verstand er, dass dies nichts mit einer geschmackvollen Dekoration zu tun hatte. Immer nur pragmatisch und besonders preiswert.

»Es ist keine Verwechslung möglich?« fragte sie plötzlich.

»Nein, Mama. In einem kleinen Plastikbeutel zeigte mir der Polizist das Goldkettchen von Carmen. Es heißt zwar, dass sich Menschen nach dem Eintritt des Todes äußerlich verändern können. Bis zu einem gewissen Punkt traf dies auch bei Carmen und Conny zu. Doch für Carmen genügte ein kurzer Blick. Ein Irrtum wäre zu schön …«, Limo stockte und sprach nicht weiter. Seine Mutter begriff. Minutenlang tickte die Uhr im Raum aufdringlich laut. In diesem seltsamen Augenblick betrachtete Limo seine Mutter wie seit Jahren nicht mehr. Vor fünfzehn, vielleicht zwanzig Jahren, als Inge knapp fünfzig war, hatten ihre Haare noch in einem kräftigen jugendlichen Schwarz geleuchtet. Nachbarinnen beneideten sie um diese Pracht. Ihm wurde bewusst, dass die vielen Sorgen herbe Furchen in ihren einst so jugendlichen Teint gegraben hatten. Mit Cremes versuchte sie vergebens das Älterwerden für ein paar Jahre hinauszuzögern. Doch die Krankheit ihres Mannes und die Sorge, wie es all die Jahre finanziell weiter gehen würde, wenn eines Tages der Fall eintreten sollte, dass ihr geliebter Mann vorzeitig ableben würde, ließen sie viel zu schnell altern. In dieser leidvollen Zeit erkrankte sie selbst an schwerem Diabetes. Durch finanzielle Fehlentscheidungen in der Vergangenheit mussten Limos Eltern, beide mittlerweile den siebzig Lenzen näher gerückt, für ihr hoch verschuldetes Haus kaum erträgliche monatliche Raten abtragen. Immerhin gelang es Limo vor gut einem Jahr, einen durchführbaren Finanzplan aufzustellen. Diese Option ließ seinen Eltern etwas mehr Luft zum Atmen.

»Wann darf unsere Kleine beerdigt werden?« fragte Inge kaum wahrnehmbar.

»Das kann ich dir nicht sagen, Mama. Darüber wurde ich nicht informiert. Ich habe auch nicht danach gefragt. Mama, ich rufe gleich noch den Oberkommissar an und hör mal nach. Kann ich dich denn alleine lassen?«

»Ja, mein Junge. Ich habe in den letzten Tagen und Nächten viel geweint. Carmen wird mir so sehr fehlen.«

»Mama, mir auch.« – Die Vorstellung will nicht in meinen Kopf, dass ich sie niemals mehr sehen, spüren oder riechen darf, dachte er, ohne es jedoch auszusprechen.

»Die Unterhaltungen werden mir ganz besonders fehlen. Es zerreißt mir mein Herz, wenn ich daran denke, was ihr und Conny zugestoßen ist. Es ist mein größtes Problem, dass ich ohnmächtig zuschauen muss, wie diese verfluchten Schweine noch frei herumlaufen. Ich hoffe so sehr, dass die Polizei diese Typen baldmöglichst aufgreift.«

»Ich bete dafür«, antwortete Limos Mutter voller Hoffnung und Gottvertrauen.

Inge Langen lebte intensiv den katholischen Glauben vor. Sie schritt sonntags oft zur Kirche, um Kraft für den Alltag zu schöpfen. Limo hingegen hatte sie zwar zum katholischen Glauben erzogen, doch er hatte im zunehmenden Alter das Gottvertrauen verloren. Die Diskrepanz zwischen Kirche und Gott wurde für ihn zu einer schweren Prüfung. Er verschlang Bücher über Bücher, die das umfassende Thema Gott und die Kirchen behandelten. Dabei lernte er einiges über den Buddhismus, über den Islam und weitere Religionen. Er entschied sich dann gegen jegliche Art von Kirche. Gott? Ja, Gott musste existieren. Darüber war er sich im Klaren. Doch die Institution Kirche empfand er als eine zwiespältige Angelegenheit. Er bewunderte die Menschen, die an Gott und die Kirche gleichzeitig glauben konnten.

Am letzten Freitag im Juli trugen Amtsträger Conny und Carmen zur gleichen Zeit in Brachbach zu Grabe. Nach über einer Woche intensiver Untersuchungen hatte man die beiden jungen Frauen zur Bestattung freigegeben. Die Nachricht vom gewaltsamen Tod der beiden verbreitete sich wie ein Lauffeuer in dem kleinen beschaulichen Dorf. Tagelang gehörte dieses tragische Ereignis zum Hauptthema des Dreitausend-Seelen-Örtchens. Niemand zählte die Menschen bei der Beisetzung. Es mussten Hunderte sein, die sie auf ihrem letzten Weg begleiteten. Limos Bruder Axel stand abseits der Familie. Carmen lag noch nicht ganz unter der Erde, da verließ er schon den Friedhof, ohne sich den Umständen entsprechend zu verabschieden und fuhr zur Arbeit. Limo empfand seinen Bruder als einen äußerst merkwürdigen Menschen. Er kapselte sich schon im Teenageralter häufiger von der Familie ab. Auf Kontakt mit seinen Geschwistern legte der Schwerarbeiter keinen besonderen Wert. Selten und nur sporadisch erkundigte er sich bei seiner Mutter nach dem allgemeinen Befinden. So wie auch schon mal ein Nachbar sich danach erkundigt. Auch zu seinem Vater pflegte er keinen intensiven Kontakt. Er stand über den Dingen, die in der Familie Langen geschahen. Limos Schwester Carola erschien gar nicht erst. Wie sich später herausstellte, saß sie noch im Gefängnis. Hehlereien und Diebstähle hatten dem Richter keine andere Wahl gelassen, als Carola zu fünf Jahren und vier Monaten zu verurteilen. Von diesen knapp fünfeinhalb Jahren musste sie noch ein Jahr absitzen.

Der Tag der Beerdigung rauschte wie ein Hochgeschwindigkeitszug durch das Gefüge der Zeit. Am späten Nachmittag hockte Limo noch mit seiner Mutter in der Küche des Elternhauses. Der Leichenschmaus schien schon seit Stunden vergangen. Obwohl Inge diesen als dringlich angesehen hatte, schien sie jetzt erleichtert neben ihrem Sohn auf dem Stuhl sitzend die enorme Anspannung abzulegen.

»Mama, das Schlimmste ist geschafft! Nur, wie sollen wir es Papa beibringen?«

»Lass Papa erst mal auf die Beine kommen. Wenn wir ihm in seinem jetzigen Gesundheitszustand von Carmens Tod erzählen würden, das überlebte er nicht. Niemals! Lass uns sehr wohl überlegen, zu welchem Zeitpunkt wir es ihm so schonend wie möglich beibringen.«

Limo nickte zustimmend.

»Da bin ich ganz deiner Meinung. Und schließlich wird er wissen wollen, wie Carmen ums Leben kam.«

Limos Bemerkung stach wie tausend Messerstiche ins Mutterherz. Limo presste seine Lippen zu einer schmalen Linie zusammen. »Mama, ich drehe jetzt noch eine Runde mit Ronny und fahre dann nach Hause, ja?«

»Ja, mein Junge. Du hast in den letzten Tagen auch genug durchmachen müssen. Ich wünschte nur, dass bei dir auf deiner Arbeit bald Ruhe einkehrt. Das darf so nicht noch lange weiter gehen.«

»Och, Mama. Das wird schon.« Diese Fürsorge war einer der Vorteile seiner Mutter. Dafür mochte er sie.

Limo alberte und rannte mit seinem Liebling durch das Dickicht des Brachbacher Waldes. Er schleuderte für das schwarze Prachtexemplar wahlweise Tannenzapfen oder ein Hölzchen mit aller Kraft von sich. So als wolle er sich seiner Melancholie, die sein Herz zu erdrücken drohte, entledigen. Ronny gelang es in der Tat, für einige Augenblicke sein Herrchen auf angenehme Gedanken zu lenken. Limo lachte über die verspielten Albernheiten Ronnys aus ganzem Herzen. Die beiden verbrachten erheblich mehr Zeit im Wald als gewöhnlich. Nach etwa der Dauer eines Fußballspiels erreichten sie den Waldrand. Ein letzter Tannenzapfenwurf veranlasste Ronny zu einem rekordverdächtigen Sprint über Stock und Stein. Limo kniete sich abwartend auf den Boden. Mit einer besonderen Hingabe betrachtete er, mit welchem Elan und Drang sein tierischer Freund nach dem Zapfen suchte. Das Fell glänzte seidig, als die Sonnenstrahlen durch die Baumwipfel brachen. Dieser innige Augenblick hielt für wenige Atemzüge. Limo hätte gerne in diesen Sekunden die kostbare Zeit mit beiden Händen festgehalten. Ronny kehrte erhobenen Hauptes zum Waldrand zurück. Limo herzte seinen Vierbeiner sehnsüchtig. Ronny schien es zu genießen. Er ließ den Tannenzapfen aus der Schnauze fallen und warf sich genießerisch auf den Rücken und streckte alle Beine gen Himmel. Die weit aufgerissene Schnauze glich einem breiten Grinsen. Limo lachte erneut. Natürlich kam Limo der Aufforderung nach, seinen Freund zu krabbeln. Nach einer Weile stand Limo plötzlich aufrecht. Ronny ließ sich seitlich abrollen und reckte seinen Kopf enttäuscht in Limos Richtung. Ein weiteres Mal lachte Limo. Sein Vierbeiner konnte wohl nicht glauben, dass es für den heutigen Tag genügend Streicheleinheiten sein sollten. Limo schnalzte kurz mit der Zunge und wartete wenige Sekunden, bis Ronny neben ihm her trottete.

Inge öffnete die Tür. Während Ronny zum Wassernapf eilte, verabschiedete sich Limo von seiner Mutter. Er spürte, dass sie jetzt mehr Zuwendung benötigte als je zuvor.

In seiner Wohnung entledigte er sich seines Anzugs und rauschte unter die Dusche. Als er das Shampoo in die Haare einmassierte, erinnerte er sich an das verpasste Date mit Anke am vergangenen Mittwoch. Hektisch duschte er zu Ende, streifte bequeme Shorts über und setzte sich mit nacktem Oberkörper auf das Sofa. Mit einem schlechten Gewissen griff er sein Handy vom Tisch und wählte die Nummer der faszinierenden Frau.

»Hallo, Hammer«, hörte er ihre erotische Stimme.

»Hallo, Anke, hier ist Limo.«

»Ja hallo, wie geht's dir?«

»Du bist nicht sauer?« fragte er vorsichtig.

»Nein. Sollte ich?«

Er vernahm keinen ironischen Unterton.

»Wir, ich meine, ich wollte doch am Mittwoch zu dir kommen«, stotterte er ins Telefon.

»Ach das. Nee, Quatsch. Deswegen bin ich doch nicht sauer.«

»Ist es dir recht, wenn ich jetzt noch auf einen Sprung vorbeikomme?«

»Oh, das tut mir leid. Ich bin gerade selbst auf dem Sprung. Bin zum Essen verabredet. Aber wenn du magst, komm doch Sonntag vorbei.«

»Und morgen?«

»Mary besucht mich mit zwei Kommilitoninnen aus Hamburg. Wir verbringen einen Frauenabend. Sorry.«

»Schade. Dann eben nächste Woche vielleicht.«

Enttäuschung schwang in seiner Stimme mit. Irgendwie rumorte in Limo das Gefühl, dass in Ankes Reaktion doch eine Portion Enttäuschung steckte.

»Am Sonntag wird bei mir wahrscheinlich nicht gehen. Ich werde mit meiner Mutter noch diverse Dinge besprechen müssen wegen der Beerdigungskosten.«

Limo schnitt dieses Thema absichtlich an, quasi als Entschuldigung dafür, dass er sie nicht am Mittwoch angerufen hatte. Er wollte wissen, wie Anke darauf reagieren würde.

»Beerdigung? Ist jemand in deiner Familie gestorben?« fragte sie wie erhofft interessiert.

»Ja. Meine jüngere Schwester ist gestorben und wurde heute Nachmittag beerdigt.«

Seine Stimme klang gefestigt.

»Oh Gott, das ist ja schlimm. Ein Unfall?« hakte sie mit besorgtem Tonfall nach.

»Nein, sie …, sie …«

»So schlimm?«

»Ja, sehr!« Limo spürte, wie sich der Hals spürbar zuzog.

»Carmen wurde umgebracht.« Endlich sprach er es aus.

»Waaas?« rief Anke erschrocken ins Telefon. »Ähm, wie …, ich meine, was ist geschehen?«

»Tut mir leid, aber sei mir nicht böse, Anke. Ich würde dir das gerne erzählen. Aber nicht am Telefon. Ich melde mich am Sonntagnachmittag noch mal. Ich wünsche dir viel Spaß beim Essen. Ciao.«

»Ah, ja danke. Ich würde mich freuen, wenn du dich am Sonntag melden würdest«, ließ sie noch rasch den Satz über ihre Lippen. Aber diese Aufforderung erreichte Limos Ohren nicht mehr. Seine Enttäuschung war groß. Es hätte ihm sehr gut getan, mit einem vertrauten und doch irgendwie fremden Menschen über die letzten Tage zu reden. Nun ahnte er erst, wie schwer es seine Mutter ertragen musste, und er ließ sie alleine in Brachbach. Schwer wie Blei lastete sein Gewissen auf ihm. Als er den Blick seiner Mutter von vorhin noch mal vor seinem geistigen Auge abspulte, traf es ihn so sehr, dass er beschloss, umgehend in den Wagen zu springen und nach Brachbach zu fahren. Er zog sich schnell noch ein Shirt über und raffte seine Sportsachen zusammen. Er hatte noch genügend Zeit, zuvor im Wald einige Kilometer zu joggen. Ein Versuch, vor den Dämonen zu flüchten, die sich schon lange mit ihren gierigen Fängen fest in sein Seelenheil krallten und ihn quälten.

Als er das Ortseingangsschild seines Heimatortes passierte, ließ er das Elternhaus zunächst rechts liegen. Mit erhöhtem Tempo rauschte er die komplette Straße bis zum

Waldrand hinauf. Dort parkte er in einem schattigen Plätzchen und tauschte seine normale Kleidung gegen ein Laufdress ein. Er schaute auf die Uhr im Inneren des Fahrzeugs. – Fast neunzehn Uhr. Eine Stunde ist noch drin. Der Gedanke gefiel ihm.

Nassgeschwitzt und einigermaßen abgekämpft kehrte er eine Stunde später zum Auto zurück. Mit einem Handtuch rieb er sich notdürftig trocken, wechselte rasch die Kleidung und fuhr zu seiner Mutter. Inge und Ronny freuten sich riesig über den Überraschungsbesuch. Obwohl vor wenigen Stunden Carmen und Conny beerdigt worden waren, unterhielten sich beide herzlich und amüsierten sich in kleinen lustigen Anekdoten darüber, was Carmen in ihrem Leben angestellt hatte. Ronny lag wie gewöhnlich zusammengerollt mit seiner süßen Schnauze auf Limos Füßen. Ab und an blähte er seine Lefzen auf und ließ genüsslich die Luft entweichen. Über zwei Stunden blieb Limo in Brachbach. In dem Haus, in dem er eine einfache und mehr oder weniger glückliche Kindheit verleben durfte. Mutter und Sohn genossen die gemeinsame Unterhaltung. Sie redeten ausgelassen über so viele Dinge wie seit Jahren nicht.

»Mama, das mit Papa schaffen wir auch noch. Ich habe drüber nachgedacht. Ich bin völlig deiner Meinung. Wir sollten ihm erst von Carmens Tod berichten, wenn er wieder zu Hause ist.«

»Bist du bei mir, wenn ich es Papa erzähle?«

»Ja sicher. Wenn du es möchtest, sag ich es ihm. Okay? So, und nun fahre ich in meine Wohnung. Langsam wird es Zeit für die Dusche.«

»Mein Junge, das war sehr schön, dass du noch mal vorbei gekommen bist.« Sie umarmte ihn liebevoll. Knapp zwanzig Minuten später parkte Limo in der für ihn reservierten Parklücke des Mehrfamilienhauses. Wenige Meter vor seiner Wohnungstür wühlte er in seinen Hosentaschen nach dem Handy und fand es nicht. Aufgeregt fiel ihm ein, dass er es in die Seitenablage seines Autos gelegt hatte. Im Laufschritt raste er die Treppenstufen hinunter und holte es sichtlich erleichtert aus dem Wagen. Eher beiläufig schaute er auf das Display. Er erwartete keinen Anruf. Doch auf dem Display leuchteten ihm zwei Anruferinnerungen und eine SMS-Mitteilung entgegen. Frank hatte vergebens gegen einundzwanzig Uhr versucht Limo zu erreichen. Eine halbe Stunde später hatte sich Anke Hammer ohne Erfolg gemeldet. Von ihr stammte auch die SMS. Als er im Wohnzimmer seiner Wohnung stand, rief er Frank zurück. Obwohl es schon kurz vor elf war, würde Frank ihm in dieser Situation immer ein offenes Ohr schenken. Limo ließ das Telefon ganze achtmal klingeln. Frank nahm leider den Anruf nicht entgegen. Gleich am nächsten Morgen würde er seinen Freund noch einmal anrufen. Wahrscheinlich war es nicht so wichtig gewesen. Noch am Nachmittag bei der Beerdigung hatte Limo seine wiedergefundenen Freunde Frank und Tine in einem Pulk von Menschen entdeckt. Doch für eine Unterhaltung hatte ihm der Mut gefehlt. Die beiden wiederum kannten Limo nur zu gut und beließen es an diesem Nachmittag bei einer freundschaftlichen, aber formellen Kondolenz. Obwohl sie am Grab keine zwei Sätze miteinander sprachen, genoss Limo umso intensiver die innige Umarmung seiner Freunde. Es genügte die Tatsache, dass sie einfach an der Trauer teilnahmen. Anschließend öffnete er die SMS von Anke. – *hallo mirco. ich habe mich mit dem essen sehr beeilt. bin wieder zu hause. würde mich freuen, wenn du noch vorbei kommen würdest. – kuss anke –* Limo freute sich über diese Mitteilung. Er schaute prüfend zur Uhr und befürchtete, dass es zu spät sein würde.

Anke lag gemütlich auf ihrer Couch und döste sanft, als ihr Handy vibrierte. Halb verschlafen ging sie ran.

»Hallo, Hammer.«

»Hallo, Anke. Hier ist Limo. Ich wusste nicht genau, ob ich mich noch melden sollte. Ich habe erst vor einer Minute deine Nachricht gelesen.«

»Wie spät ist es denn?« fragte sie irritiert.

»Halb zwölf.«

»Oh, schon? Ich bin auf dem Sofa eingeduselt. Wo steckst du denn?«

»Bin vor wenigen Minuten in meiner Wohnung angekommen. Ich war noch mal bei meiner Mutter. Wollte jetzt noch rasch duschen, weil ich vorhin noch 'ne Runde gejoggt bin.«

»Dusch doch bei mir.«

»Äh, wirklich?« vergewisserte sich Limo ungläubig.

»Lieber wirklich als unwirklich«, scherzte Anke.

»Ähm, wenn das so ist, bin ich quasi schon bei dir. Ich setze mich sofort ins Auto und fliege gleich los«, antwortete Limo euphorisch.

»Supi, dann bis gleich, ciaoi.«

Limo raffte hektisch die nötigsten Sachen aus dem Kleiderschrank. Aus dem Bad griff er sich den Kulturbeutel für Notfälle und rauschte mit seinem Flitzer durch die lauwarme Sommernacht. Währenddessen eilte Anke ins Bad und trieb die Müdigkeit mit warmem Wasser aus ihrem betörenden Körper. Ihre Haut verwöhnte sie mit einer exotisch duftenden Bodylotion. Ungeduldig drapierte sie ihren Luxuskörper auf die Couch. Vor ihr stand bereits eine geöffnete Flasche Rotwein und ein Weinkelch. Das zweite Weinglas zauberte sie aus einer Nische im Wohnzimmer und stellte es ebenfalls auf dem Tisch ab. Wie versprochen hörte sie einen Wagen vorfahren. Vorsichtig lugte sie durch die langen Vorhänge auf die Straße und erkannte den auffälligen Sportwagen. Sie eilte zur Haussüdseite und öffnete die Haustür einen Spalt breit. Als Limo von der Einfahrt hoch die Beine in die Hand nahm, öffnete sie die Türe ganz.

»Hallo, du Traummann, schön, dass du noch vorbeikommst«, begrüßte Anke ihn mit einem Kuss.

»Hallo, du Hammer-Maus«, alberte er zurück und umarmte sie.

»Komm rein.«

»Nichts lieber als das«, betonte er freudestrahlend.

Anke führte ihn zu der gemütlichen Couch. Seine Erinnerung an das erotische Erlebnis vor wenigen Tagen ließ sein Blut spürbar in Wallung kommen.

»Durst?« fragte sie Limo.

»Mineralwasser wäre super.«

»Kommt sofort.«

Sie verschwand aus dem Wohnzimmer und kehrte mit einer Flasche Mineralwasser zurück.

»Möchtest du erst duschen?« fragte sie verschmitzt lächelnd.

»Wäre nicht schlecht. Ich fühle mich völlig verklebt.«

»Du weißt ja, wo das Bad ist. Ich bringe dir noch ein frisches Handtuch. Kannst schon vorgehen.«

»Ja, gerne.«

Limo zog rasch seine legere Sommerkleidung aus. Die saubere Hose und das T-Shirt legte er gemeinsam mit der frischen Unterwäsche über den oberen Badewannenrand. Ein wonniger Schauer schüttelte ihn durch, als das warme Wasser wenige Sekunden später auf seine Haut niederprasselte. Er fühlte sich pudelwohl. Er schäumte gerade die Haare ein, als Anke ins Bad schlich. Lautlos legte sie das Handtuch auf einem kleinen Hocker ab. Limo bemerkte sie nicht, da er mit dem Rücken zur Glastür stand. Sein braungebrannter Körper schimmerte auffällig in dem gedämmten Licht. Sein Bizeps spannte sich, als er mit den Händen seine Kopfhaut massierte. Sie dachte unweigerlich an ihren Geburtstag vor ein paar Tagen und spürte, wie ihre Erregung stieg. Sie trat unbemerkt näher an die Dusche heran. Er befreite seine Haare vom Shampoo und schüttete etwas von dem Vanilleduschbad in die Handinnenfläche. Dann seifte er seinen Körper gründlich ein. Plötzlich fühlte sich mindestens einer seiner sechs Sinne alarmiert. Instinktiv wandte er sich ruckartig um. Obwohl er es irgendwie erwartet hatte, zuckte er dennoch leicht zusammen, als er diese Wahnsinnsfrau entdeckte. Splitterfasernackt stand Anke vor ihm. Ihr Blick senkte sich und glitt von seinen Augen hinab hin zu seinem besten Freund. »Wow. Weißt du, dass du einen supergeilen … hast?« fragte sie ihn nach einer kurzen bedächtigen Pause, während ihre Hand schon sanft seine Haut streichelte. Limo benötigte keine überflüssige Anlaufzeit. Mit beiden Händen schnappte er Anke. Sein Blick verriet puren Heißhunger nach ihrem Luxuskörper. Mit spielerischer Leichtigkeit hob er sie soweit hoch, bis es ihm gelang, wollüstig in sie einzudringen. Sein athletischer Körper presste sich mit der magischen Adhäsion zweier Atome fest an ihren. Mit roher Kraft drückte er sie gegen den Fliesenspiegel. Anke hauchte heißen Atem vor Wonne aus, wenn er tief ihn sie eindrang. Sie liebte es, wenn Limo sie mit animalischer Männlichkeit härter rannahm. Bis zu dieser Sekunde hatte Limo die vor wenigen Stunden überstandene Beerdigung seiner Schwester verdrängt. Doch während des Liebesspiels mit dieser süßen Frau gelang es ihm nicht, den grausamen Tod Carmens aus den Gedanken zu verbannen. Seine Bewegungen ließen nach. Nur wenige hastige Atemzüge darauf ließ er von Anke ab. Er stampfte die Handinnenfläche gegen den Fliesenspiegel und stützte seinen Oberkörper mit gestreckten Armen ab. Das Wasser lief vom Nacken an abwärts. Langsam aber stetig normalisierte sich sein Atem.

»Süßer, was ist los?« fragte Anke mitfühlend, obwohl sie schon den Grund ahnte. »Deine Schwester?«

»Ja. Es tut mir leid. Aber ich kann nicht. Eine Sekunde lang hat mir mein Verstand einen Streich gespielt. Ich kann den Gedanken jetzt in diesem Augenblick nicht verdrängen.«

»Das ist doch nicht schlimm«, tröstete Anke ihn. »Das ist doch nur allzu normal. Komm, wir trocknen uns ab und gehen ins Wohnzimmer. Ich mach uns einen Tee, ja?«

»Du bist echt lieb, danke.«

»Quatsch. Ist doch selbstverständlich. Wäre schön, wenn du mir gleich erst einmal alles erzählst. Nur wenn du magst, natürlich.«

Limo nickte. Bald darauf goß Anke heißes Wasser in die Tassen, in denen jeweils ein Teebeutel steckte und trug sie vorsichtig ins Wohnzimmer. Limo räkelte sich bereits auf der Couch. Anke legte sich zu ihm, als die beiden Tassen auf dem Tisch direkt vor ihnen Platz fanden. Limo begann unaufgefordert zu erzählen.

Nach einer Weile ebbte der Redefluss merklich ab. Bedächtig drehte Anke sich zu ihm um, und betrachtete sein Gesicht im Kerzenschein. Er sah für einen Kerl irgendwie schön aus. Ihr fielen jetzt seine langen Wimpern auf. Seine Lippen wirkten jetzt nicht mehr angespannt. Sein Atem bewegte seinen Brustkorb gleichmäßig und ruhig auf und ab. Er war eingeschlafen. Sie streichelte ihm zärtlich über die Wangen und schmiegte ihren weichen Körper ganz nah an seinen. Anke erwachte plötzlich in der Nacht, als sie verworrene Laute vernahm. Irritiert hob sie ihren Kopf an und betrachtete Limos hektische Bewegungen. Sie strengte sich an, Limos Wortfetzen zu deuten. Nach einer Weile legte sich Limos innere Unruhe scheinbar. Auch seine Atemzüge fanden zur Normalität zurück. Es gelang Anke nicht, die Bedeutung eines einzigen Wortes zu erkennen. Sie beobachtete wie Limo nun wieder ruhig schlief. Besorgt kuschelte sie sich nah an ihn heran. Sie schloss sichtlich erleichtert die Augen und schlich sich bald darauf in ihre eigene Traumwelt. Dass Limo wieder einmal von seinem Tod träumte blieb ihr verborgen. Als sein Unterbewusstsein ein Gesicht wahrnahm, war es nicht das Gesicht eines alternden Mannes …

6

Das Telefon klingelte. Emely hastete aus der oberen Etage die Treppe hinunter bis ins Wohnzimmer. Hektisch griff sie zum Telefon und betätigte die grüne Empfangstaste. Anstatt dass der Anrufer sie begrüßte, vernahm sie nur noch ein Klicken. Enttäuscht legte sie auf. Leicht aus der Puste geraten legte sie das mobile Gerät ab und bewegte sich nun behäbiger in die obere Etage zurück. Warum sie das Mobilfunkgerät nicht mit in die obere Etage nahm, blieb ihr Geheimnis. Die Betten im Schlafzimmer warteten auf einen frisch duftenden Überzug. Der Geruch von Vanilleblüten hüllte bereits die komplette Etage ein. Emely mochte den Duft nach Sommer und Sonne. Selbst im Staubsauger befand sich ein Pulver mit Vanilleextrakt, sodass es nach dem Staubsaugen im ganzen Haus nach der Blüte der *Vanilla planifolia* duftete. Emely bewohnte zusammen mit ihrem Mann Andreas Baldwin einen außergewöhnlich geschmackvoll eingerichteten Neubau in Wenden. Das beschauliche Örtchen im südlichen Sauerland besaß besonders im verschneiten Winter den Charme eines idyllischen Winterurlaubsortes. Sämtliche Räume im Haus leuchteten in warmen cremefarbenen bis paranussbraunen Farben. Bis auf das Schlafzimmer und zwei ehemals eingeplante Kinderzimmer lag überall ein dunkelanthrazitfarbener Teppich. In den übrigen Räumlichkeiten bedeckten penibel in Kleber eingelassene große, sandfarben gesprenkelte Fliesen den Boden. Dort, wo Küche, Ess- und Wohnzimmer im Erdgeschoss ineinander übergingen, hatten die Fliesenleger in mühevoller Handarbeit eine ungefähr einen Quadratmeter große Mosaikraute in den Boden verlegt. Das Mosaik passte in seinen dunkelbraunen Farbtönen hervorragend zu den anderen melierten Bodenfliesen. Eine geschmackvolle Mischung aus Auffälligkeit und dezenter Unaufdringlichkeit. Die Tapeten dagegen waren schlicht schneeweiße Raufaser. Die antiken Bilder, die in vielen Räumen hingen, hoben sich aufgrund der hellen Tapeten besonders in den Vordergrund. Eine Art Bahnhofsuhr, an der man als besonderen Clou von zwei Seiten aus die aktuelle Zeit ablesen konnte, und die im englischen Stil des neunzehnten Jahrhunderts mit zahllosen metallischen Verschnörkelungen gefertigt worden war, zeugte von sehr viel Liebe fürs Detail. Emely besaß ein glückliches Händchen fürs geschmackvolle Einrichten. Diese Gabe musste sie von ihrer Mutter geerbt haben. In regelmäßigen Abständen tauschten die beiden Dekorationsideen aus. Das Telefon klingelte erneut. Emely reagierte nun bereits auf das erste Klingeln und wäre um ein Haar über das Kabel des Staubsaugers die Treppe hinunter gestolpert. Mit einer artistischen Einlage fing sie sich soeben noch am Treppengeländer ab. Sie reagierte derart hektisch, weil sich ihre beste Freundin melden wollte. Sie hatten vor geraumer Zeit geplant, wenn es Fiona irgendwie zeitlich gelingen sollte, ein verlängertes Wochenende auf Usedom zu verbringen. Sauna, Massage, Körperpflege. Was Frauen eben so unternehmen, wenn sie unbeirrbar entschlossen sind, ihre arg gebeutelten Seelen verwöhnen zu lassen.

»Hallo, Baldwin«, meldete sich Emely frohlockend.

»Ja, hier auch. Wollte dir nur sagen, dass ich erst gegen acht zu Hause bin. Habe noch einiges zu erledigen.«

»Gut, dann weiß ich Bescheid«, antwortete sie knapp und legte gleich wieder auf. Ohne zu frohlocken!

Emely und Andreas Baldwin führten dieser Tage eine alles andere als harmonische Beziehung. Wenn sie »weiß« sagte, verstand er »schwarz«. Wenn er die Fernbedienung des Fernsehers einmal in der Hand hielt, rückte er sie nicht mehr heraus. Er hütete sie, wie ein Mann sonst nur seine Familienplanungszentrale hütet. Die Vorlieben seiner einst so geliebten Frau interessierten ihn mittlerweile genauso wenig wie eine ausgelesene Zeitschrift. Emely reagierte ihrerseits verständlicherweise zickig. Sie verkroch sich in dem Fall meist in einem der Gästezimmer, wo ihr gigantischer Kleiderschrank eine komplette Wand in Beschlag nahm. Sie öffnete dann zielbewusst eine Tür, fischte sich schnell ein paar schicke Kleidungsstücke heraus und schminkte ihr süßes Gesicht im Bad. Demonstrativ polterte sie anschließend durchs Wohnzimmer und erwähnte beiläufig, dass sie bei Fiona sei. Ohne ihn eines Blickes zu würdigen verschwand sie in die Garage und fuhr mit dem Auto los. Dieses gegenseitige Hochschaukeln von Nichtigkeiten stand kurz vor einem großen Knall. Dabei war das nicht immer so gewesen. Die ersten sechs bis acht Monate ihrer Ehe waren recht harmonisch verlaufen. Sie hatte ihn nie heiß und innig geliebt, ihn aber dennoch geheiratet. Wahrscheinlich aus Gründen der Sicherheit. Vielleicht hatte sie auch nur Angst davor gehabt, alleine zu sein. In dieser Zeit hatte sie Andi, so nannte sie ihn, als amüsant und nett erlebt. Dennoch fühlte sie bald eine schleichende Unzufriedenheit in ihr erhofftes Lebensglück einkehren. Heute, nach zwei Jahren, drohte das Ende dieser unglücklichen Beziehung. Beide ahnten es wohl, aber niemand traute sich an die Konsequenzen heran. Jeder für sich flüchtete in eine separate Welt. Glücklich über diesen Zustand war jedoch niemand von beiden. Seine Leidenschaft war mittlerweile gleich null. Von Anfang an machte er keinen Hehl daraus, dass Leidenschaft nicht unbedingt eine Stärke von ihm war. Ganz zu schweigen vom Sex. Mittlerweile empfand Emely, dass ein toter Fisch mehr Erotik versprühte als ihr eigener Mann. Kaum eine Frau besaß wie Emely die Gabe, solch enorme Menstruationsprobleme vorzugaukeln, sodass ihr Mann sie gleichsam nur anschauen musste, und sie fing sofort an zu bluten. Trotzdem fühlte Emely ein enormes Unwohlsein bei dem Gedanken daran, dass sie mittlerweile so über ihren Mann dachte. Schließlich existierte mal in der Vergangenheit eine warmherzige Zweisamkeit. Kurz, aber es gab sie. Die einzige Person, die von diesem Unglück wirklich wusste, war Fiona. Emelys Mutter ahnte etwas, äußerte aber ihrer Tochter gegenüber in dieser Angelegenheit nie ein konkretes Wort. Sie war der Überzeugung, dass Emmy, wie sie von ihrer Mutter und Freunden liebevoll gerufen wurde, sie aufsuchen würde, wenn der richtige Zeitpunkt gekommen sei.

An einem dieser Abende war Emely kaum zwei Minuten die Landstraße Richtung Siegen gefahren, als sie per SMS mit Fiona einen Treffpunkt ausmachte. Dann legte sie eine Simply Red-CD ein und lauschte den Klängen des markanten Rotschopfs. Sie überlegte, wo sie um diese Uhrzeit am besten parken könnte. Sie kam zu dem Entschluss, für ihren betagten grasgrünen Nissan-Hüpfer einen Abstellplatz im Parkhaus an *Reichwalds Ecke* zu finden. Sollte montags kein Problem sein. Für gewöhnlich begann die Stadt um diese Uhrzeit zu verwaisen. Als sie von der Hüttentaler Schnellstraße abbog, erkannte sie bereits das hohe Betongebäude im Zentrum, nicht gerade eine architektonische Meisterleistung, was im Übrigen auf die meisten Siegener Bauten der Nachkriegszeit zutraf. Am Kartenschalter drückte sie auf den grünen Button und entnahm den Parkschein, der aus einem schmalen Schlitz hervor schnellte. Einen Augenblick später gewährte die Schranke freie Fahrt. Emely schaute kurz über die linke Schulter in die Parkebene im Erdgeschoss und lächelte über das großzügige Angebot an freien Parkmöglichkeiten. Von weitem entdeckte sie ihre Freundin. Fiona verriegelte gerade ihren silbergrauen Mini mit Hilfe der Fernbedienung. Emely hupte einmal kurz. Erschrocken wandte sich Fiona um und lächelte fröhlich, als ihre Augen die Fahrerin im grasgrünen Nissan erfassten. Fiona eilte einige Meter zurück und lotste ihre Freundin mit den typischen Bewegungen eines Parkplatzeinweisers direkt neben ihren Mini. Kaum aus dem Wagen gestiegen und gerade mit beiden Füßen auf dem Asphalt, überfiel Fiona ihre Freundin freudestrahlend.

»Hallo, Sweetie, das war ja ein Timing!« begrüßte Fiona sie freudestrahlend und drückte Emely einen dicken Schmatzer auf den Mund.

»Hallo, Kleene«, antwortete Emely ebenso happy. So neckte sie Fiona liebevoll.

Fionas optische Erscheinung war nicht die eines hungernden Püppchens mit Konfektionsgröße 32, was sie wohl wusste. Sie verstand es clever, ihre üppigen sexy Kurven zu betonen. Außerdem hatte ihr der liebe Gott ein bildhübsches Gesicht geschenkt. Die mandelbraunen Augen und die erotischen Schwünge ihrer Lippen öffneten ihr die Herzen der Männerwelt. Das mittellange Haar trug sie mal mit blonden, mal mit brünetten Strähnchen. Und wenn ihr das zu eintönig wurde, tauchte sie das volle Haar in ein kräftiges Bordeauxrot. Zurzeit schimmerte es im Sonnenschein in einem herbstlichen Laubrot.

Emely, mit einssiebzig fünf Zentimeter größer als Fiona, trug ihr schulterlanges blondes Haar meist offen. Ihre Augen, deren Faszination kaum ein Mann zu entrinnen vermochte, leuchteten je nach Wetter in einem sanften Blaugrau oder in einem Türkisgrün. Ihre Augenlider, die sie dezent mit dunklem Eyeliner nachzog, intensivierten um ein Vielfaches ihren Liebreiz. Sie träumte davon, eines Tages den Mann zu finden, der sich niemals daran satt sehen würde. Auch ihr Körper entsprach keinen üblichen Modelmaßen. Sie glich ebenso wie ihre Freundin einem richtigen Vollweib mit ein paar Pfündchen mehr auf den Rippen und mit einem phänomenalen Dekolleté ausgestattet.

»Kleene, ist Gregor auch in seinem Laden?«

»Ja, ist er. Eigentlich wollte er heute Abend in die Sauna. Aber dann hat er sich doch wieder umentschieden, weil er noch einige Sachen für den Pub erledigen musste. Du kennst ihn ja. Warum fragst du? «

»Ich wollte ihn mal fragen, wo man die Engelsstatue herbekommt, die vor seinem Pub steht, und wie teuer so ein Ding ist.«

»Wird er dir gleich sagen können.«

Die beiden selbstbewussten Grazien betraten nun den beeindruckenden Eingangsbereich des gesamten Betonkomplexes, nur einen guten Steinwurf vom Kölner Tor entfernt. Dieses Gebäude beherbergte einige Geschäfte, ein Reisebüro, mehrere Pubs und Cafés, in denen man sehr gutes Essen serviert bekam. Im obersten Stockwerk befand sich ein riesiger Kino-Komplex. Ins *Fuchs und Gans*, meist nur im Slang *FUGA* genannt, verliefen sich wie in überhaupt alle Geschäfte dieses Einkaufzentrums montags nur wenige Menschen. Gregor selbst war nicht der eigentliche Besitzer des Pubs. Er fungierte lediglich als Pächter dieser urig eingerichteten Bar. Das richtige Geld verdiente ein unsympathischer und abgewichster Geschäftsmann, der sich in dieser Branche und in der Stadt einen miesen Ruf erarbeitet hatte. Auch diese Bar litt unter dem Umstand, dass nur wenige hundert Meter von der *Reichwaldsecke* entfernt eine zusätzliche Einkaufsgalerie aus dem Boden gestampft wurde. Dieses gigantische Bauwerk sollte zusätzliche Nachfrage der Konsumenten ködern und befriedigen. Der Erfolg dieses Konsummonstrums ließ nicht lange auf sich warten. Dennoch verirrten sich Menschen weiterhin zur *Reichwaldsecke*. Am Wochenende brummten der Pub und das Kino gleichermaßen. Emely und Fiona zählten schon lange zu den Stammkunden im *FUGA* und waren außerdem sehr gut mit Gregor befreundet. Durch die großen Glastüren registrierten die Mädels, dass es in der Bar sehr übersichtlich zuging.

»Nicht drängeln, Süße. Wir bekommen beide noch einen Sitzplatz«, feixte Fiona.

»Ach könnt's nicht immer so sein?« witzelte Emmy zurück.

Sie schritten anmutig in Richtung Tresen und legten ihre Taschen auf der hölzernen Tresenplatte ab. Von dort aus überblickten die beiden den kompletten Saal. Die eigentliche Bar bezauberte durch einen rustikalen irischen Einrichtungsstil. Viel Holz und große Steinflächen an den Wänden sorgten für ein herbes, aber romantisches Flair. Im Restaurantbereich standen dunkelbraun gelaugte Tische absichtlich inakkurat aufgestellt. Kerzenständer aus Stein dekorierten schlichte cremefarbene Tischdecken. Die Stühle hingegen zeigten alles andere als ein karges Design. Mächtige Polster auf den Sitzen und Lehnen gaben einem das Gefühl, auf einem Thron zu residieren. Das Muster der Polster erinnerte an kleine beigefarbene Schneeglöckchen auf nussbraunem Untergrund. Dazu klang aus den Lautsprechern im Hintergrund dezente Rockmusik. Am direkten Tresenbereich reihten sich Barhocker aneinander. Die letzten zwei Hocker nahmen die beiden Frauen in Beschlag. Gleich darauf eilte Gregor aus seinem Büro, das sich gut versteckt im hinteren Bereich der Bar befand. »Da ist er ja, der Wonneproppen!« rief Fiona. Sie erspähte ihn bereits, bevor er hinter dem Tresen auftauchte.

»Das ist aber mal 'ne schöne Überraschung, euch beide hier an einem Montag zu sehen! Was treibt euch denn zu mir?« scherzte Gregor.

»Pure Sensationsgier. Wir haben gehört, du würdest heute Abend an der Stange tanzen, oben ohne …«, ulkte Emely, worauf Fiona schallend loslachte.

»Nee, lass mal! So viele Frauen auf einmal kann ich nicht ertragen«, konterte Gregor.

»War ja auch nur Spaß! Mein lieber Mann geht mir im Augenblick gewaltig auf den Pin.«

»Schon wieder Krach?«

»Ich weiß nicht, seit …«

»Moment Emmy, bevor du weiter erzählst, was darf ich euch beiden denn zum Trinken bringen?«

Fiona grinste kess. »Ich hätte gerne 'ne Latte.«

»Ich glaube, das nehme ich auch. Aber bitte mit extra viel Schaum, ja?«, fügte Emely augenzwinkernd hinzu.

»Wird sofort erledigt!« Gregor grinste verschmitzt. Immer wenn Fiona und Emely eine »Latte« bestellten, spürte er im Nackenbereich ein kribbelndes Gefühl. Besonders auf Fiona bezogen rutschte ihm das Kribbeln bis in die Hose. Er hatte bisher noch nie seine Gefühle ausgesprochen. Doch in Momenten wie diesen verriet seine Mimik ein wahrlich offenes Geheimnis. Nach wenigen Augenblicken servierte Gregor die beiden Kaffee auf einem Tablett. Er selbst nippte an einem Glas Mineralwasser.

»So jetzt weiter!«, forderte er Emely auf.

»Na ja, seit einigen Wochen ist er noch merkwürdiger drauf als gewöhnlich. Manchmal denke ich, ich laufe irgendwie neben der Spur.«

»Ahnst du irgendetwas?« fragte Fiona und spielte neckisch mit einigen bordeauxroten Strähnchen.

»Was meinst du?« fragte Emely verwundert zurück.

»Hat er vielleicht eine andere Flamme?«

»Könnte schon sein, wenn ich mir es so recht überlege. Ihr wisst ja, dass er sehr eitel ist. Aber seit geraumer Zeit verhält er sich extrem narzisstisch.«

Gregor zog verwundert die Augenbrauen hoch in die Stirn.

»Dein Andi?« fragte Gregor ungläubig nach.

»Stellt euch vor, nach dem Duschen posiert er wie ein Bodybuilder vor dem Spiegel. Ständig lässt er saublöde Machosprüche vom Stapel. Erst recht, wenn sich einige seiner Kumpel bei uns zu Besuch aufhalten. Wer lacht dann über seine Sprüche am meisten? Na …?«

»Dein Herr und Gebieter«, antworteten Fiona und Gregor im Duett.

»Du gibst ihm doch hoffentlich Contra?« fragte Gregor pikiert.

»Nicht wirklich. Das ist mir einfach zu anstrengend. Seine Freunde wissen doch genau, was für ein Typ Andi ist. Dass sie nicht über seine Sprüche lachen, sagt doch schon alles.«

»Trotzdem, ich würde ihm das Passende sagen«, giftete Gregor. Er konnte diesen Andreas von Anfang an nicht ab.

»Aber mal etwas anderes, wolltet ihr beide nicht nach Usedom?« lenkte Gregor das Gespräch auf ein angenehmeres Thema.

»Ja, das machen wir auch«, reagierte Emely fix. Und noch im selben Atemzug zückte Fiona in Nullkommanix ihren Jahresplaner aus der Handtasche und legte ihn demonstrativ auf die schmale lange Echtholztischplatte.

»Nächste oder übernächste Woche. Am besten von Mittwoch bis Sonntag. Du bekommst doch frei, oder?« fragte Fiona hoffnungsvoll. Sie wusste, dass sie die Gelegenheit beim Schopfe packen musste.

»Dann lass uns nächste Woche fahren. Papa ist diese Woche geschäftlich für drei Tage in Hamburg. Ich wollte zwei Nächte bei Mama verbringen.«

»Supi. Ich kümmere mich derweil um die Buchung. Oh, das wird toll! Endlich noch mal mit dir einige Tage alleine zusammen weg. Ohne doofe Kerle!«

»Hey, Hey!« protestierte Gregor.

Die Zeit rann fix dahin. Als Emely einen Blick auf ihr Handy riskierte, zog sie eine überraschte Schnute. Ob sie es glauben wollte oder nicht, die Zeiger wanderten der Zwölf unaufhaltsam zu. Um unangenehmen Fragen seitens ihres Mannes aus dem Weg zu gehen, die er sicher trotzdem stellen würde, verabschiedete Emely sich rasch von ihren Freunden. Fiona teilte ihrer besten Freundin mit, dass sie noch eine Zeitlang bei Gregor bleiben wollte. Emely wusste seit einiger Zeit, dass ihre Freundin ihn toll fand, und verstand es nur zu gut, dass sie ihm noch eine Weile ihre Aufmerksamkeit schenken wollte. Als Emely schon die Ausgangstür des Pubs erreicht hatte, hörte sie plötzlich Fiona rufen und drehte sich mit einem großen Fragezeichen auf der Stirn auf der Stelle elegant um.

»Hey, Sweetie. Stichwort ‚Engelsstatue'!?« Emely lachte.

»Gut mitgedacht, Kleene. Hätte ich wieder vergessen.«

Gregor blickte ahnungslos.

»Die Engelsstatue vor dem Eingang?«

»Indirekt«, antwortete Emely.

»Ich wollte dich schon seit langem fragen, wie viel eine solche Anschaffung kosten würde. Du weißt doch, dass ich das Ding absolut klasse finde.«

Gregor runzelte die Stirn. »Das ist eine gute Frage. Meines Wissens lag der Preis für diese Statue um dreitausend Euro. Hundertprozentig sicher bin ich mir aber nicht. Ich kann ja mal bei meinem tollen Chef nachfragen.«

»Oh«, staunte Emely nicht schlecht. »Das liegt ein klein wenig über meinem momentanen Budget. Aber danke für die Auskunft.« Sie winkte noch einmal kurz und verschwand dann aus der Tür. Gregors Vorschlag ließ sie unbeantwortet.

Fünf Minuten nach Mitternacht betrat Emely das Haus von der Garage aus. Unter der geschlossenen Durchgangstür zwischen Heizungsraum und Küche schimmerte noch ein schwaches Licht durch den Türspalt am Boden hindurch. Sie hoffte inständig, Andreas würde vor dem Fernseher eingeschlafen sein. Sie verspürte einfach keinen Bock mehr auf langweilige und einseitige Diskussionen, die eh in gegenseitigen Vorwürfen versiegten. Vorsichtig öffnete sie die Tür und lugte von der Küche aus um die Ecke, wo sie ihn dann schlafend auf dem Sofa erspähte. Lautlos tippelte sie durch die Küche. Sie grinste spöttisch, als sie bemerkte, wie festentschlossen zur Abwehrschlacht er die Fernbedienung in seiner Hand umklammerte. Still und heimlich tapste sie hoch ins Bad. Rasch entledigte sie sich ihrer Kleidung und putzte fix ihre Zähne. Sie war gerade im Begriff ins Bett zu steigen, als sie von unten aus dem Flur her vertraute Geräusche bemerkte.

»Emely? Bist du das?«

»Ja«, antwortete sie wortkarg. – Wer denn sonst? dachte sie und schüttelte genervt den Kopf.

»Hast du mal auf die Uhr geschaut?« fragte er lehrerhaft.

»Weißt du denn, wie alt ich bin?« giftete Emely zurück.

»Und weißt du, dass du verheiratet bist?« – Allerdings weiß ich das. Leider! dachte sie und ließ die Frage unbeantwortet im Raum stehen. Sie hörte, wie er die Treppe hochstampfte.

»Wenn du hochkommst, dann mach unten das Licht aus und lass deine über alles geliebte Fernbedienung im Wohnzimmer.« Diesen Kommentar konnte sie sich einfach nicht verkneifen.

»Was bist du für eine Zicke geworden.«

»Frage dich mal, woher das kommt, und lass mich jetzt in Ruhe, ich möchte schlafen.«

»Weißt du, wie egal mir das ist?«

»Denkst du tatsächlich, ich wüsste nicht, wie sehr ich dir am Hintern vorbei gehe? Glaubst du echt, ich registriere deinen Egoismus nicht? Irgendwann, wenn du nicht mehr ganz so von dir selbst begeistert sein solltest, ist es eventuell möglich, so etwas wie ein Gespräch unter Erwachsenen zu führen. Bis dahin amüsiere dich weiterhin mit dir selbst.«

»Du hast es ja gerade nötig.«

»Genau«, antwortete Emely, ohne näher darauf einzugehen.

»Das ist alles, was du dazu sagst?« bohrte Andi nach.

»Oh Mann. Rede ich chinesisch? Ich möchte jetzt schlafen. Hast du es jetzt?«

Genervt wälzte sie sich im Bett herum, das Gesicht von ihm abgewandt.

»Ach ja, wenn Madame bis Mitternacht in irgendwelchen Kneipen rumlungert, statt zu Hause zu bleiben, wie das für verheiratete Paare normal sein sollte, dann hast du keine Lust zu diskutieren«, sprach er sichtlich beleidigt.

Emely drehte sich erneut um und richtete ihren Oberkörper auf.

»Sag mal, hörst du den Knall nicht? Willst du mir allen Ernstes weismachen, dass du nicht mitbekommst, was hier in den vergangenen Wochen, ach was sage ich, Monaten, los ist? Wenn ich dich frage, was möchtest du gerne essen, bekomme ich keine Antwort. Ich kann dann froh sein, wenn dir ein undeutliches Grunzen entfleucht. Wenn irgendwas am Haus oder um unser Haus herum zu erledigen ist, erfindest du die unglaublichsten Ausreden. Lässt mich mit der ganzen Arbeit alleine. Oder fährst schlicht und einfach Fahrrad. Drei Stunden! Gerne auch mal vier bis fünf Stunden. Wenn du dann nach Hause kommst, ist soweit alles erledigt. Dann besitzt du noch die Frechheit zu fragen, was es zu essen gibt? Mein Vater fragt dich, ob du ihm helfen könntest beim Fliesen schleppen. Du bejahst das widerwillig, und wenn er dann hier eintrifft, auch wenn es 'ne halbe Stunde später ist als vereinbart, schwingst du deinen Hintern einfach auf den blöden Drahtesel und glänzt für längere Zeit mit Abwesenheit. Er hat diesen ganzen Kram alleine geschleppt. Du weißt genau, wie schlecht er zu Fuß ist. Das ist dir irgendwie alles scheißegal …«

»Du und dein Papi, ihr entscheidet doch sowieso alles alleine!« unterbrach Andreas Emely. Sie kochte vor Rage.

»Wie kommst du mir denn? Bist du ein kleiner Junge? Ich glaube in der Tat, du weißt nicht wirklich, was für einen unterirdischen Mist du da verzapfst«, wütete Emely weiter.

»Auch wenn dein Vater das Haus bauen ließ, so muss ich nicht alles so gut finden wie er.«

»Hat das irgendjemand von dir verlangt? Was bist du nur für ein feiger Typ! Er redet mit uns, verstehst du? Mit uns! Von dir kommt rein gar nichts. Wenn wir dich fragen, wie du die eine oder andere Idee findest, nickst du nur und bleibst stumm. Jetzt behauptest du, wir würden alles alleine entscheiden. Du bist so was von falsch. Widerlich!«

Emely geriet mächtig in Fahrt.

»Ich weiß sehr wohl, dass ich nicht perfekt bin, aber ich bin an einem Punkt angelangt, an dem ich nicht mehr weiter weiß. Ich kann in dieser Form nicht mehr lange mit dir zusammen leben. Ich fahre mit Fiona nächste Woche für einige Tage nach Usedom. Dort werde ich hoffentlich erst einmal zur Ruhe kommen und mir gründlich über uns beide Gedanken machen. Wenn ich dir wirklich etwas bedeute, dann solltest du ebenfalls die Tage nutzen und darüber grübeln. Und jetzt will ich verdammt noch mal schlafen.«

Die Kopfwäsche durchpflügte mit Wucht den Verstand ihres Mannes. Andreas äußerte keinen Piep. Beleidigt stiefelte er ins Bad, putzte seine Zähne sehr sorgfältig und epilierte anschließend penibel noch die Nasenhaare. Schweigend kletterte er ins Ehebett und schlief unerwartet rasch ein.

Am folgenden Morgen benötigte Emely ungewöhnlich lange, um auf Touren zu kommen. Sie hatte die Nacht sehr unruhig geschlafen. Viel zu sehr nahmen sie die Spannungen in ihrer Ehe mit. Gegen neun Uhr nippte sie die letzten Schlucke aus der vierten Tasse Kaffee. Sie genügten immer noch nicht. Emelys Kreislauf geriet einfach nicht auf Touren. In der Arbeit fragte ihre Arbeitskollegin besorgt nach, erhielt jedoch nur eine lapidare Antwort. Nur die dunklen Ringe unter ihren Augen verrieten etwas von Emelys Problemen. Egal was es auch gewesen sein musste, Emelys Kollegin zeigte Verständnis. Sonst hätte Emely sie nicht schroff behandelt. Spontan fiel Emely die rettende Idee in den Schoß. Der geplante Urlaub, den sie mit Fiona unternehmen wollte, stand bereits auf sicheren Beinen. Sie durfte ohne Probleme die drei Tage frei nehmen. Nun schob sie eine wichtige Angelegenheit vor, um heute noch einen halben Tag Urlaub zusätzlich zu erhaschen. Auch da gab es keine Komplikationen. Was auch nicht wirklich ein Kunststück war. Ihr Chef war niemand anderes als ihr Vater. Alfred Peschel fungierte als Mitgesellschafter der Firma und Geschäftsführer des kompletten Vertriebs. Das Edelstahlunternehmen hatte er mit weiteren Gesellschaftern vor einigen Jahren aus Staub und Stein erschaffen. Er und seine Frau Anna hatten dafür im vergleichsweise hohen Alter Haus und Hof riskiert. Alfred hatte sein ganzes Leben lang enorme Erfahrungen als Angestellter gesammelt, später dann als Verkaufsleiter und Prokurist bei prestigeträchtigen Stahlkonzernen. Es dauerte vierzehn weitere Jahre, bis Alfred die Chance erhielt, aus der Not heraus eine eigene Firma zu gründen. Sein gewiefter Arbeitgeber war durch dubiose Geschäftspraktiken in die Insolvenz gerutscht. Alfred drohte die Arbeitslosigkeit. Mit Anfang fünfzig durchaus ein gefährlicher Augenblick. Doch eine positive Einstellung und die nötigen Kontakte verhalfen ihm zu einem krönenden Ziellauf seines beruflichen Schaffens.

Er bemühte sich, stets effektiv und intensiv zu handeln. Für seine Freunde und Geschäftspartner war es nicht immer leicht, seinem Umsetzungsdrang zu folgen. Alfreds äußerliche Erscheinung entsprach dem Klischee eines draufgängerischen Schönlings. Er war ein gutaussehender Typ im besten Männeralter, graumeliertes, straßenköterblondes Haar, ruhige Augen. Seiner Neigung zu gutem Essen und leckeren Weinen musste sein Körper im fortgeschrittenen Alter allerdings Tribut zollen. Seine einst sportliche Figur existierte nur noch in sehnsüchtiger Erinnerung.

Anna, einen ganzen Kopf kleiner als ihr Mann, wobei ihr Geist und ihre Wachsamkeit aber keine untergeordnete Rolle spielten. Sie versprühte den attraktiven Charme einer

Frau im mittleren Alter. Sie legte großen Wert auf ein gepflegtes Äußeres. Oft wirkte sie durch ihren Sinn für schicke Kleidung wie eine elegante Dame. Anna war eine von jenen Frauen, deren tiefe Ehrlichkeit und herzliche Güte ihre komplette Existenz durchzogen. Sie weckte durchaus mit ihrer Aufrichtigkeit in einem die Sehnsucht, in ihrer Nähe sein zu wollen. Gerade so eben über die einmeterfünfzig Marke gewachsen, die schulterlangen Haare auffallend blond gefärbt, versprühte sie ihren liebenswerten Charme durch ihren Ruhrpottakzent.

Emely verließ das Büro gegen elf am Vormittag und fuhr erleichtert nach Hause. Als sie dort eintraf, begegnete ihr der Postbote, der ihr einige Umschläge in die Hand drückte. Mit kleinem Handgepäck betrat sie das Haus, zog sich einen gemütlichen Hausanzug an und öffnete dann erst die Post. Unter anderem befand sich ein merkwürdiger Umschlag darunter, dessen Erhalt sie dem Briefträger hatte schriftlich bestätigen müssen. Adressiert war er an Andreas Baldwin. Der Absender war merkwürdigerweise seine Firma. Irritiert starrte Emely auf den Briefkopf. Normalerweise öffnete sie niemals Post, die an ihren Mann direkt adressiert war. Doch ein Unbehagen überfiel sie. Die Neugierde ließ ihr keine Ruhe. Seine Firma hatte noch nie einen Brief an seine Privatadresse geschickt. Sie entschloss sich, den Inhalt des Briefes zu lesen. Mit einem Brieföffner schlitzte sie den Umschlag auf.

Sehr geehrter Herr Baldwin,

beigefügt erhalten Sie eine Aufstellung der noch offenen Rechnungen bei unserem Unternehmen.

Die Gesamtsumme von 28.000 Euro erwarten wir innerhalb des nächsten Verrechnungsmonats auf einem unserer Ihnen bekannten Konten. Wir verweisen darauf, dass Sie bereits eine detaillierte Auflistung in doppelter Ausführung erhielten. Dies ist unsere letzte Zahlungsaufforderung an Sie. Sollten Sie der Zahlungsaufforderung fristgerecht nachkommen, sehen wir von der Weiterverfolgung Ihrer dubiosen Geschäftsvorgänge und Vertragsabwicklungen ab.

Des Weiteren untersagen wir Ihnen hiermit mit sofortiger Wirkung, unser Firmengelände zu betreten. Sollte dies trotz des ausgesprochenen Verbotes vorkommen, so behalten wir uns vor, entgegen unserer oben genannten Aussage, Ihnen gegenüber weitere Rechtsansprüche geltend zu machen. Der restliche Urlaubsanspruch wird Ihnen mit der Kündigungsfrist verrechnet.

Innerhalb der Kündigungsfrist sind Sie mit sofortiger Wirkung freigestellt.

Hochachtungsvoll,

Der Vorstand

Emelys Gesichtszüge entgleisten. Ihre Müdigkeit war wie weggeblasen. Sie verstand kein einziges Wort. Sprachlos griff sie nach dem Telefon. Mit einer gehörigen Portion Brass wählte Emely seine Büronummer. Nach einer unerträglichen Warteschleife vernahm Emely auf der anderen Seite der Leitung eine glockenklare Stimme.

»Schönen guten Tag, Firma Kohl AG, mein Name ist Cornelia Zauber. Wie kann ich Ihnen helfen?«

»Hallo, Frau Zauber. Mein Name ist Erika Maurer. Ich hätte gerne Herrn Baldwin gesprochen«, log Emely bezüglich ihres Namens.

»Tut mir leid, Herr Baldwin ist nicht mehr in unserem Hause tätig.«

»Und wie lange schon, wenn ich fragen darf?«

»Die Information darf ich Ihnen nicht weitergeben.«

»Was meinen Sie damit?«

»Tut mir leid, Frau Maurer. Ich könnte Sie mit seinem Vertreter verbinden.«

»Nein. Trotzdem vielen Dank. Mein Anliegen möchte ich ihm lieber persönlich mitteilen.«

Emely verabschiedete sich, legte den Hörer auf und wählte gleich drauf die Handynummer ihres Mannes.

»Ja?« rief er genervt ins Telefon, als er die Nummer im Display erkannte.

»Hier auch ›ja‹! Wann bist du heute Abend zuhause?«

»Kann ich nicht sagen, ich habe sehr viel zu tun.«

»Aha.«

»Was soll das denn heißen?«

»Ich denke, wir haben ein dringliches Gesprächsthema. Könnte es sein, dass du mir vielleicht etwas mitteilen wolltest?«

»Was soll diese blöde Anspielung?« fragte er erbost.

»Blöd? Hm, ob das wirklich so blöd ist, werden wir noch sehen. Bitte sei in deinem eigenen Interesse halbwegs pünktlich.«

Dann vernahm Andreas nur noch eine durchdringende Stille! Sie besaß doch wirklich die Frechheit, einfach aufzulegen!

Gegen neunzehn Uhr hörten Emely und ihr Vater, wie die Reifen über die Randsteine der Einfahrt wuchteten. Andreas öffnete das Garagentor per Knopfdruck und parkte nur unwesentlich später den Wagen. Emely hatte es für notwendig gehalten, ihrem Vater den Brief zu zeigen. In solchen Angelegenheiten kannte sich Alfred Peschel bestens aus. Wie überhaupt sein Allgemeinwissen in vielen Bereichen erstaunlich war. Die attraktive Blondine nannte ihren Vater sehr oft scherzhaft »ihren wandelnden Telefonjoker«. Emely schien sich nicht sicher, wie ihr Mann reagieren würde. Und wenn Andreas irgendjemanden respektierte, dann war das Alfred Peschel. Clevererweise hatte Alfred seinen auffälligen Wagen einige Häuser weiter geparkt, um einen Überraschungseffekt zu erzielen. Andreas öffnete die Tür zur Küche und sah seine Frau mit einer Zigarette in der Hand mit dem Hintern an der Anrichte lehnen. Sie erwartete ihn bereits.

»Sag mal, hast du sie nicht alle, mich am Telefon so anzumachen?« polterte er gleich los.

»Guten Tag, Andreas«, hörte er den sonoren Klang einer Stimme in seine Ohren dringen.

»Hallo …«, fiel die Begrüßung kühl aus.

»Also was soll das?« wiederholte Andreas seine Frage und zeigte wider Erwarten keinen Respekt.

»Diese Frage beantwortet dir Emmy jeden Augenblick. Aber zunächst setzt du dich bitte, wie wir alle«, bat Alfred noch freundlich und nickte auch seiner Tochter zu.

»Warum sollte ich mich setzen? Ich habe mich mit einem Kollegen zum Radfahren verabredet«, äußerte er trotzig.

»Das kannst du gerne tun. Gleich! Jetzt bitte ich dich nur noch ein einziges Mal, nimm dir einen Stuhl und setz dich hin!«

Diesem scharfen Ton, der buchstäblich die Luft im Raum zerschnitt, sollte Andreas sich besser beugen. Er überlegte gar nicht erst lange. Er stellte seine schwarze Ledertasche ab, in der er wichtige Papiere aufbewahrte, und rückte einen der Stühle trotzig wie ein Schuljunge vom Esstisch zurück. Er saß nun auf dem Stuhl, schlug die Beine übereinander und faltete die Hände. Sein Blick herablassend.

»Du ahnst wahrscheinlich den Grund meines Besuches?« fragte Alfred seinen nicht gerade geliebten Schwiegersohn.

»Nein, tue ich nicht.«

»Okay. Bevor ich dazu etwas sage, gebe ich dir einen Brief, der heute Vormittag in eurer Post lag. Emely hat diesen Brief, der an dich adressiert war, versehentlich geöffnet.«

»Versehentlich …, aha.«

»Hör zu Andreas, komm mir nicht dumm! Ich lass mich nicht allzu gerne veräppeln. Es ist mir im Grunde egal, wie ihr beide eure Beziehung führt. Ihr seid alt genug. Aber es ist mir nicht egal, ganz und gar nicht egal, wenn du Emmy und uns hintergehst. Und solltest du Emmy Schaden zufügen, dann hast du mich nicht besser gekannt. «

»Worauf spielst du an, Alfred?« fragte Andreas sichtlich nervös. Jegliche Arroganz war aus seinem Gesicht gewichen.

»Lies den Brief in aller Ruhe durch! Dann erwarte ich eine Aussage von dir.«

Andreas nickte stumm und griff nach dem Papier, das Emely ihm aushändigte.

7

Als Limo frühmorgens seine Wohnung verließ, regnete es noch in Strömen. Obwohl der Wind nur gemächlich wehte, fröstelte er, als der kühle Regen auf seine Haut traf. Die schwüle Luft der vergangenen Tage hatte sich nach und nach verflüchtigt. Windböen wirbelten über Straßen und Bäume hinweg. Der Regen verursachte einen eigenartigen Geruch nach frisch geteerten Straßen, der sich mit dem Duft von moosigen Gräsern vermischte. Trotz des Regens blieb Limo stehen, legte den Kopf in den Nacken und atmete tief durch. Dort, im Schutze des Vordachs nahe der Hauswand, gelang es den Tropfen nur sporadisch, Limo zu erreichen. Genüsslich ließ er die Atemluft durch die Nase entweichen. Er mochte diese frische Brise am frühen Morgen. Dann stieg er ins Auto und fuhr zur Arbeit. Limo und Tom trafen gleichzeitig in der Firma ein und parkten nebeneinander. Mittlerweile regnete es nicht mehr. Die Wolkendecke färbte sich freundlich. Limo bemerkte, dass Tom ein Veilchen am linken Auge zu verdecken versuchte.

»Morgen, Tom. Ein buntes Sträußchen? Was ist passiert?« sprach Limo ihn grinsend an.

»Hi, Limo. Ja, ja, sieht gut aus, oder?«

»Jo, hat was.«

»Es ist mir tatsächlich nach einer Ewigkeit gelungen, mit den Fäusten in die Boxhandschuhe zu schlüpfen. Was soll ich sagen. Irgendwie sah ich die Faust näher kommen, aber es gelang mir nur noch, sie mit dem Auge abzufangen. Bin aber nicht umgefallen«, erzählte Tom und schmunzelte.

Limo klopfte ihm auf die Schulter und witzelte: » Ich hoffe, dein Boxpartner war älter als zehn und größer als ein Meter fünfzig?«

»Haha, mindestens zwei Meter. Ein Baum von einem Kerl. Glaube ich.« Beide lachten.

»Wie war bei dir das Wochenende? War es noch schlimm?« fragte Tom ernsthaft.

»Es verlief irgendwie seltsam. Ich konnte nicht weinen. Als ich alle diese Leute am Freitag auf der Beerdigung sah, fühlte ich mich irgendwie geborgen. Ich hätte nie gedacht, dass meine Schwester und Conny so bekannt waren. Vielleicht war es auch nur die reine Neugier von einigen Leuten.«

»Ich vermute schon, dass sich Menschen dazugesellt haben, die ihre Sensationsgier stillen wollten. Aber in erster Linie haben die Leute sicher wirklich Anteil genommen.«

»Das denke ich auch. Wirklich schlimm wurde es noch mal, als meine Schwester im Sarg in die Erde gelassen wurde. Diese Endgültigkeit tat so verdammt weh …«

Tom sah, dass Limos Augen glänzten, und gab ihm einen sanften Schubser mit dem Ellenbogen. Dann legte er seine Hand wie ein großer Bruder auf Limos Schulter. Gemeinsam begaben sie sich auf den Weg zum Bürotrakt.

»Limo, weißt du schon Näheres von der Polizei?« fragte Tom, bevor sie im Trakt verschwanden.

»Leider nicht. Die Ermittlungen stehen noch am Anfang. Ich bin aber froh, dass die Staatsanwaltschaft die Leichname von Carmen und Conny so schnell freigegeben hat. Die Beamten der Kripo wollen mich sofort informieren, wenn neue Ergebnisse vorliegen.«

»Hoffentlich kriegen sie das Schwein.«

»Das hoffe ich auch.«

Tom sah zu Limo rüber. Den traurigen Gesichtsausdruck abgetan, funkelten nun seine Augen vor wütendem Hass. Für einen winzigen Funken erahnte Tom in Limos Blick, welch ein Potenzial zur Selbstjustiz in ihm schlummern würde. Zumal er vor einiger Zeit als Zeuge selbst miterleben musste, wie Limo sich mit angewendeter Kampfkunst gegen drei Burschen seines Kalibers durchsetzte. Die bösartige Keilerei endete erst, als Limo einem dieser Gestalten eine Pistole scheinbar furchtlos entwendete und die Typen in Schach hielt. Bis die Polizei eintraf blieb Limo giftig und hochkonzentriert. Genau dieser Ausdruck verfing sich für einen Wimpernschlag in Toms Erinnerung. Limo versuchte zwar, seinen unterdrückten Zorn, den er dem Mörder beziehungsweise den Mördern Carmens gegenüber hegte, nicht vor jedem zu offenbaren. Doch Tom spürte, wie Limos Instinkt für die Gerechtigkeit zu köcheln begann. Die nächsten Tage und Wochen würden zeigen, inwieweit Tom mit seiner Vorahnung richtig lag. Tom begleitete Limo wortlos.

Als sie das Großraumbüro betraten, hielten sich dort weitere Kollegen auf, die ebenfalls die Tourentafel studierten.

»Cool«, rutschte es Tom über seine Lippen, als er registrierte, dass er nochmals eine Tour gemeinsam mit Limo fahren sollte. Limo und Tom stiefelten zur Besprechung mit dem zuständigen Projektleiter. An diesem Tag ein Halbitaliener namens Dario Filippo. Dario besaß einen vorzüglichen Leumund. Keine Spur von seinen damaligen Eigenschaften. Limo und Dario waren gleichaltrig. Besonders morgens sah Dario zehn Jahre älter aus, wirkte ständig unausgeschlafen, und seine Augen zeigten eine gejagte Ausstrahlung, die niemals wich, selbst wenn er mal notgedrungen lachen musste. Limo hatte erst drei bis vier Mal die Gelegenheit bekommen, mit ihm als Projektleiter zusammenzuarbeiten. Sie mochten sich nicht besonders. Was aber letztlich der gemeinsamen Schulzeit geschuldet war. Der Zufall wollte es, dass sich ihre Wege nach vielen Jahren bei RO-Trock wieder gekreuzt hatten. Dario wirkte nicht wie der klassische italienische Macho. Er verfügte zwar dank des Fußballs über eine athletische Figur. Rein optisch deuteten seine krausen, rötlichen Haare eher auf eine irische Abstammung hin. Nur sein Name verriet seine halb-südeuropäische Herkunft. Auch wenn Limos Kollegen ihn durchweg mochten, er selbst traute dem Italiener nicht über den Weg. Schließlich wusste Limo, dass sein Ex-Klassenkamerad ein Schmierlappen war. Jemand, der seinen besten Kumpel verpfiff, nur auf seinen Vorteil bedacht. Mittlerweile vermochte er, sich anderen Menschen als einen super Typen zu verkaufen. Wie er auf andere Menschen wirkte, zählte nicht für Limo. Er kannte die lächerliche Marionette in Dario. Wie dessen Silhouette schon von weitem an virtuellen Seilen zu hängen schien. Von einem cleveren *Puppenspieler* zu einem leicht zu manipulierenden Handlanger degradiert. Limo wusste von einer *delikaten* Angelegenheit, die Dario mit großer Wahrscheinlichkeit ins Gefängnis befördert hätte. Limo war damals Zeuge und sprach es bei der Polizei nicht aus. In Limos Schuld zu stehen, seinem einstigen Widersacher in der Schulzeit, hasste Dario wie ein Krebsgeschwür. Dennoch war Limo dankbar, dass Darios Bruder Luca ihn zu RO-Trock holte. Luca galt als smarter Typ. Er verstand es spielend, seinen Charme bei Frauen einzusetzen. Luca wusste genau, was und vor allem wann er etwas sagen musste. Aus Limos Sicht ein aalglatter Typ, der zudem rhetorisch bewandert seine Leute in Schach hielt. Limos Achtung vor diesem raffinierten Hund fiel um Längen höher aus als seine Achtung vor Dario. Limo schätzte Luca als einen Menschen mit den natürlichsten Überlebensinstinkten ein. Er scherte sich einen Dreck um andere, wenn er niederträchtig und vulgär vorgehen musste, um das zu erledigen, was nötig war, um sich aus brenzligen Situationen zu befreien. Mit Luca ergaben sich in der Vergangenheit zumindest keine größeren Diskrepanzen, die nicht aus dem Weg geräumt werden konnten. Vermutlich sorgte Luca dafür, dass die Wege zwischen seinem Bruder und Limo sich nur in unumgänglichen Momenten kreuzten.

Dario schlug hastig in die Tastatur des Rechners, als Tom und Limo das Büro betraten. Mehr als ein Hallo entfleuchte zunächst nicht seinen Lippen. Er wünschte keine unnötigen Zeitverluste. Dario kam schnell zur Sache. Seine Ausführungen beendete er in Windeseile.

»Super, keine Aufbauten«, sagte Tom, als er mit Limo unterwegs zum Lager die Treppen hinunterstiefelte.

»Ich glaube, wir benötigen noch neuen Estrich. Letzte Woche haben wir den letzten Rest verarbeitet«, erinnerte Limo.

»Stimmt, gut, dass du mich daran erinnerst.«

Schnell organisierte Tom einen fünfzehn-Kilo-Sack und reichte ihn Limo in den Servicewagen. Tom verschwand anschließend in Richtung Toilette. Derweilen studierte Limo nochmals die Baustellenaufträge. Ihm fiel auf, dass sie unter anderem eine Baustelle abbauen sollten, die er selbst vor rund vier Wochen installiert hatte. Ihm schien die Trocknungszeit für eine solch unwesentliche Baustelle definitiv zu lange zu sein. Limo mutmaßte, dass die Kollegen Poller und Thomas die Finger im Spiel hatten. Dies wäre nicht die erste Baustelle, bei der sie hinter dem Rücken ihres Lieblingsfeinds zu intrigieren versuchten. Limo wollte gerade die noch offen stehende Seitentür zuschieben, als er aus dem Augenwinkel Tom bemerkte. Er schien sich angeregt mit Thomas zu unterhalten. Instinktiv behielt Limo die beiden in seinem Blickfeld. Plötzlich verschwanden sie gemeinsam zwischen den hoch aufgestapelten Trocknungsgeräten in eine schwierig einzusehende Ecke. Dabei klopfte Thomas Tom auf die Schulter. Jetzt horchte Limo aufgeschreckt auf. Er hatte keinen Schimmer, was diese freundschaftliche Geste bedeuten sollte. Als sie im Dunkeln verschwunden waren, vergewisserte sich Limo, dass er sich unbemerkt von der Stelle bewegte. Er musste wissen, was dieser Vorgang zu bedeuten hatte. Lautlos schlich er sich eine Reihe Trocknungsgeräte weiter und lauschte gebannt.

»Gut gemacht, Tom. Du bist dir also sicher, dass er dir aus der Hand frisst?!«

»Klar. Er glaubt, ich stehe voll hinter ihm.«

»Wie weit ist er mit seinen Aufzeichnungen?«

»Das kann ich dir nicht genau sagen. Vermutlich verfügt er über einige Fälle. Wie viele es genau sind …« Tom unterbrach und zuckte mit den Schultern.

»Was führt er damit im Schilde?« fragte Thomas.

»Ist doch klar, wenn er genügend Beweise gesammelt hat, marschiert er damit geradewegs zum Anwalt. Der wiederum wäre dann in der Lage, die Projektleiter sowie die komplette Firma auseinander zu nehmen. Wer weiß, vielleicht erwischt es auch noch den einen oder anderen Monteur.«

»Dieses verfluchte Arschloch. Wusste ich doch, dass der nicht ganz sauber ist. Könntest du irgendwie an diese Unterlagen rankommen?«

»Das glaube ich kaum. Aber ich versuche es«, antwortete Tom.

»Wo könnte dieser Mistkerl die Berichte versteckt haben?«

Limos Ohren gelang es nur mit großer Anstrengung, dem Flüstern zu folgen.

»Wahrscheinlich in seiner Wohnung in Eiserfeld. Oder aber eventuell bei seinem Anwalt. Ich meine, er erwähnte so was.«

»Kannst du das in Erfahrung bringen?«

»Bestimmt. Genug Vertrauen zu mir hat er ja.«

»Was ist mit seinen Eltern?«

»Wie?« fragte Tom verdutzt.

»Könnte doch sein, dass er die Berichte bei seinen Eltern deponiert hat.«

»Stimmt, das liegt im Bereich des Möglichen. Irgendwie werde ich die Informationen schon aus ihm herauskitzeln. Wenn es soweit ist, informiere ich euch, okay?«

»Super. Wenn es geht, mach schnell!«

Limo blieb äußerlich gelassen. Doch im Inneren fühlte er pure Enttäuschung. Er musste zur Kenntnis nehmen, dass er in Wahrheit nun keinen einzigen Freund in der Firma mehr besaß. Eventuell noch Galep. Aber der zählte nicht ganz. Schließlich arbeitete er für eine Leiharbeitsfirma und nicht für RO-Trock. Erschwerend kam hinzu, dass er den Türken nicht jeden Tag antraf. Er überlegte einige Atemzüge, bis ihm instinktiv einfiel, wie er es anstellen würde, vereinzelt Köder zu legen. Merkwürdigerweise verhielt sich Limo in diesem Augenblick völlig konträr zu dem, wie es seinem üblichen Naturell entsprach. Nicht das kleinste Zeichen eines Schocks oder gar Hass. Die Ernüchterung würde ihn mit Sicherheit später übermannen. Spätestens dann würde sich zeigen, inwieweit Limos Wolfstriebe wirklich in seiner Mitte ruhten.

Als Tom und Thomas aus dem schmalen dunklen Gang heraustraten, versteckte sich Limo noch tiefer hinter den Trocknungsgeräten. Er durfte jetzt auf gar keinen Fall entdeckt werden.

»Na, ihr zwei Mädels, alles klar bei euch?« scherzte Carsten, der gerade hastig aus der Toilette vor seinem eigenen Fäkaliengestank floh.

»Natürlich. Und du? Haste dir wieder auf'm Klo einen runtergeholt?« antwortete Thomas auf einem Niveau, das selbst eines Primaten nicht würdig war.

»Ging ja nicht anders. Wollte eigentlich den Langenarsch ficken, der war aber gerade nicht greifbar.«

»Glaube nicht, dass er sich mit so einem kleinen Schwanz vögeln lässt! Der ist bestimmt größeres gewöhnt«, spottete Thomas weiter.

»Du mit deiner Muschi musst gerade noch dein Maul aufmachen«, konterte Carsten.

»Und wo steckt dein Lover?« machte Carsten Tom an.

»In Schwierigkeiten!«, antwortete der lässig.

Limo kam es wie eine Ewigkeit vor, bis die Kerle abzogen. Dann endlich schritt Tom voran. Die anderen beiden folgten. Erleichtert schlich Limo wenige Sekunden später aus seinem Versteck.

»Limo, da bist du ja!« stellte Tom verlegen fest.

»Ich war kurz oben auf der Toilette. Von mir aus können wir los!«

»Okay, ich fahre.«

Während Tom mit Limo sprach, schaute er gleichzeitig zu Thomas hinüber, der ihm unscheinbar zunickte. Tom wusste, was er zu tun hatte. Mehrmals an diesem Tag versuchte er, aus Limo Informationen heraus zu kitzeln. Limo reagierte clever genug, um ihn mit jeder Antwort ins Bockshorn zu jagen. Keinen einzigen Hinweis erhielt Tom. Mächtig angewidert ließ er dann im Laufe des Nachmittags die Fragerei sein. Als Tom und Limo in Hagen an der Baustelle eintrafen, die Limo alleine vor vier Wochen installiert hatte, führte Limo persönlich die Messung durch. Sämtliche Messkontrollbohrungen wiesen nach wie vor regelrecht nasse Werte auf. Wie die meisten Trocknungsfirmen, so führte auch die Fa. RO-Trock die sogenannte Widerstandsmessung durch, um den Grad der Feuchtigkeit festzustellen. Bei dieser Messweise werden zwei Messfühler, die nichts anderes als Stahlnägel sind, in das Bauteil geschlagen, gerammt oder gebohrt. Dadurch wird der elektrische Widerstand in Abhängigkeit von der elektrischen Leitfähigkeit gemessen. Logischerweise sind feuchte Stoffe leitfähiger, was bedeutet, dass der Widerstand sehr gering ist. Am Messgerät werden die Ergebnisse in Form von sogenannten Digits angezeigt. Je höher die Zahl der Digits, umso feuchter ist es. Diese Art der Messung stellt eine unkomplizierte und schnelle Methode dar, die Feuchtigkeit von Baustellen zu bestimmen. Allerdings sind leichte Verfälschungen der Messergebnisse möglich. Unter anderem können ungleiche Feuchteverteilung in Messgut, Temperaturen, Homogenität und Dichte des Materials, Klebstofffugen sowie Oberflächenbehandlungen oder schlechter Kontakt der Elektroden zu Fehlmessungen führen. Durch mehrere Vergleichsmessungen lassen sich solche Fehlmessungen jedoch abfedern. Limo und Tom befanden sich nun auf einer Baustelle, an der solch eine Vergleichsmessung durchgeführt werden sollte.

»Limo, schau dir das an. Kein einziger Wert liegt unter 65 Digits.«

»Da ist irgendetwas faul. Wenn die Geräte ständig gelaufen sein sollten, dann muss es trocken sein. Mindestens sollten die Messwerte aber im Grenzbereich liegen. So warm wie das hier ist! Die Geräte sind mit Sicherheit permanent gelaufen. Ich frage mal bei der Kundin nach.«

Limo eilte die Wendeltreppe hinauf zum Erdgeschoss. Dort im Korridor traf er die Kundin an, unter den Armen jede Menge Bügelwäsche.

»Hallo, Frau Kessler?«

»Ja, wie sieht es aus unten in der Sauna?« scherzte sie ironisch.

»Sauna ist sehr treffend formuliert. Ich muss Ihnen leider mitteilen, dass in jedem Bereich des Kellers noch enorme Feuchtigkeit vorhanden ist. Können Sie mir sagen, wie oft die Trocknungsgeräte gelaufen sind?«

»In der ersten Woche rund um die Uhr. Dann haben wir die nervigen Teile nachts für circa sechs bis sieben Stunden ausgeschaltet. Bis heute«, antwortete Frau Kessler gewissenhaft.

»Leider besitze ich keine fundierten Kenntnisse über den eigentlichen Schaden und wie er behoben wurde. Wurde die Ursache des Wasserschadens überhaupt gefunden? Können Sie mir dazu etwas sagen?«

»Ja, da war jemand, der mit einer Sonde ein Leck in der Wasserleitung in einer Wand entdeckt hat. Warum fragen Sie?«

»Also eine erfolgreiche Leckageortung … hm, ich überlege, ob es nicht sinnvoll wäre, nochmals eine Leckageortung anzufordern.«

»Vermuten Sie noch eine undichte Stelle?« fragte Frau Kessler mit Schrecken in der Stimme.

»Leider ja. Ich fürchte, dass es darauf hinaus läuft. Zumindest spricht einiges dafür. Ich werde meinen Chef anrufen und ihn informieren, wie das hier vor Ort ausschaut. Er wird dann entscheiden, was unternommen werden muss.«

»Tun Sie das. Hauptsache, es wird endlich trocken.«

»Es tut mir wirklich leid, dass Sie solche Unannehmlichkeiten erdulden müssen.«

»Sie können ja nichts dafür. Aber hätten nicht ihre Kollegen vor zwei Wochen schon darauf kommen können?« – Natürlich! Sie hätten darauf kommen müssen, stimmten seine Gedanken zu. Nach zwei Wochen Trocknungszeit nicht den Hauch von Besserung gemessen und trotzdem keine Meldung gemacht. Schon sehr verdächtig …

»Wissen Sie, Frau Kessler, es ist sehr schwierig festzustellen, woran es liegen könnte, dass die Trocknungsgeräte nach zwei Wochen nicht das Geringste gebracht haben. Nun, jetzt nach vier Wochen ist es Zeit, intensiv nach einer Lösung zu suchen. Darum hege ich den Verdacht, dass eventuell noch ein Leck in der Leitung sein Unwesen treibt. Um das ausschließen zu können, sollten noch einmal die Herren der Leckageortung eine Kontrolluntersuchung vornehmen. Ach, da fällt mir noch ein, der Schaden in der Wand wurde aber inzwischen behoben, ja?«

»Ja. Zwei Installateure Ihrer Firma haben vor gut drei Wochen daran gearbeitet.«

»Jo, das ist gut. Ich habe unten nirgendwo die betroffene Stelle gefunden.«

»Die ist etwas versteckt. Da stehen einige Sachen vor. Konnten Sie nicht finden. Ich zeig sie Ihnen gerne.«

»Das ist sehr nett, aber bemühen Sie sich nicht. Da ich das jetzt weiß, werden mein Kollege und ich uns gleich darum kümmern. Ich ruf erst mal meinen Chef an.«

Abermals erwog Limo den Gedanken, Frau Kessler eine wichtige Frage zu stellen. Als er ihren Blick auffing, lächelte er schmallippig.

»Hören Sie, Frau Kessler. Mir spukt da eine Frage im Kopf herum, die Ihnen wahrscheinlich seltsam vorkommen wird.«

»Fragen Sie, dann kann ich Ihnen mitteilen, ob sie seltsam ist.«

»Sie haben nicht rein zufällig gesehen, wie die Kollegen beim letzten Besuch die Messung vornahmen?«

»Das ist in der Tat eine merkwürdige Frage.«

Limo legte den Kopf überrascht zur Seite.

»Inwiefern?«

»Mein Mann hat sich damals dazu gesellt. Als die Monteure aus dem Haus marschiert sind, schüttelte er ungläubig den Kopf. Als ich ihn nach dem Grund seines Verhaltens gefragt habe, teilte er mir nur mit, dass er nicht verstünde, woher die Burschen wissen wollten, dass es unter dem Estrichboden noch feucht sei. Also, soweit ich das beurteilen kann, fiel das Wort ‚Messung' kein einziges Mal. Aber ich könnte meinen Mann gerne später danach fragen.«

»Danke schön. Aber das ist nicht nötig. So wichtig ist es nicht. Manchmal genügt es, nur mit den Fingern beziehungsweise mit den Händen die Feuchtigkeit zu fühlen. Ganz besonders unten im Sockelbereich. Aber dennoch danke!«

Limo fiel keine plausiblere Erklärung ein. Aber wenigstens besaß er jetzt die Gewissheit über die Vorgehensweise dieser miesen Halunken. Dann wählte er Darios Nummer.

»Mirco, was gibt's?«

»Hallo, Dario, hast du ein paar Sekunden?«

»Schieß los!« antwortete Dario unerwartet freundlich.

Limo informierte ihn über die Situation, die er und Tom an der Baustelle vorgefunden hatten. Nachdem er seine Ausführungen vorgetragen hatte, bestätigte Dario Limos Verdacht. Er würde sich umgehend darum kümmern, einen Leckagetechniker nochmals eine Ortung vornehmen zu lassen. Daraufhin teilte Limo Frau Kessler mit, wie die weitere Vorgehensweise aussehen würde.

Nachdem sie sich von der Kundin verabschiedet hatten, verließen Tom und Limo wenige Minuten später die Baustelle. Ohne Umwege lenkte Tom den Servicewagen zurück zur Firma. Limo sprach während der ganzen Rückfahrt kaum ein Wort und saß apathisch auf dem Beifahrersitz. Seinen Kopf dem Fenster zugeneigt, nahm er nur verträumt die vorbeirauschende Landschaft und die gelegentlich auftauchenden Verkehrsschilder wahr.

»Hey, Limo, was ist los mit dir?« versuchte Tom es kurz vor der Hofeinfahrt noch einmal.

»Hallo … Mars an Limo?«

Fast erschrocken mühte Limo seinen Kopf zu Tom herum. Sein Schädel lastete wie eine Abrissbirne auf seinen Schultern.

»Was?« fragte er irritiert.

»Ich fragte dich, was los ist mit dir? Du gefällst mir heute überhaupt nicht.«

»Ich weiß auch nicht. Ich bin irgendwie nicht gut drauf«, flunkerte er. Limo wusste natürlich, dass er bei Tom nicht zu oft schlechte Laune vorgaukeln durfte. Er würde womöglich durchschauen, dass Limo Bescheid über Tom und seinen Freund Thomas und den Rest der verdammten Bande wusste. Es musste Limo gelingen, gute Miene zu diesem bitterbösen Spiel zu machen. Irgendwie! Doch er verfügte für gewöhnlich nicht über genügend Souveränität, um diese Form von Schwierigkeiten zu bewältigen. Er verspürte stattdessen enorme Lust, seine physische Dominanz auszuspielen. Er verschwendete nicht den Ansatz eines Gedankens daran, Toms Doppelzüngigkeit für sich zu nutzen. Limos Temperament und der Drang, diese Bande zu zerschlagen, standen ihm im Weg. Tom ließ ihn nun einfach in Ruhe. Als sie auf dem Hof einfuhren, entschuldigte sich Limo bei Tom für seine merkwürdige Laune. Tom nahm es ihm nicht übel. Ganz im Gegenteil, er versuchte ihm scheinheilig Mut zuzusprechen. Er glaubte in der Tat, Limo sei wegen Carmen so schlecht drauf. Im Treppenhaus, auf dem Weg zum Bürotrakt, begegnete Limo einem Monteur, der nur tendenziell mit dem Mobbingclub sympathisierte. Seltsamerweise duldete die eingeschworene Mobbingtruppe die eigensinnige Haltung des Sonderlings. Er erledigte seinen Job und Schluss.

»Mirco, dein Typ wird verlangt. Der Chef wollte dich sehen, sobald du auf dem Hof aufschlägst.«

»Okay. Danke.«

Limos Emotionen begannen zu köcheln. – Was soll ich nun schon wieder angestellt haben? Bestimmt wieder 'ne Abmahnung! dachte Limo im Stillen. Wenn ich das Schild »Niederlassungsleiter Ernst Kohlmeier« schon sehe, könnte ich glatt kotzen. Als er anklopfte, schwappte ihm durch das geschlossene Türblatt ein schroffes »Herein« entgegen. Limo öffnete nach der Aufforderung des Niederlassungsleiters die Bürotür und lugte zaghaft hinein.

»Herr Kohlmeier, Sie wollten mich sehen?«

»Ja, kommen Sie herein und setzen Sie sich.«

Limo stützte seinen sportlichen Oberkörper mit durchgedrückten Armen auf die Oberkante eines Stuhls und hielt sich aufrecht in Erwartung eines neuen Donnerwetters. Kohlmeier legte den Stift behutsam auf ein teilweise beschriebenes Blatt, faltete die Hände und musterte seinen Mitarbeiter mit einem langen, harten Blick. Er schien Limos Gedanken angespannt zu studieren. Kohlmeiers Verhalten hinterließ den Eindruck, als wäge er irgendwelche Möglichkeiten ab. Vielleicht sogar Risiken. Limo dachte daran, dass sein Vorgesetzter bereits über sein Vorgehen gegen die Firma wusste. Als Kohlmeiers Blick sich in die hinterste Zimmerecke zwängte und er mit der Zunge schnalzte, wusste Limo, dass er nun vermutlich zu einer verbalen Attacke ausholte.

»Herr Langen, wie geht es Ihnen?«

»Den Umständen entsprechend. Warum, habe ich was getan?« fragte Limo sichtlich irritiert.

»Nun, als ich von Ihnen erfuhr, dass Ihre Schwester gestorben ist, ging mir das alles sehr nah. Auch wenn Sie mir das sicherlich nicht abnehmen mögen. Bitte verstehen Sie meine Aussage nicht so, dass ich Ihnen nur aus Mitleid entgegenkomme. Ich bin allen Anschuldigungen, die man Ihnen vorwirft, noch einmal nachgegangen. Auch hat mich Ihre Gegenargumentation doch mehr beeindruckt, als ich zunächst zugeben wollte. Dabei beschäftigte mich immerzu ein Gedanke. Warum hacken alle auf diesem Mann herum? Darf ich Ihnen eine Frage stellen?«

»Natürlich«, antwortete Limo gebannt.

»Werden Sie von Ihren Kollegen konkret bedrängt, gar gemobbt? Irgendetwas in der Art?«

Mit dieser Frage hatte Limo niemals gerechnet. Seine Handinnenflächen rutschten unruhig über die Armlehnen des Stuhls, während er grübelte. – Warum stellt Kohlmeier ausgerechnet diese Frage? Was veranlasst ihn, so freundlich zu mir zu sein? Wer steckt noch dahinter? Was bezweckt er damit? Worauf will er hinaus? Vielleicht will er mir ja wirklich nur gut? In diesem Falle wenigstens. Limo beendete zunächst sein Grübeln. Dabei verzog er keine Miene.

»Nein, nicht, dass ich wüsste. Sicher gibt es Jungs, mit denen man besser zurechtkommt. Aber Mobbing? Warum fragen Sie danach? Haben Sie eine Vermutung?« antwortete er lapidar mit Gegenfragen.

»Nicht direkt. Gedanklich bin ich noch einmal den Anschuldigungen nachgegangen. Ganz besonders in Bezug auf diejenigen, die diese Anschuldigungen in der Vergangenheit in Umlauf brachten. Dabei bin ich immer wieder auf die gleichen Namen gestoßen«, verriet Kohlmeier und trommelte verschwörerisch mit den Fingerspitzen auf das weiße Papier vor sich.

»Bitte verraten Sie mir nicht, wer es ist. Nur falls Sie das vorgehabt haben.«

»Nein. Das war nicht meine Absicht. Ich werde mir aber die Mühe machen und die Angelegenheit weiter verfolgen. Und um zum Kern dieser Unterredung zu kommen, die Abmahnungen, die Sie erhalten sollten, werden aus Gründen der Haltlosigkeit fallengelassen. Ich hoffe, diese Nachricht wird Sie von einigen Zwängen befreien?!«

»Ich muss sagen, damit überraschen Sie mich wirklich. Natürlich freue ich mich darüber, dass Sie die ausgesprochenen Abmahnungen zurücknehmen. Das schafft mir selbstverständlich innere Ruhe. Zumal ich mich mit dem Tod meiner Schwester noch sehr schwer tue.«

»Darf ich fragen, wie Ihre Schwester ums Leben kam? Ein Unfall?«

»Sie ist zusammen mit ihrer besten Freundin ermordet worden«, antwortete Limo mit eiskalter Stimme. Schlagartig perforierte seine Aussage die Luft in Kohlmeiers Büro. Eisige Moleküle schienen Kohlmeiers Hals zuzuschnüren. Dennoch schaute Limo irritiert. Er glaubte bei seinem Wutanfall die Umstände von Carmens Tod seinem Chef bereits an den Kopf geworfen zu haben. Wenn auch nur flüchtig.

»Was? Wo? Weiß man Näheres?« fragte Kohlmeier geschockt. Er hatte eine Tochter, die bei seiner Exfrau lebte. Sie musste in ähnlichem Alter wie die Getöteten sein.

»Nein, nichts. Nicht mal den Hauch einer Spur.« Limo verriet nichts. Auch wenn es sein Chef vielleicht ehrlich meinte. Er traute dem Braten nicht. Sein Bauchgefühl sagte ihm, dass Kohlmeier ein falsches Spiel trieb.

»Ich hoffe, die Polizei wird den Mörder fassen.«

»Bestimmt. Die Jungs sind richtig gut«, antwortete Limo eher beiläufig.

»So, Herr Langen. Dann würde ich sagen, wenn Ihnen irgendetwas unter den Nägeln brennt, dann können Sie gerne zu mir kommen. Ich bin mir sicher, dass wir in Zukunft Unklarheiten beseitigen können, bevor überflüssigerweise Abmahnungen ausgesprochen werden müssen.«

»Vielen Dank für das Angebot! Wenn es soweit ist, wende ich mich gerne an Sie.«

»Tun Sie das. Ich wünsche Ihnen dennoch einen angenehmen Feierabend.«

»Vielen Dank. Wünsche ich Ihnen auch«, heuchelte Limo zurück.

Mit einem zwiespältigen Gefühl verließ Limo das Büro. Einerseits freute er sich riesig darüber, nun doch keine Abmahnungen zu erhalten. Auf der anderen Seite irritierte ihn dieses extrem freundliche, ja sogar übertrieben freundliche Verhalten seines Chefs.

»Na, was hältst du von Langen?« fragte Kohlmeier Kaltmann, der in diesem Falle die Unterhaltung über Telefon per Konferenzschaltung mit angehört hatte.

»Das ist schwer zu sagen. Entweder ist er sehr schlau, oder er besitzt in der Tat keine Kenntnisse darüber, dass wir über seine intriganten Aktionen informiert sind.«

»Was sollen wir unternehmen?«

»Vorläufig nichts. Früher oder später unterläuft ihm ein Fehler. Und wenn es Monate dauern sollte. Bis dahin schnapp dir Thomas. Der soll noch Einzelheiten in Erfahrung bringen. Unabdingbar für uns ist natürlich das Beweismaterial! Wenn wir nichts Greifbares in der Hand haben, wofür sollen wir ihn dann belangen können? Kümmere dich darum.«

»Ist schon geschehen.«

»Und noch etwas, bau jetzt keinen Scheiß.«

»Was ...?«

»Tu nicht doof. Du weißt wovon ich rede. Gib diesem Hund keine weiteren Anlässe. Nur dann, wenn Mirco davon erfahren soll. Ist das zu kompliziert für dich?«

»Natürlich nicht.«

»Na dann ist es ja gut.«

»Ist es«, antwortete Kohlmeier kühl.

Kohlmeier beendete das Gespräch und schaltete die Lautsprecherfunktion aus.

Zur gleichen Zeit, als Limo im Lager eintrudelte, hockten Thomas, Heiko, Hans, Carsten, Kai und Tom bereits mit einer Kiste Bier beisammen, und tranken genüsslich ein Feierabendbier. Diese Zusammenkunft läutete meistens freitags das Wochenende ein.

»Na, haste 'nen neuen Freund gefunden?« giftete Heiko Poller gleich los.

Mit breiter Brust marschierte Limo geradewegs auf ihn zu. Selbst wenn alle gleichzeitig auf ihn springen würden, wären diese Waschlappen keine ernsthafte Herausforderung. Einen Meter vor Poller blieb Limo stehen. Sekundenlang betrachtete Limo eindringlich diesen Widerling. Dann schnellte er mit den Hüften wenige Zentimeter ruckartig nach vorne und gleich wieder zurück. Poller erschreckte sich so enorm, dass er einen Meter zurück wich.

»Na, Poller, Schiss?« fragte Limo mit breitem Grinsen.

Poller verharrte wie ein Sack Kartoffeln in der Ecke eines heruntergekommenen Kellers.

»Keine Angst, zu viele Zeugen. Außerdem besitzt du kleiner Kackeimer bei weitem nicht meine Schuhgröße. Solltest du mir in irgendeiner Form querschießen, befördere ich persönlich deinen parasitären Arsch in den Himmel. Da wird für dich ein armseliger Helfer nicht ausreichend sein. Besser für dich, du würdest deine Kollegen von heute an respektieren. Jedes weitere Wort ist Verschwendung, du hirnloses Subjekt«, zischte Limo, seinen Körper in einer aggressiven Haltung vorgeneigt. »Im Übrigen wird dein unprofessionelles und unkollegiales Verhalten an der Baustelle in Hagen bei den Kesslers noch ein Nachspiel haben. Denke, du bist im Bilde. Glaube nicht, ich wüsste nicht über dein bösartiges Vorgehen auf den von mir aufgebauten Baustellen Bescheid. Dann wärst du nicht nur naiv … Schönen Abend noch!«

Grinsend marschierte er anschließend zufrieden zum Auto. Er war sich sicher, dass dieses bösartige Arschloch sich über die Worte das Maul bei seinesgleichen zerriss. Limo genoss solche Auftritte von Zeit zu Zeit.

In gemütlichem Tempo zockelte Limo zur Inliner-Piste zur Talsperre. Vorsorglich hatte er am Vorabend eine Tasche mit Sportklamotten zusammen mit den Inlinern im Auto verstaut. Die Sonne hatte den feuchten Straßenbelag längst verdunsten lassen und die geteerten Laufwege waren trocken, als Limo den Parkplatz der Talsperre ansteuerte. Unwesentlich später steckte sein Körper in einem körperbetonenden Dress und er band die Schnürsenkel seiner Skater mit einem Doppelknoten fest. Limo durchlebte gegenwärtig merkwürdige Gefühlsschwankungen. Eigentlich sagte ihm eine innere Stimme, lass es doch heute mit der Anstrengung sein und kümmere dich um deine Sorgen. Eine andere Stimme wiederum bat ihn inständig darum, den inneren Schweinehund links liegen und die Sorgen für den heutigen Tag Sorgen sein zu lassen. Dann stand Limo mit sicheren Beinen auf dem feinkörnigen Asphalt und schob seine neunzig Kilo bedächtig voran. Nach der Warmlaufphase verkroch sich der innere Schweinehund aus seinen Gedanken. Er entschloss er sich dazu, das volle Programm durchzuziehen. Angenehme zwanzig Grad, wenig Sonne und Windstille waren die ideale Voraussetzung, um seinen Body zu Höchstleistungen anzutreiben. Nach knapp drei Stunden beendete er die Lauferei, zog die Schuhe aus und legte los mit Liegestützen. Hundert an einem Stück. Zum Abschluss lockerte er seine müden Beine und begann mit dem Stretching. Ohne die Dehnung seiner Muskulatur würde er den nächsten Tag nicht heil überstehen. Nicht mehr in diesem Alter. Vor zwanzig Jahren hatte er noch über dieses »Opa-Turnen« gelacht. Erst vor wenigen Jahren, bevor sich der vierzigste Geburtstag näherte, begriff er, warum verantwortungsbewusste Sportler in diesem Alter eine besondere Aufmerksamkeit dem Dehnen ihrer Sehnen und Muskeln nach der Körperertüchtigung schenkten. Das Stretching war seitdem fest in seinem Trainingsplan integriert. Abgekämpft ließ er sich in den Schalensitz seiner PS-Bestie fallen und rauschte davon. Noch bevor er die Bundesstraße erreichte, legte er eine Randy Crawford-CD ein und lauschte den sanften Balladen und der verführerischen Soulstimme. Als er von der Schnellstraße aus fahrend den Blinker betätigen wollte, um auf die B 62 zu gelangen, schaute er auf die Uhr. Die türkisgrünen Leuchtdioden zeigten 19:55 Uhr an. Ein wenig überrascht, dass die Zeit schon so weit vorangeschritten war, malte Limo sich aus, wie er den Abend ausklingen lassen wollte. Plötzlich meldete sein Handy einen Anrufer. Ein »Unbekannter Teilnehmer« ließ nicht locker. Für gewöhnlich ging er nur nach Lust und Laune ran. Heute schien er die Muße dazu zu besitzen.

»Langen.«

»Hallo, Limo, hier ist Anke, die Hammer-Frau.«

Limo lachte laut los. »Du bist echt 'ne Hammer-Frau. Was machst du gerade?«

»Nichts Wichtiges. Du wohnst doch in Eiserfeld, oder?«

»Ja. Warum fragst du?«

»Wenn du magst, könnte ich in wenigen Minuten bei dir sein. Vorausgesetzt, ich darf dich weiter verfolgen?« fragte sie mit einem Lächeln in der Stimme.

Neugierig schaute Limo in den Rückspiegel. Anke winkte eifrig, als sie registrierte, das Limo sie entdeckt hatte.

»Musstest du hier in der Gegend etwas erledigen? «

»Nichts Wildes. Habe kurz eine Freundin besucht und war auf dem Weg zum Einkaufscenter. Da habe ich dann dein Auto erkannt, beziehungsweise dein Kennzeichen. Und nun stalke ich dir seit einigen Minuten nach.«

»Wir sind vor wenigen Sekunden rechts abgebogen, du müsstest dort aber links ab Richtung Siegen.«

»Ja, ging ja nicht anders. Sonst hätte ich dich aus den Augen verloren. Wollte dich doch erst fragen, ob ich dich besuchen darf.«

»Musst du denn viel einkaufen?«

»Nein. Nur Obst und ein *gesundes* Brot. Warum?«

»Dann folge mir weiter. Bei mir um die Ecke gibt es einen kleinen Tante Emma-Laden. Ein paar hundert Meter weiter ist dann meine Wohnung. Ich müsste nur schnell duschen, komme gerade vom Inlinern.«

»Hört sich gut an. Dann zeig's mir …, ähm, zeige mir den Weg, führe mich ins Licht sozusagen«, flirtete Anke albern.

Anke war begeistert von diesem kleinen Laden. Das Gefühl, persönlich bedient zu werden, kannte sie gar nicht mehr. So viel Freundlichkeit von einer netten, schon betagten Frau. In diesem Augenblick merkte sie, wie sie eine solche Individualität schon seit Jahren vermisst hatte. Schleichend und hinterhältig raubten die gigantischen Kaufhäuser den »Tante-Emma-Läden« den Lebensatem. Nachdem sie ihre Besorgungen erledigt hatten, fuhren sie hintereinander zu Limos Wohnung. Limo schloss gerade die Tür auf, als er sich ihr zuwandte.

»Eine Premiere! Noch nie, seit ich hier wohne, hatte ich Frauenbesuch. Du bist die Erste«, sagte er lächelnd.

»Da bin ich aber mal gespannt, wie so eine Singlewohnung ausschaut.«

»Na ja, nur keinen Prunk erwarten, dann geht's schon«, antwortete er bescheiden.

Sie betraten die überschaubare Diele.

»Möchtest du erst eine kleine Führung, bevor ich dusche, oder lieber danach?«

»Ich dachte, du duschst und ich schaue dir dabei zu!« Als er sie daraufhin erstaunt anschaute, lächelte sie kess.

»So, so.«

»Na, wenn ich schon mal meine Aufwartung gebe …«

»Dann …«, unterbrach Limo sie im Satz.

»Ich dachte nur, dir würde es gefallen, wenn ich es dir nach deinem Sport so richtig besorgen könnte.«

Sie hatte den Satz noch nicht beendet, als er sie wie ein kleines Präsent auf seine Arme packte. Er schob mit der Hacke die Türe hinter sich zu und schleppte sie zielbewusst mit ins Bad. Hastig entledigte er sich seiner Kleidung, während Anke sich ihrerseits genüsslich Zeit ließ. Limo befand sich schon unter dem warmen Wasser und verschlang sie bereits mit seinen Blicken. Splitternackt räkelte sie sich unmittelbar vor der Duschkabine. Statt die Türe aufzuziehen, drehte sie sich blitzschnell um, so dass er ihre erotische Kehrseite genießen durfte. Sie spreizte ihre Beine und tat so unschuldig, als ob sie auf dem veralteten Fliesenboden nach einer Goldader suchte. Frech beugte sie ihren Oberkörper mit gestreckten Beinen vornüber. Bei diesem Anblick war es um ihn geschehen. Pure Geilheit lechzte nach aufregendem Sex! Er schwenkte den Duschkopf ein wenig nach hinten und öffnete die Tür. Es folgte nun ein noch erregenderer Anblick. Seine erigierte Männlichkeit stand bereit. Kaum eine Weinflaschenlänge fehlte bis zu Ankes Liebesoase. Er überstreckte seinen Rücken zu einem Hohlkreuz, ohne einen Fuß aus der Dusche zu nehmen. Jetzt nur noch wenige Zentimeter entfernt. Sie dachte gar nicht daran, ihm entgegenzukommen. Sie harrte auf der Stelle aus und starrte auf sein beachtliches Sexspielzeug. Für einen Wimpernschlag erfasste sie seine Augen, um dann rasch sein Gemächt zu hypnotisieren. Plötzlich kniete sie sich vor ihn und begann unglaublich zärtlich mit ihrer Zungenspitze seinen Penis zu streicheln. Limos rationaler Verstand versank im Meer der Erotik. Ihr Zungenspiel intensivierte sich. Limo schloss die Augen. Mit beiden Händen umfasste er ihren Kopf und gab das Tempo vor. Ihr Französisch war das Abenteuerlichste, was er jemals in seinem Liebesleben genießen durfte. Er atmete noch schwer, als sie sich unter dem warmen Wasser aus dem Duschkopf gegenseitig einseiften. Gleich darauf knutschten sie für eine gefühlte Ewigkeit. Er streichelte sie sanft. Er fand keine Bezeichnung dafür, wie zart sich ihre Haut unter dem Wasser in Verbindung mit der Duschcreme anfühlte.

»War's schön?« flüsterte sie neckisch.

»Unglaublich.« Mehr Worte brachte sein Sprachzentrum noch nicht zustande. »So, dies ist also dein Bad. Wo befindet sich das Schlafzimmer?«

»Mmhh …«, stockte Limo.

»Nein, sollte nur ein Scherz sein. Aber im Ernst, das Bad ist echt niedlich.«

»Komm, ich zeige dir noch den Rest.«

»Gerne«, schaute Anke erwartungsvoll.

Nach dem Bad führte er sie durch sein Schlafgemach. Die zwei Kleiderschränke, zwei Nachttischschränkchen und ein kleiner Tisch, auf dem einige Klamotten akkurat gestapelt lagen, bestanden aus rotgräulichem Pinienholz. Ziemlich in der Mitte des Raumes stand mit dem Kopfteil an der Wand ein schwarzes, verschnörkeltes Metallbett, unter der Decke hing ein Baldachin. Der hauchdünne Schleier fiel lässig um das komplette Bett herum, bis die Spitze des Saums den Boden soeben berührte. Das Wohnzimmer wirkte durch die offene Gestaltung sehr großzügig. Zumal das Interieur in erster Linie aus einer megagroßen, cremefarbenen Couch mit einem dazu passenden Tisch aus hellem Buchenholz bestand. Gegenüber dem Sofa an der Wand stand ein gigantischer Rückprojektionsfernseher. Aufgrund der Tatsache, dass ein interner Projektor das Bild über einen Spiegel auf den Bildschirm umlenkt, wirkte dessen imposante Bilddiagonale wie ein kleines Kino. An der langgezogenen Wand gegenüber hing lediglich ein übergroßer Spiegel, der, von einem kunstvoll strukturierten imitierten Goldrand umrahmt, den Wohnbereich noch um einiges größer erscheinen ließ. Während der eher kühle Hauptwohnbereich auf Ankes Gemüt drückte, bestach die Küche ihr Frauenherz. Liebevoll ausgestattet stellte dieser Raum das geschmackvollste Zimmer dar. Das komplette Mobiliar darin bestand überwiegend aus hellem Kirschholz. Die Schränke und Nischen, deren Türoberflächen aus taubenblauem Furnierholz waren, hatte Limo selbst zusammenmontiert. Die Sitzgelegenheit bestand ebenfalls aus massivem Kirschholz. Wenn man aus der Küche heraustrat, stand man direkt in einem kleinen Korridor. Dort gleich um die Ecke befand sich noch eine kleine Gästetoilette, in der auch die Waschmaschine stand.

»Ist echt 'ne nette Wohnung«, fand Anke.

»Danke schön. Ich bin nur mit der Gestaltung des Wohnzimmers noch nicht glücklich.«

»Das ist aber okay. Vielleicht fehlt noch ein bisschen der Feinschliff in Sachen Deko, aber sonst …! Vielleicht etwas wenig Mobiliar für so einen großen Raum. Aber das ist schon so echt toll.«

»Danke schön. Ich habe noch nicht mehr Deko angeschafft, weil ich mir immer noch nicht sicher bin, ob beziehungsweise wie lange ich noch hier wohnen bleibe.«

»Möchtest du umziehen?«

»Ja, mit dem Gedanken spiele ich.«

»Aus einem speziellen Grund?«

»Eigentlich nur aus einem Grund. Die Fahrerei zur Arbeit nervt. Wenn ich An- und Abfahrt zusammenaddiere, bin ich über eine Stunde unterwegs. Die Zeit könnte ich sinnvoller gestalten. Sonst bin ich hier sehr zufrieden«, fügte er ehrlich hinzu.

Gleichzeitig warf Anke einen Blick auf die Uhr.

»Ich muss jetzt los, muss morgen früh raus.«

Limo schaute aus der Wäsche wie ein begossener Pudel. Der Abend begann doch erst. Sie versprach ihm aber, da sie ja jetzt wüsste, wo er wohnte, ihn bald noch mal zu besuchen. Vielleicht an einem Wochenende mit darauf folgendem gemeinsamen Frühstück. Auf die Frage, was denn eigentlich Mary noch so trieb, erfuhr er nur, dass sie rund um die Uhr die Zeit in der Uni verbrächte, dass einige Prüfungen anstünden und dass sie in dieser intensiven Lernphase mit einer Freundin ihre Bude teilte. Dann nahm er Anke in die Arme und küsste sie zum Abschied.

Dreißig Minuten nachdem sie die Singlewohnung verlassen hatte, lag Limo völlig entspannt auf dem Sofa. Seine Mimik verriet, dass er ein tolles Erlebnis gehabt hatte. Er schloss die Augen und ließ es gerne geschehen, dass diese zierliche Person immer tiefer in sein Herz rauschte. Der Sex mit ihr war bis zu diesem Zeitpunkt das erotischste Erlebnis seines Lebens. Diese Tatsache entsprach dem ersten Punkt, den seine Traumfrau mit in die Beziehung bringen sollte. Jetzt fehlte noch der entscheidende zweite Punkt. Er kannte sie schließlich noch immer nicht wirklich. Er grübelte darüber nach, wie sie den Alltag verlebte. Große Fragezeichen schwebten in seinen Gedanken der Zimmerdecke entgegen, bis sie zerplatzten, als sie die Raufasertapete über seinem Kopf berührten. Er hatte keinen blassen Schimmer, wie so eine tolle Frau wie Anke nach seinen Vorstellungen sein sollte. Der Ausdruck seines Lächelns im Gesicht ließ nach. Bevor die Müdigkeit gänzlich unter seine Haut kroch, schleppte er sich zum Bett und schlief erschöpft ein.

Die Woche darauf verlief sehr ruhig. Manchmal dachte Limo, zu ruhig. Am Freitag erhielt Limo die Aufgabe, die gesamte Etage im Untergeschoss eines Altbaus auszuräumen, die Zimmerdecke abzuhängen und dafür zu sorgen, dass in die hohlräumigen Wände trockene Luft eingeblasen wurde. Er bekam Galep und drei Handlanger einer Leiharbeitsfirma als Arbeitskräfte zugeteilt. Als sie an diesem Morgen gegen acht Uhr in Lüdenscheid eintrafen, standen dort bereits zwei Container in der Nähe des Eingangsbereiches. Limo grauste es schon bei dem Gedanken, im Dreck herumwühlen zu müssen. Bevor sie alle vor Ort den Servicewagen verließen, gab er den Jungs zu verstehen, dass sie noch für einen Augenblick im Wagen warten sollten. Er wollte zunächst sicherstellen, ob ein Herr Kunze sie bereits erwartete. Die Klingel an der Haustür funktionierte anscheinend nicht. Jedenfalls hörte Limo nichts. Dann versuchte er es mit Klopfen. Mehrmals. Nichts tat sich.

Er überprüfte den Auftragsschein genauer. Sie befanden sich in der richtigen Straße. Die Hausnummer stimmte ebenso. Daran konnte es schon mal nicht liegen. Auch unter der Rubrik »Bemerkungen« hatten weder der Projektleiter noch die Sachbearbeiterin eine Info für ihn eingetragen. Als letzte Möglichkeit fiel ihm ein, im Büro anzurufen, um nachzuforschen, wer den Termin mit Herrn Kunze vereinbart hatte. Er griff in seine Hosentasche, kramte sein Firmenhandy hervor und wählte die Nummer der Zentrale.

»Firma RO-Trock, guten Morgen, mein Name ist Pia Köhler. Wie kann ich Ihnen helfen?«

»Schön gesagt, Pia. Hier ist Mirco Langen.«

»Och, Mensch, warum ist denn deine Telefonnummer unterdrückt?« fragte sie.

»Tut mir leid, das kann ich dir nicht sagen. Kümmere ich mich später drum, okay?«

»Klar. Was ist los?«

»Könntest du mich bitte mal mit einer der Damen oben verbinden? Ich stehe hier an der Baustelle und niemand öffnet die Tür.«

»Okay. Warte einen Augenblick, ich verbinde. Tschüss, Mirco.«

Es knackte einige Male in der Leitung, bis sich Frau Knot meldete.

»Hallo, Mirco!« hörte er Silke rufen.

»Hallo, Silke. Hör mal, hast du den Termin mit dem Herrn Kunze in Lüdenscheid vereinbart?«

»Gibst du mir mal die Auftragsnummer?«

»Sekunde …, das ist die RT 124462.«

»Danke.«

Limo hörte, wie sie die Zahlenfolge, flink wie eine elektronische Nähmaschine, in den Computer eintippte.

»Mirco? Hörst du?«

»Ja, klar und deutlich.«

»Den Termin hat Rosi vereinbart. Herr Herbert Kunze wird gegen 8.30 Uhr am Haus sein. Das ist ein sehr guter Bekannter vom Chef.«

»Holla die Waldfee. Von Ernst?«

»Nee, noch höher. Da soll wohl sehr sorgfältig gearbeitet werden. Aber Achtung …, okay? Darf nicht mehr sagen.«

»Ich habe verstanden. Danke schön, du bist ein Schatz«, flirtete er.

»Sehr gerne, für dich tue ich beinahe alles«, flirtete sie charmant zurück. Im Gegensatz zu den meisten Trocknungsmonteuren pflegte Limo einen sehr guten Draht zu den emsigen Büromädels. Bis auf »Barbie« Yvonne Meier. Sie sympathisierte sehr intensiv mit Poller. Pünktlich um halb neun grummelte der Motor eines 1987er Zwölfzylinder BMW vor dem denkmalgeschützten Gebäude. Ein kleiner, schmächtiger Typ, dem ein kalorienreicher Speiseplan sicher gut zu Gesicht stehen würde, kletterte aus dem dreihundert PS-starkem Schmuckstück. Sein dürrer Oberkörper steckte in einem weißen Hemd und einer krachend bunten Krawatte. Ein schwarzer Anzug versuchte die hagere Gestalt vergebens zum Positiven zu verändern. Die Strähnen seines blonden Kurzhaarschnitts erweckten den Eindruck eines kampferprobten Stachelschweins.

»Guten Morgen. Mein Name ist Kunze. Warten Sie schon lange?« fragte er freundlich und streckte Limo die Hand entgegen.

»Guten Morgen, mein Name ist Langen. Nein, nur wenige Minuten«, flunkerte Limo und schüttelte die Hand.

»Ich hoffe, Sie haben viel Kraft mitgebracht. Hier ist einiges zu tun.«

»Ich bin gespannt. Ich erhielt heute Morgen die Info, dass es Sie hier ordentlich erwischt hat.«

»Wie das so vorkommt bei Häusern, die aus der Urzeit stammen.«

Herbert Kunze öffnete die Tür und zeigte Limo den Ursprung des Schadens, und bis in welche Bereiche die Feuchtigkeit vorgedrungen sein sollte. Nach einigen Minuten Lagebesprechung verschaffte sich Limo einen genauen Überblick.

»Wenn Sie weitere Fragen haben sollten, gebe ich Ihnen vorsorglich meine Karte. Darauf steht auch meine Handynummer. Scheuen Sie sich nicht, mich anzurufen, wenn ich Ihnen dadurch weiterhelfen kann. Gegen Mittag schaut meine Frau vorbei und serviert ein warmes Essen.«

»Das ist sehr nett. Wäre aber nicht nötig gewesen«, bedankte sich Limo höflich.

»Doch, doch. Wer körperlich hart arbeitet, der sollte auch gut essen«, bestand Herr Kunze darauf und verabschiedete sich. Limo stapfte zum Transporter und gab den Jungs das Startsignal.

»So klein und so ein Riesenauto«, scherzte Galep.

»Das stimmt, aber ich muss sagen, er scheint in Ordnung zu sein. Seine Frau bringt uns später sogar noch Mittagsessen vorbei.«

»Trinkgeld wäre mir lieber«, antwortete der sympathische Türke trocken.

»Wem nicht? Aber ein gutes Mittagsessen verschmähe ich auch nicht«, entgegnete Limo.

»Okay Leute, dann lasst uns mal loslegen!«

Limo teilte die Jungs in einzelne Arbeitsbereiche ein und wies auf Besonderheiten hin. Gerade in Altbauten hatten seinerzeit die Experten die Wasserleitungen oft genug unorthodox verlegt. Auch in den Wänden versteckten sich Leitungen jeglicher Art an den unmöglichsten Stellen. Limo schnappte sich den Koffer mit den Messutensilien, um später die ersten Kontrollmessungen vorzunehmen. Nach über zwei Stunden staubiger Abrissarbeit rief Galep seinen deutschen Freund zu sich.

»Hey, Limo, schaust du mal?«

»Sicher. Was gibt's?«

Galep deutete mit einer Geste in den großen Raum.

»Fällt dir was auf?«

Limo schaute sich prüfend um.

»Meinst du die staubige Luft?«

»Genau.«

»Mmh …«

»Ich bin ja nicht erst zwei Tage im Metier tätig. Es liegt doch auf der Hand, wenn es kaum zwei Meter von der Schadensstelle entfernt zu stauben beginnt ….«

»Okay. Ich verstehe«, unterbrach Limo.

»Ich führe vorsorglich eine Messung durch.«

»Mach das vorsorglich«, frotzelte Galep ironisch. Das folgende Grinsen glich einer Halloween-Pumpkin-Laterne.

Nach fünfzehn Minuten intensiver Messung hatte nicht nur Limo Falten auf der Stirn. Auch Galep war erstaunt darüber, dass die Trocknungsmaßnahme in solch immensem Umfang durchgeführt werden sollte. Mit Abriss, Entsorgung des Schrotts, Trocknungszeit, Wiederaufbau und sonstigen Kosten, als quasi Kernsanierung und Komplettsanierung, würden sich die Gesamtkosten weit im fünfstelligen Bereich bewegen.

»Limo, was meinst du? Das ist doch nicht nötig, dass wir hier alles kurz und klein schlagen, oder?«

»Da stimme ich dir zu. Statt fünftausend Euro Schaden wären es dann vielleicht sechzigtausend Euro, wofür die Versicherung aufkommen muss. Nicht dass ich ein Freund von Versicherungsgesellschaften bin.«

»Sechzigtausend?« wiederholte Galep ungläubig.

»Nur so vom Grundsatz her. Die genaue Summe kenne ich natürlich nicht. Weit entfernt davon dürfte es aber nicht liegen. Aber da fällt mir etwas Wichtiges ein!«

»Was«, fragte Galep neugierig.

»Jungs, macht mal 'ne kleine Pause, okay?« bat Limo die Jungs von der Leihfirma und winkte sie zu sich.

»Sicher! Pause ist immer gut«, antworteten sie im Chor.

»Galep, komm bitte mal mit zum Wagen.«

»Klar, was hast du vor?«

Limo schilderte Galep ausführlich, was er seit kurzem wegen des mutmaßlichen Versicherungsbetrugs durch verschiedene Projektleiter konkret unternommen hatte. Auch, dass sich Tom als sehr guter Freund und Kollege aufspielte und dass sich nur durch einen Zufall herausgestellt hatte, dass er ein doppeltes Spiel trieb. Galep blickte sichtlich geschockt. »Ich habe auch gedacht, der ist 'n prima Typ. Warum erzählst du mir das? Warum jetzt?«

»Galep, versteh mich nicht falsch. Als die ganze Geschichte ins Rollen kam, hatte ich oft mit Tom zu tun. Er war es auch, der mir gute Tipps gab und er hat mir im rechten Moment Mut zugesprochen, die Sache tatsächlich durchzuziehen. Warum ausgerechnet er mir wichtige und sehr gute Ratschläge gegeben hat, verstehe ich nach wie vor nicht. Er muss schon ein ganz ausgekochtes Schlitzohr sein.«

»Du meinst wohl eher: Drecksau«, zeigte der Türke wenig Verständnis.

»Jetzt bin ich schlauer. Aber ich sag dir noch mal, es hatte nichts mit dir persönlich zu tun. Bist du jetzt sauer?« fragte Limo sicherheitshalber nach.

»Blödsinn. Ich weiß, dass ich mich auf dich hundertprozentig verlassen kann. Und du weißt ebenso gut, dass ich dir, egal wobei auch immer, helfen würde«, bezog Galep klar Stellung.

»Und das ist auch gut so«, antwortete Limo sichtlich erleichtert.

»Tja, und wo wir beim Thema Helfen sind, sollten wir uns nicht mal charmanterweise um Tom kümmern?«

Limo lächelte. »Nein, Galep! Auf keinen Fall! Wenigstens im Augenblick noch nicht! Er weiß nicht, dass ich über sein falsches Spiel im Bilde bin. Das soll auch noch für eine Weile so bleiben. Ich vermute aber mal sehr stark, dass der Zeitpunkt nicht allzu fern liegt, an dem ich auf dein Angebot zurückgreifen muss. Ich würde nur noch zu gerne in Erfahrung bringen, warum er das tut. Vielleicht vertraut er sich ja jemandem an. Dann möchte ich natürlich wissen, wem!«

»Immer zu Ihren Diensten.« Beide lachten.

»Werden die Beweise auf dieser Baustelle genügen, um auch hier einen Versicherungsbetrug aufzudecken?« fragte Galep interessiert.

»Wahrscheinlich nicht zu hundert Prozent. Aber wir können alles dafür vorbereiten. Wie zum Beispiel Fotos und Messprotokolle, und vor allem muss ich an die Akte von Kohlmeier kommen. Gott weiß, was er darin notiert hat.«

»Aber wie, verdammt noch mal, schafft er es, die Versicherungen zu bescheißen?«, fragte Galep nach.

»Ich bin mir sicher, dass er den Versicherungstypen, wahrscheinlich auch den jeweiligen Gutachter schmiert. Etwas anderes kann ich mir im Augenblick auch nicht vorstellen.«

»So simpel?«

»Tja, einen akademischen Titel braucht man nicht dazu. Aber lass uns schnell die Beweisfotos schießen, anschließend die Messpunkte setzen und ebenfalls abfotografieren.«

»Natürlich.«

Limo schnappte sein Privat-Handy aus der Tasche und fotografierte eventuelle Besonderheiten, die später von enormer Bedeutung sein könnten. Galep packte mit an. Als die

Kontrollmessung durchgeführt und die Messpunkte tabellarisch fixiert auf zwei Blättern standen, zeigten exakt drei von vierundfünfzig Messwerten eine unwesentliche Feuchtigkeit an. Weit entfernt von Nässe. Nun musste Limo noch von Ernst Kohlmeier entweder eine mündliche oder idealerweise eine schriftliche Aussage darüber erhalten, warum trotz kaum messbarer Feuchtigkeit die komplette untere Etage abgerissen werden sollte. Limo marschierte mit Galep aus dem Altbau, wählte die Nummer seines Chefs und drückte noch im gleichen Atemzug die Lautsprecherfunktion. Parallel dazu übergab er Galep sein eigens für diese Zwecke angeschafftes Diktiergerät. Limo nickte Galep zu, als Kohlmeier das Gespräch annahm. Es gelang ihm tatsächlich mit gewitzten Fragen, Kohlmeier dazu zu bewegen, den dubiosen Vorgang einigermaßen zu bestätigen. Limo verstaute diese Beweise in seinem Beutel im Servicewagen. Anschließend eilte er zum Haus zu seinen Kollegen und signalisierte ihnen, mit der Arbeit fortzufahren.

»Es hat tatsächlich funktioniert!« staunte Galep.

»Hat es, Galep. Hat es! Und das deutlicher, als ich es zu hoffen gewagt hätte. Jetzt muss ich noch auf einen günstigen Zeitpunkt warten, und mir Kopien der betreffenden Akten dieser Baustelle anfertigen. Dadurch käme ich einen gewaltigen Schritt voran. Zumal ich nicht weiß, wie ein Gericht diese Beweise beurteilt. Oder ob es sie überhaupt zulässt«, antwortete Limo.

»Du hast ihn aber auch mit deiner Fragerei mächtig gelöchert. Woher lernt man, genau die richtigen Fragen zum richtigen Zeitpunkt zu stellen?«

Limo grinste. »Wenn man einen nicht unerheblichen Lebensabschnitt mit einer Psychotante überlebt und nichts gelernt hat, ist man doch wohl selbst schuld. Wenigstens dazu hat es gereicht.«

»Wenigstens etwas«, antwortete Galep beiläufig. Er wollte das Thema nicht weiter vertiefen. Er wusste, dass sein deutscher Freund nur ungern an die Zeit erinnert werden wollte.

Gegen dreizehn Uhr schneite Frau Kunze mit dem von ihrem Mann versprochenen Essen herein. Limo hatte eher mit einer Pin-Up-Blondine gerechnet. Doch ihr Aussehen überraschte ihn. Mit einem kurzen, stacheligen, pechschwarz gefärbten Emanzenhaarschnitt, einigen Pfunden zu viel auf den Rippen und ferrarirotem Lippenstift, der schon in den Augen wehtat, stakste sie mit hochhackigen Pumps über den verschmutzten, holprigen Boden. Sie begrüßte die Arbeiter zuvorkommend und kümmerte sich rührend darum, dass jeder gleich viel zu essen bekam. Jedem reichte sie noch eine Flasche eiskalte Cola. Die Jungs, und natürlich auch Limo, genossen das warme Essen. Für Limo schien es eine Ewigkeit her, dass er seinen Magen mit Rinderrouladen, einer herzhaften Sauce, dazu Kartoffeln und knackige Broccoli, verwöhnen durfte. Frau Kunze hatte reichlich davon gekocht. Der Küchenzauber dauerte etwa eine Stunde, bevor sich Frau Kunze verabschiedete und die Jungs wohlgenährt ihrer Arbeit nachgingen. Gegen vier Uhr zeichnete sich für Limo ab, dass sie nicht ganz fertig werden würden. Er rief Kohlmeier an und informierte ihn über den Stand der Dinge. Kohlmeier fragte seinen Mitarbeiter, ob es möglich sei, diese Baustelle am morgigen Samstag noch »klar zu machen«. Limo meinte, dass es nur machbar sei, wenn die Jungs von der Leihfirma wieder mit an Bord wären. Ohne jegliche Probleme bestätigte sein Chef, dass dies auf alle Fälle in Ordnung ginge. Hauptsache, die Hütte würde so schnell es ginge kernsaniert. Gegen 18 Uhr fuhr wieder der Luxusschlitten von frühmorgens vor. Herr Kunze schaffte es gerade noch rechtzeitig, zum Haus zu kommen, bevor die Arbeiter die Baustelle verließen.

»Na, wie weit sind Sie gekommen?«

»Leider nicht ganz fertig, Herr Kunze. Wir haben schon mit unserem Chef gesprochen. Den Rest erledigen wir morgen.«

»Das ist doch prima. Ich habe nicht wirklich damit gerechnet, dass es überhaupt so rasch klappen könnte. Wie sieht es denn aus?« wollte Herr Kunze genauer wissen.

»Wir können uns das bisherige Ergebnis gerne zusammen ansehen«, schlug Limo vor. Limo rief seinen Kollegen zu, dass sie alle Maschinen und Werkzeuge in den Sprinter verstauen könnten.

»Wenn ich das so sehe, verstehen Sie Ihr Handwerk. Soviel ist es ja nicht mehr. Und alles schon so sauber. Echt Klasse. Da hat mir Helmut nicht zu viel versprochen. Morgen, sagten Sie, werden Sie fertig?« vergewisserte Herr Kunze sich bei Limo. Er schien von der Arbeitsweise der Firma RO-Trock sehr angetan.

»Wenn wir morgen beizeiten loslegen könnten, dann stellen wir irgendwann um die Mittagszeit nur noch die Kondenstrockner auf. Mein Chef wollte Sie eigentlich noch informieren.«

»Hat er bisher noch nicht, aber wird er bestimmt später noch machen.«

»Bestimmt. Wenn das für Sie in Ordnung geht, könnten wir doch schon für morgen eine Uhrzeit ausmachen?« schlug Limo spontan vor.

»Sehr gerne sogar. Ist halb neun wieder okay?«

»Würde es Ihnen etwas ausmachen, uns schon um 7.30 Uhr ins Haus zu lassen?« fragte Limo bescheiden und höflich.

»Ist geritzt«, ging Herr Kunze lapidar auf den Vorschlag ein.

»Vielen Dank. Dann legen wir pünktlich morgen früh los.«

»Sehr schön! Ach, ich wollte noch fragen, hat Ihnen meine Frau das Mittagessen gebracht?«

»Ja, das hat sie. Das war ein richtig tolles Essen. Ich habe seit Jahren nicht mehr solch eine leckere Roulade gegessen«, antwortete Limo mit echter Begeisterung.

»Das freut mich. Dann würde ich sagen, wir sehen uns morgen wieder.«

Die beiden Männer verabschiedeten sich und Limo begab sich mit seinen Kollegen auf die Heimfahrt. Herr Kunze rief umgehend Herrn Kohlmeier an und bedankte sich für die professionelle Arbeit der Firma RO-Trock. Insbesondere die Männer, die vor Ort ihren Job verrichteten, lobte er in den höchsten Tönen. Kohlmeier antwortete darauf, dass dies doch völlig normal sei. Auch wenn sie nicht besonders viel im Kopf hätten, für diese Art der Maloche wären die Kerle allemal gut genug. Weder kommentierte noch widersprach Herr Kunze.

Limo, Galep und die Jungs von der Leiharbeiterfirma, die an der Baustelle in Lüdenscheid mitarbeiteten, säuberten noch den Servicewagen, der unmittelbar vor einem geöffneten Rolltor stand, und hievten acht große Bautrockner und fünf Ventilatoren auf die Ladefläche des Sprinters. Währenddessen holperte Ernst Kohlmeier pfeifend die Treppe vom Bürotrakt hinunter. Er befand sich auf dem Weg zu seinem schnittigen Firmenfahrzeug. Auf einen Katzensprung marschierte er bei seinen Untertanen vorbei.

»Hallo, Herr Langen, ich erhielt vor wenigen Minuten einen Anruf von Herrn Kunze.«

»Hallo, Herr Kohlmeier. Stimmt etwas nicht?« Limo fragte nach, weil er befürchtete, dass dieser Möchtegernchef sie wieder einmal für irgendeine Bagatelle zur Schnecke machen würde. Und sei es nur, dass sie einen Hammer vor Ort liegen ließen.

»Ganz und gar nicht. Er schien voll des Lobes. Ich habe ihm mitgeteilt, dass auf euch eben immer Verlass auf den Baustellen ist«, heuchelte Kohlmeier.

»Ja, es gibt eben auch Tage, an denen alles gelingt«, antwortete Limo und kratzte sich mit einer Hand im Nacken.

»Dann macht jetzt Feierabend, Jungs!« sprach Kohlmeier großzügig.

»Ja, jeden Augenblick. Ach, Herr Kohlmeier, ist morgen gegen Mittag jemand hier im Lager? Ich wollte noch die Ablage im Sprinter reparieren. Dafür müsste ich ins Lager«, rief Limo seinem Chef hinterher, der schon an seinem silberfarbenen Luxusschlitten stand.

»Wenn ich mich nicht irre, befinden sich die Putzfrauen noch bis vierzehn Uhr im Gebäude.«

»Das ist prima. Denke, gegen Mittag sind wir wieder von Lüdenscheid zurück. Ist ja nur 'ne halbe Stunde Arbeit. Dann schönes Wochenende.«

Galep und die anderen Männer der Leiharbeitsfirma staunten über die gute Laune Kohlmeiers. Sie arbeiteten nun noch als einzige im Lager. Nur im Obergeschoss *des Towers* erledigte die Prokuristin ebenfalls noch dringliche Angelegenheiten.

»Was ist das für ein ekliges Schwein, dieser Kohlmeier!« rutschte Galep eine Bemerkung über die Lippen.

»Was soll ich dazu sagen? Aber eine Frage beschäftigt mich dennoch den ganzen Tag ...« Galep kniff die Augen zusammen.

»Welche?«

»Warum die Herren Hochwohlgeboren ausgerechnet mir diese Baustelle als Einsatzleiter übertragen haben?«

»Warum denn nicht? Vielleicht ...«, plötzlich schnippte Galep wissend mit den Fingern, »vielleicht wissen die Typen noch nichts von deinem Vorhaben.«

»Klar. Vielleicht ist es bis zu denen auch noch nicht vorgedrungen, dass die Erde keine Scheibe ist.«

»Ist sie nicht?« lachte Limos türkischer Freund lauthals los. Nun lachten beide unverhohlen. Die Frage blieb erneut unbeantwortet. Anschließend verabschiedeten sie sich. Zuvor bat Limo die Männer noch darum, am nächsten Morgen spätestens um 7.15 Uhr auf dem Firmengelände anwesend zu sein.

Fünfzehn Minuten später. Limo betrachtete, wie die Wolken wieder die Oberhand am Himmel eroberten, als die Titelmelodie eines Westernklassikers aus Limos Handy einen Anrufer ankündigte.

»Langen, hallo«, rief er ins Handy.

»Hallo, Herr Langen. Oberkommissar Günter Seiler hier.«

»Guten Tag, Herr Seiler. Was gibt's Neues?« Limo blickte jetzt konzentriert auf den Straßenverkehr.

»Herr Langen, könnten Sie morgen zu mir ins Präsidium kommen? Wir haben einige wichtige Erkenntnisse erhalten, die uns hoffen lassen, Licht ins Dunkel zu bringen. Bitte verzeihen Sie mir, dass ich darüber nicht am Telefon sprechen möchte.«

»Wäre sechzehn Uhr okay? Ich bin vorher noch auf einer Baustelle.«

»Das geht in Ordnung. Dann erwarte ich Sie gegen vier im Büro.«

»Gibt's Unangenehmes?« fragte Limo besorgt.

»Nein«, antwortete Seiler einsilbig. Limo verstand die spärliche Information des Beamten und biss sich auf die Zunge. Auch wenn es ihm schwer fiel, er würde dem Oberkommissar kein weiteres Statement entlocken können. Gleich nach der nüchternen Verabschiedung drückte Limo den Gesprächspartner weg. Wenige Minuten später erreichte Limo seine Wohnung. Als er ausstieg, schaute er in den Himmel. Bizarre Wolkenfelder vermischten sich mit der Sonne. Er atmete tief durch und schloss kurz die Augen. Nach mehreren genüsslichen Atemzügen öffnete er wieder die Augen und wandte seinen Blick den prächtigen ausgewachsenen Kastanienbäumen zu. Er bewegte sich zu den wenige Meter entfernt stehenden Riesen, und lauschte angeregt dem leisen Flüstern des Windes, der sich zwischen den Blättern verfing.

Noch einmal tankte er eine intensive Brise der lauen Sommerluft, und begab sich dann rasch in seine vier Wände. Unmittelbar nachdem er das Wohnzimmer betreten hatte rief er seine Mutter an und berichtete ihr, dass er am morgigen Nachmittag nach Köln zur Polizei fahren würde. Im Hintergrund bellte Ronny, als ob er ahnte, dass Limo am anderen Ende der Leitung war. Er versprach, am Sonntag um die Mittagszeit vorbeizukommen. Inge freute sich und überredete ihren Sohn, dann zum Essen zu bleiben. Wobei sie dafür nicht allzu viel Überredungskunst benötigte. Er mochte das Essen seiner Mutter. Nach dem Telefonat schenkte er der Uhr einen Blick und lächelte wieder einmal überrascht, wie schnell der Abend den Tag verdrängt hatte. Mit routinierten Griffen brachte er die Stereoanlage im Wohnzimmer ans Laufen. Amerikanischer Rock ertönte aus den Boxen. Er stellte die Musik etwas lauter als gewöhnlich und stieg unter die Dusche. Frisch geduscht und noch mit feuchten Haaren begann er die Zahnpflege. Im Hintergrund ertönten die ersten Klänge einer stimmungsvollen Ballade. *Secret Garden* drückte auf Limos Gemüt. Er stockte und schluckte schwer. Auch dieser Song erinnerte ihn an Carmen. Viel zu viele Lieblingssongs besaß er gemeinsam mit seiner Schwester. Plötzlich fiel ihm ein, dass er längst Frank anrufen wollte. Er griff sich ohne Umschweife das Handy und hämmerte zackig Franks Nummer in die Tastatur.

»Hi, Limo!« grüßte Frank erfreut.

»Hallo, Frank. Wie geht es euch?«

»Uns geht es gut. Eigentlich wie immer. Aber wie sieht es bei dir aus? Habt ihr die Beerdigung halbwegs überstanden?«

»Ja, haben wir. Carmen fehlt mir …«

Frank hörte das schwere Atmen seines Freundes. Er blieb in der Leitung und wartete ab.

»Bevor ich es vergesse, vor wenigen Minuten rief mich Oberkommissar Seiler an«, fügte Limo an.

»Und?« hakte Frank interessiert nach.

»Das konnte oder wollte er mir nicht am Telefon mitteilen. Er meinte nur, dass es neue Erkenntnisse geben würde. Ich soll morgen zu ihm ins Präsidium nach Köln kommen. Ehrlich gesagt rumort ein flaues Gefühl in meinem Magen.«

»Wer bekäme da keine Magenschmerzen. Aber wenn er dir sagt, dass es Neues gibt, dann werden sie tendenziell positive Neuigkeiten herausgefunden haben. Mach dich aber jetzt nicht völlig kirre, wenn es irgendwie geht. Zumal jeder Anruf, der dich von meinen Kollegen in Zukunft erreichen wird, nur positiv sein kann. Es klingt hoffentlich nicht zu makaber für dich, was ich dir jetzt sage. Aber schlimmere Infos kannst du doch nicht mehr erhalten. Schließlich ist das furchtbarste aller Dinge ja schon eingetreten, Carmens Tod!« fügte Frank mitfühlend hinzu. Er hörte erneut Limos Ausatmen.

»Hör mal, Limo, hättest du nicht Bock, mit mir mal wieder zu squashen?« wechselte er jetzt rasch das Thema.

»Natürlich«, stieg Limo darauf ein. »Was für eine Frage! Nächste Woche? Ich befürchte, wenn ich morgen erst gegen Abend aus Köln zurückkomme, habe ich bestimmt keinen Kopf für Squash.«

»Das ist doch klar. Ich würde mich freuen, wenn wir nächste Woche nach so langer Zeit einmal spielen würden. Wie du vielleicht noch weißt, musst du mir eine Revanche geben.«

Limo lachte herzhaft.

»Ja, ja. Das letzte Mal habe ich dir ordentlich das Sportlerfell über die Ohren gezogen. Glaube, 8 zu 0 Sätze.«

»Wenn es nur 8 gewesen wären«, musste der sympathische Polizist selbst lachen. »Und wenn es dir morgen beschissen gehen sollte, dann komm doch einfach zu uns. Tine würde sich auch freuen dich zu sehen. Machst du das?« fragte Frank seinen Freund.

Diese Vorstellung gefiel Limo.

»Super Idee! Was hältst du davon, wenn ich euch auf jeden Fall morgen besuchen komme?«

»Unbedingt! Und als Highlight frage ich Tine, ob sie etwas Leckeres kocht. Weißt du was, ruf doch durch, wenn du von der Dienststelle in Köln losfährst. Wenn du hier eintrudelst, gibt's gleich was Leckeres auf den Teller. Okay?«

»Frank …, danke nochmals für alles.«, Limo schluckte.

»Hey, du Sack, du hast mir sehr gefehlt.« Franks Äußerung klang melancholisch.

»Ich habe euch beide vermisst. Ich gebe die Hoffnung nicht auf, dass ich meinem sturen Arsch endlich eins verpasse.«

»Nicht so schlimm. Wenn's noch mal passiert, übernehme ich das sehr gerne mit deinem Arsch. Meine sechsundvierziger Schuhgröße dürfte dir dann einen gehörigen Denkanstoss verpassen.«

Erneut lachten sie. Kurz darauf verabschiedeten sie sich. In Limos Miene spiegelte sich pure Freude. Spontan zog er einen angesagten Blockbuster aus dem DVD-Regal und legte sie in den Blue-Ray. Für gut zwei Stunden würde er abgelenkt sein.

Währenddessen beobachtete Tine ihren Mann. Er starrte andächtig auf das Telefon.

»Frank?«

»Ja, Schatz«, antwortete er, während sein Blick sich in ihren Augen verfing.

»Was hast du? Ist was mit Limo?«

»Nee, nee. Ich weiß auch nicht. Ich habe gerade nur gedacht, wie sehr ich ihn in den letzten Jahren vermisst habe.«

»Das glaube ich dir, mein Schatz. Ich habe noch nie in meinem Leben so eine intensive Männerfreundschaft miterlebt. Das freut mich so sehr, dass ihr wieder Kontakt habt. Wirst sehen, wenn ihr euch genug Zeit gebt, werdet ihr eure Freundschaft bestimmt noch intensiver genießen können.«

»Ich liebe dich, mein Schatz. So sehr«, sagte Frank, stand auf und umarmte sie. Ein langer inniger Kuss folgte.

»Limo muss morgen zu Andre nach Köln auf die Dienststelle. Anscheinend gibt es neue Erkenntnisse. Ich habe ihm gesagt, dass er anschließend bei uns vorbeischauen soll. Du wolltest doch morgen Abend kochen. Würdest du für ihn mitkochen?« bat Frank liebevoll seine Frau um diesen Gefallen.

»Mache ich sehr gerne.«

»Danke. Das ist sehr lieb von dir. Ich geh dann schnell in die Garage und schraube noch am Regal weiter.«

»Ist gut. Ich habe hier auch jede Menge zu erledigen.«

Frank verschwand durch die Kellertür, ohne sich noch einmal umzudrehen. Tine blickte ihm einige Sekunden lang nach. Frank erwies sich schon immer als ein sehr netter und zuvorkommender Mensch, aber so nachdenklich und sensibel, das war für Tine neu. Die unverständliche Trennung der beiden musste ihn empfindlich enttäuscht haben.

Am nächsten Morgen gaben die Jungs an der Baustelle mächtig Gas. Bereits gegen elf Uhr transportierten Limos Kollegen die Trocknungsgeräte in die vorgesehenen Räume. In den Zimmern, die mehr als dreißig Quadratmeter Fläche boten, stellten sie noch einen Lüfter zusätzlich dazu. Diese Geräte sorgten dafür, dass die feuchte Luft aufgewirbelt und somit besser von den Luftentfeuchtungsgeräten angesaugt werden konnte. Limos Gedanken drehten sich gespannt darum, wie lange diese Geräte an der Baustelle wohl vorgesehen waren. Sowohl theoretisch als auch praktisch wäre es ohne Bedenken möglich gewesen, mit dem neuen Innenausbau gleich zu beginnen. Wie mit Herrn Kunze verabredet rief Limo ihn kurz vor Abschluss der Arbeiten an. Der Hauseigner musste noch die erledigten Arbeiten auf Vollständigkeit und Richtigkeit überprüfen und schriftlich bestätigen. Gegen 11.20 Uhr traf Herr Kunze ein. Limo schickte die Kollegen vorab in den Servicewagen und beging mit Herrn Kunze die Abschlusskontrolle durch die halbe Ruine. Nachdem Limo ihn über die praktische Bedienungsanleitung der Geräte informiert hatte, und Herr Kunze nun Bescheid wusste, legte Limo ihm den Auftrag zur Unterschrift auf einen der Bautrockner. Anstandslos unterschrieb der Hausherr das Formular.

»Also, ich muss schon sagen, ich habe schon reichlich Handwerker im Haus gehabt, aber Sie sind absolut spitze«, verteilte Herr Kunze überschwänglich viel Lob. Irgendwie wollte Limo nicht so recht an die Glaubwürdigkeit des Lobes glauben.

»Vielen Dank. Das hört man natürlich sehr gerne. Und wie bereits besprochen folgen in spätestens zwei Wochen die ersten Kontrollmessungen.«

»Gut, ich bin neugierig, ob dann schon mit den Sanierungsarbeiten begonnen werden kann.«

»Da bin ich sehr zuversichtlich«, antwortete Limo diplomatisch.

Als Limo die unterschriebenen Aufträge in eine Klarsichthülle steckte, registrierte er, wie Herr Kunze sein Portemonnaie aus der Gesäßtasche zückte.

»Mit wie vielen Leuten haben Sie diese hervorragende Arbeit verrichtet?«

»Mit mir sind es fünf«, antwortete Limo überrascht. Wie oft hatte er schon an solchen umfangreichen Baustellen gearbeitet! Trinkgelder gab es bis auf wenige Ausnahmen nur selten. Wenn sie einen Kaffee angeboten bekamen, bedeutete dies schon Luxus. Aber Geld?

»Okay, ich gebe Ihnen jetzt zweihundert Euro mit. Für jeden vierzig Euro.«

»Was, soviel?« fragte Limo, dem die Überraschung ins Gesicht geschrieben stand.

»Nicht gut?« fragte Herr Kunze scherzend.

»Nicht gut ...? Ich bedanke mich auch im Namen meiner Kollegen. Da werden wir heute Abend mindestens ein Bier auf Sie trinken.«

»Tun Sie das. Und noch ein angenehmes Wochenende«, wünschte Herr Kunze freundlich.

»Für Sie und Ihre Frau ebenso. Vielen Dank noch mal.«

»Gern geschehen«, antwortete er und hob kurz die Hand zum Gruß. Ungläubig drehte Limo sich während des Gangs zum Bus noch einmal um. – Sollte dieser Typ echt keinen blassen Schimmer haben, was hier ablief? Letztlich war's egal. Die Jungs würden sich auf alle Fälle über die Knete freuen. Vielleicht ist der Typ ja doch einfach nur in Ordnung?! dachte Limo, als er am Servicewagen eintraf.

»Leute, wir haben ein kleines Luxusproblem.«

»Was ist passiert?«, fragte Galep neugierig. Er hockte bereits am Steuer.

»Wer könnte denn jetzt sofort zweihundert Euro wechseln?« fragte Limo freudig. Alle, außer Galep, staunten mit großen Augen, als sie den Geldschein sahen.

»Ich, wo ist das Problem«, antwortete er. Darauf lachten die Jungs, und auch Limo gelang es nicht, sich ein Grinsen zu verkneifen.

»Macht für jeden vierzig Euro. Warte mal einen Augenblick.«

»Willst du mir sagen, du schleppst wirklich so viel Knete mit dir rum? Und dann auch noch passend zum Wechseln?« fragte Limo und beäugte schon die Geldscheine in Galeps Portemonnaie.

»Sag mal, gehst du noch einem Nebenjob nach, von dem ich nix weiß?« stellte Limo grinsend fest.

»Das hier ist mein Nebenjob!« antwortete Galep salopp, worauf hin ein Gelächter aus dem Servicewagen schwappte. Galep beauftragte Limo, für jeden den Anteil aus seiner Geldbörse zu verteilen und steckte selbstverständlich zum Tausch den Zweihunderteuroschein ein. Pünktlich zur samstäglichen Mittagssirene erreichten die fleißigen Männer wieder das Firmengelände. Limo schickte alle anderen außer Galep ins wohlverdiente Wochenende. Galep hingegen bat er, mit ihm noch den Sprinter zu reinigen und ihn dann zu den anderen Fahrzeugen zu stellen. Dreißig Minuten später sah der Wagen aus wie neu. Auch das Regal im hinteren Bereich des Wagens dürfte nun nicht mehr bei jedem winzigen Schlagloch wackeln und quietschen.

»Hast du noch ein paar Minuten Zeit für mich?« fragte Limo flüsternd.

»Für dich immer. Was gibt's?«

»Folgendes: Du weißt ja, was ich vorhabe. So wie es ausschaut stecken vermutlich alle irgendwie unter einer Decke.«

»Ja, soweit bin ich im Bilde.«

»Ja …, nun befinden sich nur noch die Putzfrauen oben im Bürotrakt. Um an die Unterlagen von Kohlmeier zu gelangen, müsste ich in seinem Büro rumschnüffeln, wo er unter Garantie auch die Akte vom Kunze aufbewahrt. Um zu vermeiden, dass mich eine der Damen erwischt, könntest du sie eventuell ablenken, wenn es nötig würde?«

»Das ist ja richtig spannend! Wie lange sind denn die Putzfrauen noch im Haus?«

»Ungefähr bis vierzehn Uhr. Die Info habe ich von Kohlmeier persönlich. Ich habe ihm gestern vorgelogen, dass ich noch im Wagen eine kleine Reparatur erledigen wollte. Dabei brauchte ich nur einige Schrauben nachzudrehen. Er teilte mir freundlicherweise mit, selbstlos wie er ist, dass die Mädels bis vierzehn Uhr der Raumpflege nachgehen. Also bleibt uns noch genügend Zeit. Bist du dabei?«

»Klar, bin ich dabei. Da fragst du noch?! Also wusstest du gestern schon, was du wolltest?« Limos weiße Zähne blitzten bei dem breiten Grinsen auf.

»Der Plan stand noch auf wackeligen Füßen. Erst mit dir kommt er mir perfekt vor.« Limos Grinsen flachte ab. Seine Wangenknochen spannten sich.

»Gut, dann mal los«, blieb Galep bei seiner Zusage.

»Super, bevor wir jetzt zum Wesentlichen kommen, eines noch …« Limo trat nah an seinem Kumpel heran. »Wie du ja weißt, habe ich einige Akten zusammengestellt. Jetzt habe ich noch ein Problem.«

»Welches?«

»Ich habe ein ungutes Gefühl, was meine Akten anbelangt. Ich glaube, bei mir sind die nicht mehr sicher genug.«

»Wie kommst du darauf?« fragte Galep verwundert.

»Weiß nicht. Vielleicht Intuition. Irgendwas in mir sagt: Schaff die Akten in Sicherheit.« Galep schaute Limo mit großen Augen an.

»Denkst du …, oder glaubst du, die wollen dir an die Wäsche?«

»Ich bin mir sicher genug, dass die vor keiner miesen Aktion zurückschrecken würden. Du kannst es dir vielleicht nicht vorstellen, aber Helmut Kaltmann hat sogar Leibwächter. Er wurde vor etwa vier Jahren fürchterlich zusammengeschlagen. Unmittelbar vor seiner

Villa lauerten ihm Unbekannte auf. Man munkelte hinter vorgehaltener Hand, dass es sich um, höflich gesagt, unseriöse Geschäfte gehandelt haben soll. Weder den Cops noch dem Staatanwalt gelang es jedoch, konkret eine Straftat nachzuweisen. Sagt man! Seltsam erschien nur, dass die Firma anschließend blendend expandierte. Als Revanche nahm unser Herr Kaltmann auf einem Volksfest in unserem idyllischen Örtchen gerade mal so im Vorbeigehen fünfzehn Jungs von der Konkurrenz auseinander. Niemand, wirklich niemand, hat versucht, dieser Geschichte genauer nachzugehen. Zwei Typen mussten um ein Haar ihr Leben lassen. Mit mehreren Messerstichen hat man sie traktiert. Wenn ich so darüber rede, wird mir erst bewusst, was ich für eine Welle der Gewalt lostreten könnte.«

»Scheiße. Ist das wirklich ein so großes Ding?« fragte Galep besorgt.

»Ich vermute, dass ich die Firma mit einer Gesamtsumme durch Versicherungsbetrug von etwa 280.000 Euro auffliegen lassen könnte. Und da ist noch nicht die aktuelle Lüdenscheider Baustelle mit einbezogen.«

»Du machst keine Scherze mit mir?« Galep zog eine Grimasse, als spuke ein Gespenst hinter Limos Schatten.

»Nein, kein Scherz. Mein nächstes Problem ist, dass Tom in den meisten Fällen eingeweiht ist. Ich kann an einer Hand abzählen, wie lange es dauern wird, bis Kaltmann davon Wind bekommt. Und da ich vom Schlimmsten ausgehe, wird es nur eine Zeitfrage sein, dass irgendjemand in meine Wohnung einsteigen wird. Zum Beispiel, wenn ich der Arbeit nachgehe. Wenn sie die Akten dort nicht finden sollten, traue ich denen zu, dass sie sogar meine Eltern aufsuchen könnten. Alleine der Gedanke daran …«

»Jetzt mal langsam. Du bist dir sicher, dass wir hier nicht von einem Hollywoodstreifen reden?« meinte Galep todernst.

»Mir ist nicht nach Kino«, antwortete Limo knapp.

»Okay. Jetzt sag ich dir, wie wir vorgehen werden …«

Galep benötigte keine drei Minuten, um seinen Vorschlag vorzutragen. Limos Begeisterung spiegelte sich in seiner Miene wider. Unmittelbar nach der Suchaktion, die nun folgen sollte, würden sie sich auf den Weg machen, um die Idee des furchtlosen Türken in die Tat umzusetzen. Galep spürte, dass er Limo eine zentnerschwere Last abnahm.

»Dann lass uns jetzt rasch hoch ins Büro spurten«, schlug Limo vor. Mittlerweile rückten die Uhrzeiger der Einuhrmarke näher.

»Dann mal los«, fügte der gutmütige Türke hinzu.

Leichtfüßig tippelten die beiden die Treppenstufen zum Büroblock hinauf. Immer darauf gefasst, dass ihnen die Putzfrauen begegnen könnten. Als sie in der Hauptetage eintrafen, blieb Galep direkt an der obersten Treppenstufe zum Flur stehen und stand Schmiere. Limo begab sich derweil vorsichtig schleichend über den riesigen Flur. Als er die ersten Büroräume erreichte, verharrte er für einen flüchtigen Augenblick. Seine Ohren vernahmen Frauenstimmen. Es gelang ihm aber nicht, die genaue Richtung der Stimmen zu lokalisieren. Er schlich an Kohlmeiers Büro vorbei weiter bis zum Ende des Ganges, wo das Treppenhaus zu Kaltmann hinauf führte. Je näher er dem Treppenhaus kam, umso deutlicher hörte er die Frauen. Limo drehte sich zu Galep um und gab ihm ein Zeichen. Er verstand sofort und schlich ebenfalls lautlos über den gefliesten Boden. Gestenreich deutete Limo an, dass die Frauen mit Tratschen beschäftigt waren, und eilte wieselflink den Gang bis zu Kohlmeiers Büro zurück. Nach zehn Minuten, die Galep wie eine Ewigkeit vorkamen, lugte Limo aus der Tür und winkte ihn zu sich. Galep machte einige lautlose Hopser und blieb in der Tür stehen. Limo steckte ihm hektisch etwa die Hälfte der Akten unter die Arme, die andere Hälfte übernahm er selbst. Der Türke staunte nicht schlecht. Im Eiltempo liefen sie die Treppe hinunter und begannen, im Empfangsbüro Kopien anzufertigen. Gut eine halbe Stunde benötigten sie für diesen brenzligen Vorgang. Plötzlich drehte Limo seinen Kopf herum und horchte zur Seite des Parkplatzes. Er glaubte für eine Sekunde einen Wagen gehört zu haben. Kohlmeier parkte seinen Schlitten tatsächlich gerade unmittelbar neben dem Eingang. Limo riskierte einen schnellen Blick aus dem Fenster und raffte panisch das gesamte Konvolut zusammen. Galep, der inzwischen wieder an der Treppe Schmiere stand, eilte zu ihm, und gemeinsam rasten sie die Treppe herauf und riskierten nun, dass sie von den Reinigungsfrauen erwischt würden. Erneut besaßen sie das Quäntchen Dusel des Tüchtigen. Die redseligen Frauen befanden sich nach wie vor in der obersten Chefetage. Während Galep die Kopien in den Händen hielt, versuchte Limo die Originalakten in den Schrank zu hängen, wo er sie vorgefunden hatte. In letzter Sekunde gelang es ihm, die Akten aufzuhängen und aus dem Büro zu schleichen. Zur gleichen Zeit hörten Galep und Limo, wie die Putzfrauen die Treppenstufen hinunter stapften und lauthals in ihrer Muttersprache kommunizierten. Reaktionsschnell rannten sie zur Haupttreppe rüber, die zum Ausgang führte. Um nicht auf verfängliche Fragen antworten zu müssen, mussten sie unter allen Umständen Kohlmeier entwischen. Plötzlich erwies sich die Fluchtmöglichkeit jedoch als Sackgasse. Kohlmeier und Helmut Kaltmann stiegen die ersten Treppenstufen hinauf. Flugs kehrten die beiden Kameraden auf der Stelle um und hetzten die Treppenstufen in rekordverdächtiger Zeit hoch. Als sie zum Flur gelangten, erwies das Glück ihnen einen enormen Gefallen. Denn in dem Augenblick, in dem Limo um die Ecke lugte, entfernten sich die Reinigungsfrauen in einen der Büroräume im hinteren Bereich. Gleich darauf schwappte die Unterhaltung der beiden Chefs in die komplette Etage. Es blieben nur wenige Sekunden, bis die beiden um die Ecke kommen mussten. Hektisch tippelten die beiden Schnüffler über den Flur und stürzten unmittelbar neben Kohlmeiers Büro in das Büro der Malerabteilung. Diese Tür stand als einzige offen. Blitzschnell versteckte Limo sich hinter dem Schreibtisch, während Galep hinter der Tür den Atem anhielt. Den Geräuschen nach zu urteilen, mussten Kohlmeier und Kaltmann unmittelbar vor dem Büro stehen.

»Ich krieg es immer noch nicht in die Birne, dass du diesem Intriganten die Baustellenleitung übergibst«, lauschten die beiden Jungs mit überraschter Miene Kaltmanns Besorgnis. Somit erhielten die beiden Monteure die Antwort auf eine immens wichtige Frage. Die Herren Hochwohlgeboren wussten über Limos Vorhaben Bescheid.

»Was soll er denn dort rausfinden? Der Typ erledigt die Drecksarbeit. Eben das, wofür er bezahlt wird. Oder glaubst du, Kunze würde den Betrug verraten? Zumal ich eine Versicherung habe einbauen lassen.«

»Schrei es doch noch lauter raus! Ist dir bewusst, dass die Putztanten noch im Haus sind?« belehrte Kaltmann seinen Niederlassungsleiter.

»Und was muss ich unter einer ›Versicherung‹ verstehen?«

Kohlmeier wies mit einer Geste zu seiner Bürotür.

»Na dann …! Sollte es wider Erwarten Komplikationen geben, die mich mit in ein Desaster hineinziehen, gibt es für dich jedenfalls keine Rückversicherung. Klingt doch einleuchtend, oder reden wir gerade aneinander vorbei?«

»Deine Sorge ist unbegründet. Es läuft alles nach Plan«, beschwichtigte Kohlmeier.

Während sie die Unterhaltung fortführten, bewegten sie sich gemächlich am Büro der Maler vorbei und verschwanden nebenan in Kohlmeiers Büro.

Limo und Galep hatten jedes einzelne Wort der Unterhaltung aufgesogen wie ein Schwamm das Wasser.

»Wo genau befindet sich deine Versicherung?« kam Kaltmann noch mal auf die Geste seines Niederlassungsleiters zurück. Erneut deutete Kohlmeier zur Tür.

»Was soll ich da sehen? Warum spuckst du es nicht endlich aus?«

Kohlmeier lachte triumphierend. Wortlos ging er um den Schreibtisch herum und deutete mit dem Finger auf einen winzigen Punkt.

»Es ist das Beste, was die Spionagetechnik im Augenblick in Umlauf bringt. Sogar in der Dunkelheit hat dieses Ding eine hervorragende Auflösung. Zuviel versprochen?«

Kaltmanns Reaktion beschränkte sich auf ein zaghaftes Okay.

»Dann gib mir mal die Akte von Kunze. Die Kalkulation ist auch dabei?« fragte Kaltmann.

»Alles vollständig«, antwortete Kohlmeier sicher.

Kaltmann ging einzelne für ihn wichtige Punkte durch.

»92.000 Euro Gewinn. Für einen einwöchigen Luxusurlaub in Prag wird das genügen«, scherzte Kaltmann bieder. Fürs erste lichtete sich die finstere Miene Kaltmanns. Kohlmeiers Grinsen zog sich derweil quer durchs komplette Gesicht.

»Leg die Akte zurück. Schau dir noch einmal die Y-Akten an und deponiere sie an einem sicheren Ort«, befahl Kaltmann.

»Sicheren Ort?«, fragte Kohlmeier verwundert nach. »Noch sicherer?«

»Ja, noch sicherer! Und wenn du sie mit nach Haus nimmst! Ist mir egal. Hauptsache es kann niemand drin rumschnüffeln.«

»Okay, dann nehme ich die Akten mit zu mir und schließe sie dort ein.«

Mit dieser Antwort schien Kaltmann vorerst besänftigt zu sein.

»Ernst, was mir noch einfällt. Wie weit bist du mit Christoph Reich?«

»Die Sache läuft bestens. Du hast es mal wieder besser gewusst. Jeder ist käuflich. Nur der Preis variiert. Es ist ein wahrer Segen, dass wir diesen Gutachter für uns gewinnen konnten. Ich bin nachher mit ihm beim Fußball in Dortmund verabredet. Anschließend genießen wir bei einer intensiven Massage eine traumhafte Zeit.«

Kohlmeier zog eine diabolisch grinsende Visage.

»Und der Rest läuft auch?«

»Er schnurrt wie ein Kätzchen. Die Leitung der DASAN-Versicherung hegt bis dato keinen Verdacht.«

»Freut mich zu hören. Dennoch sollten wir die Bindung nicht zu arg überstrapazieren. Gut, dann schnapp dir die Akten und bring mich bitte zum Autopark.«

Kohlmeier nahm das Aktenbündel aus dem Schrank und umklammerte es wie sein eigen Hab und Gut. Er verließ froh gestimmt mit Kaltmann das Kontor und schritt mit ambitiösen Gefühlen zu seiner Luxuskarosse. Limo ließ noch einige Minuten verstreichen, bis er genügend Sicherheit verspürte, diese Halunken nicht mehr im Gebäudetrakt anzutreffen. Achtsam streckte sich Limo um die Ecke des Türbalkens und signalisierte Galep freien Abzug. Erst als sie das Geräusch eines abfahrenden Autos registrierten, räumten die beiden umgehend das Feld. Am Gebäude entlang marschierten sie zum Parkplatz. Keine Spur mehr von Kohlmeier und Kaltmann. Limo bat Galep, in seinen Wagen einzusteigen. Er schlug seinem türkischen Freund vor, ihn die drei Kilometer bis zu dessen Elternhaus zu chauffieren. Dankend ließ sich Galep im bequemen Schalensitz aus chromgegerbtem Rindsglattleder nieder. Nach einigen tiefen Atemzügen fasste Galep sich ungläubig an den Kopf.

»Limo, ich habe wirklich geglaubt, du würdest übertreiben. Das ist ja echt 'n Hammer«, äußerte Galep missmutig.

»Versteh das jetzt bitte nicht falsch, aber was zum Henker hast du denen getan, dass sie so einen Brass auf dich haben?«

»Ich kann es dir nicht sagen. Das Mobbing hat schon angefangen, da arbeitete ich noch keine sechs Wochen bei der Firma. Ich konnte mir lange Zeit keinen Reim darauf machen. Bis mir schließlich klar wurde, dass einige Kollegen ständig Opfer zum Stänkern suchen. Dann kam irgendwann der Tag, an dem sie mich auserwählten. Nur blieb es nicht beim einfachen Stänkern. Du kannst dir bestimmt vorstellen, dass sie sich mit mir genau den Richtigen ausspähten. Ich fühlte mich wohl zu siegessicher. Ich begriff erst spät, dass sie auf viel gemeinere Weise vorgingen.«

»Scheiße. Und das geht nun schon seit Jahren so?«

»Leider ja. Doch bis vor einer Weile hielt sich das Mobbing im erträglichen Rahmen. Sie haben einen Riesenschiss vor mir. Das verdanke ich meinem Kampfsport. Den Schiss haben sie zwar nach wie vor. Doch ihre Art zu mobben entwickelte sich über die Zeit in einer effektiven, subtilen Weise. Es dauerte dann nicht lange, bis ich dahinter stieg, dass dieser kleine Wichser von Kohlmeier seine Hände mit im Spiel hatte. Kannst du dich noch an Erik erinnern? Er wurde auch ‚Wikinger' gerufen.« fragte Limo.

»Klar dieses Kraftpaket. Knallrote Haare.«

»Genau der. Und Stefan Biel. Die beiden waren ausgezeichnete Monteure. Innerhalb von drei Monaten entließ Kohlmeier sie nacheinander. Begründungen gab es keine. Beide zogen vor Gericht. Bevor es allerdings zum Urteil kam, erhielt Erik eine nette Abfindung, die nicht unerheblich gewesen sein dürfte. Sonst hätte er dem Vergleich nicht so rasch zugestimmt. Dafür musste er als sogenannte Auflage einen Wisch unterzeichnen, der besagte, dass er kein Wort über Betriebsgeheimnisse verlauten lassen dürfte. Du verstehst, was ich meine?«

»Kein Kunststück. Und diesen Wisch hast du gelesen?«

»Ja. Der Wikinger hat mir das Schreiben gezeigt. Er und ich kamen gut miteinander klar. Den Biel haben die so heftig zusammengeschustert, dass er über drei Monate im Krankenhaus verbringen durfte. Sämtliche Knochen haben sie ihm gebrochen und anschließend mit einem Messer wie ein Schwein niedergestochen. Jetzt frag mich nicht, ob diese Bastarde zur Rechenschaft gezogen wurden. Kannst dir bestimmt selbst ausmalen, was daraus geworden ist.«

»Hat dieser Typ überlebt?« wollte Galep wissen. Sein Gesichtsausdruck verriet bewegte und nachdenkliche Gedanken.

»Gott sei Dank. Die Verletzungen sind leider nicht so abgeklungen, dass sie restlos verheilten. Ich möchte nicht mit ihm tauschen.«

Auch Limo atmete schwer, als er diese Geschichte Revue passieren ließ.

»Tja, und nun sieht es danach aus, dass ich an der Reihe bin. Zugegebenermaßen bin ich nicht ganz unbeteiligt daran. Es würde keinen Sinn haben, all diese Typen zu guillotinieren. Ich befürchte, wenn ich mit dem Morden beginnen würde, würde ich kein Ende finden. Es existieren einfach zu viele Drecksäcke, die es verdient hätten.«

»Wenn du mir jetzt noch erklärst, was das Dings mit dem gillu… oder gulli bedeutet?!«

Limo lachte leise mit einer Brise Präpotenz und Verständnis zugleich. Eine Art, sympathisch zu veralbern, ohne Galep bloß zu stellen. Galep grinste selbst.

»Ich wollte damit sagen, dass ich jedem Arschloch auf der Welt den Kopf abschlagen könnte.«

Galeps breites Grinsen offenbarte seine Zahnlücken.

»Warum nicht. Wären doch bloß ein paar Millionen.«

Limo lächelte nachdenklich.

»Was mir noch nicht in den Kopf will, ist, warum Tom mir Ratschläge gegeben hat, als ich mit dem Spionagekram anfing. Nur um mich dann bei gewissen Leuten zu verraten? Das ist doch viel zu simpel.«

»Ist es möglich, dass er dich und gleichzeitig die Betrüger loswerden will?«

»Glaube ich nicht. Um dann möglicherweise eine Führungsposition in der Firma zu übernehmen? Nee, zu weit hergeholt. Zu abstrakt. Vielleicht ist dein Gedanke doch nicht … «, Limo unterbrach.

»Pass auf, Limo, bevor wir hier jetzt noch stundenlang darüber philosophieren: Wir machen das mit den Akten wie abgesprochen. Außerdem kümmere ich mich in Kürze etwas intensiver um Tom.«

»Was verstehst du unter intensiver kümmern?« Limo runzelte besorgt die Stirn.

»Keine Angst. Kümmern eben. Ich denke, in ein paar Tagen wissen wir mehr über seine Pläne, okay?« Galep grinste.

»Ich vertraue dir voll und ganz.«

Kurz darauf startete Limo den Wagen und brachte seinen Freund nach Hause.

Pünktlich wie die Maurer besetzte Limo mit dem Roadster eine Parklücke unmittelbar vor dem Kölner Polizeirevier. An der Information fragte er nach Oberkommissar Seiler. Der Beamte am Schalter winkte ihn gleich durch. Im Warteraum, der von beiden Seiten gesichert war, saß er nur wenige Augenblicke, bis Kommissar Stark ihn persönlich abholte.

»Guten Tag, Herr Langen«, grüßte er kühl.

»Ihnen auch einen guten Tag.«

Limo hatte ein seltsames Gefühl, wenn er auf Andre Stark traf. Freunde fürs Leben würden sie wohl nie werden. Stark hatte einen unangenehm stechenden Blick. Jedenfalls empfand Limo für Seiler wesentlich mehr Sympathie. Kommissar Stark klopfte an die Tür und Limo hörte bereits die auffallende Stimme des Oberkommissars mit der eingebauten Samtschicht.

»Herr Langen. Gut, dass Sie da sind.«

Er warf einen prüfenden Blick zur Wanduhr, presste die Lippen aufeinander und zog beide Mundwinkel in Richtung Kinn.

»Sehr pünktlich, Herr Langen«, fügte Seiler hinzu.

»Glück gehabt. Ich habe eigentlich noch nie erlebt, dass am Kölner Ostkreuz kein Stau herrscht.«

»Vielleicht das Glück des Tüchtigen?« ergänzte Stark. Limo ließ die Anmerkung kommentarlos im Raum stehen.

»Herr Langen, wir haben, wie ich Ihnen ja schon telefonisch im Vorfeld mitgeteilt habe, Neuigkeiten, die den Tod Ihrer Schwester betreffen.«

Limo durchflossen heißkalte Blutströme.

»Da es sich um eine Tat handelt, bei der über ein Dutzend Menschen eliminiert wurden, ist es eine Mühsal, den Ablauf zu rekonstruieren. Was wir inzwischen eindeutig wissen ist, dass Ihre Schwester nicht sexuell misshandelt wurde. Sie erlag ihren Schussverletzungen. Ihre Freundin musste hingegen eine mehrfache Misshandlung über sich ergehen lassen, bevor sie ermordet wurde.«

»Misshandelt ...? Heißt das, dass Conny vergewaltigt wurde und Carmen nicht?« fragte Limo mit zittriger Stimme.

Seiler nickte mitfühlend. »Der schwache Trost ist allerdings, die Kerle, die Carmen und Frau Reimann misshandelt haben, befinden sich ebenfalls unter den Todesopfern. Mit ›misshandeln‹ meine ich, dass Ihre Schwester mit Fäusten und harten Gegenständen geschlagen wurde.«

»Was?« schleuderte Limo in den Raum.

»Ich denke, Sie haben meine Schilderung richtig verstanden«, antwortete Stark. Limo hatte keinen blassen Schimmer, was der Kommissar mit seiner Aussage zu bezwecken versuchte. Erst recht nicht, was er damit andeuten wollte. Limo suchte den Blickkontakt mit Seiler.

»Ich zeige Ihnen nun vier Fotos, auf denen unterschiedliche Männer zu sehen sind. Bitte schauen Sie sich diese an und sagen Sie mir, ob Sie einen von den Männern schon einmal gesehen haben«, bat Seiler Limo. Noch im selben Atemzug reichte der Kripobeamte ihm die Fotos über den Tisch. Auch nach genauem Betrachten konnte Limo dem Polizisten leider nichts Positives berichten. Limo schüttelte den Kopf. Niemand von diesen Kerlen kam ihm bekannt vor.

»Die waren es?« fragte Limo, wobei sich die Augenbrauen tief ins Gesicht zogen.

»Davon gehen wir aus. Jedenfalls ...«, Seidel stockte, »jedenfalls haben die Gerichtsmediziner eindeutige DNA-Spuren gefunden.« Oberkommissar Seiler umging bewusst den Ausdruck »Sperma«.

»Genau von diesen Männern. Bei Frau Reimann fand man noch weitere Spuren.«

»Spuren bedeutet soviel wie Spermien, richtig? Und was verstehe ich darunter, dass bei Conny noch zusätzliche Spuren gefunden wurden? Nur bei Conny?« fragte Limo konkret nach.

»Tut mir leid, dass meine Ausdrucksweise nicht eindeutig ist. Es ist so, wie ich es vorhin sagte. Was die DNA-Spuren der Spermien angeht, betrifft es nur Frau Reimann«, antwortete Seidel abgeklärt.

»Und warum sind die Kerle tot?«

»Dieser Frage gehen wir selbstverständlich derzeit nach. Noch schaut es so aus, als sei ein Bandenkrieg in vollem Gange. Einige Indizien führen uns zu dieser Annahme. Wichtige Details, die wir Ihnen nicht aufzeigen dürfen, solange die Ermittlungen laufen, lassen wenig Raum für Spekulationen. Uns ist auch noch schleierhaft, wie Ihre Schwester und Frau Reimann an den Tatort gelangt sind. Wahrscheinlich wurden sie mit Gewalt dorthin geschafft. Die Kerle, die Sie auf den Bildern vor sich sehen, haben sich in erster Linie an Frau Reimann vergangen. Niemand dieser finsteren Gestalten hat die Schießerei überlebt. Vom Kaliber her gibt es ebenfalls Übereinstimmungen. Könnte sich auch um einen Auftragsmord handeln. Einige Meter vor dem Gebäude lag ein Mann, der aus nächster Nähe erschossen wurde. Ihm wurde buchstäblich mit mehreren Schüssen das Gesicht bis zur Unkenntlichkeit zerfetzt. Wie sich jetzt per DNA herausgestellt hat, ein bekanntes Gesicht. Ist aber eher als Kleinganove einzuordnen«, beendete Seiler seinen Vortrag.

»Was heißt das jetzt konkret?«, fragte Limo, der nicht verstand, wer den Mord an Carmen und Conny nun veranlasst, beziehungsweise ausgeführt hatte.

»Der oder die mutmaßlichen Mörder sind noch nicht eindeutig festzumachen. Wir gehen davon aus, dass sich der oder die mutmaßlichen Täter unter den Opfern befinden. Das zu ermitteln wird sehr zeitaufwendig werden. Schlicht gesagt, uns ist jemand zuvorgekommen. Und genau nach diesen Männern fahnden wir aktuell.«

»Männern?«

»Genau. Wir schließen praktisch aus, dass die Ermordung aller Personen von einem einzelnen Täter ausgeführt werden konnte.«

»Übrigens, wir haben auch das Auto von Frau Reimann gefunden«, fügte Kommissar Stark hinzu.

»Gefunden? Wo?« Limo blickte verwundert zu Andre Stark.

»In einer Seitenstraße nahe dem Konrad-Adenauer-Ufer unweit des Breslauer Platzes. Nur einen Steinwurf vom Dom entfernt. Das Fahrzeug wurde abgeschleppt, da es den Anwohnern im Weg stand. In dieser Richtung fahnden wir ebenfalls. Sie sehen, wir haben alle Hände voll zu tun.«

»Das glaube ich Ihnen gerne. Dann sollte es das für's erste sein?«, fragte Limo und zog seine Augenbrauen wieder in den Normalbereich.

»Es deutet einiges daraufhin, als hätten sich die jungen Frauen einfach zur falschen Zeit am falschen Ort aufgehalten. So makaber das klingt«, bemerkte Seiler mit belegter Stimme. »Es kann sicher nur ein schwacher Trost sein, dass die Vergewaltiger und Killer für ihre Tat bereits bestraft wurden.«

»Vermutlich«, bestätigte Limo regungslos.

»Wenn wir doch noch Ihre Hilfe benötigen sollten, melden wir uns bei Ihnen. Wenn Ihnen etwas auf der Seele lastet, dann rufen Sie durch. Meine Karte haben Sie noch?« bot Seiler seine Hilfe an.

»Ja, immer dabei.«

Seiler lächelte schmallippig. Noch im gleichen Moment erhob sich Limo von seinem Stuhl und verabschiedete sich von den beiden Kommissaren. Zwei Stockwerke später, die er mit hängenden Schultern hinter sich ließ, hockte er nachdenklich in seinem Wagen. – Das war ja kurz und schmerzlos. So wirklich konnte er mit der Information der Polizei nichts anfangen. Einfach nur Pech gehabt? Die liebste Schwester der Welt ..., einfach nur Pech gehabt? Was hatten die beiden Mädels nur durchleiden müssen! Er bekam einfach keinen klaren Kopf. Immer wieder quälte er sich mit den gleichen Fragen. Doch das Brutalste für ihn bestand in der Tatsache, dass die Mädels seine Hilfe benötigt hatten, und er im Nachhinein nichts mehr unternehmen konnte. Diese Endgültigkeit machte Limo extrem zu schaffen. Seine angestaute Wut drohte die Überhand zu gewinnen. Seinen Hass fluchte er lautstark hinaus. Die Luft schmeckte nach Rache und in ihm wuchs unaufhaltsam und stetig der Drang, alle diese Bastarde, die solche Taten begingen, am liebsten selbst auszuradieren. Sein Körper bebte hasserfüllt. Er schrie seine Verzweiflung heraus, so laut er konnte und ließ ein Feuerwerk von Faustschlägen auf das Lenkrad folgen. Abrupt beendete er den Tobsuchtsanfall und sackte in sich zusammen. Nach einer gefühlten Ewigkeit streckte er den Kopf in den Nacken und blinzelte aus dem Fahrerfenster. Sein Atem begann sich zu normalisieren. Plötzlich klopfte es an der Scheibe der Beifahrertür. Erschrocken schleuderte er seinen Oberkörper im Sitz herum.

»Alles okay?« fragte Oberkommissar Seiler, der auf dem Weg nach Hause den Schrei aus dem Sportwagen gehört haben musste.

»Herr Seiler, Sie? Sie haben mich erschreckt. Leider ist nichts okay. Es tut so verdammt weh.«

»Ich weiß, Herr Langen. Bestimmt.«

Seilers Augen begannen zu glänzen.

»Wie können Sie das verstehen? Hatten Sie eine Schwester, die Sie über alles liebten? Die von irgendwelchen miesen Bastarden kaltblütig ermordet wurde? Die Sie ab jetzt nur noch auf Fotos betrachten dürfen, bis die zu vergilben beginnen?« fragte Limo hilflos.

»Nein, Herr Langen. Keine Schwester! In meinem Fall handelt es sich um meine Tochter. Meine Frau und ich liebten sie abgöttisch. Ich möchte Ihnen nichts vormachen, Herr Langen. Sie benötigen eine lange Zeit, um diese schlimme Zeit wenigstens zu verdrängen. Aber gänzlich vergessen? Mir ist es bis heute nicht gelungen. Und der Mord an meiner Tochter liegt schon über sechzehn Jahre zurück. Sie wäre jetzt etwa in Ihrem Alter. Jedes Mal, wenn so eine brutale Sache geschieht, und das ist nicht selten der Fall, werden auch meine Erinnerungen an Claudia wachgerüttelt. Dieses Ereignis ist allgegenwärtig. Sie haben immerhin noch einen schwachen Trost, Herr Langen. Carmens und Frau Reimanns Peiniger sind tot. Der Mörder meiner Tochter läuft möglicherweise noch unter uns frei herum. Ungestraft! Was glauben Sie würde ich dafür hergeben, um dieses Tier zu fassen?«

Mit einem Handrücken wischte Seiler seine Augen trocken. Dieser coole Hund war durch und durch Mensch. Das machte ihn für Limo noch sympathischer.

»Ich habe enormen Respekt vor dem, was Sie jeden Tag durchmachen und erleben. Es tut mir sehr leid um Ihre Tochter.«

Für eine kurze Weile starrten beide Männer ins Leere.

»Sie wissen, wie Sie mich erreichen können, wenn Sie Fragen haben!« durchbrach Seiler die Stille und tätschelte sachte das Stoffverdeck des Sportwagens. »Tolles Fahrzeug«, bewunderte Seiler Limos Fahrzeug und nickte anschließend zum Gruß. Limo bedankte sich erneut und winkte kurz mit offener Hand zurück.

Eine dreiviertel Stunde benötigte Limo für den Rückweg. Kurz vor Gummersbach rief er Frank an. Er würde laut Navi gegen neunzehn Uhr bei ihnen eintreffen.

In Eiserfeld angekommen entschloss er sich noch zu joggen. Die Zeit nahm er sich, bevor er in Brachbach seine Freunde aufsuchte. Ehe er loslief, berichtete er seiner Mutter telefonisch von den Neuigkeiten, die ihm die Polizei mitgeteilt hatte. Inge weinte bitterlich, doch nach einigen tröstenden Sätzen ihres Sohnes fing sie sich halbwegs wieder und bemühte sich, vom alltäglichen Tratsch des Dorfes zu erzählen. Bald darauf beendete er das Telefonat, nachdem er erfahren hatte, dass seines Vaters Gesundheit sich nur unwesentlich verbesserte.

Limo rannte den Hügel hinauf, als sei er vom Teufel verfolgt. Feiner Nieselregen prasselte ihm ins Gesicht. Er mochte es, wenn er joggte und es dabei in Strömen goss. Wie so oft in den vergangen Tagen und Nächten gehörte seine gedankliche Aufmerksamkeit seiner kleinen Schwester. Die Fotos des Kölner Oberkommissars hatten sich in sein Gehirn gefressen. Wie ein verfluchtes Hologramm tauchten die Kerle vor ihm auf. Limo schnaufte intensiv durch die Nase ein und aus. Pures Adrenalin strömte durch seine Adern. Er rannte wie besessen immer tiefer in den Wald. Den rutschigen Lehmboden und den Gegenwind schüttelte er wie lästige Mücken von sich ab. Mit vierzig Jahren übertraf er mit seiner Fitness immer noch die meisten dreißigjährigen Burschen. Plötzlich minderte er die Schrittfrequenz und blieb unvermittelt stehen. Er sog die feuchte Sommerluft wie ein Schwamm ein und legte sich spontan in Liegestützposition. Mit gewaltiger Wut im Bauch absolvierte er zweihundertsechsundvierzig Liegestütze. Ausgepowert inhalierte er noch einige tiefe Atemzüge, während sein Pulsschlag sich spürbar in der Halsschlagader abzeichnete. Als er spürte, wie es seinem müden Körper gelungen war, die Wut fürs erste zu vertreiben, lief er gemächlicher die restlichen Kilometer bis zu seiner Wohnung.

Frisch geduscht stieg er in eine legere Jeans und zwängte seinen Oberkörper in ein hautenges T-Shirt. Die Füße ließ er in Flip-Flops gleiten. Dann fuhr er zu Frank und Tine. Er eilte von der Einfahrt über die Treppenstufen hinauf zur Haustür. Der Regen goss jetzt wie aus Kübeln. Frank wartete schon in der geöffneten Türe. Sie umarmten sich herzlich.

»Mensch, was bringst du für ein Mistwetter mit?« fragte Frank amüsiert.

»Das war ich nicht ..., bin dem Kerl noch hinterher, war aber schneller als ich, der Sack«, scherzte Limo ebenso.

»Schön, dass du da bist. Komm rein. Tine ist jede Minute mit dem Essen fertig.«

»Das hört sich gut an, das ganze Haus duftet ja schon nach leckerem Essen. Ich höre ja gar nichts von eurem Vierbeiner. Wo steckt er?« fragte Limo und schaute sich suchend um.

»Benni ist für dieses Wochenende bei meiner Mutter. Die ist geradezu süchtig nach dem Racker.«

»Das ist toll. Ich dachte, deine Mutter mag keine Hunde?«

»Das stimmt, aber seit Benni bei uns ist, hat sie ihre Meinung revidiert. Zumindest in Bezug auf Benni.«

Frank führte Limo ins Esszimmer, während er erzählte. Tine war natürlich Limos Stimme nicht entgangen. Sie nahm für einen Augenblick aus der Küche Reißaus, um ihn herzlich zu umarmen und ihm einen dicken Kuss auf die Wange zu drücken.

»Bevor wir quatschen, setzt euch beide schon mal, ich bin in drei Minuten bei euch. Frank, schenkst du uns bitte schon zu trinken ein?«

Tine managte wie gewohnt routiniert den Haushalt. Während Limo Platz nahm, holte Frank eine Flasche Weißwein und zwei Flaschen Mineralwasser mit wenig Kohlensäure. Er wusste, dass Limo am liebsten Wasser mit wenig Kohlensäure trank. Für Tine und sich selbst schenkte er den Wein in feine Glaskelche ein. Wie von Tine vorhergesagt balancierte sie drei Minuten später die Teller herein. Der gemütliche Essraum füllte sich rasch mit Bratenduft und dem Aroma des Rotkohls. Sie hatte dieses Gericht zu Ehren Limos ausgewählt. Sie wusste noch, dass er die deutsche Küche bevorzugte. Als die Teller wie von einem Sternekoch angerichtet auf dem Tisch standen, eilte sie noch schnell in die Küche und stellte zusätzlich eine Schüssel mit buntem Salat auf der Mitte des Tisches ab.

»So, jetzt können wir loslegen. Ich wünsche euch einen guten Appetit.«

»Lass es dir auch gut schmecken, mein Schatz!« sagte Frank.

Wenige Sekunden später hörte man nur noch das zufriedene Klappern von Gabeln und Messern auf den schneeweißen Porzellantellern. Nur der besänftigende Westminsterschlag einer antiken Standuhr begleitete die Stille. Noch während des Essens fragte Frank, der nicht abwarten konnte, nach dem Stand der Dinge. Limo berichtete bereitwillig über die Neuigkeiten aus Köln. Er wurde etwas leiser bei seinen Ausführungen. Frank und Tine schüttelten frustriert den Kopf. Sie beließen es bei Limos Anmerkungen. Als das Hauptmenü mit Genuss in den Mägen verschwunden war, reichte Tine zum Abschluss noch eine süße Überraschung.

Sie platzierte die kleinen weißen Porzellanschalen, gefüllt mit frischen Erdbeeren und sahniger Vanillecreme, vor die Männer auf den Tisch. Mit Leidenschaft stürzten sich Frank und Limo auf die vorzügliche Süßspeise. Nachdem sie den Mund mit der Stoffserviette abgewischt hatten, räumten sie gemeinsam die ratzekahl leer gegessenen Teller und Schüsseln vom Tisch und stellten sie ohne Umweg in die Spülmaschine. Gegen acht Uhr saßen sie zusammen im behaglichen Wohnbereich. Limo blieb beim Wasser, während Frank und Tine weiter dem Weißwein die Treue hielten. Sie ließen Episoden der Vergangenheit Revue passieren, und plauderten darüber, welche Änderungen in der Vergangenheit im beschaulichen dreieinhalbtausend-Seelen Dörfchen von immenser Bedeutung waren.

»Übrigens, wusstest du, Limo, dass dein damaliger Lieblingsfußballverein, der SC 09, eine Spielgemeinschaft wird?« fragte Frank ironisch.

»Spielgemeinschaft?« schaute Limo verwundert.

»Ja, oder so ähnlich. Du weißt, dass ich von Fußball keine Ahnung habe. Als ich vor einigen Wochen die Zeitung durchstöberte, las ich einen Bericht darüber.«

»Mit Mudersbach?« fing Limo gleich an zu lachen, da er schon die Antwort seines Freundes vorausahnte. Schließlich führten diese beiden Orte schon seit einigen Jahren eine Jugendspielgemeinschaft.

»Gut geraten«, beantwortete Frank die ausgesprochene Ahnung Limos.

»Das ist ja geil. Vor einigen Jahren hätten sie sich am liebsten zerfleischt und heute spielen sie zusammen im roten Sandkasten. Ich schmeiß mich weg!« Limo hielt sich vor Lachen den Bauch.

»War das wirklich so schlimm?« fragte Tine, die überhaupt keine Ahnung von solchen Dingen besaß.

»Wisst ihr, ich könnte euch stundenlang zeitungsreife Geschichten erzählen, halte mich aber kurz. Nur einige Sätze dazu: Das Abartige damals bei dem Fußballverein war das unglaubliche Fremdvögeln meiner Sportskameraden. Das ging mir mächtig auf den Zwirn. Man wusste ja schon gar nicht mehr, wer mit wem?! Ob verheiratet oder nicht, spielte überhaupt keine Rolle. Und als einer dieser notgeilen Vollidioten auch an meiner damaligen Freundin sein Stecherglück versuchte, hatte ich ihm, charmant wie ich nun eben einmal bin, versucht zu erklären, wie das so funktioniert mit dem Brechen von Knochen. Schätze, er hatte es begriffen. Also ganz so doof war er dann wohl doch nicht. Der Typ ging sogar damals mit mir in die gleiche Schulklasse. Er ist heute mein Vorgesetzter. Ist das nicht eine vorzügliche Ironie? Spätestens als dann auch noch Gerüchte in Umlauf kamen, dass mein verheirateter Bruder einer netten Liaison nachgehen sollte, habe ich mich dazu entschieden, mit so einem liederlichen Pack nichts mehr zu tun haben zu wollen. Ich bin wirklich nicht prüde, aber ich hätte gekotzt, wenn ich noch länger dabei geblieben wäre.«

Limos Augen funkelten. Diese Impulsivität war nicht immer zu seinem Vorteil. Tine und Frank lächelten Limo an.

»Was?« fragte Limo und grinste zurück.

»Ja, ja, so ist er, unser Mirco«, antwortete Frank süffisant.

»Aber unter anderem deswegen mögen wir dich«, ergänzte Tine.

»Nun mal etwas ganz anderes, Limo. Wie sieht es denn aus bei dir in Sachen Liebe? Gibt es da jemanden?« fragte Tine neugierig.

»Gute Frage. Da gibt es schon jemanden. Ich bin mir aber nicht sicher, wie und ob das weiter geht.«

»Warum?« blieb Tine hartnäckig.

»Weißt du, ich mag sie sehr. Sie ist bildschön, hat eine atemberaubende Figur und ein super süßes Gesicht. Besonders angenehm ist aber, dass sie außergewöhnlich nett zu sein scheint.«

»Nur zu sein scheint?« bohrte Tine erneut nach.

»Wir kennen uns erst seit einigen Tagen ... Wochen. Ich genieße es schon, wenn ich sie sehe. Im Grunde genommen gibt es an ihr nichts auszusetzen.«

»Angst dich zu binden?« fragte Frank.

»Nein, bestimmt nicht. Jedenfalls glaube ich das. Nein, irgendwie, ist es genau so gut, wie es im Augenblick ist. Ich gebe zu, dass ich noch einige Zeit meine Freiheiten auskosten möchte. Ich habe mit ihr auch tollen, aufregenden Sex. Ihr wisst, dass ich kein Typ bin, der an mehreren Baustellen gleichzeitig rumackert. Fakt ist, würde sie mich heute fragen, ob ich zu ihr ziehen wollte, bekäme ich durchaus Probleme mit der Antwort. Das ist es, was mich an mir am meisten nervt. Die Unentschlossenheit Frauen gegenüber. Besonders Anke gegenüber.«

„Anke?«, blieb Tine neugierig.

»Anke Hammer. Und sie hat eine Tochter namens Mary. Durch sie habe ich ihre Mutter kennengelernt.« Limo verschwieg allerdings lieber, unter welchen Umständen er Mary kennengelernt hatte.

»Also fehlt noch ein entscheidendes Puzzleteil, das dich zu einer festen Bindung bewegen könnte?« schlussfolgerte Tine.

»Ich vermute, damit triffst du den Kern«, antwortete Limo ehrlich.

Er schaute auf die Uhr und bedauerte es, dass der antike Westminsterschlag die rasch vorrückende Zeit angekündigt hatte. Er trank noch das Glas Wasser aus und erhob sich schwerfällig aus dem bequemen Sessel.

»Vielen Dank, Tine, für das tolle Essen. Es war superlecker!«

»Gern geschehen!« erwiderte Tine.

»Ich habe mich heute sehr auf euch gefreut. Danke noch mal, dass ihr mir das von damals nicht mehr nachtragt.«

»Was war denn?«

Limo verstand Franks Frage und lächelte allessagend.

»Warte mal, Limo, bevor du verschwindest. Du erwähntest vorhin, dass dein Vorgesetzter deine damalige Freundin angemacht hatte.«

»Das stimmt. Warum fragst du?«

»Bist du nicht mehr bei RO-Trock? Soweit ich mich richtig erinnere, fingst du doch damals bei Tines Onkel an, als sich unsere Wege trennten.«

»Das ist korrekt. Da arbeite ich auch noch.«

»Noch?«, vergewisserte sich Frank.

»Ja. Ich kann dir nicht ganz folgen.«

»Nur so. Als du vorhin erwähntest, das du noch dort arbeiten würdest, hörte sich das *noch* danach an, als ob du Abwanderungsgedanken hegtest.« Limo lächelte gequält.
»Naja, ganz so weit entfernt liegst du mit deiner Vermutung nicht. Aber das ist ein längeres Thema. Ich erzähle dir mal genauer, was ich meine.«

Frank nickte zustimmend. »Gerne, wenn du möchtest.«

»Klar. Dann macht euch noch einen gemütlichen Abend.«

Sie verabschiedeten sich wie gewohnt herzlich. Limo watschelte mit seinen Flip Flops die Treppe hinunter zum Auto. Der Abend kühlte sich ab. Aber es regnete nicht mehr.

»Hey, Limo, bleibt es beim Squash diese Woche?« rief Frank ihm nach.

»Klar. Wie wäre es mit Mittwoch. Sagen wir neunzehn Uhr?«

»Wie damals?« fragte Frank lächelnd.

»Klar. Ich rufe das Freizeitcenter an und reserviere einen Platz.«

Als er losfuhr, hupte er noch kurz und rauschte dann davon. Limo vergewisserte sich eher beiläufig der Uhrzeit und sang Bruce Springsteens *Born to run* unbekümmert mit. Seine Finger trommelten den Takt auf dem Lenkrad. Er schaute abermals zur Uhr und kam zu dem Entschluss, dass er den Rest des Abends nicht vor der Glotze beenden wollte. Für einen Samstagabend schien es ihm definitiv noch zu früh fürs Bett. Auch wenn seine Kleidung nicht dem normalen Standard entsprach, entschloss er sich spontan, nach Siegen zu fahren. Für ein kleines Bierchen zum Abschluss des Abends war noch genügend Zeit. In unregelmäßigen Abständen kehrte Limo ins *FUGA* ein. Manchmal vor einem Kinobesuch trank er hier ein Bier zur Einstimmung. Er mochte den Pub. Besonders die Musik und das gemischte Publikum. Den harten Kern stellten die Vierzig- bis Fünfzigjährigen. Nur vereinzelt verirrten sich Teenager ins *FUGA*. Doch im Großen und Ganzen existierte eine gesunde Mischung. Außerdem spielten sie oft Oldies aus den Sechzigern und Siebzigern. Die mochte Limo gerne. Er parkte sein Auto an der Straßenseite, die direkt zum Bahnhof führte. Wenige Minuten später betrat er den Pub. Mit den Flip Flops an den Füßen sah er eher wie ein Tourist aus, den es direkt vom Meer an die Strandbar gespült hatte. Als er die Tür öffnete, beschallte der Sound der siebziger Jahre Limos Ohren. Er fühlte sich gleich auf seltsame Weise heimisch. So unauffällig wie möglich suchte er den kürzesten Weg zur Theke. Er richtete seinen Blick auf die rechte Seite. Dort an der Wand entlang war noch einigermaßen Platz. Schnell verkrümelte er sich dorthin. Von dort aus überblickte er den kompletten Innenraum des Pubs. Als seine Blicke den riesigen Raum durchstreiften, fühlte er sich wiederum irgendwie fehl am Platz. Nicht ein einziges bekanntes Gesicht trat im schummrigen Licht zum Vorschein. Einen Song später bestellte er beim Barkeeper ein Bier. Nur unwesentlich später servierte eine attraktive Kellnerin das kühle Getränk. Den ersten Schluck genoss er mit geschlossenen Augen. Die Luft im Pub fühlte sich verbraucht und verraucht an. Schnell leerte Limo das Glas bis zur Hälfte. Jetzt streifte sein Blick intensiver durch die Menschenmasse. Ihm fiel auf, wie der Laden brummte. Obwohl er nun genauer hinschaute, änderte sich nichts an der Tatsache, dass er niemanden kannte.

Er kratzte sich am Kopf und entschloss sich, rasch das Bier auszutrinken. Er spielte mit dem Gedanken, vielleicht doch lieber eine DVD zu gucken. Als er gerade das Glas zum Mund führte, stolzierte Anke Hammer durch die Tür herein. Flankiert von einem attraktiven Typen. Er stellte das Glas ab und wollte die Aufmerksamkeit auf sich lenken, als er bemerkte, dass sie die männliche Begleitung an ihrer Hand führte. Irritiert verkroch er sich ein stückweit tiefer in die hinterste Ecke des Saals. Die vielen Leute, die in der Nähe der Theke standen und sich unterhielten, stellten eine dichte Tarnung dar. Verdeckt beobachtete er Anke. Was er zu sehen bekam, ließ sein Herz schneller schlagen. Kaum zehn Meter von ihm entfernt fanden Anke und ihr Begleiter zwei Stehplätze. Der gut aussehende Typ, ein geklontes Abbild von Barbies Ken, flüsterte ihr etwas ins Ohr und küsste sie zuerst auf die Wange und dann auf ihre Lippen. Es schien ihr zu gefallen. Mit der Hand streichelte sie flüchtig seine Wange. Anschließend verschwand er und kämpfte sich wenige Minuten später mit zwei Cocktails durch die Masse zurück. Limo betrachtete die beiden Turteltauben eine Zeit lang weiter. Trieb sie ein doppeltes Spiel? Er beschloss, sein Herz in die Hand zu nehmen, an sie heranzutreten, und ihr einen guten Abend zu wünschen, um dann rasch nach Hause zu fahren und seine Wunden zu lecken. Obwohl sie keine feste Beziehung miteinander führten, verletzte ihn dieser Anblick. Es interessierte ihn doch sehr, wie sie reagieren würde, wenn sie ihn entdeckte. Schnell kippte er den letzten Schluck Bier in einem Zug hinunter, legte drei Euro auf den Deckel und bahnte sich selbstbewusst mit geschwellter Brust seinen Weg auf die beiden Turteltauben zu. Erst als er drei, vier Schritte vor ihnen auftauchte, entdeckte Anke das vertraute Gesicht in der Menge.

»Hallo, Anke, ich wünsche euch einen schönen Abend«, begegnete er ihr mit ausgestreckter Hand. Sichtlich überrumpelt gab sie ihm die Hand zum Gruß.

»Hallo, Limo«, druckste sie kaum hörbar herum.

»Limo?« fragte der Typ.

»Cooler Name.«

»Ich weiß«, antwortete Limo verletzt und beleidigt.

»Und wer sind Sie?«

»Erol Kaiman«, antwortete dieser prompt, aber freundlich. Limo musste neidlos anerkennen, dass der Typ aus unmittelbarer Nähe noch besser aussah. Sehr gepflegt und smart. Diesem Typen hatte er kaum etwas entgegenzusetzen.

»Schön, Sie kennengelernt zu haben, Erol, dann wünsche ich euch beiden noch einen schönen Abend«, fasste Limo sich kurz und blickte Anke tief in ihre Augen. Aber irgendwie spiegelten diese kein schlechtes Gewissen wider. Sicher überrascht, aber ohne Anzeichen von Reue. In Limo dagegen tobte ein Flächenbrand aus reiner Frustration. Er musste sich eingestehen, dass diese Begegnung sehr weh tat.

»Sie sind miteinander befreundet? Dann bleiben Sie doch noch auf ein Bier!«

Limo fand diesen Kerl paradoxerweise sympathisch.

»Sehr nett, aber danke, meine Freundin wartet noch auf mich.«

Limo nickte zum Abschied und verschwand wie ein Geist in der Menschenmenge. Anke schaute ihm nach, so lange es ging.

»Ein guter Freund von dir?« wollte Erol wissen.

»Irgendwie schon …, ich habe ihn sehr verletzt«, beantwortete sie die Frage traurig.

»War er mal dein Freund?«

»Glaube, es hätte mehr daraus werden können.«

»Ist aber noch nicht allzu lange her, mmh?« fragte Erol nach.

»Gerade eben …« Sie schaute ihrem Begleiter in seine verführerischen braunen Augen.

Erol blieb der gerade getrunkene Schluck im Halse stecken. Er hustete laut und rang nach Luft. Durch die Verkrampfung traten ihm Tränen hervor. Anke klopfte ihm unterstützend auf den Rücken. Er hüstelte noch einige Male und schaute sie irritiert an.

»Du willst mir damit sagen, ihr seid bis eben gerade noch ein Paar gewesen? Bis er uns hier sozusagen erwischt hat?« Erol wurde flau im Magen.

»Nicht direkt ein Paar«, antwortete sie keineswegs verlegen.

»Was denn? Ein halbes Paar?«

»Warum regst du dich so auf? Ja, wir hatten einige Male Sex. Nicht mehr und nicht weniger. Ist das ein Verbrechen? Du willst mir doch jetzt nicht erzählen, dass du noch nie etwas nebenher laufen hattest?«

»Sicher gab es die Zeit. So 'ne Phase habe ich als pubertierender Teenager durchlebt. Spätestens im Alter von fünfundzwanzig habe ich dieses Kapitel abgeschlossen. Aber ich muss schon sagen … Es ist kaum zwei Stunden her, dass wir übereinander hergefallen sind, und jetzt erfahre ich diese unglaubliche Geschichte. Ich bin nicht derjenige, der in einer festen oder sonstigen Art von Beziehung steckt«, erzählte er erbost und gleichzeitig enttäuscht.

»Mein Gott, mit zwanzig oder vierzig … Nicht alle begehen so etwas mit Berechnung. Es hat sich einfach so ergeben. Ich kenne Limo gerade mal drei Wochen, das ist wohl kaum als Beziehung zu bezeichnen. Ich gebe ja zu, dass das nicht fair dir gegenüber war. Aber was würdest du tun, wenn nach langen enthaltsamen Jahren nahezu zur gleichen Zeit zwei attraktive Menschen in dein Leben treten?« versuchte sie sich doch zu rechtfertigen.

»Du meinst, du vögelst mit zwei Typen gleichzeitig? Meinst du das? «

»So ein Blödsinn. Das ist doch seltsam, ihr Männer seht nur den Sex. Vielleicht seid ihr beiden ja die erleuchtete Ausnahme. Dass es sich dabei durchaus um mehr handeln könnte, kommt euch wohl nicht in den Sinn, oder?«

»Du machst es dir etwas zu einfach.«

»Da muss ich dir allerdings zustimmen. Zumal ich keine Lust verspüre, mich mit so einem Kinderkram auseinanderzusetzen. Fakt ist, ich habe euch praktisch gleichzeitig kennengelernt. Dazu kommt, dass ich nicht wieder die buchstäbliche Katze im Sack kaufe. Wenn du damit ein Problem hast, dann ist es eben dein Problem. Und dein Problem lasse ich nicht zu meinem werden, okay? Ist gut möglich, dass ihr gedacht habt, so ein kleines verletztes Häschen, sexuell frustriert, ist leicht zu knacken. Doch plötzlich stellt sich heraus, dass dieses arme Frauchen gar nicht so arm ist. Du bist ein Date aus dem Internet. Wir beide hatten eben Sex, na und. Das ist die eine Sache. Jetzt wollte ich mit dir einen netten Abend verbringen und dich noch ein wenig näher kennenlernen. Ich lasse mich aber nicht, weder von dir noch von Limo oder sonst einem Typen, als Nutte darstellen. Denn darauf läuft das Ganze doch hinaus!« Anke schaute ihn mit durchdringendem Blick an.

»Du redest einen unheimlichen Stuss! Ich zahle jetzt die Getränke und verdrücke mich. Wie oder mit wem du noch den Abend verbringst, ist mir Jacke wie Hose.«

Mit seinem verletzten männlichen Stolz zögerte er keine Sekunde. Rasch kämpfte er sich durch die etwas überschaubarer gewordene Menschenmenge und zahlte die zwei

Getränke am Tresen. Als er zu ihr zurückkehrte, verabschiedete er sich beleidigt und verschwand. Anke blieb völlig überrumpelt und mit dem halb leeren Cocktailglas in der Menge zurück. Fassungslos blickte sie sich um und bemerkte nun vereinzelte Blicke von einigen Leuten, die dieses Wortgefecht mitbekommen hatten.

Angewidert von Erols Verhalten trank sie ihr Glas auf ex, stellte es an einem Nachbartisch ab und verließ alleine die Location.

In der Zwischenzeit erreichte Limo seine Wohnung. Mies gelaunt entledigte er sich der Kleidung und warf sie im Bad in eine Ecke. Vor sich hin grummelnd stieg er in eine Baumwollshorts und streifte ein einfaches T-Shirt über. Griesgrämig breitete er eine Decke auf dem Sofa aus. Plötzlich tanzte das Handy auf dem Wohnzimmertisch. Schließlich überwand er doch seinen verletzten Stolz und meldete sich.

»Hab ich noch was vergessen?« bellte er gleich los.

»Nein, hast du nicht. Ich wollte mich bei dir entschuldigen.«

»Okay, das hast du nun, war's das?«

»Eigentlich schon. Oder möchtest du, dass ich auf Knien um Verzeihung bitte?«

»Nee, bestimmt nicht!«

»Wir wollten es doch nicht gleich ..., oder andersrum gesagt, wir wollten es doch locker und stressfrei angehen lassen?«

»Locker und stressfrei, richtig. Aber ich habe soeben gelernt, dass diese Worte bei Menschen durchaus unterschiedliche Bedeutung haben können. Ist wie das Phänomen mit dem Wort Liebe. Du kennst doch das Spiel?!«

»Nein, kenne ich nicht« schwindelte Anke. Sie wollte ihn in ein Gespräch verwickeln, denn dann bestünde eine reelle Chance, dass er sich wieder beruhigte. Sie plante ja nicht, Limo nur fürs Bett zu missbrauchen.

»Das ist schwer zu glauben, ist aber auch ohne jegliche Bedeutung. Ich kenne keine Frau, die noch nicht von diesem Spiel gehört hat. Wenn sonst nichts mehr ist, würde ich gerne das Gespräch beenden und schlafen gehen«, sagte er ohne erkennbare Gefühlsregung in seiner Stimme.

»Dürfte ich, bevor du schlafen gehst, auf einen Sprung vorbeikommen?« gab Anke die Hoffnung nicht auf.

Er lachte am Telefon.

»Willst du vögeln? Ist es das?« fragte er ironisch und bösartig.

»Warum nicht?« fragte sie. In Limo regte sich das Gefühl, egal was er sagte und sei es noch so beleidigend, sie würde sich nur kurz schütteln und weiter nach vorn marschieren.

»Gut, dann komm vorbei!« antwortete er freudlos. Es dauerte keine zehn Minuten, als er einen Wagen über den Schotter am Haus fahren hörte. Vorsichtig linste er aus dem Fenster und erkannte ein beleuchtetes Taxischild. Im Laufschritt eilte Anke der Haustür entgegen. Als sie das Summen des Türöffners hörte, drückte sie die Türe hastig auf. Schnell erreichte sie die zweite Flurebene und erblickte Limo. Er empfing sie bereits an der Wohnungstür. Ohne ein Wort stürzte sie sich auf ihn. Limo besaß keine Skrupel dieses Angebot anzunehmen. Ihre Beine eng um seine Hüften geschlungen und wild knutschend zerrte er sie ins Schlafzimmer. Ihre hautenge Kleidung landete, vom Leib gerissen, verteilt auf dem Boden. Der Anblick ihres schwarzen String-Tangas auf sonnenbrauner Haut ließ seine Männlichkeit erigieren. Lästig wie ein kleines Übel schob er den überflüssigen Fetzen Stoff mit flinken Fingern beiseite und füllte ihre Vagina ohne zu zögern mit Leidenschaft aus. Mitten im Schlafzimmer stand er da und vögelte wie ein Stier. Sie genoss es und animierte ihn, weiterzumachen. Nach einigen animalischen Stößen schmiss er sie aufs Bett. Er wollte sie gerade in Position bringen, als sie sich wie eine Raubkatze abwandte. Ehe er reagieren konnte, erteilte sie ihm abermals eine Lektion in Sachen französischer Liebestechnik. Wie in Trance besorgte sie es ihm oral und masturbierte gleichzeitig mit der einen Hand ihr teilrasiertes Schneckchen. Mit der anderen Hand massierte sie zusätzlich seinen pochenden Schwanz. Dann eiste er sich los und setzte sich durch. Mit leidenschaftlichem Schwung legte er sie buchstäblich flach. Limo zeigte ihr nun, dass es für ihn ebenso sichtlich ein Hochgenuss war, sie französisch zu verwöhnen. Sie jauchzte vor Geilheit mehrmals auf. Immer wieder schrie sie lüstern obszöne Begriffe, die sie aus der verborgenen Tiefe ihrer verruchten Phantasie hervorholte. Er ließ von ihr ab, wälzte sich gekonnt um sie herum und verharrte nur wenige Zentimeter hinter ihr. Ihr Körper bebte. Limo beendete die süße Qual und drang in sie ein. Kurz vor ihrem zweiten Orgasmus bäumte er sich auf. Mit einem Ruck zerriss er ihren String-Tanga. Triumphierend schmiss er den winzigen Stofffetzen in eine Ecke. Wie von Sinnen schloss er seine Augen und vögelte sie bis zum geilsten Orgasmus seines und vermutlich ihres Lebens. Erschöpft ließ er wenige Minuten später von ihr ab und atmete tief und hastig, bis er einige Atemzüge später wortlos im Bad verschwand. Dieses Mal wartete Anke vergebens auf den Austausch vertrauter Zärtlichkeit.

Als Anke das Wasserlaufen in der Dusche vernahm, schlich sie ihm auf nackten Sohlen nach. Angenehm erschöpft stand sie vor der Glastür der Dusche. Unbeobachtet seifte Limo eifrig seinen Körper ein, als wollte er lästigen Schmutz aus jeder Pore einzeln entfernen. Anschließend spülte er den Schaum gründlich ab. In diesem Moment nahm er sie erst wahr. Sie legte einen unschuldigen Blick auf, als verlangte sie noch einen Nachschlag. Er drehte das Wasser ab. Limo deutete ihren lasziven Blick richtig. Mit seiner Körpersprache gab er ihr sein Desinteresse zu verstehen. Ihre Miene verriet weder Enttäuschung noch Wut. Als er aus der Dusche stieg, drückte er ihr das Duschgel in die Hand, so als ob er ihr einen Vertrag zur endgültigen Trennung unterschriftsfertig und notariell beglaubigt übergab.

Erschöpft, aber frisch geduscht, hockten sie bald darauf auf Limos Couch. Zwischen ihnen befand sich noch Platz. Ungewöhnlich viel Platz. Er bereitete zwei Tassen Kaffee zu und stellte sie anschließend auf den Wohnzimmertisch.

»Wie soll es nun weitergehen?« fragte sie ihn, nachdem sie einen kleinen Schluck aus ihrer Tasse genippt hatte.

»Weitergehen?« stellte Limo verwundert eine Gegenfrage.

»Das mit dem Ficken ist ja das Unglaublichste, was ich jemals erlebt habe.«

»Da bin ich ganz deiner Meinung. Wir sollten es dabei belassen. Bis sich etwas ändert«, schlug Limo lässig vor. Doch tief in seinem Herzen loderte ein zwiespältiges Gefühl.

»Was meinst du mit ›sich etwas ändert‹?« Anke runzelte irritiert die Stirn.

»Das mit dem Sex ist wirklich der Kracher. Aber über kurz oder lang strebe ich eine feste Beziehung an. Ich weiß nicht, vielleicht denkst du da anders. Ich weiß ja nun, wie ernst du uns beide nimmst. Beziehungsweise, ich verstehe jetzt deine Interpretation von ›ohne Stress‹. Ist nicht zynisch gemeint.«

»Also eine reine Sexbeziehung?« fragte sie ernsthaft und ging nicht weiter auf seine Schlußbemerkung ein. Limo nickte stumm. Anke verstand seine Geste und trank daraufhin die Tasse aus.

»Okay, dann geh ich jetzt.«

»Du bist doch nicht mit dem Auto da? Soll ich dich nach Hause fahren?« bot er ihr an.

»Ist nicht nötig. Ich habe vorhin Mary angesimst, sie ist bestimmt schon unten und wartet ungeduldig auf mich. Es tut mir leid, dass es so gelaufen ist«, fügte sie noch hinzu. Sie gab ihm an der Wohnungstür noch einen schüchternen Kuss auf die Wange und verabschiedete sich. Limo blickte ihr noch einige Sekunden nach, bevor er traurig die Tür hinter sich ins Schloss fallen ließ. Mit gemischten Gefühlen schlenderte Anke die Treppenstufen hinab, bis sie durch die Haustüre schritt. Als sie die wenigen Meter bis zur Hauptstraße ging, lief sie geradewegs auf das Auto ihrer Tochter zu.

»Hallo, mein Schatz, schön, dass du schon da bist. Wartest du schon lange?«

»Bin keine fünfzehn Minuten hier! Würdest du mir bitte erzählen, warum ich dich um diese Zeit hier abholen muss?« fragte Mary irritiert.

»Ich hab Mist gebaut.«

»Was bedeutet das konkret?«

»Fahr doch schon mal los, ich erzähl dir alles unterwegs.«

»Da bin ich aber gespannt!«

Anke erzählte vom Verlauf des Abends und lächelte gequält, als sie ihre Ausführung beendet hatte. Sie entnahm der Mimik ihrer Tochter, dass sie ihre Vorgehensweise nicht sonderlich toll fand, aber dennoch zu ihr stehen würde.

»Seht ihr euch denn wieder?« blieb Mary unerwartet sachlich.

»Wir haben uns vorerst auf eine rein sexuelle Beziehung geeinigt.«

»Das hört sich vielleicht an, Mutti.«

»Ja, du weißt schon, was ich meine.«

»Sieh es so Mutti: Kein Typ, der dich im Alltag nervt, aber hammergeil im Bett ist. Was willst du mehr?« die Weisheit aus dem Mund ihrer Tochter klang schon ziemlich zynisch. Und doch schmeckte Anke der Gedanke daran nicht unbedingt bitter. Kurz bevor Mary in die Einfahrt abbog, fiel Anke ein, dass sie ihrer Tochter gegenüber noch nicht den Mord an Limos Schwester erwähnt hatte. Es schien ihr klüger, Mary noch nicht davon zu berichten. Kaum hatte Anke ihren Gedanken beendet, als Mary auch schon in die Einfahrt fuhr. Die restliche Nacht verlief sehr wortkarg. Sowohl Mutter als auch Tochter schlüpften in den Pyjama und begaben sich nacheinander ins Bad. Auf einen Gutenachtkuss verzichteten sie allerdings nicht.

Anke beobachtete eine Zeit lang aus dem Schlafzimmerfenster der Deckenschräge, wie die Wolkenfelder rasch vorüber zogen. Unter dem Licht des Vollmondes zeichneten sie bizarre Gebilde. Sie öffnete das Fenster. Frische Luft strömte ins Zimmer. Als sich ihr

Blick von der Faszination des Nachthimmels loseiste und über das Land strich, fiel ihr ein dunkles Auto auf. Es parkte auf der gegenüberliegenden Straßenseite. Sie beobachtete es im abgedunkelten Zimmer für einige Atemzüge. Der Lichtkegel der Straßenlaterne leuchtete diesen Bereich nur schwach aus. Eigentlich kein außergewöhnliches Ereignis. Aber die Umrisse zweier männlicher Gestalten im Fond des Fahrzeugs ließen sie leicht verwundert ins Bett gehen. Sie maß dieser Begebenheit keine sonderliche Bedeutung zu.

8

Die ganze Woche über sprachen Andreas und Emely kein Wort miteinander. Einen »Guten Morgen« zu wünschen wäre schon zu einer Konversationsschlacht ausgeartet. Die unerträgliche Stimmung wuchs zu einem inoperablen Krebsgeschwür. Emelys Vater lederte Andreas regelrecht ab. Alfred fühlte sich von seinem Schwiegersohn zutiefst hintergangen. Durch die dubiosen Machenschaften in der Firma riskierte Emelys Gatte seinen gut situierten Job. Wie sich herausstellte, hatte die Geschäftsleitung ihm zu Recht fristlos gekündigt. Zudem bestand die Firma auf einer saftigen finanziellen Entschädigung. Andreas nahm die Kündigung gelassen. Er hatte geahnt, dass es eines Tages so kommen würde. Mit diesem Hintergedanken hatte er im Vorfeld Kontakte zu branchenähnlichen Unternehmen geknüpft und sie in der Vergangenheit sorgsam gepflegt. Er hatte nicht erst gewartet, bis man ihm auf die Schliche kam und die schriftliche Kündigung in der Post lag. Dank Luca Jos bekam Andreas die Möglichkeit, umgehend bei RO-Trock in der Hauptfiliale in Drolshagen in der mittleren Führungsebene seinen neuen Job zu beginnen. Als er jetzt in dem Schreiben las, dass er 28.000 Euro an seine Ex-Firma für nachweislich unterminierende Geschäftspraktiken als Entschädigungszahlung leisten musste, lächelte er lässig. In den vergangenen sechs Jahren hatte er über eine viertel Million Euro ergaunert. Kaum merklich aber zielstrebig arbeitete er an der finanziellen Vernichtung seines letzten Arbeitgebers aus verletztem Stolz. Emelys Glück sollte sein, dass sie das Haus nur als Mieter nutzten. Das ansehnliche Gebäude gehörte ihrem Vater. Somit brauchte sie im Falle einer Scheidung keine besonderen Querelen zu fürchten. Trotzdem wusste sie, wenn es ums Geld ginge, würde Andreas über Leichen gehen. Doch auch in dieser Hinsicht gab es Möglichkeiten, die missliche Situation sanft abzufedern. Einige der besten Anwälte aus der Region arbeiteten für die Firma ihres Vaters. An diesem Tag reifte in ihr konkret der Gedanke, die Scheidung einzureichen. Den Rücken durch ihren Vater gestärkt, entschloss sie sich, spätestens im Kurzurlaub, den sie mit Fiona auf Usedom verbringen wollte, eine endgültige Entscheidung zu treffen.

Der Vortag der Abreise brach an. Am darauffolgenden Morgen, früh um sieben Uhr, sollte es losgehen. Emely erledigte die Packerei schon am Vorabend. Obwohl das hiesige Wetteramt angenehm warmes Wetter vorhergesagt hatte, packte sie einen großen Koffer, der für einen zweiwöchigen Aufenthalt genügt hätte. Emelys Vater bot ihr seinen BMW an. Das Auto sei wesentlich sicherer als ihr kleiner Micra. Sie nahm das Angebot dankend mit einem Küsschen an.

Pünktlich, eine Minute vor sieben, chauffierte Fionas Vater sie nach Wenden. Nach der Abschiedszeremonie mit Fionas Vater überprüften die beiden Frauen noch einmal rasch, ob sich alles Notwendige an Bord befand. Erst dann fuhren sie dem Tagesanbruch entgegen. Es musste ein Glückstag für die Mädchen sein. Bereits um vierzehn Uhr erreichten sie die Ostseeinsel Usedom. Unwesentlich später erblickten die beiden das in Heringsdorf gelegene 4-Sterne-Superior Wellnesshotel Strandidyll. Das Auto stellten sie in der hoteleigenen Tiefgarage ab. Mühsam bugsierten sie das Gepäck auf einen Gepäckroller und gelangten mit dem Lift in die Lobby. Fiona stakste froh gelaunt zu einer attraktiven Dame am Empfangsschalter. Emely wartete im Hintergrund, bis ihre Freundin das Einchecken erledigt hatte. Gackernd schritten die beiden hinter dem Pagen her. Er führte sie mit dem Gepäckroller zu ihrem Domizil für die nächsten drei Tage. Drei Tage voller Glücksgefühle. Drei Tage voller Entspannung und Seelenpflege! Wie sehr hatte sich Emely diese Tage herbeigesehnt. Jedes nur erdenkliche körperliche und geistige Verwöhnprogramm, das in dieser Wellnessoase der gehobenen Kategorie angeboten wurde, musste unbedingt in Anspruch genommen werden.

Die zwei Freundinnen erholten sich in dieser Zeit wie seit Jahren nicht mehr. Über zwei Jahre hatte Emely benötigt, um einmal Zeit für sich zu finden. Es gab bei diesem Kurztrip nur einen Makel: Die Tage verflogen viel zu rasch. Am letzten Abend, als sie bei Kerzenschein dem Vier-Gänge-Menü entgegenfieberten, sprach Fiona doch noch das unvermeidliche Thema an. Emely hatte in den letzten Tagen kein Wort darüber verloren und Fiona hatte ihre Freundin aus Rücksicht vorerst nicht darauf angesprochen.

»Sweetie, ich weiß, dass es nicht romantisch ist, aber was willst du jetzt mit deinem Knallkopp unternehmen?« tastete Fiona sich an das brisante Thema heran.

»Ich lasse mich scheiden!« Klare Sache und somit Hopp, wie ihr Vater zu sagen pflegte.

»Wie, jetzt doch so schnell?« Fiona zog überrascht eine Schnute.

»Weißt du, Kleene, ich habe es endgültig satt. Ich mag so nicht mehr leben. Es ist so weit gekommen, dass ich die Zeit öfter mit dir verbringe als zu Hause. Nicht, dass ich die Zeit nicht gerne mit dir verbringe. Du weißt, was ich damit sagen will. So oft wie in der letzten Zeit bin ich noch nie in Siegen gewesen. Nur, um nicht zu Hause sein zu müssen. Vor einiger Zeit hat er mir erzählt, dass er für uns ein Sparbuch angelegt hätte. Wie du ja auch weißt, zahlt er keinen Cent an Miete. Als Ausgleich dafür wollte er monatlich Geld ansparen. Vor drei Wochen habe ich das Sparbuch entdeckt. Zu meiner großen Überraschung hatte er tatsächlich einiges angespart. Doch von den knapp neunzehntausend Euro hat er nicht einen einzigen Cent draufgelassen. Alles an einem Tag abgehoben! Das muss er schon länger geplant haben. Du weißt, wenn man ein Sparbuch auflöst, bedarf es einer dreimonatigen Kündigungsfrist. Ansonsten weiß ich nicht, wie er das angestellt hat. Dann geht mir seine Pedanterie gewaltig auf den Zeiger. Seine Haarspaltereien kotzen mich mittlerweile so dermaßen an. Mir fehlen dafür die Worte. Du kennst doch noch dieses hässliche Ding, diesen schwarzen Puma aus Porzellan?«

»Ja klar kenne ich noch dieses Schmuckstück! Dieses Vieh war doch über einen Meter hoch«, warf Fiona ironisch ein.

»Genau! Ich habe dieses Ungetüm von der Empore oben bei uns gemeinsam mit meinem Bruder ins kleine Gästezimmer getragen. Alleine hätte ich es gar nicht geschafft. Am nächsten Tag stand dieses schwarze Ding wieder auf der Empore. Das ganze Spielchen ging dreimal hin und her! Als dann meine Eltern einmal auf eine Tasse Kaffee vorbei schauten, habe ich ihnen davon erzählt. Kennst ja meinen Vater, wenn er etwas scheiße findet, dann gibt es auch keine Kompromisse. Diese Einstellung finde ich generell nicht unbedingt toll, doch in diesem Fall fand ich es nicht schlecht. Widerwillig und beleidigt hat er das Porzellanvieh endlich in dem kleinen Zimmer stehen lassen. Außerdem sei das kein Puma, sondern ein Panther, hat er noch zu mir gesagt. Der Gipfel kam dann mit der Kündigung, die ich im Briefkasten gefunden habe. Ich habe dir ja erzählt, dass sie ihn fristlos entlassen haben.«

»Ja«, antwortete Fiona knapp, um die Ausführungen ihrer Freundin nicht zu unterbrechen.

»Was ich dir aber noch nicht erzählt habe, ist, dass er noch fast dreißigtausend Euro an die Firma zurückzahlen soll. Andernfalls droht ihm eine Klage. Dieses Arschloch kriegt den Hals einfach nicht voll.«

Fionas Kinnlade mühte sich, gegen die Erdanziehungskraft zu bestehen.

»Aber das Schlimmste ist, ich mag es nicht mehr, wie er mich anschaut, wie er riecht, wie er mich anfasst! Ich empfinde nur noch Ekel für ihn. Ich kann dir nicht einmal sagen, wann genau diese Abneigung begonnen hat. Ich weiß nur, und das ist mir hier in den Tagen bewusst geworden, ich werde mich von ihm trennen. Da seine Eltern ja dieses Vier-Sterne-Hotel im Sauerland besitzen, fällt es mir umso leichter, ihn rauszuschmeißen. Sie werden wohl eines von all den vielen Betten im Hotel für ihn übrig haben?!«

Mit dieser klaren Positionierung beendete Emely fürs erste ihren Frustmonolog. Sie bestellte Champagner und stieß mit ihrer Freundin frohen Mutes auf ihren Entschluss an. Zwei Stunden nach dem hervorragenden Dinner legten sich Emely und Fiona ins Bett und erzählten sich noch einige Anekdoten aus ihrem jungen Leben. Irgendwann schliefen sie darüber ein. Am nächsten Morgen gegen neun, nach dem Frühstücksbuffet, transportierte derselbe Page ihr Gepäck wieder bis zum Auto. Emely gab dem jungen Mann für seine Bemühungen zehn Euro Trinkgeld. Die Rückfahrt erwies sich als ebenso staufrei wie die Hinfahrt. Nachmittags gegen drei rief Emely ihre Eltern an. Sie gab ihnen Bescheid, dass sie gegen fünf in Wenden eintreffen würden und bat ihre Eltern darum, dann vor Ort zu sein. Emely erzählte ihnen nur knapp, dass sie Andreas umgehend, noch am selben Tag, aus dem Haus haben wollte. Da sie befürchtete, dass er völlig ausrasten würde, benötigte sie den Beistand ihrer Familie. Ihr Vater dürfte durchaus Gefallen daran finden, diesen Typen samt schwarzem Porzellanpanther aus seinem Haus zu werfen.

Andreas lauschte überrascht, als er dumpfe Schläge hörte. Die Autoreifen verursachten die markanten Geräusche, wenn man zu hastig die Bordsteinkante zur Einfahrt hin überquerte. Die Schwiegereltern tauchten wie aus dem Nichts auf. Hektisch eilte er die Treppe im Hausflur hinunter und begrüßte Alfred und Anna sonderbar nervös.

»Kommen wir ungelegen?« fragte Alfred.

»Ähm …nein, gar nicht«, stotterte er.

»Ich … ich dachte, Emely käme erst gegen Abend zurück?!«

»Ich weiß nicht, was sie dir gesagt hat, uns hat sie vor knapp zwei Stunden angerufen.« Unvermittelt streckte Alfred neugierig seinen Kopf um den Türpfosten herum und blickte die Empore hinauf.

»Was ist oben los? Ist noch jemand im Haus?« wollte Anna wissen. Sie hörte ebenfalls befremdliche Geräusche.

»Äh, ja. Kommt doch erst mal ganz rein.«, bat Andreas seine Schwiegereltern herein.

»Also ich habe noch Besuch bekommen, eine gute Freundin …«

Das verwöhnte Muttersöhnchen kam gar nicht mehr dazu, seine Aussage zu beenden. Alfred ahnte, was er in seinem Haus trieb, und eilte gleich in die obere Etage. Als er die Hand auf den Türgriff zum Bad legte, trafen gleichzeitig sein Sohn Mark sowie Emely und Fiona am Haus ein. Alfred riss die Badezimmertür auf. Seine Ahnung bewahrheitete sich.

»Darf ich fragen, wer Sie sind?« fragte er bestimmt.

»Ich bin Petra, Petra Fond. Ich bin eine Arbeitskollegin von Andi«, antwortete sie eingeschüchtert.

»Wie ich vermute, haben Sie mit meinem Schwiegersohn in meinem Haus ein nettes Abenteuer erlebt. Sie wissen, dass ihr Arbeitskollege verheiratet ist?«

»Ja, das weiß ich. Andi erwähnte es einmal ...«

»Das ist nett von *Andi*, dass er das ‚einmal erwähnt' hat. In einer Minute haben Sie Ihre Kleidung an und verschwinden, okay?«

»Natürlich, ich beeile mich. Tut mir leid«, fügte sie noch hinzu.

»Nein, tut es nicht!« antwortete Alfred barsch.

»Was ist denn hier los?« fragte Emely aufgeregt und marschierte auf die weit geöffnete Haustür zu.

»Schatz, warte einen Moment. Papa ist gerade oben und richtig in Stimmung«, antwortete Emelys Mutter und gab ihr einen flüchtigen Begrüßungskuss.

»Warum in Fahrt?«, fragte sie nach. Als sie die Türschwelle betrat, sah sie auch schon ihren Vater mit hochrotem Kopf.

»Du mieser Kerl schnappst dir ganz schnell deine Koffer, packst die nötigsten Klamotten hinein und betrittst dieses Haus nie wieder. Du solltest sehr schnell sein, bevor ich meine gute Erziehung vergesse!«

Alfreds Ansage saß, und Andreas versuchte gar nicht erst eine Antwort zu finden.

»Papa, was ist denn passiert?«

Genau in diesem Augenblick öffnete Petra die Badezimmertür. Die attraktive, braunhaarige junge Frau stand oben auf der Empore. Fünf Augenpaare fixierten sie. Mit schlechtem Gewissen stieg sie die ersten Stufen zaghaft herab. Erst als sie zwischen Alfred und Emely trat, begann sie zu laufen. Peinlich berührt öffnete sie ihr Auto und rauschte von dannen.

»Ich glaube, Emmy, deine Frage hat sich gerade von selbst beantwortet, oder?« antwortete Alfred. Sein Blick verfinsterte sich.

»Dieses Schwein. Das gibt's doch gar nicht. Und dann auch noch heute, wie dreist ist das denn? Er wusste doch genau, dass ich im Laufe des Tages zurückkommen würde.«

Emelys Kreislauf begab sich auf Karussellkurs. Eine unbeschreibliche Übelkeit nistete sich im Magen ein. Einerseits verpuffte das eigentliche Problem zu Schall und Rauch, andererseits aber hatte er sie mit dieser Aktion gedemütigt. Einige Minuten später stand der Schwerenöter mit zwei schwarzen Koffern, nur mit dem Nötigsten ausgestattet, am Treppengeländer der Empore. Beide Hände umklammerten die Griffe der Koffer, die Fingerknöchel weiß angelaufen. Mit durchgedrücktem Rückgrat schritt er langsam die Treppenstufen hinunter. Man hätte glauben können, er genieße diese Show. Unmittelbar neben Emely verharrte er für einen Augenblick und blickte ihr überheblich in die Augen. Keine Entschuldigung, nichts! Ohne ein weiteres Wort legte er seine Koffer in den Kofferraum seines Kombis, setzte sich hinein, und entfernte sich zunächst vom Grundstück.

Emelys Verstand verdaute es auch zwei Stunden später noch nicht. Auch ihr Bruder Mark, der sich nicht davor gescheut hätte, diesem Widerling eine zu verpassen, saß schweigsam am Esstisch. Dann endlich durchbrach Alfred die unerträglich lastende Stille.

»Emmy, nimm dir bitte morgen noch einen Tag frei und räume seine Sachen, soweit es geht, in Säcke. Für Dienstag beauftrage ich dann einen der Männer aus der Firma, diesen Unrat bei Andreas' Eltern im Hotel abzuliefern. Schaffst du das bis morgen?« fragte er besorgt.

»Ich helfe dir«, bot Fiona hilfsbereit an.

Emely lächelte froh.

»Ja, Papa, bis morgen Abend sind wir damit fertig.«

»Okay. Mama und ich fahren dann jetzt nach Hause. Wenn du irgendetwas brauchst, Schatz, dann melde dich bitte, ja?«

Alfred zeigte, dass er voll und ganz hinter seiner Tochter stand. Sie verabschiedeten sich herzlich. Kurz darauf sah man nur noch die Heckleuchten des Autos. Mark bot ebenfalls seine Hilfe an, worüber Emely sich sehr freute. Sie schlug vor, dass er doch am morgigen Abend vorbeikommen sollte, um die Gegenstände in den Firmensprinter zu hieven. Sie verabschiedeten sich mit einer innigen Umarmung und einem Küsschen.

»Tja, Kleene, jetzt sind nur noch wir beide übrig.«

»Gefällt mir wesentlich besser«, lachte Fiona.

»Möchtest du auch noch einen Kaffee?«

»Gerne, auf den Schreck!«

Während sie sich weiter unterhielten, zauberte die Kaffeemaschine zwei »Latte«.

»Was ist das doch für ein Arsch«, dachte Fiona laut.

»Dass du dabei so ruhig und souverän geblieben bist. Ich glaube, ich hätte ihm in seine verblödeten Eier getreten.«

»Wieso soll ich mich wegen dieses armseligen Typen soweit herablassen?« äußerte Emely gelassen.

»Da muss ich dir beipflichten. Aber wenn ich mir das so recht überlege, kam diese miese Aktion, so beschissen sie auch war, genau zum richtigen Zeitpunkt. Ohne dass er es logischerweise beabsichtigt hat, erspart er dir durch sein dämliches Verhalten vermutlich endlos lange Diskussionen. Er hat sich quasi selbst abgeschossen.«

»Sehr richtig!« Ein wehmütiges Lächeln huschte über Emelys Gesichtszüge.

»Kleene, bleibst du die Nacht bei mir?« fragte sie mit Dackelblick.

»Das fragst du noch? Glaubst du, ich würde dich jetzt alleine lassen?«

»Du bist ein Schatz.«

»Ich weiß«, alberte Fiona und ließ neckisch einige Haarsträhnchen durch ihre Finger gleiten.

»Dann sollten wir gleich noch unser Gepäck aus dem Wagen holen, bevor wir uns um die Klamotten von Andreas kümmern.«

Fiona nickte zustimmend. Knapp drei Stunden später, nachdem das Gröbste erledigt war, stiegen sie nacheinander unter die Dusche. Durch die lange Fahrt und die anschließende Aufregung erschöpft, legten sich die beiden Freundinnen gleich ins Bett und schliefen rasch ein. Gegen drei in der Nacht schlug Fiona ihre Augen auf. Seltsame Geräusche ließen sie aufschrecken. Ihr Puls schnellte in die Höhe. Behutsam tippte sie auf Emelys Oberarm. Völlig verschlafen versuchte Emely, Fionas Umriss im Dunkeln zu erahnen. Ihre Freundin legte den Zeigefinger auf den Mund zum Zeichen, dass sie leise sein solle. Jetzt vernahmen auch Emelys Ohren unbekannte Geräusche. Ihre Oberkörper richteten sich schlagartig auf und beide blickten gebannt auf die geschlossene Schlafzimmertür. In unregelmäßigen Abständen durchbrach ein schwacher Lichtkegel, der unterhalb des Türspaltes ins Schlafzimmer drang, die Dunkelheit, bevor es dem mausgrauen Teppich gelang, die Helligkeit zu verschlucken.

9

Igor und Andrej hatten es in den vergangenen Tagen ruhig angehen lassen. Seit einem brutalen Massaker in Hagen, bei dem sie den Emporkömmling eines Rotlichtpaten in mehrere Teile zerlegt und diese Tat auf einem Videoband für die Auftraggeber dokumentiert hatten, schoben sie eine ruhige Kugel. Gy jedoch ahnte, dass durch diese Gräueltat eine neue Qualität ihrer Brutalität erreicht worden war. Bisher hatte er sich stets auf seine Jungs verlassen können. Doch dieser Auftrag hatte selbst ihnen noch für Tage schwer im Magen gelegen. Er hatte die beiden so noch nicht erlebt. Ihre Zerstreutheit musste mit dem Gemetzel in Hagen zu tun haben. Es passte Gy deshalb gut in den Kram, als er in dieser Zeit einen anscheinend harmlosen Observierungsauftrag erhielt. Auftraggeber – unbekannt! Gy erteilte zunächst Igor und Andrej die Aufgabe, die Observation zu beginnen. Sie sollten dadurch etwas Abstand gewinnen. An diesem Sonntag, nachdem sie gemeinsam am Abend zuvor beim Chinesen Frustessen bewältigten, übernahm Kalli derweil den Dienst. Gy hatte ihn, den Dritten im Bunde der Jungs, die ungebrochen Gys Vertrauen genossen, gebeten, an diesem Feiertag die Observierung zu übernehmen. Kalli ließ sich die notwendigen Informationen geben und setzte sich gleich in Bewegung. Kalli schien manchmal eher teilnahmslos. Gar desinteressiert. Doch der Schein trog. Seinen hellwachen Verstand tarnte der Auftragskiller listig hinter Lethargie. Seine Opfer hingegen erkannten die meist tödliche Falle zu spät. Ihr arrogantes Verhalten Kalli gegenüber bezahlten nicht wenige mit dem Leben. Wenn der Auftrag es verlangte. Kalli sah sich nicht als Killer, er fühlte sich eher als Müllmann. Jemand, der den letzten Dreck, den andere hinterlassen hatten, entsorgte. Stückchenweise, wenn es erforderlich war.

Seit zwei Stunden saß Kalli nun bereits in seinem silberfarbenen Volkswagen. Es war einer dieser Tage, an denen man nicht so richtig wusste, was man unternehmen sollte. Es war nicht gerade sommerlich warm. Gierig hatte sich das Firmament mit Wolken vollgesogen. Starke Windböen trieben die Wolkenverbände in westliche Richtung. – Nur eine Frage der Zeit, bis es lospisst, dachte Kalli, als er aus dem geöffneten Schiebefenster den Himmel gelangweilt inspizierte. Einen Augenblick später gab sein Daumen per Knopfdruck den Befehl, das Fenster zu schließen. Kalli entdeckte keine Auffälligkeiten. Weder im noch am Haus. Das Fahrzeug der Zielperson stand die ganze Zeit vor dem Haus auf einem Parkplatz.

Zur selben Zeit blickte Limo aus dem Fenster seiner Wohnung und vergewisserte sich über die momentanen widrigen Wetterverhältnisse.

»Mama, ich komme auf jeden Fall vorbei. Egal, ob es gleich regnet. Ich nehme mir eine leichte Regenjacke mit. Ich fahre dann jeden Augenblick los.«

»Hast du Hunger?« fragte Inge wieder einmal fürsorglich nach.

»Bist du schon am Kochen?«

»Ich wollte gerade beginnen. Wenn du mitessen möchtest, leg ich noch ein bisschen mehr dazu.«

»Super, dann esse ich natürlich mit. Also, bin in zwanzig Minuten bei euch«, rief er ins Handy, bevor er den Anruf beendete. Wenige Augenblicke später griff er sich im Flur noch eine königsblaue Regenjacke vom Haken. Im Laufschritt ließ er die Wohnungstür hinter sich ins Schloss fallen.

Kallis Sinne reagierten aufmerksam, als er eine Gestalt aus dem Haus rennen sah. Er verglich das Aussehen der Person mit dem vorliegenden Foto. Kein Zweifel, dies musste Mirco Langen sein. Er beobachtete, wie der sportlich gekleidete Mann zu dem schwarzen Rennwagen lief und eilig davonfuhr. Kalli startete ebenfalls und folgte seiner Zielperson unauffällig.

Mit Mühe hackte er eine Nummer ins Handy. »Hey, Gy« rief Kalli ins Handy.

»Kalli, was gibt's?«

»Er ist unterwegs. Ich bin an ihm dran. Könnte mir vorstellen, dass nun der geeignete Zeitpunkt gekommen ist, nach dem Rechten zu sehen. Du verstehst, was ich meine!«

»So soll es sein. Andrej und Igor werden sich zwar nicht besonders freuen, aber ...«

»Schick doch Sergej hin, wenn er verfügbar ist. Er ist Profi auf dem Gebiet«, unterbrach ihn Kalli.

»Langsam wirst du mir unheimlich mit deinen Ideen. Okay, Kalli, ich kümmere mich drum. Gib mir umgehend Bescheid, wenn sich was regt, okay?«

»Verstanden. Bis später.«

Kalli folgte Limo in sicherer Entfernung. Da sonntags in ländlichen Gefilden für gewöhnlich nur geringer Straßenverkehr herrschte, durchfuhren sie zügig die einzelnen Ortschaften. In Brachbach eingetroffen, setzte Limo den Blinker und bog von der Hauptstraße direkt auf das unmittelbar angrenzende Grundstück seiner Eltern ab. Sein aufmerksamer Schatten steuerte sein Fahrzeug unauffällig daran vorbei. Limo nahm das Fahrzeug nicht bewusst wahr, sondern blickte durch die Frontscheibe seines Wagens hoch zum Wohnzimmerfenster, wo niemand anderes als Ronny seinen markanten Kopf reckte. Wie so oft musste Limo auch dieses Mal lächeln. Kalli stellte das Fahrzeug derweil einige Häuser weiter oberhalb an der Straße ab und wartete im Inneren. Er beobachtete, wie ein riesiger schwarzer Hund sein Zielobjekt an der Haustür freudig begrüßte. Limo entschloss sich, mit Ronny vor dem Essen noch eine Runde zu drehen, da der Regenguss offensichtlich auf sich warten ließ. Zudem benötigte seine Mutter noch mindestens dreißig Minuten für das Essen. Schnell legte Limo seinem Liebling das Halsband um und leinte ihn anschließend sicherheitshalber an. Kalli schaute überrascht, als die sportliche Gestalt mit dem Vierbeiner sich ihm rasch näherte. Er reagierte geistesgegenwärtig. Instinktiv täuschte er ein Telefonat vor. Als Limo an dem fremden Auto vorbei kam, nickte er höflich grüßend, obwohl sie sich nicht kannten. Kalli nickte freundlich zurück. Vor dem Hund hatte er alleine schon aufgrund seiner äußeren Erscheinung enormen Respekt. Nach einer knappen halben Stunde erblickte Kalli die beiden wieder im Rückspiegel. Bevor sie zu nah ans Auto kamen, fuhr Kalli bedächtig los, drehte eine kleine Runde und stellte anschließend den silbernen Volkswagen in die entgegengesetzte Richtung ab. Er fand in dieser Sekunde keine andere Möglichkeit, um das Haus zu beobachten. Limo befand sich noch etwa vier bis fünf Häuserlängen vom Elternhaus entfernt, als bei Kalli das Handy klingelte.

»Alles klar bei dir?« fragte Gy vorsichtig nach.

»Ja, ist alles in Ordnung. Ist Sergej schon unterwegs?«

»Ja, ist er. Er müsste eigentlich schon vor Ort sein.«

»Gut, dann wie abgemacht. Ich melde mich, wenn er hier losfährt. Sergej hat danach maximal fünfzehn Minuten Zeit, um sich aus dem Staub zu machen. Sag ihm das, okay?«

»Sicher«, antwortete Gy knapp.

Limo war in der Zwischenzeit mit seinem Hund im Haus verschwunden. Kalli überlegte, ob er nicht doch wieder die Fahrtrichtung ändern sollte. Er entschied sich, die Stelle, die er bezogen hatte, nicht zu verlassen. Er konnte sich nicht sicher sein, ob sich der Typ das Auto und sein Gesicht nicht eingeprägt hatte. Nach einer weiteren endlos erscheinenden Stunde begann es Kalli langsam zu nerven. Dennoch blieb er äußerlich gelassen. Er hoffte, dass Sergej mit seinem Job entscheidend dazu beitragen konnte, diesen Observationsmist zu beenden. Je älter Kalli wurde, umso ungeduldiger reagierte er, wenn es darum ging, ein Opfer über mehrere Tage oder gar Wochen zu beschatten. Während er noch darüber philosophierte, wie die Lenze seines Lebens nur so vorbeigerauscht waren, öffnete sich endlich die Haustür. Das Objekt seiner Begierde verabschiedete sich von seiner Mutter und dem Vierbeiner. Bevor der Typ verschwand, wählte Kalli die Rufnummer seines Bosses. Erfolglos. Kalli versuchte es gleich noch einmal. Limo hatte sich von Ronny gelöst und trottete zum Wagen. Ahnungslos rauschte er mit einem kurzen Hupen aus der Einfahrt. Jetzt musste Kalli eiligst seinen eigenen Wagen starten und wenden. Limo fuhr einen heißen Reifen. Daraufhin gab Kalli ebenfalls mächtig Gas. Keine Spur jedoch von dem schwarzen auffälligen Sportwagen. Kalli erinnerte sich daran, dass sie nach zwei Orten auf mehrere Ampeln stoßen würden. Wenn ihm das Glück hold blieb, würde er das Zielobjekt dort eingeholt haben. Erneut versuchte Kalli ohne Erfolg, seinen Kumpel ans Telefon zu bekommen. Kalli rutschte unruhig auf dem Sitz hin und her. – Verdammt noch mal, warum geht er nicht ans Telefon? Mit erhöhtem Tempo heizte Limo durch Niederschelden. Einige Meter hinter der Landesgrenze zu Nordrhein-Westfalen steuerte er seinen schwarzen Sportwagen so gekonnt, dass er kurz in eine undurchsichtige Seitenstraße einsehen konnte, um zu erkennen, ob die Schranken dem Zug an der übernächsten Kreuzung freie Fahrt gewährten. Als Limo flüchtig die Seitenstraße einsah, erkannte er schon von weitem, dass die Schranken bereits anderen Verkehrsteilnehmern eine freie Bahnüberfahrt verwehrten. Er beschloss, einen kleinen Umweg in Kauf zu nehmen. Er bog eine Straße vor dem verschlossenen Bahnübergang links ab. So umging er unnötige Wartezeit. Unterdessen wählte Kalli ein weiteres Mal hektisch Gys Nummer. Er zog es vor, die Zahlen manuell einzutippen, anstatt durch das komplizierte Menü zu irren. Wieder nichts. – Scheiße, Mann. Das gibt's doch nicht. Der Hass pochte ihm sichtbar bis zur Halsschlagader. Auch das erhoffte Glück bei den Ampeln war nicht eingetreten. Das schwarze Ding blieb wie vom Erdboden verschluckt. Kalli tippte noch einmal ungehalten die Zahlen ins Handy, erneut hatte er keinen Erfolg. Fluchend wartete der Killer in der Schlange vor dem Bahnübergang. Er hasste solche Situationen wie die Pest. Plötzlich begann sein Handy zu klingeln. Er vernahm Gys Stimme.

»Scheiße, Gy, warum gehst du nicht an dein Handy?!«

»Warum sollte ich? Du wolltest dich bei mir melden, wenn der Typ losfährt.«

»Ich hab dich mindestens vier, fünf Mal angerufen.«

»Sorry, ich weiß nicht, wen du angerufen hast, mich jedenfalls nicht.«

Kalli überprüfte die gewählte Nummer mit der Rufnummer Gys.

»Verdammtes Arschloch«, betitelte Kalli sich selbst. »Was bin ich für ein Idiot«, fluchte er.

»Was, hast du die falsche verfickte Nummer gewählt?« hörte Kalli seinen Kumpel ebenfalls fluchen.

»Ja, verdammt noch mal«, regte er sich fuchsteufelswild über seine eigene Dämlichkeit auf.

»Kalli … Scheiße, Mann, warum speicherst du meine Nummer nicht endlich?«

Kalli schnappte gerade nach Luft, da hörte er auch schon das Signal. Gy hatte abrupt das Gespräch beendet. Hastig wählte Gy nun Sergejs Handynummer an.

»Ja, Gy?«

»Raus da, Sergej! Scheißegal, ob du irgendeinen Kram gefunden hast oder nicht. Raus da, los, sofort! Dieser Penner ist jeden Moment am Haus«, Gy kochte. Sergej befolgte den Befehl. Er beendete auf der Stelle seine Suche und raste aus der Wohnung. Limo hatte bereits den Wagen auf seinen angemieteten Parkplatz gestellt und stand nun unmittelbar vor dem Haupteingang des Mehrfamilienhauses. Mit einem Ruck öffnete er die Eingangstür und sprang schnellen Schrittes die Treppenstufen hinauf. Im oberen, schlauchartigen Hausflur angekommen, bemerkte er einen unbekannten Mann hastig herannahen. Limo blickte irritiert, für einen Moment glaubte er die Geräusche von raschen Schritten wahrzunehmen, die ihm wesentlich schneller vorkamen, als er den Fremden visuell wahrnahm. Sie kamen sich näher, der Atem des Anderen wirkte künstlich unterdrückt. Limo vermutete, dass er jäh das Laufen unterbrochen hatte, als er Limo um die Ecke kommen hörte. – Doch warum? Während Limo über diese Frage nachdachte, begegneten sie sich auf gleicher Höhe. Der Fremde grüßte freundlich. Limo grüßte freundlich zurück. Die Blicke des Fremden drangen allerdings Limo durchs Knochenmark. Limo fröstelte besorgt. Dieser Typ schien ihm alles andere als koscher. Sein Instinkt gab ihm einen Wink. Limo erhöhte seine Schrittfrequenz und blickte nicht mehr zurück, um den Fremden keinen Verdacht schöpfen zu lassen. Die letzten acht Stufen, dem Blickfeld des Fremden entzogen, hechtete er im Laufschritt hinauf. Als er seine Wohnungstür erreichte, bemerkte er, dass die Tür einen Spalt geöffnet war. Es bedurfte keines Genies, um zu erkennen, dass dieser Fremde derjenige gewesen war, der … Limo verlor keine Sekunde, kehrte auf der Stelle um, sprang mit einem mächtigen Satz alle acht Treppenstufen hinunter und rannte, was die Beine hergaben. Den Eindringling trennte nur noch eine geringe Distanz von seinem Wagen. Hastig öffnete er ihn per Fernbedienung. Limo schnellte aus dem Haus. Sein ständiges Training kam ihm jetzt zugute. Er näherte sich dem Fahrzeug, Meter um Meter. Der Fremde rauschte mit quietschenden Reifen los. Limo verpasste ihn nur um wenige Meter. Der offenbar aus dem osteuropäischen Ausland stammende Fahrer trommelte angefressen mit beiden Fäusten auf das Lenkrad. Zwei entgegenkommende Fahrzeuge blockierten in diesem Augenblick die Möglichkeit zur Flucht. Limo erfasste die Situation blitzschnell. Stinksauer jagte er dem Fremden nach. Für Sergej existierte keine Fluchtmöglichkeit. Er musste Vorfahrt gewähren, oder er wäre frontal in das vor ihm parkende Auto gerast. Alternativ blieb ihm nur die Wahl, in den Gegenverkehr zu rauschen. Er riss wütend die Fahrertür auf und bemerkte im Rückspiegel, dass dieser deutsche Wichser sich im Sprint näherte. Intuitiv zog Sergej sich aus dem Wagen. Er stand noch nicht ganz auf beiden Beinen, als ihm Limo im Hechtsprung über den Kofferraumdeckel die Flucht vereitelte. Beide Körper krachten mit Wucht auf den Asphalt. Limo berappelte sich stinksauer. Sein Widersacher befasste sich noch mit den Schmerzen in seiner Schulter, als er aus dem Augenwinkel einen Schatten erahnte. Plötzlich spürte er einen heftigen Stoß am Kopf. Mit einem Karatekick gewann Limo die Oberhand. Die beiden anderen Fahrzeuge entfernten sich, scheinbar ohne Kenntnis von der Keilerei nehmen zu *wollen*. Limo kümmerte sich nicht weiter um die eventuellen Zeugen. Der Fremde bäumte sich eher auf, als Limo es vermutete. Er beherrschte anscheinend ebenfalls eine Art Kampfsport. Limo blieb nichts anderes übrig, als sich mit dem Fremden eine wüste und harte Keilerei zu liefern. Nach dutzenden von Tritten und Schlägen gewann Limo durch die Präzision seiner Kicks und Schläge die Oberhand. Nur sporadisch gelang es Sergej noch, sich zur Wehr zu setzen. Egal, was auch immer Sergej sich an Gegenwehr einfallen ließ, Limo besaß eine passende Antwort darauf. Limo brach ihm beide Handgelenke. Mehrere Rippen knackten. An mehreren Stellen des markant geformten Kopfes und der deformierten Knubbelnase des Mannes blutete es stark. Die außergewöhnlich harten Kicks und wuchtigen Schläge demoralisierten Sergejs Widerstand. Mit schmerzverzerrtem Gesicht und gehetztem Atem unterbrach Sergej nun seine Attacken.

»Du Mistkrücke, wer bist du? Was wolltest du in meiner Wohnung? Wer schickt dich?« überhäufte Limo ihn mit Fragen. Als er keine Antwort auf die Fragen erhielt, trat Limo mit Wucht gegen die Außenseite des Kniegelenks des Verlierers. Er drohte es ihm brutal zu zerschmettern. Limo trat wie im Rausch erneut zu. Das Aufschreien des Schweinehundes ignorierte Limo in seinem Wahn.

»Los, du Stück Scheiße, antworte«, drängte Limo erneut. Er registrierte nur beiläufig ein näherkommendes Fahrzeug. Erst als es nur einige Meter vor ihnen abrupt mit quietschenden Reifen abbremste, wechselte Limo seine kämpferische Haltung in eine souveräne aufrechte Position. Ein Unbekannter riss die Tür auf und zog ohne Vorwarnung eine Pistole. Schnellen Schrittes bewegte sich Kalli zu seinem Kumpan. Immer den Lauf seiner 9mm Makarov auf das Zielobjekt gerichtet.

»Bleib da stehen, wo du bist, oder ich knall dich ab!« drohte Kalli mit einer abartigen Fratze.

»Was wollt ihr von mir?« fragte Limo, in der vagen Hoffnung, eine Antwort zu erhalten.

»Fick dich, Arschloch!« pöbelte der Russe.

»Ist klar. Ihr brecht in meine Wohnung ein und ich soll als Dankeschön meine Schnauze halten.«

»Nein, ich sagte: Fick dich, Arschloch! Scheiß doofer Nazi!«

»Was machst du überhaupt hier in Deutschland, bei den Nazis, du Schwuchtel?« konterte Limo primitiv und provozierend zugleich.

»Euch abschlachten! Wichser.«

Limo musste nun gut auf seine Wortwahl achten. Zu doofen Scherzen war dieser Widerling nicht aufgelegt. Doch er konnte es nicht sein lassen, den Osteuropäer zu provozieren.

»Ja, so ist recht, hilf du deinem armen Kumpel. Aber Vorsicht, der hat Probleme mit seinen Knochen. Die brechen leicht«, forderte Limo die bewaffnete Gestalt heraus. »Wahrscheinlich Kalziummangel«, äußerte Limo ironisch.

Kalli war gerade dabei, seinen Kumpan in die Aufrechte zu hieven, als er die Aussage des Deutschen hörte. Limo traf wohl den Kern seiner sogenannten Ehre. Kalli ließ Sergej jedenfalls wieder auf den Boden ab. Rasch wie ein Schatten stand er plötzlich vor Limo und führte seine Hand mit der Pistole unmittelbar vor Limos Gesicht. Limo täuschte Angst vor. Kalli fühlte sich noch überlegener als vorher.

»Was sagst du jetzt? Immer noch eine große Fresse?«

»Schon gut. Ich halt mein Maul«, heuchelte Limo. Die Angst im Gesicht bloße Fassade. Limo fühlte allein Hass. Puren Hass!

»Ach, dann nix mehr mit Beleidigungen gegen mich und meinen Kumpel?«

»Ist ja kein Kunststück. Deine Argumente sind im Augenblick überzeugender«, scherzte Limo sarkastisch. Ein Lachen verkniff er sich nach dieser Bemerkung. Kalli schritt die wenigen Meter rückwärts zu seinem verletzten Kumpel. Limo verlor er nicht aus dem Blick. Dort hob er Sergej auf, half ihm ins Auto und räumte das Feld. Limo blieb noch einige Sekunden regungslos auf der Stelle stehen. Kennzeichen: OE-SK-344. Die Buchstaben- und Ziffernfolge brannte sich fest in sein Gedächtnis. Zudem wusste er jetzt, wo er dieses Gesicht kurz zuvor schon einmal gesehen hatte. Ganz in der Nähe seines Elternhauses hockte dieser Typ im Wagen. – Was wollte dieser Kerl in Brachbach? Bei seinen Eltern? Noch auf der Straße ließ Limo seiner Vorstellungskraft freien Lauf. So kombinierte er, dass es durchaus möglich sein könnte, dass der Typ mit der Pistole ihn beschattet hatte. Warum? Wer waren diese Gestalten, und wer schickte sie ihm auf den Hals? Limo zuckte ahnungslos mit den Schultern. Das Auto von dem Typ war ihm vorher niemals aufgefallen. Zumindest war es ihm nicht aufgefallen, als er vor einigen Stunden seine Mutter besuchte. Dieser andere Kerl musste in dieser Zeit in aller Seelenruhe in seine Wohnung eingebrochen sein. Wonach er dort suchte, ahnte Limo. Aber irgendwas musste schief gelaufen sein, sonst wäre es niemals so knapp für diese Burschen geworden. – Was musste dieses Dreckstück aber auch eine Knarre haben. Ich wäre jetzt wesentlich klüger, ärgerte Limo sich über den bewaffneten Typ. Wäre er nur nicht aufgetaucht … Limo schnaufte tief durch. Missmutig schaute er sich um und stellte fest, dass vermutlich kein einziger Mensch diesen Vorgang beobachtet hatte. Kein Zufallsbeobachter, kein neugieriger Nachbar, keine vorwitzige Oma, die verstohlen hinter einem Vorhang aus dem Fenster den Vorgang hätte beobachten können. Nach und nach regulierte sich Limos Adrenalinspiegel wieder auf einen normalen Wert. Darauf ging er ins Haus, wobei er sich eher schleppte, als dass er mit breiter Brust gegangen wäre. Immer wieder sah er die Pistole vor seinem Gesicht. – Hätte dieser Typ wirklich abgedrückt? Die Frage schoss ihm durch den Kopf. Vor nicht allzu langer Zeit, da duellierten sich zwei Konkurrenten höchstens in einer Schlägerei. Nicht selten tranken sie noch am selben Abend ein Bier auf die bereinigte Luft. Heutzutage geben sie dir freundlich zum Gruß die Hand, während in der anderen Hand bereits das Messer lauert. Im schlimmsten Fall ziehen diese Feiglinge ohne Zögern eine Schusswaffe und drücken ab. Sprechen dann von gekränkter Ehre. Nun erwachte ihn ihm gemächlich die Erkenntnis, aus dieser Begegnung möglicherweise die richtigen Konsequenzen zu ziehen, und eventuell die angesammelten Firmenakten Akten sein zu lassen. Zum ersten Mal stand ihm die Angst um sein Leben buchstäblich ins Gesicht geschrieben, obwohl er unbedacht eine große Klappe bei diesem Typen riskiert hatte. Limo war überzeugt, dass die beiden Mistkerle beauftragt wurden, die Akten aus seiner Wohnung zu entwenden. Doch wer hatte die Information darüber weitergegeben? Wer zog als Auftraggeber im Hintergrund die Fäden? Erschwerend kam hinzu, dass diese Schweine nun wussten, wo seine Eltern wohnten. Dieser Gedanke nahm ihm die Entscheidung ab. Er konnte, wollte und durfte seine Familie nicht in Gefahr bringen. Plötzlich fielen ihm Carmen und Conny ein. Beide tot. Er betrachtete das Chaos, das der Fremde in seiner Wohnung hinterlassen hatte, setzte sich resigniert aufs Sofa und nahm sein Handy in die Hand.

»Jupp?« meldete Galep sich salopp.

»Grüß dich, Galep. Limo hier.«

»Hey, ist was passiert?« horchte er besorgt auf. Limo rief sonst nie sonntags an.

»Ja, Galep, ist es!« Limo schilderte ihm das taufrische Erlebnis.

»Ich kann nachvollziehen, dass du aufgeben willst. Aber stell dir doch nur einmal vor, diese Typen lassen dich tatsächlich überwachen. Es muss also ein Ausmaß angenommen haben, so dass es die Verantwortlichen nicht mehr als Lappalie abtun. Du bist sicher, dass der Einbrecher nichts finden konnte?«

»Ja. Es gab keinen einzigen Beweis mehr in der Wohnung«, antwortete Limo.

»Hast du denn schon die Kameras überprüft?«

»Ach, Mist. Nein habe ich noch nicht.«

»Du bist einer …, da bauen wir eine mögliche Falle, und du denkst nicht dran. Pass auf, ich bin in gut dreißig Minuten bei dir. Sobald es mir gelingt, mich hier loszueisen. In Ordnung?«

»Super. Ich danke dir.«

»Quatsch. Dann bis gleich.«

Eine geschlagene halbe Stunde später fuhr der sympathische Türke auf den Hof. In der oberen Etage angekommen, begrüßten sie sich freundschaftlich.

»Komm rein und schau dir das Chaos an.«

Galep lugte vorsichtig um die Ecke und entdeckte bereits in der Küche einige Papiere auf dem Fußboden. Auch der Inhalt des Mülleimers, der normalerweise unter der Spüle stand, bedeckte weitflächig den Boden.

»Mann, der Typ muss echt verzweifelt gewesen sein. Hat der Idiot geglaubt, du würdest die Akten im Mülleimer verstauen?« Er konnte sich ein Grinsen nicht verkneifen und betrat nun ganz die Wohnung. Sein Blick galt als nächstes den versteckten Kameras. Galep hatte die geniale Idee gehabt, winzige hochauflösende Mikrolinsen zu installieren.

»Wo ist dein Notebook?«

»Warte, hole ich aus dem Bad.«

»Bad?«

»Ja, da habe ich, kurz nachdem ich hierher gezogen bin, ein geniales Versteck gefunden. Komm mit.«

Limo zeigte seinem treuen Freund, was er mit einem genialen Versteck meinte. Unter der Duschtrasse klebten zwei Fliesen nicht korrekt an der Verschalung. Seit einigen Tagen nutzte er dieses Versteck für das Notebook. In seinem Computer, der in der Ecke im Schlafzimmer auf einem schmalen Tisch stand, würden ungebetene Gäste nichts Auffälliges finden. Limo kniete nun vor der Dusche. Schnell klappte er die zwei losen Fliesen zur Seite.

»Siehst du, dieses Versteck meinte ich«, sagte Limo zu seinem Freund, während er eine Plastiktüte herauszog, in der das Gerät steckte.

»Das ist ja geil. Cooles Versteck. Muss ich schon sagen. Dann schließ es bitte an, damit ich dir die Aufnahmen auf die Festplatte spiele.«

»Hört sich gut an. Ich komm mir gerade echt vor wie in einem Thriller.«

»Nur dass das hier keine Fiktion ist. Und alles andere als eine Komödie«, antwortete Galep, der etwas nervös wirkte.

»Limo, wann bist du zu deiner Mutter gefahren?«

»Ich denke, es muss so gegen elf Uhr gewesen sein. Wieso?«

»Na, ich glaube nicht, dass der Typ hier unmittelbar nach deinem Verschwinden eingebrochen ist. Ich denke, die erste halbe Stunde können wir im Schnelldurchlauf sehen. Erspart uns etwas Zeit.«

»Stimmt.«

Galep besaß nun Zugriff auf das Programm und spulte etwa eine halbe Stunde vor. Auf 38 min 28 sek stellte er den Suchlauf auf die normale Laufgeschwindigkeit um.

»Dann schauen wir uns mal das Filmchen an.«

Galep lehnte sich erwartungsvoll mit dem Rücken gegen die gepolsterte Lehne. Limo stand direkt daneben und stützte sich mit beiden Händen gespannt auf dem Tisch ab. Galep hatte ein glückliches Händchen gehabt. Der Film lief keine drei Minuten, als die Wohnungstür von einer fremden Gestalt professionell lautlos aufgebrochen wurde.

»Da kommt diese Mistkröte. Das ist echt der Hammer. Als wenn ich ihm einen Zimmerschlüssel gegeben hätte«, sah Limo überrascht zu, wie der Typ mit einer selbstverständlichen Leichtigkeit einbrach.

»Diese Türen sind für Profis noch nicht mal zum Aufwärmen geeignet«, sagte Galep.

Einige Male konnten die zwei Freunde das Halbprofil des Fremden sehr gut erkennen. Er ahnte wohl, dass er genügend Zeit zur Verfügung hatte. Cool und routinemäßig arbeitete er sich von Schublade zu Schublade durch. Weiter gab es nichts zu sehen. Schnell zog Galep die andern beiden Kameras auf die Platte des Rechners und spielte sie dann nacheinander ab. Der Typ ging systematisch von Raum zu Raum. Etwa fünfundvierzig Minuten hielt er sich in der Wohnung auf, als er auf seinem Handy angerufen wurde. Nach dem Bruchteil einer Sekunde steckte er daraufhin das Handy ein und entfernte sich hektisch aus den Räumlichkeiten.

»Das war's, Limo. Ich hab aber noch 'ne Idee.«

»Schieß los!«

»Ich komprimiere dir alle drei Filme so zusammen, dass sie auf einen Stick passen. Von den Originalen fertige ich noch eine Kopie an, die ich meinem Bruder übergebe. Er legt sie dann zu seinen Akten. Anschließend fügen wir die unbespielten Einzelteile wieder in die Kameras ein. Könnte ja möglich sein, dass du nochmals Besuch erhältst«, führte Galep aus.

»Willst du mich verscheißern?«

»Was soll ich sagen, er hat nichts gefunden. Dem Typen sind die Kameras nicht aufgefallen. Trotzdem würde ich vermuten, dass sie es nicht noch einmal riskieren werden, hier aufzuschlagen. Schließlich wissen die, wer immer es auch sein mag, nun, dass du einigermaßen im Bilde bist. Andererseits, er erhielt einen Anruf. Jemand wusste, dass du unmittelbar in deiner Wohnung auftauchst.«

»Das mag wohl sein. Ich kann mir sehr gut vorstellen, dass das dieser Typ mit der Knarre war. Dieses Schwein habe ich zum ersten Mal in Brachbach gesehen. Ich verwette meinen Hintern darauf, dass noch weitere Typen existieren. Und ich könnte mir vorstellen ...«, Limo unterbrach und wandte seinen Kopf in Richtung seines Kumpels.

»Schon okay. Ich glaube wir denken da ähnlich. Pass auf Limo, ich würde dir gerne noch etwas geben.«

»Was denn?« fragte Limo. Seine Konzentration verursachte unattraktive Furchen in die Stirn.

»Ich weiß nicht, was noch alles in der nächsten Zeit geschehen wird, aber du solltest dir im Klaren sein, diese Typen werden nicht lange mit dir Katz und Maus spielen. Du solltest vorbereitet sein. Und deswegen habe ich dir einen sehr verlässlichen Freund mitgebracht.«

Galep zog hinter seinem Rücken eine Pistole hervor.

»Wow ..., bist du wahnsinnig? Ich kann doch nicht mit einer Knarre durch die Gegend laufen«, erschrak Limo.

»Nee?«

»Nee!« bestätigte Limo Galeps einsilbige Frage.

»Okay, sollte nur ein gut gemeinter Vorschlag sein. Denk nur daran, die sind bestimmt nicht blöd. Es ist eher unwahrscheinlich, dass sie zweimal den gleichen Fehler begehen werden. Dazu kommt noch, dass der Typ, dem du sämtliche Knochen gebrochen hast, denen berichten wird, dass du mit Fäusten sehr gut umgehen kannst. Glaub mir Limo, diese Kerle werden dir keinen Kung Fu-Meister auf den Hals hetzen. Die werden mit Sicherheit die übelsten Kerle vorbei schicken, die dir ohne Skrupel die Kehle aufschlitzen.«

»Scheiße, jetzt haste mir richtig Schiss gemacht.«

»Das war nicht meine Absicht. Naja, vielleicht irgendwie doch. Ich denke du verstehst was ich meine.« Limo lächelte gequält und nickte. »Dein Karate in Ehren, aber

Kampfsport wird nichts dagegen ausrichten können. Überleg dir sehr gut, ob du weitermachen willst. Wenn du dich aber dazu entschließen solltest, rate ich dir, nimm die Wumme!«

»Mmh …, ich vermute, ich stehe in diesem Augenblick vor einer sehr wichtigen Entscheidung. Um nicht zu sagen, der wichtigsten Entscheidung in meinem bisherigen Leben überhaupt.«

»Pass auf, Limo, ich mache dir einen Vorschlag.«

Limo hob seinen Kopf.

»Nämlich?«

»Ich fahre jetzt erst mal wieder. Aus Sicherheitsgründen überlasse ich dir die Pistole. Sie ist geladen und nicht registriert. Also keine Panik. Überschlaf es eine Nacht, oder auch zwei, und sag mir dann, wozu du dich entschieden hast. Ich schlafe echt ruhiger, wenn ich weiß, du könntest dich im schlimmsten Fall schützen. Und solltest du weiter machen, werde ich für den Fall, dass es nötig ist, meine Jungs aktivieren. Du verstehst, was ich damit sagen will? Vierzig bis fünfzig Mann auf die Schnelle zu bekommen ist keine Unmöglichkeit. Okay?«

Galep lächelte optimistisch.

»Du hast recht. Ich werde mir zwei Tage Ruhe gönnen und mich dann entscheiden. Die Pistole nehme ich vorerst an. Zumindest solange ich noch nicht weiß, wie es weiter geht. Aber ich glaube nicht, dass es nötig ist, deine Jungs zu involvieren. So super der Gedanke auch ist. Es könnte sonst in der Tat Tote geben. Scheiße …«, fluchte Limo.

»Das Angebot steht. Lass es dir durch den Kopf gehen«, wiederholte Galep emotionslos.

»Und wenn ich die Bullen mit einbeziehe?« fragte Limo.

»Du weißt, ich bin kein Freund der Cops. Bisher habe ich meinen Kram immer noch alleine oder mit meinen Jungs zusammen erledigt. In diesen Angelegenheiten bin ich ein schlechter Ratgeber.«

Galep schaute auf seine Uhr und stand auf.

»Dann machen wir es so wie vorhin besprochen. Ich muss jetzt echt los. Wir sehen uns morgen in der Firma.«

Sie umarmten sich kurz und klatschten sich anschließend mit der Hand ab. Nochmals bedankte Limo sich bei seinem Freund. Limo wollte zumindest sehr daran glauben, in Galep einen treuen Freund gefunden zu haben. Er hegte in diesem Augenblick zwar keine Zweifel, aber auch bei Tom hatte er geglaubt, einen verlässlichen Kumpel an seiner Seite zu wissen. Der nette Türke klopfte seinem deutschen Freund auf die Schulter.

»Du kannst dich hundert Prozent auf mich verlassen«, sprach er Limo noch einmal Mut zu und verließ dann die Wohnung. Limo sah ihm mit großen Augen verwundert hinterher. – Ob er auch noch Gedanken lesen kann? Limo schloss die Tür. Sie ließ sich problemlos von innen mit dem Schlüssel verriegeln. Nachdenklich begab er sich ins Wohnzimmer. Zerstreut schaltete er den Fernseher an. Vor ihm lag die Pistole. Nach mehrmaligem Rauf- und Runterzappen der Programme schaltete er das Gerät angewidert aus. Spontan zog er seinen Sportdress über, versteckte rasch die Pistole und verließ seine Wohnung. Neunzig Minuten lief er über Stock und Stein. Er zermarterte sich währenddessen sein Hirn über das weitere Vorgehen. Gegen Ende des Laufens überkam ihn eine gewaltige Portion Optimismus und Kampfgeist. Er war sich sicher, dass sie, wer immer »sie« genau waren, ihn weiter beschatten lassen würden. Aus diesem Grund zog er es vor, die nächsten Wochen unauffällig zu agieren. Vielleicht würde es ja helfen, sich bei Kohlmeier einzuschleimen und Tom glauben lassen, dass er noch sein Kumpel wäre. Poller und den Rest des Sauhaufens würde er einfach links liegen lassen. Limo redete sich ein, dass es dann durchaus möglich wäre, eine Atempause zu erhalten. Schließlich hatte der Einbrecher keine Unterlagen gefunden. Es bestünde allerdings die Möglichkeit, dass sie seine Mutter aufsuchen würden. Limo würde sich auf das Risiko einlassen. Ronny war wirklich ein guter Wachhund. – Ein Dorf ... Mirco, es ist immerhin ein Dorf. Die Nachbarn kriegen sogar nachts mit, wenn ein Vogel vom Stromkabel der Straßenlaternen einen Haufen auf die Erde fallen lässt. Dieser Gedanke bestärkte seine Hoffnung. Am darauffolgenden Tag erzählte er Galep von seinem Vorhaben. Sichtlich erleichtert nahm dieser zur Kenntnis, dass sein Freund weitermachen wollte und nicht aufgab. Selbst die Pistole wollte Limo vorerst noch weiter in seinem Besitz wissen. Auch wenn Limo zur Schusswaffe ein ambivalentes Gefühl hegte, so überwog das Empfinden einer scheinbaren Sicherheit.

Die nächsten Tage rauschten wie im Flug vorbei. Frank und Limo spielten mittlerweile regelmäßig abwechselnd Squash und Badminton. Ohne Ausnahme besiegte oder besser deklassierte Limo seinen besten Freund. Frank hatte kein Problem damit, ständig zu verlieren. Er versuchte stattdessen jedes Mal aufs Neue, wenigstens einmal einen Satz zu gewinnen. Für ihn lag der größte Genuß darin, nach dem Sport ein schönes kühles Bier und die Unterhaltungen mit Limo zu genießen. Limo selbst genoss es ebenfalls, mit Frank über Gott und die Welt zu philosophieren. Von dem Einbruch erwähnte Limo kein Sterbenswörtchen. Er wusste, wie Frank darauf reagieren würde. Deshalb beließ er es zunächst dabei. Noch schien ihm nicht die rechte Zeit, Frank, beziehungsweise die Polizei in seine Pläne einzuweihen. So vergingen acht Wochen. Der Herbst klopfte an die Tür. Die ersten Blätter an den Bäumen ließen ihr kräftiges Grün verblassen. Sanfte Farben des Spätsommers tauchten die Natur in einen prächtigen Zauber. Limo spürte beim Joggen, dass auch der Regen immer kühler wurde. Es sollte bald eine in jeder Hinsicht stürmische Zeit über ihn hereinbrechen. Er telefonierte vielleicht noch zwei-, dreimal mit Anke Hammer. Von Mary keine Spur. Der Zauber sollte zunächst so rasch verflogen sein, wie er sie beide in den Bann gezogen hatte.

Igor und Andrej erhielten nun von Gy die Order, sich intensiv um Mirco Langen zu kümmern. Nach wie vor sollte er nur beschattet werden, um anschließend Bericht über alle seine Unternehmungen zu erstatten. Sowohl Kontakte mit ihm als auch sonstige Aktionen wurden vorerst untersagt. Unauffällig und mit viel Geduld observierten die beiden Russen ihr Zielobjekt. Auch Sergej befand sich in der Zwischenzeit wieder im Besitz seiner Kräfte. Die letzten Wochen hatte er genutzt, um die Knochenbrüche, die ihm Limo zugefügt hatte, heilen zu lassen. Für ihn stand sein Vorhaben schon lange fest. Langen musste für diese Schmach noch bezahlen. Kalli hingegen verlebte zunächst harte Wochen. Gy war mächtig sauer auf seinen Kumpel. Gy ging es nicht in den Kopf, dass ein Kerl wie Kalli sich so unprofessionell verhalten hatte. Da die Situation aber noch einmal glimpflich ausgegangen war, verrauchte Gys Groll nach drei, vier Wochen. Kalli gestand seinen Fehler ein und lernte daraus, indem er in der folgenden Zeit sein ambivalentes Verhältnis zu seinem Handy überwand. An einem Mittwoch im Frühherbst erhielt Gy einen weiteren Anruf des mysteriösen Auftraggebers. Die neue Order verstand er und setzte umgehend einen seiner besten Jungs auf die Angelegenheit an.

10

Acht Wochen zuvor.

So selbstbewusst sie auch nach außen hin wirkte, so ängstlich klammerte sie sich jetzt an Emely. Die Geräusche drangen nun intensiver durch die geschlossene Tür. Plötzlich schimmerte ein beständiger Lichtstrahl unter dem Türspalt hindurch.

»Das ist doch bestimmt Andi, der Arsch«, flüsterte Emely. Mutig tappste sie über den flauschigen Teppichboden zur Tür. Sie hörte, wie jemand im kleinen Gästezimmer umherging, ohne auch nur einen Gedanken daran zu verschwenden, lautlos wie ein Einbrecher zu agieren. Sie fühlte sich unsicher. Dennoch, oder gerade wegen ihres Instinktes, vermutete sie ihren Noch-Ehemann, der nach irgendwelchen Sachen kramte. Ängstlich umfasste sie den Türgriff und zählte lautlos bis drei. Dann riss sie die Türe auf und erkannte sogleich ihren Mann.

»Sag mal, hast du sie nicht mehr alle?« polterte sie gleich los. »Mich so zu erschrecken?«

»Reg dich ab«, antwortete er gleichgültig.

»Entweder du verschwindest jetzt ganz schnell, oder …«

»Oder was?« antwortete er. »Was willst du dann tun, hä? Papi rufen?«

»Das kannst du gerne haben!«

Emely eilte ins Schlafzimmer und kehrte mit ihrem Handy zurück. Fiona hielt sich in der Zwischenzeit regungslos im Bett aufrechtsitzend zurück. Mechanisch tippte Emely die eingespeicherte Nummer ihrer Eltern aufs Display. Sie brauchte nur noch den Kontakt herzustellen.

»Ich warne dich nur noch einmal. Verlass das Haus! Den Kram kannst du morgen abholen. Schau mal auf die Uhr!«

»Klar, damit du mir einige Sachen unterschlagen kannst!«

»Keine Sorge, du bist das Schwein! Nicht ich habe das komplette Geld vom Sparbuch abgehoben! Du betrügst deine Firma … und mich obendrein! Was bist du nur für ein mieser Mensch! Komm mir ja nicht dämlich, dass ich irgendwelchen belanglosen Kram von dir unterschlage.«

Emely raste vor Wut. Plötzlich drehte sich Andreas zu ihr um und plusterte sich auf.

»Halt jetzt deine Fresse, oder ich hau dir eine rein. Was willst du affektierte Schlampe denn? Lern du erst mal richtig zu blasen. Du langweilige Tussi! Ich könnte dir ja mal die Nummer von meiner Arbeitskollegin geben. Die könnte dir zeigen, wie man es einem Kerl ordentlich besorgt.«

»Das ist alles, was du kannst? Mich mit deiner armseligen Fäkalsprache versuchen zu verletzen? Wie armselig du doch bist! Du kranker Mensch kannst mir gar nicht wehtun.«

Noch im gleichen Augenblick stellte sie die Verbindung mit ihren Eltern her. Mit voller Wucht schlug Andreas das Handy aus Emelys Hand. Krachend schleuderte das kleine Telefon an die Wand. Von dort aus flog es auf den harten Fliesenboden der Treppenstufen und landete auf dem Boden im Flur. Es zerbrach beim unsanften Aufprall in Einzelteile.

Emely boxte ihrem Mann wütend gegen den Oberarm. Angewidert fasste er ihre Hand und schlug mit der anderen Hand zu. Diese Backpfeife saß. Für einen Augenblick verlor sie das Gleichgewicht und stürzte zu Boden. Die Wange brannte. Unerwartet für Andreas stürmte nun Fiona mutig aus dem Schlafzimmer. Trommelfeuerartig boxte sie unkontrolliert auf den überraschten Kerl ein. Bei dem Versuch, Fionas Boxhieben entgegenzuwirken, rutschte er auf der obersten Treppenstufe aus und rollte schwer angeschlagen die Treppe hinunter. Angefressen benötigte er einen Moment, sich aufzurichten. Schwer beeindruckt und sichtlich irritiert von Fionas Kraftakt verzog sich sein Gesicht zu einer schmerzverzerrten Fratze.

»Hau endlich ab …, hau endlich ab, du mieses Schwein!«

Fiona schrie, was das Zeug hielt. Eingeschüchtert ließ Andreas alles stehen und liegen, und humpelte aus dem Haus. »Lesben!«, fluchte er angewidert.

»Sweetie, geht's dir gut?«

»Du bist ein Schatz, Kleene. Du hast ihn echt vertrieben. Danke!«

Fiona kniete sich zu ihrer Freundin und versuchte sie zu trösten. Nach einer kurzen Weile schleppten sie sich gemeinsam ins Bad. Als Emely in den Spiegel schaute, erblickte sie den kompletten Handabdruck auf ihrer Wange.

»Was für ein armseliger Kerl! Frauen kann er schlagen. Feiger Hund!«

Emely legte sich einen Lappen auf das Gesicht, den sie zuvor in eiskaltem Wasser tränkte. In der Zwischenzeit eilte Fiona in die untere Etage und sammelte mühselig alle Einzelteile zusammen, die vom Handy übrig geblieben waren. Vorsichtig legte sie die kläglichen Teile auf den Esstisch. Es verging einige Zeit, bis Emely ihre Gedanken sortiert und den Schlag verdaut hatte. Als die beiden Freundinnen schließlich doch die Müdigkeit überkam, stieg Fiona als erste in die warmen Federn. Emely folgte ihr unwesentlich später, nachdem sie sicherheitshalber das Schloss der Haustür von innen verriegelt hatte. Seliger Frieden kehrte ein. Emely legte noch für eine Weile ihre Hand auf die Wange. Das gekühlte Tuch löschte einigermaßen den Flächenbrand. Erschöpft schliefen sie aneinandergekuschelt ein.

Gegen acht Uhr am Morgen ließ die Situation erneut keinen erholsamen Schlaf zu. Diesmal riss Emelys Vater durch einen Anruf am Haustelefon die beiden aus ihren Träumen. Er wollte sich vergewissern, ob sie sich schon beim Packen der restlichen Sachen seines Schwiegersohns befanden. Seine Tochter gab ihm zu verstehen, dass Fiona die Nacht bei ihr verbracht hatte, und sie flunkerte, dass sie gerade das Frühstück zubereite. Die Aktion in der Nacht erwähnte sie nicht. Ihr Vater konnte manchmal penetrant sein, wenn es darum ging, eine Angelegenheit voranzutreiben. Oft genug mussten Emely und Mark jedoch anerkennen, dass ihr Vater meist richtig lag. Rastlos wurden Ziele und Vorstellungen in die Tat umgesetzt. So auch dieses Mal. Nachdem Fiona und Emely gezwungenermaßen nach der viel zu kurzen Nacht aufgestanden waren, machten sie sich im Bad fertig und frühstückten gehetzt. Mit dem Widerwillen einer essgestörten Person kaute Emely auf dem Essen herum. Ihre Wange war in der Nacht merklich angeschwollen. Bei jeder noch so geringen Bewegung des Kiefers hielt sie sich vor Schmerzen die Wange. Sie wollten mit dem Ausräumen soweit durch sein, wenn Emelys Vater in Wenden aufschlug. Einmal mehr erwies sich Emelys innere Stimme als sehr zuverlässig. Gegen halb elf traf der kobaltblaue Firmenwagen ihres Vaters ein. Nach einer herzlichen Begrüßung ließ er sich von seiner Tochter zeigen, wie viele Gegenstände und Klamotten entsorgt werden sollten. Sie vereinbarten daraufhin, dass gegen siebzehn Uhr der Firmensprinter kommen sollte. Noch im Haus rief Alfred seinen Sohn an und fragte nach, ob er direkt nach der Arbeit mit anfassen könne. Als Mark zusagte, verließ Alfred beruhigt und mit der Gewissheit, dass alles seinen Gang ging, das Haus. So rasch Alfred das Haus betreten hatte, so ›flog‹ er nun, scheinbar auf der Flucht, von dannen. Die noch leicht geschwollene Wange seiner Tochter bemerkte er nicht, obwohl er im Normalfall ein geschultes Auge für Feinheiten besaß.

Wenige Minuten nach fünf setzte wie versprochen der Sprinter rückwärts in die Einfahrt. Stunden verbrachten die emsigen Freundinnen nun damit, Andreas' Kram bis auf die wenigen schweren Gegenstände in die Garage zu schleppen. Mark und der Fahrer, ein drahtiger Bursche, dessen Haarpflege eine geraume Zeit her schien, benötigten keine Stunde, um alle Gegenstände in den Kleinbus zu hieven. Auch die schweren und unförmigen Möbel stellten kein ernsthaftes Problem dar. Ganz zum Schluss ragte noch das schwarze Porzellanungetüm zwischen einigem Gerümpel hervor. Emely bot den fleißigen Helfern etwas zu trinken an. Sie erzählte ihrem Bruder davon, dass Andreas ihnen in der Nacht einen unschönen Besuch abgestattet und ihr mit Wucht ins Gesicht geschlagen hatte. Gleichzeitig bat sie Mark darum, den Eltern nichts davon zu erzählen. Beide wussten, welche Konsequenzen sich daraus ergeben würden. Nur wenige Minuten darauf verließen die beiden Männer mit dem Sprinter das Grundstück. Genüsslich und erleichtert tranken Fiona und Emely abermals einen Kaffee. Vielleicht die fünfzehnte Tasse an diesem Tag. Sie redeten noch ein Weilchen über Gott und die Welt. Gegen neunzehn Uhr chauffierte Emely ihre Freundin zu ihrem Elternhaus in Siegen. Gegen zwanzig Uhr dreißig kehrte die attraktive, völlig geschaffte Blondine zurück. Bevor sie in die Badewanne stieg, schloss sie erst die Haustür ab und ließ den Schlüssel innen stecken. Dann begab sie sich in die obere Etage, drehte den Wasserhahn auf und fühlte mit den Fingern das Wasser lange genug ab, bis es wohlig warm aus der Leitung floss. Aus einer Schublade zauberte sie eine Badekugel und legte sie ins Wasser. Das komplette Badezimmer duftete nach Kakaobutter. Die Wanne bis zum Überlaufschutz gefüllt, zog Emely mit einer Hand kurz prüfend einige kleine Kreise im wohltemperierten Nass. Anschließend tapste sie rasch ins Schlafzimmer und holte sich das Buch vom Nachtschränkchen neben ihrem Bett, in dem sie zurzeit las. Kurioserweise handelte es sich dabei um ein Ehedrama. Bevor sie dann das wohlverdiente Vollbad genießen durfte, entnahm Emely ein großes Handtuch aus dem Regal und legte es zusammengefaltet griffbereit neben ihren Kopf. Gleich darauf ließ sie ihren aufregenden Körper ins Wasser gleiten. Es dauerte einige Atemzüge, bis sich ihre Verkrampfungen lösten und sie völlig entspannt im Wasser zu schweben schien. Die Badekugel steigerte das gewöhnliche Bad zu einer Wohlfühloase. Bevor sie das Buch in die Hände nahm, lauschte sie angestrengt. Stille! Ruhe! Nichts als das sanfte Knistern des Badeschaums vernahmen ihre Ohren. Plötzlich bedeckte sie mit beiden Händen ihr Gesicht. Ihr Körper zitterte, sie begann zu weinen. Jetzt in diesem Moment brachen all ihr Unmut und ihre Traurigkeit aus ihr heraus. Ihre Ehe lag innerhalb weniger Monate in Trümmern. Gedanklich wägte sie noch einmal das Pro und Kontra dieser Ehe mit Andreas ab. Jetzt, spätestens zu diesem Zeitpunkt, stellte sie fest, dass Tränen nicht wirklich angebracht waren. Es sei denn, es handelte sich um Freudentränen. Wie oft hatte ein gut aussehender Kerl ihr sein Interesse während ihrer noch intakten Ehezeit gezeigt?! Nie war sie darauf eingegangen! Emely trauerte den vielleicht vergebenen Chancen nicht nach, doch in den letzten Wochen war in ihr zusehends eine Sehnsucht gereift, einen netten Typen kennenzulernen. Noch verhinderte die vertrackte Trennung von Andreas, dass sie ihre lang gehegten Träumereien realisierte. Sie war sich sicher, dass die nächsten Wochen und Monate noch anstrengend genug würden. Doch irgendwo da draußen musste dieser Traumtyp existieren. In diesem Augenblick klingelte das Haustelefon. Sie nahm die Hände aus dem Gesicht und griff das mobile Gerät.

»Hallo, Emmy …«, meldete sich Mark.

»Hallo, Kleener«, flachste sie. »Na, habt ihr alles abgeladen?«

»Wie befohlen! Er selbst befand sich gerade nicht im Hotel. Da haben wir ohne Vorwarnung angefangen, die Sachen unmittelbar neben dem Hoteleingang abzuladen. Plötzlich stand sein Vater in der Tür und drohte, uns die Bullen auf den Hals zu hetzen.«

»Oh nein, und dann?«

»Ja nix, was will der Affe denn? Ich habe ihm gesagt, dass Andreas und du euch getrennt habt, und dass Andi seine Sachen umgehend haben wollte. Das hätten wir ihm zuliebe dann auch getan. Der Typ hat rumgehampelt wie Rumpelstilzchen. Aber du kennst ja diesen kleinen Napoleon bestens. Dann hat er mich noch daran zu hindern versucht, Andis Müll abzuladen. Hab ihn aber links liegen lassen und weiter gemacht. Noch bevor die Bullen oder Andi eintrafen, sind wir dann abgerauscht. Ach ja, eines habe ich dem Typen doch noch mitteilen müssen. Sollte Andreas nochmals in den Sinn kommen, meine Schwester zu verprügeln, dann würde ich persönlich mit ihm ein Männergespräch führen, rein physischer Natur natürlich, über männliche Verhaltensweisen einer Frau gegenüber. Ich bin mir nicht ganz sicher, aber dem Blick dieser armseligen Kackstelze nach zu urteilen müsste er es wohl kapiert haben. Der Apfel fällt von Zeit zu Zeit tatsächlich nicht weit vom Stamm. Der Herr Papa hat doch auch alles gevögelt, was ihm in die Quere kam … Warum sollte sein Sohn ihm nicht nacheifern?«

»Super gemacht. Und wo steckst du jetzt?« wollte Emely wissen.

»Mein Kompagnon von vorhin hat mich gerade zu meinem Auto gebracht und ich fahre jeden Augenblick von hier los. Ist Fiona noch bei dir?«

»Nee, ich hab sie eben nach Siegen gefahren. Wieso?«

»Nur so. Ich hätte sie doch jetzt mitnehmen können.«

»Och, das wäre lieb gewesen. Na egal, jetzt liege ich in der Wanne und versuche mich zu entspannen.«

»Mach das. Melde dich, wenn ich dir helfen kann, ja?«

»Sehr gerne«, antwortete sie ihrem Bruder.

Dann verabschiedeten sie sich. Emely spürte erneut ein Gefühl des Wohlbefindens. Nur ihr Kopf würde wohl noch eine Weile Achterbahn fahren.

Die Woche verlief ereignislos. Emely bewältigte tagsüber die Arbeit und abends ließ sie sich von Fiona oder ihrem Bruder angenehm ablenken. Auch ihre Eltern sorgten sich und klingelten jeden zweiten Tag durch. Am Donnerstagmorgen fuhr Emely zu einer Anwältin, die Alfred ihr empfohlen hatte, eine Frau Dr. Cornelia Bernd. Sie galt seit vielen Jahren in der Gegend als Scheidungsspezialistin. Frau Bernd arbeitete wirklich sehr effizient, schnörkellos, kompetent und dabei stets freundlich. Noch vor Ort vereinbarten sie einen Termin für den Donnerstag darauf. Dann sollte Emely sie mit einigen notwendigen Unterlagen erneut aufsuchen. Nach kurzweiligen dreißig Minuten trat Emely wieder die Heimreise an. Optimistisch gelaunt stiefelte sie noch vor der Mittagspause ins Büro. Sie hatte noch nicht ganz ihre Tasche neben dem Schreibtisch abgestellt, als ihr neues Handy klingelte. »Fio« leuchtete es auf dem Display.

»Hallo, Kleene, na, wo treibst du dich denn rum?« scherzte Emely.

»Ich bin gerade mit meiner Mama in der Galerie. Plötzlich fiel mir ein, dass du heute doch den Termin bei der Anwältin hattest. Wollte mich nur erkundigen, wie es gelaufen ist.«

»Du bist echt süß. Ich soll noch einige Unterlagen zusammenstellen und nächsten Donnerstag mitbringen. Es wird wohl darauf hinauf laufen, dass ein Trennungsjahr abzuwarten ist. Wenn Andi nicht sonst noch irgendwelche Ungereimtheiten auftischt, ist die Scheidung nur reine Formsache.«

»Bin jetzt schon froh, wenn das Jahr um ist.«

»Ich erst«, bestätigte Emely.

»Hör mal, Sweetie, hast du Lust, am Samstag mit ins *FUGA* zu gehen? Bisschen Ablenkung mit guter Musik?«

»Unbedingt. Das ist ne super Idee.«

»So gegen zehn?« schlug Fiona vor.

»Das ist eine sehr gute Zeit. Treffen uns dann dort, okay?«

»Toll, ich freu mich!«

»Ich mich auch. Schöne Grüße an deine Mama und viel Spaß noch beim Shoppen.«

»Danke, danke, werden wir haben … Küsschen«, verabschiedete sich Fiona.

Es erschien Emely selbst nach wie vor völlig ungewohnt, dass sie ungezwungen im eigenen Haus herumlaufen konnte. Keine dummen Fragen mehr, keine sinnlosen, endlosen Diskussionen. Nichts von alledem. Es war bereits achtzehn Uhr, als Emely ins Haus ging. Den kompletten Samstagnachmittag hatte sie im Garten verbracht. Zuerst hatte sie Blumen geschnitten, anschließend den Rasen gemäht und zum Schluss einige Gegenstände aufgeräumt und gestapelt. Wie oft hatte sie ihren Mann darum gebeten. So gut wie nie hatte er mit angefasst. Ständig schob er die Ausrede vor, mit einem seiner Kumpel zum Radfahren verabredet zu sein. Während Emely den Haushalt reinigte, fuhr der Herr Fahrrad. Die anfallenden Arbeiten an den Außenanlagen empfand er offensichtlich so lästig wie eine derbe Magengrippe. Nur ganz zu Beginn, als sie in dieses Traumhäuschen eingezogen waren, hatte er den Rasen gesät. Das war ihm zugegebenermaßen sehr gut gelungen. Das war's dann aber auch schon gewesen. Seine Faulheit stank zum Himmel.

Hotelkind eben! Jetzt blieb die Arbeit außerhalb des Haushaltes erst recht an ihr hängen. Eigentlich war sie heute nach getaner Arbeit erschöpft. Lieber wäre sie deshalb an diesem Samstag in ihrem schönen Haus geblieben und hätte einen gemütlichen Fernsehabend verlebt. Doch schließlich raffte sie sich auf und duschte sich ihre Müdigkeit aus Leib und Seele. In der Tat fühlte sie sich anschließend frischer. Sie wickelte sich gerade gekonnt einen Turban um den Kopf, als das Telefon klingelte.

»Hallo, Sweetie, ich bin's.«

»Hallo, Kleene. Na, was meldest du dich denn schon? Ist was passiert?« wollte Emely wissen, in der Hoffnung, Fiona würde vielleicht doch noch absagen.

»Nee, nichts Besonderes. Ich wollte dich nur fragen, ob du Hunger hast?«

»Das ist eine gute Frage. Ich hab mir vorhin schon überlegt, was ich mir noch für ne Kleinigkeit zu essen kochen soll.«

»Na, dann lass uns doch ins Louisiana gehen. Wenn wir schon mal in der Nähe sind«, schlug Fiona vor. Das Louisiana zählte zu einer American Bar & Restaurant-Kette, besaß einen exzellenten Ruf. Hinzu gesellte sich die Tatsache, dass dort die Preise moderat waren. Außerdem lag es günstigerweise nur eine Etage über dem *FUGA*. An Sonntagen trafen sich die Freundinnen in unregelmäßigen Abständen im gleich gegenüberliegenden *Modern Café* zum gemütlichen Zusammensein bei Kaffee und einem Stück Kuchen. Für den leckeren Kuchen und die schier unbegrenzte Auswahl von Kaffeesorten besuchten selbst auswärtige Liebhaber der edlen Bohne das *Modern Café*.

»Das hört sich wirklich toll an. Wann wollen wir uns treffen? Gegen sieben?« schlug Emely vor.

»Oh, dann muss ich mich aber beeilen«, geriet Fiona in Panik.

»Das schaffst du schon. Super, dann bis gleich«, verabschiedete sich Emely

»Ja, tschüssi bis gleich.«

Das mobile Telefon war noch nicht erkaltet, da klingelte es erneut. Die Haare noch unter dem Turban versteckt, grinste Emely, als das Display die Nummer des Anrufers preisgab.

»Ich werde eine Jeans anziehen, ein schwarzes T-Shirt und dazu meine neuen schwarzen Stiefel. Als Accessoire lege ich mir meine silberne Lieblingshalskette um, die du mir vor zwei Jahren zu Weihnachten geschenkt hast! Und meine Charlotte wird meinen linken Mittelfinger zieren«, verriet Emely wie aus der Pistole geschossen ihr Outfit, noch bevor die Anruferin in der Lage war, ein Hallo über ihre Lippen zu pressen. Fiona kriegte sich vor Lachen nicht ein.

»Da kann man mal sehen, wie gut du mich kennst.« Sie lachte weiter. »Okay, dann störe ich nicht länger … Küsschen.« Sie legte auf. Emely stand vor dem Spiegel und grinste vor sich hin.

Emely wartete vor dem Haupteingang des Gebäudekomplexes und beobachtete die Menschen, wie sie mal hektisch, mal mit stoischer Ruhe über die Straße flanierten. Die attraktive Blondine lächelte amüsiert. Fünfzehn Minuten später trudelte Fiona ein. Obwohl sie noch im Elternhaus wohnte und seit einigen Jahren in der Liste der Arbeitssuchenden geführt wurde, gelang es ihr nur selten, sich die Zeit so einzuteilen, dass sie abends pünktlich war. Emely machte das nicht viel aus. Schließlich hatte sie ihre Freundin so kennengelernt. Gut gelaunt begrüßten sie sich wie üblich mit einem dicken Schmatzer. Und als hätte Emely es geahnt, erschien Fiona mit nahezu dem gleichen Outfit. Ein liebenswerter Spleen.

»Hast du einen Tisch reserviert?« fragte Emely.

»Klar. Aber es gab nur noch ab halb acht einen Tisch. Also haben wir noch zwanzig Minuten Zeit«, antwortete Fiona, als sie auf ihre Uhr schaute.

»Wir könnten uns ja oben am Tresen bei einem Kaffee das Warten verschönern«, fügte sie hinzu.

»Das ist eine gute Idee. Ein Kaffee käme mir gerade sehr gelegen. Bin echt geschafft.«

Nacheinander wandelten sie die Metallstufen der Wendeltreppe hinauf, die, nur zwanzig Meter vom Haupteingang entfernt, vom Erdgeschoss aus bis in die oberste Etage, dem Kinotrakt, führte. Emely betrat im Schatten von Fiona die Etage. Sie spähten kurz die Lage aus. Das Restaurant-Café war zu dieser Uhrzeit für gewöhnlich sehr gut besucht. So auch an diesem Samstag. Zielstrebig marschierten die Frauen zum Tresen. Für ein Heißgetränk würde ein Barhocker ausreichend sein. Eine niedliche Bedienung begrüßte die beiden Frauen unaufdringlich und freundlich. Bevor sie die beiden Grazien nach ihren kulinarischen Wünschen zu befragen vermochte, teilte Fiona ihr mit, dass sie einen Tisch für neunzehn Uhr dreißig reserviert hätten. Da noch einige Minuten bis dahin Zeit sei, und da die Tische anscheinend sehr gefragt seien, würden sie zuvor gerne noch eine Tasse Milchkaffee trinken. Die zierliche Bedienung fragte nach dem Namen und suchte im Planer. Wenige Sekunden später entzifferte sie den Namen, den eine ihrer Kolleginnen sehr unleserlich ins Buch gekritzelt hatte.

»Schön, dann bringe ich Ihnen den Milchkaffee. Sie können aber auch schon zum Tisch gehen. Der ist bereits frei.«

»Schön. Können Sie uns den Tisch zeigen?« bat Emely. »Auf den ersten Blick sah es so aus, als seien alle Sitzgelegenheiten besetzt, außer den vier Barhockern hier.«

»Nicht ganz, bitte folgen Sie mir doch.« Gezielt schlängelte sich die Bedienung durch die Reihen. Emely und Fiona folgten elegant. »Bitte schön, ein Tisch für zwei Personen.«

»Vielen Dank. Das ist ein sehr schöner Platz. Danke nochmals.«

»Gern geschehen.«

Emely und Fiona saßen weit hinten in der Ecke. Sie mochten es, wenn sie von einer Seite aus alles überblicken konnten. Zur anderen Seite hin bestand die Möglichkeit, aus den gigantischen Panoramafenstern, mehr oder weniger über die Dächer der Siegener City, die Aussicht zu genießen. Wieder einmal spielte das Wetter nicht ganz mit. Gerade zwanzig Grad Celsius und eine überfrachtende Wolkenpracht verweigerten der Sonne die freie Sicht. Gerade bei solchem Wetter wirkte das Gebäude wie ein Gesicht aus Glas und Stahl, einschüchternd, wenn man von der Straße aus die Fassade hinauf blickte. So als legte das Gebäude die Stirn in Falten, um abschätzig die Gäste zu betrachten. Emely ließ ihren Blick oberflächlich über die Gäste schweifen. Wenige Schritte von ihnen entfernt hockte ein Typ, der auf mehreren Blättern schrieb. Fiona erblickte ihn zuerst. Der Stuhl fühlte sich noch nicht warm gesessen an, da signalisierte sie ihrer Freundin, dass am Nebentisch ein durchaus attraktiver Typ saß. So unauffällig wie möglich drehte Emely ihren Kopf in die Richtung des Schreiberlings. Er schien geistig weit entrückt. Eine Bombe schlug in diesem Augenblick bei Emely ein. Blitze krachten in ihren Augen. Engelschöre sangen und Schmetterlinge tanzten in ihrem Magen einen Liebesreigen. Der Pfeil Amors traf sie mitten ins Herz. Alleine wie er da saß und schrieb. Sein attraktives Aussehen. Seine faszinierende Aura. Seine traurigen Augen und die Art, wie er mit träumerischen Blicken das volle Leben herbeizusehnen schien, ließen ihr Herz erregt pochen. Von diesem Augenblick an glaubte sie wieder an die Liebe auf den ersten Blick. Wie ein Magnet zog er ihre Blicke auf sich, ohne dass er sich dessen bewusst war. Fiona versuchte ein Gespräch mit ihrer Freundin zu beginnen, durchschaute aber schnell, warum sie nicht ihrem Konversationsversuch folgte.

»Hallo …????«

»Ahm …, entschuldige, Kleene, aber das ist ER!«

»Was ist ER…?« fragte Fiona irritiert nach.

»Die Liebe meines Lebens.«

»WAAAS?« rief sie so laut, dass einige Lokalbesucher zu den beiden herüberschauten. Auch der Schreiberling ließ für einen winzigen Augenblick von seinen Gedanken ab. Seine und Emelys Blicke streiften sich flüchtig. Emely hatte das Gefühl, als würde sie den Unbekannten anstrahlen wie ein Honigkuchenpferd. In Wirklichkeit schaffte sie so gerade ein zaghaftes Lächeln. Freundlich lächelte er zurück und nickte bedächtig. Was wohl so viel bedeuten sollte wie »Hallo«. Nach diesem flüchtigen Moment ordnete er seine wirr durcheinander liegenden Papiere und winkte der Bedienung zu. Wenige Sekunden später stand sie auch schon an seinem Tisch.

»Schon mit dem Schreiben fertig für heute?« fragte die blutjunge Kellnerin, ihn anhimmelnd.

»Ja. Für heute ist genug. Sagst du mir was ich zahlen muss?« fragte er. Er musste sich wohl des Öfteren im Café aufhalten. Emely und Fiona verfolgten diesen flüchtigen Augenblick kommentarlos.

»Das macht dann 12,80 Euro.«

Er gab ihr fünfzehn und bedankte sich bei ihr. Die Bedienung bedankte sich ebenfalls und wünschte ihm noch einen angenehmen Abend. Er griff sich die Blätter, stand auf, und als er unmittelbar am Tisch von Emely und Fiona vorbei schritt, verfingen sich ihre Blicke noch einmal für einen Augenblick. Mit einem Lächeln, unfähig auch nur ein Wort zu sagen, nicht mal ein schüchternes »Hallo« rutschte ihm über die Lippen, verabschiedete er sich. Leidenschaftlich blickte Emely ihm nach. Als er die erste Stufe der Wendeltreppe erreichte, hegte sie die Hoffnung, dass er sich noch einmal zu ihr umdrehen würde. Den Hoffnungsschrei ihres Herzens vernahm er anscheinend instinktiv. Bevor er die ersten Stufen hinab stieg, riskierte er einen flüchtigen Blick zu ihr. Emely wäre am liebsten vor Glückseligkeit aufgesprungen, zu ihm hingerannt, hätte ihn umarmt und geküsst. Während sie noch ihrer Fantasie nachhing, verschwand er aus ihrem Sichtfeld.

»Was war das denn?« fragte Fiona ungläubig.

»Das war mein Traummann. Er weiß es bloß noch nicht«, antwortete Emely lächelnd.

»Mein Gott, dich hat es ja total erwischt!«

»Ja, hat es … Wie kann ein Typ über eine derart intensive Anziehungskraft verfügen?« fragte Emely eher sich selbst.

»Okay, er sieht nicht schlecht aus. Aber so toll …?«

»Er ist mindestens so toll für mich wie damals Fabrizio für dich. Erinnerst du dich?«

»Ja, Sweetie, sicher erinnere ich mich noch. Aber damals war ich Anfang zwanzig. Und zudem leichtgläubig. Siehst ja, wie weit ich mit dem Anhimmeln gekommen bin.«

»Nein, nein, das meine ich nicht. Dass sich dieser Italiener im Nachhinein als Arsch entpuppt hat war extrem schade. Nein, ich meinte den Moment, als du ihn zum ersten Mal gesehen hast. Als alles um dich herum dunkel war und nur Fabrizio von deinen Gefühlen angestrahlt wurde.«

»Okay, ich hab verstanden. Aber glaubst du, das ist jetzt der richtige Zeitpunkt, um etwas mit einem neuen Typen anzufangen. Bitte, verstehe mich nicht falsch. Du weißt dass ich das nicht böse meine. Ich wollte damit nur sagen …, hättest du denn den Kopf frei dafür?«

»Die Frage stellt sich für mich noch gar nicht. Ich habe ihn doch nur gesehen. Er scheint ein Schreiberling zu sein und besitzt ein unverschämt süßes Lächeln. Aber vielleicht ist er ja auch ein Arsch!«

»Genau, nur ein Frauenflachleger!« ergänzte Fiona.

Sie grinsten sich zu.

»Okay, da kommt der Kaffee«, wechselte Emely das Thema.

Die Bedienung stellte die Tassen auf passenden Untersetzern ab.

»Vielen Dank«, antwortete Fiona. »Hören Sie, der Typ, der hier vor wenigen Minuten saß, kennen Sie ihn zufällig?« fragte sie so beiläufig wie möglich.

Emely schaute aus dem Fenster und grinste peinlich berührt.

»Oh ja. Ich kenne ihn zwar nicht mit Namen, aber er ist unter uns Mädels hier der Liebling. Er ist so ein süßer Typ. Du kannst noch so schlechte Laune haben, doch wenn du mit ihm wenige Sätze austauschst, fühlst du dich wie ausgewechselt. Er ist echt zum Knuddeln. Für uns ist er so ’ne Art geheimnisvoller Schreiber.«

»Mann oh Mann, der Typ scheint ja einem ganz besonderen Frauenmagazin entsprungen zu sein«, übertrieb Fiona bewusst.

»Worüber schreibt er denn?«

»Das kann ich Ihnen leider nicht sagen. Das weiß niemand. Er bindet es auch niemandem auf die Nase. Er schreibt, bleibt für gut eine Stunde, manchmal auch für zwei, und geht, nachdem er zwei Kaffee getrunken und dazu ein Stück Kuchen gegessen hat. Wieso fragen Sie?«

»Nur aus Neugierde«, antwortete Fiona knapp.

»Aha. Darf ich Ihnen schon die Speisekarte reichen?«

»Das wäre sehr nett.«

Daraufhin verschwand die aufmerksame Bedienung und kehrte kaum zwei Minuten später mit den Speisekarten zurück. Behutsam legte sie die originell gestalteten Karten zu Fiona und Emely auf den Tisch.

»Du bist vielleicht 'ne Marke. Wie kannst du denn die Bedienung über einen Gast befragen?« Emely musste trotzdem lächeln.

»Na, jetzt wissen wir wenigstens schon einmal, dass er in diesem Restaurant praktisch Stammgast ist. Ist nicht viel, aber ein Anfang«, lachte Fiona.

So verrannen zwei behagliche Stunden. Gegen zehn Uhr übernahm Emely die komplette Rechnung als kleines Dankeschön für Fionas moralische und tatkräftige Unterstützung der letzten Tage. Auf dem Weg ins *FUGA*, ein Stockwerk tiefer, bummelten sie einen kleinen Umweg an den dekorierten Schaufenstern vorbei. Am anderen Ende des Ganges angekommen entdeckte Emely zufällig den Schreiberling, als die Rolltreppe ihn nach unten beförderte. Hektisch schubste sie Fiona an.

»Da ist er wieder!«

»Sprich ihn doch an!«

»Ich weiß nicht so recht ...«

»Was weißt du nicht so recht? Es sind gerade mal zwei Stunden her, da war er ‚der Auserwählte'. Warum jetzt so schüchtern?«

»Ja schon, aber ... Mann, was für eine Grütze!«

Während Emely über sich selbst ärgerte, verschluckte ihn die untere Etage. Nun trauerte sie der vergebenen Chance nach. Plötzlich riss sich Emely von Fionas Arm los. So schnell sie konnte eilte sie ihm hinterher. Im Parterre des Gebäudetraktes angekommen überblickte sie den langen Gang bis zum Haupteingang. Enttäuscht blickte sie zu Boden. Eine Weile später traf Fiona ihre beste Freundin unmittelbar in der Nähe des Pubs wieder.

»Hey, Sweetie. Was ist denn los? Hat es dich so arg erwischt?« fragte sie und nahm ihre Freundin tröstend in die Arme.

»Glaub mir, er ist es.«

»Du weißt, dass ich dich bei allem unterstütze. Aber du kennst ihn doch gar nicht. Vielleicht ist er ja wirklich ein Filou. Und du trauerst ihm jetzt schon nach ...«

»Aber ich würde ihn gerne kennenlernen. Wenn ich wüsste, dass er ein Arsch ist ...!«, reagierte Emely wie ein Teenager. »Aber wenn nicht?« Die Gedanken hüpften wirr in Emely umher.

»Da hilft nur eins, jeden Samstagabend und Sonntagnachmittag gehen wir hierher. Okay?«

Emely fixierte Fiona. Sehr lange und intensiv.

»Was ..., warum schaust du mich so an?«

»Weißt du eigentlich, wie lieb ich dich hab?«

Als Emely ihr diese Tatsache mitteilte, stand Fiona von ihrem Stuhl auf, tänzelte drei Schritte um den Tisch herum und umarmte sie mit echter Hingabe. Dann löste sie die Umarmung, und während sie zu ihrem Platz schlenderte, trafen sich ihre Blicke erneut.

»Ja, das weiß ich. Geht mir doch genauso. Also abgemacht, bis wir ihn wiedersehen, gehen wir jetzt nur noch bei Gregor's Kaffeetrinken.«

»Abgemacht?«

»So ist es gesprochen, so soll es geschrieben werden«, alberte Fiona.

Irgendwie erleichtert marschierten die Grazien ins *FUGA* und amüsierten sich noch zwei weitere Stunden. An drei Wochenenden nacheinander führte der Weg Emely und Fiona ins Gregor's, samstags wie sonntags. Doch der unbekannte Schreiber erschien nicht. Selbst die Bedienung sprachen sie auf ihn an. Doch niemand sah ihn. Frust keimte in Emely auf. Sie überlegte sich, wie sie dem Liebesglück in die Spur helfen sollte. Sie musste damit aufhören, jedes Mal zur Tür im Pub zu blicken, nur weil sich in ihr die Hoffnung regte, dass der nächste Gast, der durch die Tür schritt, ER sein musste. Wenn es der Zufall wollte, würde sie ihn irgendwann wieder treffen. Sie war zwar nicht glücklich mit dieser Theorie, aber sie musste sich damit arrangieren. Weitere Wochen zogen ins Land. Der unbekannte Schreiberling tauchte nicht auf. Nur ab und an, wenn die Türe im *FUGA* aufging, riskierte Emely noch einen flüchtigen Blick, vielleicht ... Von Zeit zu Zeit sprachen Emely Typen an. Doch bei dieser sexy Blondine zu landen gestaltete sich als extrem schwierig. Wenn der ein oder andere Typ ihr ein Getränk spendieren wollte, nahm sie es nur selten an. Doch spätestens bei dem folgenden belanglosen Smalltalk beendete sie die eindeutigen Absichten der Herren. Sie spürte es tief in sich drin. Der glücklichste Tag ihres Lebens sollte noch kommen ... Fiona zeigte sich nicht froh darüber, akzeptierte aber selbstverständlich den Traum ihrer Freundin. Sie blieb bei der Meinung, Emely solle allein aus Sexgründen den einen oder anderen Mann kennenlernen. Doch Emely legte keinen Wert auf einen One-Night-Stand. Die Scheidungsvorbereitungen waren in der Zwischenzeit abgeschlossen. Jetzt musste sie nur noch das Trennungsjahr heil überstehen, bis die Scheidung dann endlich offiziell bestätigt würde. Sie gab dem Schicksal bis dahin Zeit, ihren Schreiberling zu bewegen, ihren Weg noch einmal zu kreuzen.

11

Limo beschäftigte sich gerade damit, nach einer ausgiebigen Dusche seine nach Feuchtigkeit lechzende, sonnenverwöhnte Haut einzucremen, als das Handy gleich neben ihm auf einem Stapel Handtücher ertönte. Instinktiv dachte er daran, dass er lange nichts mehr von Anke gehört hatte. Er wischte rasch seine Hände trocken und blickte auf das Display. Er schüttelte den Kopf und lächelte. – Es muss so etwas wie Gedankenübertragung existieren. Seine Gedanken spielten mit dieser interessanten Vorstellung, als er die Nummer von Anke Hammer erkannte.

»Hallo, Frau Hammer!« rief er sogleich ins Handy.

»Hallo, junger Mann!«

»Was verschafft mir die Ehre?« fragte er neugierig nach.

»Ich wollte dich für morgen einladen.«

»Hört sich gut an. Darf ich fragen warum?«

»Na hörn 'se ma«, scherzte Anke, »ein sehr netter Mann schenkte mir vor Ewigkeiten zwei Karten fürs Rod Stewart-Konzert. Vielleicht würden Sie mich ja morgen gerne begleiten.«

»Im Ernst? Und danach hemmungslosen Sex?« scherzte er zurück.

»Sehr gerne, aber nur wenn ich oben liegen darf«, alberte sie.

»Kein Problem, ich komme gerne unter dir ...«

Beide lachten gutgelaunt.

»Aber jetzt mal ernsthaft. Würdest du mit mir morgen dorthin fahren?«

»Würde ich sehr gerne.«

»Aber?« fragte Anke skeptisch nach.

»Nein, nichts aber. Möchte Mary denn nicht mit dir hin?«

»Würde sie bestimmt, sie steckt aber immer noch mitten im Klausurenstress. Sie kommt morgen Abend erst sehr spät aus Hamburg zurück, weil sie noch einige wichtige Unterlagen von einem Bekannten abholen muss. Die würden ihr wohl enorm beim Lernen von Nutzen sein.«

»Wenn das so ist, begleite ich dich sehr gerne. Um wie viel Uhr ging das Konzert nochmal los?«

»Um zwanzig Uhr.«

»Dann sollten wir spätesten um sieben an der Lanxess-Arena sein. Ich hole dich um halb sechs ab, ja?«

»Sollen wir uns nicht am Olper Südkreuz auf dem Parkplatz treffen?«

»Warum das denn?«

»Na, weil du einen ziemlichen Umweg fahren müsstest.«

»Quatsch. Für guten Sex, ähm, für ein tolles Konzert, wollte ich sagen, fahre ich bis nach Pusemuckel«, scherzte Limo ungewohnt locker.

»Aha. Für guten Sex ... Wie weit fährst du dann erst für grandiosen Sex?«

»Bis zu dir natürlich.«

»Jetzt hör auf, ich werde schon ganz wuschig. Ich werde dich nach dem Konzert bestimmt noch mal daran erinnern. So, also gut, dann erwarte ich dich morgen, wie ausgemacht, bei mir. Was machst du heute noch?« fragte Anke neugierig.

»Nichts mehr. Ich werde mir noch einen Film anschauen und lege mich dann ins Bett. Ich war eben noch joggen. Irgendwie macht mir das wechselhafte Wetter zurzeit zu schaffen. Und du?«

»Ähm, ich denke, ich lese gleich noch einige Zeilen und bereite mich auf den morgigen Abend vor. Dann wünsche ich dir eine gute Nacht und ruh dich gut aus. Man weiß ja nie …?«

»Und wie ich ruhen werde! Dann schlaf du auch gut! Bis morgen!«

Limo empfand nach wie vor viel Sympathie für Anke. Aber er bemerkte, dass das innige Gefühl vor einiger Zeit erloschen war. Dafür, dass sie damals erotische Intimitäten miteinander ausgetauscht hatten, kam sie ihm nun beinah wie eine Fremde vor. Ihm war klar, dass die beiden mit großer Wahrscheinlichkeit nach dem Konzert noch Sex miteinander haben würden. Warum sollte er das auch im eintretenden Fall ablehnen? Schließlich waren auch schon wieder einige Wochen vergangen. Außerdem waren auch Joggen und Schattenboxen nicht die Ideallösung, um seinen männlichen Sexualtrieb dauerhaft zu unterdrücken. Anke dachte vermutlich ähnlich. Sie wusste, dass sie die Gelegenheit zu einer aufregenden Bindung vermasselt hatte. Es war eine merkwürdige Freundschaft zwischen den beiden entstanden. Obwohl es sich nur mehr um eine sexuelle Freundschaft handelte, respektierten sie sich doch sehr.

Limo erwachte mit den ersten Sonnenstrahlen, die sich auf seiner entblößten Haut einschmeichelten. Wohlig grunzte und wälzte er sich von links nach rechts. Nach dieser Zeremonie erhob er sich und begann den Tag mit einem gemütlichen Frühstück. Gegen Mittag rief er seine Mutter an. Er würde gegen eins zu ihr kommen, um mit Ronny einen ausgedehnten Spaziergang zu unternehmen.

Nachdem er mit seinem treuen Freund über zwei Stunden im Wald verbracht hatte, blieb er noch auf einen kleinen Plausch bei seiner Mutter, bevor er zu seiner Wohnung zurückkehrte. Als er am späten Nachmittag in seinem kleinen Reich eintraf, legte er eine Randy Crawford-CD ein und drückte auf Start. Bereits nach den ersten Takten begab er sich ins Badezimmer und duschte. Anschließend rasierte er sich, putzte sorgfältig die Zähne und zwängte seinen Hintern in seine Lieblingsjeans. Ein weißes, körperbetontes Shirt und ein dunkelblaues Baumwollhemd darüber umhüllten den athletischen Oberkörper. Seine Haare stylte er unkonventionell mit Haarlack. Zum Schluss schlüpfte er in gemütliche Freizeittreter. Mister Stewart konnte kommen. Kurz vor halb sechs schrieb er Anke eine SMS, dass er in dreißig Minuten bei ihr eintreffen werde. Als Limo auf die Hüttental-Schnellstraße auffuhr, warf er einen prüfenden Blick in den Rückspiegel. Seine Augen weiteten sich. In einem VW hinter sich glaubte er den Typen erkannt zu haben, der vor einigen Wochen bei ihm in die Wohnung eingebrochen war. Limo bewegte den Wagen vorschriftsmäßig, in der Hoffnung, der Andere würde näher kommen. Oder sogar überholen. Ständig beobachtete er das Verhalten seines Verfolgers. Limos Puls hämmerte aufgeregt. Obwohl einige Wochen seit dem Einbruch vergangen waren, so setzte sein logischer Verstand aus. Jetzt endlich setzte der Typ den Blinker und beschleunigte zum Überholmanöver. Doch warum sollte er überholen wollen, wenn er ihn womöglich nur beschatten sollte. Fühlte er sich ertappt? Oder sollte möglicherweise sein Auftrag noch Böseres beinhalten? Als der Fahrer des Volkswagens unmittelbar neben Limo auftauchte, riskierte Limo einen flüchtigen Blick zur Seite. Als er das Profil des Unbekannten mit seinen Erinnerungen verglich, legte sich auch seine Aufregung wieder. Falscher Alarm. Scheiße noch mal. Jetzt sehe ich wirklich schon Gespenster. Wenige Augenblicke nach diesem Schreck nahm Limo die Weidenauer Ausfahrt der Schnellstraße.

»Hallo, Kalli? «

»Ja, Andrej, was gibt's?«

»Er ist gerade in Weidenau ab. Ihr könnt ihn jeden Augenblick übernehmen.«

»Verstanden. Bis später.«

»Okay.«

Gy wollte, aufgrund der Order des Auftraggebers, dass Mirco Langen jetzt intensiver observiert und durchaus persönlich attackiert werden sollte. Zu lange gab der ungeliebte Monteur kein Lebenszeichen von sich. Dem Auftraggeber kam diese ruhige Zeit extrem verdächtig vor. Dieser Langen musste etwas im Schilde führen. Dem sollten die Russen näher auf dem Grund gehen. Unbemerkt hefteten sich Kalli und Sergej nun an ihr Objekt. Limo blieb im Wagen und hupte einmal vor Ankes Haustür. Gleich darauf öffnete sie die Tür. Sie stakste Limo elegant entgegen. Ihm blieb beinah das Herz stehen. Anke hatte ihre langen Haare zu einer Hochfrisur zusammengesteckt. Ihren Prachtkörper hatte sie in einen schwarzen Hauch von Nichts gezwängt. Ihre Füße steckten in hochhackigen schwarzen Pumps. Die Luft knisterte bereits, noch bevor der Abend richtig begonnen hatte. Sie stoppte abrupt und kehrte noch einmal ins Haus zurück. Limo beobachtete, wie die Saumspitzen ihres Kleides mit den femininen Wadenmuskeln spielten. Ihm kam der Gedanke in den Sinn, wie er ihre schlanken Fesseln festhielt, ihre erotischen Füße küsste und sie gleichzeitig vögelte, als spielte er die Hauptrolle in einem Porno. Allein bei dieser Erinnerung regte sich in Limo eine erotische Fantasie. Wenige Augenblicke darauf eilte sie mit einem schwarzen Seidenschal, den sie leger über die Schultern streifte, zurück.

»Schau dir diese geile Sau an. Die würde ich auch mal gern richtig durchficken.«

»Reiß dich zusammen, Sergej. Du wirst schon irgendwann das Vergnügen haben«, antwortete Kalli. Er verstand, welche Wut sein Kollege auf diesen Langen hegte. Die aufmerksamen Wachhunde parkten unauffällig wenige Häuser weiter. Fünf weitere Fahrzeuge, die dort parkten, verschafften ihnen einen unauffälligen Unterschlupf.

»Aber hallo. Wollen wir nicht doch lieber den Abend hier verbringen?« fragte Limo, der sich schon unter ihr liegen sah.

»Später. Du weißt doch, erst Spannung schaffen …!« antwortete sie kess.

»Spannung schaffen ist gut«, grinste Limo.

»Dann komm herein. Du siehst unglaublich süß aus.«

»Vielen Dank. Schön, dass du mit mir zum Konzert kommst. Ich freue mich schon ...«

»Ich auch«, entgegnete er noch bevor sie den Satz beendet hatte.

»... auf Roddy«, fügte sie scherzend hinzu.

»Ha, ha«, lachte Limo trocken und trat aufs Gaspedal.

»Dann mal los, Sergej, hinterher.«

»Nichts lieber als das.«

»Ich gebe den Jungs Bescheid, dass wir dran bleiben«, äußerte Kalli cool.

Kalli informierte seinen Kumpanen darüber, dass sie bis auf weiteres an dem Typen dranbleiben würden. Eine dreiviertel Stunde später suchte Limo einen geeigneten Parkplatz. Kalli und sein Partner hatten zwar einige Mühe, unauffällig hinter ihm zu bleiben, da der Straßenverkehr in der Kölner City um diese Zeit stellenweise sehr zähflüssig war. Ihnen gelang es dennoch, sich unbemerkt hinter dem Pärchen einzureihen. Nach endlos langen zwanzig Minuten wurde Limo in einem Parkhaus fündig. Laut der digitalen Anzeige sollten noch 64 freie Parkplätze vorhanden sein. Im vierten Parkdeck gab es einige Parkmöglichkeiten. Nur wenige Parkplätze weiter stellten die beiden Auftragskiller ihren Wagen ab. Sergej beobachtete, wie die beiden schnellen Schrittes davon eilten.

»Scheiße, da gehen sie. Bleiben wir?« fragte Sergej innerlich angespannt.

»Das wird das Sinnvollste sein. Früher oder später werden sie zurückkommen müssen.«

»Also warten!« sagte Sergej genervt.

»Ja«, antwortete Kalli knapp, aber unmissverständlich.

»Manchmal geht einem der Observationsscheiß echt auf'n Sack!«

»Bleib locker, Junge. Ich könnte mir jetzt auch etwas Angenehmeres vorstellen«, antwortete Kalli selbst genervt.

»Ja Mann. Zum Beispiel die Alte von diesem Wichser vögeln.«

»Ja, ja ... zum Beispiel.« Kalli verdrehte gelangweilt die Augen. Er verrichtete die Arbeit seit einer geschätzten Ewigkeit als Profi. Selbst bei solch aufregenden Frauen, wie Anke in der Tat eine war, kannte er kein Pardon. Sexuelle Reize während der Arbeit blendete er generell aus. Er fokussierte sich auf die Order, die er zu erfüllen hatte, aufs Wesentliche. So langsam ging ihm sein Partner mit dem Gequatsche von der ständigen Fickerei auf die Nerven. Er wusste, Sergej sann auf Rache. Die Freundin von diesem Langen käme ihm da sehr gelegen.

Limo und Anke erreichten in der Zwischenzeit den Eingangsbereich der Lanxess-Arena. Limo kam dieses Gebäude wie eine Adaption eines Unterwasserfahrzeugs vor, wie es Jules Vernes in seinem Science-Fiction Roman *20.000 Meilen unter dem Meer* beschrieben hatte. Limo wusste, dass sie noch genügend Zeit hatten, bis das Spektakel losging. Die Menschenschlange endlich hinter sich gelassen, entschlossen sie sich dazu, noch gemütlich eine Bratwurst zu essen. Limo genoss noch ein kühles Kölsch, während Anke bei einem Mineralwasser blieb. Bald darauf betraten sie den Innenraum des »Unterwasserfahrzeugs«.

»Schon aufgeregt?« wollte Limo wissen.

»Ja, total. Ich bin vor knapp zwanzig Jahren das letzte Mal in einem Konzert gewesen. Zu der Zeit war Phil Collins noch angesagt. Mein Exmann hat mir damals die Karten geschenkt. Das war bis zum heutigen Tag mein erstes und letztes Livekonzert. Umso mehr freue ich mich auf Roddy«, erzählte Anke begeistert.

»Bist du denn öfter auf solchen Events?« fragte sie neugierig.

»Öfter wäre übertrieben. Immer mal wieder trifft es eher.«

»Welches war das aufregendste Konzert, das du je besucht hast?«

»Mitte der achtziger Jahre kam Bruce Springsteen mit seiner E-Street Band nach Deutschland. Das wirklich Sensationellste, was ich je gesehen und gehört habe. Über dreieinhalb Stunden Power.« Die Begeisterung sprudelte aus ihm heraus.

»Gibt es jemanden, den du schon immer mal live sehen wolltest, was dir aber aus irgendwelchen Gründen nicht gelungen ist?«

»Ja, gibt es in der Tat«, machte Limo es spannend.

»Und …? Wer?«

»Randy Crawford, Neil Diamond. Vielleicht auch Sarah Brightman.«

»Hä, wer ist Randy …?«

»Ich bin mir nicht ganz sicher, aber ich glaube, die hast du schon bei mir zu Hause gehört.«

»Echt? Kann ich mich gar nicht dran erinnern. Na ja, aber Neil Diamond kenne ich. Hat der nicht *Sweet Caroline* gesungen?«

»Ja, genau.«

»Ich muss schon sagen, diese Namen höre ich nicht oft. Eigentlich gar nicht. Die Brightman singt eher so klassischen Kram, oder?« Limo grinste.

»Und genau aus diesem Grunde ist es super, dass die Geschmäcker so verschieden sind.« Limo blickte dabei auf seine Uhr und schlug vor, sich auf den Weg zum Platz zu begeben.

»Noch gut fünfzehn Minuten bis zum Beginn der Vorstellung. Oder möchtest du noch etwas trinken?«

»Nein, ich habe genug fürs erste. Lass uns unsere Sitzplätze aufsuchen«, forderte Anke Limo auf. Schnell und unproblematisch fanden die beiden ihre reservierten Sitzplätze. Der Stuhl war noch nicht wirklich warm gesessen, da erklangen auch schon die ersten Takte. Mit seinem *Baby Jane* eröffnete Rod Stewart die musikalische Unterhaltung. Unmittelbar nach dem rund zweistündigen Konzert bedankte sich Anke mit einem Kuss bei Limo. Trotz der rund fünfzehntausendköpfigen Menschenmenge erreichten sie sehr zügig das Parkdeck. Angestachelt von der tollen Musik ließ sie Limo spüren, dass sie sich sehr wohl fühlte, und stieg zu ihm in den Wagen.

»Wurde auch Zeit. Dann mal hinterher …«, befahl Kalli nüchtern. Sergej befolgte nichts lieber. Erneut gelang es Sergej, dem Objekt unauffällig zu folgen.

»Sag mal, Kalli, warum haben wir nicht die Gelegenheit genutzt, um uns in der Wohnung dieser Schlampe umzuschauen?«

»Kann ich dir nicht sagen. Gy würde uns schon den Auftrag erteilen, wenn es von Bedeutung sein sollte.« Sergej verstummte und folgte dem schwarzen Sportwagen in sicherem Abstand.

Die dreihundert Pferdchen trieben das gut eineinhalb Tonnen schwere Fahrzeug geschmeidig über den Asphalt. Sie passierten gerade auf der A 4 die Ausfahrt Bergisch Gladbach, als Limo nach etwas kramte.

»Nach was suchst du?«, fragte Anke niedlich.

»Mir fiel gerade ein, dass ich eine CD von Randy Crawford im Auto hatte. Die müsste hier irgendwo bei den anderen CDs liegen.«

Mit einem Schwung hielt er einige CDs in der Hand. Rasch fand er die Gesuchte und legte sie ein.

»Wird dir eventuell nicht gefallen. Ich kann bei dieser Musik superklasse entspannen.«

Als die ersten Töne aus den Boxen schallten, drehte er die Musik um einige Phon lauter. Sie wechselten auf den letzten Kilometern kein Wort. Randy Crawfords samtweiche RnB-Balladen verleiteten zu Träumereien. Für kurze Zeit stahlen sich beide unabhängig voneinander in eine eigene Welt. Nur noch wenige Takte bis zum Haus der begehrenswerten Blondine. Limo bog in die Zielstraße ein. Er reduzierte die Lautstärke der Musik und sorgte dafür, dass der Motor den Sound unterbrach. Sie befanden sich vor Ankes Haus. Sie blickten sich tief in die Augen und registrierten nicht, wie ihr Schatten einen geschützten Parkplatz ansteuerte.

»Das ist eine wunderschöne Musik«, versuchte Anke eine Konversation zu beginnen. Doch der Versuch klang hölzern. Limo nickte und lächelte wehmütig. Für einige Atemzüge hörte man nur im Hintergrund den Soul.

»Kommst du nicht mit rein?« nahm sich Anke ein Herz.

»Ich …, ich glaube nicht«, stotterte Limo.

»Warum nicht? Habe ich etwas falsch gemacht?« fragte sie nach. Sie verstand nicht recht.

»Anke, ich mag dich wirklich sehr. Ich habe gedacht, dass wir doch irgendwie zueinander finden könnten. Aber ich spüre sehr intensiv, dass ich für eine reine Sexbeziehung nicht geeignet bin. Und wenn du zu dir selbst ehrlich bist, du auch nicht.«

»Aber …«, begann Anke den Satz und wurde gleich von Limo unterbrochen.

»Nein, warte noch. Entschuldige bitte, dass ich dich unterbreche. Ich war dabei mich in dich zu verlieben. Auch als ich dich vorhin abgeholt habe, stieg in mir ein unglaubliches Gefühl auf. Nur bin ich mir nicht im Klaren darüber, ob dieses Gefühl Liebe sein könnte oder ob schlicht und ergreifend Geilheit meine Sinne vernebelt hat, als ich dich in diesem aufregenden Fummel sah. Da ich mich logischerweise am besten kenne, stellen sich mir bestimmt Probleme mit dem Vorkommnis von neulich in den Weg. Ich komme irgendwie nicht klar damit.«

»Du meinst die Sache mit Erol?« fragte Anke enttäuscht.

»Ja. Ich habe da echt ein Problem mit. Es geht nicht um ihn. Vielmehr geht es um die Tatsache, dass du mit einem Kerl rummachst, obwohl wir uns kurz zuvor erst kennengelernt haben. Es ist ja nicht so, dass wir schon ein halbes Leben miteinander geteilt hätten. Da besteht durchaus die Gefahr, dass eine Beziehung in eine Sackgasse führt. Aber gleich zu Beginn? In der Phase sollten alle Gefühle und Antennen auf eine einzige Person ausgerichtet sein. Wenn man eine ernsthafte Bindung in Erwägung zieht. Auch stressfrei!«

Limo schnaufte tief durch. In diesem Augenblick klang das »stressfrei« überhaupt nicht witzig.

»Das ist auch genau das Ding, das ich an Kerlen hasse. Und plötzlich sehe ich dich in Begleitung eines gut aussehenden Typen. Bitte verzeih mir, dass ich dir den schönen Abend kaputtgemacht habe.«

Limo verschaffte seinem angestauten Frust Luft.

»Aber es ist wirklich nichts passiert«, versuchte Anke beschwichtigend zum Ausdruck zu bringen, obwohl sie nicht die Wahrheit sagte.

Limo kratzte sich zwiespältig am Hals.

»Das könnte ich dir sogar glauben. Dagegen spricht allerdings ein anderes Bild. So wie ihr beiden euch angeschaut habt. Wie du ihn geküsst hast. Sicher wäre dieser Abend wahrscheinlich so verlaufen wie unser Abend an deinem Geburtstag. Dieser Gedanke tat mehr weh, als ich mir selbst eingestehen wollte.«

»Du meinst damit, dass es ganz aus ist mit uns?«

Limo betrachtete sie intensiv. Flüchtig streifte sein Blick über ihr traumhaftes Dekolleté. Er ließ sich dieses Mal nicht von ihren üppigen Reizen verführen. Er fing erneut ihren Blick auf, beugte sich zu ihr hinüber und drückte ihr einen freundschaftlichen Kuss auf die Wange.

»Ich denke ja«, bestätigte er mit trauriger Stimme.

»Besteht denn Hoffnung, dass wir uns in Zukunft auf einen Kaffee treffen könnten? Auf neutralem Boden?«

»Durchaus. Aber der Kaffee führt zu keiner weiteren intimen Liaison. Genügt dir das?«

»Ich würde mich freuen. Eine Freundschaft mit dir würde mir viel bedeuten.«

Sie lächelten erleichtert. Nochmals beugte er sich zu Anke hinüber. Auf halbem Wege kam sie ihm entgegen. Ihre Lippen berührten sich sanft.

»Ciao, du Süßer. Bis bald mal.«

»Ja, bis die Tage«, entgegnete Limo knapp.

Anke drückte die Beifahrertür auf, stieg aus und blickte Limo mit feuchten Augen zum Abschied hinterher. Limo empfand ihre Tränen nicht als Krokodilstränen. Er ahnte, dass Anke wusste, dass sie sich nicht ganz korrekt an dem besagten Abend verhalten hatte. Er geriet selbst ins Grübeln, ob er nicht doch nur aus verletztem männlichem Stolz Schluss gemacht hatte. Er startete den Motor, drückte die CD erneut auf Start und fuhr los. Flüchtig erhaschte er noch einen winzigen Blick von ihr und sah, wie sie ihm zuwinkte.

»Ich dachte schon, die würden die ganze Nacht in dem Scheißauto verbringen«, geiferte Sergej.

»Sergej, ganz ehrlich, du solltest dringend etwas gegen deine Ungeduld unternehmen«, forderte Kalli ihn auf. Zunächst verstand Sergej den Sinn dieses Satzes nicht. Dass er wie ein kleiner Junge grübelte, konnte Kalli sehen und hören. Dann kniff er die Augen zusammen und grinste hämisch.

»Du meinst …«

»Ja genau, das meine ich. Wenn du fertig bist, schau dich doch einfach mal kurz um, ob er die Unterlagen bei ihr versteckt hält. Verstanden?« Obwohl sie nicht den Auftrag von Gy erhalten hatten, handelte Kalli jetzt auf eigene Rechnung.

»Okay. Wird prompt erledigt.«

Sein Grinsen veränderte sein blasses Gesicht zu einer abartig dämonischen Fratze.

»Nimm dein Handy mit, damit ich dich im Notfall anpiepen kann.«

»Hast du meine Nummer?« fragte Sergej und spielte damit auf das frühere Missgeschick mit Gy an.

»Kümmere dich um deinen Dreck, sonst überleg ich mir das noch mit der Verarbeitung deiner Ungeduld!« antwortete Kalli angewidert. Sergej sah seinen Nebenmann lange und durchdringend an und nickte fast unmerklich. Mittlerweile war die attraktive Frau schon im Haus verschwunden. Sorgfältig beobachteten die osteuropäischen Wachhunde die schmale Straße und die wenigen Häuser in der direkten Umgebung. Kalli blickte auf die Uhr.

»Wir haben jetzt zehn Minuten vor zwölf. Sieh zu, dass du bis halb eins alles erledigt hast.«

Sergej nickte. Kalli schüttelte den Kopf. Seine Lippen schmal zusammengepresst. – Was für ein krankes Arschloch … Er befürchtete eine unmenschliche, grässliche Tat. Zweifel keimte in ihm auf. Er hätte es nicht zulassen dürfen. Für eine Umkehr war es zu spät. Geschmeidig wie eine Katze auf Beutefang überquerte Sergej bereits die Straße. Er lief zur Kontrolle um das Haus herum und inspizierte die Gegebenheiten des Grundstücks. Er wählte die schnellste, aber auch zugleich die dreisteste Variante, um ins Haus zu gelangen. Er drückte auf die Klingel. Anke umhüllte gerade mit dem Bademantel ihren Traumkörper, als sie das Klingeln wahrnahm. – Limo?! Vielleicht hat er sich es doch anders überlegt. Ein Hoffnungsschimmer ließ sie für einen flüchtigen Moment lächeln. Mit einem kurzen Blick in den Spiegel überprüfte sie ihr Aussehen. Rasch zerzauste sie ihre langen Haare und öffnete den Bademantel im Ansatz des Dekolleté. Sie eilte die Treppenstufen hinab in freudiger Erwartung. Als sie endlich die Haustür erreichte, öffnete sie diese mit einem heftigen Ruck. Verdutzt schaute die blonde Schönheit in fremde Augen. Noch bevor sie ein Wort heraus bekam, geschweige ihr Dekolleté mit dem flauschigen Kragen des Bademantels zu verbergen vermochte, holte der Fremde aus und schlug ihr mit brachialer Wucht seine Hand ins Gesicht. Anke taumelte rückwärts und stürzte besinnungslos zu Boden. Blitzschnell trat der Killer durch die Tür und verschloss sie von innen.

Kalli saß unruhig im Wagen. Immer wieder galt seine Aufmerksamkeit der Uhr im Fond des Wagens und der Haustür. Sein Kumpel sollte um halb eins zurück sein. Irgendetwas schien er daran nicht zu verstehen. Fünf Minuten vor eins. Kalli entschloss sich, Punkt eins zum Haus zu laufen, wenn dieser Spross einer Hure bis dahin nicht erschienen war. Erneut starrte Kalli auf die Uhr, als er aus dem Augenwinkel eine schemenhafte Bewegung registrierte. Der »Spross« näherte sich rennend dem Wagen, riss die Tür auf und ließ sich schnaufend in den Sitz fallen.

»Na endlich. Sagte ich dir blödes Arschloch nicht, dass du um halb eins den Scheiß erledigt haben solltest? Zwei Minuten später hätte ich dich persönlich rausgeholt«, fluchte Kalli beleidigt.

»Leck mich«, konterte Sergej selbstbewusst.

»Bist du wenigstens fündig geworden?« fragte Kalli.

»Nix da. Ich habe die ganze Bude auf den Kopf gestellt. Einfach nix.«

»Und was hast du mit der Kleinen angestellt?«

»Nix! Die hat kein Wort gesagt.«

»Das kann ich mir vorstellen. Deine Begrüßung hatte ja eine einschlagende Wirkung. Trotzdem frage ich dich noch einmal. Was ist mit ihr?«

»Sie sieht gar nicht so geil aus, wenn man sie so von Nahem betrachtet. Sie wird mich mit Sicherheit nicht verpfeifen können«, legte Sergej nach.

Kalli schaute Sergej wortlos an.

»Weißt du, Sergej, dass du echt ein ernsthaftes psychisches Problem hast?«

»Drauf geschissen. Die Alte war sowieso scheißlangweilig. Wetten, der Langen rastet aus?«

»Das wird er wohl«, antwortete Kalli. Er hatte befürchtet, einen Fehler begangen zu haben. Er hätte Sergej nicht alleine ins Haus lassen dürfen. Kalli fragte erst gar nicht weiter. Besser er würde vorerst nichts weiter von der kranken Scheiße erfahren. Er startete den Wagen und fuhr unauffällig los.

Das Handy klingelte in der Nacht. Doch niemand beendete das nervende Gebimmel. Nach dem sechsten Klingelton schaltete sich endlich die Sprachbox ein.

»Hallo, mein Name ist Anke Hammer, hab gerade Wichtiges zu tun. Bitte hinterlass mir eine Nachricht. Melde mich dann, so schnell es geht. Ciao«.

»Hallo Mutti, ich bin doch schon eher losgefahren. Kann ja sein, dass du dich noch mit Limo in der Kölner Altstadt amüsierst. Es ist jetzt jeden Augenblick zwei Uhr. Da du auch nicht ans Handy gehst, fahre ich jetzt nach Hause. Bin in circa dreißig Minuten in Siegen. Bis gleich, Bussi.«

Mary wunderte sich ein wenig, fuhr aber dennoch ohne Bedenken weiter. Vielleicht amüsierten sich die beiden ja tatsächlich noch in Köln in einem Pub. Bald darauf lenkte Mary den Wagen in die Einfahrt und sah, dass Limos Cabrio nicht dort stand. Sie sah auch zunächst kein Licht vom Haus aus in die Dunkelheit dringen. Mary zuckte kurz mit den Schultern und stiefelte schnellen Schrittes zur Haustür. – Na ja, dann störe ich sie wenigstens nicht. Sie lächelte bei dem Gedanken. Als die junge Studentin durch die Eingangstür trat und eine stimmungsvolle Lichtquelle erspähte, deuteten Falten auf der Stirn eine einigermaßen irritierte Miene an. Mary schlich bedächtig der Lichtquelle entgegen und schob die Wohnzimmertür weiter auf. Flüchtig registrierte sie, dass die kleine Leselampe im hinteren Bereich den Wohnraum romantisch ausleuchtete. Sie wandte sich noch einmal der Haustüre zu und erkannte jetzt erst einige Blätter und Zeitungen auf dem Boden verstreut herumliegen. Ein mulmiges Gefühl breitete sich in ihr aus. Ihre Mutter vergaß für gewöhnlich nicht, die Lampen auszuschalten, wenn sie das Haus verließ. Warum dieses Chaos? Gerade in diesen Dingen war ihre Mutter sehr pingelig.

»Mami?« rief sie. »Bist du im Wohnzimmer?« Sie erhielt keine Antwort. Ihr Puls schoß in die Höhe. Schweigsam verharrte sie noch im Korridor und hoffte auf eine Antwort.

Mary stellte nun ihre Tasche zur Seite und betrat besorgt das Wohnzimmer. Irgendetwas stimmte nicht. Mary zog einen Einbruch in Betracht. Eine Gänsehaut überzog Marys kompletten Leib. An der Couch angekommen schaltete sie nun das große Licht ein und erschrak über das noch weitaus größere Chaos. Mary schlich rechts am Sofa vorbei, um einige Zeitschriften aufzuheben. Als sie sich umdrehte, entdeckte sie auf der Couch ihre Mutter liegen. Oder das, was von ihr übrig geblieben war. Unbekleidet, blutverschmiert und bestialisch zugerichtet. Sie stieß einen grellen Schrei aus. So schnell sie konnte, beugte sie sich zu ihrer Mutter hin und schüttelte sie. Mary schrie vor Panik. Der Anblick ihrer Mutter ließ das Blut in ihren Adern gefrieren. Angst, nichts als blanke Angst erfüllte ihren Körper. Irgendwie musste sie sich in den Griff bekommen. Instinktiv griff Mary ihr Handy und meldete den Notfall bei der Polizei. Der Beamte am anderen Ende der Leitung versuchte sie zu beruhigen. Er verstand kaum ein Wort der schrillen, mädchenhaften Stimme.

»Ruhig …bitte …, noch mal bitte. Wie ist Ihr Name?«

»M… Mary Ha… Hammer«, stotterte sie schluchzend.

»Gut, Frau Hammer. Was ist der Grund Ihres Anrufes?« fragte der Polizist ruhig und gefasst.

»Meine Mutti …meine …, ich glaube, sie ist tot.«

»Von wo rufen Sie an? Können Sie mir Ihre Adresse angeben?«

Mary fand nicht die Kraft, sich zu beruhigen. Sie stand völlig unter Schock. Dennoch gelang es dem Polizisten, ihr das Nötigste aus der Nase zu ziehen. Er schickte, ohne weiter wertvolle Zeit zu verlieren, einen Streifenwagen und gleichzeitig den Notarzt zu der jungen Frau. Es vergingen keine fünf Minuten, als zunächst der Streifenwagen am Haus vorfuhr. Eilig schritten zwei Beamte zur Tür. Trotz zweimaligem Klingeln blieb die Tür verschlossen. Polizeihauptmeister Simmel, ein drahtiger Bursche in der körperlichen Verfassung eines Zehnkämpfers, klopfte nun an die Tür und rief ihren Namen. Da endlich öffnete Mary die Tür. Es schien den Beamten, als sei die junge Frau unter Drogen gesetzt worden. Auf die Frage, wo ihre Mutter denn sei, hob Mary wie inTrance den Arm und zeigte in Richtung des Wohnzimmers. Genau zu diesem Zeitpunkt sah einer der Polizisten den Notarzt in die Straße einbiegen. Während Polizeihauptmeister Simmel die Wohnung betrat, um sich im Wohnzimmer umzuschauen, verweilte sein Kollege an der Tür und umarmte Mary tröstend.

»Hallo, mein Name ist Dr. Saider. Wir sind gerufen worden. Ein Todesfall?« fragte der junge Arzt.

»Bitte kommen Sie schnell herein. Wir sind auch erst vor wenigen Augenblicken eingetroffen. Mein Kollege ist gerade in dem Zimmer, in dem sich die Frau befinden soll. Das hier ist scheinbar die Tochter. Sie steht wohl unter Schock.«

»Darum kümmern wir uns sofort. Zuerst schau ich mir die andere Dame an«, sagte er bestimmt und hetzte mit einem großen Koffer in das Wohnzimmer. Simmel stand wie angewurzelt vor der frauenähnlichen Gestalt. Nur die Kontur eines Gesichts ließ sich noch erahnen. Das Blut, in dem sie lag, begann schon am äußeren Rand zu gerinnen.

»Entschuldigung, bitte lassen Sie mich schnell zu der Frau.«

Der Beamte hopste rasch zwei Schritte zur Seite. Wenige Sekunden später betrat auch der Assistenzarzt das Zimmer. Die Ärzte mühten sich redlich. Mit einem Defibrillator versuchte der Arzt, Anke ins Leben zurückzuholen. Simmel biss sich nervös auf die Lippen. Er hoffte, dass die Frau noch nicht tot sei. Aber es würde an ein Wunder grenzen, wenn sie ihre schweren Verletzungen überleben sollte.

»Sie lebt?« fragte er nach.

»Ja, noch. Sie hat praktisch keinen Puls mehr. Es ist sehr schlimm. Ich weiß nicht, ob sie aus dem komatösen Zustand aufwachen wird. Sie hat extrem viel Blut verloren. Wir werden sie für den Transport vorbereiten. Allerdings mit dem Hubschrauber. Mein Kollege wird das unverzüglich anordnen. Das Beste wird sein, wir bringen sie ohne Umwege nach Gummersbach in die Spezialklinik«, teilte der Arzt besorgt, aber sachlich mit.

Nach knapp einer Stunde intensiver Reanimierungsbemühungen reduzierte der Arzt seine Anstrengungen und Hoffnungen auf ein Minimum. Wenn die Frau nicht innerhalb der nächsten Stunde an die modernen Gerätschaften der Klinik angeschlossen werden würde, bestünde mit hoher Wahrscheinlichkeit keine Überlebenschance mehr. Rasch stand einer der Mediziner vom Boden auf und eilte zur Tochter der Schwerstverletzten.

»Hallo, Frau …, hallo, können Sie mich verstehen?« versuchte er Mary anzusprechen.

Völlig geistesabwesend schaute Mary den Mediziner an. Vorsichtig schüttelte er ihren Arm.

»Mein Name ist Dr. Saider. Können Sie mich verstehen?« versuchte er es ein weiteres Mal. Keine Reaktion. Der Arzt gab seinem Assistenten ein Zeichen, noch eine Trage zu bringen. Gleichzeitig eilte er zu seinem Notkoffer und entnahm eine Spritze.

»Sehe ich das richtig, dass wir heute nichts mehr erfahren werden?« fragte einer der Beamten.

»Ja, das sehen Sie sogar sehr richtig.«

Der Arzt schüttelte verständnislos seinen Kopf.

»Ich injiziere ihr nun eine Art Schlafmittel. Mit etwas Glück können Sie diese junge Frau morgen sehen. Aber Sie sollten Ihre Erwartungen bezüglich Antworten auf Ihre Fragen nicht allzu hoch schrauben.«

»Wird sie auch in Gummersbach untergebracht?«

»Nein. Da kein akuter Notfall besteht, veranlassen wir, sie in Siegen unterzubringen.«

»Welches Krankenhaus?«

»Das prüft gerade mein Assistent.«

Dann verlief alles rasend schnell. Der Helikopter landete unmittelbar vor dem Haus. Der vorhandene Platz in der Straße genügte dem erfahrenen Helikopterpiloten zur Landung. Man merkte den Männern an, dass sie allesamt professionell vorgingen. Jede Handbewegung saß. Es dauerte kaum länger als das Erhitzen des Wassers für eine Tasse Kaffee, als der Helikopter bereits wieder zum Abflug ansetzte. Exakt zur gleichen Zeit trugen zwei Sanitäter Mary auf der Trage in den Notarztwagen. Polizeihauptmeister Simmel und sein Partner hatten alle Hände voll zu tun, die Schaulustigen im Zaum zu halten. Im Laufschritt eilte der Arzt zu Simmel.

»Hören Sie, wir bringen die junge Frau nach Siegen ins Jung-Stilling-Krankenhaus. Wenn Sie morgen die Frau besuchen, dann bitte ich Sie darum, das nicht vor Mittag zu tun. Ich werde gegen vierzehn Uhr auch vor Ort sein.«

»Ich habe verstanden. Ich danke Ihnen. Dann bis morgen« verabschiedete sich der Polizist sichtlich beindruckt.

»Ich habe gewusst, dass so etwas einmal passieren würde.«

Simmel hob seinen Kopf und drehte sich ungläubig um.

»Wer hat das gesagt?«

»Ich!« meldete sich eine greise Frau.

»Darf ich erfahren, wer Sie sind und warum Sie so etwas sagen?«

»Mein Name ist Doris Rotten und ich bin die direkte Nachbarin von gegenüber.«

Weitere neugierige Personen aus der Nachbarschaft standen interessiert Spalier und verfolgten das Gespräch.

»Haben Sie etwas Konkretes zu sagen?« fragte Simmel nach.

»Nö, aber die Schlampe hat es doch heraufbeschworen.«

»Aha, würden Sie bitte mit mir kommen?« bat der Beamte die alte Frau.

»Sie alle miteinander begeben sich bitte wieder in Ihre Wohnungen oder Häuser. Für Sie ist hier die Schau beendet! Es sei denn, Sie können eine sachdienliche Aussage machen?!«

Simmel führte die Frau in die Nähe des Eingangsbereichs von Frau Hammer und blickte sich noch einmal um. Tatsächlich schien die Neugierde der Nachbarn fürs Erste gesättigt. Polizeihauptmeister Simmel stand mit der alten Frau alleine an der Tür. Ihr Körper sehnte sich nach der verblassten Jugend, während ihr erzkatholischer Geist mindestens so funkelte wie ihre wachen Augen.

»Noch mal, Frau Rotten …, richtig?«

»Ja.«

»Also, wie kommen Sie zu so einer Aussage?«

»Na, die Schlampe hat es doch mit jedem getrieben.«

Sie rümpfte ihre Nase, als sie das sagte.

»Haben Sie Beweise? Oder wie begründen Sie ihre Anschuldigungen gegenüber Frau Hammer?«

»Ist eben so.«

»Ist eben so, klingt aber nicht sehr aufschlussreich. Wenn Sie Ihre Aussagen auf nichts Verwertbares stützen können, dann sollten Sie sehr vorsichtig sein, was Sie über Ihre Mitmenschen erzählen. Sind Sie miteinander befreundet?« wollte Simmel wissen, wobei er allerdings die Antwort unschwer erahnen konnte.

»Nein. Diese Frau hat keine Freunde. Nur eine ebenso liederliche Tochter.«

»Ich bitte Sie noch einmal darum, mit Ihren Aussagen sehr vorsichtig zu sein. Nur eine Frage noch, haben Sie irgendetwas Verdächtiges gesehen? Einen Mann, mehrere, ein Auto … irgendwas?«

»Nur wieder ihren Stecher mit dem Bonzenflitzer.«

»Sie meinen einen Sportwagen?« Das Wort »Stecher« ignorierte er angewidert. Schlimm genug, dass eine Frau ihren Alters ein solch primitives Vokabular gebrauchte.

»Ja. So'n schwarzes Ding.«

»Kennzeichen oder Fahrzeugtyp vielleicht?«

»SI auf jeden Fall. Ich glaube noch ML. Bin mir aber nicht wirklich sicher. Die Automarke weiß ich nicht.«

»Wann haben Sie diesen Wagen hier stehen sehen?« führte Simmel mit der Frau beinahe schon ein Verhör.

»Als die Hure ausgestiegen ist, habe ich mich ins Schlafzimmer begeben.«

»War er noch mit im Haus?«

»Ist mir egal. Ich hab das nicht mehr mitbekommen.«

»Haben Sie denn vielleicht ein Autogeräusch unmittelbar nach Ihrer Beobachtung gehört?«

»Nein. Wissen Sie, Herr Wachtmeister, mein Schlafzimmer liegt auf der nördlichen Seite. Da bekomme ich nicht mit, was vorne auf der Straße abläuft.«

»Ich bedanke mich für Ihre Aussagen. Wenn Ihnen noch etwas einfallen sollte, hier ist meine Karte. Sie können mich zu jeder Tageszeit anrufen. Also vielen Dank nochmals.«

Gebrechlich schlurfte Frau Rotten über die Straße und begab sich in ihr Haus, ohne sich nochmals umzuschauen. Simmel schlich zu seinem Kollegen, der im Eingangsbereich der Wohnung des Opfers wartete.

»Was für eine furchtbare alte Krähe«, sagte Simmel zu seinem Partner. Dieser nickte kurz und antwortete: »Solche Leute werden niemals aussterben.«

»Sehr bedauerlich. Mich wundert es nicht, dass solche Menschen hundert Jahre alt werden. Selbst der *Herrgott* will sie vor lauter Schlechtigkeit nicht so schnell bei sich haben. Obwohl nicht alles dummes Zeug war, was ihre schwarze Seele über die Lippen ließ. Wir werden sehen. Ruf bitte die Kollegen von der Kripo und der Spurensicherung an, okay?«

»Geht in Ordnung.«

Umgehend eilte Polizeimeisteranwärter Jan Peters zum Streifenwagen und forderte über Funk die Kollegen an. Im Laufschritt eilte er nach ausgeführter Order zurück ins Haus zu Simmel.

»Was für ein Mist ist hier wohl abgelaufen?« stellte Simmel die Frage in den Raum, als plötzlich das Haustelefon klingelte.

»Wo ist das Telefon?« fragte Simmel.

Die Ladestation fanden sie, aber von dem Telefon keine Spur. Nach mehrmaligem Klingeln schaltete sich der Anrufbeantworter an.

Hallo, Anke. Tut mir leid, dass ich dich noch um diese Zeit anrufe. Ich wollte vorhin nicht so schroff zu dir sein. Natürlich würde ich mich freuen, wenn wir Freunde bleiben würden. Vielleicht stehst du neben dem Telefon und hörst mir zu. Wenn wir uns genügend Zeit lassen, vielleicht …, ich würde es wohl doch nicht ganz ausschließen wollen. Na, ich wünsche dir 'ne gute Nacht. Wir hören uns bestimmt die Tage. Mach's gut.

»Könnte gut sein, dass das der Typ war, den die Nachbarin vorhin mir gegenüber erwähnt hat«, schlussfolgerte Simmel.

Vorsichtig stiefelten die Beamten die Treppe zur zweiten Etage hinauf. Reine Neugierde und Sorgfalt trieben Polizeihauptmeister Simmel und seinen Kollegen an, die obere Etage ebenfalls zu begutachten, ohne eventuelle wichtige Spuren zu zerstören. Als sie die erste Tür sachte aufstießen, herrschte auch dort vollkommenes Chaos. Überall auf dem Boden lagen Bücher, Kleidung, lose Papiere und alle möglichen Dinge kreuz und quer verstreut. Auch in den restlichen Zimmern fanden die Beamten ein heilloses Durcheinander.

»Irgendetwas scheinen diejenigen oder derjenige gesucht zu haben. Wäre interessant zu erfahren, ob sie gefunden haben, wonach sie suchten.«

Ohne die Zimmer zu betreten stapften sie bleifüßig die Stufen hinunter. Simmel schaute sich noch rasch die Haustür an, fand aber keine Indizien, die auf einen Einbruch hindeuteten.

»Jan, ich gehe noch kurz ums Haus herum. Mal schauen, ob dort Hinweise auf einen Einbruch zu finden sind.«

»Sollten das nicht lieber die Männer von der Spurensicherung vornehmen?«

»Ja schon. Ne Ausnahme, okay? Schaden kann's nicht.«

»Sicher. Ich warte hier.«

Vorsichtig und mit ausreichend Abstand zum Haus betrachtete Simmel die übrigen Hausseiten mit dem Lichtkegel seiner Taschenlampe, die er kurz zuvor aus dem Kofferraum des Dienstfahrzeuges entnommen hatte. Nach einigen Minuten tauchte er von der anderen Seite der Einfahrt wieder auf. Peters wartete dort bereits.

»Nichts?« fragte Jan Peters.

»Absolut nichts zu finden. Jedenfalls nicht unter diesen Lichtverhältnissen. Ich befürchte, es beschränkt sich darauf, dass Frau Hammer entweder ihren Peiniger kannte oder sie vermutlich jemand anderen erwartet hat«, grübelte Simmel. Das Gesicht dieser Frau war übel zugerichtet worden. Diese Bilder verfolgten den jungen Polizisten. Welcher Einbrecher fügte seinem Opfer derartige Verletzungen zu und nahm in Kauf, dass sie an den Verletzungen sterben könnte? Einbrecher erwürgen, erschießen oder stechen mit einem Messer zu, aber sie malträtieren nicht das Gesicht eines Opfers. Nicht, wenn vermutlich Hass keine Rolle spielt. Simmel schaute auf seine Armbanduhr und zog eine überraschte Miene.

»Wie lange brauchen die Jungs denn?« fragte Simmel in die kühle Nacht.

»Gleich schon vier Uhr. Könnte einen Kaffee gebrauchen ...«

Just in diesem Moment tat sich etwas. Anhand der Lichter erkannte der junge Polizeimeisteranwärter drei Fahrzeuge die Straße herauffahren.

»Da sind sie.«

Völlig unspektakulär übernahmen die Kollegen der Kripo nun das Geschehen. Oberkommissar Ron Steiger, vor fünfzehn Jahren aus Amerika nach Deutschland gezogen, übernahm das Kommando. Simmel und sein Kollege Peters informierten ihn über die Sachlage. Mit der raschen Auffassungsgabe des erfahrenen Kripobeamten fügte dieser ein grobes Bild des Vorgangs zusammen.

»Okay, vielen Dank für Ihre Ausführungen. Dann können Sie endlich zum wohlverdienten Schlaf kommen. Wenn noch etwas sein sollte, setze ich mich mit Ihnen in Verbindung«, führte Steiger an. Seinen amerikanischen Akzent konnte oder wollte er nicht ganz verbergen. Die Streifenpolizisten verabschiedeten sich und fuhren einigermaßen erleichtert mit ihrem Dienstfahrzeug davon. Steiger hielt einen Block in seiner Hand und notierte wichtige Details darauf, die ihm der junge Streifenpolizist berichtet hatte. Behutsam versuchte er den brutalen Tathergang zu rekonstruieren. Lückenhaft und nur sporadisch gelang es ihm, wenige Puzzleteile aneinander zu fügen. Fragen zu dieser Untat existierten wie üblich sehr viele. Die Antworten darauf zu finden bereitete ihm jetzt schon Kopfzerbrechen. In der Zwischenzeit erledigten die Männer von der Spurensicherung einen gewissenhaften Job. Steigers Partnerin traf nun auch mit ihrem Wagen ein.

Er mochte seine Partnerin. Nicht nur, dass sie ihm bereits zweimal das Leben gerettet hatte. Sie war auch eine unglaubliche Frohnatur. Zudem versprühte sie einen ungewöhnlichen Charme. Ganz zu Anfang hatte er sich in sie verliebt. Nicht nur durch ihre äußerliche Erscheinung ragte sie über den Durchschnitt der weiblichen Kollegen in seiner Dienststelle hervor. Auch ihre Intelligenz war von außergewöhnlicher Schärfe. Ihre dunklen langen Haare hatte sie meistens zum Zopf geflochten, und egal welche Klamotten sie trug, dienstlich oder privat, sie stellte nicht nur für Steiger eine Augenweide dar. Saskia Völker, Polizeihauptkommissarin, war eine durchtrainierte Powerfrau. Sie war grenzenlos loyal. Niemand vermochte ihre Integrität und ihren bezaubernden Charakter in den Schmutz zu ziehen. Sie legte keinen Wert auf affektiertes Püppchengestakse, war unglaublich empathisch und verfügte über eine ausgezeichnete Beobachtungsgabe. Sie würde jeden, den sie als guten Freund bezeichnete, mit ihrem Körper als menschliche Schutzscheibe decken. Doch seinerzeit hatte sie ihrem Kollegen auf eine charmante Art und Weise, dass er nicht mal sauer auf sie sein konnte, einen Korb gegeben. So begann eine aufrichtige berufliche Freundschaft, die sich vor etwa fünf Jahren auch ins platonische Privatleben übertrug. Ganz ohne gelegentliche verbale Eifersüchteleien seitens Ron Steigers gelang es ihm dann doch nicht, die intime Ablehnung seiner Kollegin gänzlich aufzuarbeiten.

»Hallo, Ron, tut mir leid. Ich musste mich aus einer misslichen Lage befreien, sonst wäre ich schon eher eingetroffen«, entschuldigte sie sich.

»Kein Problem. Ich hoffe nichts Ernstes?« fragte er neugierig. Vielleicht steckte ja ein Typ hinter der misslichen Lage.

»Nein, nichts Ernstes«, antwortete sie ihm.

»Was haben wir?«

»Wir haben eine schwer verletzte Frau und eine Tochter, die ein sehr starkes Beruhigungsmittel verabreicht bekommen musste.«

»Könntest du etwas konkreter werden?«

Ihre Augen funkelten. Sie mochte es nicht, wenn ihr Partner sie eindimensional informierte. Steiger schmollte sichtlich. Das Buch offen vor ihr, kapierte sie rasch.

»Oh Mann, es ist kein Kerl dran schuld, dass ich so spät komme, okay?« versuchte sie Steigers Eifersucht zu besänftigen.

»Ich dachte ja nur …«, fuhr er fort und blieb in seiner Anführung stecken.

Saskia Völker nahm ihren Partner beiseite.

»Bitte, Ron, hör auf mit dem Scheiß. Ich habe dazu keinen Bock mehr. Ich finde, wir sind ein exzellentes und hervorragend eingespieltes Team. Doch solltest du nach wie vor Privates nicht von Beruflichem trennen können, dann werde ich mich definitiv versetzen lassen. Auch wenn es vier Uhr in der Frühe ist, ist das bei dir angekommen?« fragte sie nicht gerade freundschaftlich. In solchen Momenten harmonierten sie nicht gleitend wie ein gut geöltes Kugellager. Dann nervte seine Gegenwart sie extrem. Steiger stand wie ein begossener Pudel vor ihr. Er verströmte geradezu eine Aura eines Pflänzchens *rühr-mich-nicht-an*.

»Du weißt doch, wie ich das meine …«, entgegnete er ihr.

»Dann hör auf damit, es so zu meinen, okay? Wenn der Tag kommt, dass ich einen festen Freund habe, dann binde ich es nicht jedem gleich auf die Nase. Auch dir nicht. Du bist ein prima Kerl, aber eben nur ein guter Freund. Nein, das stimmt nicht ganz. Du bist mein bester Freund. Bitte zerstör diese Freundschaft nicht.«

Diese Kopfwäsche benötigte der Oberkommissar in dieser frühen, sehr kühlen Morgenstunde offenbar dringend. – Vielleicht sollte ich einfach einen Kerl vorschieben, damit er endgültig versteht, dachte Völker im Stillen.

»Also, Ron, was haben wir hier konkret?«

Steiger berichtete seiner Partnerin alle Einzelheiten bis ins kleinste Detail. In solchen Augenblicken glitten die Kugellager wieder harmonisch.

»Den Anruf des Unbekannten habt ihr gesichert?« fragte sie nach.

»Ja, haben wir. Wir können aber noch niemanden befragen, wer der Anrufer gewesen sein könnte. Frau Hammer wohnt hier alleine. Nur ihre Tochter besucht sie unregelmäßig. Ich denke, wir sollten morgen gegen Mittag ins Krankenhaus fahren. Kollege Simmel hat mit dem Notarzt gesprochen. Die junge Frau, die Tochter der Schwerverletzten, steht wohl hochgradig unter Schock. Dr. Saider schien der Meinung, dass es keinen Sinn haben würde, frühzeitig die Tochter zu befragen. Tja, und sonst ist alles angewiesen und läuft.«

»Wie sieht das mit dem Handy von Frau Hammer aus?«

»Keine Chance. Ist aus. In Kürze begibt sich ein Experte daran, die Geheimnummer zu cracken. Frau Hammer ist ja noch nicht tot. Vielleicht kennt die Tochter die Nummer«, äußerte Steiger optimistisch.

»Wenn ein Computer hier im Haus existiert, sichern! Ich will wissen, ob sie im Chat aktiv ist.«

»Gibt es. Ich werde es veranlassen.«

»Gut. Gibt es ein Bild von Frau Hammer?« wollte Saskia Völker von ihrem Partner wissen.

»Ja, jede Menge oben im Schlafzimmer an der Wand.«

»Sind die Jungs von der Spurensicherung schon dort gewesen?«

»Ja, ist schon geschehen«, antwortete Ron und stiefelte hinter seiner ranghöheren Kollegin die Treppenstufen hinauf. Saskia Völker schaute sich sehr bedächtig um, in der Hoffnung, noch einen unentdeckten Hinweis zu finden, der auf den oder die Täter schließen lassen könnte. Auch sie fand nichts und stand nun im Schlafzimmer.

»Ich muss neidlos anerkennen, dass Frau Hammer einen tollen Geschmack in Sachen Inneneinrichtung besitzt.«

Ron Steiger seufzte, als er die Worte hörte.

»Typisch Frau«, dachte er.

Die Kommissarin vollzog einen eleganten Schlenker ums Bett und stand nach drei weiteren Schritten vor den Fotos, die ungeordnet mit kleinen Reißnägeln an die Wand geheftet hingen.

»Wow ..., ne tolle Frau.«

Kopfnickend stimmte ihr Kollege diesmal zu.

»Aber ihre Tochter ist auch eine extreme Schönheit.«

Völker nickte beiläufig.

»Der Mann auf dem Bild?«

»Das dürfte ihr Mann, beziehungsweise ihr Exmann sein. Unten im Esszimmer hängt ein kleines eingerahmtes Foto an der Wand, das ein Brautpaar zeigt. Der Typ darauf ist der, den du hier siehst«, antwortete Steiger.

»Was denkst du, Ron, Familiendrama?«

»Eine gute Frage. Hundertprozentig ausschließen könnte ich es nicht.«

»Sollten wir das ein oder andere Foto nicht mitnehmen?« schlug die Beamtin vor.

»Ist schon geschehen. Wir haben alle Bilder abfotografiert.«

»Hätte ich mir ja eigentlich auch denken können«, fügte sie hinzu.

Steiger schmunzelte.

»Danke für die Blumen, Frau Kollegin.«

Er stand eigentlich nicht sonderlich auf Lobeshymnen, hielt sie für hohle Phrasen. Nur das Lob von seiner Partnerin genoss er schon mal.

»Hey, Ron! Wir haben hier was gefunden!« rief ein Kollege der Spurensicherung vom Erdgeschoss hinauf. Steiger verließ das Zimmer, marschierte zum Holzgeländer und stützte sich mit durchgedrückten Armen darauf ab.

»Was gibt es, Georg?«

»Wir haben einen Briefumschlag gefunden, der im Esszimmer zwischen zwei kleine Schränkchen gerutscht sein muss. Das Interessante daran ist die Aufschrift: Alles Gute zum vierzigsten Geburtstag und viel Spaß damit ... Limo!

»Vierzigsten ... Limo ...?« fragte er ratlos.

»Wie alt ist denn Frau Hammer? Habt ihr ein Geburtsdatum?« fragte Saskia Völker, die mittlerweile neben Steiger stand.

»Mein Kollege schaut gerade nach. Wir haben im Nachtschränkchen von Frau Hammer einen Reisepass von ihr und ihrer Tochter gefunden.«

Der Kollege übergab Steiger die Pässe.

»Frau Hammer ist vor wenigen Wochen vierzig geworden.«

»Okay, dann galt dieser Brief der Mutter. Dann müssten wir nur noch ‚Limo' finden. Wer auch immer das sein mag ....«, frotzelte er.

»Danke dir, Georg!«

»Keine Ursache«, antwortete der Leiter der Spurentechnik.

Gegen sieben Uhr in der Frühe schlossen die Experten alle vorläufigen Untersuchungen ab. Ron Steiger und Saskia Völker waren die Letzten, die sich noch unmittelbar vor dem Haus aufhielten.

»Ich ruf dich so gegen elf Uhr an. Dann fahren wir ins Krankenhaus zu der Tochter. Ich denke, wir sollten uns zuerst um den unbekannten Anrufer kümmern. Was meinst du?« schlug der Steiger seiner Kollegin vor.

»Ich denke, dass wird das Sinnvollste sein. Wer weiß, wann Frau Hammer zu sich kommt. Hast du sie eigentlich noch gesehen?«

»Nein. Der Kollege Simmel teilte mir mit, wie schlecht es um die Frau steht. Er hat nicht mal mehr ihr Gesicht erkennen können. Der behandelnde Notarzt gab ihr eigentlich keine Überlebenschancen. Ich hoffe sehr, dass sie durchkommt.«

Sein Mitleid wirkte echt.

»Diese verfluchten Kerle! Kannst du mir vielleicht verraten, Ron, was ein Mann dabei fühlt?«

»Das kann ich dir auch nicht sagen. Ich weiß nur, wenn wir denjenigen fassen, dann können wir froh sein, wenn er trotz erdrückender Beweislast mehr als nur acht oder zehn Jahre bekommt. Das ist nix. Absolut nix! Der Lump sitzt dann seine paar Jährchen ab, Punkt!«

»Na, noch ist sie ja nicht tot«, antwortete Saskia rasch. In diesem Augenblick klingelte Steigers Handy.

»Gibt's das? Ich denke, für die nächsten vier Stunden habe ich genug«, fluchte er übernächtigt ins Handy: »Hallo?!«

»Herr Steiger?«

»Richtig. Wer sind Sie?«

»Wir haben uns vor wenigen Stunden am Tatort bei Frau Hammer kennengelernt. Mein Name ist Simmel.«

»Ah … Polizeihauptmeister Simmel. Gibt es noch etwas?« Neugierde verdrängte für einen Augenblick den Schlafmangel.

»Leider ja, Herr Steiger. Frau Hammer ist vor wenigen Minuten ihren schweren Verletzungen erlegen. Dr. Saider hat mich soeben darüber informiert.«

»War es das, oder haben Sie noch eine Scheißnachricht für mich?«

»Sorry, ich wollte Ihnen den Tag nicht völlig vermiesen«, entschuldigte sich Simmel für seinen Anruf.

»Quatsch mit Soße. Sie können nichts dafür. Ganz im Gegenteil. Ich bin froh, dass Sie mich umgehend informieren. Bei solch einer Scheiße werde ich einfach nur hochgradig sauer. Wo wurde Frau Hammer denn hintransportiert? Nach Gummersbach?« fragte der Kripobeamte. Steiger glaubte sich vage daran erinnern zu können, dass der Polizeihauptmeister ihn darüber informiert hatte.

»Ja, in eine spezielle Unfallklinik.«

Steiger drückte Simmel grußlos aus der Leitung und wandte seinen vernachlässigten Körper Saskia zu. Seine mittlerweile fünfzig Lenze sah man ihm wirklich kaum an. Nur jetzt, in der dunstigen Dämmerung, fanden sich tiefe Ringe des Schlafmangels unter den Augen.

»Tja, das war's fürs erste. Tut mir echt leid um die hübsche Frau.«

»Ich sagte doch, solche Schweinekerle gab es immer und wird es noch geben, wenn wir nicht mehr sind«, antwortete Saskia Völker frustriert und starrte ins Leere.

»Ja, ich weiß es ja bereits.«

»Hey, was ist mit dir los? Das ist nun mal so.«

»Ja, super Erkenntnis.«

»Sag mal, spinnst du?« fauchte sie ihn an.

»Mist …, ich bin müde. Sorry, ja.«

»Okay. Vielleicht helfen eine Dusche und ein starker Kaffee bei mir, um dich zu regenerieren. Anschließend schauen wir in Gummersbach vorbei und versuchen später die Tochter zu befragen. Um den Anrufer kümmern wir uns dann eben doch erst später. Und die Ergebnisse der Spurensicherung sollten wir auch noch erfragen. Ist das ein Angebot?« fragte sie Steiger mit einem unwiderstehlichen Lächeln.

»Das beste Angebot seit Monaten«, antwortete er mit breitem Grinsen.

Bald darauf verließen sie den Tatort und gelangten zwanzig Minuten später zu Saskia Völkers Wohnung. Die sympathische Polizistin lebte in einer kleinen und überschaubaren Wohnung im westlichen Teil der Siegener Oberstadt. Seit ein riesiges Einkaufszentrum in Bahnhofsnähe errichtet worden war, glich die Oberstadt im Gegensatz zu vorher einer Geisterstadt. Sie nutzte den Vorteil des Mietpreissturzes für die dementsprechend verwaisten Wohnungen. Ihre Entscheidung, dort in der Gegend eine Wohnung zu beziehen, bereute sie nicht. Ohne lange zu überlegen verliebte sie sich rasch in eine geeignete vierzig-Quadratmeter Wohnung.

»Dann komm herein in die gute Stube. Wo die Dusche ist, weißt du ja.«

Sie deutete sicherheitshalber mit ihrem Arm in die Richtung.

»Ja, danke«, antwortete der Oberkommissar überraschend emotionslos.

Während er sich unter das warme Wasser stellte und für wenige Minuten seine Seele baumeln ließ, die ganzen bestialischen Erlebnisse durch den Abfluss spülte, saß die Beamtin bereits mit dem Kaffee am Küchentisch und studierte die überregionale Zeitung vom Vortag. Da ihr Kollege nach einer gefühlten Ewigkeit immer noch nicht auftauchte, erhob sie sich verwundert und tapste die wenigen Schritte zum Bad. Die Beamtin lauschte an der Tür, vernahm jedoch kein Wasserrauschen. Sie klopfte, erhielt aber keine Antwort. Besorgt drückte sie die Tür auf.

»Mensch, Ron, was ist denn los mit dir?«

Steiger stand fertig geduscht und splitternackt vor dem Waschbecken. Sein Körper glänzte noch nass im Licht. Er stützte sich mit beiden Händen auf dem Waschbecken ab, blickte apathisch in den Spiegel und schien völlig weggetreten zu sein. Anscheinend hatte er die Frage seiner Kollegin nicht gehört. Saskia atmete kräftig ein, um die Frage zu wiederholen, als Ron sich zu ihr umdrehte und fragte: »Ist das nun die Lebenskrise, von der man so oft spricht?«

»Was meinst du damit?«

»Ich weiß nicht genau. Aber das Feuer in mir beginnt zu erlöschen.«

»Ehrlich gesagt machst du mir gerade Angst. Glaubst du vielleicht, ich hätte nie Selbstzweifel? Es gibt genügend Tage, an denen ich mich am liebsten im Bett verkriechen würde. Aber es ist lange noch nicht so extrem, als würde ich in eine Lebenskrise stürzen. Das solltest du auch nicht von dir glauben. Sicher ist das eine Scheißgeschichte, mit der wir zu tun haben. Heute erlebst du den brutalen Tod von Frau Hammer sehr intensiv und im nächsten Fall bin ich es, die eventuell in ein Loch fällt. Lass es nicht zu, Ron, hörst du? Ich brauche dich als meinen Partner und als guten Freund!«

Er hob seinen Kopf und blickte so in den Spiegel, dass er ihr Gesicht deutlich wahrnahm. Sie lächelte ihn sanftmütig an und legte eine Hand auf seine Schulter. Diesen Kontakt fasste er als Aufforderung auf, ihr näher zu kommen. Steiger zog seine Kollegin so nah an sich, dass sie beinah seine Männlichkeit berührte. Als er in diesem Augenblick zum Kuss ansetzen wollte, legte sie ihren Zeigefinger auf seinen Mund.

»Nicht Ron …, wenn es geschehen würde, dann verändert das alles. Und ich denke, nicht zum Vorteil unserer Freundschaft«, flüsterte sie ihm zu.

»Nur diesen einzigen Kuss, bitte. Ich werde dich danach niemals mehr so berühren. Bitte …«

Sie schaute ihn prüfend an. Sie ignorierte ihre Überzeugung für einen winzigen Moment und küsste ihn lange und intensiv. Während des Kusses schob er sie plötzlich sanft von sich und lächelte ihr zu. Saskia runzelte überrascht ihre Stirn. Sie hätte niemals geglaubt, dass dieser raubeinige Ami-Macho so zärtlich küssen würde.

»Ich denke, jetzt trockne ich mich lieber ab und zieh mich rasch an.«

»Gute Idee. Der Kaffee ist schon fertig.«

»Ich danke dir«, hauchte er sanft, bevor er sich mit dem Handtuch trocken rieb.

»Wofür?«, fragte Saskia nicht ganz ahnungslos. Ron nickte lächelnd. »Danke«, wiederholte er zärtlich. Saskia lächelte und verstand.

Über den Kuss sprachen sie niemals.

Nach gut drei Stunden machten sich die beiden Staatsdiener auf den Weg nach Gummersbach. Dort trafen sie Simmel und einen Arzt an. Der aufmerksame Polizeihauptmeister erblickte Ron Steiger schon von weitem.

»Hallo, Herr Steiger«, begegnete er ihm freundlich. Steiger nickte leicht.

»Das ist meine Kollegin, Saskia Völker.«

»Und das ist Professor Bernd Reinhard. Chefarzt der Unfallchirurgie«, stellte Simmel den beiden Kommissaren den verantwortlichen Arzt vor.

»Nun, Herr Professor Reinhard, gibt es Details bezüglich des Todes von Frau Hammer?« kam der Oberkommissar gleich zur Sache.

»Nicht sonderlich viel. Fest steht, dass Frau Hammer brutal geschlagen wurde. Es gibt allerdings noch keine Anhaltspunkte, ob dies mit stumpfen oder spitzen Gegenständen geschah. Vorläufig erweckt es den Anschein, als hätten der oder die Täter mit der bloßen Faust zugeschlagen. Das Grauenhafte daran ist, dass eine Unmenge von Schlägen vonnöten sind, jemanden derart zu verletzen.«

»Wie viele?«

»Nun, verstehen Sie, Frau Völker, im Gesicht wurde kein einziger Knochen verschont. Sie ist buchstäblich zu Brei geschlagen worden. Ich habe so etwas noch nicht gesehen. Nicht, wenn es aus keinem Unfall her resultiert. Es können zehn Schläge gewesen sein oder aber zwanzig. Zudem haben wir extrem geschwollene Hämatome in der Brustkorbgegend und im Genitalbereich gefunden. Was es damit auf sich hat, muss an anderer Stelle untersucht werden. Wahrscheinlich Tritte …, mit Schuhen.«

»Hass? Wut?« fragte sie erneut.

»Das fragen Sie den Falschen. Aber die Spuren könnten daraufhin deuten. Im Genitalbereich sind eindeutige Beweise, dass Frau Hammer furchtbar brutal vergewaltigt wurde. Sowie vaginal als auch anal. Ich habe so etwas noch nicht gesehen. Ich bin sogar der Überzeugung, dass diese Frau noch mit ganz anderen Gegenständen …«, Professor Reinhard unterbrach sich. Er stockte und holte gleich darauf tief Atem. »Anders kann ich mir die Art der Verletzungen dort nicht erklären. Besonders widerlich ist die Tatsache, das sich jede Menge Ejakulat und Speichel auf dem Gesicht der Frau befand.«

»Was?« zischte Völker sichtlich betroffen.

»Wie definieren Sie ›jede Menge‹?«

»Man kann in diesem Fall nicht von ›Spuren‹ reden. Derjenige, vielleicht auch diejenigen, ließen das Ejakulat komplett auf ihrem Gesicht ab. Die Rechtsmediziner werden es überprüfen, von wie vielen Kerlen das Ejakulat letztlich stammt.«

»Sie wollen mir sagen, diese Drecksäcke haben ihr ins Gesicht gewichst, obwohl sie noch lebte?«

Steiger stieg das Kotzen bis zum Hals.

»Das ist doch wohl egal, ob das Opfer tot oder noch lebend diese Erniedrigung über sich ergehen lassen musste! Wie krank müssen solche Schweine sein? Dr. Reinhard, Sie erwähnten, dass es eventuell mehrere gewesen sein könnten und dass Sie es überprüfen werden. Wann?«

»Frau Völker, ich habe bereits angeordnet, dass der Leichnam umgehend der Gerichtsmedizin überstellt werden soll. Dr. Altmann wird dort ihr Ansprechpartner sein. Die Telefonnummer gibt Ihnen gleich eine der Damen an der Info.«

»Wir danken Ihnen. Ich denke, wir werden uns nun die Nummer des Doktors geben lassen und verschwinden dann«, beendete Steiger das Gespräch.

Die Polizeibeamten verabschiedeten sich sachlich, besorgten sich die Telefonnummer des Gerichtsmediziners Dr. Altmann und fuhren rasch ins Krankenhaus nach Siegen. Dort verbrachte die Tochter der Getöteten die Nacht. Steiger ging dabei der Gedanke durch den Kopf, dass die junge Frau wahrscheinlich vom Tod ihrer Mutter noch nicht in Kenntnis gesetzt worden war. Er hoffte sehr, dass es Mary Hammer besser ging. Seine logische Denkweise verriet ihm aber, dass es sehr unwahrscheinlich sei, dass die junge Frau einer detaillierten Befragung zur vergangenen Nacht standhalten könne. Ganz zu schweigen davon, dass sie die Mitteilung über den Tod ihrer Mutter so ohne weiteres wegstecken würde.

»Was meinst du, Ron, glaubst du, sie ist schon stabil genug für das, was wir ihr gleich mitteilen müssen?«

»Ob du es glaubst oder nicht, genau daran habe ich auch gerade gedacht. Lass uns professionell vorgehen, ich weiß …, brauchst mich nicht so anschauen. Aber ich denke, je nach Befinden sollten wir sie zunächst erst befragen. Zumindest nach dem Namen des

Anrufers. Wenn wir ihr im Vorfeld mitteilen, dass ihre Mutter den schweren Verletzungen erlag, verlieren wir wahrscheinlich wertvolle Zeit.«

Saskia Völker nickte stumm. Sie wusste, dass er recht hatte. So hart es auch klang. Bald darauf erreichten die Beamten die Klinik.

»Rufst du nicht vorher noch Dr. Altmann an?«

»Eigentlich eine gute Idee.«

»Und uneigentlich …?« fragte sie nach.

»Ich denke, vor Dienstag erhalten wir kaum verwertbare Ergebnisse. Ich hoffe, dass Mary Hammer uns wenigstens den Namen des Anrufers nennen kann. Oder sogar sagen, wer dieser Typ ist.«

»Du versprichst dir sehr viel von dem Mann?«

»Ich weiß es nicht. Aber es scheint mir das Nächstliegende zu sein«, antwortete Steiger und zuckte die Achseln.

»Dann los!« forderte sie ihren Kollegen auf und stieg aus dem Auto. Bereits im Schwesternstationszimmer begegneten Steiger und Völker dem Stationsarzt.

»Kann ich Ihnen weiterhelfen?« fragte ein betagter Mann. Ein weißer Kittel versuchte die hagere Statur zu kaschieren. Auf seinem Gesicht zeichnete sich Freundlichkeit ab.

»Ich hoffe. Mein Name ist Ron Steiger, Kripo Siegen. Das ist meine Kollegin Saskia Völker. Wir hätten gerne Dr. Saider gesprochen.«

»Ah, Sie möchten die junge Frau Hammer sprechen?«

»Nun, wenn es möglich ist?«, fragte Völker vorsichtig.

»Darf ich Sie bitten?« forderte der Arzt auf und deutete zum Ende des langen Korridors.

»Sehr gerne«, antwortete Ron und schaute Saskia überrascht an.

»Dr. Saider hat mich gebeten ihn zu vertreten und mit Ihnen zu sprechen. Mein Name ist Dr. Maibaum. Mein Kollege ist mal wieder wegen eines Notfalls unabkömmlich. Seit einigen Wochen ist wieder der Teufel auf den Straßen los. Die Kradfahrer haben Hochkonjunktur. Leider.«

»Wie geht es Frau Hammer?« wechselte Steiger rasch das Thema.

»Den Umständen entsprechend. Ich weiß, den Satz hören Sie wahrscheinlich sehr oft. Aber Frau Hammer ist ansprechbar. Ich mache mir nur Sorgen, ob die Mutter der jungen Frau diese Gräueltat übersteht.«

»Ach, Herr Dr. Maibaum. Das wissen Sie ja noch nicht.«

Der Stationsarzt drehte sich zu Steiger um.

»Ist sie tot?«

»Ja, leider. Wir erhielten erst vor gut einer Stunde die Nachricht, dass sie ihren schweren Verletzungen erlegen ist«, erzählte Völker behutsam.

»Oh mein Gott. Teilen Sie es ihr jetzt gleich mit?«

»Ich denke, uns bleibt keine andere Wahl. Zunächst hätte ich aber die eine oder andere Frage. Wenn sie jedoch zuvor erfährt, dass ihre Mutter nicht überlebt hat, wird sie wahrscheinlich zusammenbrechen. Doch leider haben wir nicht die nötige Zeit. Ist das verständlich?«

»Sehr schlimm. Aber Sie müssen Ihren Job machen. Aber anschließend sollten Sie es ihr bitte mitteilen.«

Unmittelbar nachdem er die Bitte ausgesprochen hatte, machte er drei schnellere Schritte und legte seine Hand auf die Türklinke.

»Aber bitte so behutsam wie möglich ...«

Ron Steiger und Saskia Völker nickten und schauten gebannt zum Arzt. Der öffnete die überdimensionale Tür und betrat zuerst das Zimmer. Steiger und seine Partnerin folgten. Mary schaute verträumt aus dem Fenster und bewegte nur zögerlich ihren Kopf in Richtung der Besucher.

»Hallo, Frau Hammer. Dies sind Frau Völker und Herr Steiger von der Kripo. Sie hätten einige Fragen. Ist das in Ordnung?« fragte der Arzt gefühlvoll. Mary nickte und starrte den Kommissar an.

»Ist meine Mutti tot?«

Er schaute sie verblüfft an. Mit dieser Frage hatte er wirklich nicht gerechnet. Nicht unbedingt gleich am Anfang. Verwirrt schaute er zu seiner Kollegin herüber und hoffte, sie würde das Wort ergreifen, was sie aber nicht tat. So fixierte er die junge Frau und es erschien ihm klüger, ihr die Wahrheit zu sagen.

»Es tut mir sehr leid. Aber ich muss Ihre Frage leider bejahen. Ihre Mutter ist vor gut zwei Stunden verstorben.«

Er trat zwei Schritte vor und legte eine Hand auf das Bettgestell. Mary weinte zwar, aber der befürchtete Zusammenbruch blieb aus.

»Was ..., was wird denn nun?« fragte Mary mit zittriger Stimme. Hilflos schaute sie den Doktor an. Er trat an ihr Bett heran und setzte sich neben sie auf den Stuhl, den er rasch von der Wand vorzog. Er verstand ihre hilfesuchenden Blicke und hoffte, sie trösten zu können.

»Was meinen Sie damit, was wird nun?« Steiger ging seiner Arbeit nach, bemühte sich aber um eine mitfühlende Miene.

»Meine Mutti ist tot. Tot! Tot!«

Sie wiederholte sich zweimal.

»Welche Menschen tun so etwas?«

Der typische Krankenhausgeruch nach Desinfektions- und Putzmitteln im Zusammenspiel mit der trockenen Heizungsluft schnürte Steigers Hals zunächst ganz langsam, dann immer rascher zu. Unerträglich umschloss der Würgereiz Steigers Sinne. Mühselig versuchte er mit einer Hand einen Knopf am Kragen seines Hemdes zu öffnen. Er hatte das Gefühl, innerlich zu verglühen. Seine Kollegin registrierte, wie er versuchte, den Brechreiz zu bezwingen.

»Mary, richtig?« übernahm die Kommissarin die Befragung.

»Ja.«

»Dürften wir Ihnen einige Fragen stellen?«

»Ja, dürfen Sie.«

»Nun, es ist nicht leicht, solche Menschen zu fassen. Doch je schneller wir Befragungen durchführen können, umso eher ergibt sich für uns die Möglichkeit, sinnvoll tätig zu sein. Leider gibt es noch keine klaren Hinweise. Auch noch keine konkreten Zeugenaussagen. Jetzt bitte ich Sie darum, uns zu unterstützen. Aber sagen Sie uns, wenn es für Sie zu schwierig wird. Okay?«

Saskia Völker ging sehr behutsam vor. Mary wischte sich die Tränen aus dem Gesicht und richtete sich tapfer auf.

»Bitte fragen Sie«, forderte sie die Polizistin traurig auf.

»Hatte Ihre Mutter einen Freund, so was wie eine feste Beziehung?«

»Nein, nicht wirklich. Meine Mutti lebte seit einigen Jahren alleine. Nur ich bin meistens an Wochenenden zu Hause. Erst seit wenigen Wochen führte sie eine sehr lockere Beziehung!«

»Wie meinen Sie das, sehr locker?«

»Ab und zu traf sie einen Mann. Limo.«

»Limo?« fragte Völker nach.

»Ja, das ist sein Spitzname. In Wirklichkeit heißt er Mirco Langen. Er wohnt in Siegen-Eiserfeld.«

»Haben Sie ihn in den letzten Tagen gesehen?«

»Nein. Ich weiß nur, dass meine Mutti gestern Abend mit ihm in Köln bei einem Konzert war.«

»Was für ein Konzert?« horchte Steiger nach.

»Rod Stewart. Limo hatte meiner Mutter zwei Karten zum Geburtstag geschenkt.«

Genau in diesem Augenblick erschrak Mary.

»Was ist, was haben Sie?« fragte Saskia die Kommissarin, als sie die besorgte Miene von Mary sah.

»Oh mein Gott ..., wissen Sie, bitte denken Sie nichts Falsches von meiner Mom. Nachdem sie einige Jahre ohne Männergeschichten verbracht hatte, traf sie nun innerhalb weniger Wochen auf gleich zwei tolle Typen. Limo war gewissermaßen der Favorit von beiden. Sie hat mir aber erzählt, dass sie Mist gebaut habe. Als sie mit dem anderen Typen um die Häuser gezogen ist, muss Limo meine Mutter zufällig erwischt haben. Er hat ihr zwar keine Szene vor Ort gemacht, aber erfreut dürfte er sicherlich nicht gewesen sein. Es schien so, als sei diese kurze Romanze beendet. Es folgten einige Wochen absoluter Funkstille. Weder Limo noch der andere ließen von sich hören. Soweit ich das von meiner Mom weiß. Doch irgendwie fingen meine Mutter und Limo erneut an, zarte Bande zu knüpfen.«

»Könnte es sein, dass es zu einem Zwischenfall gekommen ist?« hakte Steiger nach.

»Könnte schon. Aber Limo ..., das kann und will ich nicht glauben.«

»Wie gut kennen Sie Limo, Herrn Langen?«

»Eigentlich nicht besonders gut.«

»Warum könnte er nicht der Täter sein?«

»Ich weiß nicht, vielleicht weibliche Intuition? Es ist einfach die Art, wie er sich gibt. Wie er redet. Vor allem, was er von sich gibt. Er ist echt ein süßer Typ.«

»Können Sie mir sagen, was er für ein Auto fährt?« fragte Steiger weiter.

»Ja, kann ich. Einen Nissan. Einen Sportwagen, schwarzes Cabriolet.«

»Sie wissen noch nicht, dass ein Unbekannter auf den Anrufbeantworter gesprochen hat. Ich habe es auf meinem Diktiergerät aufgenommen. Ist das in Ordnung, wenn ich das mal laufen lasse? Könnte sein, dass Sie die Stimme identifizieren können. Das würde sehr hilfreich sein«.

»Alles was ich dazu beitragen kann, um den Mörder meiner Mutter zu fassen, werde ich tun«, antwortete Mary trotzig. Der Kommissar nickte ihr daraufhin dankend zu und zog ein kleines handliches Gerät aus seiner Jackeninnentasche. Noch einmal blickte er sie an und drückte dann auf Start. Bereits nach zwei Sätzen wusste Mary schon, wem sie die Stimme auf dem Band zuordnen musste. Sie hörte sich dennoch den Text komplett an.

»Limo. Das ist eindeutig Limo.«

»Damit haben Sie uns ein ganzes Stück weitergeholfen.«

»Ich gebe Ihnen noch seine Handynummer«, fügte Mary hinzu.

»Das ist ja noch viel besser. Dann werden wir uns umgehend mit Herrn Langen in Verbindung setzen. Was ist mit dem anderen Typ?«

»Ich weiß nur, dass er Erol heißt. Aber von ihm weiß ich sonst nichts. Vielleicht gibt es in den E-Mails eine Spur?«

Steiger schaute erneut verblüfft. Marys Idee war gut, sie sollte eigentlich seine sein.

»Das ist ein sehr guter Gedanke. Wir werden umgehend Ihren Gedanken aufgreifen und uns darum kümmern. Vielen Dank, Frau Hammer, dass Sie uns geholfen haben. Vielleicht haben wir bald eine heiße Spur«, machte Saskia Völker der jungen Frau Hoffnung.

»Ja, auch vielen Dank von mir. Wir werden uns in Kürze bei Ihnen melden«, bedankte sich ihr Kollege ebenfalls und gab ihr die Hand zum Abschied. Beim Rausgehen drehte sich die Kommissarin noch kurz um und lächelte Mary mitfühlend zu. Sie erwiderte das Lächeln der sympathischen Polizistin und hoffte im gleichen Augenblick sehr, dass Limo nicht die heiße Spur sei … Als die Tür hinter den Beamten ins Schloss fiel, warf der Arzt besorgt einen Blick in Marys Augen und legte väterlich seine Hand auf ihr Handgelenk. Ihre sonst sommerlich braun schimmernde Haut war durch das Neonlicht einer vornehmen Blässe gewichen.

»Wie geht es Ihnen, Frau Hammer?« fragte Dr. Maibaum fürsorglich. Seine beiden Enkelkinder befanden sich im ähnlichen Alter wie seine Patientin.

»Ich hätte gedacht, mir ginge es schlechter, als ich die Nachricht vom Tod meiner Mutter erfuhr. Aber irgendwie habe ich geahnt, dass sie es nicht überstehen würde.«

Doch dann bahnten sich die ersten Tränen den Weg die Wangen herunter.

»Sie …, Sie hätten sehen sollen, wie sie da lag …«

Nun gab es keine falsche Scham mehr. Mary weinte hemmungslos. Doktor Maibaum versuchte sie zu trösten.

»Ich …, ich konnte ihr Gesicht nicht erkennen. Im eigenen Blut lag sie, im eigenen Blut …!« Dr. Maibaum tätschelte ihren Oberarm. Sie weinte weiter.

»Sie war tapfer, die Kleine.«

Steiger zeigte sich einigermaßen zufrieden, dass sie einer Spur nachgehen konnten.

»Ja, das stimmt. Das war sie wirklich. Nur versprich dir nicht allzu viel von diesem Mirco Langen. Es wäre schon ein sensationeller Zufall, wenn er in direkter Verbindung mit dem Tod von Frau Hammer stehen würde.«

»Und was macht dich da so sicher, dass er unschuldig ist? So abwegig ist die Vorstellung eines Beziehungsdramas schließlich nicht.«

»Ich glaube nicht, dass der Typ so dämlich ist und die Frau mitten in der Nacht anruft, nur um sich ein Alibi zu verschaffen. Sein Auto soll offensichtlich in oder vor der Einfahrt gestanden haben. Und dann auch noch so ein auffälliges Fahrzeug. Außerdem muss ich Mary zustimmen, dass dieser Limo sehr traurig und zugleich empathisch auf dem Band klang.«

»Wir werden sehen. Dann versuche ich, den Typen ans Telefon zu bekommen. Diesen Erol gibt's ja auch noch.«

Seit geraumer Zeit nieselte es. Limo verweilte am Wohnzimmerfenster und betrachtete die ersten Vorboten des herbstlichen Treibens im Siegerland. Im Hintergrund klang Randy Crawford unaufdringlich aus den Boxen. Plötzlich unterbrach das Handy seine trüben Gedanken. Schnell eilte er zum Nebenzimmer und griff das mobile Gerät vom Küchentisch. Er vermisste Anke intensiver als am vergangenen Abend, auch wenn er sich das selbst gegenüber nicht eingestehen mochte. Voller Hoffnung, dass sie nun seine Worte, die er der vergangenen Nacht noch aufs Band gesprochen hatte, aufgreifen würde, blickte er aufs Display und schaute enttäuscht auf eine unbekannte Zahlenreihe. Für zwei Sekunden überlegte er, ob er überhaupt rangehen wollte. – Vielleicht ruft sie ja von einem anderen Handy an!?

»Hallo, hier Langen«, meldete er sich zögerlich.

»Guten Tag, Herr Langen. Mein Name ist Ron Steiger. Kripo Siegen. Entschuldigen Sie bitte, dass ich Sie an einem Sonntag stören muss.«

»Auch einen guten Tag. Macht ja nichts. Wie kann ich Ihnen helfen?« fragte Limo irritiert, wobei ihm noch im selben Atemzug ein flaues Gefühl den Nacken hochfuhr und sich schleichend um die Kehle legte. Sein Hals lechzte nach einem Glas Wasser.

»Ist es möglich, dass ich Sie auf einen Sprung aufsuchen könnte?«

»Sicher ist es möglich, sofern Sie sofort kommen könnten. Ich bin gerade auf dem Sprung zu meiner Mutter.«

»Wir, meine Partnerin und ich, könnten in circa zehn Minuten bei Ihnen eintreffen. Allerdings nur, wenn Sie uns Ihre Anschrift noch angeben würden.«

»Klar. Aber worum geht es denn?« fragte Limo bestimmt. Er befürchtete, dass er nun auf die Aktionen gegen seine Firma angesprochen würde. – Scheiße, aufgeflogen, rasselte es durch seinen Kopf. – Aber Kripo? Limo kratzte sich den Hals.

»Wenn es Ihnen nichts ausmacht, würden wir Ihnen den Grund unseres Besuches gerne vor Ort mitteilen.«

Limo willigte ein. Er gab dem Beamten seine Anschrift durch und der Polizist versprach, in zehn Minuten dort einzutreffen. Limos Hirn ratterte unaufhörlich. Verunsichert stakste er im Wohnzimmer hin und her. – Mist noch mal. Was ist passiert? Hat jemand den Mund aufgemacht? Diese Fragen machten Limo kirre. Hastig wählte er

Galeps Nummer und hoffte darauf, dass sein Kumpel den Anruf entgegen nahm. Während es klingelte, schaute Limo aus dem Fenster. Von dieser Position aus überblickte er die Straße. Er würde die Polizisten frühzeitig erkennen können.

»Hey, Limo, was gibt's?« grüßte Galep gut gelaunt.

»Grüß dich, Galep. Nur ganz schnell. Ich habe nicht viel Zeit.«

»Was ist los?«

»Ich weiß es selbst nicht. Ich habe gerade einen Anruf von der Kripo erhalten. Sie werden in einigen Minuten bei mir auftauchen. Hast du vielleicht eine Idee, was die von mir wollen? Es kann doch nicht sein, dass jemand die Schnauze aufgemacht hat?« hoffte Limo auf eine logische Antwort seines Kumpels.

»Kripo …? Haben die nicht nur mit Mordfällen und so 'nem Kram zu tun?«

»Mord?« schreckte Limo auf. In der gleichen Sekunde bemerkte er, wie eine ihm unbekannte schwarze Limousine vor dem Altbau das Tempo merklich drosselte, dann stehen blieb und schließlich auf den Hof fuhr. Schneller als verabredet, schneller als ihm lieb war.

»Da sind sie«, rief Limo aufgeregt ins Handy.

»Okay, Limo. Bleib ganz cool. Das einzige, was man dir anhaben könnte, ist die Sache mit der Firma. Und das können sie nicht einmal beweisen. Und mit einem Mord? Blödsinn! Das musst du dir vor Augen führen. Das kriegst du hin. Melde dich, wenn die Bullen wieder verschwunden sind, okay?«

»Klar. Danke dir, Galep. Bis gleich.«

Nicht wirklich beruhigend, aber Galep hatte recht. Zunächst sollte er das Anliegen der Polizei hinterfragen. Schließlich war er kein Mörder. Andererseits besucht die Kripo an einem Sonntag wildfremde Menschen nicht nur so zum Spaß. Plötzlich klingelte es, während Limo gedanklich noch in Sackgassen herumirrte. Limo öffnete per Funk die Haustüre und lotste die Kripobeamten zu seiner Wohnung.

»Guten Tag, Herr Langen?«

»Ja, guten Tag, der bin ich. Kommen Sie herein.«

Die Polizisten traten näher. Limo bot ihnen in der Küche einen Platz an.

»Mein Name ist Ron Steiger, Oberkommissar, und das ist meine Kollegin Hauptkommissarin Saskia Völker.«

»Hallo«, begrüßte Limo die Polizistin, wobei ihm ihr Gesicht bekannt vorkam. Frau Völker nickte ihm nach dem Gruß zu.

»Herr Langen, der Grund, warum wir Sie an einem Sonntag aufsuchen müssen – sagt Ihnen der Name Anke Hammer etwas?« sprach Steiger den Grund des Besuches gleich an.

»Ja, natürlich, und ihre Tochter Mary.«

»Wann sahen Sie Frau Hammer das letzte Mal?«

»Gestern Abend noch. Wir sind in Köln auf einem Konzert gewesen.«

»Wie lange hielten Sie sich dort auf?« führte Ron die Befragung fort.

»Ich denke, wir trafen so gegen dreiundzwanzig Uhr, eventuell eine halbe Stunde später, wieder in Siegen ein.«

Limo runzelte nachdenklich die Stirn. Er stieg nicht dahinter, warum er Fragen über Anke gestellt bekam.

»Danach?«

»Ich habe sie nach Hause gebracht.«

»Sonst nichts?«

»Was meinen Sie?«

»Sind Sie nur befreundet?« fühlte Ron ihm auf den Zahn. Saskia übte derweil ihre besondere Gabe aus.

»Es ist etwas komplizierter …«

»Inwiefern?«

»Anke und ich waren sehr gut miteinander befreundet.«

»Waren?«

»Nein. Eigentlich sind wir noch gut befreundet. Nur sind wir kein Paar mehr. Vielleicht gab es auch nie ein Paar? Das meinte ich eben mit kompliziert.«

»Verkracht?«

»Sie stellen sehr intime Fragen? Warum stellen Sie mir diese Fragen?«

»Ja, entschuldigen Sie bitte, aber Sie werden gleich erfahren, warum ich diese Fragen stellen muss, okay?«

»Ehrlich gesagt, ist mir nicht ganz wohl dabei. Ich komme mir vor, als hätte ich etwas Schlimmes verbrochen.«

»Haben Sie?«

»Nein! Natürlich nicht! Es kommt bei mir nicht täglich vor, dass die Kripo mich aufsucht.«

»Wer möchte das schon …«, mischte sich Saskia kurz ein. Sie beobachtete weiter jede Regung Limos.

»Da haben Sie wohl recht, Frau Völker.«

»Also haben Sie sich mit Frau Hammer verkracht?« fragte Ron erneut.

»Nein, ganz im Gegenteil. Als ich Anke vor etwa vier Monaten kennenlernte, fanden wir uns beide auf Anhieb sehr sympathisch. Über ihre Tochter kam das zustande. Mary lernte ich kurz zuvor nach dem Inlinern an der Breitenbachtalsperre kennen. Als damals ein mächtiges Gewitter bereits in vollem Gange tobte, bot ich ihr an, in meinen Wagen zu steigen, um nicht völlig durchnässt zu werden. Dieses Angebot nahm sie auch an. Ich habe sie dann nach Hause gebracht. So ergab sich die Gelegenheit, dass ich auch ihre Mutter kennenlernen durfte. Ich glaube, Mary hat gespürt, dass mich Anke durchaus interessierte. Sie verkuppelte uns schließlich, clever wie sie ist, am Geburtstag ihrer Mutter. Ich hatte ein sehr gutes Gefühl, dass es etwas Schönes und Dauerhaftes werden könnte. Aber anscheinend bin ich der einzige gewesen, der dieses Gefühl spürte. Sie verstehen? Durch einen dummen Zufall sah ich Anke, wie sie in Siegen mit einem anderen Mann in einem Pub auftauchte. Sie haben sich nicht nur unterhalten, wenn Sie verstehen, was ich damit sagen möchte?«

Ron und Saskia nickten.

»Dieser Anblick tat weh. Obwohl wir uns erst kurze Zeit kannten.«

»Dann kam Hass auf?« fragte Ron interessiert.

»Nein, Hass auf keinen Fall. Ich war einfach nur enttäuscht. Danach brach der Kontakt zwar nicht komplett ab, aber es ebbte zusehends ab. Nur sporadisch trafen wir uns, indem wir uns zum Sex verabredeten. Doch diese Treffen taten mir auf Dauer nicht gut. Ich glaube, so sonderlich glücklich empfand Anke diese Situation auch nicht. Mir fehlte das Komplettpaket. Wir haben darüber aber nicht gesprochen. Gestern Abend sind wir dann, wie ich eingangs schon erwähnt habe, in Köln auf dem Konzert gewesen.«

»Sie waren anschließend nicht mehr bei Frau Hammer in der Wohnung.«

»Nein. Aber beinahe. Sie sah unglaublich süß aus. Ich teilte ihr mit, dass ich diese oberflächliche Beziehung beenden möchte. Wenn es möglich wäre, eine Freundschaft aufrecht zu erhalten, aber mehr nicht. Ich bin ein Typ, der feste Bahnen braucht. Anke schien sehr enttäuscht. Aber nur so bekomme ich den Kopf frei für klare Gedanken. Danach ist sie ausgestiegen und ich bin gefahren, als sie im Haus verschwand. Das war's.«

»Das geschah dann in etwa gegen 23.30 Uhr?« vergewisserte sich Ron.

»Das ist korrekt«, antwortete Limo ehrlich. »Dürfte ich denn nun endlich erfahren, warum Sie mich befragen?«

Limo zitterte innerlich, trotz der Gewissheit, ohne Schuldgefühle zu sein. Ron schaute zu seiner Partnerin rüber.

»Herr Langen, wir müssen Ihnen leider die traurige Mitteilung machen, dass Frau Hammer in der vergangenen Nacht in ihrem eigenen Haus brutal misshandelt wurde und am frühen Morgen den schweren Verletzungen erlegen ist.«

Die Information der Beamtin entfachte in Limo eine Eruption epischen Ausmaßes. Er fühlte sich, als würden Schwefelgase, inbrünstiges Feuer und glühende Lava seine Seele zerfetzen. Limos sportlicher Oberkörper sackte in sich zusammen. Tief im Hinterkopf kreisten seine Gedanken um das Telefonat kurz zuvor mit Galep. – Mord …, Mord …, die Kripo kümmert sich nur um Mordfälle.

»Weiß Mary schon davon?« Limos Stimme klang gepresst.

»Ja. Sie gab uns Ihre Handynummer.«

»Ist sie denn noch in Hamburg?«

»Hamburg?« fragte Saskia nach.

»Mary studiert dort. Sie besucht ihre Mutter nur an Wochenenden.«

»Die junge Frau hat einen schweren Schock erlitten. Sie war es, die ihre eigene Mutter fand. Sie wird vorsorglich noch in einem Krankenhaus behandelt« hörte sich Saskia mechanisch an. Limo schüttelte fassungslos den Kopf. Er konnte nicht verstehen, was seit einiger Zeit um ihn herum geschah.

»Jetzt auch noch Anke …«, brodelte es aus ihm heraus.

»Jetzt auch noch?« fragte Ron hellwach nach.

»Meine …, meine Schwester.« Limo schluckte schwer.

»Meine Schwester ist vor drei Monaten zusammen mit ihrer besten Freundin tot aufgefunden worden. Beide wurden schwer misshandelt. Anschließend wie ein Tier abgeschossen und in einem Wald nahe bei Köln verscharrt. Was ist nur los?« fragte Limo mit dem Blick zu Saskia Völker gewandt, in der Hoffnung, eine Antwort zu erhalten, Nur ein mitleidiger Gesichtsausdruck verriet ihm schweigende Anteilnahme.

»Herr Langen, können Sie sich vorstellen, dass Frau Hammer Feinde hatte? Neider?«

führte Ron das Gespräch weiter. Auch ihm tat die ganze Situation um Limo unendlich leid. Doch sie mussten mit ihrer Arbeit fortfahren.

»Das glaube ich nicht. Kann es aber nicht hundertprozentig ausschließen.«

»Haben Sie einen Verdacht?«

»Nein, bestimmt nicht. Dafür kenne ich sie nicht gut genug.«

»Den Mann, mit dem sich Frau Hammer in dem Pub befand, wie Sie sagten, kennen Sie nicht, oder?«

»Nein. Den habe ich noch nie zuvor gesehen.«

»Könnten Sie ihn eventuell beschreiben?«

»Gewiss. Der Typ sah unverschämt gut aus. Sehr gepflegt, dunkle kurze Haare und braun gebrannte Haut. Seine modischen Klamotten saßen wie angegossen. Denke, es handelte sich um Markenklamotten. Sie müssen sich einfach diesen Ken von der Barbiepuppe vorstellen. Ich muss neidlos anerkennen, er besaß eine gewissermaßen einnehmende Ausstrahlung. Ein Gewinnertyp!«

Ron nickte verstehend.

»Tja, ich denke, fürs erste war's das. Wir müssen los. Wenn Sie noch Fragen haben sollten, oder Ihnen noch eine Besonderheit einfallen sollte, dann können Sie uns unter dieser Nummer jederzeit erreichen.«

Ron legte seine Karte auf den Tisch. Den Tod der beiden Frauen ließen sie zunächst unbeachtet.

»Das werde ich«, antwortete Limo. Seine Wangen glühten.

Ron und Saskia standen auf und stiefelten zur Tür.

»Sie hören tolle Musik, Herr Langen«, konnte Saskia sich nicht verkneifen.

»Danke. Randy Crawford«, antwortete Limo bitter lächelnd.

»Ist das nicht eine dunkelhäutige Sängerin?«

»Kennen Sie die Frau?«

»Ich glaube zwei, drei Stücke. Überwiegend romantische Songs.«

»Das stimmt.«

Sie streckte ihm die Hand entgegen und verabschiedete sich.

»Ach, Herr Langen, eine Frage hätte ich doch noch.«

»Ja?«

»Tut mir leid, wenn ich noch kurz auf den Tod Ihrer Schwester zurückkomme, aber ist der Täter bereits gefasst worden?«

Limo trat zwei Schritte auf Ron zu und steckte seinen Kopf durch die Tür, um sicher zu sein, dass den Wänden im Flur keine Ohren wuchsen.

»Kommen Sie doch noch einmal für 'ne Minute herein«, bat Limo.

Als sie zu dritt in dem kleinen Flur standen und Limo die Haustüre sicherheitshalber zudrückte, erzählte er den beiden Polizisten sein komplettes Wissen über die Morde an Carmen und Conny. Alles, was Limo in dieser Zeit an Ergebnissen von der Kölner Polizei erhalten hatte. Selbst auf Rons Frage, wann die Untat begangen wurde, antwortete Limo nach kurzer Überlegung präzise. Nach seiner Erzählung herrschte betretenes Schweigen. Limo spürte seinen Herzschlag im Hals pochen. Erschüttert kommentierten die beiden

Beamten diese entsetzliche Tragödie. Ron führte seine Hand zur Türklinke und blickte Limo prüfend an.

»Herr Langen, eine Frage noch? Das ist dann aber wirklich vorerst die letzte für heute.«

»Ja?« antwortete Limo mit traurigen Augen.

»Haben Sie Feinde?«

Ron beobachtete Limo sorgfältig. Seine innere Stimme warnte ihn vor dem Gesichtsausdruck des sportlich gekleideten Burschen. Seine unschuldige Mimik könnte ihn auf eine vollkommen falsche Fährte führen. Limos Trauer verpuffte und wechselte zu einem verblüfften Gesichtsausdruck. Gerne hätte er dem Polizisten über die momentanen Zustände berichtet. Angefangen von seinem kranken Vater über das an ihm begangene Mobbing bis hin zu seinem Plan, die Verantwortlichen der Firma fertigzumachen, für die er hart arbeitete, bevor sie ihn physisch und psychisch bis zum völligen Zusammenbruch bringen würden. Doch noch sollte der richtige Zeitpunkt dafür nicht gekommen sein …

»Kann ich mir nicht vorstellen. Ich habe einige Freunde. Und natürlich den ein oder anderen, der mich nicht sonderlich mag. Aber als Feinde würde ich sie nicht bezeichnen«, antwortete Limo extrem verniedlichend. Ron presste die Lippen zusammen und seufzte kurz. Seine Erfahrung hatte ihn diese Antwort Limos befürchten lassen. Einen Augenblick später verließen die beiden Beamten die Wohnung.

Ron saß bereits im Wagen, als Saskia sich in den Nebensitz warf und die Tür zufallen ließ.

»Was meinst du?« fragte Ron. Sein Tonfall streng.

»Ich neige dazu, ihm zu glauben.«

»Nur neigen? Zweifel?«

»Nein, keine Zweifel. Ich glaube ihm alles bis auf die Antwort, die er auf deine letzte Frage gab. Seine Gesten haben mir etwas anderes verraten.«

»Welche Gesten meinst du?« bohrte Ron nach. Er schätzte Saskias Fähigkeiten, Menschen zu beurteilen.

»Als du ihn zum Beispiel nach dem Tod seiner Schwester fragtest, wanderten seine Augen nach links. Als du ihm eine Denkfrage gestellt hast – beispielsweise um den genauen Tag des Mordes nennen zu können – richteten sich die Augen des Typen nach unten und nach rechts. Da wusste ich, wenn du ihm eine Erinnerungsfrage stellst und er nach unten und rechts blickt, dass er aller Wahrscheinlichkeit nach nicht die Wahrheit sagt. Weil er denkt, statt sich zu erinnern. Wir sollten das aber nicht überbewerten.« Rons Blick verriet abermals Bewunderung für diese kluge Frau.

»Noch nicht«, ergänzte er.

»Was nun?« wollte Saskia wissen.

»Ich habe einen Mordshunger. Wir essen jetzt etwas Ordentliches. Anschließend gehe ich meinem Schönheitswahn nach und schlafe mich für zwei Stunden aus.«

»Gute Idee, ich habe auch einen Mordshunger. Danach werde ich noch zum Training fahren. Wir sehen uns ja dann morgen früh gegen sieben.«

In der Zwischenzeit erstattete Limo Galep wie versprochen Bericht. Galep versicherte ihm, sich keine Sorgen machen zu müssen. Er fand es aber sonderbar, dass Limos Freundin umgebracht worden war. Er glaubte nicht so recht an einen Zufall, aber er belastete Limo nicht zusätzlich mit seinen Zweifeln. Ihm schwebte eher vor, Limo sicherheitshalber von einem seiner Brüder beschatten zu lassen. Sie verabredeten sich für den nächsten Tag. Limo dachte noch an das Gespräch mit den Beamten, während er rasch eine blaue Jacke überstreifte, um seiner Mutter einen Kurzbesuch abzustatten. Zudem wurde es Zeit, dass er mit Ronny eine Runde im Wald verbrachte. Limo war sich sicher, dass nicht nur er allein Entzugserscheinungen verspürte. Wie musste es erst Ronny ergehen? Auf die Frage erhielt er bald darauf die Antwort. Ronnys Freude auf das Erscheinen seines Herrchens war kaum zu bremsen. Limo kümmerte sich intensiv um seinen geliebten Vierbeiner. Die Gerüche des Waldes überhäuften Limo mit herbeigesehnten Glückshormonen. Gegen neunzehn Uhr traf er wieder in seiner Wohnung ein. Hastig verriegelte er mit der Fernbedienung den Sportwagen und stürzte die ersten Stufen zum Eingang hinauf. Mit einer Hand drückte er die Tür auf und betrat den Flur. Plötzlich blieb er still stehen. Irritiert kniff er die Augen zusammen. Er kehrte bis zur Türschwelle zurück und blickte auf seinen Briefkasten. Aus dem Augenwinkel war ihm etwas aufgefallen. Prüfend schaute er nach. Ein loses Stück Papier steckte eingeknickt darin. Interessiert zog er es heraus und klappte es auf. Seine Augen weiteten sich. Spontan riss er seinen Kopf in die Höhe und schaute sich um, als müsste sich der Überbringer dieser Nachricht noch in der Nähe aufhalten. Seine Hände zitterten. Er benötigte einige Atemzüge, um sich einigermaßen zu sammeln. Wie auf Befehl schlug er die Haustür von innen zu und hetzte den kompletten Flur hinauf, bis er sicher in seiner Wohnung stand. Abermals studierte er ungläubig die Zeilen. Limo atmete tief durch. Bedächtig und nachdenklich legte er den Wisch auf dem Küchentisch ab und stiefelte zunächst unter die Dusche. Er benötigte jetzt einen klaren Verstand. Die Gedanken an Anke und den Wisch brachten ihn beinah um den Verstand. Er zappte im Fernseher sinnlos die Programme rauf und runter. Er spielte mit dem Gedanken, Mary in der Klinik aufzusuchen. Limos Kehle fühlte sich an wie Schmirgelpapier. Barfüßig schlurfte er zum Kühlschrank. Als er eine Flasche Mineralwasser in der Hand hielt, meldete sich plötzlich sein Handy. Auf dem Display erschien ein unbekannter Teilnehmer. Er überlegte. Seine Neugier setzte sich durch.

»Ja?« meldete Limo sich vorsichtig.

»Na, du kleines Arschloch. Wenn du weitere Leichen haben willst, werde ich dafür sorgen. Beende dein Vorhaben oder du wirst bald keine Familie mehr haben. Dich werden wir uns dann als letztes vornehmen. Kapiert? Wichser!«

»Wer bist du Arsch, dass du mir …«

Es klickte. Der Anrufer legte auf. – Scheiße, Scheiße … verdammte Scheiße! Dieses feige Arschloch … Aaahh! Limo flippte geifernd aus. Seine Wut raste wie ein Hurrikan durch seinen bebenden Körper. Mit unglaublichem Hass schrie er sich die Seele aus dem Leib und hämmerte mit beiden Fäusten unbändig auf den Küchentisch ein, bis dieser unter dem Druck der Schläge nachgab und auseinanderbrach. Nun hatte er die Bestätigung, dass er verfolgt wurde. Er erkannte noch nicht, dass er bereits mitten in einem brutalen Kampf steckte. Limo saß fassungslos auf einem Stuhl in der Küche und zermarterte sein Hirn. – Was meinte dieser Drecksack damit, als er »Leichen« erwähnte? Sollte er Schuld an dem Tod seiner Schwester sein? War ihr Tod doch kein Zufall gewesen? Wer verdammt noch mal war dieser Drecksack, der ihm telefonisch drohte? Von diesem Bastard musste die Nachricht, die im Briefkasten steckte, stammen. Zögerlich durchforstete Limo seine Erinnerungen und versuchte, die Stimme des Anrufers darin zu finden.

12

Emely saß schon fünfzehn Minuten in einem gemütlichen Café nahe des Siegener Bahnhofs. Ein Familienbetrieb mit einer chilligen Atmosphäre, ohne das überkandidelte Treiben einer Franchise-Kette. Fiona hatte ihr eine SMS gesendet, dass sie einige Minuten später eintreffen würde. Emely hockte gemütlich unmittelbar am Fenster und beobachtete die wenigen Menschen, die sich bei diesem schmuddeligen Herbsttreiben Anfang Oktober aus ihren Wohnungen trauten. Ihre Blicke suchten eine Bedienung. Als ein junger Typ sie registrierte, gab Emely ihm zu verstehen, dass sie vorab gerne einen Milchkaffee hätte. Der Kellner eilte zuvorkommend zum Tisch der attraktiven Blondine und bat um Nachsicht, dass er die Zeichensprache nicht richtig gedeutet habe. In diesem Augenblick öffnete jemand die Eingangstür. Der frische Luftzug streichelte Emelys Wangen. Sie fröstelte leicht. Fiona war auf dem Weg zu ihr. Früher als die SMS es vermuten ließ.

»Hallo, Sweetie, bestellst du mir bitte einen Kaffee mit?« rief Fiona ihrer Freundin zu, noch bevor sie den Tisch erreicht hatte.

»Dann bitte zwei Milchkaffee, ja?«

»Sehr gerne«, antwortete der Kellner. Er verließ den Tisch, als Fiona dort eintraf.

»Entschuldige bitte, aber mein Auto wollte nicht anspringen.«

»Ist doch kein Ding … Hallo erst mal«, begrüßten sich beide herzlich wie immer.

»Du bist doch noch pünktlich. Also läuft dein Auto wieder.«

»Ja, gut, dass Papa gerade im Haus war. Ich weiß zwar nicht, was er getan hat, Hauptsache mein Auto läuft wieder.«

Während Fiona mit Emely sprach, legte sie ihren Mantel ab und setzte sich.

»Was macht eigentlich dein Ex-Arsch? Hat der sich noch mal gemeldet?«

»Nein, hat er nicht. Ich vermute mal, der wird sich nicht mehr in die Nähe des Hauses trauen. Papa hat vor einigen Tagen mit ihm gesprochen. Muss wohl sehr eindeutig gewesen sein. Seitdem ist absolute Funkstille. Ist auch gut so.«

Die beiden Grazien unterhielten sich angeregt und vergaßen darüber die Zeit. Knapp zwei Stunden später schaute Fiona auf die Uhr und fing an zu kichern. Verdutzt musterte Emely sie.

»Was ist, warum gackerst du so?«

»Eigentlich nix, hab nur wieder mal die Bestätigung erhalten, wie schnell die Zeit mit dir verfliegt«, antwortete sie albern.

»Wie spät ist es denn?«

»Zwei Minuten nach sieben. Ich müsste dann auch bald los«, sagte Fiona traurig. Emely wusste, dass ihre Freundin nur bedingt Zeit mitgebracht hatte. Und weil Emely sich schon mal in Siegen aufhielt, rief sie, kurz bevor sie das Café betrat, ihre Mutter an. Sie fragte, ob jemand zu Hause sei. Sie würde gerne noch auf einen Sprung bei ihnen vorbeikommen. Die Frage war überflüssig. Ihre Eltern freuten sich jedes Mal, wenn ihre Tochter sie besuchen kam. Fiona hingegen wollte sich noch mit Gregor treffen. Obwohl sie immer wieder betonte, mit ihm nichts zu haben, verbrachten sie doch einen Großteil ihrer Freizeit zusammen. Fiona übernahm die Rechnung. Wenige Sekunden später trennten sie sich direkt vor dem Café. Eine weitere Stunde verbrachte Emely bei ihren Eltern, bevor sie dann zurück in ihr gemütliches, aber nun einsames Traumhaus fuhr. Sie war noch nicht ganz über die Haustürschwelle getreten, als sich ihr Handy bemerkbar machte.

»Hallo, Kleene, noch was vergessen?«, fragte Emely gleich, als sie Fionas Nummer erkannte.

»Hallo, Sweetie. Nein, nur habe ich gerade am Kino ein Plakat gesehen von so einer Herzschmerzgeschichte, und da morgen doch Frauenkinotag ist, wollen wir morgen um halb acht in die Vorstellung?«

»Gerne. Sehr gerne sogar«, freute sich Emely.

»Supi, dann reserviere ich gleich mal zwei Karten. Bist du wieder zu Hause?«

»Ja, gerade reingestolpert.«

»Na gut … dann will ich dich nicht länger stören. Bis morgen.«

»Ja, ciao bis morgen. Viel Spaß noch.«

»Ja, danke« hörte Emely noch und schon legte Fiona auf. – Verrücktes Huhn, lächelte Emely.

Der darauffolgende Mittwoch verlief bis zum frühen Abend sehr ruhig und unauffällig. Selbst das Wetter zeigte sich von seiner prächtigsten Seite. Zwanzig Grad Celsius und die Altweibersonne begann bereits in den frühen Morgenstunden die Herbstseelen zu streicheln. Emely nutzte die Zeit im Freien und hockte am frühen Abend gegen sechs fröhlich gelaunt vor dem Spiegel und glich dezent ihren Teint der positiven Laune an. Pünktlich um neunzehn Uhr wartete sie an der Tür zu Gregors Pub. Unwesentlich später trudelte Fiona ein.

»Hallo, Kleene. Na, so pünktlich habe ich dich ja lange nicht mehr erlebt«, begrüßte Emely sie herzlich und umarmte ihre beste Freundin. Fionas Haare leuchteten in kräftigem Kastanienrot.

»Ja, ja, ich weiß. Ich wollte doch vorher noch einen Kaffee mit dir trinken.«

»Gibt es was Neues, Besonderes?«

»Neues schon, aber nichts Besonderes. Gehen wir direkt hoch ins Café?«

»Dann aber schnell, wenn das mit dem Kaffee noch vor dem Film klappen soll.« Irgendwie wirkte Fiona frischer. Es dauerte einige Minuten, bis Emely die kräftige Haarfarbe auffiel.

»Wann hast du es denn noch geschafft, zum Friseur zu gehen?«

»Ich dachte, du bemerkst es nicht.«

»Das soll wohl ein schlechter Scherz sein. Sieht süß aus.«

»Danke schön.«

Noch im Vorbeigehen winkte Fiona ihrem guten Bekannten und *FUGA*-Pächter Gregor zu. Er hatte die beiden vor dem Pub längst erspäht. Irritiert blickte er ihnen hinterher, als sie ihn nicht gleich persönlich begrüßten. Er war sich aber sicher, dass sie später noch bei ihm vorbeischauen würden. Emely stieg die riesige Wendeltreppe aus Stahl hinauf. Als hätte sie der Blitz getroffen, blieb sie für einen Moment stehen.

»Was ist?«, fragte Fiona.

»Er ist da, schau …!«

Emely blieb die Luft weg. Fiona stand nun genau hinter ihr.

»Wow, das ist echt dein Glückstag heute.«

Als sei Emelys Objekt der Begierde unsichtbar, schritten sie unauffällig an dem Tisch vorbei, an dem ihr Traumtyp saß. Er schien, der Welt weit entrückt, seine Gedanken auf einem Blatt Papier offenzulegen. Drei Tische weiter fanden die beiden sympathischen Frauen einen Platz. Emely positionierte sich so, dass sie ihn stets im Blick hatte. Ihr Herz wummerte so, dass sie den Blutstrom in ihren Adern buchstäblich fließen fühlte. Sie war froh ihn zu sehen. Den Stuhl kaum warm gesessen, rutschte sie nervös vor und zurück. Es schien ihr keine passende Sitzposition zu gelingen. Fiona beobachtete ihre Freundin und lächelte. Sie war begeistert, dass eine fünfunddreißigjährige Frau herumzappelte wie ein verknallter Teenager. Schließlich hielt Emely es nicht aus und tat so, als wolle sie zur Toilette. Rasch marschierte sie an seinem Tisch vorbei, geradewegs an die Theke und bestellte dort zwei Milchkaffee. Als sie zu ihrem Platz zurückkehrte, hoffte sie einen Blick von ihrem Traumprinzen zu erhaschen. Leider erfüllte der Schreiberling ihren Wunsch nicht. Zu beschäftigt kritzelte er zeilenweise aufs Papier, ohne auch nur einmal seinen Kopf anzuheben. Enttäuscht pflanzte sie sich wieder auf ihren Platz. Was Fiona erzählte, traf auf taube Ohren.

»Ich seh' schon, gegen diesen Typen habe ich keine Chance«, scherzte sie.

»Haaallooo …«

Erst als Emely ihren Kopf in Fionas Richtung wandte, gab es wieder Hoffnung.

»Bist du wieder auf Empfang?«

»Entschuldige, Kleene. Ich bin so nervös, als stünden der Papst und Bon Jovi vor mir. Er schaut einfach nicht rüber.«

»Frag ihn doch einfach, ob er Schriftsteller ist«, schlug Fiona vor.

»Quatsch.«

»Warum denn nicht? Hauptsache, du kommst ins Gespräch.«

»Gott, oh Gott …«

Mehr brachte die sonst so selbstbewusste Frau nicht über ihre Lippen.

»Oh, da kommt die Bedienung mit dem Kaffee.«

Der Kellner stellte die Getränke auf den Tisch und fügte die Rechnung bei. Emely wollte gleich bezahlen, damit die beiden ohne unnötigen Zeitverlust ins Kino gehen konnten. Drei Tische weiter blieb der blonde Kellner bei dem Schreiberling stehen. Emely und Fiona stellten sämtliche Sinne auf Empfang, während sie sich unterhielten.

Endlich hob der Schreiberling den Kopf und ließ seinen Blick durch das Café streifen. Er überflog die Anwesenden rasch. Auch auf Fiona und Emely schaute er oberflächlich. Als er sich gerade wieder dem Blatt zuwenden wollte, bemerkte er, dass er von einer sehr gut aussehenden Blondine gemustert wurde. So schweiften seine Blicke zurück zu dieser bezaubernden Schönheit. Sie lächelte ihm zaghaft zu. Limo lächelte sanft zurück und nickte zum Gruß, blickte anschließend zur Seite, um sie dann erneut verschmitzt anzuschauen. Innerhalb von zwei Minuten fanden sich ihre Blicke dutzendfach. Limo wurde heiß und kalt. Verlegen begann er weiter zu schreiben. Die Röte in seinem Gesicht verriet pure Schüchternheit.

»Süße, trinkst du deinen Kaffee noch aus? Ich denke, wir sollten gehen. In fünf Minuten geht die Vorstellung los.«

»Ich bin schon fertig. Können sofort gehen«, antwortete Emely fern jeder Realität.

»Oookayyy …!«, grinste Fiona.

»Was grinst du so?«

»Och nur so.«

»Dann los«, forderte Emely ihre Freundin auf. Sie zogen ihre Jacken über und marschierten los. Als Emely unmittelbar neben den Tisch des Schreiberlings trat, fesselten Limos Blicke sie wie ein magischer Zauber. Limo selbst stockte der Atem. Selten in seinem Leben hatte eine Frau mehr Anmut ausgestrahlt als diese. Und noch nie in seinem Leben war er bei dem Anblick einer Frau so dahingeschmolzen wie beim Anblick dieser unbekannten Schönheit, die ihn auf eine sonderbare Weise faszinierte. Nicht einmal bei Anke erlebte er diese Intensität der Gefühle. Bevor Fiona und Emely links um die Ecke verschwanden, erhaschte Emely noch einmal einen Blick.

»Das ist er. Das ist er wirklich!«, schwärmte Emely ihrer Freundin die Ohren voll.

»Ich muss schon sagen, optisch ist er durchaus ein Leckerchen. Nicht unbedingt meiner, aber immerhin. Glaubst du nicht, dass er verheiratet ist? Oder eine Freundin hat?« fragte Fiona mit einem Fuß auf der Euphoriebremse.

»Natürlich kann das sein. Ehrlich gesagt kann ich mir nicht vorstellen, dass dieser Typ Single ist. Aber bevor ich es nicht hundertprozentig weiß, gebe ich die Hoffnung nicht auf.«

»Oh, Sweetie, hoffentlich verrennst du dich da nicht.«

»Wenn ich ihn kennenlernen sollte, entpuppt er sich ja wahrscheinlich sowieso als Macho. Dann werde ich vielleicht einmal Sex mit ihm haben und Schluss ist.«

»Ja, ja, und der Osterhase bemalt die Eier selbst …«

Das folgende Gelächter erfüllte die obere Etage.

Während Fiona von dem Film begeistert war, wusste Emely im Grunde gar nicht genau, worum es in dem Streifen ging. Sie unterhielten sich darüber, bis sie am Parkplatz eintrafen. Sie verabschiedeten sich vor Fionas Auto. Jede für sich fuhr zurück in ihr Domizil. Emely fühlte tausend Schmetterlinge im Bauch. Eine Frage holperte ihr jedoch auf der gesamten Rückfahrt durch den Kopf: Fühlte er auch so?

Limo verweilte im Café für eine ungewöhnlich lange Zeit. Er schrieb sich all seinen Kummer frei von der Seele weg. Mit einer besonderen Akribie notierte er die Erinnerungen der vergangenen Monate chronologisch in Form eines Tagebuchs. Er nahm sich vor, diese Form der Gedankenstütze von nun an täglich zu nutzen. Er verstand im Grunde nicht, was um ihn herum geschah und geschehen war. Standen die Morde miteinander in Verbindung? Wenn ja, wer hatte sie veranlasst? Wer war der Anrufer, der ihm gedroht hatte, weiter zu morden, wenn er nicht das Vorgehen gegen die Firma unterbinden würde? Diese Fragen stellten nur eine geringe Auswahl der Überlegungen dar, die ihn die ganze Zeit beschäftigten. Seine Wut, seinen ganzen angestauten Zorn musste er noch hintanstellen. Ohnmächtig musste er mit ansehen, wie eine junge Frau ihre Mutter beerdigen musste.

Lag die Schuld an seinem Verhalten? Er redete sich ein, dass die Sammlung der Akten noch relativ harmlos sei. Nein, er war sich sicher, dass er nicht der Aggressor war. Bei dieser Vorstellung blieb er. Nur dass die Morde und die rätselhaften Geschehnisse in seinem Umfeld miteinander zusammenhingen, davor verschloss Limo die Augen. Er nahm sich vor, Mary am Wochenende anzurufen. Er hoffte sehr, dass der Kontakt nicht gänzlich abreißen würde.

Als Limo am darauffolgenden Mittwoch gegen dreiundzwanzig Uhr nach dem Sport mit Frank vor seiner Wohnung eintraf, bemerkte er ein fremdes Fahrzeug und fuhr zunächst an seiner Einfahrt vorbei. Zwei Häuser weiter stellte er den Sportwagen ab und begab sich vorsichtig zu Fuß zu seiner Wohnung. Sicherheitshalber wechselte er die Straßenseite, falls Gefahr drohte. Nun bewegte er sich auf einer Höhe mit dem mysteriösen Fahrzeug. Mit zugekniffenen Augen versuchte er den Fahrer in der Dunkelheit zu erahnen. Der Adrenalinfluss drückte sich durch seine Adern wie ein Schwarm Hornissen. Er befürchtete einen neuerlichen Einbruch. Doch als er genauer in den Wagen schaute, erkannte er Mary und wechselte wieder die Straßenseite auf sie zu. Gleichzeitig verschluckte die Beifahrertür die Scheibe mit einem dumpfen Summen.

»Hallo, Mary, bin ich froh … Du hast mir einen enormen Schrecken eingejagt! Was machst du denn hier?«

»Kann ich mit dir reden, Limo?«

»Gerne. Warte, ich hole nur noch meinen Wagen. Ich habe das Auto aus Vorsicht zwei Häuser weiter geparkt.«

Limo eilte schnell hinüber und parkte das Fahrzeug um. Mary wartete schon vor der Eingangstür, als Limo ausstieg. Weitere Augenblicke später saßen sie auf dem Sofa. Vor ihnen zwei Tassen Kaffee, die Limo zubereitet hatte, während Mary ihn nicht aus den Augen ließ. Per Fernbedienung schaltete er seine Musikanlage an. Klassische Töne erklangen.

»Wie geht es dir, Mary?« begann Limo.

»Nicht gut. Ich bin erst seit gestern aus der Klinik. Im Grunde genommen möchte ich dir nur eine Frage stellen.«

»Ja?«

»Du hast das meiner Mutti nicht angetan, oder?«

Bei dieser Frage schien ihr Blick ihn zu durchdringen.

»Nein, Mary, habe ich nicht«, antwortete Limo. »Hör mal, ich war gar nicht mehr mit Anke im Haus.«

Limo berichtete sorgfältig vom Verlauf des Samstagabends, als ihre Mutter noch lebte. Als Limo seine Ausführungen beendet hatte, herrschte Stille. Nur Maria Callas Arie *La mamma morta* klang den beiden eindringlich in den Ohren. Erst als die Arie verstummt war, warf Mary einen verzweifelnden Blick zu Limo.

»Die Polizei hat mir mitgeteilt, dass auch ein normaler Einbruch im Rahmen des Möglichen sei. Was auch immer ein gewöhnlicher beziehungsweise normaler Einbruch sein soll. Ich weiß nicht, was ich noch glauben soll. Einbruchsspuren konnten wohl nicht sichergestellt werden, was aber keine hundertprozentige Garantie für keinen Einbruch darstellt. Schließlich wartet man noch auf die endgültigen Auswertungen der Spurensicherung. Sie haben sogar die Möglichkeit in den Raum gestellt, dass Mama ihrem Mörder selbst die Tür geöffnet hat. Dennoch frage ich mich, was in Gottes Namen der Mörder gesucht hat? Und warum hat er meine Mom so brutal zugerichtet. Sollte es doch vielleicht ein Bekannter gewesen sein? Erol etwa? Je öfter ich darüber grüble, umso abstruser kommen mir die Antworten vor, die ich mir auf meine Fragen selbst gebe.«

Erneut untermauerte ein schweigsamer Augenblick Limos tragische Hilflosigkeit.

»Limo, ich konnte ihr Gesicht nicht einmal im Ansatz mehr erkennen. Überall ihr Blut …«

Mary weinte herzzerreißend. Limo näherte sich ihr und schloss sie tröstend in die Arme. Zärtlich streichelte er ihr übers Haar. Nicht so wie damals, als er Mary bei dem Gewitter lieben durfte. In diesem Augenblick eher wie ein besorgter Vater, ein guter Freund.

»Ich weiß gar nicht, was ich sagen soll«, gestand Limo. Sein Tonfall war rauchig. »Ich tappe auch völlig im Dunkeln. Wenn diese blöde Sache in Siegen nicht gewesen wäre.«

»Ich weiß. Mama hat mir davon erzählt. Ob du es glaubst oder nicht, Limo, sie hat es bereits in der Nacht bitter bereut. Sie war richtig in dich verknallt. Dann macht sie so einen Bockmist.«

»Wie man sieht, geschehen solche merkwürdige Geschichten nicht nur bei Teenagern. Es sollte eben nicht sein. Ich habe es in diesem Moment nicht geschafft, meinen verletzten Stolz zu überwinden. Mir war es nicht möglich, noch eine feste Bindung mit Anke einzugehen. Nicht unmittelbar in dieser Zeit. Trotzdem haben deine Mutter und ich uns gut verstanden, wenn wir voneinander hörten oder uns trafen. Auch der Abend in Köln verlief sehr schön. Ich habe mich so sehr darüber gefreut, als sie mich anrief und mich fragte, ob ich mit ihr zum Konzert wollte. Ich hatte geglaubt, sie beabsichtige mit dir das Konzert in Köln zu besuchen. Was auch absolut okay gewesen wäre«, versuchte Limo Mary zu erklären. »Wäre ich doch nur mit ihr ins Haus gegangen!«

Mit Wehmut dachte Limo an den Abend, wie er wohl verlaufen wäre, wenn …

»Sag mal, Mary, kommst du mit all den Dingen klar?«, unterbrach sich Limo selbst und wechselte die Gedanken.

»Was meinst du?«

»Der Papierkram? Wo verbringst du im Augenblick die Nächte? Diese Dinge meine ich.«

»Ein guter Studienfreund, der kurz vor seinem Juraabschluss steht, greift mir unter die Arme. Zurzeit bin ich in einer kleinen Pension untergebracht.«

»Dann brauche ich mir um dich also keine großen Gedanken zu machen?«

»Nein, das brauchst du nicht. Lieb von dir. Darf ich nur heute Nacht bei dir übernachten?«

Limo schaute verblüfft drein. Diese Frage hatte er nicht erwartet.

»Natürlich«, antwortete er dennoch selbstverständlich.

»Ich befürchte, dass wir uns in Zukunft bestimmt nicht mehr wiedersehen werden.«

»Warum?« Limos Traurigkeit war für Mary nicht zu verkennen.

»So wie es aussieht, werde ich Mamas Haus verkaufen. Mir gefiel es eh nicht sonderlich in diesem Ort. Dieses Geläster und Gequatsche der Nachbarn …, einfach unerträglich. Und jetzt, da Mom nicht mehr da ist …! Ich frage mich, wie sie diesen widerlichen Mob ertragen hat.«

»Vielleicht war es ja nicht so leicht für sie, wie du vermutest. Hast du schon einen Plan, wo es für dich hingehen wird?« wollte Limo wissen.

»Durch den Verkauf des Hauses wird viel Geld übrig bleiben. Sehr viel Geld. In ein paar Jahren werde ich schlauer sein und wissen, welche Entscheidungen ich falsch oder richtig getroffen habe. Bis dahin nehme ich mir eine winzige Stube in Hamburg. Eventuell in einer WG.«

»Das hört sich alles sehr einfach und endgültig an.«

»Ist es aber nicht. Ich bin mir sicher, dass ich bestimmt einige Wochen, wenn nicht sogar Monate, dafür benötigen werde. Trotzdem sollte es so rasch wie möglich geschehen.« Limo nickte zustimmend. Er konnte Marys Pläne gut nachvollziehen.

»Wann wollte sich die Kripo bei dir melden?« wechselte Limo nun das Thema.

»Es kann gut sein, dass sie sich morgen melden. Jedenfalls haben sie mir gesagt, dass ich ab Mitte der Woche damit rechnen könne. Ich hoffe so sehr, dass sie den Mörder erwischen!«

Ihre Augen blitzten auf, als sie ihre Hoffnung laut aussprach.

»Das geht mir genauso, Mary. Sagst du mir Bescheid, wenn du mit den Beamten gesprochen hast?«

»Natürlich.« Mary stockte abrupt. »Wirst du meine Mom vermissen?«

Stille folgte ihrer Frage. Limo betrachtete sie intensiv. Ihm fiel jetzt erst auf, dass sie dieselbe Augenfarbe hatte wie ihre Mutter.

»Ja. Ich werde Anke als meine aufregendste Affäre und Freundin in Erinnerung behalten. Ich erhalte nun niemals die Gelegenheit zu erfahren, ob wir gut zusammengepasst hätten. Diese Tatsache wird meine Gedanken sicherlich noch eine ganze Zeitlang begleiten. Und dich vermisse ich jetzt schon.«

Sie umarmten sich.

»Ich würde mich freuen, wenn wir in Kontakt bleiben würden«, sagte Mary bittersüß lächelnd.

»Das wäre toll, aber ich befürchte, dass ich in dieser Hinsicht ein pessimistischer Realist bin. Du verkaufst das Haus und beginnst ein neues Leben in Hamburg. Das ist auch gut so. Du lernst andere Leute kennen und irgendwann begegnet dir dein Traummann. Ab und an denkst du dann eventuell mal an mich. Vielleicht. Jedenfalls würde ich mich darüber freuen. Und sollte ich wider Erwarten gerade dummes Zeug faseln, wäre ich sehr glücklich.«

Mary schaute ihn sehr lange an und gab ihm einen zärtlichen Kuss auf den Mund. Nur zögerlich erwiderte er diese Zärtlichkeit.

»Dafür mag ich dich besonders«, hauchte Mary. Limo wusste, was sie meinte und genoss den innigen Moment. Mit Wehmut warf er einen Blick zur Uhr. Sein Gefühl täuschte ihn nicht. Bereits nach Mitternacht. Limo schlug Mary vor, das Bett aufzusuchen. Schließlich musste er am nächsten Morgen früh aus den Federn. Sie nickte kommentarlos. Nachdem er sich gewaschen und umgezogen hatte, folgte sie ihm ins Bad. Als er seine Zähne putzte, erfasste er das Konterfei dieser bildhübschen Person. Mary stand nur einen Meter hinter ihm. Reaktionsschnell griff er neben dem Handwaschbecken in eins der beiden Schubfächer und bot ihr eine neue Zahnbürste an. Er erkannte in ihr Anke, als sich ihre Blicke für einen Funkenflug ineinander verfingen. Mary deutete diesen Wink richtig und lächelte ihn im Spiegel süß an. Gleichzeitig beendeten sie die Zahnpflege und schlüpften unters Plumeau. Mary kuschelte sich gleich an ihn. Er deckt sie beide zu und legte einen Arm um sie. Er fühlte ihren Herzschlag und bemerkte, wie sanft ihr Atem ihren Brustkorb hob und senkte. Diesen vertrauten Augenblick kostete Limo mehr aus als jeglichen Sex, den er mit ihr erlebt hatte. Einige Sekunden verstrichen, bis Limo einen tiefen Atemzug Marys bemerkte.

»Limo?«

»Ja?«

»Würdest du mir verraten, warum du vorhin deinen Wagen absichtlich einige Meter entfernt abgestellt hast?«

»Warum fragst du?«

»Weichst du der Antwort aus?« Limo spürte instinktiv, dass sie ihn mit einem Blick in der Dunkelheit suchte.

»Nein. Es ist nur … Ich bin mir nicht ganz sicher. Ich fühle mich beobachtet.«

»Von wem?«

»Ich habe keine Ahnung. Ich glaube es nur.«

»Das klingt schon einigermaßen seltsam. Ist etwas vorgefallen?«

Limos Atem entwischte ihm gestresst durch die Nase. »Nein. Ich fürchte nur, naja, ich habe jede Menge Ärger in der Firma. Das beschäftigt mich ein wenig.«

»Ein wenig scheint es wohl nicht. Aber du musst nicht darüber reden, wenn du nicht willst. Okay, dann schlaf schön.«

»Du auch, Mary.« Die junge Frau ahnte, dass ihn sein Gewissen plagte. Dennoch ging sie nicht näher darauf ein. Limo wollte nicht reden. Sie akzeptierte es und schlief sanft ein.

Verschlafen blinzelte Limo aus dem Servicewagen zur Sonne. Heute musste er mit Tom die anstrengende Tour schaffen. Doch seine Gedanken kreisten nur um Mary und Anke. Der Abschied von Mary vor wenigen Stunden tat Limo sehr weh. Er hielt es für besser, ihr den dubiösen Fetzen Papier, den er in seinem Briefkasten fand, nicht zu zeigen. Zu nah lag die Vermutung, dass ihre Mutter sterben musste, weil er sie kannte und zeitweise mit ihr verkehrte. Nun saß er da und der Alltag holte ihn unsanft ein. Würde sie sich doch gleich melden und ihm berichten, dass die Kripo dieses brutale Schwein gefasst hätte! Doch er befürchtete, dass dies nur Wunschdenken bleiben sollte. Je häufiger Limo an Anke dachte, umso mehr redete er sich ein, dass sie in der Tat nur seinetwegen umgebracht worden war. Er war vernarrt in den Gedanken, dass es nur eine Zeitfrage sein würde, bis es ein weiteres Opfer zu beklagen gab. So, wie es der Fremde verbal angedroht hatte. Wieder einmal verpasste er die Gelegenheit, die Polizei oder wenigstens Frank mit einzubeziehen. Er hasste diesen unsicheren Zustand. Wie würde er nur seine Familie vor diesen Killern schützen können …

»Dass wir noch mal zusammen fahren dürfen. Wie geht es dir?« versuchte Tom ein Gespräch zu beginnen.

»Danke, gut«, antwortete Limo sparsam.

»Hey, was ist denn los? Habe ich was falsch gemacht? Oder etwas Verkehrtes gesagt?«

»Tom, es ist wirklich nichts. Du weißt, dass ich dich für einen guten Kerl halte. Ich kann dir nicht erklären, warum ich seit einiger Zeit so scheiße drauf bin«, log er.

»Hey, gibt es denn was Neues von deinem Plan?«, wechselte Tom rasant das Thema.

»Nein, nichts. Aber auch rein gar nichts. Ich werde den Kram, den ich angesammelt habe, vernichten. Ist mir einfach zu viel Stress.«

»Kann ich dir irgendwie helfen?«

»Ist gut gemeint, Tom, danke. Ich habe einfach die Schnauze voll. Überleg mal, wie lange ich schon dran bin, diese Betrügereien aufzudecken. Was hat es gebracht? Nix!«

Limo führte ihn gekonnt auf eine falsche Spur.

»Mmh, schade. Ich hätte die Bosse gerne bluten sehen.«

»Glaub mir, Tom, ich auch.«

»Da kommt mir eine Idee …«

»Welche?« heuchelte Limo Interesse.

»Ich weiß nicht, ob du mir soweit vertraust?«

»Du weißt doch, wie ich zu dir stehe.« Limo spielte mit Tom.

»Also, ich würde gerne weitermachen. Wenn du mir vielleicht die schon vorhandenen Akten geben könntest, würde ich die Bombe zum Platzen bringen.«

»Du? Mit den wenigen Unterlagen?«

»Du hast mir doch vor einigen Wochen erzählt, wie viele Fälle du gesammelt und archiviert hast.«

»Ja schon, aber das wird nicht reichen, um diese Bande kaltzustellen, geschweige denn in den Knast zu befördern«, spielte Limo die Angelegenheit herunter.

»Ist doch egal. Dann werde ich noch ein Weilchen warten und dann zuschlagen.«

Tom log ohne Schamesröte.

»Sag mir einen Grund, warum ich dieses Risiko eingehen sollte?«

»Ich will, dass der Kohlmeier auf seine arrogante Fresse fällt …«

Limo tat so, als schaue er ihn prüfend an.

»Okay, ich werde dir die Akten geben. Aber nur unter einer Voraussetzung.«

»Die da lautet?«

»Von mir hast du sie nicht!«

»Das ist die Voraussetzung? Echt? Ich kann das Ding zu Ende bringen?« fragte Tom mit einer Unschuldsmiene.

»Ja. Mach, was du willst. Geh damit zur Polizei, zum Anwalt oder verbrenne sie. Geht mir am Hintern vorbei. Nur streite ich alles ab, wenn du mich damit in Verbindung bringen willst!« verdeutlichte Limo seinen scheinbaren Standpunkt. Er durchschaute längst Toms Plan. Er wusste nur noch nicht, wem er diese Unterlagen zuführen würde. Hegte allerdings eine Vermutung.

»Dann wünsche ich dir viel Glück«, heuchelte Limo erneut.

»Danke. Das werde ich gut gebrauchen können«, antwortete Tom. Ihm kamen leichte Zweifel über die Tatsache, dass sein geschasster Kollege ihm plötzlich einen so raschen Rückzieher offerierte. Seine zur Schau gestellte Gleichgültigkeit erschien Tom mit einem Mal unecht.

»Ich werde sie am Freitag mitbringen. Ist wohl am sichersten, wenn wir die Übergabe kurz nach Feierabend durchführen, was?« Limo verriet logischerweise nicht, dass er sich von den Akten Kopien angefertigt hatte.

»Das ist 'ne gute Idee. Braucht ja keiner mitzubekommen«, antwortete Tom zustimmend.

»Sehe ich genauso.«

Limo hoffte dadurch zu erfahren, wem Tom die Akten übergab. Tom würde nur einen Bruchteil des Materials erhalten. Noch dazu nur die belanglosesten Akten. Sie würden vermutlich vor Gericht sowieso nur eine Art Kontinuität belegen. Limo würde dadurch Zeit und Ruhe gewinnen.

Donnerstag und Freitag streckten sich wie eine komplette Woche. Poller erlitt beim Fußball einen Bänderriss und musste für einige Tage aus dem Verkehr gezogen werden. Somit fehlte einer der Hauptverantwortlichen, die miese Stimmung unter den Kollegen verbreiteten. Thomas verhielt sich ohne seinen Busenfreund ruhig und unauffällig. Endlich rückte der Freitagabend näher. Fünfzehn Minuten vor Feierabend tummelten sich alle Monteure bereits auf dem Hofgelände. Wie ein emsiger Bienenstamm betrieben sie Geräte- und Wagenpflege. Tom marschierte mit einem Kondenstrockner an Limo vorbei. Unauffällig fragte er nach, ob das mit den Unterlagen klappen würde. Limo nickte stumm. Pünktlich um siebzehn Uhr verließ Limo einige Zeit vor Tom das Firmengelände. Niemand der Anwesenden sollte einen Verdacht schöpfen. Nacheinander fuhren sie vom Firmengelände und trafen sich einige hundert Meter weiter im nördlichen Teil des Industriegebietes an einer Wurstbude. Abseits neben einigen LKWs parkten sie ihre Fahrzeuge und vollzogen die Übergabe ohne neugierige Zeugen. Tom bedankte sich und lächelte Limo erwartungsfroh zu. Limo seinerseits verzog kaum eine Miene und wünschte seinem Kollegen gutes Gelingen. Während Tom sich unmittelbar nach dem Erhalt der Beweise aus dem Staub machte, nutzte Limo die Gelegenheit und stopfte mit zwei übergarten Bratwürsten das enorme Loch im Magen. Noch bevor er den letzten Bissen der beiden Krakauer im Brötchen vernascht hatte, zog er sein Handy aus der Hosentasche. Unwesentlich später vernahmen Limos Ohren die vertraute Stimme.

»Alles startklar? Er ist unterwegs«, gab Limo knapp Bescheid.

»Es ist angerichtet, bis später, ciao«, antwortete Galep und legte auf. Die leckere Mahlzeit war noch nicht ganz zum Magen gelangt, als Limo im Wagen saß und während der Fahrt grübelte, was er mit dem Freitagabend anfangen sollte. Das Vibrieren seines Handys beendete abrupt die Überlegung. Er zögerte keine Sekunde, als er die Nummer wahrnahm.

»Hallo, Mary, was gibt's?« begrüßte er sie strahlend

»Hallo, Limo. Ich war vor einigen Minuten bei der Polizei.«

»Und …?«

»Nach den Ergebnissen, die vorliegen, ist klar, dass es sich um einen Kerl gehandelt haben muss. Mama ist nicht nur tot geprügelt, sondern auch vergewaltigt worden. Um ausschließen zu können, dass du damit in Verbindung gebracht stehst, ist eine DNA-Probe von dir jetzt nicht mehr nötig.« Mary sagte das, ohne ihre Stimme zu heben.

»Das ist für mich sehr erleichternd. Aber ein großer Trost ist es nicht wirklich. Wie geht's dir dabei?«

»Ich bin, was dich angeht, auch extrem erleichtert. Ich hätte es mir auch echt nicht vorstellen können. Ich bleibe übrigens das Wochenende noch in Siegen. Wenn du möchtest, können wir uns auf einen Kaffee treffen, was meinst du?«, Mary lenkte bewusst auf ein angenehmeres Thema.

»Gerne! Vielleicht morgen, gegen sechzehn Uhr im *Angel*? Wenn du weißt, wo das Café ist.«

»Ja, kenne ich gut. Bin früher schon einige Male dort gewesen. Schön, dann bis morgen, ciao.«

Kaum in seiner Wohnung angekommen, klingelte erneut sein Handy. Die Kripo Siegen lud ihn überraschend für den Samstagvormittag, 9 Uhr, auf die Dienststelle in Siegen vor. Nach dem kurzenTelefonat mit der Polizei schaute er irritiert auf die Uhr. Welchen Grund gab es für die Kripo, ihn doch noch vorzuladen? Limo verweilte nur kurz bei seiner Gedankenakrobatik und wählte nun die Nummer seiner Mutter. Eher beiläufig teilte er ihr mit, dass er erst am morgigen Tag, gegen Mittag, nach Brachbach kommen könne. Ronny musste sich also noch einen Tag gedulden.

Nachdem Limo das Telefonat mit seiner Mutter erledigt hatte, wollte er sich genüsslich Zeit für eine heiße Dusche nehmen. Erneut zog ihm sein Handy vorerst einen Strich durch die Rechnung.

»Hi, Galep, und …?« fragte Limo gespannt.

»Limo, ich bin in drei Minuten bei dir. Du bist doch zu Hause?«

»Klar. Komm vorbei«, fordert Limo ihn knapp auf und beendete das kurze Gespräch. Rasch stieg er in einen Trainingsanzug und es dauerte in der Tat nur wenige Augenblicke, bis es an der Tür klingelte. Aufgeregt ließ Limo seinen Freund herein.

»Oh, Beweismaterial?« fragte er mehr scherzhaft, als er Galep mit einem Umschlag wedelnd erspähte.

»Na, dann setz dich mal. Möchtest du etwas trinken?«

»Nein danke. Ich hab nur wenig Zeit.« Galep klang gehetzt. Er war es nicht mehr gewohnt, die vielen Treppenstufen bis zur Wohnung Limos im Laufschritt zu bewältigen.

Limo schielte immerzu auf den Umschlag. Galep machte es sehr spannend. »Na sag schon, ich platze bald vor Neugierde!«

»Die schlechte Nachricht ist: Tom ist zwar ins Gebäude gegangen, aber nicht in Kohlmeiers Büro. Nicht ein einziges Wort gab es zu hören. Die Kamera blieb aus.«

»Wem machte er dann seine Aufwartung? Etwa Kaltmann?«

»Das kann ich nicht sagen. Sollten wir nicht besser auch in den anderen Büros Kameras installieren?« schlug Galep vor.

»Oh Mann, dann bräuchten wir mindestens sechs bis sieben Kameras. Wer soll das erledigen? Und vor allem wann?«

»Morgen früh wäre alles erledigt. Du musst mir nur sagen, welche Räume in Frage kommen.«

Galep neigte seinen Kopf zur Seite und legte seinen unnachahmlich unschuldigen Dackelblick auf.

»Jetzt ist es sehr schwer nachzuvollziehen, wer die Akten hat«, fügte Limos Kumpel hinzu.

»Das ist korrekt, leider. Aber jetzt mal im Ernst, du würdest die Kameras installieren können?«

»Hey ...«, antwortete Galep beinah beleidigt. Limo grinste hämisch, und schlug seinem Kumpel mehrfach freundschaftlich auf Arme und Hände. Es war nicht dieses liebenswerte Lächeln, mit dem er Menschenherzen öffnen konnte, eher eine hinterlistige Geste, die dir unweigerlich mitteilte: Du steckst gerade in einer fiesen Klemme!

»Du bist echt der Hammer, Galep. Wenn du wüsstest, wie dankbar ich dir bin.«

»Schon gut. Erledige ich gerne für dich. Jetzt pass auf! Schau dir das hier mal in aller Ruhe an, und genieße es!«

Limo öffnete den Umschlag.

»Die gute Nachricht! Bitte schön ..., tätä ...!«

Galep legte die Bilder nacheinander mit einer inbrünstigen Befriedigung vor Limo auf den Tisch. Limo traute seinen Augen nicht.

»Woher hast du die Bilder?«, fragte Limo und stierte fassungslos auf jedes einzelne Foto.

»Willkommen im Netz. Du glaubst ja gar nicht, was man da so alles findet. Man muss nur wissen, wo man suchen soll. Mein kleiner Bruder kennt sich im Web besser aus als ich mich in meiner eigenen Unterhose. Und er ist gerade vor drei Monaten erst neunzehn geworden.«

»Sollte er sich nicht zuerst um seine Unterhose kümmern, bevor er an die komplizierten Dinge herangeht?« scherzte Limo.

»Oh, da mach dir mal keine Sorgen. Der kommt schon nicht zu kurz. Der Junge reißt die Mädels auf, da können wir nur von träumen. Frag mich aber nicht, wie er die Fotos gefunden hat. Und vor allem, wer sie ins Netz gestellt hat, oder warum sie im Netz zu sehen sind!«

»Schau dir das Bild hier an. Das ist noch keine acht Wochen alt. Kohlmeier hatte sich doch vor gut zwei Monaten den Daumen beim Fußball gebrochen ...«

»Das stimmt. Hier auf dem Bild hat er sogar noch den ramponierten Gips um seine Hand«, bestätigte Galep.

»Ich hab 'ne Idee!«

»Raus damit!«, forderte Galep.

»Kohlmeier wohnt doch in Siegen? Präziser in Netphen ...«
»Und?«, unterbrach Galep neugierig.
»... und freitags ist er immer mit seinen Fußballern saufen.«
»Worauf willst du hinaus, Limo?«
»Ich dusche jetzt in Ruhe und dann ..., kennst du eigentlich die Frau dieser Mistkrücke? Wenn nicht, wäre jetzt eine günstige Gelegenheit, ihr einen kurzen Besuch abzustatten.«
Er tippte mit dem Zeigefinger auf eines der Fotos. Kohlmeier stand mit gezogener und blanker Waffe unmittelbar hinter einer brünetten Schönheit, zum Einschuss bereit, während eine weitere Blondine ihm knutschend einen runterholte.
»Echt ... jetzt? Das wäre absolut genial. Soweit ich mich erinnern kann, ist die nicht nur hochgradig eifersüchtig, sondern noch eine temperamentvolle Griechin dazu, oder?!«
»Genau!«, antwortete Limo lässig und grinste hämisch. Der Wolf in ihm bereit, die gefletschten Reißzähne in Kohlmeiers Genick zu graben. Limo und Galep vereinbarten, dass die anderen Mikrokameras ebenso unsichtbar installiert werden sollten. Limo schlug seinem Kumpel die weiteren Räumlichkeiten vor, in denen er erfolgversprechende Unterredungen witterte. Er selbst würde sich um Frau Kohlmeier kümmern. Galep hörte mit, wie sein Freund die heißblütige Griechin am Telefon neugierig machte, und grinste verschlagen. Er bedauerte, dort keine Kamera installieren zu dürfen. Zu gerne hätte er das Gesicht der Griechin gesehen, wenn Limo ihr die Fotos vorlegte. Die ungleichen Männer verabredeten, am Samstag miteinander zu telefonieren, sobald die Kameras ihre Arbeit aufnahmen.
»Also wenn das keine echte Wirkung erzielt ...«
»Galep, ich hätte da noch etwas.« Limos siegessicheres Grinsen verflog rasch.
»Was gibt's?«
»Warte eine Sekunde.« Limo erhob sich vom Stuhl und verließ für einen Moment die Küche. Mit einem Stück Papier in der Hand kehrte er zurück.
»Dieser Mist lag vor kurzem in meinem Briefkasten. Was sagst du dazu?!«
Galep hielt das Papier in beiden Händen und fixierte es irritiert. »Was soll der Scheiß?«
»Ich weiß nicht, ob das nur Scheiß ist.«
»Kein Hinweis, von wem der Fetzen stammt?«
»Nein. Habe nicht die leiseste Ahnung.« Galep legte das Papier auf den Tisch. Der Unbekannte musste Limo bei der Arbeit fotografiert haben. Limo steckte in seiner Arbeiterkluft und schien beinahe sogar in die Linse geschaut haben. Ein Fadenkreuz wurde nachträglich auf das Zentrum seiner Stirn gemalt. Die Zahl drei stand unauffällig am unteren Rand.
»Was jetzt?«
Limo zuckte mit den Schultern. »Keine Ahnung.«
»Hast du das Blatt schon den Cops gezeigt?«
»Nein. Hatte ich vorläufig auch noch nicht vor.«
»Auch nicht dem Frank? Das ist doch auch dein Kumpel.«
»Nein, habe ich nicht. Noch nicht. Noch möchte ich die Kavallerie nicht aktivieren.«
»Verstehe. Was soll die Zahl bedeuten?«

»Bin mir nicht ganz sicher. Aber es könnten sich um die Toten handeln.«

»Toten?«, Galeps Miene verfinsterte sich.

»Meine Schwester, ihre Freundin und zuletzt Anke.« Galep nickte. Er verstand die Vermutung seines Kumpels. »Könnte sein. Vielleicht solltest du doch die Cops miteinbeziehen.«

»Vermutlich. Denke noch darüber nach. Jetzt besuche ich erst die Frau vom Kohlmeier. Dann sehe ich weiter.«

»Okay, bin dabei.« Kurz darauf verschwand Galep aus der Wohnung.

Gegen sieben Uhr verließ Limo an diesem Freitag seine Wohnung Richtung Netphen. Dank des Navigationsgeräts erreichte er die Villa Kohlmeiers nach zwanzig Minuten. Einigermaßen sprachlos, als er das Riesenhaus sah, stieg er aus dem Wagen und schritt ehrfurchtsvoll zur Haustür. Mehrmals blickte er sich um. Er spürte Blicke in seinem Rücken. Neugierig und gleichwohl darauf bedacht, unauffällig zu agieren, drehte er noch ein letztes Mal den Kopf in alle Richtungen, bevor er das Eingangstor erreichte. Einigermaßen beeindruckt registrierte er zwei Überwachungskameras. Sie thronten auf den Gipfeln der beiden Säulen links und rechts des handgeschmiedeten Metall-Torbogens. Limo senkte seinen Kopf geschickt ab. Die Kameras sollten ihn nicht unmittelbar frontal erfassen. Den Umschlag mit dem brisanten Inhalt hielt er verdeckt hinter seinen Rücken. Er spürte, wie ein Augenpaar ihn buchstäblich scannte. Die junge Griechin beobachtete den Gast und sprach ihn via Mikrophon an.

»Hallo, bitte schauen Sie in die Kamera«, drang die Aufforderung blechern über einen Lautsprecher.

»Tut mir leid, kann ich aus Sicherheitsgründen nicht machen. Bitte haben Sie dafür Verständnis«, antwortete Limo mit verstellter Stimme.

»Sicherheitsgründen? Für wen? Warum? Wer sind Sie?«

»Das kann ich Ihnen nicht sagen. Jetzt noch nicht.«

»Dann muss ich Sie bitten, das Grundstück zu verlassen.« Kohlmeiers Frau schien desinteressiert.

Mit dieser Art der Verhandlung hatte Limo nicht gerechnet.

»Okay. Dann werde ich veranlassen, dass das Material frei zugänglich für jedermann im Internet verbreitet wird. Einen schönen Tag noch.«

Limo kehrte auf der Stelle um und stapfte bereits die Treppenstufen herunter, als er ein Knarren hörte, das die Scharniere des überdimensionalen Eingangstors verursachten.

»Warten Sie bitte …«, rief sie lautstark über den Hof. Ihre Worte klangen nicht mehr gleichgültig.

Er blieb auf der Stelle stehen und drehte sich um. Sie hatte angebissen.

»Ja?«

»… bitte treten Sie ein.«

Sie unterstützte ihre Bitte mit einer Geste. Limo drückte den Torbogen auf und trat einige Schritte näher. Mit einem gesunden Abstand, so dass die Unterhaltung nicht schreiend fortgesetzt werden musste, blieb er stehen.

»Ich glaube nicht, dass ich Ihrer Bitte Folge leisten kann.«

»Sie wollten doch etwas von mir, und nicht umgekehrt.«

»Okay, überredet. Aber hier sind einfach zu viele Kameras und ich möchte nicht erkannt werden. Ihr Mann kennt mich sehr gut und ich befürchte logischerweise Konsequenzen.«

»Sind Sie ein Geschäftspartner von Ernst?«

»Nein, nicht direkt Geschäftspartner.«

»Wollen Sie uns erpressen?«

Limo schaute verdutzt zu ihr rüber. Ihre mandelbraunen Augen funkelten. Er wusste nicht, über was er sich bei ihr am ehesten wundern sollte! Über ihre direkte Art oder darüber, wie eine so schöne und junge Frau in einen so alten und geilen Bock verliebt sein konnte. Oder hing sie doch nur an seiner Knete?

»Nein«, antwortete er knapp.

»Was wollen Sie dann mit dem Material anrichten? Und um welches Material handelt es sich?«

»Ich werde ihn damit demütigen, alle sollen es sehen, was dieses Schwein so treibt.«

»Und warum wollen Sie mir die Fotos zeigen?«

»Ich habe mir gedacht, dass Sie zuerst erfahren sollten, was hinter Ihrem Rücken abläuft.«

»Und Sie glauben, dass ich das nicht schon längst wüsste?«

»Ich weiß nicht, was ich glauben soll. Dass Sie mir die Tür geöffnet haben, beweist, dass Sie Interesse haben. Warum sollten Sie das sonst tun? Wohl kaum aus Langeweile. Ich habe einen Plan und den werde ich konsequent zu Ende bringen. Mit Ihnen oder ohne Sie. Dabei ist mir nur wichtig, bis zum Tag X unentdeckt zu bleiben. Und um Ihre Frage zu beantworten, bezüglich einer Erpressung ..., es geht mir nicht ums Geld! Sie verstehen?«

»Warten Sie einen Augenblick«, forderte sie Limo auf. Wenige Sekunden später kam sie zurück zur Tür und bat Limo herein. Sie schaltete die Kameras aus. Limo blieb beinah die Spucke weg, als das Mobiliar im Innern der Villa zum Vorschein trat. Er wusste zwar, dass man als Niederlassungsleiter viel Geld verdiente, aber was seine Augen in dieser Sekunde erfassten, konnte das Gehalt eines Niederlassungsleiters nicht stemmen.

»Eine tolle Villa. Gehört sie Ihnen?« fragte Limo neugierig nach.

»Meinem Mann«, antwortete sie kurz. Sie führte Limo in ein Büro, das über die Dimension seiner gesamten Wohnung verfügte. Sie setzten sich direkt gegenüber an eine Art Konferenztisch. Er zählte dort zwanzig Stühle. Limo kam sich in dem Saal verloren vor.

»Nun, möchten Sie mir jetzt das Material zeigen? Oder darf ich Ihnen vorher noch einen Drink anbieten?«

»Vielleicht später ein Mineralwasser. Ich zeige Ihnen zunächst die Bilder. Vielleicht hat sich ja dann das mit dem Mineralwasser erledigt.«

Limo holte den Umschlag hervor und öffnete ihn. Dann legte er ihn auf den protzigen Eichenholztisch. Ihre Blicke trafen sich. Limo zuckte nicht mit den Wimpern. Gemächlich griff sie nach dem Umschlag und zog kommentarlos ein Foto nach dem anderen heraus. Sie verzog dabei keine Miene. Limo wunderte sich erneut. Er verstand nicht, dass diese schmutzigen und widerlichen Fotos sie völlig kalt ließen. Sie war doch verdammt noch mal Griechin. Aufregend schön und mit Sicherheit heißblütig! Also kannte sie diese Fotografien doch schon?!

Sie erhob sich souverän vom Stuhl und schritt zur Bar.

»Wirklich nur ein Mineralwasser?« fragte sie erneut. Auch wenn sie sich unbeeindruckt gab, so schien es Limo, als erahne er in den Augen dieser Frau die Flammen der Vernichtung.

»Ja, bitte. Ich bin mit dem Wagen unterwegs.«

Gelassen schritt sie mit dem Wasser in der einen und einem Glas Cognac in der anderen Hand zu Limo zurück.

»Also, wie soll es nun weitergehen?« fragte sie und nahm einen gesegneten Schluck.

»Sie sagen das so, als ob es nicht Ihr Mann sei, den Sie auf diesen Fotos sehen.«

»Ich kenne Sie nicht. Ich werde Ihnen bestimmt nicht mein intimes Privatleben offenbaren.«

»Das ist ja auch absolut okay. Im Grunde genommen wollte ich Sie nur informieren, bevor ich diese Bilder veröffentliche. Weltweit, wenn Sie verstehen?«

»Gibt es eine Möglichkeit, die Sie dazu veranlassen könnte, Ihr Vorhaben einige Tage zu verschieben?«

»Das klingt sehr unnatürlich. Ich hätte jetzt eher einen Rausschmiss erwartet. Oder dass Sie die Veröffentlichung gänzlich verbieten würden. Mir mit Anwälten drohen, oder sonst so'n Kram. Aber eine Frage, dass Sie mich bitten, mein Vorhaben einige Tage zu verschieben? Ich wüsste nicht, was mich veranlassen könnte zu warten. Es sei denn, Sie nennen mir den Grund.«

»Es geht dabei nicht um mich. Vielmehr um diesen Mistkerl. Natürlich weiß ich von seinen unzähligen Pufforgien. Nur, wenn mein Vater davon Wind bekäme, ließe er es sich nicht nehmen, hier vorbeizuschauen. Vermutlich auch nicht alleine. Wenn Sie verstehen …«

»Kann ich mir sogar sehr gut vorstellen. Wenn ich Ihr Vater wäre …«

»Ja?« fragte sie nach.

»Ach nichts. Es steht mir nicht zu, Ihnen so nah zu kommen.«

»Nein, das ist schon okay. Sie meinen, Sie würden ihn vermöbeln? Oder gar umbringen?«

»Tut mir leid«, entschuldigte er sich.

»Das braucht es nicht. Mein Vater würde es tun. Können Sie mir Kopien von den Fotos anfertigen? Ich bin mir sicher, mein Vater wird eine passende Lösung dafür finden.«

»Das ist kein Problem. Ich formuliere es mal so: Wenn die Zeit reif ist, wende ich mich mit den Fotos an Sie. Was Sie dann unternehmen, liegt ganz in Ihren Händen. Wäre das ein Vorschlag?«

Sie nickte zustimmend.

»Schön, dann warten wir noch einige Zeit ab.«

Limo stand auf, um zu gehen. Sie erhob sich ebenfalls vom Stuhl und reichte ihm ihre Hand. »Herr …, entschuldigen Sie bitte.«

»Ja?«

»Sehen Sie dort drüben über dem Bild das Schild hängen?« Frau Kohlmeier deutete mit dem Arm die Richtung an.

Limo schaute irritiert. »Nicht zu übersehen.«

»Genau jetzt in diesem Moment kenne ich Ihren Namen.«

»Eine Kamera.« Die attraktive Griechin lächelte und nickte bestätigend. »Eine von vielen. Mein Name ist Maria.«

»Auf Wiedersehen, Maria.« Es gelang ihm nicht, ein anerkennendes Lächeln zu verbergen.

»Auf Wiedersehen …, ganz bestimmt.«

Nachdem er den aufschlussreichen Besuch bei Maria Kohlmeier hinter sich gebracht hatte, überlegte er, was er mit dem angebrochenen Abend anstellen sollte. Nur sporadisch kam ihm der Gedanke, ob Maria nicht doch bluffte. Dann fielen ihm Frank und Tine ein. Als Limo das Handy bereits in der Hand hielt, erinnerte er sich jedoch an das Gespräch mit Frank am vergangenen Mittwoch nach dem Badminton. Frank hatte davon erzählt, dass einer der Kollegen an diesem Freitag sein zehnjähriges Dienstjubiläum feierte. Als die Ampel in der Netphener Innenstadt auf Rot sprang und Limo den Sound eines Rockklassikers aus dem Autoradio mitpfiff, fiel ihm ein überdimensionales Plakat an der Straßenseite ins Auge. In diesem Moment erinnerte er sich daran, die Filmkritik des Blockbusters gelesen zu haben. Er steuerte spontan zum Parkhaus der Reichwaldsecke in Siegen. Noch unterwegs teilte er Galep per SMS mit, dass die Vorstellung bei Frau Kohlmeier vielversprechend verlaufen war. Einzelheiten würde er ihm selbst erzählen. Mit einem Gefühl der Vorfreude für den Film, dessen Werbeplakat ihm in die Augen sprang, kaufte Limo ein Ticket. Er wunderte sich ein wenig, dass er an einem Freitagabend zur Hauptkinozeit noch eine Karte für diesen Actionthriller erwerben konnte.

Knapp zwei Stunden später verließ er den Kinosaal und schüttelte einmal mehr enttäuscht den Kopf. Für teures Geld wurde ein Top-Actionthriller suggeriert, herausgesprungen war nur ein mittelmäßiger Hochglanzschrott. Die verworrene Story riss ihn nicht aus dem Kinosessel. Es hätte vollkommen ausgereicht, den Film in einigen Monaten im Fernseher anzuschauen. Auf diese Enttäuschung entschloss er sich ebenso spontan, im *FUGA* das filmische Fiasko mit einem Bier zu verdauen. Gewillt, seinen Durst zu stillen, drückte er die Tür auf und marschierte zur Bar. Die Kneipe war wie üblich an einem Freitagabend gut besucht. Limo schlängelte sich die letzten Meter bis zur Bar durch. Er ergatterte seinen Lieblingsplatz und orderte ein großes Bier. Genüsslich beobachtete er die Menschenmenge. So viele Leute in diesem Pub und kein einziges bekanntes Gesicht. Langsam wurde ihm klar, dass er sich zu wenig unter Menschen aufhielt. Missmutig erinnerte er sich an den Abend von Ankes Geburtstag, und als sie mit diesem Erol damals diesen Pub aufgesucht hatte. Er senkte den Kopf und schloss wehmütig für wenige Atemzüge die Augen. Bevor die traurigen Gedanken sich in Rage verwandeln konnten, zahlte er und begab sich zum Ausgang. Limo zog die Ausgangstür auf, als sein Herz in die Hose rutschte. Die beiden Mädels vom Café näherten sich dem Pub. Erneut stand die Begegnung unter keinem guten Stern. Während er hinausmarschierte, betraten die bezaubernden Grazien das Lokal. Limo nahm die rassige Rothaarige nur am Rande wahr. Die Traumfrau in Blond registrierte er umso intensiver. Sein Herz galoppierte über Stock und Stein. Er strahlte sie an und begrüßte sie mit einem einfachen »Hallo«. Sie erwiderte seinen Gruß nüchtern und verschwand gleich hinter der Rothaarigen im Pub. Wahrscheinlich mochte sie ihn doch nicht. Enttäuscht verließ er den Betontrakt. Er hielt an der geöffneten Tür seines Sportwagens inne, als er sich dazu entschloss, zurück ins *FUGA* zu marschieren. Er schlug die Tür zu, um sie noch in derselben Sekunde wieder zu öffnen. Hin und hergerissen gewann schließlich sein Sturkopf. Trotzig schwang er seinen Hintern auf den Schalensitz, startete den Motor und zog die Tür endgültig zu. Endlich rang er sich tapfer ein »Hallo« ab und sie grüßte nur flüchtig zurück. Traurig und irgendwie auch beleidigt über die Tatsache, dass sie ihm quasi kein Interesse schenkte, fraß er mit seinem Sportwagen die Kilometer.

Nach dem Aufstehen am nächsten Morgen legte er vorsichtig die Fingerkuppen einer Hand unter das Lid seines rechten Auges. Winzige Äderchen im Augapfel schienen in der Nacht implodiert zu sein. Er fühlte sich, als würde ihm jeden Augenblick das Auge herausfallen. Limo schaufelte sich eiskaltes Wasser ins Gesicht. In der Nacht hatte er einen unverständlichen Mist geträumt. Unerledigte Dinge richteten in seinem Traum verheerende Szenarien an. Vielleicht würde das kalte Wasser die Müdigkeit aus dem Körper vertreiben. Nachdem er die Zähne intensiv gepflegt und das spärliche Frühstück verschlungen hatte, begab er sich auf den Weg zur Siegener Polizeidienststelle. Als er pünktlich um neun dort eintraf, war die Müdigkeit wie weggeblasen. Obwohl er sich nichts zuschulden hatte kommen lassen, wuchs eine latente Nervosität. Erst als er eine Stunde nach dem Aufenthalt auf der Dienststelle auf dem Rückweg zu seiner Mutter die B62 überflog, kehrte halbwegs Ruhe ein. Die Begrüßung mit seiner Mutter fiel auffallend wortkarg aus. Sie erahnte den Grund, warum ihr Junge, angetrieben durch seine innere Unruhe, an diesem Tag extrem redefaul erschien. Sie schwieg. Er zögerte keine Sekunde, schnappte sich die Hundeleine aus dem Flur und band Ronny an. Selbst seinen geliebten Vierbeiner begrüßte er nicht wie gewohnt. Inge beobachtete das Verhalten ihres Sohnes mit Sorgenfalten.

Schnellen Schrittes hastete er mit seinem Hund durch die vertraute Flora. Er nahm an diesem Tage die große Runde. Ronny freute sich wie eine vernachlässigte Geliebte. Gegen Ende der Runde verspürte Limo eine leichte Zuversicht. Ronny war es wieder mal gelungen, seinem Herrchen positive Energie einzuhauchen. So wie es ihm eigentlich immer gelang. Als die beiden Freunde wieder im Haus weilten, schmuste Limo ausgiebig mit Ronny und unterhielt sich gleichzeitig mit seiner Mutter. Er verabschiedete sich und versprach, am morgigen Sonntagmittag vorbeizuschauen, dann mit mehr Zeit und Ruhe und besserer Laune.

Limo trieb es zu seiner Wohnung. Als ihm jedoch das Lebensmittelgeschäft in der Nähe seiner Wohnung ins Auge fiel, stoppte er kurz und kaufte das Nötigste ein, als sein Handy wieder einmal nervte. Da er den Namen seines Freundes auf dem Display aufleuchten sah, nahm er das Gespräch lächelnd an. Frank wollte ihm nur Bescheid geben, dass er ihm für den kommenden Mittwoch zum Squash einen Korb geben musste. Er müsse überraschend für einen Kollegen die Mittagsschicht übernehmen. Limo blickte traurig aus der Wäsche. Es sollte wohl nicht sein Tag werden. Sie verlegten die nächste sportliche Lektion auf den darauf folgenden Mittwoch. Limo registrierte Franks bedrückte Stimme nicht. Stattdessen vermutete er, dass Frank nur wegen der Absage leicht deprimiert klang. Limo erledigte seinen Einkauf und verstaute die Waren an die vorgesehenen Stellen. Butter, Käse, Wurst und Eier in den Kühlschrank, die Bananen und Nektarinen in eine Obstschale und den Kasten Mineralwasser stellte er in die hinterste Ecke der Küche.

Gegen zwei Uhr saß er mit allen Erledigungen fertig auf dem Sofa. Langeweile und Einsamkeit quälten sein Gemüt. Am liebsten wäre es ihm gewesen, wenn er sich mit Mary schon um drei Uhr treffen könnte. Anschließend würde er an die Breitenbachtalsperre fahren und trainieren. Spontan klingelte er bei Mary durch und lächelte glücklich, dass sie auf seinen Vorschlag einging.

Limo und Mary trafen gleichzeitig vor dem *Angel* ein. Sie umarmten sich herzlich und küssten sich bei der Begrüßung wie ein gewöhnliches Pärchen. Wie der Zufall es wollte, schlenderte ihm die Blondine, die er aus dem *Modern Café* kannte, in Begleitung einer elegant gekleideten Dame entgegen. Er kam nicht darum herum, sie zu begrüßen. Er spürte, dass diese süße Frau ihn gesehen hatte, als er Mary küsste. Limo ertappte sich dabei, dass er sauer auf diesen flüchtigen Moment war. Er wollte die schöne Unbekannte kennenlernen, und dann das! Am liebsten wäre er ihr hinterhergelaufen, um ihr die Sache zu erklären. Er brauchte einige Atemzüge, um wieder mit dem Kopf bei Mary zu sein. Traurig warf er der geheimnisvollen Fremden einen Blick nach. Doch sie verschwand bereits um die Hausecke. Wieder einmal eine Gelegenheit verpasst! Limo stiefelte mit Mary durch die Eingangstür des Cafés. Für einen Samstagnachmittag blieb es verhältnismäßig ruhig. Nur vereinzelt verirrten sich Pärchen in das urige Ambiente. Nachdem beide in einer kuscheligen Ecke Platz genommen hatten, bestellten sie zwei Kaffee. Mary forderte ihn gleich auf, vom Besuch bei der Polizei zu berichten. In leiser und beruhigender Tonlage erzählte Limo vom nüchternen Termin bei den Beamten. Nach gefühlten dreißig Minuten und einer halb leer getrunkenen Tasse kam er zum Schluss seiner Ausführungen.

»Tja, das war's. Nun wissen wir es von offizieller Stelle bestätigt, dass ich nicht derjenige bin, der …«

Limo stockte und bemerkte Marys traurige Miene.

»Limo, ich habe keine Sekunde daran gezweifelt, dass du nicht der Mörder meiner Mama bist. Auch wenn meine Mom zu dir nicht ganz fair war.«

Limo schaute sie von der Seite erstaunt an.

»Du weißt davon?«

»Klar. Wir haben uns zu neunundneunzig Prozent alles erzählt. Tut mir leid, Limo, wenn ich das so sagen muss, auch wenn dieser Erol ein klasse Typ war, war das kein netter Zug von ihr.«

»Mary, es ist nicht wirklich das Problem, dass ich mich unwissentlich mit einem Nebenbuhler messen musste. Vielmehr traf mich die Enttäuschung darüber, dass diese peinliche Tatsache schon ganz am Anfang unserer Geschichte geschehen ist. Ich bin nicht wirklich so naiv zu glauben, mir würde man nicht fremdgehen können. Die Frauen holen genau das nach, was die Männer vermutlich schon seit Urzeiten praktizieren. Aber lassen wir die altbackenen Weisheiten.«

»Meine Mom wollte dich sicher nicht mit Absicht kränken«, versuchte Mary das Verhalten ihrer Mutter zu rechtfertigen.

»Nein, bestimmt nicht. Ich habe sie dazu gezwungen.«

»Hä?« rieb sich Mary verwundert die Augen.

»Glaubst du nicht, dass nahezu jeder Mensch aus Berechnung handelt? Du, deine Mutter, ich und selbstverständlich noch die ein oder andere Million Menschen. Was ich zum Ausdruck bringen möchte, ist, dass ich deine Mutter wahrscheinlich mehr als nur sehr gerne hatte. Es sollte eben so geschehen, dass ich Anke und Erol im Pub angetroffen habe. Das ist schade, aber ich würde mich deswegen nicht umbringen, erst recht nicht deine Mutter. Ich möchte einfach nur, dass das miese Schwein, das Anke auf dem Gewissen hat, gefasst wird. Aber mal was anderes, wie schlimm ist denn die Beerdigung für dich verlaufen? Ich bin untröstlich, dass ich nicht die Möglichkeit gehabt habe, ihr die letzte Ehre zu erweisen.«

»Wahrscheinlich ist es besser so gewesen. An diesem Montag gab es kaum einen Moment, an dem ich nicht geweint habe. Ich glaube wenn du dort gewesen wärest …«, antwortete Mary und verdrückte in diesem Moment eine Träne. Limo nickte mitfühlend.

»Und wie geht es voran mit dem Hausverkauf?« versuchte er das Gespräch auf ein erträglicheres Thema zu wechseln.

»Ah, gut, dass du mich fragst. Stell dir vor, sobald die Beerdigung vorüber war, setzte sich mein Kommilitone, von dem ich dir neulich erzählt habe, mit meinem Erzeuger in Verbindung. Er beabsichtigt für faires Geld, das Haus zu kaufen. Und weißt du was, auch wenn es jetzt makaber erscheint, aber es werden wahrscheinlich rund 400.000 Euro für mich übrig bleiben.«

»Wenigstens das ist eine schöne Überraschung«, freute sich Limo für Mary. Er schaute auf die Uhr, und bevor er etwas sagen konnte, kam ihm Mary zuvor.

»Keine Zeit mehr?«

»Nicht mehr sehr viel, ehrlich gesagt.«

»Ist okay. Ich werde dann noch etwas in der Stadt bummeln gehen. Was machst du noch?«

»Ich habe mir vorgenommen, mein Trainingspensum zu erhöhen. Ein bestimmter Teil meines Seins schreit nach einem sportlichen Ausgleich. Heute Abend werde ich wohl eher einen DVD-Abend einlegen. Wäre schön, wenn du dich bei Gelegenheit melden würdest.«

»Natürlich. Limo?«

»Ja?

»Glaubst du daran, dass wir eine Freundschaft aufrechterhalten können?«

»Da glaube ich dran. Sehr sogar. Wir dürfen nur nicht den Fehler begehen und uns nur zweimal im Jahr melden. Die Gefahr auseinander zu driften, ist dadurch einfach zu groß.«

»Super. Ich würde mir eine Freundschaft so sehr wünschen.«

»Dann wird uns auch niemand daran hindern.«

Mary strahlte Limo an. Er zahlte die Getränke und verließ mit Mary das Café. Wie bei der Begrüßung standen sie nun auch bei der Verabschiedung direkt vor der Eingangstür. Limo blickte Mary sehr intensiv, beinah schon mit väterlichen Gefühlen, in ihre Augen. Sie umarmten sich und ein Kuss folgte. Mary schlenderte wenige Sekunden später nach links die Straße entlang, Limo marschierte in die entgegengesetzte Richtung. Er hatte sich noch nicht ganz in Bewegung gesetzt, als ihn beinah der Blitz traf. Drei Autolängen weiter begegnete ihm erneut die Blondine mit der schicken Dame. Er vermutete, dass es ihre Mutter sein könnte.

»So ein Zufall …, hallo«, begrüßte Limo die süße Blonde und überwand endlich seine Schüchternheit.

»Hallo«, antwortete sie zurückhaltend.

Dabei blieb es. Auch wenn ein winziges Lächeln über ihr Gesicht huschte. Limo wusste diese zurückhaltende Begrüßung nicht einzuordnen. Vielleicht hatte sie ja wirklich kein Interesse! Vielleicht war sie ja auch nur zurückhaltend und schüchtern wie er selbst. Nachdem er sich einige Meter entfernt hatte, drehte er sich noch einmal um. Er hätte gerne noch einen flüchtigen Blick von ihr erhascht. Doch sein Wunsch blieb unerfüllt. Gerade noch sah er die beiden Frauen um den Häuserblock verschwinden. Er zog resignierend die Schultern hoch, seufzte kurz, und während er einen Schritt zulegte, schlug er den Kragen seines Hemdes hoch und verschwand ebenfalls.

Ziemlich genau vier Wochen vergingen, in denen sich Limo einen drastischen Trainingsplan auferlegte. Er wollte für alle Fälle gewappnet sein. Irgendwie lag eine merkwürdige Stimmung in der Luft. Erst drei Wochen, nachdem sich Mary und Limo in Siegen auf einen Kaffee getroffen hatten, rief Mary überraschend an. Unter anderem sprachen sie auch noch einmal über die Beerdigung. Limo blieb sehr einsilbig, als er hörte, dass ganze sieben Menschen bei den Trauerfeierlichkeiten auf dem Friedhof anwesend gewesen waren. Mary verkraftete diesen traurigen und verregneten Tag nur sehr schwer. Marys Kommilitone befürchtete damals, dass Mary beim Herablassen des Sarges einen Weinkrampf erleiden würde. Er bewegte sich unauffällig zu ihr hin und nahm sie in den Arm. Mary mochte ihren Bekannten sehr und war heilfroh, ihn neben sich zu wissen, obwohl in dieser Zeit niemand der beiden an eine engere Freundschaft dachte. Der übliche Leichenschmaus war entfallen. Dafür hatte Mary ihn zum Essen eingeladen. Limo glänzte durch Abwesenheit. Er ertrug diesen Tag nicht und verlor auch nie ein Wort darüber. Ebenso äußerte sie jedoch niemals ein schlechtes Wort über sein eigenwilliges Verhalten. Sie wusste, wie gerne er sie in dieser traurigen Zeit gestützt hätte. Exakt eine Woche nach dem Treffen mit Limo kaufte Marys Erzeuger tatsächlich das Haus. Spätestens zu Weihnachten wollten sich Limo und Mary treffen. Dann kehrte Ruhe ein. Limo genoss die Zweisamkeit mit Frank beim wöchentlichen squashen. Die Unterhaltung mit seinem Kumpel bei einem

Glas Bier nach der sportlichen Betätigung war wichtig für ihn. Limo spürte, dass Frank etwas in sich trug, was er nicht aussprechen wollte. Obwohl er ihn mehrmals darum bat, wechselte Frank geschickt das Thema. Limo schaute in diesen Wochen sehr intensiv um sich. Ihm war extrem mulmig bei der Vorstellung zumute, diese Halunken würden bei seinen Eltern auftauchen und ihr grausames Versprechen in die Tat umsetzten. Alle Vorsicht schien jedoch unbegründet. Auch Galep verbuchte keinen verheißungsvollen Erfolg. Sämtliche Auswertungen der winzigen Kameras im Büroblock der Firma RO-Trock blieben ergebnislos. Dennoch mochte Limo nicht so recht daran glauben, dass Kohlmeier und seine Ratten dachten, Limo hätte den Plan aufgegeben, der Firma samt Verantwortlichen den Garaus zu machen. Seit Tom die Akten wahrscheinlich Kohlmeier übergeben hatte, herrschte beklemmende Ruhe. Irgendetwas köchelte noch auf Sparflamme. Limo wollte vorbereitet sein, wenn er zur Guillotine geführt werden sollte. Das einzig Positive war, Limo glaubte nicht im Fokus der polizeilichen Ermittlungen zu stehen. Doch sein Bauchgefühl signalisierte ihm, diesem trügerischen Frieden nicht blind zu vertrauen.

13

Der Novemberwind wehte wütend um die Türen. Die alten Fensterläden aus Holz klapperten in ihren rostigen Verankerungen. Der durch den Wind angekündigte Regen ließ sich nicht lange bitten. Ein gewaltiger Sturzregen brach über das Sauerland hernieder. Eine Gestalt mit finsterem Blick wartete in dem alten Haus auf seine Kumpanen Andrej, Igor und Kalli. Er hatte sie für einundzwanzig Uhr herbeibeordert. Die Nachttischlampe, die auf einen antiken Schreibtisch trostlos vor sich hin staubte, spendete nur spärlich Licht. Gy hockte jedoch gemütlich auf einem samtgrünen Ohrensessel, der die besten Zeiten vermutlich in den dreißiger Jahren erlebt hatte, und paffte genüsslich eine Zigarre. Konzentriert lauschte er einem Geräusch, das von draußen ins Hausinnere drang. Leichtfüßig tappte er in den finsteren Bereich des Zimmers und lugte durch den betagten Gardinenstoff auf die Straße. Er entdeckte Andrejs Auto und bald darauf schlugen drei Türen nacheinander zu. Der Regen peitschte den drei Verbrechern wie kleine Nadelstiche ins Gesicht. Nur wenige Meter mussten die drei Burschen vom Auto bis zum Eingang des Verstecks laufen, dennoch drang die Nässe durch die Kleidung bis auf die Haut. Gy öffnete rasch die Tür und ließ die Jungs sich im wohl temperierten Zimmer aufwärmen. Es dauerte einige Minuten und einige Wodkas, bis eine Art Behaglichkeit im Raum herrschte.

»Existieren irgendwelche Probleme, von denen ich wissen müsste?« stellte Gy die Frage in die Runde. Die Jungs blickten verblüfft aus ihrer Wäsche und vermieden einen direkten Blickkontakt mit ihrem Boss. Sie verstanden die Frage nicht.

»Was meinst du?« fragte Andrej und durchbrach als erster das Schweigen.

»Wie sieht es mit euren Nerven aus? Ist jemand überfordert?« Gys Unterton filetierte den modrigen Muff im Zimmer. Irritiert blickten sich die üblen Gestalten an. Jetzt dämmerte es Kalli.

»Du meinst Sergej?«

»Was ist mit Sergej los?« wollte Gy wissen.

»Ich vermute, er kommt nicht ganz klar damit, dass dieser Mirco Langen ihn beinah zerlegt hätte.«

»Und deshalb murksen wir hirnlos Frauen ab? Nicht, dass dies schon genug wäre. Dieses Arschloch lässt nicht locker. Was glaubst du, Kalli: Wie dämlich sind die Bullen?«

»Ich weiß nicht, was mit ihm los war. Der Abend verlief normal. Sicher redet der Typ zwischendurch mal einen gequirlten Mist. Bewegt sich aber immer noch im Rahmen. Als wir diesem Langen und der Mieze an dem Abend gefolgt sind und vor ihrer Wohnung im Wagen warteten, ging Sergej hinein, um das Haus auf den Kopf zu stellen, in der Hoffnung, wir würden eventuell dort weitere Unterlagen finden. Ich wartete sicherheitshalber im Wagen. Als er nach einiger Zeit aus dem Haus zurück zu mir ins Auto stieg, verhielt er sich eigentlich ganz normal. Kein Anzeichen von seinem kranken Wahn«, umschrieb Kalli beschwichtigend die Handlungen Sergejs.

»Du glaubst also auch, dass er sich nicht mehr im Griff hat.«

»Vielleicht jetzt, nachdem er die Schnecke des Typen bestraft hat, jetzt wird er bestimmt ruhiger.«

»Das soll ich dir abkaufen, Kalli? Ich denke, dass es wahrscheinlicher ist, dass er keine Ruhe geben wird, bis er den Typen erledigt hat. Und deshalb wirst du ihm Folgendes mitteilen …«

Gy erzählte von seinem Plan. Die drei Kumpane hörten interessiert zu. Nach Gys Vorschlag überließen sie das weitere Vorgehen nicht dem Zufall. Nach einer Stunde beendete Gy den geschäftlichen Teil des Treffens. Auch die erste Flasche Wodka war bis zur Neige geleert. Als kleine Überraschung für seine Jungs schlug Gy vor, auf seine Kosten in ein Bordell zu fahren. Es dauerte nur wenige Augenblicke, bis sie zu viert mit Andrejs Wagen in der Dunkelheit verschwanden.

Andrej steuerte das Fahrzeug zum Bordell. Dort angekommen feierten sie eine Orgie, als gäbe es keinen nächsten Tag. Der darauf folgende Tag begann mit derben Kopfschmerzen. Igor übergab sich einige Male, bevor er wieder Herr seiner Sinne war. Kalli übertünchte seinen üblen Mundgeruch, indem er die Bakterien mit dem Restwodka abtötete. Nach und nach kehrte das Leben in die blassen Leiber der Osteuropäer zurück. Gegen Mittag dieses ungemütlichen Sonntags setzte sich Kalli in seinen Wagen und steuerte mit gespaltenem Gefühl Richtung Lennestadt. Dort teilte der Sergej die Wohnung mit seinen beiden nicht minder gewissenlosen Brüdern, denen er gerade ein Fertiggericht aus der Mikrowelle auftischte, als es an der Tür klingelte.

»Erwartet einer von euch beiden Besuch?«

Achselzucken und ein synchrones Kopfschütteln erhielt er als Antwort. Instinktiv umklammerte Sergejs Hand den Schaft seiner Waffe, die er aus einer kleinen Nische unmittelbar neben der Küchentür fischte. Mit hastigen Gesten verdeutlichte er seinen Brüdern, in Deckung zu gehen. Die beiden verdrückten sich in den hinteren Teil der Wohnung. Dann erst begab er sich vorsichtig zur Haustür. Durch den Spion erblickte er ein vertrautes Gesicht. Erleichtert blies er den angestauten Atem durch die Nase und öffnete ruckartig die Tür.

»Scheiße, Kalli! Du hast mich vielleicht erschreckt! Wo kommst du denn her?«

»Bedank dich bei deinem schlechten Gewissen.«

»Wie soll das gehen?« Sergej zog eine hässlich grinsende Fratze.

Kalli nickte mehrfach. »Stimmt. Wo keins ist …« Kallis Miene glich für einen weiteren Atemzug einer arktischen Eislandschaft.

»Darf ich nicht reinkommen, oder was?«

»Klar, komm rein und setz dich. Hast du Hunger?«

»Schon gut. Mir ist noch von gestern kotzübel. Sind deine Brüder unterwegs?«

»Nein. Sie haben sich nur rasch aus dem Staub gemacht, weil wir nicht wussten …« Sergej unterbrach sich. Stattdessen rief er sie aus ihrem Versteck.

Die Begrüßung fiel nüchtern aus. Kalli mochte die beiden Kerle nicht. Noch blutjung im Geschäft, aber extrem gefährlich und absolut krank im Kopf. Mit Anfang zwanzig zeigten sie null Respekt. Vor nichts und niemand. Also lag diese abartige Veranlagung anscheinend in der Familie. Nur Sergej zeigte sich beeinflussbar und zudem dankbar.

Schließlich hatte Kalli ihn seinerzeit aus der tiefsten Scheiße geholt. Bis zu einem gewissen Punkt hoffte Kalli, ihn erziehen zu können.

»Was kann ich tun?« fragte Sergej seinen Mentor.

»Wie kommst du darauf, dass du etwas tun sollst?«

»Wenn du zu einer solch ungewöhnlichen Zeit bei mir aufschlägst, liegt meist ein Auftrag in der Luft.« Kalli grinste trotz Nachbeben im Schädel.

»Wie recht du hast!« Während die Brüder das angematschte Essen in sich reinschaufelten, erklärte Kalli Sergej die Details seines Auftrags. Sergejs grinste teuflisch. Es nahte die Zeit der Abrechnung …

14

Limo schlief an diesem Sonntag ungewöhnlich lange. Es fiel ihm schwer, unter seiner warmen Decke hervor zu krabbeln. Entgegen seiner Natur verspürte er an diesem ersten Advent nicht die geringste Lust zur körperlichen Ertüchtigung. Er blinzelte auf die Uhr und nahm sich vor, noch einige Minuten die Geborgenheit der warmen Bettdecke auszukosten. Dann döste er ein. Vermeintlich einige Minuten später wurde er wach und blickte erneut auf die Uhr. Er stellte fest, dass statt der gedachten zehn Minuten mehr als eine Stunde verflogen war. Viertel vor elf. Über elf Stunden Schlaf sollten definitiv genug sein. Gemächlich schlenderte er ins Bad. Er riskierte einen Blick in den Spiegel und erschrak, als er die Schatten unter seinen Augen sah. Selten zuvor empfand er die dunklen Augenringe so unattraktiv wie an diesem Vormittag. Selten sah sein Gesicht zu dieser Tageszeit so zerknautscht aus. Er drehte den Wasserhahn auf und schaufelte sich eiskaltes Wasser ins Gesicht. Vielleicht genügte es, die schlafwarme Haut mit dem kühlen Element aufzuschrecken. Einen Versuch jünger und vitaler auszusehen war es wert, bevor er den Gebrauch eines Bügeleisens in Anspruch nehmen würde.

Nachdem sich sein Gesicht schockgefrostet anfühlte, putzte er gründlich die Zähne und spürte, wie das Leben seinen durchtrainierten Körper füllte. Seinen Trainingsplan wollte er dennoch nicht unterbrechen. Er frühstückte nur drei Scheiben Vollkorntoast, trank genüsslich Kaffee dazu und vertrieb sich zeitunglesend eine halbe Stunde. Das kleine Frühstück sollte nicht beim Laufen störend im Magen liegen.

Zur Mittagszeit verließ er die Wohnung. Er legte gleich ein hohes Tempo vor. Die frische Novemberluft machte ihm anfangs zu schaffen. Nach den ersten Kilometern des Anrennens gegen eiskalte Böen und leichten Nieselregen gewöhnte sich Limos Lunge an die kalte Luft. Nach einer knappen Stunde Ausdauerlaufen folgten dreißig Liegestütze auf Fäusten, dann schnellte er auf seine Beine und absolvierte zehn Minuten Schattenboxen. Liegestütze und Schattenboxen … Liegestütze und Schattenboxen … Ein Dutzend Mal wiederholte er diese selbst bei diesen widrigen Wetterverhältnissen schweißtreibenden Übungen, bis seine Muskulatur zu übersäuern drohte. Er unterbrach die Dauerbelastung und dehnte die überhitzten Muskeln. Dann lief er die sieben Kilometer in einem Intervall von Steigerungsläufen zurück. Vor seiner Wohnung angekommen gab er noch einmal alles. Er rammte seine Fäuste in den Lehmboden und zählte hundertfünfzig Liegestütze rückwärts runter. Völlig ausgepowert, aber absolut glücklich schlich er in seine Wohnung und begab sich ohne Umschweife unter die Dusche. Nur kurze Zeit später spürte er die Müdigkeit in seinen Knochen. Er bemerkte schon seit geraumer Zeit eine beginnende Veränderung seines Körpers. Er benötigte längst nicht mehr die Regenerationszeit wie noch vor wenigen Wochen. Heiß geduscht und anschließend in warme Winterkleidung eingepackt, fuhr er nach Brachbach.

Zwei Stunden zuvor in Brachbach

Ronny alberte mit Inge herum. Er sprang nach jedem Stöckchen, das Limos Mutter in den unbegehbaren Bereich des Waldes warf. Ronny liebte diese Hindernisse und wedelte freudig mit der Rute. Inge nahm die übliche Runde. Es regnete Bindfäden. Selbst durch den Wald wüteten Wind und Regen wie entfesselt. Nur mit Mühe gelang es ihr, auf dem notdürftig befestigten Weg dem Unwetter zu trotzen. Ronny hingegen machten das nasse Element und der böige Atem des Himmels nichts aus. Völlig durchnässt und die Schnauze voll Schlamm wühlte er sich durch das Gehölz. Sie erreichten den Tannenwald. In diesem Waldabschnitt verengte sich der Weg auf maximal eine Autobreite. Die Tannen standen so dicht beieinander, dass man tagsüber bei Sonnenschein glaubte, die Abenddämmerung habe bereits eingesetzt. Die rüstige Frau mochte diesen Wegabschnitt nie gerne. Ihr gefiel eher der weiträumige Mischwald. Zwischendurch tauchten immer wieder größere Grasflächen auf. Es kam nicht selten vor, dass ihr um diese Zeit Tierliebhaber begegneten, die ebenfalls für den nötigen Auslauf ihrer vierbeinigen Freunde sorgten. An diesem Sonntagvormittag zog es bei diesem Wetter vermutlich kaum jemanden vor die Tür. Die gewaltigen Nadelbäume, die links und rechts dicht am Wegrand standen, verästelten sich in einer Höhe von zwei ausgewachsenen Menschenkörpern miteinander. Von weitem wirkte es wie ein künstlich geflochtener Torbogen. Nicht wenige gruselte es, durch diese knapp zweihundert Meter lange Allee zu schreiten. Als Limos Mutter in eine lang gezogene Kurve einbog, erschrak sie kurz und verweilte auf der Stelle. Für einen Bruchteil einer Sekunde glaubte Inge aus ihren Augenwinkeln heraus eine menschliche Gestalt im schattigen Untergehölz ausgemacht zu haben. Wenn ihre Sinne sie nicht irreführten, dann dürfte diese Gestalt sich nur wenige hundert Meter hinter ihr befinden. Durch die neunzig-Grad-Kurve und ein ordentliches Gefälle gelang es ihr problemlos, sowohl weit zurück ins Tal als auch voraus zu schauen. Noch verharrte Inge angespannt auf der Stelle. Jetzt erkannte sie deutlich zwischen den dicht gestaffelten Bäumen eine Person rasch näher kommen. Der Jogger in dunkler Kleidung schien die Wetterverhältnisse ebenfalls nicht zu mögen. Inge erkannte jetzt die kondensierten Luftströme des Sportlers, die er hastig aushauchte. In der Mitte der Kurve blickte sie sich vorsichtig rückseits um. Plötzlich blieb Ronny einige Meter vor seinem Frauchen stehen und spitzte die Ohren. Regungslos stand er mit halb geöffneter Schnauze da. Instinktiv drehte sie sich um und blickte in dieselbe Richtung, in die Ronny starrte. Jetzt hörte sie das Aufstampfen der Füße des Läufers. Ihr rasanter Herzschlag verursachte ein unangenehmes Pochen im Hals. Nur noch dreißig Meter entfernt …, zwanzig … Inge stockte der Atem vor Angst. Sie rief Ronny zu sich. Die dunkle Gestalt war ihr nicht geheuer. Ronny tapste zu seinem Frauchen. Der Läufer hatte die Kapuze über seinen Kopf gezogen, was durchaus logisch erschien bei diesem Wetter, … zehn Meter … Plötzlich zog der Fremde blitzschnell einen Gegenstand hinter seinem Rücken hervor. Inges Augen weiteten sich. Sie sah nun, wie ein langer metallischer Gegenstand im Regen aufblitzte. Kein Messer mit einer gewöhnlichen Klinge. Es ähnelte einem japanischen Wakizashi. Hilfesuchend fanden ihre Augen Ronny. Sie schrie verzweifelt! Ronny reagierte instinktiv und rannte ohne Furcht auf den bewaffneten Mann zu. Dem Fremden gelang es, die rüstige Frau zu erreichen. Mit einem brutalen Faustschlag streckte er Inge zu Boden und sah im gleichen Atemzug einen riesigen Schatten auf sich zu fliegen. Ronny befand sich bereits mit einem Riesensatz in der Luft, als Sergej sich mit dem japanischen Kurzschwert in der Hand dem Hund zuwandte. Nur wenige Zentimeter vom Kehlkopf des Fremden entfernt heulte Ronny plötzlich herzzerreißend laut auf. Winselnd und hechelnd krachte er zu Boden, keine fünf Meter von Inge entfernt. Sergej verlor keine Sekunde. Mit brachialer Gewalt schlitzte er das Tier von der Kehle bis zum Schwanz bei lebendigem Leib auf, so als würde er ein Blatt Papier in zwei Hälften teilen. Wütend und triumphierend beugte er sich über sein Opfer und riss dem Hund das Herz heraus. Erst bei dieser unmenschlichen Tat erlosch das Leben des schönen Tieres …

Sergej blickte sich um. Als er niemanden zwischen den Bäumen entdeckte, krabbelte er mit dem noch warmen Organ auf allen Vieren zu Inge. Er starrte sie sekundenlang an und wünschte sich nichts sehnlicher, als diese Hure ebenso zu töten wie diesen Köter. Seine Sinne erholten sich jedoch wieder vom Blutrausch. Er ließ wie vereinbart von der ohnmächtigen alten Frau ab. Dann stand er auf, verstaute das Schwert und schaute verachtend auf sein Opfer herab. Mit einer abartigen Grimasse trat er mehrmals mit brutaler Wucht auf den Kopf des Hundes ein. Erst als er den Schädel knacken hörte ließ er ab. Inge überließ er ihrem Schicksal. Noch lebte sie. Er überprüfte alle vier Himmelsrichtungen nach ungebetenen Zuschauer. Erst als er sicher war, hetzte er hämisch lachend davon. Er brauchte nicht lange, um sein Auto am Waldrand zu erreichen. Gemächlich setzte er den Wagen zurück und fuhr unentdeckt davon. Nachdem er den Ort des Verbrechens einige Kilometer hinter sich gelassen hatte, rief er Kalli an und erstattete Bericht. Kalli lobte ihn wie einen kleinen Jungen und sie verabredeten sich für Samstagabend bei Gy. Sergej fühlte keine Scham, dieses Tier aufgeschlitzt zu haben. Für ihn war es so normal, wie andere eine Zeitung an einem Kiosk kaufen. Die Mimik in seiner Visage verriet eine teilweise besänftigte Befriedigung. Angestachelt, seine Rache endgültig zu beenden, steuerte er seine Wohnung an.

»Hallo, Gy?« klang Kalli vertraut.

»Hey, Kalli, was gibt's?«

»Er hat es getan.«

»Was genau, Kalli?«

»Sergej ist der Mutter des Typen gefolgt, als sie mit dem Köter in den Wald marschiert ist. Unterwegs hat er sie eingeholt und den Köter abgemurkst. Er versprach mir hoch und heilig, dass er der Frau nicht viel angetan hat.«

»Also lebt sie noch?«

»Ja klar«, antwortete Kalli salopp. »Sie dürfte mit dem Schrecken genug zu tun haben. Das Vieh musste dran glauben. Es attackierte Sergej. Er hatte keine andere Wahl. Sagt er.«

»Okay, soweit gut. Pech für den Köter. Dann läuten wir Stufe zwei ein.« Gy übte überraschend keine Kritik an Sergejs Handeln.

»Sag mal, Gy, ist das wirklich nötig?«

»Ist es. Du weißt doch, dass Langen sämtliche Unterlagen abgeliefert hat. Und bevor es ihm nochmals in den Sinn kommt, von vorne anzufangen, nutzen wir besser die Gelegenheit, ihn vollkommen von der Bildfläche verschwinden zu lassen. Zumal du weißt, dass die Erledigung eines Auftrages oberste Priorität genießt! Erst recht, wenn dieser Auftrag so lukrativ ist.«

»Klar weiß ich das. Nur in diesem Fall ist die zweite Stufe keine Order des Auftraggebers.«

»Da bin ich aber froh, dass du die Sachlage verstanden hast. Spielt es für dich eine Rolle, ob eine Order extern oder von mir bestimmt wird? Wenn das so ist …«

»Blödsinn«, unterbrach Kalli. »Du weißt, dass du dich hundertprozentig auf mich verlassen kannst.«

»Dann ist ja alles okay.«

»Aber warum Sergej?«

»Hey, Mann, ich weiß, dass du ein Faible für ihn hast, warum auch immer, deswegen bekommt er ja die Chance, Langen aus dem Weg zu räumen. Wenn es ihm sauber gelingt, ist er wieder mit von der Partie. Schafft er es nicht, dann …«

»Dann?«

»Dann war Langen eben der Bessere. Solange dieser Kartoffelfresser lebt, muss Sergej mit seiner Schmach weiterleben, was er mit Sicherheit nicht dulden wird. Er ist im Augenblick eine tickende Bombe. Auch wenn der Knast hier in Deutschland ein Schlaraffenland gegenüber unserem Gefangenenlager ist, so bin ich nicht darauf aus, für diesen Idioten in den Knast zu wandern. Und das würde ich, würden wir. Früher oder später. So erhält er doch für seine Rehabilitation eine überaus faire Chance, oder?«

»Ist okay. Ich kapier es ja. Aber wieso hat der Typ die Unterlagen eigentlich abgeliefert? Soweit ich von dir weiß ist der Typ doch schon einige Zeit damit beschäftigt.«

»Das ist korrekt, wenn mich der Auftragsgeber richtig informiert hat. Ich vermute, der hat Schiss bekommen. Schließlich haben wir seine Freundin auf dem Gewissen. Außerdem wird er nicht so dumm sein zu glauben, das sei alles nur Zufall. Ich wette, wenn er wüsste wer seine Freundin getötet hat …, aber das wäre rein hypothetisch. Fakt ist, unser Auftraggeber sieht die Sache vorerst als erledigt an. Also ist das Ding auch für uns gelaufen! Vorerst.« Kalli nickte zustimmend am andern Ende der Leitung.

»Also ist das okay, wenn Sergej …«, begann er erneut.

»Kalli, verdammt noch mal!« Gy giftete genervt in den Hörer.

»Okay, ist gut. Ich habe verstanden«, gab Kalli letztlich klein bei.

Limo summte im Auto die Melodie einer klassischen Arie mit. Er fühlte sich gut und freute sich schon auf seinen treuen Vierbeiner. Limo war in der Vergangenheit oft von sogenannten Freunden betrogen worden. Dass Limo heute so misstrauisch war wie er war, schrieb er mitunter dem immer wieder gebrochenen Vertrauen zu. Mittlerweile kam er damit klar. Er wusste, dass er auf ein, vielleicht zwei gute Freunde zählen konnte, wenn Probleme auf ihn zurollten. Bei Ronny durfte er seine Zärtlichkeit zeigen. Stundenlang hätte Limo seinen Hund streicheln und krabbeln können, wenn er die Zeit dazu gehabt hätte. Und auf seine Art gab ihm Ronny zu verstehen, wie sehr auch er sein Herrchen mochte. Als Limo in Brachbach eintraf, prasselte der Regen noch intensiver. In der letzten Kurve vor seinem Elternhaus sah er einen Streifenwagen in der Einfahrt stehen. Irritiert schoss ihm der Gedanke durch den Kopf, dass diese miesen Schweine seiner Mutter etwas angetan hätten. Vorsichtig setzte er seinen Sportwagen links neben den Polizeiwagen in die Einfahrt. Er erkannte durch die verregneten Scheiben zwei dunkelhaarige, uniformierte Polizistinnen. Sie schienen auf jemanden warten. Limo zögerte und wartete auf das Nachlassen des Schauers. Für einen flüchtigen Augenblick ebbte der Regen tatsächlich ab. Als er ausstieg, öffneten auch die Beamtinnen die Türen. Sie warteten nicht auf irgendjemanden.

»Guten Tag, darf ich fragen, warum Sie hier in der Einfahrt stehen?« fragte Limo in der Hoffnung, nicht die Antwort zu erhalten, die er vermutete.

»Wohnen Sie in diesem Haus?« fragte eine der Polizistinnen, ohne sich zunächst vorzustellen.

»Nein. Nicht mehr. Das ist mein Elternhaus. Meine Eltern wohnen hier.«

»Sie sind dann der Herr …«

»Langen, Mirco Langen.«

»Guten Tag, Mein Name ist Claudia Jung und das ist meine Kollegin Ellen Kreuz. Können wir ins Haus gehen?« Mit einer Geste wies sie auf das Hundewetter.

»Entschuldigung. Natürlich, bitte folgen Sie mir.«

Eilig lief Limo voraus und bemerkte irritiert, dass ihn kein Empfangskomitee hinter der Tür erwartete. Nachdem er den Schlüssel im Schloss herumgedreht hatte, stieß er die Tür verwundert weit auf, gleichzeitig bat er die Beamtinnen ins Haus und rief nach seiner Mutter. Dann rief er nach Ronny. Es blieb still.

»Wenn Sie zu meiner Mutter wollen, dann wird es wohl noch einen Moment dauern. Sie ist bestimmt mit Ronny Gassi. Wieso sind Sie hier? Sonntags?«

»Herr Langen, ich muss Ihnen eine traurige Nachricht überbringen.«

Limo stand die Angst ins Gesicht geschrieben.

»Mama …?«

»Ihrer Mutter hat man vermutlich im Wald aufgelauert. Sie wurde überfallen. Sie lebt, wurde aber schwer am Kopf verletzt.«

Polizeimeisterin Jung ging sehr behutsam vor. Limo schnaufte erleichtert durch.

»Aber …, was ist mit Ronny?«

»Ihr Hund ist dabei umgekommen. Derjenige oder diejenigen haben vermutlich das Tier getötet. Es tut uns sehr leid, Herr Langen.«

»Wie?« fragte er ohne jegliche Regung.

»Es dürfte ein Messer oder ein ähnlicher Gegenstand gewesen sein.«

»Können Sie mir sagen, warum jemand eine ältere Frau im Wald überfällt? Ist das heute so, dass Rentnerinnen ihr Barvermögen mit zum Spaziergang nehmen, so dass sich ein Überfall lohnen könnte. Sagen Sie, ist das heute so?!«

Die Beamtinnen blickten sich ratlos an.

»Bestimmt nicht, Herr Langen. Wir haben die Hoffnung, dass die Spurensicherung fündig wird. Außerdem gibt es ja noch die Möglichkeit, dass jemand den Vorgang beobachtet hat«, versuchte Jung zu trösten.

»Na klar, es soll ja Menschen geben die glauben, im Lotto zu gewinnen, ohne einen Schein gekauft zu haben«, ließ Limo seinem Groll freien Lauf. »Wo ist meine Mutter?«

»Sie wurde nach Kirchen ins Elisabeth-Krankenhaus gebracht.«

»Besteht Lebensgefahr?«

»Nein, soweit wir die Info erhalten haben. Aber sie litt unter einer Unterkühlung. Aufgrund der Tatsache, dass Ihre Mutter mindestens zwei Stunden auf dem nasskalten Boden gelegen hat, hinzu kommt noch der Blutverlust. Konkreter kann ich Ihnen den genauen Umfang der Verletzungen auch nicht schildern. Das sollte nur die Kurzinfo sein, die wir vom Notarzt erhalten haben.«

»Gab es noch andere Überfälle dieser Art in dieser Gegend? Heute, gestern oder in den letzten Tagen?«

»Warum stellen Sie mir ausgerechnet diese Frage?« blickte Jung ihn verwundert an.

»Nur so. Ich weiß nicht warum, aber die ganze Sache stinkt doch.«

»Stinkt? Hören Sie, Herr Langen, die Angelegenheit behandelt die Kripo Siegen. Die Kollegen treffen jeden Augenblick hier ein. Wir haben sie vorhin telefonisch kontaktiert.«

»Sie sind aber fix. Hoffentlich sind es Ihre Kollegen von der Kripo auch.«

»Sie können davon ausgehen, dass die ihr Bestes geben.«

Dieser Satz klang stereotyp. Merkwürdigerweise gelang Limo nach wie vor nicht so recht, um Ronny zu trauern. Er wusste nicht warum. Sein bester Weggefährte sollte vor wenigen Stunden getötet worden sein und Limo fühlte nur Hass in seinem Herzen, puren Hass. Nur mit viel Mühe gelang es ihm, den schlechtesten aller möglichen Ratgeber zu unterdrücken. Wie eine Krankheit breitete sich der Zwang in seinem Körper aus, diese Art von Menschen töten zu müssen. Noch im selben Moment fasste er den Entschluss, dass er nicht ruhen würde, bis er die verantwortliche Drecksau zur Strecke gebracht hätte. Ellen Kreuz, eine überaus attraktive Frau in Uniform, schaute versonnen die Fotos an, die an der Küchenwand, notdürftig mit Reissnägeln angeheftet, ungeordnet hingen. Ihre Kollegin saß auf dem Küchenstuhl und folgte dem Blick ihrer Kollegin. Limo beobachtete die beiden sorgfältig.

»Ist das Ihr Hund, Herr Langen?« fragte Kreuz und tippte sachte auf ein Foto.

»Ja, das ist Ronny.«

Rasch blickte Limo zur Seite. Beinahe übermannten ihn jetzt doch die Tränen und er kämpfte tapfer dagegen an. Jung beobachtete ihn. Er schien doch nicht so cool zu sein, wie er ihnen weismachen wollte. Limo stand auf und bot den Beamtinnen einen Kaffee an. Er hatte die Frage noch nicht ganz beendet, als es plötzlich an der Haustür klingelte.

»Oh, das werden wahrscheinlich die Kollegen sein«, rief Kreuz und öffnete die Tür.

»Sie?« fragte Limo ungläubig, als er Steiger und Völker erkannte.

»Tut mir leid, Herr Langen, dass wir Sie immer nur unter diesen traurigen Umständen treffen. Und dann auch noch sonntags!« antwortete Völker.

»Bitte kommen Sie rein. Ihre Kolleginnen sind auch noch da.«

Darauf führte er die Kripobeamten ebenfalls in die Küche. Nach einer kurzen Begrüßung verabschiedeten sich die beiden Beamtinnen und ließen Limo mit den Kollegen der Kripo allein.

»Möchten Sie einen Kaffee? Oder etwas anderes?« fragte Limo höflich.

»Nun, Herr Langen, darf ich Sie nochmals fragen, was nicht in Ordnung ist?« begann Steiger ohne Umschweife die Befragung.

»Milch und Zucker stelle ich auf den Tisch. Bitte nehmen Sie sich, was Sie möchten«, forderte er die beiden auf, als habe er die Frage des Polizisten nicht registriert. Genervt setzte Steiger eine grimmige Miene auf. Er hasste das Katz- und Mausspiel.

»Und?« drängte er beharrlich.

»Es ist alles und nichts in Ordnung, Herr Steiger«, antwortete Limo in sarkastischem Ton.

»Wie Sie vielleicht schon bemerkt haben, mag ich den direkten Weg. Erst Ihre Schwester, deren Freundin, dann Ihre Freundin ...«

»Hören Sie auf damit!« schrie Limo. Saskia Völker hielt sich unauffällig im Hintergrund und beobachtete.

»Nein, das werde ich nicht! Sie hören mir jetzt ganz genau zu!«

Limo besann sich. Es musste ihm irgendwie gelingen, seine Gefühlsausbrüche in den Griff zu bekommen.

»Sind Sie nun soweit?« fragte Steiger mit besänftigender Stimme. Limo nickte und blickte zu Kommissarin Völker hinüber. Sie registrierte seinen nach Hilfe suchenden Blick. Sie ließ aber auch ihren Blick unauffällig auf seine Hände abgleiten. Sie waren geballt, die Knöchel weiß. Der Vulkan in ihm brodelte und er durfte nicht explodieren. Dann hob sie ihren Kopf und erfasste seinen Blick. Sie hatte jetzt seine Aufmerksamkeit.

»Herr Langen, bitte helfen Sie uns, so gut Sie können. Wenn Sie sachdienliche Hinweise zurückhalten, behindern Sie nicht nur unsere Arbeit, sondern erschweren uns unnötig, den oder die Täter schnellstmöglich zu fassen. Bitte tun Sie uns und sich den Gefallen. Ich vermute wohl richtig, dass bereits genügend Menschen, die Sie mochten, umgekommen sind? Das heute war eventuell nur ein weiterer Warnschuss.«

Mit dem letzten Satz traf die adrette Polizistin ins Schwarze. Carmen und Conny tauchten in Limos Gedanken auf. Anke folgte. Und nun Ronny und beinahe seine Mutter!

»Okay«, antwortete Limo bemüht. Ron blickte zur Kollegin rüber und bedankte sich für die psychologische Unterstützung mit einem Zucken im Mundwinkel.

»Also noch mal von vorne: Zuerst wurden Ihre Schwester Carmen und deren Freundin Conny Reimann getötet, dann folgte kurze Zeit später Ihre Freundin Anke Hammer. Heute nun dieser mysteriöse Überfall, bei dem zwar Ihre Mutter noch mal Glück gehabt hat, Ihr Hund aber auf brutalste Weise getötet wurde. Zufall? Bestrafung?« fragte Steiger.

»Brutal getötet? Was meinen Sie damit?« Limo ging nicht auf die Fragen ein.

»Bitte beantworten Sie mir zunächst die Fragen.«

»Ich glaube nicht an einen Zufall. Und es war auch kein Zufall.«

»Sondern?«

»Ich befürchte, dass ich Ihnen die Sache von Anfang an erzählen sollte.«

Steiger beugte sich gespannt nach vorne. Limo begann ab der Einstellung bei RO-Trock. Nach rund zwanzig Minuten beendete er seine Ausführungen. Steiger schien sich nicht sicher, ob dieser Langen die Wahrheit erzählte oder ob er ihnen einfach nur ein weiteres Märchen auftischte. Limo erweckte in ihm allerdings nicht den Eindruck eines Märchenerzählers. Sicher hatte er bei der letzten Befragung nicht die volle Wahrheit gesagt, aber gleich so ein unglaubwürdiges Ding auftischen?

»Frau Völker, was meinen Sie?« forderte er seine Partnerin auf.

»Herr Langen, wenn Sie sagen, Sie hätten nur die Spitze des Eisbergs der Beweise an Ihren Kollegen übergeben, wo sind die übrigen Unterlagen, die durchaus eine groß angelegte Razzia rechtfertigen würden?« fragte Saskia Völker, die nun motiviert der Sache nachzugehen versuchte, wenn Limo auch nur ein entscheidendes Indiz auf den Tisch zaubern würde.

»Die Unterlagen sind bei einem Bekannten untergebracht. Wir haben vereinbart, wenn mir etwas zustoßen sollte, soll er die Lawine ins Rollen bringen.«

»Fahren wir doch zu Ihrem Bekannten und schauen uns die Unterlagen gemeinsam an?« schlug Steiger vor.

Limo lächelte den Kommissar müde an.

»Nein, das werden wir mit Sicherheit nicht tun. Hören Sie, ich stehe nicht unter Mordverdacht oder so was ähnliches. Ich …«

»Stopp, stopp, junger Mann«, unterbrach Steiger, »nicht ganz so voreilig. Sie stehen, wie Sie richtig bemerkt haben, zwar nicht unter Tatverdacht, aber es sieht doch ganz danach aus, dass wegen Ihrer Hobbyspionage Menschen ums Leben gekommen sind. Und zwar nicht irgendwelche Menschen, sondern Menschen, die Sie mochten, sogar geliebt haben! Ich bin ganz ehrlich zu Ihnen: Ich glaube nicht, dass Ihre Mutter nur Glück gehabt hat. Ich behaupte sogar, dass Sie absichtlich nicht umgebracht worden ist. Sondern dass bewusst nur Ihr Hund dran glauben sollte. Vielleicht auch nur, weil er Ihre Mutter verteidigen wollte. Meine Kollegen aus Köln ließen uns eine Akte zukommen, als ich darum bat, Genaueres über den Mord an Ihrer Schwester und deren Freundin zu erfahren. Danach sieht es wohl aus, dass Carmen und Conny sich zur falschen Zeit am falschen Ort befanden. Sehen Sie das genauso?« Limo zuckte ahnungslos mit den Schultern.

»Haben Sie keine Meinung?« Kommissar Steiger geriet nun richtig in Fahrt. Seine Frage bedeutete nichts anderes als: Lass die Hosen runter, Junge!

»Ich bin mir nicht sicher.«

»Wann begannen Sie konkret mit den Nachforschungen? Wann starben die beiden jungen Frauen? Ich denke, Sie finden die Antwort dann selbst.«

Limo senkte den Kopf und dachte an Ronny. Obwohl er dem Kommissar innerlich beipflichten musste, klinkte sich seine besonnene Hirnhälfte aus. Er war längst fest entschlossen, diese Schweinehunde zu jagen, die Ronny umgebracht hatten.

»Wie Sie bereits erwähnten, Herr Steiger, Sie können es faktisch nicht belegen. Ich weiß nicht, ob das mit meiner Mutter nicht doch nur ein Unglücksfall war. Vielleicht sprang dort draußen im Wald nur zufällig ein Spinner herum. Was schlimm genug wäre«, spielte Limo die Tat herunter. Er ging erneut nicht auf die Fragen des Kripobeamten ein.

»Wollen Sie mich verarschen?« keifte Steiger. Die Frage zerfetzte buchstäblich die fragile Annäherung in Einzelteile.

»Will ich nicht. Was ich derzeit anbieten kann, ist, dass ich Ihnen zwei Vorgänge beschaffe und Sie anrufe, sobald ich die Unterlagen bei mir habe. Dann erhalten Sie einen minimalen Einblick in das, was noch folgen könnte.«

Steiger gab klein bei, als er sah, dass Saskia Völker ihm zuzwinkerte.

»Ist zwar nicht optimal, aber ein Anfang. Ich denke, dass Sie uns noch nicht genug vertrauen. Vielleicht legt sich Ihr Misstrauen in der nächsten Zeit, denn ich vermute mal, dass wir es noch öfter miteinander zu tun bekommen. Wissen Sie, Herr Langen, wir werden ständig belogen. Ob Sie es glauben oder nicht, aber das zerrt mächtig an den Nerven. Ist es nicht genug, dass man oft genug von Verbrechern und Mördern an der Nase herumgeführt wird? Worum ich Sie bitten möchte, ist, dass Sie versuchen sollten mit uns zusammenzuarbeiten. Der Anfang wäre schon mal gemacht, wenn Sie uns einen Einblick in Ihr Beweismaterial gewähren. Rufen Sie uns an, wenn Sie soweit sind, okay? In der Zwischenzeit gehen wir unserer Arbeit weiter nach.« Saskia Völker bemühte sich, einen Draht zu Limo zu finden.

»Das hört sich vielversprechend an, danke. Können Sie mir noch sagen, wo mein Hund ist?«

»Die Kriminaltechniker kümmern sich noch um die Spurensicherung«, antwortete der Kommissar. Limos Blicke wechselten zwischen den Polizisten hin und her.

»Wurde er …, ich meine …, musste Ronny leiden?« Stotternd brachte Limo die Frage über seine Lippen.

»Das können wir Ihnen nicht sagen, Herr Langen. Das entzieht sich noch unserer Kenntnis. Wir müssen gleich selbst noch ins Labor. Dort erhoffen wir uns detaillierte Aussagen. Vielleicht sollten Sie sich nicht selbst so sehr damit quälen, wie Ihr Hund getötet wurde. Ist es nicht schon schlimm genug, dass er tot ist?«

Limo pflichtete ihm kopfnickend bei.

»Wer hat denn meine Mutter und Ronny eigentlich gefunden?«

»Eine junge Dame aus dem Nachbarort hat sie beim Nordic Walking entdeckt.«

»Herr Langen, ist Ihnen denn in letzter Zeit jemand verdächtig vorgekommen?« setzte Steiger noch einmal nach.

»Wie meinen Sie das?« fragte Limo unschuldig. Natürlich verstand er die Bedeutung der Frage des Kommissars.

»Ist in der Vergangenheit ein Fremder aufgetaucht? Oder hatten Sie das Gefühl, beschattet zu werden? Ein fremdes Fahrzeug? Irgendwas in der Art?«

Limo täuschte mit einer Geste eine ernsthafte Überlegung vor.

»Nein, nicht dass ich wüsste. Ich achte aber in Zukunft verstärkt darauf.«

Nach wie vor verschwieg er den Polizisten den Einbruch in seiner Wohnung. Auch, dass er mit einer Pistole vor seiner Nase bedroht worden war. Und die Typen, die ihn beschatteten, um die wollte er sich selbst kümmern.

»Keine Ahnung, wer Sie im Visier haben könnte?« fragte Saskia Völker.

»Nein. Absolut nicht. Warum auch? Ich kann mir nur vorstellen, dass es von der Firma herrührt, in der ich arbeite.«

»Wie sieht das aus mit Ihren Kollegen?«

»Kollegen?« fragte Limo nach und tat dabei so, als sei er überrascht von dieser Frage.

»Läuft alles glatt? Werden Sie gemobbt? Irgendetwas in der Art?« fragte die Kommissarin konkreter.

Limo kratzte sich an der Schläfe. »Gemobbt ist übertrieben. Der ein oder andere ist schon ein Arsch. Aber wo herrschen solche Zustände nicht? Ich habe Ihnen ja schon vor einiger Zeit gesagt, dass ich mit den meisten Kollegen gut klar komme.«

»Mit wem nicht?«

»Hören Sie, Frau Völker, natürlich gibt es ab und zu Zoff. Das bedeutet aber nicht, dass ich bei jeder Auseinandersetzung im Brennpunkt stehe. Der Konflikt wird dann geklärt und gut ist. Da gibt's aber niemanden, der so durchgeknallt ist, dass er umherrennt und Menschen sinnlos tötet.«

»Vielleicht keine gewöhnliche Menschen!?«

Limo überlegte. Saskia spürte förmlich, wie er nach einer Antwort suchte. Sie beließ es bei der Frage. Keine Antwort ist auch eine Antwort.

Die Beamten verabschiedeten sich und hinterließen erneut ihre Visitenkarten. Limo schwang seinen Hintern in den Wagen und heizte umgehend in seine Wohnung, verschwand im Schlafzimmer und schaltete die Musikanlage an. Er drehte die Lautstärke um einige Dezibel höher. Natürlich hörte er Randy Crawford. Der erste Song war noch nicht beendet, als Limo mit seinen Fäusten auf das Laken hämmerte, als sei er nicht bei vollem Verstand. Er rannte urplötzlich ins Badezimmer, drehte den Wasserhahn auf und schaufelte sich Wasser ins Gesicht. Dann erfasste er sein Konterfei im Spiegel. Er fletschte die Zähne wie eine wütende Bestie und spannte jeden einzelnen Muskel seines Körpers an, bis er zitterte und bebte. Das Tier in ihm erwachte und war zu allen Taten bereit. Mit Wucht schmetterte er eine Faust auf die Fliesen. Die Unbesonnenheit zahlte er mit kleineren Platzwunden an den Faustknöcheln. Noch bevor er das Blut unter laufendem Wasser durch den Abfluss gerinnen ließ, schwor er, dieses verfluchte Subjekt, das seinen treuen Vierbeiner umgebracht hatte, nicht einfach bloß zu töten, es sollte leiden, um sein beschissenes Leben betteln, bevor er es zerlegen würde. »Und wenn es das Letzte ist, was ich in meinem Leben zustande bringe: Ich werde dich töten, wer immer du auch bist. Ich schwöre es!« Limos Stimme klang gepresst voll glühender Wut!

Nachdem der Wutanfall bis auf ein erträgliches Maß abgeebbt war, zog er die Kleidung aus und stieg unter die Dusche. Allmählich registrierte Limo die Schmerzen in seiner Hand. Dreißig Minuten später stand er angezogen vor dem Spiegel und putzte sich die Zähne. Über den leicht blutenden Knöcheln klebten bereits Pflaster. Erneut betrachtete er sich im Spiegel. Nachdenklich sondierte er die Möglichkeit, ob Carmen und Conny tatsächlich nur Pech hatten. Seine Augen verfinsterten sich. Er nickte bedächtig, als habe er von seinem Gegenüber die Bestätigung erhalten. Er erinnerte sich jetzt genauer daran, dass er die erste Akte am Todestag seiner Schwester erstellte. Er erinnerte sich an das Gespräch mit Tom. Sein Kollege schlug ihm damals die mögliche Vorgehensweise vor. Er schüttelte den Kopf. Anke und Ronny waren keine Zufälle … niemals!

Limo ließ vom Spiegel ab und beabsichtigte, zunächst seine Mutter im Krankenhaus zu besuchen. Gegen halb vier erreichte er das Kirchener Krankenhaus. Den Wagen musste er rund dreihundert Meter entfernt nahe der Bahnschranken abstellen. Der Fußweg machte ihm nichts aus. Aus dem Augenwinkel nahm Limo einen dunklen VW wahr. Aus irgendeinem Grund kam ihm dieses Fahrzeug bekannt vor. Olper Kennzeichen. Das Gesicht …, der Typ, der am Steuer saß, kam ihm ebenfalls bekannt vor. Plötzlich wusste er, wem er dieses fremde und zugleich bekannte Gesicht zuordnen durfte. Dieses dreiste Schwein! Ohne Aufmerksamkeit zu erregen schlenderte Limo so unauffällig wie möglich auf das Fahrzeug zu. Doch der Typ bemerkte es rechtzeitig, startete den Wagen, riss den Lenker herum und rauschte hämisch grinsend davon. Erschrocken hechtete Limo zur anderen Straßenseite zurück.

»Was war das denn?« fragte Ron seine Partnerin.

»Genau wie wir es bereits vermutet haben. Er wird beschattet«, antwortete Saskia.

»Konntest du das Kennzeichen erkennen?«

»Leider nicht. Nur die Anfangsinitialen OE. Also Olpe.«

»Sah so aus, als hätte Langen diesen Typen erkannt«, fügte Ron hinzu. »Wenn er wieder rauskommt, fühlen wir ihm auf den Zahn.«

An der Information ließ sich Limo die Zimmernummer seiner Mutter geben. Bald darauf stand er vor ihrem Bett und beobachtete, wie sie friedlich schlief. Er setzte sich auf einen Stuhl, der neben einem kleinen Tisch stand. Sie lag alleine in dem Zimmer. Über diese Tatsache zeigte er sich sehr erleichtert. Ziemlich genau eine Stunde später bemerkte er, dass sie sich regte. Unter dem dicken Kopfverband vermochte sie ihren Sohn kaum zu erkennen. Sie schmatzte und griff mit einer Hand an ihren Hals. Limo schenkte einen Schluck Mineralwasser in ein Glas. Schweigend hob er den verletzten Kopf seiner Mutter an und führte ihr das Glas zum Mund. Das Atmen fiel ihr schwer. Als er das Glas abstellte, lächelte sie ein wenig.

»Mein Junge …«, flüsterte sie mehr, als sie sprach.

»Psst, Mama. Du brauchst nichts sagen.«

»Ronny, Ronny …«, flüsterte sie mehr als sie sprach.

»Mama, schlaf. Ist alles gut. Bitte schlaf weiter.«

Er tätschelte ihr sanft den Handrücken, bis sie erneut einschlief. Bevor er das Zimmer verließ, schaute er seine Mutter noch einmal ausgiebig an. Auf der Schwesternstation fragte er nach dem behandelnden Arzt, um zu erfahren, wie schlimm die Verletzungen waren. Die Oberschwester konnte ihn allerdings schon ausreichend informieren. Bis auf eine größere Beule würde in den nächsten Tagen der physische Heilungsprozess rasch voranschreiten. Nach dieser erleichternden Auskunft ging er zum Fahrstuhl und begab sich zum Ausgang. Er setzte kaum einen Fuß auf die Erde außerhalb des Krankenhauses, als er links und rechts vor sich zwei Schatten registrierte. Beim nächsten Wimpernschlag standen links neben ihm Saskia Völker und zu seiner rechten Seite Ron Steiger.

»Hallo, Herr Langen.«

»Hallo. Was gibt es? Wollen Sie zu meiner Mutter?«

»Wer war der Typ im Wagen, bevor Sie ins Gebäude verschwunden sind?«

»Welcher Typ?«

»Hatten wir uns nicht darauf geeinigt, miteinander zu arbeiten?« fragte Saskia. Sie wirkte nun auch angefressen.

»Dieses Arschloch kenne ich von früher aus dem Fitnessstudio. Damals habe ich ihm gesagt, wenn ich ihn nochmals treffen würde, würde ich ihm seine verdammten Zähne ausschlagen«, log Limo.

»Hört sich brutal an. Sie wissen, dass es für Sie Konsequenzen haben könnte?« belehrte ihn Steiger.

»Klar. Aber da wird sowieso nichts draus. Dieser Feigling würde mit mir niemals 'ne Prügelei anfangen.«

»Worum ging es denn damals?«

»Es ging um Knete, die ich ihm vor einigen Jahren geliehen habe. Zurückgezahlt hat er sie bis heute nicht«, erfand Limo spontan eine nachvollziehbare Geschichte. »Aber was machen Sie hier? Werde ich nun von Ihnen überwacht?«

»Nein, absolut nicht. Wir sind unterwegs zu Kollegen und Frau Völker befand sich zufällig in der Bank, um Geld abzuheben. Da hat sie Sie durch das Fenster erkannt und die Aktion mit dem Autofahrer beobachtet. Wir dachten uns dann, dass Sie Ihre Mutter besuchen würden. Wir wollten Sie abfangen und uns nach dem Unbekannten erkundigen. Sie verstehen, jeder Strohhalm ...«

»Dann nichts für ungut. Ciao«, verabschiedete sich Limo. Im Laufschritt näherte er sich seinem Wagen und rauschte wenige Augenblicke später davon.

»Ist irgendwie ein merkwürdiger Typ.«

»Da geb' ich dir hundertprozentig Recht. So schnuckelig wie er auch ist, so seltsam scheint er«, konnte sich Saskia eine persönliche Bemerkung nicht verkneifen. Ron belächelte seine Partnerin und winkte ab.

»Aber du nimmst ihm doch seine Geschichte nicht wirklich ab, oder?«

»Das war Quatsch. Aber ich muss schon sagen, Ausreden erfindet er, ohne rot zu werden«, bemerkte Saskia.

»Gelernt ist halt gelernt!« erwiderte Ron genervt.

Am folgenden Tag, dem Montag, nahm Limo bis Mitte der Woche Urlaub. Die Genesung seines Vaters schritt in der Klinik voran. Die neuen Medikamente schlugen vielversprechend an. Einerseits war Limo froh, dass den Ärzten dank der neuen Heilmethode aus den Vereinigten Staaten eine medikamentöse Einstellung gelungen war, die es erlaubte, Limos Vater zeitweise nach Hause zu entlassen. Andererseits hoffte er, dass seine Mutter schnell wieder auf die Beine kam. Nach wie vor lief nichts, aber auch rein gar nichts in seinem Leben rund. Probleme hier, Probleme dort. Auf seinen Bruder Axel konnte er nicht zählen. Selbst als ihr Vater den Schlaganfall erlitten hatte, beschäftigte sich Axel lieber mit Fußball. Noch weitere streitbare Angelegenheiten fielen in der Vergangenheit vor und so drifteten die Brüder immer weiter voneinander weg. Beide traf die Schuld an ihrem Zerwürfnis zu gleichen Teilen. Nicht einmal zu Festlichkeiten wie Ostern oder Weihnachten gelang ihnen so etwas wie eine familiäre Einheit. Nun lag es alleine an Limo, seiner Mutter zu helfen, so gut es nur irgend möglich war. Trotzdem oder gerade deswegen freute sich Limo darauf, heute seinen Vater für ein paar Tage abzuholen.

Die überwiegende Zeit der Fahrt schien die Strecke wie leergefegt. Erleichtert, dass er ohne Staus durchkam, summte er die Melodien aus dem CD-Player mit. Als er gegen elf Uhr die Klinik erreichte, wartete Horst schon sehnsüchtig in der Nähe des Aufnahmeschalters auf seinen jüngsten Sohn. Die Wiedersehensfreude war riesig. Sie umarmten sich mehr als nur herzlich. Horst fing sofort an zu weinen. Seit er diesen Schlag aus heiterem Himmel erlitten hatte, war er sehr dicht am Wasser gebaut, egal ob aus Trauer oder Freude. Schon zu Beginn der Behandlung damals teilte ihnen der Arzt mit, dass dieses Symptom eine völlig normale Reaktion sei. Mit den Koffern im Gepäckraum und seinem Vater sicher auf dem Beifahrersitz steuerte Limo die gesamte Rückfahrt mit Samthandschuhen. Limo erzählte so einiges und fragte seinen Vater, wie es ihm in den vergangenen Wochen und Monaten ergangen sei. Er entschuldigte sich dafür, dass es ihm nicht gelungen war, mit seiner Mutter öfter einen Besuchstag eingerichtet zu haben. Was musste sein Vater doch für Prozeduren über sich ergehen lassen. Vom ursprünglichen Übergewicht seines Vaters waren hundertfünfzig Pfund übrig geblieben. Dieses Gewicht stand dem alten Herrn recht gut. Doch sein aschfahles Gesicht ließ seine Augen leblos erscheinen. Limo war sich sicher, wenn er erst einmal zu Hause war, würde er rasch fünf bis zehn Kilo zulegen. Die Rückfahrt verstrich wie im Flug. Limo stand jedoch der schwerste Teil noch bevor. Er musste seinem Vater erklären, warum Inge ihn nicht zu Hause empfing. Wie sollte er ihm den Tod Carmens beibringen? Nachdem er die Koffer ins Haus bugsiert hatte, setzte er sich neben seinen Vater ins Wohnzimmer. Von den wenigen Metern angestrengt atmete Horst gehetzt. Er benötigte eine Weile, um sich zu regenerieren. Dann kam die Frage, die kommen musste.

»Mirco, wo ist denn Mama? Und Ronny? Sind sie spazieren?«

»Papa, es ist etwas passiert«, begann Limo. Das Gesicht seines Vaters verzog sich zu einer besorgten Miene.

»Was ist los, Junge?«

»Papa, Mama … Mama war mit Ronny im Wald. Ein Fremder hat sie überfallen. Mama geht es aber ganz gut. Sie liegt noch im Krankenhaus zur Beobachtung«, spielte er den Vorfall herunter. Horst nickte überraschend ruhig.

»Und Ronny …«

»Ronny wird nicht mehr kommen, Papa. Der Drecksack hat Ronny getötet.«

Wie auf Knopfdruck weinte Horst los. Limos Verhältnis zu seinem Vater war irgendwie sonderbar. Beide fanden auch in dieser Situation keinen rechten Weg sich gegenseitig zu trösten. Sein Vater war in all den Jahren zuvor weder Vater noch Freund gewesen. Axel schien immer die Nummer eins für Limos Vater zu sein. Der Erstgeborene eben. Axel hier, Axel da. Limo war deshalb nicht sauer, nur enttäuscht. Alles was Axel anfasste, wurde zu Gold. Dass er in Brachbach als angesehener Fußballer galt, zählte für Horst am meisten. Während Axel jedoch nur zweimal Vizemeister mit seiner Mannschaft wurde, hatte Limo Glück und wurde mit Fortuna Freudenberg 1991 A-Kreisligameister. Horst sprach mehr als ein halbes Jahr kein einziges Wort mit Limo, nur weil sein Jüngster nach Freudenberg gewechselt war, um spielen zu können. Er kannte auch die Hintergründe nicht, die Limo dazu bewogen hatten, aus Brachbach weg zu gehen. Aber irgendwie musste Horst dennoch stolz auf seinen jüngsten Sohn gewesen sein, denn er schnitt sämtliche Fotos und Berichte aus den lokalen Zeitungen aus und hängte sie an seinem Arbeitsplatz auf. Limo erfuhr dies allerdings erst, als er seinen Vater in der Arbeit besuchen wollte, aber nur dessen Arbeitskollegen antraf. Limo und Hermann kamen kurz ins Gespräch und dabei auf das Thema Fußball. Nachdem Limo ihm erzählt hatte, dass sein Vater mit ihm seit langer Zeit gebrochen habe, zeigte ihm Hermann die von Horst gesammelten und im Spind versteckten Bilder und Zeitungsberichte über Limo. Limo war irritiert. Es gelang ihm einfach nicht zu verstehen, dass sein eigener Vater keine Möglichkeit fand, ihm zu zeigen, wie stolz sein Sohn ihn machte. Horst wusste auch nichts von seinen Erfolgen im Shotokan-Karate. Zweimal hatte Limo im Finale der Westdeutschen Meisterschaften im Kumite gestanden und gleich mehrfache Auszeichnungen erhalten. Er absolvierte zu dieser Zeit harte Trainingseinheiten unter Hideo Ochi, *dem* Großmeister der letzten drei Jahrzehnte als Trainer der deutschen Nationalmannschaft. Aufgrund von Limos Leistungen wurde er für die Nationalmannschaft nominiert. Die Weltmeisterschaft 1990 in Mexiko stand unmittelbar bevor. Er sollte mit nach Mexiko-Stadt. Allerdings verhinderte eine hartnäckige und langwierige Verletzung im linken Knie in letzter Minute seine Teilnahme. Erst drei Jahre später gelang in der angesehenen Hellersen-Sportklinik eine ordentliche Operation. Doch für eine Weiterführung seines Talents im Leistungssport genügte es nicht mehr. Von all diesen Dingen hatte Horst keine Ahnung. Limo litt sehr darunter. Limos Mutter faselte als eine Art Entschuldigung immer wieder nur den einen Standardsatz: »Du weißt doch, wie er ist!« Aber nicht erst zur damaligen Zeit, bereits im Kindesalter hatte eine klare Hierarchie die Rangordnung in der Familie gegeben. Axel bekam ein nagelneues Fahrrad, Limo nicht. Axel bekam ein neues Mofa, Limo noch nicht mal ein gebrauchtes. Axel fuhr das fast neue Auto seiner Eltern zu Schrott und brauchte keinen Pfennig zurückzuzahlen. Limo musste sparen, sparen, sparen, sein Lehrgeld abgeben und das, was er als Taschengeld erhielt, nochmals sparen. Carola, Limos Schwester, war irgendwann an die falschen Leute und auf die schiefe Bahn geraten. Limo unterhielt bis zum heutigen Tag keinen Kontakt mehr zu ihr. Es fiel ihm mittlerweile sogar schwer, sich an ihr Äußeres zu erinnern.

Nun saß sein Vater da und weinte um Ronny! Limo kamen Zweifel über die Echtheit der Tränen. Nein, Limo war nie von seinen Eltern geprügelt worden, aber er empfand auch nie echte Zuneigung. Er war einfach nur da gewesen. Erst viel später gelang es ihm, so etwas wie Zuneigung zu seiner Mutter zu entwickeln. Limo sagte zu seinem Vater, um ihn zu trösten: »Ich denke, Mama wird in zwei bis drei Tagen wieder hier sein. Ich habe mir einige Tage Urlaub genommen, um dir zu helfen, so gut ich kann.«

Am Mittwochmorgen rief er in der Firma an und beantragte, auch noch den Rest der Woche frei machen zu dürfen. In dieser Angelegenheit kam die Firma ihm gönnerhaft entgegen. Am Freitag gegen neun Uhr morgens holte er seine Mutter vom Krankenhaus ab. Als er seine Mutter zu Hause abgesetzt hatte, war er froh, dass er jetzt in seine Wohnung fahren konnte und einfach nur Ruhe haben würde. Inge erwähnte mit keiner Silbe den Tag des Überfalls. Limo fragte auch nicht, er war sich sicher, wenn der richtige

Moment gekommen sein sollte, würden sie miteinander reden. In seiner Wohnung angekommen, lag er kaum eine halbe Stunde auf der Couch, als sein Telefon klingelte. Die Nummer des Anrufers konnte er nicht gleich zuordnen.

»Hallo?« fragte er vorsichtig.

»Hallo, Limo. Hier ist Frank. Ich wollte dir meine neue Handynummer mitteilen.«

»Ach, du bist es. Wie geht's dir?«

»Richtig gut. Habe vor zwei Tagen erfahren, dass ich eine Beförderung bekomme. Sag mal, hast du nicht Lust mit mir am Samstag nach Siegen zu fahren und darauf einen zu trinken?«

»Glückwunsch! Ich freue mich für dich. Hast ja auch lange darauf warten müssen. Klar würde ich mit dir nach Siegen wollen. Aber ist das nicht eher ein Grund für dich und Tine zu feiern?«

»Quatsch. Tine ist auf einer Junggesellinnenabschiedsfete eingeladen. Ihre Freundin heiratet nächste Woche. Sie würde später aber noch gerne zu uns stoßen. Wäre doch okay, oder?«

»Was fragst du noch? Schön, da freue ich mich schon drauf! Dann bis morgen, ciao.«

Der Anruf von Frank kam genau zur rechten Zeit. Diese Art der Ablenkung brauchte Limo dringend. Dennoch hatte sich Limo recht zugeknöpft gezeigt. Zweifel legten sich schwer aufs Gemüt. Vielleicht sollte er doch Frank endlich reinen Wein einschenken. Limo presste die Lippen zusammen und legte das Handy auf den Tisch. »Nicht telefonisch«, überlegte Limo. Entspannt lauschte er der Musik und schlief darüber tatsächlich ein. Leicht fröstelnd wachte er auf. Er hatte vergessen, sich eine Decke zu nehmen, und glaubte einige Minuten eingeduselt zu sein. Die Musik lief nicht mehr. Irritiert schaute er auf die Uhr und rieb sich verschlafen die Augen. Er hatte ungestört über zwei Stunden geschlafen. Er überlegte, ob er kurz weiter schlafen sollte oder seinem verschlafenen Leib eine sportliche Ertüchtigung zumuten sollte? Bevor er es sich doch noch anders überlegte, besiegte er seinen inneren Schweinehund und streifte schnell die Sportklamotten über. Aufgrund der Tatsache, dass es zu dieser Jahreszeit witterungsbedingt nahezu unmöglich war zu inlinern, nahm er sich wieder seine Laufstrecke vor. Eine Laufzeit von gut zwei Stunden pendelte sich so langsam ein. Er trieb seinen Körper auch diesmal wieder an die Leistungsgrenze, angetrieben von dem Gedanken, dass er am Tag X bereit sein wollte. Immer und immer wieder spielte er in Gedanken die Möglichkeiten durch, wie er diese Bastarde finden und fertig machen würde. Erschöpft, aber glücklich genoss er danach die warme Dusche. Dann machte er es sich mit einem Buch und einer Decke auf der Couch gemütlich. Im Hintergrund lief mal wieder die Musik seiner Lieblings-RnB-Solistin. Gegen neun Uhr legte er das Buch beiseite und schaltete den Fernseher und den DVD-Player ein. Er stöberte in seiner ausgewogenen DVD-Sammlung und entschied sich für eine romantische Komödie. Kurz vor der Geisterstunde legte er sich entspannt ins Bett, schloss die Augen und dachte an Ronny, Carmen, Conny … und Anke! Allein mit sich selbst durfte er seinen Gefühlen freien Lauf lassen. Doch nicht die Tränen übermannten ihn, sondern die vielen Erinnerungssequenzen brachten vielmehr die Müdigkeit zum Vorschein. Er schlief ein.

Der Samstag startete knackig kalt. Minus sieben Grad und ein klarer, azurblauer Himmel begrüßten Limo, als er aus dem Haus stiefelte, um beim Bäcker um die Ecke frische, noch warme Brötchen zu holen. Auf dem Rückweg zur Wohnung schmeckte er bereits die Brötchen mit Erdbeermarmelade auf der Zunge, die er gleich mit Wonne verschlingen würde. Der flüchtige Blick, den er zur Haustür warf, verursachte schlagartig ein beklemmendes Gefühl. Aus seinem Brieffach schaute erneut ein Stück weißes Papier. Limo stolperte hastig die Stufen zur Haustür hinauf und griff das Papier missmutig aus dem Kasten. Er hegte keine Zweifel. Entschlossen stapfte er hinauf zu seiner Wohnung und schlug die Tür hinter sich zu, legte die Brötchen auf dem Küchentisch ab und entfaltete das Schreiben. Reglos nahm er zur Kenntnis, dass es sich um das gleiche Foto handelte wie im ersten Fall. Nur jetzt stand die Zahl »vier« am oberen Rand geschrieben. Gedanklich bei dem Verfasser dieser fiesen Attacke begab er sich ins Wohnzimmer und legte das Papier nahezu achtlos zu dem ersten Brief. Einige Minuten später genoss er die wohltemperierte Küche und frühstückte in aller Seelenruhe. Der Tag verging wie gewöhnlich viel zu schnell. Wohnung aufräumen, putzen, Sport treiben, an den Brief denken! Gegen Mittag rief er bei seinen Eltern durch, ob alles soweit in Ordnung sei. Seine Mutter berichtete ihm, dass sein Bruder mit seiner Familie vorbeikommen wolle. Limo wunderte sich ein wenig, freute sich aber dennoch, dass sein Bruder wenigstens im Augenblick ein geringfügiges Interesse für seine Eltern zeigte. Nur eins fehlte an diesem Samstag: der aufheiternde Spaziergang mit Ronny. Es wurde Limo immer bewusster, dass er seinen prachtvollen Hund nie wieder sehen, nie wieder mit ihm spazieren gehen und mit ihm herumalbern würde, und was am schlimmsten für Limo war, ihn nie wieder in seine Arme schließen durfte, um mit ihm zu schmusen. Bei diesem Gedanken konnte Limo praktisch spüren, wie Ronny seinen Kopf an seinen Hals schmiegte. Limo hatte den sonderbaren Eigengeruch des Hundes geliebt und das schwarze, seidig weiche Fell. Er setzte sich auf die Couch, legte einen Film ein und kroch wieder unter die Wolldecke. Obwohl der Thriller sehr spannend war, nickte Limo ein. Er verschwendete bis zu dieser Stunde keinen weiteren Gedanken an den Brief. Plötzlich vibrierte sein Handy auf der Tischplatte. Irritiert blickte er zum Fernseher und verstand erst nach einigen Augenblicken, dass das rappelige Geräusch nicht aus dem Fernseher nach seiner Aufmerksamkeit verlangte.

»Hallo?«

»Hey, Limo, wo hole ich dich denn her?«

»Hey, Frank. Sorry, ich liege noch auf dem Sofa und bin beim Filmschauen eingeschlafen«, entschuldigte er sich und wischte mit einer Hand hektisch über sein Gesicht. Seine Lebensgeister erwachten.

»Wofür entschuldigst du dich? Ist doch super, wenn man mal für 'ne Stunde Augenpflege betreiben kann. Ich wollte dir nur Bescheid sagen, dass ich gegen zwanzig Uhr bei dir aufschlage. Passt das?«

»Okay. Bin dann gewaschen und gepudert!« scherzte Limo.

»Klasse. Dann bis später, ciao.«

Frank legte auf. Limo räkelte seinen Körper und gähnte, bis sich ihm fast Kiefer ausrenkte. Plötzlich tanzte das Handy erneut auf dem Tisch. Limo Herzschlag überschlug sich beinah. Er vermutete wie vor ein paar Tagen diesen widerlichen Anrufer, nachdem er den ersten Brief erhalten hatte.

»Langen …«, klang Limos Stimme fest entschlossen.

»Guten Tag, Herr Langen. Saskia Völker hier.«

»Ach, hallo, Frau Völker. Was gibt's?«

»Ich stehe unten vor dem Haus. Würden Sie mich bitte herein lassen?«

»Warten Sie eine Sekunde, ich öffne Ihnen.«

»Danke.«

Limo drückte auf den Summer und hörte gleich darauf die Schritte im Hausflur. Verwundert blieb er an der Türschwelle seiner Wohnung stehen und überlegte, welch triftiger Grund die Polizistin veranlasst hatte, ihn ohne Vorankündigung aufzusuchen.

»Hallo, Herr Langen«, begrüßte die angenehm parfümierte Polizistin Limo per Handschlag.

»Kommen Sie herein.«

»Oh, störe ich beim Fernsehen?«

»Nein, ist kein Problem«, antwortete Limo. Der Duft dieser Frau erregte seine Sinne.

»Entschuldigen Sie, Frau Völker. Aber bevor Sie mir den Grund Ihres Besuchs mitteilen, darf ich Ihnen eine eher persönliches Frage stellen?«

Saskia schaute pikiert.

»Bitte …«

»Sagen Sie mir, welches Parfum Sie heute benutzt haben?«

Sie lächelte verschmitzt. Limos Frage klang ohne Unterton echt.

»Zu aufdringlich?«

»Nein, ganz und gar nicht. Das soll keine plumpe Anmache sein, aber der Duft ist absolut betörend. Ich finde, meine zukünftige Freundin, soweit es sie irgendwann mal geben wird, sollte genau so …« Limo unterbrach errötet.

»Vielen Dank. Das Parfum heißt ‚Sun Delight'. Fragen Sie mich aber nicht nach dem Hersteller. Da müsste ich selbst nachsehen.«

Limo kritzelte den Namen des Parfums auf einen Zettel und widmete anschließend Frau Völker seine ganze Aufmerksamkeit.

»So, und was gibt's?«

»Herr Langen, mein Besuch ist nicht wirklich erfreulich«, begann Saskia den Satz. Limo legte seinen Kopf zur Seite und blickte die Beamtin intensiv an.

»Weil …?«

»Ich, beziehungsweise mein Partner und ich, haben den Halter des dunklen VW überprüfen lassen. Obwohl wir nur im Besitz der Anfangsbuchstaben des Kennzeichens sind, teilte mir mein Kollege Steiger mit, dass es sich bei dem dritten Buchstaben beinah sicher um ein R oder K handeln müsse. Wir erhielten darauf den Namen des Fahrzeughalters, Ronald Kaufmann. Ist Ihnen der Name geläufig?«

Limo überlegte ernsthaft.

»Nein, leider nicht.«

»Auch besser bekannt als Sergej Kovcik.«

»Nein, auch den Namen höre ich zum ersten Mal«, antwortete Limo ehrlich. Dann zog Frau Völker ihren letzten Trumpf aus der Innentasche ihrer Jacke.

»Kommt ihnen dieser Typ nicht bekannt vor? Bitte schauen Sie sich dieses Bild genau an. Könnte das der Mann sein, dem Sie in der Nähe des Krankenhauses begegnet sind? Der Typ, der Ihnen entwischt ist, als er Sie erkannt hatte?«

Die Polizistin lockte Limo, ihr endlich die Wahrheit zu sagen. Limo erkannte sofort das Gesicht des Typen, der vor einiger Zeit in seine Wohnung eingebrochen war. Er überlegte, ob er nun von dem Einbruch erzählen sollte. Er spürte, dass die aufmerksamen Polizisten früher oder später selbst darauf kommen würden. So konnte er vielleicht noch Pluspunkte bei Saskia Völker sammeln.

»Ja. Das ist der Typ. Er saß in dem Wagen. Ich denke es wird Zeit, dass ich Ihnen die Wahrheit sage ...«

»Ich wäre Ihnen sehr verbunden.«

»Dieser Typ ist hier vor einigen Wochen in meine Wohnung eingestiegen. Als ich durch den Hausflur marschierte, begegnete ich ihm. Ich ahnte, dass da irgendetwas faul sein musste. Die Tür meiner Wohnung war leicht angelehnt und ich bin, so schnell ich konnte, dem Kerl hinterher gerannt. Ich habe es tatsächlich geschafft, ihn einzuholen. Dann folgte eine wilde Prügelei. Als ich ihn dann so weit hatte, um ihn auszuquetschen, raste ein Fahrzeug auf mich zu. Der Fahrer des Wagens fuchtelte mit einer Pistole vor meiner Nase herum. Leider gab es keine Zeugen. Ich musste die Bastarde entkommen lassen.«

»Kennzeichen?«

»Nein, leider nicht. Tut mir leid.«

»Warum hat er Sie verfolgt?«

»Sicher wegen der Akten. Das ist zwar nur eine Vermutung, aber ich befürchte, der Auftraggeber dieser Aktion dürfte in meiner Firma zu finden sein. Ich hatte gehofft, wenn ich die Unterlagen abliefere, würde ich Zeit gewinnen. Scheint aber nicht zu funktionieren.«

»Sieht so aus. Beziehungsweise, Sie sind dabei, einen sehr hohen Preis zu zahlen!« führte die Beamtin Limo vor Augen.

»Da kann ich Ihnen nicht widersprechen. Und was nun?« fragte Limo hoffnungsvoll.

»Wer ist denn noch in diese Geschichte involviert?«

»Niemand direkt. Nur derjenige, der das gesamte Material aufbewahrt«, rückte Limo mit halber Wahrheit heraus.

»Verraten Sie den Namen?«

»Noch nicht. Jetzt noch nicht.«

»Gibt es dafür einen triftigen Grund?«

»Er ist ein sehr guter Freund von mir. Solange es sich vermeiden lässt, will ich ihn nicht direkt mit in die Sache hineinziehen.«

»Danke für Ihre Offenheit. Endlich sind wir einen enormen Schritt vorangekommen. Aber glauben Sie im Ernst, dass Ihr Helfer nicht schon mitten drin steckt?«

»Das glaube ich nicht wirklich. Warum fragen Sie mich das so vorwurfsvoll?«

»Schließlich ist er im Besitz der Akten. Was macht Sie da so sicher, dass der vermutliche Auftraggeber darüber nicht ebenso Bescheid weiß?«

»Nichts. Glaube ich wenigstens.«

»Na ja, der Glaube soll ja Berge versetzen können …«, mit dieser Floskel brachte sie Limos Hirn zum Arbeiten.

»Was meinen Sie? Wird dieser Typ für die Tat an meiner Mutter und meinem Hund verdächtigt?«

Jetzt erst kam ihm diese Möglichkeit in den Sinn.

»Unmöglich ist es nicht.«

»Dieses verfluchte Schwein.«

»Langsam, Herr Langen. Ich sagte, dass es nicht unmöglich sei. Um diesen Sergej Kovcik werden wir uns sicher kümmern. Sie unternehmen nichts, kann ich mich darauf verlassen?«

Ihre Stimme klang fest und bestimmt. Limo nickte.

»Frau Völker, bevor Sie gehen, was wurde denn aus der Obduktion meines Hundes Ronny?«

»Nichts. Jedenfalls keine verwertbaren Spuren. Wahrscheinlich trug der Täter Handschuhe. Obwohl der Boden an diesem Tag sehr aufgeweicht war, gelang den Spurentechnikern bisher kein verdächtiger Abdruck. Die Fußspuren sind nur sehr vage. Das Wetter war nicht auf unserer Seite. Er hat das Tier einfach auf …, ähm, getötet. Ihr Hund starb sehr schnell. Vermutlich innerhalb von wenigen Sekunden.«

Saskia ahnte schon, dass Limo nachhaken würde. Den Versprecher hatte er natürlich bemerkt.

»Sofort tot! Und wie wäre es, wenn Sie nun die Wahrheit sagen würden?«

Noch blieb Limo höflich.

»Ich weiß nicht …, ich sollte Ihnen das lieber nicht sagen.«

»Bitte«, flehte er die Polizistin an.

»Ihr Hund wurde mit einem Messer brutal niedergestochen. Sein kleines Herz lag herausgerissen wenige Meter neben seinem leblosen Körper.«

Saskia blickte verlegen auf den Tisch. Ihr gelang es nicht, Limos Augenkontakt aufrecht zu halten. »Fühlen Sie sich jetzt besser mit dieser Information?«

Die Polizistin wollte sich diesen Satz nicht verkneifen und ärgerte sich gleichzeitig enorm über ihr laienhaftes Vorgehen.

»Ich danke Ihnen, Frau Völker. Ich hoffe, dass Sie den Typen schnell fassen werden.« Dann erst sahen sich die beiden an. Limo lächelte missmutig.

»Das hoffe ich auch.«

Saskia stand auf und erinnerte Limo daran, die versprochenen Beweise zu besorgen. Dann kehrte Ruhe ein. Sie befürchtete, dass Mirco Langen nun seine eigene Vorstellung von Gerechtigkeit umsetzen würde.

Noch im Wagen wählte Saskia die Nummer ihres Kollegen.

»Hallo, Schönheit. Was verschafft mir die Ehre?«

»Hör zu, Ron. Bevor du jetzt ausrastest. Ich habe gerade unseren Spezi aufgesucht.«

»Wie aufgesucht? Warum?«

»Weiß nicht. Vermutlich weibliche Intuition.«

»Soll heißen?«

»Ich vermute, dass er sich dir nicht öffnen will, nicht öffnen wird. Ist wahrscheinlich so'n dämliches Männerding. Jedenfalls bin ich meiner Intuition gefolgt und bin bei ihm gewesen.«

»Und …? War es wenigstens schön?« Saskia erwartete bereits einen ähnlich selten doofen Unterton Rons.

»Weißt du was, Ron? Du kannst mir mal im Mondschein begegnen.«

»Würde ich gerne. Du bist ja nie da.«

»Du kriegst es nicht hin, was? Du kannst es einfach nicht lassen. Ich habe dir erst vor kurzem gesagt, dass ich mich versetzen lassen werde, wenn …«, Saskia unterbrach sich. »Ich glaube ich muss jetzt mal die Sache klarstellen. Ich vermute, du vergisst, wer hier der Ranghöhere ist. Es ist zwar nicht meine Art, aber ich befürchte du vergisst diese Tatsache von Zeit zu Zeit. Ihr Amerikaner scheint diesen Sport ja anscheinend gerne zu mögen. Also sag ich dir das jetzt zum aller letzten Mal und hoffentlich in einem Deutsch, das du verstehst: Wenn einer versetzt wird, dann bin nicht ich es! Vielleicht solltest du einmal darüber nachdenken. So möchte ich nicht mehr mit dir zusammenarbeiten. Nimm es jetzt an, oder lass es bleiben. Die nächste Aktion von dir wird Konsequenzen haben, die dich vermutlich nicht erfreuen. Mich im Übrigen auch nicht. Letzte Chance!« Funkstille. Ron blieb stumm. Selbst seine Atemgeräusche verflüchtigten sich, bevor sie zu Saskias Ohren drangen. Saskia durfte jetzt die Stille nicht als erste unterbrechen.

»Hast du was aus ihm heraus bekommen?« Ron verstand den Inhalt ihrer Ansprache.

»In der Tat …«, begann Saskia ohne nachtragenden Tonfall. Als sie ihre Kenntnisse an Ron weitergeleitet hatte, gab Ron ihr mit einem netten Kompliment zu verstehen, dass es ihm sehr viel bedeuten würde, wenn sie weiter gemeinsam auf Verbrecherjagd gehen würden. Er wollte nicht länger in unregelmäßigen Abständen das störende Sandkorn im funktionierenden Kugellager sein. Saskia atmete nach dem Telefonat tief und erleichtert durch. Sie ließ einen flüchtigen Blick in den Rückspiegel folgen, kratzte sich eine Augenbraue und lächelte süffisant. »Kerle« rutschte ihr über die Lippen und sie startete den Motor.

Limo verfügte noch über ausreichend Zeit, um sich für den Abend mit Frank in Schale zu werfen. Er entschied sich, den Film nochmals von vorne zu beginnen. Dieses Mal ohne einzuschlafen, ohne Störung. Der Vorspann lief noch, als das Handy erneut auf der Tischplatte im Kreis rotierte. Angesäuert hob er es auf. »Unbekannter Teilnehmer«. Er hasste es, wenn die Rufnummer unterdrückt war. Es gelang ihm auch in diesem Fall jedoch nicht, seine Neugier zu unterdrücken.

»Hallo?«

»Wenn du wissen willst, wer deinen beschissenen Köter kalt gemacht hat, dann solltest du deinen Arsch bewegen und heute gegen 23 Uhr im Ebbenweg auftauchen. Der befindet sich zwischen dem Herveler Bruch und dem Sonnenhohl nördlich vom Ebbemoor, südwestlich von Herscheid entfernt. Das Navi wird dich schon richtig lotsen. Fahre den

Weg in südliche Richtung, bis du auf einen Hinweis stößt. Wenn du clever bist, kommst du alleine dorthin. Was sagt dir eigentlich die Zahl 5? Jetzt im Bilde?«

Die Stimme klang verstellt. Der Fremde legte lachend auf. Wobei das Lachen nichts anderes bedeuten sollte, als: Mein Spiel, meine Regeln – Du bist erledigt! Limo starrte ungläubig auf das Display des Handys. Ihm gingen viele Fragen durch den Kopf. Er war hin und her gerissen. Einerseits wollte er einen vergnüglichen Abend mit Frank verbringen, andererseits hatte er sich geschworen, den miesen Bastard, der seinen Hund umgebracht hatte, fertig zu machen. Selbst die Möglichkeit, Saskia Völker mit einzubeziehen, rauschte ihm durch seinen verwirrten Schädel. Doch so rasch dieser Gedanke ins Hirn geschossen war, so schnell verwarf er ihn auch wieder, genauso wie die Möglichkeit, Frank mit einzubeziehen, ihn endlich einzuweihen. Und mit welcher Ausrede kam er aus der Verabredung mit Frank heraus? Wie ein Wink des Schicksals vibrierte das verflixte Gerät erneut, das noch in seiner Hand lag. Franks Initialen leuchteten auf.

»Hey, Limo. Ich bin's, Frank. Sorry, dass ich nochmals stören muss.«

»Quatsch, du störst nicht. Was gibt's?«

»Ich muss dir leider für heute Abend absagen.«

»Was ist passiert?« fragte Limo interessiert.

»Meine Mutter ist vor wenigen Minuten beim Putzen auf den Treppenstufen ausgerutscht. Es sieht so aus, als habe sie sich das Fußgelenk gebrochen und mein Vater ist ausgerechnet mit dem Musikverein auf einem Konzert. Ich habe sie in meinen Wagen verfrachtet und bringe sie jeden Augenblick ins Krankenhaus. Du kannst dir ja vorstellen, wie lange das dauern kann. Entweder wir verschieben unser Treffen auf nächste Woche, oder wir treffen uns erst so gegen zehn oder elf. Was meinst du?«

»Lass uns das Bierchen auf nächste Woche verschieben. Wenn wir uns erst so spät treffen, ist der Abend viel zu schnell vorbei. Ich meine, wenn wir schon mal zusammen in Siegen sind …«, schlug Limo nicht uneigennützig vor.

»Okay. Dann verlegen wir den Abend auf nächste Woche. Ist aber wirklich kein Problem für dich?«

»Frank! Das ist doch überhaupt keine Frage. Ich mache es mir zu Hause gemütlich und freue mich auf nächste Woche. Lieben Gruß an deine Mutter und gute Besserung, ja? Bis dann, ciao. Ach, aber Mittwoch bleibt es beim Squash, ja? Ach, Frank, ich müsste mit dir über etwas reden.«

»Was ist geschehen?«

»Wieso geschehen?« Limo reagierte empfindlich.

»Nur so. Du klingst, als sei etwas geschehen. Aber wenn wir schon dabei sind, ich muss auch noch ein Anliegen loswerden.«

»Okay, das klingt nicht weniger spannend. Gut, dann lass uns doch am kommenden Mittwoch nach dem Squashen miteinander reden. Bei einem Glas Bier.«

»Klingt verlockend. So machen wir es. Also mach's gut, Limo. Bis Mittwoch, ich werde die Grüße meiner Mutter ausrichten, ciao!«

Ein Knopfdruck und Limo atmete erleichtert auf. Nach dem Telefonat mit Frank schwang er seinen Hintern unter die Dusche und pflanzte sich mit dem Jogginganzug vor die Glotze. Erneut startete Limo die DVD, um dann den Streifen abermals abzuschalten. Es war ihm unmöglich, dem Inhalt des Filmes zu folgen. Anschließend zappte er nervös durch die Programme und schaute zwischendurch ständig auf die Uhr. Limo versuchte den Anrufer mit den beiden Briefen in Verbindung zu bringen. Dann starrte er apathisch aus dem Fenster. Limos Gedanken bewegten sich ununterbrochen im Kreis. Je näher die Zeiger auf einundzwanzig Uhr vorrückten, umso mehr Zweifel überkamen ihn. Hin und her gerissen begab er sich ins Schlafzimmer. Zielsicher kramte Limo im Kleiderschrank nach einer bestimmten Kleidung. Er griff sich die verranzten Klamotten aus der hintersten Ecke und zog sie an. Während die Hose noch perfekt passte, zupfte er skeptischen Blickes das Oberteil zurecht. Angewidert rümpfte Limo die Nase. Ein ungepflegter und nach kaltem Schweiß riechender Mief beleidigte seinen Geruchssinn. Die schwarze Army-Bekleidung schien aus einer barocken Epoche. Als er den Stoff einigermaßen seinem Body anpasste, betrachtete er sich im Spiegel. Den Modepreis würde er sicher nicht einheimsen. Für sein Vorhaben aber allemal pragmatisch genug. Er begab sich ins Bad. Vorsichtig schob er die präparierten Fliesen beiseite und zog die *Glock20* unter der Duschtrasse hervor. Die rund ein Kilo schwere Schusswaffe fühlte sich vertraut an in seiner Hand. Limo kontrollierte die Anzahl der Patronen. Die halbautomatische Pistole war mit fünfzehn Schuss im Magazin bis zum Maximum geladen. Für den Notfall befestigte er ein Armee-Feldmesser mit einem robusten Klettverschluss an der Hose seitlich des Unterschenkels. Eine weitere Stichwaffe mit einer dezenteren Klingenlänge versteckte er in einem dafür vorgesehenen Halfter auf der Höhe der rechten Brust. Gewappnet betrachtete er sich im Spiegel. Sollte das der richtige Weg sein? Er beugte seinen Oberkörper so weit nach vorne, bis er mit seiner Nase beinahe sein Spiegelbild berührte. Sein Atem ließ den Spiegel beschlagen. Als könne er seine innerste Seele begreifen, führte er ein Zwiegespräch mit seinem Gewissen. Er hatte jetzt richtig Schiss. Ihm war klar, dass er durchaus mit seinem Leben bezahlen würde, wenn er sich nicht tausendprozentig konzentrierte und seine Sinne schärfte. Wie die Polizisten, so glaubte auch Limo nicht daran, dass seine Mutter dem Glück zu verdanken hatte, dass sie den Überfall überlebt hatte. Wie ein Boxer lockerte er seine Nackenmuskulatur, spannte und dehnte seinen Kiefer. Der Blick auf die Uhr verriet ihm, dass er aufbrechen musste. Angespannt und hochkonzentriert verließ er seine Wohnung um zehn Minuten nach neun. Mehrmals blickte er sich um. Nicht einmal die neugierige Katze des Nachbarn, die oft auf der steinernen Balustrade des Treppenaufganges hockte, ließ sich blicken. Die Tür seines Sportwagens sagte leise »Plopp«, als sie nahezu geräuschlos ins Schloss fiel. Dank des Navigationsgerätes sollte es kein Problem sein, die genannte Adresse zu finden. Während der Rechner im Navi loslegte, setzte Limo langsam den Wagen aus der Parklücke zurück und fuhr wenige Augenblicke später auf die B 62 in Richtung Siegen. Unwesentlich später, lange bevor er die Siegener Autobahnauffahrt erreichte, zeigte das Navigationsgerät die Richtung an. Laut der Berechnung müsste er ungefähr in 35 Minuten den Ebbenweg erreichen. Die Gegend um die Ebbemoore selbst kannte Limo nicht.

Sergej arbeitete an den letzten Vorkehrungen für den Empfang seines speziellen Widersachers. Siegesbewusst verteilte der sehnige Osteuropäer Waffen im gesamten Haus und im Bereich des Gartens. Angefangen von herkömmlichen Jagdmessern über Pistolen bis hin zu großkalibrigen Schusswaffen, wobei er seine Pump-Gun gerne als Lieblingsspielzeug benutzte. Hinter der völlig heruntergekommenen Hütte hatte er bereits am Vortag ein Loch geschaufelt. Kalli rauchte vor der verwilderten Holzhütte seine Zigarette zu Ende und beobachtete, wie akribisch genau sein Zögling die Fallen für sein Opfer stellte.

»Du hast es also selbst in der Hand, Sergej. Nutz die Chance, diesen Pisser umzulegen«, motivierte Kalli seinen Adlatus.

»Ich bin bestens ausgestattet. Er wird sich einen sehr schnellen Tod herbeisehnen. Das Loch hinten im Garten wird morgen von seinem Kadaver belegt sein.«

»Dann viel Glück. Ich mach mich jetzt vom Acker. Du weißt ja, Gy wartet nicht gerne. Ruf durch, wenn du ihn erledigt hast.«

»Klar, mach ich.«

»Brauchst du noch was?«

»Wünschte, der Arsch wäre schon da.«

Kalli nickte stumm. »Vielleicht solltest du dir das nicht wünschen«, reagierte Kalli in Gedanken besorgt. »Dann bis später«, antwortete Kalli knapp.

Kalli hob den Arm zum Gruß. Sergej nickte zustimmend und marschierte ins Gebäudeinnere.

Limo befand sich kurz vor dem Ebbenweg. Mehrmals schickte ihn sein Navi in Sackgassen. Ihm kam es vor, als durchstreifte er bereits stundenlang die spärlich bewohnten Wälder. Durch Zufall entdeckte Limo an einer Gabelung ein Hinweisschild, das signalisierte Limo noch drei Kilometer bis zum Totenschädel. Limo lächelte bitter. Er versuchte in der Dunkelheit weitere Schilder zu sichten. Doch außer Bäumen und Sträuchern blitzte auch nicht annähernd so etwas wie ein Hinweis. Dennoch musste er sich auf dem richtigen Pfad bewegen. Seit dem ersten Hinweis vergingen Minuten. Oder nach seinem Tacho 2,2 Kilometer. Erneut musste er an einer Gabelung anhalten. Limo stieg aus und betrachtete die finstere Gegend. Die Gabelung entpuppte sich als keine. Der Weg, der links abging, führte ins Nirgendwo. Er eilte zurück zum Wagen, setzte zurück und ließ die Scheinwerfer in die vermutete Richtung leuchten. Angewidert schüttelte er den Kopf. Er hasste dieses Katz- und Mausspiel. Plötzlich verließ er den rechten Pfad und fuhr etwa siebzig, achtzig Meter ins Waldesinnere, bis die Asphaltierung abrupt in Waldboden überging. Limo ließ das verräterische Licht erlöschen. Kurz darauf verstummte auch der Motor. Limo stand am Wagen und überprüfte ein letztes Mal sein Waffenarsenal. Er verriegelte den Wagen per Fernbedienung und bewegte sich dann zu Fuß zurück zum Hauptweg. Lautlos zog es die schwarze Gestalt ins Ungewisse. Trotz der Bewaffnung fühlte er sich nackt und schutzlos wie ein neugeborenes Baby. Ein Nachtsichtgerät wäre hilfreich gewesen. Galep hätte bestimmt eins parat gehabt. Und apropos Galep …! Warum, verdammte Scheiße, habe ich ihn nicht um Hilfe gebeten?! Jetzt war für solch dämliche Fragen der falsche Zeitpunkt. Limo griff sich an den unteren Rücken und zückte die Glock. Die Angst wich der Zuversicht. Egal was ihn erwartete, alleine würde er nicht auf dem Schlachtfeld bleiben! Einige Minuten lief er nun schon in die Richtung seines Gastgebers. Plötzlich nahm Limo einen Gegenstand wahr, dessen glatte Oberfläche sich für einen Wimpernschlag spiegelte. Vielleicht ein Licht, eine Fensterscheibe oder eine andere ähnliche Quelle. Er tapste in den Waldweg hinein. Vorsichtig und bemüht, keine unnötigen Laute von sich zu geben, wurde seine Hoffnung zur Gewissheit. In der Ferne war im Dunkeln das Spiegeln einer Fensterscheibe zu sehen. Es musste mit dem Teufel zugehen, wenn das nicht das Zielobjekt sein sollte. Limo verharrte auf der Stelle und lauschte. Nichts. Geduckt blickte er sich vorsichtig um. Er spürte unmittelbar vor sich die tödliche Gefahr. Wartete möglicherweise nur dieser Typ im Inneren des Gebäudes, der ihn angerufen hatte? Oder lauerten möglicherweise gleich mehrere, die es auf ihn abgesehen hatten? Limo traute der trügerischen Ruhe nicht und entschloss sich, seinem Instinkt zu folgen. Er verließ jetzt endgültig den asphaltierten Pfad und tastete sich Schritt für Schritt im dichten Unterholz vorwärts. Immer den schmalen parallelen Pfad im Blick, der zum Gebäude führte. Dann endlich, nach endlosen Minuten, entdeckte er einen Gegenstand, dessen Silhouette einem ausrangierten Wagen glich. Die genauere Betrachtung bestätigte seinen Verdacht. Längst hatten sich seine Augen auf die Dunkelheit eingestellt. Das Blechkleid der Karosserie schimmerte leicht im Schein des Halbmondes. Nur wenige Meter weiter erkannte er nun auch das Gebäude. Aus einem Fenster an der linken Seite drang spärliches Licht nach draußen. Er näherte sich bis auf zwanzig Meter. Als er die letzte Baumreihe zum Haus hin erreicht hatte, versuchte er verdächtige Bewegungen hinter dem Fenster auszumachen. Ihm kam der Gedanke, dass es möglicherweise nur eine Finte sei. Vielleicht wartete dieser Bastard in einem verdunkelten Nebenzimmer. Limo zog selbst den Gedanken in Betracht, dass sein Gastgeber nicht im Inneren des Gebäudes auf ihn wartete, sondern draußen in der Dunkelheit auf ihn lauerte. Vielleicht saß er sogar schon in seinem Genick und lauerte nur auf einen geeigneten Zeitpunkt. Bedächtig griff er sich zur Brust und zog das Messer aus dem Halfter. Die Hand umfasste den Schaft des Messers mit all seiner Kraft. Ehe es ein Verfolger hätte bemerken können, sprang er mit einem mächtigen Satz rückwärts und stach wie besessen zu. Die Klinge fand keinen Widerstand. Keine Muskeln, keine Sehnen, nichts außer Luft. Er blickte irritiert nach links und rechts. Er wusste nicht genau, wonach er suchen sollte. Angespannt fokussierte er das Gebäude. Wie wäre es möglich, unentdeckt zum Haus zu gelangen? Er ließ vorerst die Lichtquelle außer Acht und entschied sich für die Nordseite des Hauses. In der Regel befanden sich an dieser Seite eines Hauses Toiletten, Kammern, Abstellräume oder andere Nebenräumlichkeiten. Außerdem ragten dort, kaum fünf Meter von der Hauswand entfernt, Bäume in den Himmel. Limo nahm all seinen Mut zusammen und setzte vorsichtig einen Fuß vor den anderen in die angestrebte Richtung. Er spürte einen winzigen, kaum wahrnehmbaren Widerstand an seinem Fußknöchel. Geistesgegenwärtig warf er sich rückwärts auf den Boden, als er einen längeren undefinierbaren Gegenstand auf sich zuschnappen sah. Blitzartig riss er die Arme in die Luft. Das *Ding* streifte noch seinen rechten Oberarm. Limo fühlte einen brennenden Stich. Er tastete seinen Arm ab. Ein sehr spitzer oder scharfer Gegenstand zerfetzte am Oberarm den Stoff. Wie durch ein Wunder blutete es nur wenig. Er atmete hastig die kalte Luft ein und wieder aus. Noch mit dem Schrecken in den Gliedern erhob er sich langsam, um nach diesem *Ding* zu schauen. Mit seinem Messer stocherte er vorsichtig an der Oberfläche des weichen Bodens. Erneut zischte ein Gegenstand in seine Richtung. Dieses Mal aber einige Zentimeter an ihm vorbei. Mit Sorgfalt tastete er, so gut die Dunkelheit es zuließ, den unmittelbaren Bereich ab, auf dem er nun hockte. Limo schnaufte tief durch. Er hatte endlich den mörderischen Gegenstand gefunden. Eine Holzlatte mit mehreren messerscharf geschliffenen Metallspitzen war mit viel Mühe und Raffinesse so auf den Boden gespannt worden, dass die leichteste Störung des straff gespannten Drahtes die Waffe mit einer außerordentlichen Wucht zuschnellen ließ. Limo verdankte es nur seiner schnellen Reaktion, nicht schlimmer verletzt worden zu sein. Er durfte nicht daran denken, was passiert wäre, wenn auch nur einer der circa zwanzig Zentimeter langen Metallstifte ihn frontal erwischt hätte. Die Wucht hätte völlig ausgereicht, die Spitzen ohne Mühe in seinen Körper oder Kopf zu rammen. Er fluchte innerlich wie ein Rohrspatz. Mit was für Wichsern habe ich hier zu tun? Was für eine Ramboscheiße ist das? Von nun an beließ er das Messer so in seiner Hand, dass sich die Klinge auf der Innenseite des Unterarmes unauffällig anschmiegte. Gleichzeitig war ihm bewusst, dass mit hoher Wahrscheinlichkeit weitere Fallen lauerten. Egal, wer dieser Typ auch sein mochte, er wollte offensichtlich nichts dem Zufall überlassen. – Warum gibt der Typ sich solche Mühe? Wie konnte er vermuten, dass Limo den unbequemen Waldbereich vorzog? Welche Trümpfe hätte er ausgespielt, wenn ich den offiziellen Weg gewählt hätte? Limo löste sich von den Fragen und überlegte stattdessen, mit Steinen die Fensterscheiben einzuwerfen. Dicht genug dran käme er. Er wechselte das Messer in die rechte Hand und griff nach einem Stein, der groß genug in der Hand lag, um seinen Zweck zu erfüllen. Im Schutze der Nacht und des Waldes holte er ohne zu zögern aus. Mit diesem Wurf besiegelte und eröffnete er seine Kriegserklärung! Das harte Gestein fand sein Ziel durch das Fenster links neben der Haustür. Bereits beim ersten Versuch zerbrach die Scheibe. Im gleichen Augenblick bewegte er sich lautlos einige Meter weiter zum Haus hin. An der Baumgrenze hielt er inne.

Für Limo nicht zu erahnen hetzte Sergej mit gezogener Pistole zum Zimmer, in dem das Fenster zertrümmert worden war. Angefressen schlich der Killer an der Wand entlang, bis er zunächst unmittelbar neben dem kaputten Fenster stehenblieb. Von der Seite aus blickte er ins Dunkel. Wumms! Ein dumpfer Schlag hallte von der Hausfassade ins Innere. Kaum einen Atemzug später gelang Limo ein weiterer Treffer. Die zweite Fensterscheibe gab dem Aufprall eines harten Gegenstandes nach. Sergej erschrak, versuchte aber dennoch die Übersicht zu behalten und lief in die Richtung, aus der er den Knall vernahm. Wumms! Die Splitter des dritten Fensters bedeckten großflächig den Innenbereich. Sergej schäumte vor Wut. Der Knall kam von der anderen Seite der Hütte. Zum ersten Mal keimte in ihm der Gedanke, dass er es nicht nur mit diesem abgewichsten Deutschen alleine zu tun hatte. Dann schlug es zum vierten Mal ein. Jetzt blieb nur noch das Fenster übrig, aus dem das Licht kärglich nach außen drang. Limo überlegte. Mit Sicherheit würde dieser Drecksack das einzige brennende Licht nun in dem Raum ausknipsen. Er sollte Recht behalten. Wenige Sekunden später erlosch das Licht. Der

Halbmond ließ jetzt die gesamte Gegend surreal erscheinen. Während Limo über eine mögliche Annäherung nachdachte, griff Sergej aus einem Versteck eine zweite Pistole. Beidhändig bewaffnet schlich er zum Hinterausgang.

Limo erfasste den Schatten, wie er über das Areal huschte. Er folgte ihm mit höchster Vorsicht. Unentwegt erinnerte sich daran, dass dieses Schwein ihn in eine neuerliche Falle locken würde. Sergej verkroch sich hinter mannshohen Kirschlorbeerbüschen und wildgewuchertem Gestrüpp. Von dort aus versuchte er sich einen Überblick zu verschaffen. Limo behielt ihn im Auge. Er hockte nun keine fünfzehn Meter hinter einem vermodernden Holzstapel, Sergej genau im Visier. Er durfte jetzt dem Osteuropäer keine Gelegenheit bieten, Limo seiner sehr guten Ausgangsposition zu berauben. Ein einziger falscher Schritt und diese Gestalt hätte die Chance, sich erneut einen Vorteil zu verschaffen. Limo beließ es zunächst bei seinem sicheren Gefühl, nur mit seinem Messer in der Hand bewaffnet zu sein. Schließlich verstand er es sehr gut, das Messer punktuell zu werfen. Nur im Notfall gäbe es die reelle Chance, ihn mit Galeps Glock zu erledigen. Trotz seines Gewichtes und seiner unvorteilhaften Körperlänge robbte er Zentimeter für Zentimeter lautlos an Sergej heran. Limo gelang es, sich an den Anrufer bis auf rund fünf Meter heranzuschleichen, zu weit weg, um effektiv zuzuschlagen, und zu nah dran, um sich den Hauch eines Fehlers ungestraft leisten zu können. Limo registrierte, dass dieser Bursche versuchte, ihn durch das dichte Gebüsch zu lokalisieren. Er bemerkte nach wie vor nicht, dass Limo dicht hinter seinem Rücken an ihm klebte. Jetzt würde es nur noch Sekunden dauern, bis Limo zuschlug. Limos Nase nahm schon den durchdringenden Geruch von Wodka und Zigarrenrauch wahr, den dieser Widerling ausdünstete. Limo bewegte sich in eine hockende Position und richtete sich noch etwas weiter auf. Dann …, der letzte kleine Schritt! Ein kleiner Ast knackte plötzlich unter seinem Gewicht. Sergej warf seinen Körper erschrocken herum und erfasste Limos Gesicht. Für eine Sekunde schien die Welt stehen zu bleiben. Limos Herz raste wie wild. Blitzartig schnellte er hervor und verpasste der feigen Ratte einen hammerharten Faustschlag seitlich gegen die Halsschlagader. Doch der Killer schüttelte sich nur kurz und streckte seine rechte Hand vor. Im selben Moment blitzte eine Pistole auf. Blitzschnell reagierte Limo und warf, ohne zu zögern, sein Messer. Eigentlich sollte die Stichwaffe diesen abartigen Typen ernsthaft treffen. Wenn möglich, sogar tödlich. Doch das Messer steckte beinah bis zum Schaft in Sergejs Oberarm. Im gleichen Augenblick schnellte Limo gekonnt hervor und schlug erneut auf Sergej ein. Die krachenden Ohrfeigen trafen mit voller Wucht. Erneut rappelte Sergej sich auf die Beine, als er die Demütigung rasend vor Hass verdrängt hatte. Er spürte, dass er nur eine winzige Chance hatte, sonst drohte ihm eine neuerliche Niederlage im direkten Kampf! Limo beherrschte die Situation. Sergej versuchte, Limo mit einem Angriff zu überraschen, doch Limo konterte mit einem Tritt gegen das Kniegelenk seines Feindes. Ungelenk knickte der Russe unter heftigen Schmerzen zu Boden. Dann riss Limo das linke Bein hoch und traf Sergejs Nase mit dem Knie. Das Blut schoss ihm entgegen. – Dieser verdammte beinharte Russe besteht also doch aus Fleisch und Blut, dachte Limo erleichtert. Längst hatte Limo diesen Widerling erkannt. Brutal riss er das Messer aus dem Oberarm seines Gegners. Sergej taumelte und schien der Ohnmacht nahe. Plötzlich drang an Limos Ohren das typische Klicken eines Gewehrs beim Durchladen. Er rollte instinktiv zur Seite, gleich mehrere Meter weiter. Schon hörte er die ersten Schüsse. Sergejs Brüder betraten die Bühne. Koljan und Machan, ähnliche Kaliber wie Sergej, feuerten nun schwer bewaffnet auf alles, was sich bewegte. Mit Mühe, Glück und Geschick entging Limo den beiden. Wild schnaufend hielt er sich dennoch weiter im unmittelbaren Dunstkreis der Osteuropäer auf. Als Sergejs Verstärkung kapierte, dass die Knallerei das Ziel verfehlt hatte, die Wirkung kläglich verpuffte, beendeten sie die überflüssige Schießerei. Limo beobachtete die Burschen aus einer vorteilhaften Position heraus. Er hoffte, dass sie gemeinsam mit Sergej den Weg in seine Richtung, zum Haus, wählten. Dann wäre er nah genug dran, um eines der Messer einem der beiden kaltblütigen Killer in den Oberkörper zu werfen. Koljan bugsierte seinen massigen Körper hinter Sergej, zog ihn hoch und hievte ihn in einem Zug auf seine breiten Schultern. Sergej stöhnte vor Schmerzen laut auf. Zum zweiten Mal hatte dieser verfluchte Deutsche ihm seine Grenzen aufgezeigt.

Limo musste diesem Fight ein Ende setzen. Wenn er jetzt nicht einen Schlussstrich zog, dann würden diese verfluchten Gestalten ihn mitsamt seiner Familie erledigen. Limo konzentrierte sich wieder auf das Wesentliche. In diesem Augenblick schlug sich das Glück auf seine Seite. Zunächst erahnte Limo, dass die Silhouetten der drei Gestalten sich auf ihn zu bewegten. Kurz darauf erkannte er bereits ihre Gesichter. Er sah, wie sein eigener Atemdunst sichtbar in die Dunkelheit flüchtete. Er befürchtete, die Gestalten würden ihn in seinem Versteck erspähen, bevor er sie selbst attackieren könnte. Limo holte noch einmal tief Luft und brachte sich ohne hektische Bewegungen mit dem Messer in der Hand in Wurfposition. Jeden Moment würden sie sich auf Augenhöhe befinden. Völlig überrascht erkannten die Brüder Limos Gesichtszüge, als er mit einem Riesensatz vor den Bäumen auftauchte und gezielt die Stichwaffe auf Machan warf. Die scharfe Klinge durchtrennte den Kehlkopf. Machan würgte und röchelte, während er zu Boden stürzte. Er wälzte sich im Dreck und scharrte mit den Füßen über den Boden. Verzweifelt rang er nach Luft. Noch mit dem gleichen Schwung rannte Limo auf Koljan zu. Der schmiss seinen verletzten Bruder zu Boden. Doch Koljans aufgrund seines massigen Körpers behäbige Reaktion sollte ihm zum Verhängnis werden. Als habe er nie etwas anderes im Leben getan als Menschen zu töten, riss Limo das scharfe Feldmesser noch im Sprung vom Klettverschluss und rammte es mit unbändiger Wucht in Koljans Oberkörper. Limo spürte, wie die gezahnte Seite der Klinge beim Rausziehen durch das Fleisch riss. Rücksichtslos, gnadenlos, stach Limo erneut zu. Die Zacken fraßen sich quer durch den Hals, bis die Spitze aus der anderen Halsseite hervortrat. Einige hechelnde Atemzüge später stand Koljan noch immer wie ein Berg vor Limo. Dieser Grizzly von einem Kerl fiel einfach nicht um. Es wäre hoffnungslos für Limo geworden, wäre er ihnen nicht zuvorgekommen. Koljans Bärenkräfte schwanden. Er versuchte, mit beiden Händen das Blut aus seinem Hals zurückzuhalten. In Koljans Gesicht war die Überraschung deutlich sichtbar, als Limo den Arm hob, in der Hand das Messer. Die Klinge triefte von Blut. Plötzlich zog Limo sich zusammen und katapultierte seinen Körper nach vorn. Er rannte auf den immer noch wankenden Hünen zu und stach erbarmungslos die Klinge bis zum Schaft ins Herz. Statt endlich den letzten Atemzug auszuhauchen, umklammerte Koljan mit unmenschlichem Kampfeswillen mit seinen Händen selbst das Messer. Limo fühlte seine tellergroßen Pfoten um seine eigenen Hände und spürte seine eigenen Kräfte schwinden. Mit letzter Anstrengung gelang es ihm, seine Hände zu befreien. Koljan schäumte sichtbar vor Wut. Limo setzte zwei Schritte zurück und trat mit aller Kraft gegen das äußere Kniegelenk, setzte das Bein ab und beförderte noch im gleichen Atemzug seine Faust seinem Gegenüber unter die Nase. Limo nutzte die Gelegenheit, als dieser Gigant den Griff lockerte. Mit einem Ruck riss er das Messer aus der klaffenden Wunde, legte beide Hände um den Schaft und rammte die Waffe ein weiteres Mal seinem Gegenüber in die Herzgegend. Es sollte die letzte Attacke auf Koljan gewesen sein. Noch mit der Stichwaffe im Brustkorb sackte der Riese endlich zu Boden. Limo wartete nicht ab, sondern hetzte zu Machan hinüber und zog das andere Messer aus dessen Hals. Limo hastete zu Sergej hinüber. Mit brachialer Gewalt zerfetzte er ihm beide Achillessehnen, riss ihm einen Schuh vom Fuß, um anschließend die Socke zu entfernen. Brutal stopfte er dem hinterfotzigen Killer mit dem Wollknäuel sein Maul. Sergej zappelte und krümmte sich vor Schmerzen. Limo zog seine Pistole aus dem Halfter und versetzte ihm einen harten Schlag auf den Hinterkopf. Der Osteuropäer sackte ohnmächtig zusammen.

Von Hass getrieben setzte Limo seinen Gegenschlag fort. Zunächst schleppte er Sergej ins Haus und hievte ihn mit übermenschlicher Kraftanstrengung auf einen Tisch in einem Raum, dessen Einrichtung aus einer längst vergangenen Welt zu sein schien. Gehetzt fegte Limo durch die Räumlichkeiten und fand etwas, ähnlich dem, wonach er eigentlich suchte. Mit einer stabilen, mehrere Meter langen Reepschnur, die für gewöhnlich zum Klettern der Eigensicherung beim Abseilen verwendet wird, band er die Beine seines Opfers getrennt voneinander am unteren Tischende fest. Anschließend überstreckte Limo ihm die Arme hinter dem Kopf und befestigte sie an den Handgelenken um die klobigen Tischbeine. Ziemlich geschafft beugte er sich über seinen wehrlosen Gegner. Da Sergej kein Lebenszeichen von sich gab, begab sich Limo zu den beiden getöteten Brüdern. Die beiden Kadaver ins Haus zu befördern, stellte sich als extrem schwierig heraus. Mit übermenschlicher Kraftanstrengung schleppte er die Leichen nacheinander herein. Sergejs Lebensgeister regten sich allmählich wieder. Er registrierte noch leicht vernebelt, dass seine Brüder tot auf dem Fußboden lagen wie überflüssige Müllsäcke. Sergej brummelte ein undeutliches Kauderwelsch. Er schien mitteilungsbedürftig. Limo riss ihm die Socke aus seinem Mund. Ein fauliger Schwall Atem drang in Limos Nase. Angewidert wandte Limo den Kopf zur Seite.

»Du willst mir was sagen?« fragte er spöttisch.

»Du …, du Wichser! Ich hätte deiner verfluchten Hurenmutter ebenfalls das Herz heraus schneiden sollen.« Sergej spuckte widerlichen Schleim in Limos Richtung. Um mehr als einen Meter verfehlte das Sekret sein Ziel.

»Ja, du Arschloch, das hättest du tun sollen. Dürfte nun etwas zu spät für deine Erkenntnis sein. Gleich folgst du deinen Brüdern, und ich habe endlich meine Ruhe.«

»Pah, das denkst du aber auch nur … Bist du wirklich so blöd zu glauben, die Jungs würden dich in Ruhe lassen? Wenn mein Boss erfährt, dass du uns umgebracht hast, werden sie dich finden und dir bei lebendigem Leib die Haut abziehen. Zuvor wirst du Zeuge sein, wie sie deine Hurenmutter vögeln und anschließend den Rest deiner beschissenen Familie abschlachten.«

»Ehrlich gesagt, finde ich es erbärmlich von dir, mir zu drohen. Wenn sie kommen sollten, ich betone sollten, dann erlebst du das sowieso nicht mehr. Wie du sicher festgestellt hast, stelle ich mich gar nicht so ungeschickt an. Warum also weiter über ungelegte Eier quatschen?«

Limo eilte aus dem Zimmer und ließ Sergej mit sich alleine. Nach geraumer Zeit kehrte Limo mit einem Schlosserhammer zurück. Jetzt hatte er es nicht mehr ganz so eilig. Sergej runzelte die Stirn. Limo beugte sich über Machan und positionierte sich bewusst so neben ihm, dass Sergej ihn beobachten musste. Der Hammer lag fest in Limos Hand. Er holte mit kräftigem Schwung aus. Der Hammer schnellte Machans Gesicht entgegen. Durch die Wucht verschwand die stumpfe Seite vollkommen im Rachen der Leiche. Limo riss ihn gleichgültig mit einem Ruck heraus. Er holte erneut Schwung und ließ ein zweites Mal den Metallklotz kraftvoll einschlagen. Und wieder und wieder. Sergej registrierte, wie die Heftigkeit der Schläge des Deutschen sich intensivierte. Sergej kniff die Augen zusammen und wich nicht vom Ausdruck des Deutschen ab. Er schien jetzt bei den Schlägen Lust zu empfinden. Kraftvoll versank der Hammer im weit aufgesperrten Kiefer. Die verachtende Tat eines außer Kontrolle geratenen Wahnsinnigen. Plötzlich sackte Limo zusammen. Mit den Ellenbogen stützte er sich auf Machans Brustkorb ab und schnaufte angestrengt durch. Er riskierte einen Blick zu Sergej. Vielleicht erwartete Limo eine ängstliche, vermutlich eine flehende Reaktion. Er wandte sich Machan zu. Zögernd, fast schon schüchtern, sammelte er Zahn für Zahn aus dem Schlund des Toten. Bis auf zwei, vielleicht drei der knochenähnlichen Gebilde hielt er alle anderen in der geschlossenen Hand. Triumphierend schüttelte Limo die Faust mit dem begehrten Inhalt. »Nur keine Angst, Sergej, um dich kümmere ich mich zuletzt. Ehre wem Ehre gebührt.« Limo sprach sein noch lebendes Opfer bewusst mit dem Vornamen an. Dann folgte Koljan! Sergej riss die Augen weit auf. Die Coolness verflog mit einem Mal. Mit enormer Kraftanstrengung versuchte er sich vom Tisch zu befreien. Wütend geiferte er Limo an. Limo sammelte derweil Koljans Zähne zusammen, als handelte es sich um Murmeln. Jetzt lächelte er. Längst war das Funkeln eines aus der Hölle vertriebenen Dämons aus seinen Augen gewichen. Mit dem wissenden Ausdruck des Siegers erhob sich Limo langsam.

»Aaahh …, du verdammte Drecksau. Du Fotze, du verfluchtes Nazischwein, du mieser Wichser!!! Wenn ich hier runter komme, reiß ich dir deinen verdammten Schädel vom Hals und scheiß dir persönlich rein!!!«

Er bediente sich der niedrigsten Fäkalsprache und schleuderte Limo weiter Hasstiraden entgegen. Unbeteiligt und desinteressiert schüttelte Limo seelenruhig den Kopf. Er ließ sich nicht aus der Reserve locken. Jetzt nicht mehr. Er blieb, gemessen an den Aktionen einige Minuten zuvor, in sich ruhend.

»Jetzt geht's los … Jetzt geht's los … Jetzt geht's los …«, sang Limo provokant. Leise genug, um nichts aus dem Gebäude dringen zu lassen, und laut genug, dass Sergej die Worte verstehen musste.

»So mein kleiner Schatz ...«, Limo ließ nicht ab von seinem Zynismus. »Jetzt ist die Gelegenheit gekommen. Du darfst noch einmal aus ganzem Herzen deinen Frust heraus schreien«, klang Limo gefestigt. Sergej starrte mit verengten Augen auf die Holzdecke. »Was ist los? Geht dir jetzt in diesem magischen und wichtigsten Moment deines Lebens die Ironie aus? Du bist doch sonst ein riesiger Fan der vorlauten russischen Mentalität. Nicht, dass du mich falsch verstehst. In meinem Bekanntenkreis gibt es auch Russen. Lieb und freundlich. Nett und zuvorkommend. Nicht solche kranken Subjekte wie du, die Frauen und Kinder abschlachten. Oder zwischendurch auch mal einen Hund. Einfach so zum Vergnügen! Jetzt liegst du vor mir und hast zum zweiten Mal verloren. Und das Beste daran ist, jetzt rettet dich kein Kumpel. Jetzt gleich hast du es geschafft!« Lächelnd trat er die wenigen Schritte an Sergej heran.

»Arschloch, ich bin gar kein Russe.«

Irres Gelächter drang aus Limo heraus. »Und ...? Was glaubst du, interessiert mich das? Ich bin auch kein Nazi. Du wolltest mich töten. Ich weiß nicht mal wieso. Du tötest meinen Hund und verletzt meine Mutter schwer. Und du machst dir Gedanken, ob ich dich für einen Russe halte? Deine Probleme in Ehren ... Wie du eben trefflich formuliert hast: Wenn ich in Ruhe leben will, muss ich dich töten. Egal, was nach dir vielleicht kommen mag.«

»Und deine kleine Fotzenschlampe? Was glaubst du denn, wer das war, he?«

»Du!«

»Richtig geraten, Arschloch! Die kleine Drecksau hat gar nicht genug von meinem Schwanz bekommen können. Immer wieder rammte ich dieser notgeilen Sau meinen Schwanz in ihre Möse. In ihre Fresse hab ich abgespritzt. In ihre verdammt verfickte Fresse! Kapierst du das, du dumme Sau.«

»Ist ja gut. Lass es raus«, entgegnete Limo cool und lächelte mitleidig. Doch im Verborgenen seines Herzens braute sich eine lebensvernichtende Woge des Zorns zusammen.

»Nachdem sie mir einen geblasen hat, hab ich ihr in die Fresse gehauen. Mehrmals trat ich auf sie ein. Du hättest das sehen sollen, Wichser. Blut überall. Ich hätte nicht gedacht, dass in so einer kleinen Hure so viel Blut steckt. Aber zäh war sie, diese verdammte Fotze wollte einfach nicht verrecken. Ich weiß nicht, was du an dieser Kröte gefunden hast, ich hab schon mal weitaus besser gefickt! Und genau das, du beschissener Nazi, wirst du mir niemals mehr nehmen können. Nur mein Leben.«

»Darauf wette ich. Es rührt mich, dass du dich doch noch einmal zu einem verbalen von Hass diktierten Wortschwall aufraffst. Ich kann mir vorstellen, dass dir dabei einer abging. Spielt aber keine Rolle mehr. Gleich bist du tot, und ich lebe weiter«, antwortete Limo, um Lässigkeit bemüht. Das Spiel musste jetzt ein Ende haben. Limo runzelte die Stirn und verließ ohne Kommentar die Stube. Limo durchsuchte jeden Quadratzentimeter des Nebenraumes, eine Art Abstellkammer. Die Ausstattung der Kammer ähnelte einer großzügig eingerichteten Werkstatt. Dann fand er den Gegenstand, den er gesucht hatte. Ein mehrere Meter langer Gartenschlauch versteckte sich zwischen einem kompletten Satz Autoreifen. Limo griff sich ein Teppichmesser und schnitt ein großzügiges Stück ab. Als er sich seitlich bewegte, um vor der Kammer einen Fünfliter-Plastikkanister hochzunehmen, fiel ihm ein robuster, relativ neuwertiger US-Army-Reservetank ins Auge. Hektisch fischte er den olivgrünen Metalltank aus der Ecke, öffnete den Deckel und roch daran. Er benötigte den Tankinhalt des Wagens, der vor dem Haus stand, nicht mehr. Während eine Hand das Schlauchstück achtlos in die Ecke warf, umklammerte die andere Hand den Griff des gut gefüllten Reservetanks.

Sergej beobachtete Limo aus dem Augenwinkel, als er wieder die Bühne betrat. Er ahnte, dass er den Kampf nicht nur verloren hatte, dieser verfluchte Deutsche würde ihn erledigen. Dennoch würde er niemals um sein Leben betteln. Dazu schlug in seiner Brust ein viel zu stolzes Herz. Behutsam stellte Limo den Tank auf dem Boden ab. Mit einem Daumen und einem Zeigefinger bewegte er den Hammer zur Mitte des Tisches. Sergej blickte Limo stumm an. Der Mensch, den er brutal hatte vernichten wollen, stand nun als Triumphator vor ihm. Der Deutsche war über sich hinausgewachsen, für Sergej unüberwindbar.

Plötzlich weiteten sich die Augen des Osteuropäers. Reflexartig drückte er den Schädel auf die Tischplatte. Der Hammer trat zum Vorschein. Limo präsentierte dem Killer mit Genuss den totbringenden Gegenstand. Hoch über seinem Kopf, so wie er es bei Machan und Koljan getan hatte, thronte der Hammer in seiner Hand. Ihre Blicke trafen sich. Kein Ausdruck von Angst im Gesicht des Osteuropäers. Aber auch keine Reue. Limo packte das Kinn des Unterlegenen und drückte den Kiefer mühelos auseinander. Sergej zeigte sich sonderbar gefasst, nicht widerstrebend. Er begriff was nun folgen sollte. Seine Augen fixierten den Hammer, er blendete die unmittelbare Umgebung aus. Limo holte noch weiter aus und schlug mit voller Härte zu. Sergejs Rücken wölbte sich zu einem Hohlkreuz, soweit es die Fesseln ermöglichten. Unter unvorstellbaren Schmerzen spürte Sergej einen metallischen Geschmack im Hals. Zähne, die sich unter dem Schlag aus dem Kiefer rissen, glitten in den Rachenraum. Limo schlug ein zweites Mal zu. Sergejs Körper zuckte und bebte. Er spürte die Qual des Sterbens bei lebendigem Leibe. Limo schlug wieder zu.

Limo betrachtete seine Tat. Keine erkennbaren Anzeichen für einen Schock. Nicht die winzigste Regung in ihm, nur ein starrer Blick. Er war zu einem von ihnen geworden! Ein Mörder!! Er wähnte sich nicht nur im Recht, nein, er fühlte sich gut.

Limo hielt nun weitestgehend alle Zähne der Osteuropäer in seinen Händen. Schaute noch einmal in die Gesichter der Toten, bevor er die Zähne in einer Hosentasche verschwinden ließ. Es fiel ihm nicht schwer, konsequent den nächsten logischen Schritt einzuleiten. Limo vergoss großzügig den Brandbeschleuniger. Über Sergej, Machan und Koljan. Zuletzt tränkte Limo das untere Drittel aller Innenwände. Bis jemand die lodernden Flammen entdecken würde, dürften jegliche Beweise vernichtet sein. Limo begab sich noch einmal in die Werkzeugecke. Er testete den Gasbrenner und ließ die Flamme gleich brennen. Als Limo die Türe zur Nacht öffnete, galt seine komplette Aufmerksamkeit der Dunkelheit, wo er weder verräterische Geräusche noch ungebetene Zeugen wahrnahm. Limo warf den Bunsenbrenner an die gegenüberliegende Wand. Eine Stichflamme schoss bis unter die Decke und begann sich, angestachelt durch den Brandbeschleuniger, Meter für Meter auszubreiten. Ehe Limo sich versah, loderte das gesamte marode Holz, das überwiegend vergammelte Inventar samt der Osteuropäer. Limo schob die Tür zu und brachte sich selbst in Sicherheit. Aus einer beruhigenden Entfernung registrierte er, wie sich die ersten Flammen bereits um die Fensterrahmen fraßen. Limo betrachtete noch eine Weile die Feuerbrunst, wie sie nun unaufhaltsam aus den eingeworfenen Fensterscheiben schlug. Als wollten die Flammen ihm zurufen: Verschwinde, hau ab, den Rest erledigen wir selbst, nahm Limo die Beine in die Hand und rannte fluchtartig los. So schnell ihn die Füße trugen, hetzte er über die Straße. Keine Umwege mehr. Nicht den Waldweg entlang. Einfach nur noch zum Wagen.

Limo keuchte wie ein Berserker und bevor in ihm der Brechreiz die Überhand gewann, erreichte er das Auto. Er fiel auf die Knie, stützte sich mit durchgestreckten Armen auf dem Asphalt ab und begann jetzt umsichtig die Gegend abzusuchen. Während sich die Atmung allmählich normalisierte, erhob er sich, öffnete den Kofferraum und entnahm zwei gewöhnliche Plastiktüten. Die eine stülpte er über die andere. Hastig streifte er seine verschmutzten Sachen samt Schuhen ab, zwängte sich dann umgehend in saubere Kleidung und ließ seine Füße in ein paar ausgelatschten Laufschuhen verschwinden. Die schwarze Hose, die Jacke, Handschuhe, Stiefel sowie die Zähne seiner Opfer steckte er in die Tüte. Nochmals blickte er in die Richtung des Hauses. Doch weder Qualm noch Feuer vermochten durch den angrenzenden dichten Tannenhain durchzudringen. Dann verließ er die unheilvolle Stelle. Am frühen Morgen gegen zwei verließ er die unbekannte Gegend und fuhr in Meinerzhagen auf die vertraute Autobahnauffahrt der A 45 in Richtung Siegen. Äußerlich besänftigt, innerlich aufgewühlt drehte er die Musikanlage an und lauschte Sarah Brightmans sinnlichem Sopran. Noch keine Spur von Reue. Den Rachedurst des Dämons vorerst gestillt, lenkte Limo mit zittriger Hand in Richtung Heimat. Er parkte einige Meter von seiner Wohnung entfernt, dort, wo das Licht der Straßenlaterne nicht allzu neugierig auf ihn schien, öffnete den Kofferraum und griff nach der Tüte. Bevor er sie herausnahm, vergewisserte er sich abermals in alle Richtungen. Erst als er keine möglichen Zeugen ausgemacht hatte, eilte er leise zur Wohnung. Ohne Umweg marschierte er direkt ins Bad. Dort zog er sich aus und steckte alle Kleidungsstücke zu der schwarzen Kleidung in die Plastiktüte. Seine Bewegungen wirkten mechanisch. Dann öffnete er den Wasserhahn über dem Handwaschbecken, eilte zum Waschzimmer und griff sich eine kleine Plastikflasche aus einem Abstelltisch. Als Limo ins Bad zurückkehrte, drehte er den Hahn zu und mischte nun einige Milliliter einer besonderen Lösung dem Wasser bei. Sanft, geradezu fürsorglich legte Limo die beiden Stichwaffen hinein. Während er die Messer penibel reinigte, wirbelte ein Gedanke seine Gefühlswelt durcheinander. Was, wenn man bei ihm die blutbeschmutzte Kleidung finden würde? Und wenn es nur durch dummen Zufall geschehen würde? »Scheiße«, fluchte er mit gepresster Stimme. Seinem Konterfei im Spiegel schienen ähnliche Gedanken zu missfallen. Kopfschüttelnd entschied er rasch, die Klamotten samt Schuhen, die in der Tüte steckten, noch in dieser Nacht zu entsorgen. Auch wenn er nicht unbedingt davon ausging, dass die Polizei ihn innerhalb der nächsten Stunden aufsuchen würde. Trotzdem ärgerte er sich ein wenig über seine Eselei, die Sachen arglos mit in seine Wohnung zu nehmen. Noch während die Messer im Handwaschbecken lagen, begab er sich unter die Dusche und kratzte mit einer Wurzelbürste die letzten Beweismittel von seinem Körper. Das klare Wasser färbte sich rötlich bis bräunlich und lief ungehindert zwischen seinen Füßen in den Abfluss. Limo drehte das Wasser noch einige Grad wärmer. Er fröstelte leicht. Er hatte sich zwar des Blutes seiner Opfer entledigt, aber jetzt brachte ihn sein Gewissen zum Zittern. Ihm wurde annähernd bewusst, was er soeben getan hatte. Limo schloss die Augen. Die grausamen Bilder flackerten im Unterbewusstsein. Nie wieder würde das Leben so sein, wie es noch vor wenigen Stunden war. Er war ein Mörder. Ein Dreifachmörder! Das Wichtigste war jetzt, Übersicht und Ruhe zu bewahren. Er musste lernen, so schwer es auch werden würde, seine Nerven in den Griff zu bekommen. Mit kühlem Kopf stieg er aus der Dusche und trocknete sich gründlich ab. Gründlicher als sonst. Danach nahm er ein kleines Handtuch und reinigte die beiden Messer extrem penibel. Anschließend steckte er die Handtücher mit in den Plastikbeutel. Die beiden Stichwaffen samt der Pistole versteckte er wieder unter der Duschwanne. Limo zog warme Kleidung an und stieg in feste Winterstiefel. Es wurde Zeit, sich der Tüte mit den Utensilien seiner Untat zu entledigen. Er schlich gegen halb vier morgens lautlos durchs Treppenhaus hinaus zum Auto. In den Häusern ringsum herrschte gespenstische Ruhe. Einsam und still fuhr Limo mit den verräterischen Beweisen im Kofferraum in die kalte Nacht. Knapp zwei Stunden später kehrte er zurück. Müde und überdreht stieg er wenige Augenblicke später ins Bett. Sein Unterbewusstsein gönnte ihm jedoch keine Atempause. Verzweifelt suchte er nach dem notwendigen Schlaf. – Nur eine Stunde, flehte Limo gen Himmel. Doch die Nacht endete endgültig, als er von Ronny, Anke und seiner geliebten Schwester träumte. Irritiert schreckte er auf, saß im Bruchteil einer Sekunde aufrecht mit weit aufgerissenen Augen im Bett und starrte in die Dunkelheit des Zimmers. Er hatte verdammt nochmal richtig gehandelt, schenkte ihm der kleine Teufel auf der Schulter den rechten Glauben.

Die monsunartigen Regenstürze in den frühen Morgenstunden erledigten das, was die Feuerwehr für gewöhnlich bei einem Brand dieses Ausmaßes unternahm. Die Sirene war ertönt, als der erste Ruf des Hahns die morgendliche Stille durchbrochen hatte. Als die Feuerbekämpfer an der Feuerstelle eintrafen, fanden sie nur noch ein dampfendes, zischendes und vollkommen runtergebranntes *Etwas* vor. Es war zu spät, um auch nur einen Balken der heruntergekommenen Bruchbude zu retten. Ein Fußgänger mit zwei Hunden hatte den Dampf in der Dunkelheit gegen sechs Uhr am frühen Sonntagmorgen bemerkt. Nichts deutete im ersten Moment auf ein Verbrechen hin. Doch bei näherer Betrachtung entdeckten gewissenhafte Feuerwehrmänner die verkohlten Überreste menschlicher Skelette. Daraufhin meldete der Einsatzleiter die tragische Information an die Kollegen der Polizei. Mehrere Streifenwagen und zivile Einsatzfahrzeuge trafen ein. Aufgrund der Tatsache, dass ein Wagen nur wenige Meter von den verkohlten Überresten entfernt stand und ein weiterer Wagen in einem vom Brand verschonten überdachten Verschlag abgestellt war, gelang es der Polizei sehr rasch, die Fahrzeughalter namentlich ausfindig zu machen. Jedoch erwies es sich als sehr schwierig, die gesuchten Personen aufzugreifen. Der Verdacht lag nahe, dass es sich bei zweien der drei verkohlten Skelette vermutlich um die gesuchten

Personen handeln könnte. Aufmerksame uniformierte Polizisten überprüften das gesamte Areal. Die schweren Regengüsse, die in den frühen Morgenstunden herniedergingen, erschwerten die Bemühungen, verräterische Spuren zu lokalisieren. Dennoch entdeckte ein Polizist einige Meter vom Haus entfernt zwei kleinere und eine größere auffällige Einfärbung auf dem Boden. Der Beamte dippte vorsichtig mit dem Zeigefinger hinein und verrieb es. Sein Verdacht erhärtete sich. Es musste sich um Blutlachen handeln. Viel Blut. Es gelang den Regenfällen nicht, das Blut im aufgeweichten Erdreich versickern zu lassen. Daraufhin bekam der Hausbrand eine besondere Bedeutung. Ein Unglück schien ausgeschlossen zu sein. Das Blut nährte einen fürchterlichen Verdacht. Es folgte nun das komplette Programm. Die Kriminaltechniker der Spurensicherung, eine Hundertschaft Polizisten sowie die Kollegen der Kripo aus Hagen trafen im Laufe des Vormittags ein.

Oberkommissar Helmut Frei und sein Kollege Samuel Reuter leiteten die Ermittlungen vor Ort. Die Hundertschaft durchstreifte nun sowohl die unmittelbare als auch die weitere Umgebung. Helmut Frei, ein Typ wie aus einem Ei gepellt, mimte vorrangig den »guten Cop« und Samuel Reuter, der in aller Regel mit zerschlissenen Jeans und ungebügeltem Hemd seine Aufwartung machte, vermittelte eher den »bösen Cop«. Gemeinsam begaben sie sich zum jämmerlichen Aschehaufen, den die Flammen noch an Undefinierbarem übrig gelassen hatten. Dort trafen sie auf Gerold Freilicht. Der Kriminaltechniker aus Hagen galt seit vielen Jahren als Experte für Brandleichen, ein erfahrener Toxikologe und Serologe. Ein hochangesehenes Genie. Frei lächelte. Er entdeckte Gerold Freilicht, wie er mit seiner gewohnt kühlen Konzentration seiner Arbeit nachging. Die drei Männer kannten sich von vergangenen gemeinsamen Fällen. Nachdem sie sich begrüßt hatten, blickte Frei auf die drei restlos verkohlten Skelette.

»Gerold, hast du schon was für uns?« fragte er.

»Das einzige, was ich mit Bestimmtheit sagen kann ist, dass es sich um drei männliche Leichen handelt.«

»Nicht sehr viel.«

»Ist es überhaupt noch möglich, die Leichen zu identifizieren?« sprach Reuter seinen Gedanken aus, noch bevor Freilicht weitere Ausführungen nachschieben konnte.

Freilicht zog eine Augenbraue hoch in die Stirn. Sein Blick bedeutete nichts anderes als: Erledige du deinen eigenen Scheiß-Job. Dann senkte er die Augenbraue und das Gesicht wirkte milde, geradezu mitfühlend. Freilicht hasste es, wenn man ihn in seinen Ausführungen unterbrach. »Kaum, aber zu hundert Prozent kann ich das noch nicht sagen«, äußerte er sich noch freundlich zurückhaltend.

»Auch nicht per Zahnabdruck?«

»Schön, Herr Reuter, wenn Sie meinen Job übernehmen wollen, bitte. Dann könnte ich jetzt wieder zurück in mein wohl temperiertes und vor allem trockenes Labor.« Reuter begriff, dass er sich mit der Frage auf dem Weg zur Hoheitsbeleidigung befand. Reuter hob beschwichtigend die Hand. »Sorry, wollte Ihnen nicht ins Wort fallen.« Freilicht nahm die Entschuldigung Reuters an und blickte dann mit hochrotem Kopf zu Helmut Frei hinüber.

»Wenn ihr Zahnabdrücke aufspüren könntet, würde ich mich sofort darum kümmern. Obwohl diese Möglichkeit bereits im Keim erstickt wurde«, antwortete Freilicht genervt. Er ahnte, dass ihm dieser Fall Kopfzerbrechen bereiten würde.

»Was soll das heißen? Zahnlose Opfer?« fragte Frei verwundert nach. Er zog beide Augenbrauen gleichzeitig hoch.

»Genau das soll es heißen. Bei allen drei Männern wurden die Zähne entfernt. Wir haben noch keinen einzigen gefunden. Ich vermute mal, dass es sich bei diesen drei Gestalten nicht um Greise handelte. Vermutlich eine Foltermethode. Es könnte sein, dass die Zähne buchstäblich eingeschlagen wurden. Wenn wir Glück haben, könnten wir hier in diesem Aschehaufen noch den einen oder anderen Zahn finden. Aber so weit sind wir noch nicht.« Helmut Frei hielt dem durchdringenden Blick Freilichts stand, während Reuter einen Zug seiner Zigarette inhalierte. Plötzlich zerriss ein schriller, furchterregender Schrei die Stille.

Ein weiteres entsetzliches Geschrei hallte durch die Bäume hindurch. Teilweise in Panik geraten und teilweise mit gezogener Waffe rannten mehrere Kollegen der Hundertschaft in den Wald, aus dem sie das Schreien vernahmen. Die beiden Kripobeamten liefen ebenfalls in dieselbe Richtung. Unaufhörlich schrie der Mann seine Schmerzen hinaus. Dann endlich fanden die Polizisten ihren Kollegen zwischen zwei Bäumen, die eng aneinanderstehend in den Himmel ragten. Ein langes Brett, versehen mit unzähligen Metallspitzen, stand aufrecht vor der Brust des Beamten. Viele Spitzen durchbohrten seine komplette vordere Partie. Aus Hals, Brust und dem Oberbauch blutete es stark. Noch lebte der Beamte. Geistesgegenwärtig schnappte Helmut Frei sein Handy und orderte per Hubschrauber den Notarzt. Ein Kollege kniete sich vor seinen schwerverletzten Partner. Der flehende Blick traf ihn tief ins Knochenmark. Er musste seinen Partner an dem Brett lassen. Das Risiko ihn noch schwerer zu verletzen war zu groß. Zunächst gelang es ihm, dem Schwerverletzten Mut zuzusprechen. Doch das Blut trat viel zu schnell aus den Wunden. Der Rettungshubschrauber war nicht hörbar. Kein Martinshorn eines Rettungswagens. Langsam senkte er seinen Kopf in Richtung Brust. Die Worte seines Partners schienen ihn nicht mehr zu erreichen. Mit beiden Händen versuchte der, den Druck vom Hals zu nehmen und den Kopf zu stützen. Er flüsterte ihm immer wieder aufmunternde Worte ins Ohr und kniete ganz nah an seinem Partner. Endlich vernahmen alle Beteiligten das Schlagen der Rotoren. Der Hubschrauber senkte sich zum Landeanflug nieder, als der Beamte seinen letzten Atemzug aushauchte. Tränen rollten dem Partner die Wangen hinunter. Geschockt und irritiert starrten die umherstehenden Staatsdiener auf ihren verstorbenen Kollegen. Dem Notarzt blieb nur noch, den bedauerlichen und überflüssigen Tod ihres Kollegen festzustellen. Oberkommissar Frei und sein Partner Reuter schauten sich fassungslos an.

»Gottverdammter Mist. Was läuft denn hier ab?« fluchte Frei aufgebracht. Mit seinen engstehenden Augen, den Haaren, die er sich für gewöhnlich von links nach rechts akkurat über den Schädel kämmte und dem buschigen Bart, der die Oberlippe zierte, vermittelte er eigentlich die Erscheinung eines biederen Hausmannes. Breitbeinig und die Arme in die Hüften gestemmt wiederholte er lautstark die Frage:

»Was läuft hier für eine Scheiße?«

Sein Blick strafte Gerold Freilicht. Er benutzte den Kriminologen als Sündenbock, weil er zufällig in unmittelbarer Nähe zu ihm stand. Schweigend ignorierte Freilicht die vorwurfsvolle Miene des Oberkommissars. Freilicht zuckte mit den Schultern und leitete mit seinem Blick die Frage seines Kollegen an den Rest der Truppe weiter.

»Die Jungs waren auf Spurensuche. Weiter drüben, direkt am Waldrand, fanden sie Blutspuren. Man sollte das gesamte Gebiet absuchen«, beantwortete Reuter die Frage seines Partners.

»Ruft ein MEK zusammen, die sollen den Wald auf weitere Fallen überprüfen!« schlug Frei vor.

»Es befindet sich bereits eine umfangreiche Mannschaft vor Ort. Warum noch eine MEK?«, versuchte Reuter die Anforderung der Sondereinsatzkommandos zu hinterfragen.

»Weil ich das so will. Weil ich Experten benötige.« Reuter paffte mittlerweile an einer neuen Zigarette. »So steht es geschrieben, und so soll es geschehen.«

»Samuel, lass den Scheiß. Wir haben Wichtigeres zu tun, als über deine blöden Sprüche zu lachen.« Reuter wandte sich ab und betrachtete aus der Ferne, wie die Leiche in einen Leichensack verfrachtet wurde. Er inhalierte einen intensiven Zug aus der Zigarette und sprach leise für sich, während der Rauch aus Nase und Mund entwich: Der Tod ist gewiss, ungewiss ist seine Stunde! Er nahm einen weiteren Zug, bevor er sie mit den Fingern einige Meter von sich schnippte.

Eine Stunde später traf ein mehrere Mann starkes mobiles Einsatzkommando als Unterstützung am Tatort ein. Mit Metalldetektoren, Diensthunden und langen Stäben durchforsteten sie über mehrere Stunden jeden einzelnen Quadratmeter. Man fand noch sechs weitere Fallen, inklusive der beiden, die ihr Ziel verfehlt haben mussten. Jetzt, nach einigen Stunden am Einsatzort, wühlten nur noch die Beamten der Kripo und der Kriminaltechniker Freilicht mit seinen Kollegen der Spusi vor Ort nach jeder nur erdenklichen Spur. Ungeduldig rieb sich Frei mit Zeigefinger und Daumen die Stirn. Sein Hirn qualmte.

»Verdammt noch mal, welche verdammten Wahnsinnigen stellen solche Fallen auf?« Helmut Frei sinnierte über die kranke Situation vor Ort.

»Haben wir schon genauere Informationen zu den Fahrzeughaltern der beiden Fahrzeuge?«

»Noch nicht. Ich vermute, dass wir im Laufe des Tages noch eine Info erhalten werden«, antwortete Reuter optimistisch. Kriminaltechniker Freilicht packte bereits sämtliche Utensilien in sein Dienstfahrzeug. Seine Arbeit am Tatort hatte er erledigt.

»Gerold, du gibst uns sofort Bescheid, sobald du was hast, ja?« bat Frei.

»Geht klar. Weißt doch, dass du dich auf mich verlassen kannst. Dann wünsche ich euch wenigstens noch einen angenehmen Sonntagabend. Bis bald!« verabschiedete sich Gerold Freilicht und fuhr los. Die Kollegen der Spurensicherung folgten unwesentlich später.

»Was meinst du, Helmut?«

»Ich habe nicht den Hauch einer Ahnung, was hier gespielt wird. Ich weiß nur, dass wir einen Kollegen verloren haben. Und das kotzt mich gigantisch an. Warum baut jemand solche Fallen auf?! Ich kann mir beim besten Willen nicht vorstellen, dass diese hinterfotzigen Fallen nur fürs Viehzeug aufgebaut wurden. Für Rehe, Füchse, oder was weiß ich. Und warum hat man den Leichen die Zähne komplett ausgerissen? Sicher, damit man die Opfer nicht ermitteln soll. Das ist mir natürlich bewusst …«

»Angenommen, die Täter wollten wirklich sicherstellen, dass die Toten nicht erkannt werden. Warum stehen dann die Autos noch am Haus beziehungsweise drüben in der Garage?«, nahm Reuter die Aussage seines Chefs auf.

»Das ist eine gute Frage. Ich vermute, diejenigen waren ihrer Sache sehr sicher. Wir wissen zwar, dass hier die Fahrzeuge stehen, können aber nicht beweisen, dass es sich bei den verbrannten Leichen um die Halter handelt«, entgegnete Frei.

»Noch nicht. Ich bin mir sicher, dass Gerold noch den einen oder anderen Hinweis finden wird«, hoffte Reuter und zuckte gleichzeitig die Achseln.

»Ist die Person, die das Feuer gemeldet hat, eigentlich befragt worden? Hinweise, verdächtige Personen, Fahrzeuge, irgendetwas?«

Reuter nickte. »Ja, ist sie. Außer dass die Hütte quasi schon bis auf die Grasnarbe abgebrannt war gab es keine interessanten Ansätze. Aber auch nicht den Hauch von einem Ansatz.« Die Aussage seines Kollegen gefiel Frei überhaupt nicht. Mächtig angefressen wandte er nun dem kümmerlichen Aschehaufen den Rücken zu. »Scheiße«, rutschte ihm über die Lippen, als er in seinen Wagen stieg. Reuter nickte stumm und qualmte einmal mehr eine Zigarette und nahm seinen eigenen Dienstwagen. Einen Augenblick später blieb der Tatort verwaist zurück.

Bereits am Dienstagvormittag meldete sich Gerold Freilicht bei seinem Kollegen Helmut Frei. Er teilte ihm mit, dass die Auswertung sämtlicher Spuren ohne interessanten Ansatz im Sand verlaufen war. Selbst die zwei Zähne, die unter dem Dreck und der Asche lagen, erwiesen sich als nutzlos. Nur ein schwacher Trost blieb, als der Kriminaltechniker von einem vorsätzlich gelegten Brand berichtete. Seine Kollegen hatten zunächst Spuren eines Brandbeschleunigers an den Verkrustungen des verkohlten Tankkanisters gefunden. Später fanden sie Hinweise beziehungsweise minimale Spuren an den Knochen der Toten. Zuletzt ließ sich belegen, dass den fast vollständig verkohlten Balken der Brandbeschleuniger ebenfalls stellenweise anhaftete. Somit gingen die Beamten mit hoher Wahrscheinlichkeit von einer Brandstiftung aus. Die Zähne waren in der Tat allesamt ausgeschlagen worden. Der genaue Zeitpunkt dieser Tat – reine Fiktion. Genauso, ob die Männer noch lebten, als diese Barbarei geschah. Vermutlich schlugen der oder die Täter mit einem Hammer oder einem ähnlichen Schlagwerkzeug zu. Weitere Ergebnisse toxikologischer Untersuchungen stünden zwar noch aus, doch die Prognosen seien alles andere als optimistisch. Die Typen, die diese Tat begangen hätten, hätten gewusst was sie taten. Es ließe sich nicht die geringste DNA feststellen. Trotz der verwertbaren Spuren der erweiterten Umgebung des Tatortes blieben die Erfolgsmeldungen extrem dünn. Die einzigen Fußspuren, die hinter dem Haus auf ein Gerangel hindeuteten, ergaben keine eindeutigen Hinweise. Der Regen hatte ganze Arbeit für die Täter geleistet. Mit dieser spärlichen Ausbeute an Anhaltspunkten, ganz zu schweigen von Beweisen, verabschiedete sich vorerst der Kriminaltechniker. Die Kollegen Frei und Reuter standen sich im Büro gegenüber und blickten resigniert auf den ersten Bericht des Kriminaltechnikers, den er vorab per E-Mail versendete.

»Das wird ein hartes Stück Arbeit«, prophezeite Helmut Frei. Mit dieser Aussage sollte er recht behalten. Die einzige Möglichkeit der Kripobeamten, aktuell etwas Sinnvolles zu unternehmen, bestand darin, die Kennzeichen der Fahrzeuge mit den Fotos der Besitzer an sämtliche Polizeidienststellen weiterzuleiten. Zumal einer der beiden Fahrzeughalter kein unbeschriebenes Blatt war. Sie hofften auf einen Zufall. Es war durchaus wahrscheinlich, dass die Kollegen einer der Polizeidienststellen bundesweit etwas damit anfangen konnten.

15

Die folgenden Tage verhielt sich Limo derweil unauffällig. Er brachte die Tage bei RO-Trock so gut es ging hinter sich und trainierte jeden Tag, als sei er nicht nur auf der Flucht vor den Racheengeln seiner Opfer, vielmehr schien er sich von sich selbst zu entfernen. Mittwochs traf er sich mit Frank zum Squash. Das gemeinsame Duschen verhinderte er mit Ausreden. Die gemütliche Zweisamkeit nach dem Sport, das Bier, die Gespräche mit Frank fehlten ihm extrem. Frank spürte, dass Limo sich aus einem triftigen Grund entfernte. Etappenweise, nicht wie vor einigen Jahren mit einem Knall. Sollte dieser Fall nicht noch einmal eintreten, musste Frank ein Gespräch mit Limo suchen. Wenn es nicht anders möglich war, erzwingen. Zur Not auch mit Tines Hilfe. Selbst zu Galep entwickelte Limo eine unbewusste Oberflächlichkeit. Auch dem sympathischen Türken entging nicht das merkwürdige Verhalten seines Kumpels. Während er sich sorgte und wunderte, joggte Limo unaufhaltsam seinen inzwischen stark angewachsenen Zweifeln davon. Zwischendurch, eher sporadisch, rief er zu Hause bei seinen Eltern an und erkundigte sich nach deren Befinden. Seit Ronny nicht mehr lebte war auch die Lust geschwunden, seine Eltern regelmäßig zu besuchen. Er igelte sich ein, in der Hoffnung, dass seine Zweifel und Ängste einfach über den Winter entschliefen.

Das Telefon klingelte aufdringlich. Ron zeigte keinerlei Interesse, einen Anruf entgegenzunehmen. Er hing vertieft über einer Akte.

»Hallo, Mars an Erde?! Niemand da?« Ron blieb seiner Akteneinsicht treu.

»Hey …!«, schnitt Saskias Stimme geschmeidig durchs gemeinsame Büro. Das Klingeln verstummte. Ron hob den Kopf.

»Du erinnerst dich an den Fall vor einigen Tagen in den Ebbenmooren?«

»Dir ist schon bewusst, dass das Telefon klingelte, … ich dich gerufen habe?« Saskia klang humorlos.

»Ja. Bitte entschuldige. Aber ich steckte gerade …«, unterbrach Ron kurz und kehrte zu seiner Frage zurück, als Saskia seinen Blick erwiderte. »Du erinnerst dich an die Toten in den Ebbenmooren?«

»Sicher erinnere ich mich daran. An etwas Spezielles?«

»Mir sprangen vorhin nochmal die Fahndungsinfos der Kollegen aus Hagen ins Auge. Beim näheren Betrachten fiel eines der Gesichter auf den Fotos auf, die mit einem der Fahrzeughalter in Verbindung gebracht werden. Die vermuten, dass wahrscheinlich einer der Toten unter den Opfern ist. Jedenfalls passte das Gesicht zu dem Kennzeichen.«

»Weiter?«

»Dann schau dir doch selbst das Foto an. Du wirst dich bestimmt an diesen Typen erinnern.« Saskia begab sich neugierig zu ihrem Kollegen. Jetzt stand sie unmittelbar neben Ron und betrachtete das Fahndungsfoto.

»Die Kollegen verfügen über das komplette Kennzeichen.«

Saskia nickte bestimmt. »Ja, das ist dieser Sergej.«

»Genau. Das Kennzeichen OE-SK-344 passt. Wir wussten ja bereits, dass der Wagen auf den Namen Ronald Kaufmann zugelassen wurde, es sich aber vermutlich in Wirklichkeit um Sergej Kovcik handelte. Im Augenblick stellt sich mir nur die Frage: Täter oder Opfer?«

»Jag die Daten des Typen mal durch den Rechner. Vielleicht erfahren wir noch mehr. Oder setz dich mit den Kollegen aus Hagen direkt in Verbindung. Würde mich überraschen, wenn die verkohlten Gestalten gleich groß waren. Vielleicht bekommen wir heraus, wie groß Sergej war. Gib mir doch Bescheid, wenn der Rechner interessante Sachen ausspuckt.« Saskia betrachtete Ron. Er schaute sie prüfend an. »Was gibt's?«

»Hmm … Könntest du dir vorstellen, dass dein Sonnyboy die Finger mit im Spiel hatte?«

»Du meinst bei dem Hausbrand?«

Ron zuckte die Schultern. »Warum nicht.«

»Motiv?«

Ron zuckte erneut mit den Schultern. »Hab keinen blassen Schimmer. Vielleicht Intuition?«

Saskia lächelte süffisant. Sie verstand die Anspielung. »Deine Intuition können wir gerne noch im Raum stehen lassen«, antwortete sie. »Vorerst. Hör doch bei ihm einfach mal nach, wo er an jenem Tag, beziehungsweise am Vorabend war«, schob sie lächelnd nach. »Vielleicht ist deine Intuition ja nicht so abwegig.« Ron machte sich daran, den Fragen Antworten zu beschaffen. Saskia verließ währenddessen für geraume Zeit das Büro. Nach reichlicher Nachforschungsarbeit verdunkelte sich Rons Miene. Die Kollegen aus Hagen verwiesen auf Gerold Freilicht. Ron hasste diese umständlichen und zeitaufwendigen Beschaffungsmethoden. Die Sekretärin wollte sich umgehend bei ihm melden. Das »umgehend« gehörte mittlerweile schon seit zwei Stunden dem Präteritum an. Bei Limo hatte er mehr Glück. Er konnte dem Polizisten nur ein wackliges, einigermaßen glaubhaftes Alibi vorlegen. Eine weitere Stunde verstrich, als sich Gerold Freilicht endlich meldete. Ron beschäftigte sich gerade mit Recherchearbeiten, als er den ersehnten Anruf entgegennahm. Das Telefonat dauerte nur einige Minuten. Ron machte sich Notizen und beschäftigte sich weiter mit dem Fall. Gegen einundzwanzig Uhr traf Saskia im Büro ein. Rons Mimik glich einem romantischen Sonnenuntergang, als er ihr Gesicht erblickte.

»Und?«, kam sie für Ron unerwartet rasch zur Sache.

»Was meinst du?«, fragte Ron, sicher wissend wie das ‚*Und*' gemeint war.

»Mach schon. Hast du was herausgefunden?«

Ron nickte bescheiden. »In der Tat. Zwar nicht den alles entscheidenden Tipp, aber …« Saskia zog ihre Augenbrauen angestrengt tiefer. »Ich möchte Weihnachten gerne in meiner Wohnung verbringen. Komm bitte zu Sache.«

»Okay. Okay. Also, die Körperlänge Sergejs betrug 184 Zentimeter. Doktor Schiwago teilte mir mit, dass die Körperlängen der verkohlten Leichen nur unwesentlich abweichen würden.«

»Moment, Moment. Wer ist Doktor Schiwago und was bedeutet eine *nur unwesentliche Abweichung*?« unterbrach Saskia sichtlich genervt.

»Ja, schon gut. Doktor Schiwago, also Herr Freilicht, ist der Kriminologe, der die drei verkohlten Briketts untersuchte.« Saskia verdrehte die Augen. »Ähm … die verkohlten

Leichen natürlich. Ein Skelett maß 190 Zentimeter, eins 183 und das dritte 186 Zentimeter. Unmöglich ist es wohl nicht.« Saskia nickte.

»Haben die Spurentechniker noch irgendeinen Hinweis gefunden? Vielleicht eine Armbanduhr, die nach dem Feuer noch bei einem der Toten lag? Eine Halskette? Irgendetwas in der Art?«

»Nein. Aber ich bin gerade dabei gewesen, den Fall *Carmen Langen* einzusehen.«

»Hmmm …«, sinnierte Saskia. »Warum gerade dieser Fall?«

»Ich wollte mich einfach genauer informieren. Irgendwie traue ich dem Burschen nicht über den Weg. Mirco Langen war meiner Meinung nach zu glatt bei unserer damaligen Befragung in seiner Wohnung.«

»Du schießt dich auf Mirco ein?«

»Nein. Quatsch. Ich habe den Fall einfach nur noch einmal genauer unter die Lupe genommen.«

»Was sagt die Lupe?« Saskias Lächeln wuchs zu einem breiten Grinsen.

»Genauso gut hätte ich einer Kuh die Milch melken können. Brauchst aber nicht so blöd zu grinsen. Es hätte sich ebenso gut noch ein Hinweis ergeben können.«

»Das stimmt. Hätte!«

»Was jetzt? Irgendeine Idee?« Ron starrte auf den Bildschirm, als ob ihm jede Sekunde die Lösung entgegenspringen würde.

»Wo hielt sich Mirco Langen denn in der besagten Zeit auf?«

»Ach ja. Also, mir wollte er weismachen, dass er sich ursprünglich mit einem Freund in Siegen treffen wollte. Frank Helmes sein Name, Polizist. Aber zu diesem Treffen kam es nicht. Kurz zuvor sagte Herr Helmes telefonisch das Treffen ab. Am späten Nachmittag sei Langen noch joggen gewesen. Danach habe er geduscht und Fernsehen geschaut. DVD-Abend, *allein*. Seine Wohnung hätte er nicht mehr verlassen.«

»Ich kann mir gut vorstellen, dass er aus der Haut fahren kann. Welcher Typ nicht. Aber wie eine tickende Zeitbombe …«, Saskia nahm mit Ron Blickkontakt auf. Dann schüttelte sie den Kopf. »… Brand legen, vielleicht sogar einen Menschen töten, eventuell sogar ermorden? Nee, nicht dieser Typ.«

»Was jetzt?« Saskias Augen wirkten leer und ausgebrannt. Für einige Atemzüge ließ sie Rons Frage im Raum stehen. Sie formte ihren Mund zu einer unattraktiven Linie, schnaufte durch und wandte sich ihrem Partner zu. »Scheiße. Lass uns eine Nacht drüber schlafen. Vielleicht fällt mir etwas Gescheites ein. Vielen Dank für deine Arbeit. Die Infos waren wichtig.« Ron lächelte zufrieden. »Aber Witze reißen ist nicht dein Ding. Das lass besser, das können andere besser.« Saskia schritt um den Schreibtisch herum, noch bevor ihr Partner die Gelegenheit zum Schmollen nutzen konnte und herzte ihn. »Wir sind beide nicht die geborenen Komiker.«, flüsterte sie Ron ins Ohr. Dann zog sie sich zurück, bevor Ron diese Umarmung wiederum als Aufforderung zu mehr begreifen durfte. Gemeinsam verließen sie bald darauf das Büro und fuhren getrennt mit ihren Dienstfahrzeugen in entgegengesetzte Richtungen los.

Ron erreichte seine Wohnung. Nachdenklich warf er den Wagenschlüssel gezielt in eine Holzschale, die oben auf einem edlen Sekretär thronte. Wie überhaupt die gesamte

Inneneinrichtung vom englischen Wohnstil mit schweren Brokatstoffen und gediegenen Accessoires beherrscht wurde. Dennoch gelang es Ron, genügend Freiraum für liebenswerte moderne Eigenwilligkeiten zuzulassen. Er marschierte geradewegs zum Kühlschrank, fischte sich eine Flasche Bier aus einem Fach, öffnete sie und begab sich in die Wohnstube. Er fiel in seinen Lieblingssessel, mit ihm die Tonnenlast auf seinen Schultern. Er tat sich selbst sehr leid. Er liebte Saskia wohl bis zum Ende seiner Tage. So sehr er sich bemühte, sich dem Reiz dieser Frau zu entziehen, umso intensiver verlangten Herz und Verstand die Nähe Saskias. Ein Teufelskreis ohne Hoffnung auf ein Happy-End. Seit geraumer Zeit liebäugelte er mit einer Rückkehr in die amerikanische Heimat. Der Kontakt mit seinen Kumpels brach niemals ab. Immer, wenn er mehrere Flaschen Bier leerte, verwarf er seinen gefassten Entschluss, Deutschland und Saskia den Rücken zu kehren. Am folgenden Morgen blieben nur Kopfschmerzen zurück. Und bei jedem Wiedersehen mit seiner Kollegin regte sich Hoffnung. Statt seine Nähe zu suchen, entfernte sich jetzt Saskia zusehends. An diesem Abend blieb er standhaft. Ron leerte die Flasche Bier bis zur Neige und beließ es bei dieser einen Flasche. Er schaltete den Fernseher an, zappte durchs Programm, während er tief durchschnaubte. Er lächelte und nickte mehrmals. Jetzt stand der Entschluss unwiderruflich fest. Spätestens im Frühjahr würde er seine Eltern und Freunde wiedersehen. Ein neues Leben in Angriff nehmen.

Saskia lag ermattet auf der Matratze. Nach dem Sport und einer ausgiebigen Dusche gönnte sie sich eine Entspannung. Ihre Gedanken gehörten eine Zeitlang dem aktuellen Fall. Sie spielte mit dem Gedanken ihres Kollegen. Sollte sie sich mit Mirco Langen tatsächlich irren? Was, wenn Ron recht hatte? Vielleicht sollte sie diesen Polizisten Frank Helmes selbst aufsuchen. Danach eventuell noch mal Mirco Langen. Viele Anhaltspunkte existierten schließlich nicht.

Saskia schwenkte das halb gefüllte Glas mit südafrikanischen Rotwein. Sie schnupperte daran, bevor sie den Rebensaft hinunterstürzte. In dieser Sekunde schätzte die sympathische Beamtin diesen guten Schluck nicht. Sie füllte noch einmal großzügig nach und verfuhr genauso achtlos wie bei dem Glas zuvor. Sie schloss die Augen. Der Alkohol betäubte die Sinne und gönnte Saskia eine kurze Auszeit.

16

Am Donnerstag vor dem dritten Advent erteilte Kohlmeier den Monteuren die Order, sich pünktlich um siebzehn Uhr oben im Großraumbüro des *Towers* einzufinden. Herr Kaltmann sei zugegen und wolle eine Veränderung in der Führung bekannt geben. Pünktlich um fünf fand sich die gesamte Belegschaft im Großraumbüro ein. Merkwürdigerweise gelang es den Tourenplanern an Tagen wie diesen, die Touren so exakt zu planen, dass niemand erst nach dem offiziellen Feierabend eintrudelte. Sonst schien die Disposition für gewöhnlich taub auf diesem Ohr. Dem Zigarrendunst nach zu urteilen musste Helmut Kaltmann bereits im Gebäude umhergeistern. Auch Kohlmeier und die Projektleiter gesellten sich in einem gewissen Abstand zu den Kolleginnen und Kollegen. Kaltmann betrat den Raum. Er lockerte lässig den Knoten seiner Krawatte. Dann begann er seine Ansprache: »Liebe Mitarbeiterinnen und Mitarbeiter, ich mach es auch ganz kurz, versprochen! Der Grund dieser spontanen Versammlung ist folgender: Seit einiger Zeit befinden wir uns auf einem sehr erfolgreichen Expansionskurs. Bereits seit über zwei Jahren verzeichnen wir einen überdurchschnittlichen Gewinnzuwachs. Und das erfreulicherweise in allen Bereichen. Herr Kohlmeier wird ab dem kommenden Jahr für ein erweitertes Betätigungsfeld eingesetzt. Daher ist es unerlässlich, einen Vertreter für ihn zu ernennen. Aus diesem Grund nehmen meine Geschäftspartner und ich die Gelegenheit wahr, für diese Aufgabe Herrn Dario Filippo zu seinem Stellvertreter zu befördern. Er hat schon in der Vergangenheit stets ein enormes Maß an Integrität bewiesen und durch seinen straffen Führungsstil die Mitarbeiter sehr erfolgreich weitergebracht. Er genießt unser vollstes Vertrauen. Hinzu kommt, dass er am 5. Januar sein zehnjähriges Firmenjubiläum feiert, also über ausreichende Kenntnisse bezüglich der Firmenphilosophie und der Firmenstrukturen verfügt. Lieber Dario …«, als Kaltmann Darios Namen erwähnte, wandte er sich ihm ganz zu und widmete seinem neuen Assistenten seine volle Aufmerksamkeit, »… ich hoffe, die Überraschung ist mir gelungen und du kommst den Wünschen der Geschäftsleitung nach! Insbesondere hoffe ich weiterhin auf deine tatkräftige Unterstützung und den Eifer, den du ja bereits in der Vergangenheit bewiesen hast. Vielen Dank dafür! Auf eine gute Zusammenarbeit!«

Freundliche Gesichter sah man so viele wie die Anzahl Finger einer Hand. Nur die Geschäftsleitung schien Spaß an ihrer personellen Entscheidung zu haben. Dennoch gratulierte jeder einzelne Dario Filippo zu seinem Karrieresprung. Auch die, die »den Filippo« für inkompetent und für einen Speichellecker hielten. Selbst Limo beglückwünschte seinen ehemaligen Klassenkameraden. Schließlich hatte sein Bruder Limo zu diesem Job verholfen, als es ihm finanziell ziemlich dreckig ging. Außerdem kannten sie sich gut aus früheren Fußballzeiten. Limo hatte keine Probleme damit, dass sein einstiger Klassenkamerad nun die Karriereleiter hinaufstolperte. Nur bei dessen Bruder Luca Jos bemerkte Limo eine sehr reservierte Freude. Nach der Beweihräucherung blieben keine Gratulanten mehr in dem riesigen Büroraum zurück. Nur der Geruch von Kaltmanns Zigarre drang aufdringlich bis in jede Zimmerecke. Sich auf einen der Tische abstützend starrte Filippo aus der Glasfassade des *Towers*. Die letzten Kollegen schlenderten gerade vom Firmenareal. Limo hielt sich mit Galep unmittelbar im Eingangsbereich auf. Limo legte den Kopf in den Nacken und blickte aufmerksam an der Beton- und Glasfassade empor. Dario schien zu lächeln. Galep studierte die schmalen Sehschlitze seines Kollegen. Seit einigen Tagen verhielt sich Limo ihm gegenüber seltsam. Auch in dieser Sekunde gelang es Galep nicht, aus Limo schlau zu werden. Limo ließ Dario nicht aus dem Blick. Dario bemerkte Limos aufmerksame Beobachtung nicht. Er lächelte sichtlich stolz und fühlte sich unglaublich erleichtert, dass Kaltmann ihm zu diesem Karrieresprung verholfen hatte. Limo sprach noch flüchtig mit Galep und kam anschließend zu dem Entschluss, heute Reißaus vom gewöhnlichen Alltag zu nehmen. Er würde sich einmal die nötige Zeit nehmen und seinem ausgelaugten Körper eine wohlige Entspannung gönnen. Limo entschied sich, in eine öffentliche Sauna zu fahren, nur einen Katzensprung von seiner Wohnung entfernt. Mit Galep verabredete er sich für den nächsten Tag in seiner Wohnung. Limo deutete nur oberflächlich an, dass er zwei Akten benötige. Doch da es vor neugierigen Kollegen nur so wimmelte, gab er Galep zu verstehen, dass er ihn später noch anrufen werde.

Wie während der Arbeitszeit vereinbart, rief Limo Galep noch am späten Abend an. Auf seinen türkischen Freund verließ er sich blind. Zum Zeitpunkt des Anrufs befand sich Galep bei seinem Bruder und bereitete die Akten, die Limo benötigte, vor. Beinahe hätte Limo sich am Telefon verplappert. Doch in letzter Sekunde riss er sich zusammen. Er beließ das Gespräch auf einem relativ oberflächlichen Niveau. Rasch beendete er das Telefonat wieder und marschierte zum Bad. Putzte sich die Zähne, schlüpfte in seinen Pyjama und verkroch sich unter die Bettdecke. Immer wieder warf Limo in dieser Nacht durch seine Gewissensqualen getrieben den Kopf auf dem Kissen hin und her. Nacht für Nacht begegnete er Sergej und seinen Brüdern. Doch der Traum verlief entgegengesetzt der Realität. Kurz bevor es den Killern gelang, Limo zu greifen, zu foltern und zu ermorden, schreckte Limo schweißgebadet auf. Um viertel nach fünf klingelte der Wecker. Limo lag bereits die halbe Nacht wach auf dem Bettlaken.

Am folgenden Tag bemühte sich Limo, in der Arbeit gute Laune zu verbreiten. Nicht nur seine Stimmung besserte sich dadurch. Sogar ein Teil der Kollegen ließ sich von Limos Albereien anstecken. Die Monteure spalteten sich mittlerweile in drei Lager auf. Im einen Lager standen die »Fußballer« mit Poller und Co an der Spitze. Im zweiten Lager standen die »Antifußballer«, die bis zu einem gewissen Punkt Limos »Sympathisanten« darstellten. Und im dritten Lager versuchte Limo *alleine* sein Leben in den Griff zu bekommen. Während die Antifußballer und Limo überwiegend gut miteinander klar kamen, versuchten die Fußballer einen Keil zwischen sie zu treiben, was ihnen auch ab und an gelang.

Nachdem Limo mal wieder eine unbezahlte Überstunde hinter sich gebracht hatte, verließ er als letzter der Monteure das Firmengelände. Unterwegs informierte er Galep, woraufhin dieser seinem deutschen Kumpel nur unwesentlich später folgte. In seiner Wohnung lief Limo nervös im Wohnzimmer umher, verweilte kurz am Fenster und schaute erwartungsvoll runter zum Vorhof. Galep wollte ihm eine wichtige Nachricht unter vier Augen mitteilen. Endlich kündigte die Klingel den erwarteten Besuch an. Wenige Augenblicke später sauste Galep die Treppenstufen herauf.

»Da bist du ja, super«, empfing ihn Limo an der Wohnungstür.

»Sorry. Ich musste noch dringend tanken. Deshalb bin ich einige Minuten später.«

»Quatsch, brauchst dich doch nicht zu entschuldigen. Komm rein und setz dich!«

Galep übergab Limo gleich die von ihm angeforderten Akten.

»Sag mal, Limo, nicht dass du mich falsch verstehst, aber kann es sein, dass du irgendwie unter Strom stehst? Ich mein so richtig …?« Galep löcherte Limo, noch bevor der seinem türkischen Freund eine Frage zu stellen vermochte.

Galep kannte seinen Kumpel gut. Er spürte Limos Not. Es gelang ihm nicht, Limos sonderbares Verhalten ihm gegenüber zu deuten. Limo schien sichtlich froh, dass Galep ihn ansprach und legte die Akten bedächtig auf den Tisch.

»Möchtest du etwas trinken? Könnte länger dauern.«

»Wenn das so ist, nehme ich gerne 'ne Cola, wenn du hast.«

»Klar. Für dich immer«, antwortete Limo und holte eine gut gekühlte Halbliterflasche aus der Küche.

»Danke dir. Dann schieß mal los!«

Limo druckste zu Anfang herum. Galep gab ihm zu verstehen, dass er nichts erzählen müsse, wenn er nicht unbedingt etwas loswerden wolle. Dann fasste sich Limo ein Herz und berichtete seinem Freund bis aufs letzte Detail von den Geschehnissen in jener Nacht. Nach seiner Erzählung schnappte Limo schwer nach Luft und sah Galep ernst an. Galeps Zunge suchte in seiner Mundhöhle nach verwertbaren Worten. Limo unterbrach die Stille nicht.

»Warum bist du nicht vorher zu mir gekommen? Zu hundert Prozent vertraust du mir doch nicht, oder?« Galep klang enttäuscht.

»Quatsch. Glaub mir, wenn ich auch nur im Geringsten geahnt hätte, dass mich dort drei Burschen der finstersten Sorte empfangen würden, wäre ich ohne Umschweife zu dir gekommen. Ich bin davon ausgegangen, dass mich dieses Arschloch allein kalt machen wollte. Nur wurden aus dem einen plötzlich drei. Das waren auch keine normalen Killer. Ich weiß nicht, wie ich es beschreiben soll. Vielleicht waren es Exsoldaten oder so was. Du hättest dieses Ding sehen sollen, das wie aus dem Nichts aus dem Boden im Wald hervor geschleudert kam. Das war reines Glück, dass ich diese Attacke überlebt habe.«

Er redete sich nun in Rage. Je mehr er von der Tat erzählte, umso intensiver durchlebte er die Nacht noch einmal.

»Du bist dir sicher, dass alle Spuren verwischt sind?« fragte Galep besorgt.

»Ich denke schon. Von dem Haus ist ja nichts mehr übrig geblieben. Die Männer dürften kaum zu identifizieren sein. Vermuten, das ist wohl das einzige, was die Polizei können wird.«

»Du hast diesen Wichsern echt alle Zähne ausgeschlagen?« fragte der Türke ungläubig.

»Alle«, antwortete Limo nach außen hin lässig. »Ich konnte nicht anders. Als mir dieser Typ auf dem Tisch erzählte, wie er Anke getötet hatte, fühlte ich eine so unglaubliche

Sache in mir, die man nicht mehr mit Wut oder einem ähnlichem Gefühl beschreiben kann. Ich wollte dieses Schwein einfach nur quälen und töten. Mein Hass stieg bis ins Unermessliche. Trotzdem träume ich jetzt jede Nacht von diesem Dreck. Was soll ich jetzt machen? Ich geh dafür in den Knast.«

»Hey, Mann, das wird schon ... Schließlich bist du kein kaltblütiger Killer, der solche Aufgaben ohne Leidenschaft und präzise erledigt. Denk dran, diese Typen wollten dich aus dem Weg räumen! Vielleicht sollten wir uns eine Geschichte zusammenbasteln. Vielleicht gibt es eine Möglichkeit, mich als Zeugen miteinzubinden. Die Story müsste dann allerdings konsequent durchgezogen werden. Was hältst du davon?«

»Das ist schräg. Und kommt überhaupt nicht in die Tüte. Wenn's schief geht?! Ne, Galep. Das ist echt super von dir gemeint. Wenn, dann gehe ich in den Knast. Aber nicht du.«

»Okay. Noch kannst du dir mein Angebot durch den Kopf gehen lassen.«

»Warten wir erst einmal ab. Vielleicht besteht ja kein Grund zur Panik.« Galep nickte skeptisch und schwieg. Er kannte die Vorgehensweise des Gerichtswesens. Es existierten genügend Schlupflöcher im Paragraphen-Dschungel. Und er besaß einen Trumpf in der Hinterhand, der diese über Jahre hinweg ausweitete und bei Bedarf zugunsten seiner Mandanten nutzte. Doch vorerst gab Galep den Namen des Anwalts nicht preis.

»Der Gedanke hilft dir im Augenblick wahrscheinlich nicht viel, aber in absehbarer Zeit legt sich dieser schlimme Zustand bestimmt. Noch was, wenn dich die Bullen anquatschen sollten, bleib dabei, dass du nix weißt. Okay? Wenn das so gewesen ist, wie du mir die Aktion geschildert hast, hast du nichts zu befürchten, du warst den Abend bei mir, comprende? Und die Klamotten von dem Abend, wo hast du die entsorgt?«

»Geht nicht.«

»Was geht nicht?«

»Ich kann nicht bei dir gewesen sein. Ich musste der Kripo einige Fragen beantworten. Die Fragen klangen jetzt nicht danach, als hätten sie einen ernsthaften Verdacht. Jedenfalls sollte ich denen auch mitteilen, wo ich mich an diesem besagten Abend aufgehalten hätte. Wie der Tag war, und so weiter. Mir fiel nichts Besseres ein, als zu sagen, dass ich den Abend allein verbracht habe.«

»Scheiße. Nicht die klügste Antwort.«

»Ich weiß. Zu spät für Korrekturen.« Erneut nickte Galep. »Okay. Dann bleib bei dieser Version. Ich hoffe für dich, dass du wirklich keine Spuren hinterlassen hast. Aber sei auf der Hut. Wie du mitbekommen hast, ermitteln die Bullen in alle Richtungen. Ich bin mir zwar im Unklaren, wie die auf dich kommen, aber sie werden ihre Gründe haben. Doof sind die nämlich nicht. Da ist es in einer Gerichtsverhandlung um einiges simpler, die Richter an der Nase herumzuführen.«

»Super. Da bin ich ja froh, dass du mir Mut machst.« Limo lächelte gequält.

»Sorry. War nicht meine Absicht. Aber Fakt ist nun mal Fakt. Ein dreifacher Mord ist nicht mal eben aus der Welt geschafft. Vergiss aber auch nicht, dass du auf mich zählen kannst.« Nun nickte Limo resigniert. Er betrachtete Galep. Die dunkelbraunen Augen funkelten geheimnisvoll.

»Was gibt's noch?« Galep räusperte sich zögerlich.

»Was?«, forderte Limo bestimmt auf.

»In der Firma …, also bei RO-Trock, also hinter vorgehaltener Hand munkelt man, dass du die Kündigung bekommen sollst.«

Limo fiel die Kinnlade herunter. Er fühlte sich, als habe Galep ihm gerade mit einem Baseballschläger den Unterkiefer zerfetzt. Für eine gefühlte Ewigkeit fehlten Limo die Worte. Galep verhielt sich ruhig.

»Woher hast du diese Information?«

»Naja.«

»Was *Naja*? Scheiße verdammt nochmal.« Limos Augen verengten sich.

»Gehen wir zu deinem PC?«

»Sicher. Warum?« Plötzlich lachte Limo laut und unnatürlich. Das *Warum,* hätte er sich sparen können. »Du hast es auf Band?«

»Komm. Ich zeig dir das Gespräch. Setz dich besser hin. Was du zu sehen bekommst, ist sicher nicht erfreulich.« Limo schwieg, erhob sich vom Küchenstuhl und marschierte Galep voraus. Mit einem Fingerdruck weckte Limo den Rechner aus dem Ruhe-Modus. Machte einen leichten Schritt seitwärts und ließ sich in den Sessel fallen. »Bitte schön. Jetzt dein Part.«

Nach wenigen Sekunden drückte Galep auf Start.

Genau sieben Minuten und sechsundvierzig Sekunden dauerte der Beschluss, Limo unter einem verlogenen Vorwand zu entlassen.

Limo wandte sich Galep zu. Der Schmerz, den dieser in den Augen seines deutschen Freundes sah, ließ sein Herz verkrampfen. Es tat ihm sichtlich weh, keine passenden Worte für diese Lügen zu finden. Es musste einen Weg geben, diese Schweinerei aufzudecken.

»Diebstahl, was sagst du, Limo?«

»Ein Mord mehr oder weniger …«, Limo lächelte selbst über seinen Sarkasmus. »Jetzt verstehe ich erst den Zusammenhang.«

»Zusammenhang?«

»Ja, klar. Kannst du dich an den vergangenen Mittwoch erinnern.«

»An was genau?«, gleich nachdem Galep die Frage stellte, fiel ihm gleichfalls die mögliche List ein. »Du willst damit sagen, dass es in dem Moment passiert sein muss, als du mir deinen Rucksack in die Hand drücktest, ich ihn zusammen mit meinem Beutel in den Servicewagen ablegte und auf dich wartete. Als du vom *Tower* zurückkehrtest, trugen wir die Trocknungsgeräte auf die Ladefläche.« Galep überlegte weiter. »Jetzt wird mir klar, warum uns dieser Poller-Drecksack unter einem Vorwand hoch zum Projektleiter lotste.«

»Gut. Ich bin auch dieser Meinung. Poller hatte genügend Zeit, irgendetwas in den Beutel zu schmuggeln. Schon ist der Diebstahl perfekt. Aber ich wüsste nicht was er …« Limo unterbrach und hetzte durch die Wohnung. Als er zu Galep zurückkehrte, hielt er den Beutel in einer Hand, stellte ihn auf den Tisch ab und zog den Reißverschluss auf. Hektisch kramte er im Inneren. Galep verfolgte das Schauspiel. Dann zog Limo ein abgenutztes Lederportemonnaie hervor. Sichtlich überrascht öffnete Limo die Geldbörse. Nur

Bargeld in Münzen – vielleicht drei bis vier Euro, eine Karte für ein Sonnenstudio und die Mitgliedskarte einer Videothek. Mehr gab der Inhalt nicht her.

»Was soll das?«

»Das fragst du noch, Limo? Ist doch klar.«

»Du meinst …«

»Sicher. Du hast jetzt die Arschkarte. Diese Schweinehunde wollen dir jetzt konkret ans Leder. Egal was du jetzt unternimmst, sie werden dich bei den Eiern kriegen.«

»Außer …«

»Außer du kommst jetzt mit den Akten aus dem Quark.« Galep spürte Limos Gedankengang.

»Angriff ist die beste Verteidigung! Willst du mir das sagen?«

Galep nickte vielsagend. »Wenn du jetzt nicht handelst, wann dann? Obwohl die wissen, dass du ihnen auf der Spur bist, setzten sie eine Duftmarke. Andererseits, sind die wirklich so dämlich? Sie müssen doch wissen, was sie erwartet?«

»Vielleicht ja auch nicht? Vielleicht pokern sie jetzt?«

»Vielleicht, vielleicht. Drauf geschissen! Sorry, Limo, aber jetzt ist der Zeitpunkt gekommen um zu handeln. Oder eben nicht. Unterm Strich würde mit Sicherheit einiges hängen bleiben. Was meinst du?« Limo nickte beinah teilnahmslos. »Was mich verwundert, ist die Tatsache, dass nicht nur Kaltmann und Kohlmeier auf dem Film zu sehen sind. Was haben Dario und sein Halbbruder bei dem Gespräch verloren?«

»Haben die vielleicht mehr mit der Sache zu tun als gedacht?«

»Nicht nur vielleicht. Ich bin mir sehr sicher, dass sie die Finger im Spiel haben. Für mich stellt sich da nur die Frage: Wie tief stecken sie mit drin?« Limos Blick verfing sich in Galeps nachdenklicher Miene.

»Worüber denkst du nach?«

»Ich bin mir nicht sicher, Limo. Glaubst du im Ernst, die beiden würden dich gerne tot sehen? Beziehungsweise den Mord an deiner Schwester und ihrer Freundin zugeben?«

»Und der brutale Mord an Anke. Ich weiß selbst nicht genau, was ich glauben soll. Aber ich werde es herausfinden. Und vergiss nicht den Überfall auf meine Mutter. Mein Hund, *Ronny*, wurde elendig erlegt.« Limos Kopf glühte. »Der Vorfall war jedenfalls eine letzte Warnung. An mich adressiert! Davon bin ich felsenfest überzeugt. Und wenn die beiden Italiener mit im Spiel waren – sind, dann sorge ich dafür, dass sie Kaltmann und Kohlmeier in den Knast folgen werden. Bis es soweit ist, sollten wir so weiter agieren wie bis jetzt. Früher oder später haben wir schon eine Eingebung.« Galep nickte stumm. Sein türkisches Temperament hätte ihm zu einem anderen Vorgang geraten.

»Jetzt sage ich dir noch, wozu ich die beiden Akten benötige.«

Er weihte Galep in seinen Plan ein, den Versicherungsbetrügern den Garaus zu machen. Nach einigen Minuten beendete er seine Ausführungen. Galep lehnte sich auf dem Stuhl zurück und reckte seine Glieder. Dann griff er sich die Cola und nahm einen kräftigen Schluck.

»Also ich muss schon sagen, Hollywood könnte keinen spannenderen Thriller kreieren.« Galep zog eine Grimasse.

»Und du bist dir absolut sicher, dass es niemandem gelingen könnte, deine Tat doch auf dich zu lenken?«, vergewisserte sich Galep nochmals.

»Deduktiv gesehen ja.«

»Dedu…, was?«

»Vergiss es. Ich wollte nur sagen, dass ich die Aufmerksamkeit nicht auf mich lenken sollte. Niemand darf etwas sehen oder hören. Wenn ich also nicht existiere …«

»Okay, okay. Warum sagst du es dann nicht gleich?«

»Sorry, Galep. Manchmal rutscht mir solch ein Wort einfach raus. Du weißt, dass ich das nicht arrogant meine oder abwertend«, entschuldigte sich Limo. Galep nickte und grinste.

»Du und dein Kauderwelsch«, fügte er noch hinzu. Bald darauf verließ er Limos Wohnung.

Am darauf folgenden Samstagmorgen frühstückte Limo in einer Seelenruhe, als wäre nichts geschehen. Galep hatte recht behalten. Limo gelang es mittlerweile vier, manchmal fünf Stunden am Stück zu schlafen, ohne dass ihn Albträume plagten. Er lächelte, als er an der Kaffeetasse nippte. Dann bewältigte Limo den üblichen Samstagsputz und überlegte, wann er eine Runde laufen und wann er die Polizei anrufen sollte. Erst die Arbeit, dann das Vergnügen. Also rief er zunächst Ron Steiger an. Es schien ihm klüger, den Kommissar anstelle seiner Kollegin anzurufen. Steiger fungierte aus seiner Sicht als der Leader der beiden. Also wollte Limo psychologisch vorgehen, nicht wissend, dass Saskia Völker die Chefin im Ring war. Der Polizist sollte das Gefühl besitzen, der Hahn im Korb zu sein.

»Hier Steiger …«, sprach Ron in den Hörer.

»Guten Tag, Herr Steiger. Mirco Langen hier. Ich rufe wegen der Beweismittel an.«

»Beweismittel?« Steiger verstand zunächst nicht. »Ach, stimmt. Entschuldigen Sie, drei Fälle gleichzeitig sind definitiv einer zu viel. Können Sie noch heute zu uns ins Präsidium kommen?«

»Kein Problem. Sagen wir so um elf?«

»Passt. Wo wir sitzen, wissen Sie?«

»Das finde ich schon. Dann bis gleich.«

Limo beendete das Gespräch und kleidete sich anschließend passend zur Winterzeit an und setzte sich in Bewegung zur Siegener Polizeidienststelle. In der Zwischenzeit betrat Saskia das gemeinsame Büro.

»Guten Morgen, Ron. Na, wie ist die Lage? Hast du die Nachtruhe sinnvoll genutzt?«

»Frauen – Scheiße, Fall – Scheiße, Nacht – Scheiße, alles Scheiße. Aber sonst läuft's wie geschmiert. Und wie dreht sich die Welt in deinen Augen?« antwortete er sarkastisch. Er musste beginnen, einen Weg zu finden, seine Kollegin zu hassen. Im Glauben, den Abschied aus Deutschland so zu vereinfachen.

»Kann nicht klagen. Der Typ nahm mich ran wie noch nie jemand zuvor, der Fall ist relativ unkompliziert und auch sonst ist alles paletti«, spiegelte Saskia den sarkastischen Unterton ihres Partners.

»Schön, dass es dir gut geht«, legte Steiger ironisch nach. Saskia grinste zuckersüß. Steiger vermochte sich nur schweren Herzens ein Lächeln zu verkneifen.

»Hör mal, dieser Langen hat mich gerade angerufen. Er bringt tatsächlich die Unterlagen mit.«

»Sieh an. Macht er also doch. Wann kommt er?«

»Er ist um elf hier.«

Saskia schaute auf die Uhr. Für einen Kaffee blieb noch genügend Zeit.

»Möchtest du auch einen Kaffee?«

»Gerne«, antwortete Ron, der seinen Kopf noch tief über eine Akte gebeugt hielt. »Der erste angenehme Satz heute Morgen.« Saskia legte eine Ledertasche auf den Boden neben ihren Tisch und kehrte auf der Stelle um. Bald darauf betrat sie wieder das Büro. In jeder Hand eine Tasse Kaffee.

»War die Nacht wirklich so toll?«

Ihrem Kollegen ließ diese Vorstellung offenbar keine Ruhe. Sie blickte ihn überrascht an und prustete gleich drauf los. Sie stellte rasch die Tassen ab und hielt sich vor Lachen den Bauch.

»Du bist ja süß. Quatsch. Natürlich nicht. Ich wollte dich nur hochnehmen. Aber die Vorstellung an sich wäre nicht ohne …«

»Kenne ich«, antwortete der Kripobeamte frustriert.

»Du sagst das so, als hättest du ein misslungenes Date gehabt?«

»Misslungen ist glatt untertrieben.«

»Oh Mann, das tut mir leid. Was ist passiert?«

Saskia brannte vor Neugierde.

»Mein Berufsstand ist wohl für viele Frauen ein Problem.«

»Hat die schöne Unbekannte das gesagt?«

»Frei und offen ins Gesicht. Was mir nicht in den Kopf will ist die Tatsache, dass diese Frau zwei kleine Kinder seit Jahren alleine erzieht und dennoch Ansprüche stellt, dass ich nur den Kopf schütteln kann.«

Ron stand die Enttäuschung ins Gesicht geschrieben.

»Ich merke schon, sie hat dir gut gefallen. Sie wusste halt genau, was sie wollte und was nicht. Zerbrich dir bloß nicht deinen schlauen Kopf. Bei der nächsten passt es dann bestimmt«, sprach Saskia ihrem Partner Mut zu. Plötzlich schmerzte Rons Brust. Er erhob sich vom Stuhl und marschierte zum Fenster und öffnete es. Er verharrte dort eine Weile, während er schwer atmend seine Kollegin argwöhnisch betrachtete. Er spürte bereits in diesem Moment, wie sehr der nahende Abschied ihn treffen würde. »Nicht nachlassen«, überfiel ihn dieser Gedanke. »Jetzt bloß nicht nachlassen!«

»Ja klar. Für die nächste bin ich zu klein. Dann bin ich zu behaart. Dann zu hässlich. Dann zu arm. Dann …«, schürte Ron weiter sein Selbstmitleid.

»Roooon …,« pfiff sie ihn zurück. Es funktionierte.

Dann herrschte erst einmal Ruhe.

»Was ist denn los, mein Gott. Glaubst du, du bist der einzige auf Erden, der diese Probleme hat? Komm verdammt noch mal wieder runter. Die meisten Frauen sind nun mal so. Kannst dir ja eine backen. Du willst doch auch nicht irgendeine. Fängt doch schon beim Aussehen an. Du gehörst doch auch zu der Sorte Mann, die zunächst nur vorne auf die beiden Charaktereigenschaften stiert!? Du kennst diese Frau erst wenige Wochen. Und das nur über diesen verblödeten Internet-Date-Scheiß! Du bist ihr bisher kein einziges Mal leibhaftig begegnet. Statt in diesem dämlichen Internet nach deiner Traumfrau zu suchen, solltest du dich ins Leben stürzen.«

»So wie du?«

Saskias Gemüt brannte lichterloh. Sie warf ihm einen zerstörenden Blick zu. Seine Augen nur noch dunkle tiefe Schatten.

»Arschloch!«

Die Bezeichnung saß. Nichts brachte Saskia Völker mehr in Rage als ein in Selbstmitleid versunkener Typ, der dann nichts als schwachsinnige und bissige Kommentare verbreiten musste. Steiger starrte seine Kollegin mit großen Augen an, beließ es aber dabei. Er wusste sehr wohl, dass sie recht hatte. Bemüht genüsslich den Kaffee schlürfend saßen sich die beiden gegenüber. Ihre Blicke trafen sich. Sie sah großzügig über sein Stimmungstief hinweg.

»Sollen wir Herrn Langen sagen, dass der Typ von neulich, dieser Sergej soundso, als einer der Toten identifiziert wurde? Schauen wie er darauf reagiert?

»Keine schlechte Idee. Aber zunächst soll er uns erst mal Einblick in seine Beweismittel gewähren. Warten wir ab, was er uns vorlegt.« Das Kugellager lief nicht reibungslos, aber es funktionierte wieder.

Es klopfte an der Tür.

»Herein!« rief Ron.

»Hallo, bin ich hier richtig? … ja bin ich …«, beantwortete Limo seine Frage selbst, als er das Gesicht des Kommissars entdeckte.

»Kommen Sie herein, Herr Langen, wir warten schon auf Sie«, bat Ron. Etwas eingeengt zwischen den Armlehnen hockte Limo sich zögernd auf einen Stuhl zwischen den beiden Polizisten.

»Wenn Sie nichts dagegen haben, lege ich Ihnen gleich schon mal die Akten auf den Tisch«, schlug Limo vor und behielt den Beamten im Auge. Ron nickte ihm zu und Limo fuhr fort.

»Herr Steiger, Ihnen übergebe ich zur Einsicht einen der profitableren Vorgänge. Und Ihnen, Frau Völker …«, jetzt erst schenkte er der Polizistin seine Aufmerksamkeit, »… überreiche ich den unwesentlicheren, aber nicht weniger interessanten Versicherungsbetrug.«

Daraufhin warf Limo die Akten eher beiläufig auf den jeweiligen Schreibtisch. Limo lehnte seinen Rücken gegen den Stuhl. Gierig griffen Ron und Saskia die jeweilige Akte auf. Nach einigen Minuten nahm Saskia Völker die Nase wieder aus der Akte und schaute Limo irritiert an.

»Was ist dort genau geschehen?«

Limo rückte den Rücken von der entspannten Position zurück in die Aufrechte.

»Ich verstehe Ihre Frage nicht?«

»Na, ich sehe den Sanierungsvorschlag und den Beleg von der Versicherung, was für diese Bauarbeiten inklusive Personalkosten veranschlagt wurde …«

»… und weiter hinten steht, was die Versicherung genau an Kosten intern angegeben hat.«

Saskia blätterte bis zur vorletzten Seite weiter und erkannte rasch eine Differenz. Sie addierte im Kopf die Summen.

»Das gibt's doch nicht. Da klafft eine Differenz von exakt 4.225 Euro. Wie sieht das bei dem Fall aus, den mein Kollege in Händen hält?«

In der Zwischenzeit nahm Ron die Zahlen aus seinem Vorgang unter die Lupe. »Eine Differenz von 104.500 Euro«, antwortete Steiger rasch.

»Das ist nur die Spitze des Eisberges?«

»Ja, ist es, Frau Völker. Hinzu kommt noch, dass ich ungefähr zehn Vorgänge, können auch mehr gewesen sein, bereits abgeliefert habe. Ich dachte, dadurch Zeit zu gewinnen. Ich glaube, das erwähnte ich Ihnen gegenüber bereits.«

»Also gibt es definitiv jemanden in Ihrer Firma, der Bescheid weiß, dass Sie diese Betrugsfälle gesammelt haben.«

»Davon gehe ich aus.«

»Ist es möglich, alle Akten einzusehen?« fragte Steiger nach.

»Wenn die Zeit reif ist werde ich Ihnen jede einzelne Akte zukommen lassen. Nur im Augenblick noch nicht.«

»Bitte tun Sie mir einen Gefallen, Herr Langen. Unternehmen Sie nichts, was Sie in ernsthafte Gefahr bringen könnte.«

»Wie meinen Sie das, Herr Steiger?«

Limo verzog zynisch die Mundwinkel und dachte: »Ist schon längst geschehen!«

»Was glauben Sie wird die Firma, beziehungsweise werden diejenigen, die in diese Sache verwickelt sind, unternehmen, wenn die herausfinden, wer ihnen an den Karren fährt?«

»Weiß nicht. Mit Sicherheit einen Grund finden, um mir zu kündigen.«

»Das wollen Sie mir weismachen? Macht es Ihnen eigentlich Spaß, uns einen Bären aufzubinden?«

»Nein, es macht keinen Spaß. Aber die werden mich bestimmt nicht zum Teufel jagen. Oder gar töten.«

»Okay. Ich verstehe. Wer zählt noch gleich zu den bereits getöteten Menschen? Sollten wir die Namen nochmal in Ihr Gedächtnis rufen?«

Stille trat in den Vordergrund. Limo senkte getroffen den Kopf.

»Hat schon jemand versucht, Sie ein weiteres Mal zu attackieren?« Steiger versuchte eine Brücke zu schlagen.

»Nein. Bisher jedenfalls nicht.« Limo mühte sich um Coolness. Saskia beobachtete jede Geste Limos.

»Ist die siebenstellige Zahl schon erreicht?«, wechselte Ron schlagartig die Richtung.

»Sie meinen den Versicherungsbetrug?«

»Nein, von den Eiern, die von Hühnern auf'm Bauernhof in Münster gelegt wurden«, scherzte der Kommissar ironisch. »Natürlich meine ich die Betrugsvorgänge. Wofür sitzen wir denn hier?«

Limo kratzte sich nachdenklich am Kopf.

»Ich weiß es nicht genau. Könnte aber hinkommen.«

»Seit wann sammeln Sie diese Akten?«

»Das kann ich nicht genau sagen. Auf jeden Fall nach dem Tod meiner Schwester. Worauf wollen Sie hinaus?«

Steiger blickte zu seiner Kollegin hinüber. Er gab ihr mit einer Geste zu verstehen, ein anderes Thema zu beginnen.

»Herr Langen, Sie erinnern sich an den Fahrer vor dem Krankenhaus vor einigen Tagen?«

»Dieser Typ ist tot.«

»Im Ernst?«

»Ja. Im Ernst.« Limo zuckte die Schultern.

»Also war der Typ doch unter den verbrannten Leichen? Oder wie kam er um?« fragte Limo interessiert nach. Während er spürte, wie das Eis unter seinem Gewicht zu knarren begann.

»Sind Sie damit einverstanden, wenn wir die Fragen stellen, nicht Sie?«

»Schon, aber ich bin eigentlich hierher gekommen, um Ihnen die versprochenen Akten vorbeizubringen. Nicht, um seltsame Fragen zu beantworten.«

»Verstehen Sie mich nicht falsch, Herr Langen, wir sind hier, um Ihnen zu helfen. Nicht um Sie in die Enge zu treiben. Ich glaube mich daran erinnern zu können, Ihnen das schon einmal verdeutlicht zu haben. Soweit ich informiert bin, führte Herr Steiger vor kurzem ein Telefonat mit Ihnen. Wie Sie sicher bemerkt haben, gehen wir jeder noch so geringen Möglichkeit nach. Ehrlich gesagt ist Ihr Alibi sehr dünn. Sie stehen nicht unter Verdacht, noch nicht, wenn Sie das eventuell befürchtet haben sollten. Die Fakten, die vor uns auf dem Tisch liegen, legen durchaus eine Überprüfung Ihrer Person nahe.«

»Fakten?«, warf Limo ein. Saskia nickte. »Ja, Fakten«, schob Ron seinerseits nach.

»Hmmm …«, seufzte Limo.

»Können Sie sich vorstellen, warum den verbrannten Opfern …«, plötzlich klingelte das Telefon. Ron hob entschuldigend die Hand und nahm den Anruf entgegen. Er war sichtlich bemüht, das Gespräch kurz zu halten. Außer: Aha. .., soso …, in der Tat und vielen Dank kamen ihm keine auffälligen Bemerkungen über die Lippen. Limo blickte mit Hochspannung zu ihm hinüber. Ron legte den Hörer auf.

»Die Pathologie in Hagen.« Saskia konnte nicht ganz folgen, obwohl sie eine Vermutung hatte.

»Nochmal«, übernahm Ron jetzt die Befragung für seine Kollegin.

»Den Opfern wurden die Zähne entfernt! Ich mache es kurz, Herr Langen: Keine Zeugen, keine Beweise, nichts. Wir haben uns gefragt, warum jemand das Gebiss seiner Opfer so brutal entfernt hat?«

Steiger fixierte unterdessen Limo. Der zuckte beiläufig die Achseln.

»Aus Wut oder vielleicht Hass?«

»Wären zwei Argumente«, fuhr Kommissar Steiger fort. »Wir glauben, die Zähne wurden bewusst entfernt, um die Leichen nicht identifizieren zu können. Auch in den Brandrückständen fand die Spurensicherung keinen einzigen Zahn. Also zählten Wut und Hass für uns, bis zu dem Telefonat vor einer Minute, nur sekundär.«

Limo überging die Anspielung mit dem Telefonat. »Okay, das leuchtet mir ein. Aber gibt es keine Chance, per DNA Spuren zu finden?« schlug Limo scheinheilig vor.

»Daran arbeiten die Kriminaltechniker noch. Aber um eine Erkenntnis sind wir reicher. Sergej Kovcik ist einer der Opfer. Bei den anderen beiden handelt es sich vermutlich um seine Brüder. Sind Ihnen die Namen Machan und Koljan geläufig?«

Limo schüttelte den Kopf. »Nein. Noch nie gehört. Was soll ich Ihrer Meinung nach sonst sagen?« Limo spielte mit dem Beamten.

»Gut. Dann sollten Sie darum beten, dass Ihr Alibi sich als ausreichend bewährt.«

»Ich glaube nicht an Gott.«

»Sicher«, bestätigte Ron lächelnd.

»Was hat wohl dieser Typ mit der Sache zu tun gehabt?« dachte Steiger laut.

Limo ignorierte erneut eine Frage. »Es tut mir leid, dass ich Ihnen nicht weiter helfen kann. Ich kenne jedenfalls Sergej nicht gut genug. Ist das okay, wenn ich jetzt heimfahre? Sofern Sie mich im Augenblick nicht mehr benötigen.«

»Können Sie. Danke schön, dass Sie uns Akteneinblick gewährt haben. Auch wenn Ihnen klar sein dürfte, dass wir diese Akten beschlagnahmen müssen. Ich setze voraus, dass Sie uns informieren, wenn es ans Eingemachte geht. Wir haben Ihnen versprochen, vorläufig nichts zu unternehmen, wenn Sie hier vorstellig werden. Es versteht sich aber wohl von selbst, dass die vorliegende Straftat des gewerbsmäßigen Betrugs nicht unter den Teppich gekehrt werden kann. Ihnen einen schönen Tag noch, Herr Langen.«

»Wünsche ich Ihnen auch, Frau Völker.«

»Ach, Herr Langen«, begann Steiger.

»Ja?« antwortete Limo mit der Hand bereits auf der Türklinke.

»Wo waren Sie eigentlich wirklich in der Nacht zum Sonntag, als das Haus in den Ebbenmooren abbrannte?«

»Ich verstehe die Frage nicht ganz. Die Frage hatte ich doch schon beantwortet. Sie wissen, wo ich war.«

Steiger lächelte jetzt mit einer gesunden Portion Arroganz. Langen wusste offensichtlich mehr, als er preisgab. Saskia verstand nur die Hälfte. Die Tonart, wie Langen die Gegenfrage formuliert hatte, behagte der Kommissarin nicht. Er log. Da war sie sich nun ganz sicher. Sie spürte, dass ihr Kollege noch einen Trumpf im Ärmel versteckte.

Ron unterließ es ebenso, Limo zu antworten. »Herr Langen, ich bin mir ziemlich sicher, dass sich unsere Wege in Kürze erneut kreuzen werden. Ich wünsche Ihnen noch einen angenehmen Tag und genießen Sie die Heimfahrt.«

Limo ließ diese Bemerkung stehen und verabschiedete sich von beiden Kriminalbeamten. Ron erhob sich und erfasste aus der gläsernen Fassade den unmittelbaren Ausgangsbereich der Dienststelle. Saskia wartete auf eine Regung Rons. Bald darauf blickte der Beamte Limos Wagen nach. Er lächelte bereits, als er sich Saskia zuwandte.

»Also, was gibt es, das dich so erheitert?«

»Zeugen haben an dem Sonntagmorgen einen dunklen Sportwagen bemerkt, als er zwischen dem Herveler Bruch und dem Sonnenhohl auf die L696 fuhr. Naturbegeisterte wunderten sich zunächst über die rasante Fahrweise. Maßen dem aber keine besondere Bedeutung zu. Durch Zufall erfuhren sie von der abgebrannten Hütte. Heute früh erhielten dann die Kollegen aus Hagen den Hinweis.«

»Deine Zuversicht in allen Ehren, aber gibt's ein Kennzeichen? Oder haben sie einen Insassen erkennen können?«

»Noch nicht. Die Zeugen suchen gerade die Kollegen in Hagen persönlich auf. Wir erhalten umgehend eine Info, sobald die Zeugenvernehmung erledigt ist«.

»Also ein dunkler Sportwagen. Vielleicht besitzt du ja in der Tat eine vorzügliche Intuition. Ich hätte keinen Cent auf deinen Verdacht gesetzt. Tja, man lernt nie aus. Gut, dann warten wir ab.« Saskia lächelte zu Ron rüber.

Zur selben Zeit, als Limo in Brachbach bei seinen Eltern in die Einfahrt einfuhr, klingelte im Büro der Kripobeamten das Telefon. Saskia bedeutete Ron mit einer winkenden Geste, ran zu gehen.

Nachdem er sich gemeldet hatte, nickte Ron mehrmals wortlos. Sein Blick traf auf neugierige Augen, als er den Hörer samtweich auflegte.

»Und?«

»Das war der Kollege aus Hagen. Wir haben jetzt einen Termin in Eiserfeld.« Ron griff sich den Wagenschlüssel und seine winterfeste Jacke und eilte ohne zu zögern aus dem Büro. Saskia folgte.

Limo öffnete die Haustür zum Elternhaus. Ungewohnte Ruhe herrschte. Nicht nur, dass Ronny ihm nicht entgegen flog, selbst der Fernseher oder das Radio liefen nicht wie üblich. Limo kontrollierte jede Räumlichkeit. Das Haus blieb verwaist. Er wunderte sich besorgt. Er betrat wieder den Eingangsbereich und zog hinter sich die Haustür zu. Als er in den Wagen steigen wollte, hörte er seinen Namen. Er erkannte gleich den markanten Tonfall des Nachbarn gegenüber. Er teilte Limo mit, dass er seinen Vater zu einem Arzttermin chauffiert hatte. In etwa einer Stunde wollte er Limos Eltern abholen. Limo bedankte sich für die Info und verabschiedete sich gleich.

Der Motor verstummte. Limo stieg vor seiner Wohnung aus. Gerade steckte er den Hausschlüssel ins Schloss, als Ron Steigers Stimme ihm ins Ohr drang.

»Gott, haben Sie mich erschreckt.«

»Entschuldigen Sie bitte, das war nicht unsere Absicht. Könnten wir mit in Ihre Wohnung?«

»Weil Sie noch Fragen haben?«, reagiert Limo rasch.

»Genau.«

»Dann treten Sie näher«, Limo ließ den Beamten den Vortritt.

»Kaffee?« Saskia und Ron lehnten ab und baten Limo, Platz zu nehmen.

»Gut, kommen wir zur Sache.«

»Schön, dass Sie das auch so sehen.«

»Sie sollten jetzt reinen Tisch machen. Wir geben Ihnen jetzt noch die Möglichkeit, die Wahrheit zu sagen. Sie sollten die Gelegenheit nutzen.«

Limo schätzte die Situation ab.

»Kann es sein, dass ich gerade völlig auf dem Schlauch stehe? Ich verstehe nicht den Sinn Ihrer Aussage.«

»Ihr Wagen wurde an dem besagten Sonntagmorgen gesichtet. Quasi noch zur Schlafenszeit.«

»Der Wagen stand hier vor dem Haus. In etwa so, wie er jetzt auch da steht.«

»Sagen Sie. Wir wissen, dass der Wagen nur wenige Kilometer von der Fürwiggetalsperre entfernt gesichtet wurde, als Sie auf die L696 fuhren. Genau zwischen dem Herveler Bruch und dem Sonnenhohl. Aber daran können Sie sich sicher nicht erinnern?«

»Wollen Sie mich verarschen?« Limo hielt stand.

»Verdammte Scheiße, wer will hier wen verarschen. Sie sind verdammt noch mal gesehen worden. Naturfans haben Sie bemerkt, als Sie wie ein Kranker gefahren sind. Die Zeugen können sich an Ihr Fahrzeug und an Sie erinnern. So, scheiße Mann, was sagen Sie jetzt.«

»Das kann nicht sein. Es kann einfach nicht sein!« Limo erinnerte sich an Galeps Worte: »Knick nicht ein Limo. Bleib bei deiner Version.« Saskia legte ihre Hand beschwichtigend auf Rons Unterarm. Sie holte tief Luft und ließ sie langsam aus der Nase entweichen. Limo und Ron fixierten sie. Dann legte sie ihre Hände auf ihren Schoß, bereit, Limo zu vernehmen, als Rons Handy einen Anrufer ankündigte.

»Ja, was gibt es?«, seine Stimme klang frostig. Rons Augen weiteten sich. Seine Halsschlagader schwoll an. Limo bemerkte, wie die andere Hand des Kommissars sich zu einer Faust ballte. Die Lippen vor Enttäuschung aufeinandergepresst. Mit einem frustrierten »Ja«, beendete er das Telefonat.

17

Fionas Handy klingelte. Gut gelaunt nahm sie das Gespräch entgegen.

»Hallo, Sweetie, was machst du gerade?« legte sie gleich los.

»Bin zu Hause und erledige den samstäglichen Hausputz. Ich wollte dich fragen, ob wir heute Abend ins *FUGA* gehen wollen. Ich muss den vorweihnachtlichen Trott aus den Gliedern schütteln. Am besten mit geiler Musik.«

»Natürlich! Das ist eine tolle Idee. Ich freue mich drauf. Hab mir schon Sorgen gemacht, weil ich in den letzten zwei Wochen nichts von dir gehört habe außer der SMS vor vier Tagen. Wie war denn die Firmen-Weihnachtsfeier überhaupt? Habe gehört, dein Vater war in Höchststimmung.«

»Der Beginn war sehr verhalten. Du kennst das selbst. Der offizielle Teil zog sich etwas. Aber als mein Vater erwähnte, dass die komplette Belegschaft mit einem tollen Bonus rechnen könnte, die mit der Januarabrechnung ausgezahlt werden soll, hob sich die gedämpfte Stimmung. Man sah jetzt viele erfreute Gesichter. Und später, als die ersten Firmenkritiker das Weite suchten, der Alkohol immer besser schmeckte und die Musik die Halle rockte, trumpfte nicht nur mein Vater auf. Die Feier ging noch bis morgens um fünf. War echt toll. Und bei dir?«

»Die letzten Tage waren sehr ruhig. Verdächtig ruhig. Habe auch noch kein Weihnachtsgeschenk. Aber ist ja noch 'ne Woche. Ich bin gerade mit Mama in der Stadt. Mein Vater schenkte uns einen Gutschein fürs *Sunshines*. Weißt doch, der coole Laden mit den netten Klamotten in der Oberstadt. Wir haben uns krumm gelacht. Du kennst meinen Vater. Bevor der einen Laden betritt – und dann auch noch eine Frauen-Boutique. Zu köstlich. Tja, und jetzt tobe ich mich mit Mama so richtig aus.«

»Du Glückliche. Dann wünsche ich dir noch viel Spaß. Bestelle deiner Mama schöne Grüße, ja?«

»Werde ich ausrichten. Wann treffen wir uns denn?«

»Gute Frage. Am besten wieder so gegen zehn am Haupteingang?«

»Ist geritzt. Ach, bevor ich es vergesse, bist du diesem Typen eigentlich noch mal begegnet?«

»Nein, leider nicht. Vielleicht hat er ja 'ne Frau oder 'ne Freundin.«

»Quatsch. Du wirst sehen, wenn du gar nicht mehr damit rechnest, passiert es. Also Kopf hoch. Bis später dann«, versuchte Fiona Emely aufzumuntern.

Limo erwischte gleich in der untersten Etage des Parkhauses in der Nähe des Ausgangs einen freien Stellplatz. Er sah in dem weißen, körperbetonten Hemd, das auf der Rückenpartie schemenhaft ein Totenkopf zierte, gefährlich aus. In den letzten Tagen ließ er sich einen modischen schmalen Kinnbart stehen. Er wirkte wieder selbstbewusster. Limo freute sich auf einen netten Abend mit Frank und Tine im *FUGA*. Zuvor verabredeten sie sich um sieben Uhr zum Essen im Herzstück der Siegener Altstadt im *Steakhouse El Rancho,* direkt am Krönchen. Tine und Frank warteten bereits im Eingang. Der warme Atem kondensierte rasch in der eisigen Dezemberluft, als Limo aus dem Wagen stieg und hastig zum Restaurant schritt. Handschuhe wären ein probates Mittel gegen Kälte. Er fror. Als er den Anstieg bewältig hatte, erkannte er seine Freunde. Limo musste lächeln. Natürlich hatte Frank an Handschuhe gedacht. Sie begrüßten sich liebevoll und genossen die südamerikanische Kochkunst des In-Restaurants. Limo zeigte sich nicht ganz so zugeknöpft wie in den Tagen zuvor. Sie lachten ausgelassen. Nur phasenweise tauchten ernste, traurige Themen auf. Gegen einundzwanzig Uhr verließen sie das Restaurant und bewegten sich wohlgenährt und angenehm aufgewärmt Richtung Unterstadt, zur Bar. Bereits im Foyer drang der Bass des Siebzigerjahre-Rock durch die Glasfassade. Wenige Schritte vom Eingang entfernt hallten den Dreien aggressive Wortfetzen entgegen. Sie schienen aus der entgegengesetzten Seite des Cinestar Centers zu kommen. Tine und Limo harrten im unmittelbaren Eingangsbereich zum *FUGA* aus, während in Frank sein polizeilicher Instinkt geweckt wurde. Limo näherte sich seinem Freund und betrachtete mit Argwohn das aggressive Wortgefecht einiger junger Männer. »Galep?« Limo glaubte an eine Fata Morgana und begab sich zögernd in die Richtung.

»Limo. Warte. Wo willst du hin?«

»Ich kenne einen dieser Jungs.«

»Bist du dir sicher?«

»Sicher.«

Plötzlich artete die hitzige Diskussion in eine Massenkeilerei aus. Limo setzte sich in Bewegung. In seinem Schatten Frank. Tine wartete weiter im Eingangsbereich und hielt ihr Handy bereit. Jetzt, als das Neonlicht die mitwirkenden Schläger entlarvte, erkannte Limo seine verhassten Kollegen Poller und dessen Trupp. Mittendrin versuchten Galep und ein Unbekannter gegen die Übermacht anzukämpfen. Limo vergaß alle Vorsicht und rannte auf den Pulk los. Frank stürzte sich mit ins Getümmel. Limo schlug eine verheerende Schneise. Bevor ein harter Faustschlag Galep aus dem Hinterhalt erreichte, zerlegte Limo den feigen Angreifer in Einzelteile. Frank verharrte ungläubig am Rande der wilden Schlägerei. Mit einer Mischung aus Verblüffung und Verwunderung verfolgte sein Blick Limos Verhalten. Frank schüttelte irritiert den Kopf. Mit unglaublicher Wucht schien Limo jeden einzelnen Aggressor vernichten zu wollen. Hochachtungsvoll verfolgte Frank die Kampfkunst seines Freundes. Limo musste diesen Galep besonders mögen, sonst würde er nicht in eine derart unüberschaubare Schlacht ziehen. Er kämpfte erbarmungslos, anmutig und präzise. Schließlich stand Limo mit Galep und dessen Bekannten unverletzt inmitten des Gewühls. Der Türke drehte eine Runde um die eigene Achse. Sein Blick traf Limo. Er lächelte zufrieden.

»Jetzt stehe ich schon doppelt in deiner Schuld.« Limo schüttelte den Kopf. »Vielleicht hast du mir ja einen riesigen Gefallen getan.« Limo legte eine Hand auf die Schulter seines Freundes. Frank trat an die Überlebenden heran.

»War das jetzt echt, oder hängt hier irgendwo eine versteckte Videoportal-Kamera?« Limo wandte sich der vertrauten Stimme zu.

»Frank, das ist Galep.«

»Hallo, Galep.«

»Hallo, Frank. Dies ist mein Neffe Acar – was etwa so viel bedeutet wie der Mutige, der Kämpferische.«

»Das war nicht zu übersehen.« Für einen flüchtigen Augenblick neigte Frank seinen Blick zum Boden. Er musterte die geschlagenen Gestalten.

»Ich zähle vierzehn Typen. Was ist vorgefallen, dass man sich zu zweit in Lebensgefahr begibt?« Galep wandte sich komplett Limo zu, als er Franks Frage hörte.

Galep spürte, dass Limo darauf brannte zu erfahren, wie es zu dieser Situation kommen konnte. »Acar und ich hielten uns drüben im Seiteneingang auf. Acar rauchte noch seine Zigarette, als sich von der Stadtmitte aus mehrere Gestalten näherten. Das erste Gesicht, das ich erkannte, war die Hackfresse von Poller. Gleich neben ihm Thomas. Ich stand bereits an der ersten Treppenstufe. Acar hielt sich nur unwesentlich von mir entfernt auf dem Gehweg auf. Noch bevor uns die Situation überhaupt klar wurde, rempelte absichtlich einer dieser Kosovo-Riesen Acar an. Limo, du kennst zwei von diesen Wichsern. Du erinnerst dich noch an die Aktion, als Poller diese beiden Typen im Waschraum der Trocknungsgeräte versteckt hatte.« Limo nickte. »Tja, und dann folgte das, was …«

»Achtung! Pass auf, Galep …« Franks Stimme unterbrach hysterisch die Schilderung. Aus dem Vorbau der Rolltreppe katapultierte ein dunkler Schatten auf Galep zu. Limo reagierte gedankenschnell. Mit zwei, drei riesigen Sätzen sprang Limo der dunklen Gestalt entgegen. Gekonnt fegte Limo den feigen Angreifer von den Füßen. Siegessicher setzte Limo nach und wich in letzter Sekunde überrascht zurück. Wieselflink vollzog der Angreifer hastige Bewegungen mit einer Hand, bis das Butterfly sicher in seiner Hand lag. In einer drohenden Haltung forderte er Limo auf, anzugreifen. Geistesgegenwärtig bildeten nun Galep, Frank und Limo ein Dreieck. Frank versuchte, den Angreifer zu beruhigen. Er erinnerte sich an die rhetorischen Stilmittel aus den Polizeischulungen. Tine verließ den Eingangsbereich der Bar. Mit dem Handy am Ohr alarmierte sie die Polizei.

Für einen flüchtigen Augenblick schien Franks Redekunst einen Eindruck zu hinterlassen. Dann jedoch warf er sich, wie aus einem Katapult geschleudert, erneut Galep entgegen. Dieses Mal reagierte Galep gefasst auf die Attacke und wich mit einem Sidestep aus. Die Klinge verpasste deutlich das Ziel. Dann gab es für Limo kein Halten mehr. Die fremde Gestalt hatte nicht den Hauch einer Chance. Limo versetzte ihm mehrere Faustschläge und harte Kicks. Frank zählte noch die Schläge von Limo, die er verteilte, als dieser feige Angreifer bereits wehrlos auf dem Boden lag.

»Limo … Limo …! Hey, Mensch, hör auf, du schlägst diesen Typen tot.« Frank überwand seine Schockstarre und eilte zu Limo hinüber. Auch Galep versuchte auf Limo einzureden. Plötzlich riss Galep die Augen weit auf. Limo stürzte sich blind vor Wut in Richtung seines Kumpels. Panisch glaubte Galep nun, Limos Opfer zu werden. Während des Absprungs schleuderte Limo seinen türkischen Freund zur Seite und segelte zwischen Frank und Galep hindurch. Mit nur einem einzigen Faustschlag zerschmetterte Limo Poller das Nasenbein und die oberen Schneidzähne. Angewidert von Poller griff Limo ihm an die Gurgel und setzte erneut zum Schlag an. Er wollte diesem Dreckslumpen in Menschengestalt nicht bloß einen schmerzlichen Denkzettel verpassen. Er wollte, dass er für seine widerlichen, hinterfotzigen Gemeinheiten büßen sollte. Jetzt! Doch bevor dieser Schlag vermutlich Pollers Gesicht gänzlich deformieren würde, hinderten Frank und Galep vereint Limo daran, sich ins Unglück zu stürzen. Galep ließ Limos Arm nicht mehr los. Tine rannte zu den Jungs hin und schrie aufgeregt. Gleichzeitig verpasste Frank seinem Freund eine schallende Ohrfeige. Stille!

Blaulichter zauberten bizarre Lichtschauspiele an die äußere Glasfassade des Cinestar Centers. Mehrere Notarztwagen, Polizeidienstfahrzeuge und zivile Streifenfahrzeuge dominierten das Geschehen in der Dunkelheit. Hunderte Schaulustige versuchten an den Absperrungen ihre Neugierde zu stillen. Im Innern des Centers herrschte reges Treiben. Von Zeit zu Zeit verließ ein Rettungswagen das Gelände, um dann einige Minuten später erneut einzutreffen. Limo kauerte mit einer Decke um die Schulter auf einem Stuhl. Seine Augen wirr und leblos.

»Herr Langen …?«

»Hallo, Herr Langen. Verstehen Sie mich?« Verwirrt verdrehte Limo seinen Kopf in die Richtung der Person, die ihn anredete. Tine tätschelte Limos Nacken. Sein wirrer Blick glich dem eines scheuen Waldtiers.

»Tine …?«

»Ja, Limo?!«

»Was …, was ist geschehen? Wo ist Frank?« Ron Steiger nickte Tine freundlich zu. »Können Sie sich nicht an die letzten zwei, drei Stunden erinnern?« Interessiert verfolgte Saskia jede Regung Limos. Limo schüttelte stumm den Kopf.

»Es gab eine Schlägerei.« Limo reagierte nicht.

»Sie, ein Mann namens Galep und Ihr Freund Frank gerieten in eine heftige Keilerei.« Limo reagierte immer noch nicht.

»Wenn Sie sich Ihre Handknöchel ansehen – dämmert es dann vielleicht?« Als habe Ron ihm befohlen, seine Hände anzuschauen, hielt er beide Hände vor sich, die Finger gespreizt. Sorgfältig betrachtete er die Handinnen- und Handaußenflächen. Er registrierte verschmierte Flecken an den Händen. Besonders im Knöchelbereich der linken Hand. Limo strich mit dem Daumen über die vertrockneten Flecken.

»Das ist Blut, Herr Langen. Haben Sie irgendeine Ahnung, wie die dahin gekommen sind?«

»Frank? Galep?«

»Sie sind beide hier, Herr Langen. Warten Sie einen Augenblick, ich rufe sie rüber.« Limos Augen glühten. »Frau Völker?«

»Genau. Schön, dass Sie mich erkannt haben.«

»Wieso sollte ich nicht?« Die Mundwinkel der Beamtin verzogen sich skeptisch.

»Da gebe ich Ihnen Recht.« Während es ihr gelang, Limo Schritt für Schritt in ein Gespräch zu verwickeln, konnte ihr Kolleg Galep und Frank informieren. Erleichtert eilten die beiden Jungs zu ihrem Freund. Limos Blick füllte sich mit Leben.

»Geht es dir einigermaßen?« Limo nickte Frank zu.

»Haben wir sie alle erwischt, Frank?«

»Alle?« Frank stellte absichtlich eine Gegenfrage. Er wollte, dass sich Limo an die Schlägerei erinnerte, aus seinem Mund hören, was geschah.

»Ja. Die Schweine, die Galep und seinen Bruder …, nee, ich glaube seinen Neffen, zerlegen wollten.« Nicht nur Ron und Saskia schauten sich verwirrt an. Ron fühlte sich abermals von diesem Limo verarscht. Es gelang ihm aber, sich zurückzuhalten. Herr Helmes schien einen guten Draht zu Limo gefunden zu haben. Ron nickte Frank bestimmt zu.

»Limo, kannst du mir sagen, warum wir uns in Siegen aufhalten?«

»Frank, testest du mich, ob ich noch alle Tassen im Schrank habe?«

»Quatsch.«

»Warum dann diese dämliche Frage?«

»Du erinnerst dich also an alles?«

»Wer von uns beiden sollte zum Arzt? Wenn ich dir sage, dass es so ist … Warum sollte ich dir einen Bären aufbinden?« Limo betrachtete Frank für einen Moment kryptisch, bis schließlich ein zaghaftes Lächeln seinen Mund umspielte.

»Herr Langen …«, begann Saskia. »Es hat seinen Grund, warum Ihr Freund diese Fragen stellt. Sie waren für einige Zeit …, naja, eben nicht im vollen Besitz Ihres Geistes.«

»Sie meinen, ich war weggetreten?«

»Wenn Sie es so formulieren, ja.«

Limo senkte den Kopf, atmete tief ein und blickte in die Runde. Als seine Augen Tine erfassten, hielt er inne. Die Fassungslosigkeit stand ihr noch auf der Stirn geschrieben. Sie versuchte zu lächeln. Er spürte, wie sie innerlich um Verständnis für die Bestie in Limo rang. Limo erhob sich und schritt bedächtig zu ihr hin. Für eine kleine Ewigkeit harrte er wenige Zentimeter vor ihr aus. Mit einem Blick in ihre Augen, als versänke er in den Tiefen des Meeres, umarmte er Tine. Sie schloss ihre Augen und erwiderte Limos Bedürfnis nach Nähe. Frank näherte sich langsam und legte eine Hand auf Limos Schulter. Galep betrachtete das Geschehen aus einiger Entfernung. Unmittelbar neben Acar.

»Limo?«

»Ja?«, antwortete Limo, während er die Umarmung auflöste.

»Ich denke, meine Kollegen der Kripo hätten da bestimmt noch einige Fragen. Ist es okay für dich, wenn ich dich zum Revier begleite?« Limo nickte.

»Jetzt?«

»Ist okay«, klang Limo, als wollten sie zum Picknicken. Frank bedankte sich mit einem Klapps auf Limos Oberarm.

Die wärmende Decke gab Limo einem Rettungssanitäter zurück und begab sich in die Obhut der Polizisten. Schon auf dem Weg zum Ausgang des Glas-Beton-Komplexes beanspruchte sein Unterbewusstsein seine volle Aufmerksamkeit. Er glaubte, ein bekanntes Gesicht in der Masse gesehen zu haben. Limo wandte sich während des Gehens halb um. Er erkannte ihr Gesicht. Es war also keine bloße Einbildung. Sie war es wirklich, neben ihr ihre Freundin. Sie musste ihn erkannt haben. Ein weiteres Mal meinte es das Schicksal nicht gut. Sie blieben weiter zwei fremde Menschen, die wie zwei Pole umeinander schwirrten und nach einer Möglichkeit suchten, sich zu verbinden. Limos Herz hüpfte aufgeregt. Dann galt seine Aufmerksamkeit wieder seiner Eskorte. Frank lächelte sanft. Er bemerkte Limos Interesse an dieser blonden Frau. »Sie ist eine Schönheit. Kennst du sie?« Limo lächelte überrascht. Frank hatte ihn ertappt. »Nein …, aber bald.« Es würde ein langer Abend auf dem Polizeirevier werden. Alleine die Aussagen von Galep, Acar, Limo und Frank aufzunehmen würde einen enormen Zeitaufwand bedeuten.

Als das Neonlicht das Büro erhellte, schnaufte Ron Steiger erschöpft durch. Saskia versuchte erst gar nicht, ihrem Partner Müdigkeitsresistenz vorzutäuschen. Sie war ebenso kaputt vom Dauerverhör. Erschöpft lungerten sie auf ihren Stühlen herum. Saskias Blick streifte die Uhr an der Wand, und sie rutschte noch tiefer in den Sitz.

»Manchmal ist unser Job das Allerletzte.«

»Da irrst du dich, Saskia. Immer. Er ist immer das Letzte.«

»Jetzt bitte keinen weiteren Ausbruch deiner emotionalen Depression.« Saskia gähnte. »Nicht morgens um halb vier.«

»Sorry. Es kommen bestimmt auch wieder schönere Zeiten auf dich zu.« Ron erhob sich, griff hastig seine Jacke und bewegte sich zur Tür hin.

»Oh Mann. Jetzt sei doch nicht gleich beleidigt.«

»Bin ich nicht. Ich will nur noch ins Bett.«

»Dein Blick verrät etwas anderes. Also mach mir nichts vor, Ron. Was ist es wirklich?«

»Dieser Wichser geht mir mächtig auf den Sack.«

»Wenn ich raten soll, dann vermute ich, du meinst Mirco Langen damit, oder?«

»Gut geraten. Was anderes hätte ich auch von dir nicht erwartet.«

»Und warum genau geht er dir auf den Sack?«

»Er war an diesen Morden beteiligt. Und wenn er nur das Feuer gelegt hat.«

»Was zu beweisen wäre.«

»Tu nicht so abgebrüht.«

»Tu ich nicht. Du hast dich auf ihn eingeschossen. Erst recht, als Zeugen einen dunklen Sportwagen in der Nähe des Tatortes bemerkten.«

»Bemerkten …, sie haben das Fahrzeug eindeutig gesehen.«

»Ist das nicht ein Scheißgefühl, wenn man jemanden um jeden Preis anpinkeln will und es funktioniert nicht? Dass es dieser Typ in letzter Sekunde nicht zulässt?«

»Vielleicht solltest du deine rosa Brille abziehen. Der …« Ron unterbrach sich selbst, als Saskia aus dem Stuhl fuhr. »Du vergreifst dich ein weiteres Mal im Ton, Ron!«

»Weißt du was, ich fahre jetzt besser heim.«

»Genau das solltest du tun. Aber dieses Mal wird deine verbale Entgleisung ein Nachspiel haben. Niemand konnte ahnen, dass im Umkreis von fünfunddreißig Kilometern gleich drei zugelassene Fahrzeuge dieses Bautyps existieren. Ein Kennzeichen gibt es nicht. Die Zeugen konnten Mirco Langen nicht zweifelsfrei identifizieren. Sie konnten auch nicht genau das Fahrzeug beschreiben. Weder, ob es ein Coupé war, noch ein Cabrio. Sie glauben einen Nissan gesehen zu haben. Aber genauso gut könnte es ein bauähnlicher Typ gewesen sein. Und was ist mit der Farbe? Abgesehen davon, dass es ihnen nicht gelang, das Kennzeichen in der Dunkelheit zu erkennen. War das Auto anthrazitfarben? Oder mitternachtsblau? Oder doch schwarz, wie es der von Langen ist? Denn diese drei Möglichkeiten existieren, leider. Aber das ist Fakt. Also beherrsche dich. Ich muss meine Nerven ebenso unter Kontrolle halten.«

»Drauf geschissen. Mach was du willst. Ich habe gekündigt. Mir droht niemand mit einem Nachspiel. Auch du nicht, Saskia.« Das tickende Geräusch der Wanduhr dominierte für einige Augenblicke den Raum. Saskia fiel plump in den Sessel.

»Du hast was?«

»Denke, ich brauche mich nicht zu wiederholen. Du hast verstanden.«

»Wann? Ich meine … was hast du vor?«

»Es geht in die Heimat.«

»Amerika?«

Ron nickte. Sein Blick wandte sich von Saskia ab. »Es gibt nichts mehr, was mich hier hält. Seit einiger Zeit überkommt mich das Heimweh. Ich bleibe noch etwa acht Wochen. Dann war's das. Sorry, dass du es so erfahren musstest.«

»Einfach so? Nach so vielen Jahren?«

»Man soll doch aufhören, wenn es am schönsten ist?«

»Dein Sarkasmus ist nicht angebracht. Mal wieder …« Enttäuscht legte Saskia ihre Hände in den Schoß. Sie benötigte einige Atemzüge, um die Aussage ihres langjährigen Partners zu verdauen.

»Okay, Ron. Scheiß Verlauf des Falles, beschissene Uhrzeit und ich bin scheißmüde! Um deine Wortwahl zu kopieren. Aber ich akzeptiere natürlich deine Entscheidung. Arbeitest du die nächsten Tage noch an diesen Fall mit, oder ist es sinnvoller, mich bereits morgen um einen Ersatz zu kümmern?«

»Für drei bis vier Wochen kannst du mich gerne noch einplanen.«

»Gut.« Saskia stand auf und legte verlegen zwei Kugelschreiber akkurat neben einen Notizblock. Der verbale Schlag fühlte sich im Magen unfair an. Mühsam raffte sich sich auf. »Dann bis morgen …« Sie schaute auf die Uhr » … bis später meine ich natürlich.«

Ron sah ihr nach, wie sie das Büro verließ. Er blieb. Er blickte auf den verwaisten Stuhl ihm gegenüber. Ein beklemmendes Gefühl kroch in ihm hoch. Seine Entscheidung kam nun ein letztes Mal auf den Prüfstand. Bedächtig legte er vor seinem geistigen Auge eine Pro- und Kontraliste an. Punkt für Punkt hakte er ab. Es war, wie befürchtet, eine knappe Entscheidung. Aber es genügte, seine Entscheidung zu bestätigen. Die Kündigung würde er am Montag gleich nach dem vierten Advent seiner direkten Chefin persönlich übergeben. Mühevoll erhob er sich vom Stuhl. Ron fühlte sich, als hätte ein Vierzig-Tonner ihm die Knochen malträtiert. Als er das Büro verließ, löschte er das Licht, zog die Tür bedächtig hinter sich ins Schloss und steuerte wenige Minuten später sein Dienstfahrzeug zu seiner Wohnung.

Obwohl die Nacht nur sehr kurz war, roch es schon gegen sieben Uhr im ganzen Haus nach Kaffee. Der Tisch bereits gedeckt. Brötchen lagen in einem Stoffkörbchen. Wurst, Käse und Erdbeermarmelade befanden sich neben dem Butterfässchen. Der Eierkocher verrichtete noch seine Arbeit, als Tine die Küche betrat.

»Guten Morgen, mein Schatz. Konntest du einigermaßen gut schlafen?« Tine gab Frank einen Kuss und marschierte weiter zum Eierkocher.

»Nein. Vermutlich war ich nicht müde genug, um meine Gedanken für einige Stunden beiseite zu legen.«

»Das ist verständlich. Mir ging es kaum anders.« Plötzlich summte der Eierkocher. Tine entnahm die Eier und schreckte sie mit kaltem Wasser ab. In beiden Händen hielt sie die beladenen Eierbecher und nahm Frank gegenüber Platz.

»Was sagst du zu Limo?«

»Schatz, was soll ich da sagen. Er hat mich erschreckt.«

Frank lächelte gequält. »Erschreckt ist gut. Ich dachte, er tötet diesen Typen. Du hieltest dich ja, Gott sei Dank, einige Meter weiter hinten auf.« Frank schüttelte ungläubig den Kopf. »Schatz, du hättest seinen Blick sehen sollen. Ganz ehrlich. Das war nicht mehr unser Limo. Das war ein geprügeltes, ein gequältes Tier. Schier außer sich vor Wut.«

»Warum nur? Weshalb rastet jemand so aus?« Tine biss ins Marmeladebrötchen.

»Schatz, ich glaube dem Kommissar.«

»Ich verstehe nicht ganz.«

»Ich wollte dir das eigentlich noch gar nicht erzählen. Erst wenn ich endgültige Beweise hätte.« Tine ließ die Hand, in der sie das angebissene Brötchen hielt, sinken und sah ihn entgeistert an. »Was?!«

»Ich fürchte, Limo hat was mit dem Hausbrand zu tun. Neulich in den Ebbenmooren.«

»Warum fürchtest du das? Ich meine, grundlos verdächtigst du niemanden.«

»In dieser Nacht wurde vermutlich Limos Auto gesehen. Bei den Nachforschungen hat sich ergeben, dass zwei weitere Sportfahrzeuge ähnlichen Typs im näheren Umkreis angemeldet sind. Das Alibi der Fahrzeughalter war ebenso schwach wie das von Limo. Ich wollte Limo darauf ansprechen. Ich hab es irgendwie nicht geschafft. Jedes Mal, wenn ich ihn darauf ansprechen wollte, blockte er unter einem Vorwand ab. Ich spürte, dass er nicht mit mir reden wollte. So, als ahnte er etwas.«

»Glaubst du das wirklich?«

»Leider. Sein Verhalten in den letzten Tagen, Wochen … Einiges spricht dafür, dass er mir aus dem Weg gehen wollte. Mir schweren Herzens etwas verheimlichen musste.«

»Aber das ist doch noch kein …« Frank hob entschuldigend die Hand. »Moment, mein Schatz. Es befand sich mindestens einer unter den verbrannten Toten, denen man die Zähne brutal ausgerissen hatte, den Limo kannte. Kommissar Steiger gab mir diese Information. Dem Rechtsmediziner gelang es tatsächlich, einen der Toten zu identifizieren.« Tine hing gebannt an Franks Lippen. »Diese Überreste eines menschlichen Skelettes konnten einem Osteuropäer namens Sergej Kovcik zugeordnet werden, und genau den kannte Limo. Bei den beiden anderen Skeletten handelte es sich aller Voraussicht nach um Kovciks Brüder. Laut einer damaligen Aussage Limos schuldete dieser Sergej Limo noch Geld. Vermutlich sagte Limo da auch nicht die Wahrheit. Ich kann mir nicht helfen, aber ich fürchte wirklich, dass Limo im Schlamassel sitzt.«

»Du willst mir sagen, dass Limo einen Menschen auf dem Gewissen hat? Vielleicht drei Menschen?«

»Schatz, ich hoffe es nicht. Nur, Limos Verhalten lässt jede Menge Raum für Spekulationen. Unter dringendem Tatverdacht steht er jedenfalls noch nicht. Aber wenn die Meute erst einmal den Geruch von Blut in der Nase hat …«, Frank nippte zaghaft an der Tasse. Der Kaffee schien ihm nicht zu schmecken.

»Was jetzt?«

Frank zuckte mit den Schultern. »Er ist auf freien Füßen. Vielleicht hat er ja nicht gelogen?«

»Aber?« Frank lächelte ansatzweise. Wie gut ihn seine Frau doch kannte.

»Welches Auto haben die Zeugen wirklich gesehen? Wenn die Frage niemals beantwortet werden kann, dann dürfte Limo sehr gute Chancen haben, heil aus dieser Sache raus zu kommen. Selbst wenn er tatsächlich darin verwickelt ist. Denn es liegen keinerlei Beweise vor. Keine DNA-Spuren, keine verlässlichen Zeugenaussagen – nichts! Aber das ist noch nicht alles.«

»Was kann denn noch schlimmer sein?«

»Nicht schlimmer, aber nicht minder unangenehm.«

»Warum siehst du mich so merkwürdig an?«

»Schatz, das betrifft die Firma deines Onkels.«

»RO-Trock?«

»Hat er noch eine Firma?« Frank lächelte. »Nein, Scherz beiseite.«

»Ist was mit Helmut?«

»Gute Frage. Kannst du dir vorstellen, dass dein Onkel in dubiose Geschäfte verwickelt ist?«

»Keine Ahnung. Ist mir eigentlich auch egal. Du weißt, wie ich zu meinem Onkel stehe.«

»Deswegen ja.«

Tine mühte sich um Objektivität. »Schon möglich.«

»Ich halte es auch für möglich. Limo sammelte mehrere Akten, aus denen klar hervorgeht, dass die Firma Versicherungsbetrug im großen Stil betreibt.«

»Limo hat was?«

»Du hast richtig gehört. Ich wollte es auch zunächst nicht glauben. Erst als Frau Völker mir letzte Nacht zwei Akten vor die Nase legte, zeigte sich mir ein ganz neues Bild. Bevor du jetzt was sagst, Schatz, allein bei diesen beiden Vorgängen lagen die Betrugssummen im sechsstelligen Bereich. Limo soll mehrere Dutzend gesammelt haben.«

»Du meinst …«, Frank nickte. »Diese Meinung teile ich mit den Kollegen.«

»Warum unternimmt die Polizei nichts?«

»Noch nicht. Limo zögert noch, den Rest der Akten zu übergeben.«

»Aber wieso?«

»Habe keinen blassen Schimmer.«

»Was um Gottes Willen läuft da ab?«

»Glaube nicht, dass das mit Gottes Willen geschieht.« Frank lächelte erneut gequält. »Ich überlege, ob ich Limo bei einem Glas Bier darauf ansprechen sollte.«

»Vielleicht solltest du das Glas Bier mit ihm hier trinken? Vor allem bald schon.«

»Gute Idee. Bei dir wird er meistens Wachs in deinen Händen. Auf einen Versuch käme es an.« Frank stand auf und marschierte hinüber zur Kaffeemaschine. Einen

Augenblick später schenkte er Tine und sich selbst heißen Kaffee nach. Frank spürte, dass ihn zwei hellwache Augen durchbohrten. Instinktiv hob er den Kopf. Tine lächelte unecht.

»Was gibt's? Warum schaust du so nachdenklich?«, fühlte Frank sich animiert.

»Wie kommt Limo eigentlich auf die Idee, Akten zu sammeln. Ich meine, es steht doch nirgendwo geschrieben, dass mein Onkel Versicherungsbetrug begeht. Und das vermutlich in einem großen Umfang.«

Frank kratzte sich das Kinn. »Ich kann es dir nicht sagen.«

»Hat Limo der Polizei nicht gesagt, woher er die Kenntnis besitzt?«

»Mir gegenüber äußerte sich weder Ron Steiger noch Frau Völker darüber. Vermutlich ist er per Zufall darauf gestoßen.«

»Gut möglich …«

»Aber?«

»Wieso aber?«

»Du grübelst doch bestimmt schon weiter. Du gibst dich für gewöhnlich mit einem ‚*gut möglich*' nicht zufrieden.« Jetzt lächelte Tine verschmitzt.

»Ich befürchte, wir sind schon zu lange verheiratet«, Frank lachte laut los.

»Aber jetzt mal im Ernst. Selbst wenn Limo per Zufall eine zwielichtige Sache entdeckt hat: Ist das ein Grund gleich einen ganzen Aktenberg anzuhäufen? Was bezweckt er damit?«

»Erpressung?«

»Was …?« Tines Miene glich einem Verkehrsunfall.

»Nein. Sicher nicht. Das hab ich nur so gesagt. Ich denke, wir sollten jetzt aufhören uns den Sonntagvormittag mit spekulativen Gedanken zu verderben. Wir frühstücken jetzt in Ruhe weiter und verschaffen uns dann bei einem kleinen Spaziergang einen klaren Kopf. Bevor wir später auf den Weihnachtsmarkt gehen, rufe ich Limo mal an. Vielleicht kommt er auf eine Flasche Bier vorbei. Überleg dir doch schon mal, wie wir ihn so schonend wie möglich auf das Thema lenken können. Okay?« Tine hielt den Blick ihres Mannes eine Zeit lang fest. Frank hatte von etwas Kenntnis, das er ihr nicht erzählen wollte.

»Schatz, du schaust mich fragend an?«

»Wie vorhin schon erwähnt, wir kennen uns schon eine Weile. Was verheimlichst du mir noch?«

»Ich war vor einigen Tagen bei dem heruntergebrannten Haus. In den Ebbenmooren.«

»Warum?«

»Ich wollte mir persönlich ein Bild machen.«

»Und das Bild ließ nichts Gutes erahnen.«

Frank nickte stumm. »Was ist geschehen?«

»Ich habe, nur wenige Meter von dem Aschehaufen entfernt, Blut entdeckt. Eine Blutspur, die ich überprüfen ließ.«

»Limo«, kombinierte Tine reaktionsschnell.

»Mir ging die Aussage der Zeugen nicht aus dem Kopf. Sie waren sich ziemlich sicher,

Limo gesehen zu haben. Naja, das Auto. Ich bin dann der Sache noch weiter nachgegangen. Keiner der beiden Fahrzeughalter, die im näheren Umkreis wohnen und das baugleiche Fahrzeug fahren, kennt eines der Todesopfer. Limo schon.«

Tines Augen wurden dunkel. »Scheiße!« Sie schüttelte ungläubig den Kopf. »Limo ein Mörder?«

»Ich fürchte ja. Vielleicht war es auch nur ein Unfall?« Frank zuckte beide Schultern. »Dagegen spricht der Zustand der Toten. Zudem wurde der Brand mit einem Brandbeschleuniger entfacht.«

»Das Blut ist von Limo? Hundertprozentig?«

»Das Blut an dem Holz befindet sich noch im Labor. Ein guter Freund dort wartet nur noch darauf, bis ich ihm DNA-Spuren von Limo übergebe. Ich habe eine echte Sorge, dass Limo nicht bloß im Schlamassel sitzt, ich befürchte er sitzt richtig in der Scheiße.« Frank fasste sich an die Stirn.

»Gibst du deinem Kollegen die DNA von Limo?«

»Freiwillig wird er sie mir vermutlich nicht geben. Nicht, wenn er mit in die Sache involviert ist.«

Tine betrachtete erneut ihren Mann. Er hockte nicht mehr breitschultrig vor ihr. Aus seiner Körpersprache las sie pure Enttäuschung ab. »Was nun?«

»Wenn ich darauf eine Antwort hätte, ginge es mir wesentlich besser. Ich denke, mir bleibt nichts anderes übrig, als zu warten, bis er uns besucht.«

»Gut. Sehr gut. Könntest du mir bitte noch ein Brötchen rüber reichen?« Tine wechselte das Thema und warf ihrem Mann einen verliebten Blick zu.

Trotz der Nachmittagssonne wollte das Quecksilber im Thermometer nicht über die Null-Grad-Hürde. Der frostige Raureif umgarnte die Gegend der Talsperre wie ein hauchzartes Spinnennetz. Selbst auf dem Asphalt glänzten noch winzige Eiskristalle. Limo verharrte noch am Start der Runde. Selbst in Sommerzeiten hielten sich für gewöhnlich nicht so viele Menschen an der Talsperre auf wie an diesem Nachmittag.

Es war ein merkwürdiges Gefühl. Limo glaubte, hunderte Augenpaare würden ihn beobachten. Er fühlte sich ertappt. Wissende Blicke schienen seinen Rücken zu brandmarken. Limo erhöhte die Schrittfrequenz. Die eisige Luft brannte in der Lunge. Abermals beschleunigte er das Tempo. Plötzlich verkrochen sich Zweifel und Ängste. Freude ließ seinen Pulsschlag in eine berauschende Höhe katapultieren. Limo mäßigte jetzt das Tempo. Er erkannte die Frau vor ihm. Er lief noch langsamer, bis er auf Tuchfühlung gelangte. Auf ihrer Höhe angekommen, passte er sich ihrem Tempo an.

»Hallo?!«

Fiona wandte sich neugierig zur Seite um.

»Hallo«, erwiderte sie.

»Wie geht es unserem Schläger?« fragte sie kess.

»Das war ich nicht. Das war Mr. Hyde. In Wirklichkeit bin ich ein ganz Lieber …«, grinste Limo. »Nein, war ein blöder Witz, das war 'ne saudämliche Aktion.«

»Was ist denn eigentlich passiert? Gregor, der Pächter des Lokals und gleichzeitig ein guter Freund von mir und meiner Freundin, konnte es nicht genau sagen. Er sah auch nur verdutzt aus seiner Wäsche, als er das Polizeiaufgebot sah.«

Limo überlegte kurz. Er entschied sich für die wahre, aber abgespeckte Version. »Die Typen sind meine Arbeitskollegen. Im Vorfeld sind einige miese Dinge abgelaufen. Als ich mit einem befreundeten Pärchen das Center betrat, hörten wir, wie sich halbstarke Teenies anschrien. Beim näheren Betrachten erkannte ich einen gut befreundeten Arbeitskollegen von mir. Dann ging alles rasend schnell. Ich ließ mich zu einer dämlichen Aktion mit diesen miesen Halunken hinreißen. Mein Kumpel Frank begleitete mich. Spontan sind wir dann dazwischen, während Franks Frau in sicherer Entfernung wartete. Tja, den Rest kennt ihr ja ...«

»Aber wegen einer Schlägerei trifft nicht gleich die gesamte Siegener Polizeibereitschaft ein.« Fiona wollte nähere Details erfahren.

»Ganz so harmlos war das auch nicht. Insgesamt waren wir zu viert, während die anderen mit drei- oder viermal so vielen Typen auf uns eindroschen. Zum Schluss zog noch einer ein Messer. Weiß nicht, irgendwie waren auch schon die Polizisten vor Ort. Mehr gibt's wirklich nicht zu berichten. Ich wollte einfach nur mit Frank und Tine einen netten Abend verbringen und hatte ehrlich gehofft, deine Freundin anzutreffen.«

Endlich war es ihm über seine Lippen gerutscht. Fiona warf einen scharfen Blick hinüber.

»Aha, hätte ja beinah geklappt ...«, kommentierte sie lapidar.

Limo verstand ihre unterschwellige Aussage.

»Ahm ..., darf ich dich nach deinem Namen fragen, auch wenn ich es bin und nicht meine Freundin?«

»Mirco, warum?«

»Es ist so, meine Freundin findet dich, untertrieben gesagt, echt toll. Aber irgendwie traut sie sich nicht, dich anzusprechen.«

Limo lächelte glückselig.

»Sag bitte deiner Freundin, dass ich sie atemberaubend schön finde. Ich habe ehrlich gesagt auch nicht den Mut gehabt sie anzusprechen. Mir fehlte buchstäblich der Atem, wenn ich sie traf. Aber kaum mehr als ein *Hallo* brachte ich nicht zustande.«

»Wohnst du hier in der Gegend? Oder kann sie dich telefonisch erreichen?«

»Es tut mir leid, aber mein Leben verläuft im Moment nicht so toll. Ich würde mir nichts sehnlicher wünschen als deine Freundin näher kennenzulernen. Ich weiß ja, wo ich sie – euch, antreffen kann. Aber im Augenblick habe ich den Kopf für so eine tolle Frau nicht frei. Ich befürchte, ich würde es vermasseln. Wie ist denn ihr Name?«

»Emely.«

»Und wer bist du?«

»Fiona.« Limo schaute verschämt zu Boden. Fiona hingegen ließ ihn nicht aus dem Blick. Sie verstand den letzten Teil seiner Aussage nicht ganz. Als habe Limo die Gedanken der attraktiven Rothaarigen lesen können, fing er ihren Blick wieder auf.

»Besteht denn die Möglichkeit, es nochmal zu versuchen?«

»Wann?« fragte Fiona scheinbar emotionslos.

»Vielleicht am kommenden Samstagabend, gegen zehn?«

»Bestimmt«, antwortete Fiona vorausschauend. »Das ist gleich das Wochenende nach Weihnachten. Würde sagen, gutes Timing.«

»Super. Ich bin dann um zehn Uhr da.«

Er warf Fiona noch einen flüchtigen Blick zu, als er sich verabschiedet hatte. Eigentlich fand er diese Frau mehr als nur attraktiv. Aber schon bei dem Erwähnen des Namens ‚*Emely*' stand Limo bereits im Bann von Aphrodite. Fiona erwiderte lächelnd seinen Blick und schlenderte weiter ihres Weges. Limo beschleunigte wieder. Den Pulsschlag der Aufregung spürte er bis zum Hals pochen.

Als Limo aus dem direkten Sichtfeld verschwand, fischte Fiona ihr Smartphone aus der Winterjacke und tippte in schwindelerregendem Tempo beidhändig einen Text. Kaum die Nachricht versendet, meldete das Smartphone einen Anrufer.

»Hallo, Süße. Na, was sagst du jetzt?«

»Bist du ihm gerade begegnet?«

»Ja. Tatsächlich. Ich erzähl dir später mehr. Und bevor du jetzt rumbockst, wie wäre es, wenn wir uns kommenden Samstag schon 'ne Stunde eher treffen. Ich erzähl dir dann alles das, was er mir erzählt hat. Danach gehen wir ins *FUGA*. Er wird gegen zehn dort sein. Okay?«

»Ist gut. Sehen wir uns denn vor Weihnachten nicht mehr?«

Fiona gluckste. »Leider nicht. Wir treffen uns dieses Jahr mit der kompletten Familie in Ingolstadt. Ich fahre morgen schon mit meinen Eltern los.«

»Das ist schade. Gut, dann texten wir nochmal, bevor wir uns am Samstag treffen. Ich wünsche dir und deiner Familie ein schönes Weihnachtsfest. Grüß mir alle schön, ja?«

»Das ist doch wohl selbstverständlich. Bleibst du alleine, in Wenden?«

»Weiß noch nicht. Aber vermutlich werde ich zu meinen Eltern fahren. Quatsch. Natürlich fahre ich zu meinen Eltern.«

»Brav, brav …« Fiona lachte. »Vertreib dir die Zeit sinnvoll, bis ich wiederkomme. Dann auch schöne Grüße an deine Ellis.« Das Geräusch eines liebevollen Schmatzers beendete das Telefonat.

Als Limo seine Laufschuhe mit warmgefütterten Winterstiefeln tauschte, drang eine sanfte Melodie in seine Ohren. Neugierig eilte er zur offenstehenden Fahrertür und kramte sein Handy aus dem Seitenfach.

»Hey. Wie geht's dir? Alles gut überstanden?«, begrüßte Limo seinen Freund.

»Limo, wo steckst du gerade?«

»An der Breitenbachtalsperre. War gerade einige Runden joggen. Warum?« Limo überraschte die Aufgeregtheit in der Stimme seines Freundes. Er klang fast schon hysterisch.

»Hab was Interessantes für dich.«

»Okay, jetzt hast du mich absolut neugierig gemacht. Worum geht's?«

»Wann bist du wieder in deiner Wohnung?«

»Du machst mir Angst. Was ist los?«

»Das möchte ich dir dann zeigen! Also …?«

»Ich setz mich sofort in den Wagen und bin in knapp dreißig Minuten in meiner Bude. Ist das okay?«

»Super. Ich warte auf dich.«

»Hä?«

»Schon gut. Ich stehe bereits vor deiner Haustür und schabe wie 'ne Katze.«

»Bin schon unterwegs!«

Galep hob grüßend den Arm, als Limo den Wagen auf dem Abstellplatz abstellte. Wenige Augenblicke später hockten sie in Limos bescheidenem Reich.

Während Limo rasch die Kleidung wechselte, bereitete Galep den PC vor. Limo gesellte sich anschließend zu Galep, schnaufte tief durch und nickte ihm zu. »Leg los …«

18

Kühler Ostwind trieb tief hängende Wolken vor sich her. Limo blickte geduldig aus dem Fenster. Es grämte sein Herz, dass er am vergangenen frühen Sonntagabend Frank und Tine abwimmeln musste. Er musste sich schnellstens entschuldigen. Im Wartezimmer wartete eine Mutter mit ihrem Sprössling. Sie war noch vor Limo dran. Limo fand keine sinnvollere Lösung. Sein Hausarzt musste ihn irgendwie ein paar Tage aus dem Verkehr ziehen. Am gestrigen Montag verschwand unter mysteriösen Umständen eine Kernbohrmaschine aus Limos Servicewagen. Daraufhin mahnte ihn Kohlmeier, auf sein Inventar sorgfältiger aufzupassen. Limo schüttelte mehrmals frustriert den Kopf. Er begriff es nicht. Noch am Morgen, bevor er die Trocknungsgeräte mit Galep in den Sprinter geräumt hatte, hatte er definitiv die Werkzeuge kontrolliert. Er konkretisierte seine Vermutungen dahingehend, dass irgendjemand zwischen dem Einräumen der Geräte und dem Gang zur Toilette das Gerät aus dem Wagen entwendet haben musste. Leider blieb Limo nichts anderes übrig als in der Zentrale anzurufen. Der Projektleiter dieser Schadensstelle, Dario Filippo, musste logischerweise darüber informiert werden. Dario verhielt sich relativ fair. Sachlich informierte er Limo, dass darüber am Nachmittag vor versammelter Mannschaft gesprochen werden musste. Limo und Galep bereiteten die Großbaustelle vor, soweit dies ohne entsprechende Gerätschaft möglich war. Wenige Minuten vor Feierabend trafen Limo und Galep im Lager ein. Die anderen Kollegen warteten bereits. Keiner der Monteure machte Anstalten, den beiden beim Entladen zu helfen. Limo verhielt sich ruhig. Gemeinsam entsorgten sie den Baustellenschutt im Container. Limo biss sich eher die Zunge ab, als dass er um Hilfe gebeten hätte. Zufällig beobachtete Dario Filippo die Situation aus sicherer Entfernung. Nach einigen Minuten hatte er genug gesehen. Er betrat das Lager.

»Darf ich einen Augenblick um Aufmerksamkeit bitten!« hallte es durch den Gebäudetrakt. Die Monteure verstummten.

»Wie ich heute abermals erfahren musste, fehlt seit geraumer Zeit immer wieder Equipment aus einem Servicewagen. Spektakulärerweise immer aus dem Wagen von Mirco. Derjenige, der das veranlasst oder getan hat, bekommt die Gelegenheit, bis morgen früh den Kernbohrer abzuliefern. Sollte das nicht geschehen, werden andere Maßnahmen eingeleitet.« Limo und Galep staunten offenen Mundes.

»Und wenn er die Maschine selbst verlegt hat?« rief Poller sarkastisch in den Raum.

»Poller, sei nicht dämlicher, als du bist. Mirco hat die Maschine persönlich heute Morgen in die dafür vorgesehene Vorrichtung gehängt. Als er an der Baustelle eintraf, fehlte der Kernbohrer. Also rede keinen Quatsch.« Filippo registrierte den Kopfverband um Pollers Kopf. Ein Gipsverband schützte den rechten Arm. Und um den Brustkorb herum stützte ein Korsett den verletzten Geh- und Stützapparat. Poller gönnte Limo nicht die Schmach seiner momentanen körperlichen Unpässlichkeit.

Filippo blieb objektiv, obwohl er mit Poller nach Feierabend regelmäßig Fußball spielte und sie anschließend die obligatorischen Bierchen gemeinsam verdrückten.

»Behaupten kann man viel. Fakt ist, dass er in letzter Zeit in seiner Arbeitsweise ein enormer Schlendrian ist«, gab Poller keine Ruhe.

»Warum schießt du permanent gegen Mirco? Gibt es einen Anlass dazu?«

»Es schießt keiner gegen ihn.«

»Ach nein? Warum habt ihr ihm und Galep vorhin nicht beim Ausräumen geholfen? Wenn ich herausfinden sollte, dass einige Möchtegernkollegen auf großer Mobbingtour reiten, dann verlegen wir die Angelegenheit eine Etage weiter nach oben. Habt ihr mich verstanden?«

»Aber …«

»Poller! Das gilt auch für dich. Und nun macht Feierabend. Wie es weitergeht, entscheide ich morgen.« Filippos Anpfiff klang wie ein dumpfes Grollen aus einer Maschine. Doch Poller schenkte dem Gequatsche Filippos keine weitere Sekunde Aufmerksamkeit. Der Anschiss prallte an ihm mühelos ab. Pollers Augen funkelten diabolisch.

Mit einem beleidigten Gebrumme verließen die Monteure den Hof. Limo und Galep räumten noch fertig auf. Als Dario die Treppe hinaufstieg, kam ihm Kohlmeier entgegen.

»Was war denn jetzt schon wieder da unten los?«

»Mirco kam heute Morgen an der Großbaustelle ohne Kernbohrer an.«

»Was? Das ist das vierte Mal innerhalb von acht Wochen, dass der Scheiße baut! Und das wird seine dritte Abmahnung werden. Ich hab die Schnauze voll. Es wird Zeit, dass er die Papiere bekommt.«

»Feuern? Warum?« fragte Filippo überrascht.

Kohlmeier begleitete Filippo in sein Büro. Dort informierte er ihn über die Unterschlagungen von Beweisakten von schlecht gelaufenen Baustellen. Mirco Langen wolle die Verantwortlichen und auch die Firma in den Schlamassel ziehen.

»Aber das ist doch kein Grund, Mirco zu entlassen. Gibt es denn Beweise, dass er wirklich derjenige ist?«

»Muss es geben und ich werde es herausfinden. Egal wie.« Kohlmeier verschwieg seine Kenntnis.

Filippo lächelte süffisant.

»Ist das so witzig?« erzürnte sich Kohlmeier.

»Nein, ist es nicht. Aber ich denke, Mirco ist schlau genug, um zu wissen, dass man ihm ohne erdrückende Beweislast nicht so ohne weiteres kündigen kann. Wenn er in der Lage ist, sozusagen Firmengeheimnisse zu veröffentlichen, dann wird er mit dir spielen. Mit uns spielen!«

»Und genau deswegen soll er aus dieser Firma verschwinden!« fügte Kohlmeier wütend hinzu.

»Gut, dann schreib ihm eine Abmahnung und zusätzlich eine Kündigung. Dann werden wir erleben, wie er reagiert. Glaubst du allen Ernstes, dass er die Schnauze hält, wenn du ihn entlässt? Denkst du nicht, wenn er die Kündigung erhält, dass er dann erst recht die Akten auffliegen lässt? Ich an seiner Stelle würde es tun. Du nicht? Versetz dich doch einfach nur in seine Lage. Was hat er zu verlieren, was würde er gewinnen? Und wenn ich gerade so schön dabei bin, woher besitzt du eigentlich Kenntnis über die Akten?« Filippo argumentierte diplomatisch. Kohlmeiers Miene verfinsterte sich drastisch.

»Sagen wir, ein Vogel zwitscherte es mir.« Kohlmeier hielt sich zurück.

»Okay. Verstehe. Es ist in Ordnung, wenn du mir keine Einzelheiten verraten möchtest. Aber dann geh mir auch nicht auf den Nerv. Mach was du willst mit Mirco. Aber du solltest nicht sonderlich überrascht sein, wenn er anders reagiert, als du es dir vielleicht erhoffst.«

»Ich vermute mal, dass dir die Tragweite der Angelegenheit nicht ganz bewusst ist. Du steckst mit drin«, antwortete Kohlmeier höhnisch grinsend.

»Eben drum! Vielleicht nicht so derb, wie du vermutest. Aber genug um den Ärger umgehen zu wollen. Nur die Lösung, die du vorantreibst, ist nicht die Geschickteste.«

»Welcher Lösungsansatz schwebt dir denn vor?«

Filippo zog ahnungslos die Schultern hoch.

»Noch keiner«, antwortete er wortkarg. »Vielleicht fällt mir noch etwas Kluges ein«, legte er kurz nach und ließ Kohlmeier daraufhin wissen, dass er noch einige Telefonate führen müsse. Kohlmeier verstand die Andeutung und setzte sich unbefriedigt in Bewegung.

Galep teilte Limo noch am Abend das Gespräch zwischen Kohlmeier und Filippo mit. Wort für Wort hielt die Kamera fest. Limo war nicht sonderlich überrascht. Er verdächtigte Kohlmeier schon lange als Initiator der Inquisition. Noch während des Gesprächs reifte in Limo der Gedanke, sich einige Tage »gelben Urlaub« zu gönnen. Er teilte seinem türkischen Freund sein Vorhaben mit. Bald darauf verabschiedeten sie sich.

In der Zwischenzeit war die Mutter mit ihrem Sohn aufgerufen worden Gerade, als sich seine Gedanken verfinsterten – Kohlmeier ihm in den Sinn kam – bat eine junge Arztgehilfin ihn, ihr zu folgen.

Sein Arzt schrieb ihm eine Arbeitsunfähigkeitsbescheinigung.

Das Wetter eignete sich an diesem Dienstag nicht besonders fürs Skaten. Aber es blieb zumindest trocken. Er entschied sich dafür, beide Möglichkeiten in Betracht zu ziehen. Sowohl inlinern als auch joggen.

Bevor er sich tatsächlich die Inliner anschnürte, wählte er Franks Nummer. Der nahm den Anruf nicht entgegen. Limo schrieb daraufhin einige Zeilen und versendete die SMS. Rasch stieg er in die Inliner, zog sich noch eine ultraleichte GORE-TEX-Jacke über. Den Reissverschluss zog er bis unters Kinn hoch. Limo erreichte gegen Ende der ersten Runde bereits Betriebstemperatur. Wie gewohnt setzte er kraftvoll ein Bein vors andere. Während er das Tempo forcierte, huschte ein winziges Lächeln über das Gesicht. Der Gedanke an Emely erfreute ihn sichtlich. Während der vierten Runde, mit den Gedanken noch bei Emely, bemerkte er erst, dass es mittlerweile zu regnen begonnen hatte. Je länger der Regen anhielt, desto mehr spürte Limo den Grip-Verlust der Rollen auf dem schmierigen Asphalt. Mühselig quälte er sich zum Ende der Runde. Enttäuscht schnallte er die Inliner ab. Trotzig tauschte er sie mit den Laufschuhen.

Wenigstens zwei Runden joggen müssten noch drin sein. Noch voller Optimismus wandte er seinen Blick zum Himmel. Doch seine Hoffnung ebbte jäh auf den Nullpunkt ab, als die Wolken nun sämtliche Schleusen öffneten. Schwerer und dichter Regen prasselte zu Boden. Unter diesen Umständen mochte er nicht joggen. Das Risiko sich zu erkälten ging er nicht ein. Schlecht gelaunt startete er den Motor und lenkte den Wagen zielbewusst zu einem Lebensmittelkaufmarkt.

Er lenkte den Einkaufswagen zunächst in die Getränkeabteilung. Als er zwei Kästen mit Mineralwasser verstaut hatte, überlegte er. Gedanklich ging er seinen Einkaufszettel durch. In der Obst- und Gemüseabteilung griff er sich Tomaten, einen Kraussalat und Gurken sowie einige Äpfel, Bananen, Mandarinen und neuseeländische Kiwis. Auf dem Weg zur Wursttheke legte er noch zwei Packungen Körner-Harmonie-Sandwiches in den Wagen. Nachdenklich schweifte sein Blick in die nächsten Regale. Plötzlich stockte Limo der Atem. Einige Meter vor ihm beobachtete er eine Frau. Die Bewegungen kannte er flüchtig. Die Haare, das erhabene Schreiten, die anmutige Kleidung. Sie konnte es nur sein. Limo schwenkte den Einkaufswagen in einen Gang. Zögernd näherte er sich. Neugierig ruhte sein Blick auf ihr, bis er endlich die Bestätigung erhielt. Emely beugte sich über das Gefrierfach und suchte scheinbar nach ihrer Lieblingssorte. Limo blieb stehen und beugte sich von der entgegengesetzten Richtung ebenso vor.

»Ich kann Ihnen die Pizza Prosciutto und die Pizza Tonno e Cipolla sehr empfehlen.«

»Danke schön, aber ich bevorzuge die Pizza Quattro Formaggi.« Ihre Aufmerksamkeit galt noch der Gefriertruhe.

»Ich glaube ja daran, dass diese Pizza eine typische Frauenpizza ist. Was glauben Sie?« Limo blieb dran. Überraschenderweiseverkroch er sich jetzt nicht schüchtern, wie es sonst seinem Naturell entsprach.

Emely schien gereizt. Limo wirkte nach außen wie in froher Erwartung, während sein Innenleben bedenklich rotierte. Dann fand Emely die passende Sorte, griff sich zwei Packungen und kam in die Aufrechte. Sie hatte Limo erkannt.

»Hallo, Emely.«

»Hallo.«

»Ich bin eigentlich kein Typ, der Frauen in einem Kaufhaus anquatscht.«

Emely betrachtete Limo argwöhnisch. »Aha. Wo dann?«

»Sorry. Wollte dich nicht dumm anmachen.« Emelys Tonfall ließ Limo in sein Schneckenhaus zurückschnellen. »Ich bin nicht sehr gut in so was. Ich hatte dich vorhin von hinten erkannt, naja jedenfalls glaubte ich das. Da dachte ich mir: Jetzt oder nie! Aber es scheint so, als war das ein blöder Gedanke. Okay, dann viel Spaß mit der Pizza.« Limo hob hilflos den Arm und wandte ihr den Rücken zu. Bedächtig schob er seinen Einkaufswagen voran. Emely blickte ihm nach. Sie ließ ihn zappeln. Jeden Augenblick würde er hinter dem nächsten Gang die Wurst in den Wagen legen und verschwinden. Er schüttelte irritiert den Kopf. Er verstand ihre abgeneigte Haltung nicht, so als würde er abartig nach Schweiß stinken oder aus dem Mund. Sollte sie noch nichts davon wissen, dass er sie und Fiona nach Weihnachten im *FUGA* treffen würde?

»Mirco?« Limo stoppte abrupt, als seien die Rollen des Einkaufswagens in Treibsand geraten. Er schloss für einen Atemzug die Augen, wandte sich der Stimme zu und lächelte wehmütig.

»Wenn du magst, dann würde ich gerne mit dir die Pizza essen. Du brauchst auch nicht die typische Frauenpizza zu essen. Versprochen.«

Limo lachte laut los. »Das war nicht …« Emely unterbrach lachend. »Jetzt?«

»Wie … Du meinst jetzt gleich? Die Pizza?«

»Was spricht dagegen?«

Er spielte ernsthafte Überlegung vor. Die Antwort kannte er allerdings schon längst.

»Aber wenn du nicht kannst, vielleicht ein anderes Mal.«

»Nein, nein, nein …« Limo schoss schneller als Jesse James. Beinah hatte er sein Glück zu sehr herausgefordert.

Emely zog ihr Handy aus der Jackentasche und warf einen flüchtigen Blick drauf.

»Sagen wir so achtzehn Uhr? Bei mir?«

»Wie spät ist es jetzt?«

»Kurz vor vier.«

»Super. Dann bringe ich meinen Einkauf noch in meine Wohnung.«

»Schön. Ich freu mich. Soll ich dir erklären, wie du zu mir findest?« Limo lächelte innerlich. »Sag mir doch einfach deine Adresse, mein Navi wird es finden.«

Emely teilte ihre Anschrift mit. Kurz drauf trennten sich ihre Wege.

Limo sprang aufgeregt in seiner Wohnung auf und ab. Für einige Zeit verbannte Emely Limos Ängste und Sorgen in den Hintergrund. Frisch geduscht und lässig gestylt verließ er gegen halb sechs seine Wohnung. Einige schnelle Sprünge und schon saß er in seinem Wagen. Kurz fauchte der Turbo auf, als noch im selben Augenblick der Motor wieder verstummte. Panisch hetzte Limo zum Briefkasten. Wütend riss er den Zettel heraus, an dem ein gewöhnlicher Briefumschlag hing. Seine Ahnung bestätigte sich. Auf den Zettel hatte jemand lieblos ein schwarzes Kreuz gemalt. Hastig öffnete er den Umschlag. Zwei Fotos zeigten ihn mit Fiona an der Talsperre. Nah, als sei es ein Porträt. Zwei weitere Fotos zeigten Limo mit Galep. Unmittelbar vor dieser Haustür. Auf einem der Bilder schien Galep dem Fotografen genau in die Linse geschaut zu haben. Die letzten beiden Lichtbilder zeigten Frank und Tine. Limo von hinten. Unmittelbar vor dem Steakhaus. Fassungslos schob er die Fotos ineinander und steckte sie zurück in den Umschlag.

Während Limo über die Autobahn raste, spuckte er Gift und Galle. Seine Hände umklammerten das Lenkrad, als wollte er die Arme des Absenders der Fotos brechen. Im Hintergrund schmachtete Elvis *Love me Tender* aus dem Radio. Erst als der Routenplaner ihn aufforderte, in wenigen Metern die Autobahn zu verlassen, und er den Blinker setzte, gelang es dem Song, Limo zu besänftigen.

Trotz der Dunkelheit fand Limo problemlos Emelys Haus. Zunächst glaubte er, in die falsche Einfahrt eingebogen zu sein. Vorsichtshalber warf er einen Blick auf die Adresse. Ungläubig schaute er aus dem Fenster der Beifahrerseite. Dieses Haus war nicht bloß ein Haus, es war ein traumhaftes Anwesen auf einem leicht abschüssigen Areal.

Sprachlos stand er in der riesigen Einfahrt, in der man ohne Probleme ein Basketballfeld hätte unterbringen können. Ehrfürchtig klingelte er. Schon öffnete sich die Tür.

»Hallo, Mirco. Schön, dass du da bist. Hat das Navi also den Weg ins schöne Sauerland gefunden?« begrüßte sie ihn herzlich und führte ihn herein.

»So ein Gerät ist schon eine super Erfindung.« Staunend verweilte er im Hausflur und blickte begeistert die Empore hinauf.

»Was für ein tolles Haus! Ist das ein Fertighaus?«

»Ja. Ein so genanntes Energiesparhaus.«

Vor lauter Ehrfurcht zog er sich freiwillig seine Schuhe aus. Emely sagte nichts dazu. Er schien ein Typ zu sein, der Ordnung und Sauberkeit zu schätzen wusste.

»Dann komm erst mal rein. Der Backofen ist schon vorgeheizt.«

Limo fasste sich an den Kopf. »Jetzt weiß ich, was ich vergessen habe.«

»Die Männerpizza«, ergänzte Emely neckisch. Gar nicht mehr spitzzüngig. Limo lachte.

»Darf es eine Frauenpizza sein?«

Limo hüstelte und druckste herum. »Okay, okay. Habe verstanden. Ich schau hinten mal nach, was meine Gefriertruhe noch hergibt.«

»Das ist doch nicht nötig. Wenn du 'ne Scheibe Brot im Haus hast …«

»Ne Scheibe Brot?«, Emely zog eine liebenswerte Schnute. »Erst schau ich mal nach. Irgendetwas hab ich bestimmt noch.« Emely verzog sich durch zwei Türen hindurch in den hinteren Bereich des Hauses.

Limo stand ehrfürchtig im großzügig gebauten Wohnzimmer. Der riesige Raum war Küche, Esszimmer und Wohnzimmer in einem. Limo wusste nicht, über welches Detail er als erstes staunen sollte. Tolle Accessoires schmückten Wohnbereiche und Wände. Emely betrat wieder die Küche. In ihren Händen einige Beutel Tiefkühlkost.

»Wow …! Ist die Inneneinrichtung von dir so gestaltet worden?« fragte Limo begeistert.

»Bis auf wenige Ausnahmen alles. Meine Eltern haben auch einen großen Teil dazu beigetragen.«

»Das Haus ist aber auch nicht älter als ein oder zwei Jahre?«

»Genau ein Jahr. Letztes Jahr im Juni bin ich eingezogen. Das heißt, zusammen mit meinem damaligen Mann.«

»Geschieden?« fragte er erleichtert nach.

»Noch nicht. Aber setz dich doch.« Interessiert nahm Limo auf einer gepolsterten Bank im Esszimmer Platz.

»Also: Zur Auswahl hätte ich Chicken-Nuggets, Puten-Sticks oder Pommes. Wenn du magst, kann ich von allen dreien etwas in den Backofen legen.«

»Gegen Chicken-Nuggets und ein paar Pommes würde ich mich nicht wirklich wehren.«

»Gut. Kommt gleich.«

Limo blickte auf den Tisch und bemerkte die sensationelle Tischdekoration. Wobei die Bezeichnung *Tisch* nicht ganz der Tatsache entsprach. Eine *Tafel* würde es trefflicher beschreiben. An einem Ende der Tafel stand eine riesige Silberschale. In ihr schwammen ein Dutzend Kerzen. Zierhölzchen rund um die Schale rundeten die abstrakte Dekoration ab. Der Duft von Pizza und Chicken-Nuggets verfingen sich in seiner Nase.

»Mmhh …, mir läuft jetzt schon das Wasser im Mund zusammen. Kochst du oder backst du gerne?«

»Normalerweise koche ich gerne. Aber wie das so ist, allein kochen macht keinen Spaß. Erst recht nicht alleine essen.«

»Das kann ich gut nachvollziehen. Ich koche zwar nicht gerne, mache mir aber dennoch abends nach der Arbeit meistens schnell Mikrowellenessen fertig. Aber in der Hinsicht gibt es ja mittlerweile genügend Auswahl in den Supermärkten.«

»Mirco, möchtest du etwas trinken?«

»Gerne. Ein Mineralwasser, wenn du hast, bitte. Du kannst mich aber gerne auch Limo nennen.«

»Limo! Wie kommt man denn zu so einem Namen?«

Limo und Emely unterhielten sich angeregt, während das Essen im Backofen garte. Zwischen anspruchsvollen Themen, Albernheiten und prickelnden Dialogen rauschte die Zeit nur so dahin. Emely verteilte das Essen und schenkte Limo Mineralwasser nach. Das Essen dauerte länger als ein komplettes Fünf-Gänge-Menü. Nachdem Emely das Geschirr in die Spülmaschine geräumt hatte, erhielt Limo eine komplette Wohnungsbesichtigung. Für dieses Haus und die Einrichtung fand Limo nur schwer Worte. Ob er wollte oder nicht, er verglich jede einzelne Räumlichkeit mit der seines Elternhauses. Dann ließen sie sich auf dem bequemen Sofa im Wohnbereich nieder. Sie flirteten bei jeder sich bietenden Gelegenheit.

»Wie lange wohnst du jetzt schon in Eiserfeld?«

»Gut zwei Jahre. Vor einiger Zeit wollte ich irgendwo in die Ecke um Meinerzhagen, Drolshagen ziehen, damit ich nicht mehr diese langen Fahrzeiten zur Firma habe. Aber entweder passte der Mietpreis im Verhältnis zur Wohnung nicht oder das Haus hinterließ im Inneren einen Eindruck von vor dem ersten Weltkrieg. Deswegen wohne ich noch in Eiserfeld.«

Limo gab Episoden aus seinem Leben preis und endete bei der Scheidung, dem Tod seiner Schwester und dem seines Hundes. Seinen Sport, seine Eltern und die Erlebnisse mit seinen mobbenden Arbeitskollegen riss er nur an. Über den Mord an den drei Killern bewahrte er Stillschweigen. Auch den brutalen Tod von Anke Hammer verschwieg er. Emely hörte gebannt zu. Ihr ging es sichtlich nahe, zu erfahren, was Limo bis zum heutigen Tage widerfahren war. Sie gab Limo ein Gefühl des echten Interesses. Limo erzählte und sie unterbrach ihn immer wieder, um ihm Fragen zu stellen. Mehr und mehr bezauberte ihn diese Frau. Zwischendurch berichtete auch Emely aus ihrem Leben. Limo war ebenso sehr daran interessiert, mehr über sie zu erfahren. Sie tat ihm den Gefallen. Limo wurde mittlerweile heiß und kalt. Er wusste kaum noch, wo er hinschauen sollte. Emelys Augenfarbe war schon der absolute Knaller. Er versuchte, seinen Blick von ihrem Dekolleté abzuwenden – vergebens. Der Ausschnitt ihrer Bluse gehörte seiner Meinung nach verboten. In Limo kribbelte es aufwühlender als in einem Armeisenhaufen. Spätestens wenn Emely sich eine Zigarette anzündete und sich zu ihm vorbeugte, um zum Aschenbecher zu gelangen, hätte er sie am liebsten gleich dort auf dem Sofa geliebt. Er wusste nicht, ob sie seine Begierde bemerkt hatte. Er sprach sie logischerweise auch nicht darauf an. Er versuchte sich abzulenken und hörte ihr wieder eine Zeit lang intensiv zu. Allerdings spielte ihm seine Begierde einen Streich, so dass er erneut auf ihre weibliche Reize achtete.

Limo erschrak, als er sah, dass der Abend schon in die Nacht übergegangen war. Er entschuldigte sich wenige Minuten vor Mitternacht, dass er nun leider fahren müsse. Schließlich endete für ihn um vier die Nacht. Emely bedauerte den raschen Zeitenflug mindestens genauso wie Limo. Er verschwieg, dass er in Wahrheit ausschlafen könnte. Vielleicht hätte der Abend – vielleicht ja sogar die Nacht – noch einen heißen Verlauf genommen, wäre da nicht wieder der Gedanke an die Fotos erwacht. Sie bemerkte, dass es ihn eilig zu seinem Wagen trieb und begleitete ihn zur Haustür.

»Sehen wir uns wieder?« fragte Emely hoffnungsvoll.

»Mal schauen. Morgen gehe ich nach der Arbeit zum Sport. Am Donnerstag …«, flunkerte Limo.

»Und nach dem Sport? Darf ich dich dann besuchen?« unterbrach sie Limo. Sie hoffte, dass er sich nicht überfallen fühlte. Er überlegte kurz und sagte ihr, dass er sich sehr darüber freuen würde.

»Ich denke, ich bin gegen neunzehn Uhr wieder zu Hause. Fünfzehn Minuten fürs Duschen.«

»Also bin ich um halb acht bei dir. Ist das okay?«, ließ Emely nicht locker.

»Mehr als okay«, antwortete Limo keineswegs bedrängt und lächelte sie strahlend an. Er spürte, dass sie genauso verschossen in ihn war wie er in sie. Emely öffnete die Haustür, ging einen Schritt auf ihn zu und gab ihm schüchtern einen Kuss auf die Wange. Limo schloss die Augen und genoss den betörenden Duft des Parfums auf ihrer Haut. Er legte seine Hände um ihre Taille und ließ seine Nase in ihren Haaren ruhen. Limo inhalierte genussvoll ihren Geruch. Er zog seinen Kopf wieder zurück und küsste sie zärtlich auf die Wange.

»Danke schön. Es war ein sehr schöner Abend für mich. Seit langer, langer Zeit.«

Noch bevor sie antworten konnte, saß er auch schon in seinem Wagen und rauschte davon. Kaum aus der Haustür gestolpert, nahm Emely das Telefon. Fiona wollte jede Einzelheit erfahren. Überglücklich drehte Limo im Wagen Randy Crawford auf volle Lautstärke und summte verliebt mit. So kannte er sich selbst nicht. Er verbrachte einen kompletten Abend mit dieser atemberaubenden Frau, aber er fasste sie nicht an, beziehungsweise hatte nicht mal einen Versuch gestartet. Es wollte nicht als Eintagsfliege bei Emely landen. Wollte nicht so einen Verlauf wie bei Anke erleben. Auch wenn er zugegebenermaßen den Sex mit Anke gemocht und genossen hatte. Nein, dieses Mal sollte gleich zu Beginn eine tiefe und innige Liebe entstehen und wachsen. Limo verglich Emely mit Anke. Emelys natürliche Schönheit überbot sogar die von Anke. Zugegebenermaßen war der Sex mit Anke unglaublich aufregend und traumhaft verrucht gewesen. Genau die Mischung, die Männer sich vermutlich von Frauen erhoffen. An diesem Abend aber hatte Limo für sich selbst herausgefunden, dass Emely im Gegensatz zu Anke das gewisse Etwas ausstrahlte. Emely sollte die erste Frau sein, bei der er sein Primatenschema ein wenig abänderte. Nicht erst anbaggern, poppen und dann mal schauen. Vielmehr genoss er die wachsende Spannung. Limo war sich absolut sicher, dass Emely tatsächlich etwas Besonderes war. Vorausgesetzt natürlich, sie würde für ihn ähnlich empfinden, wovon er allerdings überzeugt war. Warum sonst wollte sie ihn schon am darauf folgenden Tag wieder sehen?

Kerzen spendeten im Wohnzimmer warmes Licht. Limo fläzte sich gemütlich auf der Couch. Aus der Musikanlage säuselten stimmungsvolle Balladen. Zärtlich streichelte Limo über Fotos längst vergangener Tage. Bilder, auf denen er mit Carmen um die Wette strahlte. Wenige Bilder, die ihm blieben und diese Geschwisterliebe nur im Ansatz widerspiegelten. Bilder, auf denen Ronny im Wald tobte, auf Wiesen die Schnauze in Mauselöcher steckte, oder bis zum Hals im Wasser stand, oder mit einem halben Baum in der Schnauze Limo triumphierend entgegenstolzierte. Er kramte in einigen Schubladen herum und fand den Gegenstand, den er suchte. Ein polimentvergoldeter Bilderrahmen, dessen oberer Rand mit verschnörkelten Ornamenten versehen war. Limo öffnete die Rückwand, fügte vier Fotos ein und betrachtete sie ausgiebig. Das gewisse Etwas fehlte. Vorsichtig legte er den Rahmen mit der Rückseite auf den Küchentisch. Zu jedem Bild schrieb er kurz das wesentlichste und das scheinbar nebensächlichste Merkmal hinzu. Dank seiner herzeigbaren Fähigkeiten in der selbst angeeigneten Kunst der Kaligraphie wirkte es jetzt sehr ansehnlich. Erneut haftete sein Blick minutenlang an den Erinnerungen. Solange er leben würde, er die Bilder und die Worte in der Stille betrachten würde, solange würde er Ronny und Carmen vermissen.

Ein einziger Nagel genügte, um dem Rahmen mittig über der Couch einen sichtbaren Ehrenplatz zu gönnen. Es wirkte irgendwie altbacken wie bei Omas, und dennoch hauchte es dem Raum eine Lebendigkeit ein.

Limo steckte seinen Körper in den Schlafanzug, schaltete den Musikturm aus und betrachtete noch einmal die Fotos. Dann löschte er die Kerzen und kroch ins Bett.

Das Frühstück wollte nicht so recht schmecken. Der Grund für sein Missvergnügen lag in dem Gespräch mit Tine und Frank. Ein beklemmendes Gefühl sagte ihm, dass es ein unangenehmes Gespräch werden könnte. Er musste in den letzten Tagen zu oft zumeist unangenehme Gespräche führen. Limo räumte den Tisch ab und begab sich ins Wohnzimmer. Gelangweilt zappte er mit der Fernbedienung durchs Fernsehprogramm. Genervt schaltete er den Fernseher wieder auf Stand-by. Im nächsten Augenblick hockte er am Schreibtisch und versuchte einer Illustrierten etwas Spannendes abzugewinnen. Erfolglos. Nun schenkte er dem Blick aus dem Fenster seine Aufmerksamkeit. Limo runzelte die Stirn. Zunächst glaubte er, sich den Schnee eingebildet zu haben. Er mühte sich vom Stuhl hoch. Als er das Fenster erreicht hatte, ließ der Schneefall der vergangenen Nacht die Umgebung friedlich erscheinen. Limo betrachtete sorgsam das Treiben der Eiskristalle, wie sie zur Erde schwebten und dabei unentwegt umeinander drängelten. Er betrachtete ein betagtes Pärchen, das vor Kälte verkrampft durch die Straßen stapfte. Ein Lächeln lag auf seinem Gesicht. Ein Amselmännchen hockte auf dem Stromkabel, das zum Dachgiebel führte. Keine zwei Meter vom Fenster entfernt. Sein kraftvoller Gesang schien bereits nach dem ersten Schneefall in diesem Winter den Frühling herbeizusehnen. Es drehte den Kopf schräg. Doch Futter unter der geschlossenen Bodendecke zu erspähen dürfte problematisch sein. Als Limo gerade darüber philosophierte, wie einfach Menschen in reichen Ländern es gegenüber den Tieren bei der Futtersuche haben, tanzte vibrierend sein Handy auf dem Küchentisch. Limo erschrak und eilte hin. Die Nummer, die er erkannte, sorgte nicht gerade für Erheiterung.

»Hey, Frank. Was macht die Kunst?«

»Du weißt, warum ich anrufe?«

»Nicht genau. Oder möchtest du mich an heute Nachmittag erinnern?«

»Nicht gerade erinnern.«

»Aber?«

»Du kannst gerne nach deiner Schicht vorbeikommen. Wenn es dir gelegen ist?«

Limo kombinierte. Er erinnerte sich an die Nummer im Display. »Sag mal, bist du schon zu Hause?«

»Ja. Hast du geraten oder zeigt dir dein Display unsere Festnetznummer an?«

»Die Festnetznummer. Wenn dir das recht ist, könnte ich in einer halben Stunde bei dir sein. Ist Tine auch da?«

»Sie müsste jeden Augenblick eintreffen. Sie war noch im Dorf einkaufen.«

»Okay. Dann zieh ich mir schnell was über. Bis gleich, ciao.«

»Schön. Bis gleich.« Limo schnaufte tief durch. Eingepackt wie ein Murmeltier steuerte Limo das Auto vorsichtig über den schneeglatten Asphalt. Als er in Brachbach bei Tine und Frank eintraf, hievte Tine gerade drei große Einkaufstüten aus dem Kofferraum. Limo eilte Tine zu Hilfe.

»Hey. Das ist ja ne schöne Überraschung. Machst du schneefrei?«

»Hab frei. Komm, gib mir die Tüten.«

»Das ist eine sehr gute Idee. So viel wollte ich eigentlich nicht kaufen. Aber wie das so geht. Dies noch und das noch … Sag mal, weiß Frank, dass du kommst?«

»Ja. Er rief mich vorhin an.«

»Ah … Okay. Dann komm rein in die warme Stube.«

»Nichts lieber als das.« Limo folgte unauffällig. Sie marschierten durch die Garage in den Keller. Dort legte Limo die Tüten ab und klopfte sich die Schneekristalle von den Schultern. Wohlerzogen schnürte er seine Stiefel auf und streifte sie von den Füßen. Tine versorgte noch den Einkauf, während sie ihn aufforderte, schon mal Frank zu begrüßen.

Frank wischte einige blonde Strähnen aus dem Gesicht und trat aus der Küche hervor. Gut gelaunt begrüßte er seinen unbezwingbaren Squashgegner. Als Tine die Treppenstufen hinaufpolterte, warteten die beiden Jungs bereits im Esszimmer. Vor ihnen drei Tassen mit heißem Kakao.

»Wartet ihr schon auf mich?«

»Wir warten doch gerne auf dich.« Limo flachste, obwohl er sich wie auf seiner eigenen Henkersmahlzeit fühlte.

»Scherzkeks«, antwortete Tine mit einem Augenzwinkern. »Bin in einer Minute bei euch.«

»Mach dir keinen Stress.«

»Limo, was unternimmst du Weihnachten?«

»Nichts. Ich grabe mich in meiner Wohnung ein und schaue mir eine DVD nach der anderen an. Ihr besucht sicher eure Familien, oder?« Limo war sich sicher, sobald Tine durch die Tür treten würde, würde die oberflächliche Unterhaltung eine rasante Wendung nehmen. Limo fühlte sich durch Franks Blick und seine unruhige Haltung ertappt.

Tine betrat das Esszimmer, hockte sich auf die gepolsterte Eckbank und trank einen kräftigen Schluck Kakao. Limo fühlte sich fremd. Nicht nur bei Frank und Tine. Er fühlte in sich eine fremde, eigenartige Person.

»Wo ist euer kleiner Racker?«

»Limo, hör zu: Bevor wir zu angenehmen Themen kommen: ich hab ein Problem.« Franks Blicke fühlten sich an wie zwei Hände, die ihn kräftig an den Schultern schüttelten. Er wollte die Wahrheit erfahren.

»Das klingt nicht gut. Was gibt's?«

»Bist du an dem Brand in den Ebbenmooren beteiligt gewesen? Ich denke, du weißt, was ich meine. In dem bis zu den Grundmauern runter gebrannten Holzhaus … Drei Tote!«

»Ja. Bin im Bilde.«

»Also?«

»Warum sollte ich darin verwickelt sein?«

»Limo, ist das okay, dass du mir auf meine Frage antwortest, keine Gegenfrage stellst?«

»Schon, aber aus einem dir bekannten Grund stellst du mir die Frage. Das erweckt in mir den Verdacht, dass du mehr weißt, als ich.«

»Also?«

Limo ging diese *Also*-Fragerei auf den Nerv. »Nein, war ich nicht. Wozu auch?«

»Limo, ich hoffe du verstehst mich jetzt nicht falsch. Weder bin ich in diesen Fall tief eingearbeitet, noch liegt es mir nahe, unsere Freundschaft zu belasten. Bitte, es soll keine Befragung sein. Zumal ich dafür nicht die Berechtigung hätte. Es geht mir nur um unsere Freundschaft.«

»Frank, was möchtest du fragen oder mir sagen?«

»Ich bin mir sicher, dass du dich zumindest in der Nähe des abgefackelten Holzhauses aufgehalten haben musst. Wann genau, kann ich nicht sagen. Ist nicht meine Aufgabe, das herauszufinden.«

»Warum tust du es dann?«

»Was?«

»Es doch herausfinden wollen. Sollte ich jetzt besser fahren?«

Tine spürte die Freundschaft auf eine harte Bewährungsprobe zusteuern. »Limo. Bitte, bitte. Wir wollen dich nicht als besten Freund verlieren. Nicht schon wieder. Frank ist nicht dein Feind. Ich ebensowenig. Vertraust du uns denn nicht?«

»Tut mir leid. Natürlich vertraue ich euch.« Limo trank den letzten Schluck aus der Tasse. Die Henkersmahlzeit war gegessen. »Ja, ich war dort. Ich habe diesem Wichser die Fresse poliert. Plötzlich standen zwei weitere Gestalten seiner Art vor mir. Ich …, ich habe sie alle drei …« Limo blickte zu Frank auf. »… getötet«, beendete Frank den Satz. Limo schüttelte den Kopf. »Nein. Ehrlich nicht. Nachdem sie keinen Mucks von sich gaben, brachte ich sie in die Hütte. Bevor ich das Gebäude verließ, fühlte ich den Pulsschlag von diesem Sergej. Er lebte noch. Ich nahm dann meine Beine in die Hände, und bin abgehauen, bevor sie wieder wach wurden.«

Frank rieb sich nachdenklich das Kinn. »Wer war dann nach dir in dieser Hütte?«

»Keine Ahnung. Als ich die Gegend verließ habe ich auch niemanden entdeckt. Frank, was hat dich veranlasst, so hartnäckig zu glauben, dass ich dort war?«

»Dein Blut.«

»Mein was?«

»Du hast richtig gehört. Ich war nochmal dort. Habe mir die Gegend angesehen. Da hat jemand mehrere wirklich abartige Fallen aufgebaut. Warum macht jemand so etwas? Die Dinger habe ich höchsten einmal in Vietnamkriegsfilmen gesehen. Vor zwanzig Jahren. Ein Polizist musste übrigens sterben, weil er dieser perfiden Falle nicht mehr ausweichen konnte. Einige Meter davon entfernt hatte eine von diesen Fallen scheinbar ins Leere eingeschlagen. Jedenfalls glaubte ich es zunächst. Beim genaueren Betrachten entdeckte ich Blut auf der Unterseite der Holzspitze. Ich gehe davon aus, Limo, dass es dein Blut ist. Oder?«

»Ist es.«

»Das hatte ich befürchtet.«

»Was geschieht jetzt? Ich meine, was hast du vor?«

»Noch kann man dir den Mord an diesen drei Typen nicht nachweisen. Ich habe da so meine Zweifel, ob es meinen Kollegen gelingen wird. Das Motiv dürfte auch sehr dünn sein. Aber du bist dort gewesen. Ich weiß nicht, was sie daraus stricken können.« Limo lehnte sich etwas erleichtert zurück. Franks Mimik verriet noch einige offene Frage.

»Jetzt hätte ich noch gerne gewusst, was bei dir in der Arbeit los ist? Warum sammelst du Akten? Angeblich Versicherungsbetrügereien? Stimmt das?«

Limo nickte.

»Warum? Wieso sammelst du diese Akten?«

Limo rutschte einige Zentimeter an den Tisch heran.

»Tine, nichts gegen dich. Aber dein Onkel ist ein Riesenarschloch. Schlimmer ist aber dieser Kohlmeier. Das ist ein ganz erbärmliches Arschloch.« Frank und Tine unterbrachen Limo nicht. »Ich kann euch nicht einmal sagen, wie lange diese Mobbingscheiße schon läuft. Hab das Gefühl, dass die ersten Gemeinheiten bereits unmittelbar nach meinem Antritt in dem Unternehmen begannen.«

Limo schilderte die Abservierung hervorragender Monteure. Er verdeutlichte die offensichtlichen Vorgänge, die sich in erster Linie Poller, der Kopf dieser Bande, einfallen ließ. Limo führte schließlich die aktuellen Vorfälle an, die nun wesentlich subtiler ausgeführt wurden. Über die Diebstähle aus seinem Servicebus bis hin zum angeblichen Diebstahl einer Geldbörse, die Poller gehören sollte.

»Limo, natürlich wissen wir, dass mein Onkel in den Firmenangelegenheiten ein Arsch ist. Wir haben ihm andrerseits finanziell sehr, wirklich sehr viel zu verdanken. Aber ich wusste nicht, wie heftig das bei euch abläuft. Frank sicher auch nicht.«

»Warum haust du nicht einfach ab, Limo? Wo ist das Problem?«

»Was glaubst du, wie oft mir der Gedanke durch den Kopf wanderte. Wie oft ich schlaflose Nächte hatte. Es gab eine Phase, da habe ich regelmäßig von meinem eigenen Tod geträumt. So richtige scheißrealistische Träume, in denen du eine gefühlte Stunde benötigst um dir darüber klar zu werden, dass dieser Mist nur ein Traum war. Ihr kennt mich sehr gut. Ich gehe für gewöhnlich den unbequemeren Weg, wenn er der Gerechtigkeit dient. Trage leider dieses Gen in mir.«

»Das ist es nicht. Dafür lieben wir dich, unter anderem. Aber was möchtest du erreichen? Das Ziel deiner Aktion? Die Schlägerei letzten Samstagabend, war das nicht schon eine effiziente Retourkutsche? Als nächstes ließ sich vermutlich dieser Poller den Diebstahl seiner Geldbörse einfallen. Was antwortest du darauf? Ist es jetzt nicht klüger, zu gehen? Zu sagen, ich drehe den miesen Typen den Rücken, mit, ich betone extra *mit* der Kenntnis, dass du ihnen nach Belieben die Knochen brechen könntest. Aber musst du es soweit kommen lassen? Bitte, Limo, bitte nicht.«

Tines feuriger Appell traf Limos Herz. Doch sein Blick verriet seine innere Zerrissenheit. Der Wagen saß längst zu tief im Morast. Es ging schon lange nicht mehr nur um Limos Stolz. Es ging um Menschen, die ums Leben kamen, weil es so befohlen worden war. Nein, Limo musste diesen Kampf annehmen. Es existierte für ihn keine Schuldfrage. Den Hauptschuldigen hatte er schon längst fest in im Visier. Limo schüttelte bedächtig den Kopf.

»Glaubt ihr nicht auch, dass in anderen Firmen ebenso solche Poller ihr Unwesen treiben?«

»Das mag sein. Irgendein Typ ist immer gleicher als gleich. Aber ist das Grund genug, gleich einen Krieg zu entfachen? Was machst du, wenn du feststellen solltest, dass dieser Arbeitgeber keinen Versicherungsbetrug begeht?« Tines Tonfall klang flehend.

»Limo, du solltest …, du musst den Kollegen der Kripo mitteilen, dass du vor Ort gewesen bist. Bevor sie selbst dahinterkommen.«

»Bevor du denen nicht mehr ausweichen kannst«, ergänzte Tine tief besorgst.

Frank nickte. »Ich befürchte, die Kriminaltechniker werden deine DNA feststellen. Richtig?«

»Wahrscheinlich«, stammelte Limo.

»Wenn sie dich mit dieser Kenntnis konfrontieren werden, ist es zu spät. Komm ihnen einfach zuvor. Erzähle ihnen das, was du uns vorhin erzählt hast. Da fällt mir noch ein: Warum musstest du überhaupt hoch nach Ebbenmoore? Was wolltest du von Sergej? Das war doch sicher kein zufälliger Besuch?« Limo richtete seinen Oberkörper aufrecht. Sein Blick glich einem giftigen Pfeil.

»Vergiss nicht, Limo, wir sind deine Freunde. Deswegen sitzt du jetzt bei Tine und mir. Ich bin daran interessiert, dass wir eine bestmögliche Lösung finden. Dass die Kripo informiert werden muss, leuchtet dir doch hoffentlich ein?« Frank lauerte auf eine Bestätigung seines Freundes. Limo nickte unsicher.

»Okay. Ich stufe das als ein *ja* ein. Also, was war der Grund für den Aufenthalt in Ebbenmoore?«

Limo wägte die Worte seines Freundes ab. Obwohl er ihm blind vertraute, fühlte Limo sich merkwürdig. Sein *Mr. Hyde* tief im Innersten wich Limo kaum noch von der Seite. »Er schuldete mir Geld. Keine Kleinigkeit.«

»Was ist keine Kleinigkeit?«

»6.500 Euro.«

»Das ist wirklich nicht wenig. Hast du ihm das Geld geliehen?«

»So in etwa.«

»Limo, bitte. Was soll ich mit so einer Antwort anfangen. Geht's etwas umfangreicher?«

»Wozu?« Limo suchte einen Weg aus der Enge.

»Stellst du mir die Frage jetzt im Ernst? Wenn du nicht mit uns reden möchtest, ist das okay. Nicht gerade toll, aber schließlich muss ich es so hinnehmen. Ziemlich schade.« Frank suchte den Blickkontakt. Limo verweigerte diesen schlechten Gewissens.

»Hab verstanden, Limo. Dann muss ich es dir jetzt drastischer vor Augen führen: Sollte die Mordkommission auch nur eine hauchdünne Spur finden, werden sie sich auf dich stürzen. Ich kann meinen Kollegen bitten, dass er die Bluttests noch für einige Tage hinausschieben soll. Mehr ist dann nicht möglich, wenn ich meinen Job weiter behalten möchte. Was soll ich tun, Limo, sag du es mir.«

»Gib mir eine Woche, Frank. Bitte.«

»Gut. Nächste Woche Dienstag möchte ich eine Entscheidung von dir haben.« Erneut nickte Limo stumm.

Regentropfen mischten sich immer öfter unter die Schneekristalle. Limo starrte auf das Thermometer im Wagen. Auf den Straßen befanden sich nur noch restliche Rückstände der Schneeverwehungen. Regentropfen prasselten jetzt auf die Frontscheibe. Die winterliche Idylle – eine Eintagsfliege.

Wachsam überprüfte Limo die Umgebung. Nichts entging ihm. Trotz des Regensturzes fokussierte er seine Aufmerksamkeit auf verdächtige Fahrzeuge, Kennzeichen, vielleicht Personen, die ihn irritierten. Als er den Nissan auf dem Abstellplatz parkte, bemerkte er erst, dass die weiße Pracht nur noch mickrig den Boden bedeckte.

Vom Fenster seines Wohnzimmers aus überwachte Limo noch eine ganze Weile die Gegend. Er hasste das Gefühl beschattet zu werden. Eine geschlagene Stunde verweilte er nachdenklich und unauffällig seitlich des Fensters. Der Nachmittag verstrich wie klebriger Klei. Es wollte nicht Abend werden. Limo verließ nun endlich das Fenster und stieg unter die Dusche. Wieder dreißig Minuten gewonnen. Er verlegte sein Abendbrot auf den späten Nachmittag. Erneut eine Stunde gewonnen. Endlich kam die Dunkelheit. Limo positionierte sich abermals seitlich des Fensters. Limo erahnte jetzt nur noch die Silhouetten der Nachbarhäuser, die im diffusen Licht der Straßenlaternen standen. Neugierig wartete Limo auf eine auffällige Besonderheit. Solange er die arbeitsfreie Zeit nutzen konnte, wollte er dem Drecksack, der ihm die perfiden Nachrichten in den Briefkasten steckte, die Finger brechen. Minuten vergingen. Limos Ausdauer schien zu erlahmen. Verärgert kehrte er dem Fenster den Rücken. Er hasste diesen verdammten Zettelboten. Warum tauchte dieser Bastard nicht auf, wenn Limo die Gelegenheit hätte ihm aufzulauern? Ihm, verflucht noch eins, seinen Schädel zu spalten, nachdem er die notwendigen Informationen aus diesem Bastard herausgequetscht hätte. Plötzlich schien in der Dunkelheit ein Lichterpaar auf. Ein Kombi zockelte bedächtig über die Straße, die unmittelbar an seiner Wohnung vorbeiführte. Vor einem exponierten Baum, dessen Geäst bizarre Schatten im Lichtkegel der Straßenlaterne auf den Asphalt warf, hielt der Wagen. Limos

Atem stockte. Sein Blut pumpte das Adrenalin in jede noch so entfernte Ader. Sollte jemand aus dem Fahrzeug steigen, und sollte derjenige auch nur einen Fuß in die Richtung seines Briefkastens setzen, würde dieser feige Hund sein Waterloo erleben. Limos Augen verengten sich. In der Tat öffnete sich eine Tür des Wagens.

Ein weiterer Lichtkegel erhellte den Eingangsbereich des Altbaus. Limo blickte hinab. Ein Schatten bewegte sich zum Fahrzeug hin.

»Scheiß falscher Alarm«, sprach Limo seinen Gedanken laut aus. Ein Mitbewohner begrüßte die fremde Gestalt. Unwesentlich später erloschen die Lichter des Fahrzeugs. Eine weitere männliche Person und zwei Kids eilten ihrem Besuch entgegen. Wenige Augenblicke später verschluckte die Dunkelheit abrupt das Licht. Limo fluchte mit gedämpfter Stimme. Abermals wanderte sein Blick auf die Uhr. Kleinmütig schaltete er den Fernseher ein, griff sich die Fernbedienung und zappte auf und ab. Eine Tierdokumentation erweckte sein Interesse. Wissbegierig verfolgte er die Hatz zweier Löwen nach einem ausgewachsenen Zebu. Eher beiläufig galt sein Augenmerk wieder einmal der mäßig ausgeleuchteten Straße. Plötzlich warf er die Fernbedienung zu Boden und hetzte außer sich aus der Wohnung. Mit einem gigantischen Satz überwand er mehrere Treppenstufen und raste wie von Sinnen den Flur entlang.

19

Die Wohnung war finster. Nur das Mondlicht dämmerte schwach zwischen der lückenhaften Wolkendecke durch das schräge Dachfenster und warf trostlose Halbschatten an die Wände. Limo lag im Dämmerzustand auf seinem Bett. Sein Herzschlag hatte sich normalisiert. Limo atmete noch heftig. Noch bevor er die Haustür erreicht hatte, war der Zettelbote wieder einmal schneller. Als Limo die Tür aufriss, gelang es ihm nicht, diesen Typen zu fassen.

Das neue Foto lag noch auf dem Nachttisch. Diese Bastarde mussten bereits Kenntnis von Limos beabsichtigtem Besuch gehabt haben. Auf dem Foto war Limo gerade dabei, Tines Tüten vom Einkauf aus ihrem Kombi zu holen.

Limo schlug die Augen auf. Er schaltete die Nachttischlampe an. Skeptisch betrachtete Limo das Handy. »Was zum Teufel …«, verlieh er seinem Gedanken einen verbalen Ausdruck. Er war sich sicher, dass sein Handy überwacht wurde. Wann ist ihnen das gelungen? Ganz besonders das »wer« interessierte Limo. Innerlich in Aufruhr setzte Limo sich auf die Bettkante. Galep schoss ihm jetzt in die Gedanken. Ein Blick auf die Uhr – 20.55 Uhr. Schwerfällig begab er sich in die Aufrechte und trottete barfüßig zur Toilette. Plötzlich stoppte er abrupt sein Vorhaben und kehrte auf der Stelle um. Das Handy sendete ein Lebenszeichen. Aufgeschreckt blickte er auf die Nummer. Sorgenfalten zeichneten seine Stirn. »Papa?«, sprach Limo laut aus.

»Ja, Mama?«

»Oh, Gott sei Dank bist du da.«

»Mama, was ist los?«, Limo befürchtete das Schlimmste. »Ist was mit Papa?«

»Mein Junge, der Notarzt war gerade hier. Papa hatte schon seit einigen Stunden extreme Brustschmerzen. Ich sollte nicht den Arzt rufen. Du kennst Papa. Aber ich tat es dennoch. Er wurde gerade ins Krankenhaus eingeliefert. Verdacht auf Herzinfarkt. Könntest du bitte …«, »… ich bin schon unterwegs zu dir«, unterbrach Limo, um Fassung bemüht. Noch im selben Atemzug beendete Limo das Telefonat. Hastig schlüpfte er in warme Kleidung, griff sich das Handy, löschte das Licht und flog erneut durch den Hausflur. Die Haustür schlug hinter ihm unfreundlich ins Schloss, noch bevor er die Treppe im Eingangsbereich mit einem Sprung bewältigt hatte. Die Hand lag gerade auf dem Türgriff des Sportwagens, als Limo die Vibration seines Handys in der Hosentasche spürte.

»Mama, ich bin in zehn Minuten bei dir. Was gibt's?«

»Limo, hier ist Galep. Wie ich gerade vernommen konnte, bist du unterwegs zu deinen Eltern.« Limo schaute ungläubig auf die Nummer im Display. »Ähm … sorry Galep. Mein Vater ist mit Verdacht eines Herzinfarkts ins Krankenhaus eingeliefert worden. Ich hole gerade meine Mutter ab und fahre mit ihr dann zum Krankenhaus nach. Was gibt es denn?«

»Ist nicht ganz so wichtig. Ich melde mich morgen noch mal.«

»Nein, nein. Es ist nach neun. Um diese Zeit rufst du normalerweise nicht an. Es sei denn …«, Limo unterbrach sich. »Also, Galep, schieß los.«

»Ich konnte sehen, wie Kohlmeier mit Filippo und Luca im Büro verschwand. Zwei, drei Sätze konnte ich durch die angelehnte Tür mithören. Danach verschlossen sie allerdings die Tür. Sie redeten über dich. Jedenfalls anfangs. Du weißt, dass wir noch nicht alle Räume verwanzt haben. Sollten wir nicht …?«

»Scheiße. Aber sind die nicht in Kohlmeiers Büro verschwunden?«

»Nee. In Filippos.«

»Scheiße nochmal. Das wäre eine durchaus vielversprechende Gelegenheit gewesen. Pass auf, Galep, ich melde mich morgen bei dir. Ich muss jetzt erst einmal ins Krankenhaus.«

»Klar. Dann bis morgen. Ich wünsche deinem Vater alles Gute.«

»Danke dir Galep. Bis morgen.« Limo verschwendete keine Sekunde daran, Galep vom neuerlichen Vorfall mit dem Zettelboten zu erzählen.

In sieben Tagen war Heiligabend. Limo öffnete den Kühlschrank. Mit einer Flasche Mineralwasser verzog er sich ins Wohnzimmer. Die Tatsache, dass es sich vermutlich nicht um einen Herzinfarkt bei seinem Vater handelte, vereinfachte Limos Situation nicht. Erst recht nicht die seines Vaters. Rund ein Dutzend Gallensteine, teilweise größer als Spielwürfel, verursachten die plötzlichen Schmerzattacken im Brustbereich. Das Ergebnis der Ultraschalluntersuchung bestätigte den Verdacht. Am folgenden Tag sollte aller Voraussicht nach die nötige Operation durchgeführt werden.

Nur eine Leselampe erhellte spärlich die hintere Ecke des Wohnraums. Gedankenversunken hockte er noch eine Weile auf der Couch. Die Flasche Mineralwasser stand noch auf dem Tisch vor ihm. Immer wieder fielen ihm die Augen zu. Seelisch erschöpft rutschte Limo in eine angenehme Haltung. Seine Atmung flachte ab. Er schlief fest auf der Couch ein. Weihnachten so weit entfernt …

Ein dumpfer Schlag riss Limo aus den Träumen. Sein Herz hämmerte rasend und in echter Todesangst. Limo richtete sich hektisch auf. Konzentriert atmete er ein und aus. Das Zittern ebbte ab. Es gelang ihm, nicht gänzlich in Panik zu versinken. Limo atmete nun mit geöffnetem Mund. Der Herzschlag normalisierte sich. Er stieß noch einen mächtigen Seufzer aus und begab sich barfüßig zum Lichtschalter. Als das Licht das Wohnzimmer erhellte, sah Limo die Bescherung. Im Wahn seines Traumes hatte er die Glasschüssel zerschlagen, die auf dem Tisch stand. Die größeren Bruchstücke hob er vorsichtig auf. Winzige Splitter lagen tausendfach verteilt auf dem Fußboden. Gegen vier Uhr in der Nacht beschallte der Staubsauger mit unangenehm hohen Frequenzen die Wohnung. Hastig verschlang das Gerät die letzten Scherben. Kurz darauf kehrte wieder Ruhe ein und der Staubsauger stand wieder an seinem angestammten Platz. Limo betrat das Bad und betrachtete sich im Spiegel. Der aschfahle Teint bereitete ihm Sorgen. Der Mund so trocken und schleimig wie nach einem höllischen Marathonlauf durch die Wüste ohne Wasser. Er wandte sich vom Spiegel ab und warf einen irritierten Blick zur Uhr. Dieser Traum! Dieser verdammte Traum war die realistischste und die grauenvollste Vision seines Ablebens. Tausende Projektile durchschlugen seinen Körper, bevor Limo mit einem aus dem Takt geratenen Herzschlag aufschreckte. Limo hatte bis dato kaum einen Schimmer, wie sich ein Infarkt oder ein lebensbedrohendes Vorhofflimmern des Herzens anfühlen musste. Doch seit diesem Erlebnis konnte er – wenigstens im Ansatz – erahnen, welche Todesängste Menschen wie sein Vater in einem solch dramatischen Augenblick erleiden mussten. An Schlaf war nicht mehr zu denken. Erleichtert darüber, dass sein Herz wieder einen rhythmischen Takt schlug, schlich er in die Küche. Einige Minuten später nippte er an der Tasse. Der Duft des Kamillentees stieg ihm angenehm in die Nase. Seine innere Unruhe trieb ihn wieder aus der Küche und er flüchtete in das Wohnzimmer. Limo stellte die Tasse auf den Tisch, schob eine DVD in den Player und startete den Film. Im nächsten Augenblick flimmerte der Anspann seines Lieblingsfilms über die Mattscheibe. Limo bequemte sich auf die Couch und verkroch sich unter die behagliche Decke. Unwesentlich später schlief er ein.

Der Tag begann für Limo erst gegen elf Uhr. Den Schrecken der Nacht hatte er verdaut. Erstaunlicherweise fühlte er sich gut. Besorgt rief Limo seine Mutter an. Inge teilte ihm mit, dass die Operation erst am übernächsten Tag vorgenommen werden solle. Aufgrund der blutverdünnenden Medikamente verschob sich der Termin. Wieder einmal musste eine Medikamentenumstellung erfolgen. Limo hielt sich am Telefon kurz. Ein eisiger Ostwind fror seine Gesichtszüge ein. Er nutzte die Gelegenheit, um einige Kleinigkeiten aus dem Supermarkt zu besorgen. Beidhändig beladen marschierte er zurück zur Wohnung. Die Köstlichkeiten gut verstaut, regte sich sein innerer sportlicher Drang. Ohne nach Ausreden zu suchen, legte Limo sich sportliche Kleidung im Zwiebelsystem an. Er mochte es zwar nicht gerne, aber bei diesen eisigen Temperaturen schützte er den Kopf mit einer Mütze und die Hände mit Handschuhen vor der Kälte. Obwohl die frostige Temperatur anfangs Limos Lungen ausbrannte und die Gedanken an die Herzrhythmusstörungen der vergangenen Nacht wieder in den Kopf stiegen, schonte Limo sich nicht. Auf Gedeih und Verderb rannte er Kilometer für Kilometer runter. Nach der Hälfte der Strecke unterbrach er das Laufen. Fünfzig Liegestützen, drei Minuten Schattenboxen. Fünfzig Liegestützen, drei Minuten Schattenboxen … Limo wiederholte diese Einheiten siebenmal. Nach der achten Einheit lief er die sieben Kilometer zurück.

Sein Blick wanderte zum x-ten Male zur Uhr. Vielleicht sollte er einfach versuchen, Galep telefonisch zu erreichen. Es war durchaus möglich, dass er sich gegen vier Uhr bereits auf dem Gelände der Firma aufhielt. Limo wählte Galeps Nummer. Besetzt. Limo wartete einen Moment ab und versuchte es erneut. Wieder besetzt. Die heiße Dusche trieb die anstrengende Trainingseinheit aus den Knochen. Limo starrte leeren Blickes zum Fernseher. Sein Hirn versuchte, einen Zugriff zum Sinn der Worte seiner Freunde zu finden. Frank und Tine hatten natürlich recht. Doch Limo hätte gerne die Absolution erteilt bekommen für den Pfad den er sich vornahm. *Sein* Recht wollte Köpfe rollen sehen. Wollte Blut und Gerechtigkeit. Rasch griff er sich das Handy. Limo lächelte erleichtert.

»Hey, Galep.«

»Grüß dich, Limo. Ich habe vorhin versucht, dich zu erreichen. Bei dir war besetzt.«

»Stimmt. Ich hatte ebenso versucht, dich zu erreichen. Zwei Blöde, ein Gedanke.« Sie lachten.

»Bist du noch in der Firma?«

»Ja, noch. Ich warte gerade auf Kohlmeier, damit er meinen Stundenzettel quittiert. Hör zu Limo, warum ich dich gestern sprechen wollte …«

»Warte, Galep. Bevor du weitersprichst, könntest du um fünf Uhr am Fitness-Studio sein?«

»Ahm …, klar«, reagierte Galep gedankenschnell.

»Super. Dann bis später.« Limo verabschiedete sich knapp. Unwesentlich später verließ Limo seine Wohnung.

Ein dunkelgrauer BMW fuhr bedächtig auf den Parkplatz des Fitness-Studios. Einige Meter vom Eingang entfernt parkte der Wagen in einer der in dieser Zeit seltenen Parklücken. Galep stand irritiert neben dem 6-Zylinder. Sein Blick scannte die Umgebung. Keine Spur von Limo. Erst als die Luft rein schien, Galep ohne unerwünschten Schatten am vereinbarten Treffpunkt wartete, trat Limo aus dem Hintergrund hervor.

»Grüß dich, Galep.«

»Hey. Wo kommst du denn her?« Die beiden Jungs begrüßten sich mit einer Umarmung.

»Mein Handy ist nicht mehr sicher.«

»Wie …?«

»Du hast richtig gehört. Ich weiß nicht, wie sie es geschafft haben, aber es ist ihnen gelungen.«

»Bist du wirklich sicher?«

Limo hob beschwichtigend die Schultern an. »Was ist schon sicher.« Limo zog Galep beiseite. Unmittelbar neben einer Wendeltreppe aus Stahl, die an der Fassade des Gebäudes bis zum Obergeschoss reichte, suchte Limo Schutz vor neugierigen Blicken.

»Was ist los, Limo? Warum so eine enorme Vorsicht?«

Limo zog wortlos einen Briefumschlag aus der Tasche der Känguru-Jacke und übergab ihn seinem türkischen Freund. Mit frostigen Fingern öffnete er den Umschlag und betrachtete neugierig den Inhalt.

»Wie alt sind die Fotos?«

»Nicht alt, Galep. Gar nicht alt. Das Foto, welches du gerade betrachtest, ist kaum zwei Tage alt. Die anderen sind nur unwesentlich älter.«

»Und wie kommst du darauf, dass dein Handy ausspioniert wird?«

»Das Foto, wo ich die Tüten aus dem Kofferraum einer Freundin hole, als ich dieses Foto erhielt und es sah, ahnte ich bereits etwas. Ich traf bei Tine und Frank alleine ein. Die beiden wohnen am Ende einer Straße. Gleich unmittelbar an dem Wendehammer. Ich kann mich erinnern, dass dort einige Autos an der Straßenseite standen. Aber ich bin mir zu hundert Prozent sicher, dass nach mir kein weiteres Fahrzeug dort anhielt. Dieser Drecksack musste mir dort bereits aufgelauert haben.«

»Aber warum? Was soll das? Nur um dir zu zeigen, dass sie wie eine Klette an dir kleben?«

»Um mir zu signalisieren, wie hauchdünn mein Leben an einem seidenen Faden baumelt.«

Galep schluckte. »Verrätst du mir, warum du dieses Handy nicht entsorgst?«

»Ich besorge mir ein zweites. Eins mit Prepaid-Karte. Nach jedem wichtigen Telefonat ziehe ich die Karte heraus. So bleiben mir etwa sechzig Sekunden Zeit, bevor sie mich erwischen.«

»Maximal sechzig Sekunden. Die Technik wird immer raffinierter. Aber du brauchst dich nicht in unnötige Kosten zu stürzen. Mein kleiner Bruder besitzt eine erlesene Auswahl.«

»Ich kann und möchte nicht noch weitere Personen mit in diesen Scheiß ziehen.«

Galeps Augen funkelten. Die Geste des Türken bedeutete nichts anderes als: Red' keinen Scheiß! »Limo, hör auf mit dem Schwachsinn. Wenn ich dir das anbiete, dann kannst du es bedenkenlos annehmen. Schließlich ist es nur ein Handy, keine Atombombe.«

Limo lächelte verkrampft. »Ist schon gut. Danke. Bevor du mich noch verprügelst, nehme ich dein Angebot an.«

»Soweit so gut. Was ist dein Plan?« Limo zuckte die Schultern. »Das ist jetzt gerade keine geniale Idee«, warf Galep treffend ein. »Darf ich dir denn jetzt mein Anliegen präsentieren?« Limos Gesichtsmuskeln spannten sich. »Nur zu …«

»Ich bin mal so zum Spaß die Akten durchgegangen. Es ließ mir keine Ruhe mehr. Ich bin Fall für Fall durchgegangen. Zunächst wollte ich einfach in Erfahrung bringen, über welche Summen reden wir? Wir hatten kaum die Hälfte der Akten durchgesehen, als uns etwas Sonderbares auffiel.«

»Wir? Uns?«, Limos Gesicht sah aus wie ein Fragezeichen.

»Natürlich mein Bruder. Gökmen. Und meine Wenigkeit natürlich. Ich hoffe, das ist okay für dich?« Limo nickte zögernd. »Ist das sinnvoll, dass dein Bruder involviert ist?«

»Willst du mich veräppeln? Er hatte doch die ganze Zeit schon die Aktenaufsicht. Gökmen hält dicht.«

»Darum mache ich mir doch keine Sorgen. Was ist, wenn …«, Limo unterbrach. Er wollte den Gedanken nicht beenden.

»Alles gut, Limo. Wir haben alles im Griff.«

»Alles?«

»Sicher. Was meine Sicherheit und die meines Bruders angeht. Vertraue mir.«

»Klar. Riskiert bloß nicht Hemd und Kragen.«

»Haben wir nicht vor. Darf ich jetzt weiter berichten?« Erneut nickte Limo verkrampft. »Also, was soll ich sagen. Nachdem wir den kompletten Stapel durchpflügt haben, tauchte in achtundfünfzig von über siebzig Fällen eine DASAN-Versicherung auf. Das ist wohl kein Zufall.«

»Da stimme ich dir zu. Wobei die Wahrscheinlichkeit nahe liegt, dass Kaltmann in der Vergangenheit mit dieser Versicherungsgesellschaft, sicher zum Schein, einen Kontrakt vereinbart hat. Aber selbst wenn, ich könnte mir gut vorstellen, dass dort ein faules Ei das eigene Nest beschmutzt.«

»Und noch etwas, Limo, ich habe mir die Namen der anderen Versicherer angeschaut. Die übrigen sechzehn Fälle sind auf sieben Gesellschaften verteilt. Was sagst du nun?« Galep klang überschwänglich. Er wusste, er übermittelte Limo eine interessante Nachricht.

»Das hast du gut gemacht. Ich denke, wir sollten herausfinden, wer der Ansprechpartner bei der DASAN ist oder ob es mehrere sind. Das könnte ein Riesensprung in die richtige Richtung sein.«

»Ist es jetzt nicht sinnvoll, dafür zu sorgen, dass die restlichen Büros angezapft werden?« Limo bemerkte die Aufregung in Galeps Stimme.

»Das ist nicht die schlechteste Idee. Wenn wir das tun sollten, dann müsste es innerhalb weniger Stunden geschehen.«

»Warum die Hetze. Jetzt wenige Tage vor Weihnachten dürfte es doch ruhiger werden.«

»Eben nicht. Jetzt beginnen gerade erst die stressigen Tage. Kundenbesuche, die Weihnachtspräsente werden verschickt und die Jungs von der Kernsanierung und die Trockenbaumonteure führen die Inventur durch. Zudem werden sämtliche Gerätschaften im Lager generalüberholt. Ich befürchte, dass uns nur eine geringe Zeit verbleibt.«

»Okay. Das ist scheiße. Was ist, wenn ich meine Jungs mit einbeziehe?«

»Galep …«, jetzt klang Limo mahnend.

»Schon klar. Aber du sagst es doch gerade selbst.«

»Was?«

»Naja, der Kundenbesuch. Was, wenn zum Beispiel die Typen von der DASAN auftauchen?«

Limo grinste. »Du bist echt ein gerissener Hund.«

»Danke für das Kompliment. Und …? Gibst du grünes Licht?«

»Grüner geht's nicht.«

»Dann verschwinde ich jetzt lieber. Gökmen wartet bereits.«

»Gökmen?«

»Klar. Drüben im Wagen.«

»Okay. Dann begleite ich dich zum Wagen. Möchte wenigsten Gökmen kurz ‚Hallo' sagen.«

»Nichts leichter als das.«

»Gut, geh du vor, ich folge drei, vier Minuten später. Ich möchte sicher gehen.« Galep lächelte. Er verstand Limos Sorge. Während Galep am BMW eintraf, überschaute Limo mit Argusaugen das komplette Umfeld. Einige Minuten später begrüßte er Gökmen und forderte ihn auf, im Wagen zu bleiben. Limo schüttelte ihm dankbar die Hand und bat die beiden darum, erst loszufahren, nachdem Limo einige Zeit im Fitness-Studio verschwunden war.

Für die Dauer eines Fußballspiels trainierte Limo mit den Hanteln. Bereits nach einigen Minuten brannten die Muskeln. Er musste feststellen, dass sein Körper noch die eine oder andere Trainingseinheit benötigte. Er war fit wie ein Ironman-Triathlet, doch die Beanspruchung der Muskeln mit Hanteln war für Limo eine befremdliche Übung. Der Muskelkater würde ihn morgen sicherlich daran erinnern. In der Dunkelheit joggte Limo nach dem Training heimwärts.

Limo bog in die Zielstraße ein. Seine Schritte verlangsamten sich. Ein dunkles Fahrzeug lenkte die Aufmerksamkeit auf sich. Limo blieb stehen. Er betrachtete mit geballten Fäusten den Wagen. Nervös und so unauffällig wie möglich versuchte Limo, den Fahrer zu identifizieren. Erst als er in ein freundliches Gesicht blickte, erhellte sich seine verfinsterte Miene. Emely wartete hinter dem Steuer. Lächelnd trat er ihr entgegen und öffnete galant die Tür.

»Hallo, du bist ja schon da?«

»Ja, ist das schlimm?« fragte sie süß.

Als sie aus dem Wagen stieg, küssten sie sich zur Begrüßung auf die Wange. Limo erlebte die Begrüßung und ihren betörenden Duft wie einen nie endenwollenden Traum.

»Natürlich nicht. Komm mit hoch ins Warme. Ich muss bloß noch schnell duschen. Aber ich beeile mich!«

»Warum die Eile. Lass dir so viel Zeit, wie du brauchst.«

Die Kälte drang durch Limos Sportdress hindurch. Ohne Umschweife führte er Emely durchs Haus, bis sie seine Wohnung erreichten. Noch bevor er unter die Dusche stieg, zeigte er ihr seine spartanisch eingerichteten Räumlichkeiten.

»Singlewohnung halt«, kommentierte Limo lapidar. Beinah schon entschuldigend.

»Aber nett.«

»Danke. Wenn du magst, kannst du es dir auf der Couch gemütlich machen, während ich unters Wasser springe.«

»Gerne.«

Limo eilte ins Bad und duschte in neuer Bestzeit. Emely schaute sich derweil etwas genauer um. Sie entdeckte über der Couch ein Bild und ein Gedicht, eingerahmt in einem stilvollen Rahmen. Sie lächelte wehmütig, als sie Limo mit einem prächtigen Hund auf einem der Fotos erkannte. Nacheinander betrachtete sie die Fotos. Dann interessierte sie das Schriftstück in der Mitte. Emely las es erneut. Jetzt noch intensiver. Tief bewegt staunte sie über die sensible Ausdrucksweise. Dieser Mann verfügte wohl über ein beneidenswertes Talent. Ein Kerl, der es vermag, seine geheimsten Gedanken in treffende Worte zu fassen …

Als sie sich von dem anrührenden Gedicht loseiste, kam ihr der Gedanke, Limo zu fragen, ob sie vielleicht Kaffee aufsetzen solle. Sie lauschte kurz an der Tür zum Bad. Da sie das Laufen des Wassers nicht hörte, klopfte sie zaghaft an. Limo fegte mit dem Handtuch über die Rückenpartie, als Emely vorsichtig die Tür ein Stück aufschob. Erschrocken zog sie die Tür bis auf einen winzigen Spalt wieder zu. Limo hatte sie nicht bemerkt. Er schien auch das Klopfen nicht gehört zu haben. Sie betrachtete seinen nackten Körper durch den Türspalt. Sie spürte das ungezügelte Verlangen, von ihm berührt zu werden. Limo fühlte sich beobachtet und riskierte einen flüchtigen Blick zur Tür. Als hätte Emely etwas geahnt, klopfte sie höflich an. Die Tür gab einige Zentimeter nach. Sie sprachen kein Wort. Sie schauten sich stumm und fasziniert in die Augen. Dieser Augenblick war für Limo einer der magischsten Momente seines Lebens. Sie trat zögerlich auf ihn zu, blieb dann vor ihm stehen. Emely hob einen Arm und malte sanfte Kreise auf seine Brust. Sie errötete leicht, als sie ihn von Kopf bis Fuß betrachtete. Ihr Gesichtsausdruck fesselte ihn mindestens so wie das geheimnisvolle Lächeln der Mona Lisa. Die Art, wie Emely ihn streichelte, war Glücksgefühl pur. Er suchte in jeder Ecke seines Verstandes nach passenden Worten, die dieses Erlebnis hätten beschreiben können. Limo hatte stets davor zurückgescheut, schon nach wenigen Tagen zu einer Frau »Ich liebe dich« zu sagen. Er vermochte keine logische Erklärung zu finden, warum er ein solch gutes und intensives Gefühl ausgerechnet bei Emely verspürte. Vielleicht war es ihr äußeres Erscheinungsbild? Ihre intelligente und emphatische Art zu sprechen? Die vielen Gemeinsamkeiten, die sich bei ihrem ersten Treffen vor drei Tagen herauskristallisiert hatten? Ihr sexy Körper? Ihr hocherotischer und gleichzeitig eleganter Gang? Oder waren es ihre Lippen, die sinnlichsten Lippen, die er seit Anke küssen durfte? Oder war es ihre Natürlichkeit? Oder, oder, oder … Was war der Auslöser gewesen, dass er bereit war, sein Herz in ihre Hände zu legen? In diesem Ausmaß verliebt sein zu können, daran hatte Limo nie geglaubt.

»Ist das Kruppstahl?«, scherzte Emely, als sie spürte, wie fest seine Muskeln waren.

Limo lächelte verschmitzt. »Danke für das Kompliment.«

»Sehr sexy …, sehr sexy. Schön, dass noch kernige Männer existieren. Besonders toll finde ich, dass du nicht überall babyglatt rasierst bist, wie diese gelackten metrosexuellen Typen.«

»Naja, ganz so einfach ist das manchmal nicht.« Limo hob einen Arm. »Die Achseln rasiere ich mir ganz. Den Intimbereich teilweise …, wie du sehen kannst.« Limo errötete. »Bin froh, dass ich von einer Rückenbehaarung verschont geblieben bin. Aber in Schwimmbädern oder Saunen werde ich das eine oder andere Mal mit verächtlichen Blicken abgestraft.«

»Ich hoffe, du stehst da drüber?«

»Schon. Aber es gibt einem ein echt doofes Gefühl. So, als züchtete ich irgendein wildes Getier im Pelz.« Emely lachte laut los. »Entschuldige, dass ich lache. Du hast einen tollen Humor.« Das Lachen ebbte ab. Emely unterbrach die Streicheleinheit und legte verlegen den Kopf zur Seite.

»Ahm, ich ziehe mir noch rasch was über.« Limo klang unsicher. Bevor die Situation noch peinlicher wirkte, schlängelte er sich schüchtern um Emely herum ins Schlafzimmer. Irritiert folgte Emely. »Soll ich Kaffee machen?« Noch bevor sie die Frage vollständig ausgesprochen hatte, bemerkte sie die seltsame Stimmung. Noch vor wenigen Augenblicken hätte sie ihn am liebsten im Bad vernascht. Jetzt redete sie wie eine Schwester zu ihrem Bruder.

»Lieb von dir. Geh doch schon mal ins Wohnzimmer vor. Ich bin sofort bei dir.« Ohne darauf einzugehen verließ sie das Schlafzimmer. Diese seltsame Stimmung, die Limo ausstrahlte, ging ihr nicht aus dem Kopf. Vielleicht war es doch eine übereilte Aktion. Emely bewegte sich erneut auf die Bilder an der Wand zu. Sorgfältig las sie noch einmal die traurigen und zugleich romantischen Zeilen:

Ein Tag vergeht, alleine sitzend.
Lausche den sanft klingenden Wellen des Atlantiks.
Nahezu liebevoll streichelt das Meer den Sand.
Ganz weit am Horizont,
sieht man noch,
wie der Himmel das Meer zärtlich umwirbt und küsst.

Stimmungsvoll und in eindeutiger Harmonie,
kreisen Möwen und singen ihre Lieder.
Oh welch seliger Frieden.
Im Halbtraum sehe ich,
wie ein kleiner schwarzer Punkt sich mir nähert,
immer größer werdend.
Bilde mir ein,
dass mein treuer Freund Ronny
zu mir zurückkehrt.
Erst seinen Gang erkennend,
dann seine Bewegung und zum Schluss
seinen unglaublich schönen Kopf.
Nur wenige Meter vor mir steht er da,
majestätisch und sagenhaft klar.
Wir sehen uns, und verstehen …
Es tut mir so weh, ihn nicht mehr liebkosen zu dürfen.
Ein letzter liebevoller Blick genügt …
Er dreht dann ab.
Mit dem Wind in der Nase blickt er noch einmal zu mir zurück,
und streichelt mir mit seiner Liebe mein Herz.
Bald darauf sehe ich nur noch
diesen kleinen schwarzen Punkt!
Er lebt, irgendwo.
Und ich weiß, er hat mich nicht vergessen.
Wenn meine Sehnsucht wieder nach ihm schreit und weint,
… kommt er!

Wie sehr musste Limo dieses Tier vermissen! Emely betrachtete die Bilder. Sie lächelte sanft, als sie diesen riesigen Hund auf einem der Fotos sah. Limo schlang beide Arme um dieses prächtige Tier, als sei es die letzte Umarmung. Ein Freund, dem Tod geweiht.

»Gefällt es dir?«

Emely wandte sich erschrocken in Limos Richtung. »Die Bilder sind toll. Diese Zeilen sind das Rührendste was ich seit langer Zeit gelesen habe. Es stimmt zu gleichen Teilen traurig wie hoffnungsvoll. Du hast das geschrieben?«

Limo nickte. »Ronny ist für einige Jahre mein bester Freund gewesen. Danach kam lange nichts.«

»Das klingt sehr traurig. Ohne dass ich Ronny auf ein simples Tier herabstufen möchte. Aber kann ein Tier, ein Hund, einen treuen *menschlichen* Freund ersetzen?«

»Kann es. Was den treuen Freund angeht, ich habe nie etwas Verlässlicheres erleben dürfen. Außer Frank und Galep. Das sind zwei super Typen. Ich bin nicht unbedingt ein Typ, der Menschen offenherzig in die Arme schließt. Schätze, das liegt an meiner Vergangenheit.« Emelys Blick versteinerte.

»Was ist mit Ronny geschehen?«

»Er ist tot.« Limo antwortete knapp. Emely wurde klar, dass diese Frage nicht nur einen traurigen Hintergrund haben musste.

»Du meinst …«

»Bitte, Emely. Können wir uns über ein anderes Thema unterhalten. Über etwas Fröhliches?«

»Gerne. Ich wollte nur …«, sie unterbrach sich. »Wer sind die Menschen auf den Fotos? Familie?«

»Ist auch nicht fröhlich.« Limos Gesicht wirkte sonderbar blass.

»Wenn ich gehen soll, dann sag es. Möchtest du lieber alleine sein?« Sie erhielt keine spontane Antwort.

»Okay. Dann ist es wohl besser, wenn ich jetzt gehe.« Umgehend schritt sie um den Tisch herum, griff sich ihre Handtasche und begab sich zur Wohnungstür. Limo folgte ihr stumm. Als sie sich zu Limo umdrehte, erkannte sie die unsagbare Traurigkeit in Limos Augen. Er wischte sich hastig durch das Gesicht. Sie legte eine Hand mitfühlend auf seine Wange.

»Es tut mir leid Limo. Das wollte ich nicht.«

»Nein, Emely. Es tut mir leid. Es schmerzt immer noch zu sehr. Bitte verzeih mir. Du bist so unglaublich süß, liebevoll und herzlich. Ich würde dir die Geschichten, die zu den Fotos und dem Gedicht gehören, gerne erzählen. Heute schaffe ich es nicht.«

»Wenn dir irgendwann danach sein sollte, dann erzähle es mir.« Sie stellte sich auf die Zehenspitzen und gab Limo einen zärtlichen Kuss.

»Schlaf schön. Melde dich, wenn du mich sehen möchtest. Meine Handynummer hast du ja.«

»Hab ich?«

Emely lächelte kess. »Du findest sie bestimmt.« Während Emely elegant die Treppenstufen hinunter schritt, wartete Limo, bis sie im Hausflur verschwand.

Die Lichterketten vereinzelter Weihnachtsbäume leuchteten stimmungsvoll in der Dunkelheit. Emely nahm die weihnachtlichen Vorboten nicht wahr. Ihre gesamte Heimfahrt über gehörte ihre Aufmerksamkeit ihrem Traumprinzen. Schien sie sich derart in diesem tollen Mann getäuscht zu haben? Sollte oder durfte sie ihrem Bauchgefühl nicht mehr trauen? Das waren zwei unterschiedliche Menschen. Beim ersten Treffen versprühte Limo eine ansteckende Leichtigkeit. Eine erwartungsfrohe Neugier. Doch dieser Typ von vorhin … Emely nahm die Autobahnausfahrt am Olper Süd-Kreuz. Es hätte ein traumhafter Abend werden können. Was geschah in dem Augenblick, als sie ihren Prinzen nackt im Bad sah? Ihn streichelte. Ihn mit ihren Blicken förmlich ins Bett zog. Es gelang ihr nicht, einen klaren Gedanken zu fassen. Emely schnaufte gequält. Vermutlich hafteten extreme Belastungen aus seinem Vorleben an ihm. Weder schlief sie mit ihm, noch kannte sie ihn, und dennoch stellte sie sich eine vertrackte, problematische Zukunft mit ihm vor. Nein, eine solche Zukunft wollte sie nicht. Zuhause angekommen, stieg sie aus dem Wagen, während das Garagentor elektrisch herunterrollte. Die Lichtkegel eines Fahrzeugs, das in sicherer Entfernung lauerte, nahm sie trotz der Dunkelheit nicht wahr.

20

Sichtlich unzufrieden kaute Limo auf einem Körnerbrötchen herum. Der Vorabend war alles andere als toll verlaufen. Die Gedanken an Emely verursachten stetige Schwankungen seines Adrenalinspiegels.

Ohne einen triftigen Grund schlichen sich Limos Eltern in seine Gedanken. Im Leben seiner Eltern wütete nur Unglück und Tod. Der Nachbar sei voll Krebs, ein guter Freund aus Tagen des Vereinslebens sei an einer unheilbaren Krankheit gestorben. Der krank, die krank, alle krank. Alles scheiße! Limo schlug wütend auf den Küchentisch. Die negativen Gemütszustände seiner Eltern waren fest in seinen Genen verankert. Es waren genau diese Gene, die er abgrundtief hasste. Er wollte ein positives und glückliches Leben führen. Limo lachte irre los, als er sich an sein Lebensmotto erinnerte. Eher würde es der Menschheit gelingen, Kolonien auf fremden Galaxien zu errichten, als dass Limo sich von seiner negativen Beeinflussung loseisen könnte. Das irre Lachen verstummte. Zurück blieb Selbstmitleid! Frustriert richtete er nun seine Aufmerksamkeit auf die Visitenkarte in seiner Hand. Emely hatte ihre Visitenkarte unauffällig auf dem Wohnzimmertisch platziert. Er lächelte sanft, als er die Berufsbezeichnung dieser faszinierenden Frau las: ALORISMA – *Senior Sales Specialist International Non Automotive Accounts Division Litz Wire!* Die Berufsbezeichnung las sich wie eine ganze Armada Fachchinesisch. Er war Monteur – Punkt! Seine Mundwinkel deuteten erneut ein Lächeln an. »Ob sie sich in der Form auch am Telefon melden würde?« Um darauf eine Antwort zu erhalten müsste er sie schon anrufen. Im gleichen Zuge könnte er sie um Entschuldigung für sein Verhalten bitten. Mutig tippte er eine Zahlenfolge in sein Handy.

»Firma ALORISMA, sie sprechen mit Frau Dünner. Was kann ich für Sie tun?«

Limo erschrak. Die Stimme klang fremd.

»Ähm …, entschuldigen Sie, könnte ich bitte Frau Peschel sprechen?«

»Darf ich fragen, wer Sie sind?«

»Mein Name ist Mirco Langen.«

»Danke schön. Ich versuche eine Verbindung herzustellen. Bitte bleiben Sie in der Leitung.«

Limo wartete geduldig.

»Hören Sie, Herr Langen. Es scheint so, dass Frau Peschel noch nicht im Haus ist. Könnte sie zurückrufen? Oder würden Sie es später noch einmal versuchen?«

»Gerne. Ich melde mich in gut einer Stunde. Es wäre nett von Ihnen, wenn Sie ihr mitteilen könnten, dass ich versucht habe sie zu erreichen, wenn sie in der Zwischenzeit eintreffen sollte.«

»Werde ich ausrichten.«

Limo verabschiedete sich freundlich. Es vergingen ganze fünf Minuten, bis er ruhelos Emelys Handynummer wählte. Erneut wartete er gebannt. Das Freizeichen ließ seinen Herzschlag erhöhen. Es schien nicht sein Glückstag zu werden. Emely nahm nicht ab.

So schnell die Füße trugen durchpflügte Limo den Waldweg. Eiskalter Dauerregen ließ den Untergrund extrem aufweichen. Limo atmete gehetzt. Orkanartige Böen bliesen ihm ins Gesicht. Donnergrollen drohte. Trotzig rannte er gegen die Naturgewalten an. Letztlich bekämpfte er erfolgreich den inneren Schweinehund. Durchnässt wie ein herrenloser Straßenköter erreichte er die asphaltierte Straße. Weder dem Dauerregen noch dem Gegenwind gelang es, ihn in die Knie zu zwingen. Die ersten Blitze schlugen nach dem krachenden Donner auf die Erde nieder. Limo verlangsamte das Tempo. Die letzten Meter bis zur Haustüre ging er sichtlich erleichtert und kramte nach dem Schlüsselbund. Ungläubig streifte er mit einem Blick den Briefkasten. Äußerlich entspannt, als fischte er eine überflüssige Werbung aus dem Schlitz des Blechkastens, öffnete er das weiße Kuvert. Limo betrachtete den Inhalt, blickte sich um und verschwand dann im Hausinneren.

Einige Minuten später hockte Limo auf der Couch. In seinen Händen hielt er das Handy. Auf dem Tisch lagen zwei Fotos. Während er dem Ton der freien Leitung lauschte, betrachtete er Emely. Ein Bild hielt den Ausstieg aus ihrem Fahrzeug fest. Ein weiteres Bild zeigte sie, wie sie einen kleinen Gegenstand in der Hand hielt. Limo vermutete die Fernbedienung des Rolltores.

»Firma ALORISMA. Sie sprechen mit Frau Dünner. Was kann ich für Sie tun?«, unterbrach ein auswendig gelernter Text Limos Gedanken.

»Hallo, Frau Dünner. Mirco Langen nochmal. Ist Frau Peschel jetzt zu sprechen?«

»Leider nicht, Herr Langen. Ich weiß auch nicht, wann sie eintreffen wird. Könnte ich Sie mit einem ihrer Kollegen verbinden?«

»Vielen Dank. Aber ich müsste sie persönlich sprechen. Ich versuche es eventuell am Nachmittag noch einmal.«

»Gerne. Auf Wiederhören.« Aus der Zuversicht, Emely telefonisch anzutreffen, wurden ernsthafte Zweifel. Limo drückte ein zweites Mal auf die Klingel. Die Tür blieb verschlossen. Umsichtig wie ein Dieb bei der Arbeit schlich er ums Haus herum. Neugierig legte er das Gesicht in seine Hände und blickte gebannt durch die Fensterscheibe der Terrassentür. Nichts regte sich. Plötzlich vernahm er ein Motorgeräusch. Als er mit Unschuldsmine um das Haus herumstiefelte und die Einfahrt erreichte, näherte sich ein dunkles Fahrzeug. Limo wartete wie versteinert. Tatsächlich fuhr das Auto in die Einfahrt. Ein modisch gekleideter Mann stieg aus und trat an Limo heran.

»Guten Tag. Darf ich erfahren, was Sie an diesem Haus so fasziniert?«

»Die Bewohnerin, ehrlich gesagt.«

»Sie sind?«

»Kein Einbrecher, falls Sie das vermutet haben sollten. Mein Name ist Mirco Langen. Ich habe versucht, Emely telefonisch zu erreichen. In der Arbeit und auch auf ihrem Handy. Sind Sie ihr Vater?«

»Richtig. Aber Ihr Name ist mir nicht bekannt. Emely hatte Sie noch nicht erwähnt.«

Limo lächelte. »Wir kennen uns erst wenige Tage.« Alfred Peschel nickte verstehend. »Gibt es einen Grund für ihre besorgte Miene?«

»Besorgt?« –Verdammt nochmal. Kann man mir das so offensichtlich ansehen?

»Jedenfalls sieht es für mich so aus.«

Limo räusperte sich. »Emely war gestern noch bei mir. Ich wollte mich entschuldigen. Der Abend verlief nicht gerade toll. Da ich sie nicht erreichen konnte, dachte ich …« Limo stockte. Ihr Vater nickte mehrfach. »… dass Sie meine Tochter hier antreffen könnten.«

»Ja.«

»Daher waren Sie besorgt, als dies nicht der Fall war.«

»Sicher. So schlimm verlief der Abend nun auch nicht.« Limos Lächeln wirkte bemüht.

»Vielen Dank für Ihre Offenheit. Ich bin ebenso besorgt. Sie hatte einen wichtigen Termin verpasst, ohne mich zu informieren. Das kam noch nie vor. Nicht bei Emely. Ich habe schon mehrmals versucht, sie zu erreichen. Genauso erfolglos wie Sie.« Während Limo die Sätze des Mannes verinnerlichte, wirkte nun ihr Vater nicht bloß besorgt. Angst schwang als Unterton mit.

»Bitte warten Sie einen Moment. Ich öffne jetzt die Tür und sehe nach.«

»Gerne«, antwortete Limo knapp. »Bitte nicht …, bitte nicht, Gott …, bitte nicht auch noch Emely!« Limo flehte zum Himmel.

Alfred Peschel verschwand im Haus. Geduldig ertrug Limo die Spannung. Er hörte, wie ihr Vater wiederholt ihren Namen rief. Dann endlich vernahm er Schritte. Die Tür öffnete sich. »Sie ist nicht da. Keine Nachricht, keine Unordnung, nichts.«

»Was ist mit ihrer Freundin. Fiona.«

»Sehr gute Idee. Es kann sein, dass noch ihre Telefonnummer im Verzeichnis ist. Beziehungsweise die Rufnummer ihres Vaters.« Hastig blätterte er in der Telefonliste. Erleichtert sah er *Fio* ihm vom Display aus entgegenleuchten. Darunter auch der Name ihres Vaters. Drei Tastenbedienungen weiter klingelte es.

»Hallo, Herr Peschel«, schallte es ihm in die Ohrmuschel.

»Hallo, Fiona. Sag mal, kannst du mir vielleicht sagen, wo Emely steckt?«

»Nee. Sie müsste doch in der Arbeit sein.«

»Leider nicht.«

»Sie haben es sicher auch auf ihrem Handy versucht, oder?«

»Ja. Nichts.«

»Das ist seltsam. Und zu Hause?«

»Da stehe ich gerade. Ach, kennst du vielleicht einen Mirco Langen?«

Fiona schluckte. Wie viel durfte sie sagen? »Ähm, ja, kenne ich. Emely mag ihn.«

»Du möchtest mir sagen, dass sie ihn …, dass sie mit ihm geht?«

»Nein. Noch nicht. Soweit ich von Emely weiß, wollte sie ihn gestern besuchen. Warum?«

»Schon okay. Er steht gerade neben mir. Alles gut.«

»Ich verstehe nicht.«

»Fiona, ich auch nicht. Aber trotzdem danke. Ich versuche es weiter auf ihrem Handy.«

»Okay. Ich versuche es ebenfalls, wenn Sie mir noch mitteilen könnten, warum Ihre Stimme so besorgt klingt.« Alfred Peschel warf einen irritierenden Blick auf sein Gegenüber. »Später, Fiona«, er ließ mit einem Tastendruck die Freundin seiner Tochter im Unklaren zurück.

»Vielleicht die Polizei informieren?« Limos Frage beschwor in beiden Köpfen verstörende Horrorszenarien. Emelys Vater ließ die Frage unbeantwortet.

»Ich fahre jetzt zur Firma. Ich würde Sie bitten, dass Sie das Grundstück vorerst verlassen. Wenn Sie etwas von Emely hören sollten, informieren Sie mich bitte.«

»Gerne Herr Peschel. Würden Sie es ebenso tun, wenn Sie vor mir etwas hören?«

»Sicher. Dazu benötige ich aber Ihre Nummer.« Limos Gesichtszüge entglitten. Daran hatte er nicht gedacht. »Entschuldigen Sie bitte, ich bin noch nicht lange im Besitz meiner aktuellen Nummer. Das Handy trage ich ausgerechnet gerade nicht mit.«

»Ist nicht so tragisch. Ich schreibe Ihnen schnell meine Nummer auf, und Sie melden sich kurz. Dann passt es. Okay?« Alfred blieb gelassen.

»Das ist super. Vielen Dank.«

Alfred holte aus seinem Wagen eine Visitenkarteund drückte sie Limo in die Hand. Anschließend verließ Limo zuerst das Grundstück. Alfred folgte unwesentlich später.

Limo verlor keine Zeit. Während der Fahrt wählte er Galeps Nummer.

»Hey, Limo. Na genießt du noch den letzten Tag deiner *Genesung*?« Limo ignorierte Galeps wohlgemeinten Scherz.

»Hör zu, Galep: Könnten wir uns rasch treffen?«

»Sicher. Wann und wo?«

»In fünfzehn Minuten, bei mir?«

»Bin schon im Anflug.«

Es war kein Überschall-Rekord, aber Galep benötigte kaum zehn Minuten um bei seinem Kumpel einzutreffen. Limo fing Galep noch vor dem Gebäude ab.

»Sorry, Galep, dass ich dich hier so überfalle. Ich muss doch mit dem Handy aufpassen. Überwachung!«

»Verstehe. Schieß los.«

Wann könntest du die letzten Kameras installieren?«

»Noch heute Abend, wenn es so eilig brennt.«

»Es brennt. Lichterloh!«

»Was ist geschehen?«

»Ich hatte dir doch von Emely erzählt.«

»Ja.«

»Sie ist verschwunden. Ich habe eine Scheißangst.«

»Wie – verschwunden?«

»Sie ist nicht im Büro aufgetaucht. Sie nimmt die Anrufe nicht entgegen. Zu Hause ist sie auch nicht. Niemand weiß wo sie steckt. Auch nicht ihr Vater. Den durfte ich gerade kennenlernen.«

»Hä?«

»Ich hatte sie in Wenden aufsuchen wollen. Ich dachte mir, ich besuche sie.«

»Sie ist doch berufstätig?«

»Sicher, Galep. Sicher. Aber nachdem ich sie …«

»Okay, okay. Jetzt hab ich es kapiert«, unterbrach Galep. »Aber denkst du jetzt nicht zu vorschnell an ein …, naja, du verstehst mich.«

»Ich bin im Besitz von zwei Fotos. Sie zeigen Emely, wie sie in ihrer Garage aus dem Wagen steigt. Gestern, als sie von mir nach Hause fuhr.«

»Woher weißt du das? Ich meine, dass das Bild von gestern stammt?«

»Aufgrund ihrer Kleidung. Die Jeans, der Mantel. Die Sachen trug sie gestern.«

»Bist du wirklich sicher, Limo? Ich ziehe mir auch nicht täglich einen neuen Mantel über. Und Jeans können sehr ähnlich aussehen.«

»Danke, dass du mich beruhigen möchtest. Leider vergebens. Irgendetwas läuft da schief. Versuch bitte nicht mir ein ruhiges Gewissen einzureden. Würdest du dich bitte um die Installation der Geräte kümmern?«

»Quasi schon passiert. Ich schicke dir eine SMS, wenn es getan ist. Okay?«

»Danke, Galep.«

»Es wird schon. Kopf hoch, mein deutscher Freund.« Limo lächelte. Die Verabschiedung fiel knapp aus.

Die Dunkelheit brach herein. Limos Hirn leistete Höchstarbeit. Es wurde Zeit, selbst die Initiative zu ergreifen. Jetzt sollten andere erfahren, was es heißt, mit unliebsamen Fotos konfrontiert zu werden. Ein winziges Hochgefühl begleitete ihn, als er die kompromittierenden Beweise in der Hand hielt. Das Hochgefühl steigerte sich, als er sich die überraschte Grimasse seines Vorgesetzten vorstellte. Noch an diesem Wochenende sollte Kohlmeier für seine miesen Attacken büßen. Limo ließ den dreihundert Pferdestärken freien Lauf. Während die Landschaft in der Dunkelheit an Limo vorbeirauschte, fühlte er sich bei diesem Tempo wie auf Wolken schwebend, unbesiegbar und federleicht. Je näher er seinem Ziel kam, umso konzentrierter fokussierte er sich auf sein Vorhaben. Er hoffte, Maria alleine anzutreffen. Kohlmeier war für gewöhnlich freitags bis spät in die Nacht unterwegs. Umsichtig stellte er den auffälligen Sportwagen wie gewöhnlich ein paar Häuser weiter ab. Bevor er den Wagen mit den Unterlagen verließ, gönnte er sich Ruhe. Mit Argusaugen überprüfte er die Gegend. Dann begab er sich auf den Weg zur Villa. Mit jedem Schritt auf Kohlmeiers Areal stieg die Nervosität an. Limo klingelte. Instinktiv bewegte er sich vorsichtig rückwärts. Er verließ das Podest und wartete auf den unteren Treppenstufen. Warmes Licht erhellte das prunkvolle Vestibül. Zunächst schimmerte ihre Silhouette nur schemenhaft durch die mehrfarbige Glasscheibe. Einen Augenblick später erkannte er die Umrisse der zierlichen Schönheit. Die Tür öffnete sich. Trotz der langen Zeit erkannte Maria Limo gleich wieder. Sie ahnte natürlich den Grund seines Besuchs. Eigentlich hatte sie den sportlichen Typen nie wirklich vergessen, obwohl er sich nach seiner ersten Aufwartung nicht wieder gemeldet hatte. Mehrfach hatte sie sich von ihrem Mann in der Zwischenzeit zu trennen versucht. Doch die Umsetzung hatte sich als schwieriger als gedacht herausgestellt.

»Guten Abend, Frau Kohlmeier.«

»Guten Abend, Herr Langen. Mit Ihnen hatte ich nicht mehr gerechnet.« Limo glaubte eine Art Erleichterung in ihrem Tonfall zu hören.

»Ich spielte auch in der Tat mit dem Gedanken, Sie nicht mehr zu belästigen.« Limo neigte den Kopf seitlich. »Aber wie ich sehe …?! Die Schwellung an Ihrem Auge stammt sicher nicht von einem Treppensturz, oder?«

»Treten Sie doch näher.«

»Bitte verzeihen Sie mir. Ich möchte es kurz machen. Es geschehen sonderbare Dinge. Ich müsste mich sehr stark täuschen, wenn ihr Mann nicht die Fäden dabei zieht. Simpel ausgedrückt: Ich habe die Schnauze voll. Ab diesem Zeitpunkt schieße ich zurück. Tut mir wirklich leid, dass ich keine Rücksicht auf Sie nehmen kann.«

»Wer sagt denn, dass ich Rücksicht benötige? Ich bin sogar froh, dass es losgeht. Und nein, die Schwellung stammt nicht von einem Treppensturz.«

»War nicht schwer zu erraten. Ich übergebe Ihnen nun die Fotos. Der zweite Schritt folgt in ein bis zwei Tagen.« Limo zückte einen blauen Ball Pen hervor und notierte die Internetadresse auf einem Extrazettel. »Unter dieser Adresse werden Sie jede nur erdenkliche Sauerei sehen können, die Ihr Mann in der Vergangenheit ausgelebt hat. Das ist Fakt. Verstecken Sie die Adresse sehr gut. Ich fürchte, was dann folgen könnte …, die augenblickliche Schwellung in Ihrem Gesicht dürfte dann nur der Anfang sein.«

»Vielen Dank für den Hinweis. Aber es ist alles vorbereitet. Die nächste Handgreiflichkeit bereut er bitterlich.«

Limo atmete erleichtert auf. »Gut.«

»In der Tat. Es wird Zeit, die Machtbesessenheit meines Gatten zu unterbinden. Schließlich nahm ich einige Jahre seine ekelhafte Lebensweise in Kauf. Diese Erniedrigungen sollen nun endlich ein jähes Ende finden.« Limo lächelte zufrieden, wissend, dass das, was er so mühsam gesät hatte, endlich keimen durfte.

»Ich wünsche Ihnen viel Glück.«

»Danke schön. Ihnen ebenso alles Gute.«

Limo ließ einen letzten Blick durch das Vestibül gleiten. »Reißen Sie diesem Drecksack sein Paradies unter den Füßen weg.«

Maria zwinkerte Limo kess zu. Limos Mundwinkel zogen sich amüsiert nach oben. Er lieferte ihr die Waffen, die Schlacht würde sie alleine bestreiten müssen. Als Limo am Wagen eintraf, nahm er erneut alle vier Himmelsrichtungen in Augenschein. Erst als die Luft anscheinend sauber war, öffnete er die Wagentür und verschwand mit Bleifuß von Kohlmeiers Domizil.

Für gewöhnlich mochte Limo die Vorweihnachtszeit. Doch in diesem Jahr wollte nicht so recht Besinnlichkeit aufkeimen. Emely ging ihm nicht aus dem Kopf. Die letzten Fotos beunruhigten ihn extrem. Sie schien wie vom Erdboden verschluckt. Mühsam versuchte er den Mord an Anke zu verdrängen. Erfolglos. Er versuchte seine unwillkürlichen Gedanken an seine Schwester und Conny zu vertreiben. Erfolglos. Ronny tobte ausgelassen im Wald, ruhte sich in der Hitze in einem Bachlauf aus, balgte sich mit Limo um ein Stöckchen, bis Limo nachgab und seinen treuen Freund in den Arm nahm. Wie winzige Kugelblitze flogen die Straßenlaternen an Limo vorbei. Just in diesem Augenblick schaute Limo verdutzt aus der Wäsche, als er das Wendener Ortsschild bemerkte. Sein Unterbewusstsein lotste ihn zu seiner Liebe. Der schwarze Nissan näherte sich Emelys Anwesen. Limo reduzierte die Geschwindigkeit auf unterhalb des Schritttempos. Als er auf die lange Gerade einbog, die zu Emelys Haus führte, sah er nicht nur brennendes Licht im Haus. Die diffusen Lichtverhältnisse ließen zwei Gestalten im Inneren eines Fahrzeugs erkennen. Sogar den Rauch von Zigaretten, der aus beiden Seitenfenstern ins Freie entwich, bemerkte Limo. Sein Verstand hämmerte warnend auf den Notaus-Button. Er stand komplett unter Strom. Mühsam gelang es ihm seine Ängste im Zaum zu halten. Ein glühender Zigarettenstummel flog durch die geöffnete Autoscheibe. Limo fröstelte, als ihn die Augen des Fahrers im Rückspiegel starr beobachteten. Leblos und zugleich bedrohlich. Während Limo noch wie in Trance nach vorn starrte, riss plötzlich eine Gestalt die Beifahrertür auf. Noch bevor Limo die Situation erkannte stand auch schon diese Gestalt mit gezogener Waffe vor ihm. Bis zur Unkenntlichkeit vermummt, harrte sie auf der Stelle aus. Sie schien auf eine Reaktion zu lauern. Limo trat auf das Gaspedal. Plötzlich setzte sich der Wagen vor ihm in Bewegung. Pfeilschnell hob die Gestalt den anderen Arm und symbolisierte deutlich den Schnitt durch die Kehle. Sichtlich geschockt verfolgte Limo das Geschehen. Erst als die Rücklichter des Wagens den Hang des Hügels hinunter verschwanden, atmete Limo tief durch. Plötzlich erhellten die Außenlaternen die Einfahrt. Limo erkannte Emely. Sie hielt in einer Hand einen Beutel. Aufmerksam verfolgte er Emelys Bewegungen. Einen Augenblick später kehrte sie ohne den Beutel zurück zum Eingang. Sie schien ihn nicht bemerkt zu haben. Als sie hinter der Haustür verschwand, erlosch auch das Außenlicht. Limo saß im Dunkeln. Sein Herz wollte das Gespräch mit dieser bezaubernden Frau. Sein Verstand verlangte nach Ruhe. Frustriert gab er Gas. In der Wohnung eingetroffen, ließ er das Handy nicht aus den Augen. Hin und her gerissen hoffte er auf einen Anruf Emelys. Eine Stunde verstrich. Limo ließ den Vorhof des Altbaus nicht aus dem Auge. Diese verdammten Bastarde blieben hartnäckig an seinen Fersen haften. Ohne Rücksicht drohten sie ihm auf offener Straße. So gerne hätte er Emely gesprochen. Hätte ihr gerne mitgeteilt, in welchem Morast er bis zum Hals steckte. Mehrmals versuchte er ihre Nummer zu wählen. Unterließ es dann aus Vorsicht. Seine schlimmsten Alpträume wurden nicht zur Realität. Emely lebte. Auch wenn er nicht wusste, wo sie steckte, als er sie gemeinsam mit ihrem Vater versucht hatte telefonisch zu erreichen. Limo war heilfroh, dass Emely lebte und gleichermaßen besorgt. Diese Hyänen lauerten um Emelys Anwesen herum. Noch beließen sie es bei einer Observation. Tiefer durfte sie nicht mit hinein gezogen werden. Er musste eine Lösung finden, bevor sie Anke, Carmen, Conny und Ronny in den Tod folgen musste. Durch seine Schuld. In dieser Sekunde brachte ihn diese grauenhafte Vorstellung zu einem traurigen Entschluss: Er durfte Emely in den folgenden Tagen, Wochen, eventuell sogar noch für eine längere Dauer … Er erschrak. Das würde bedeuten, er dürfte nicht mit ihr telefonieren, sie nicht sehen, sie nicht besuchen. Nur von ihren zärtlichen Berührungen träumen. Besorgt haftete sich sein Blick an das Foto. Die einzige visuelle Erinnerung an Emely die ihm blieb. Zwei Fotos! Nur flüchtig dachte er an Alfred Peschel. Sicher hatte Herr Peschel bereits über Emelys Auftauchen Kenntnis. Er ließ die Visitenkarte von Emelys Vater stecken. Erneut blickte Limo auf die Fotos.

21

Das Wochenende verlief überraschend ruhig. Galep informierte seinen deutschen Freund am frühen Samstagmorgen über die Installation der Überwachungsgeräte. Selbst auf den Toiletten gelang es ihm und seinen Kumpels die hochsensiblen und winzigen Kameras zu installieren. Limo bemühte sich am Telefon um eine positive Stimmung. Doch Galep ahnte die innere Zerrissenheit seines deutschen Freundes. Er bemühte sich erst gar nicht um aufheiternde Scherze, unterließ es aber auch, Limos Bekümmertheit anzusprechen. Limo dankte Galep dafür, ohne es aussprechen zu müssen. Limo verließ nur einmal seine Wohnung. Am Samstag gegen Mittag suchte er den Kaufpark auf. Mit einer Tüte voller Lebensmittel kehrte er zurück. Dutzendfach nahm er das Handy in die Hand. Er ließ Emely durch sein merkwürdiges Verhalten im Unklaren. Am Sonntag schreckte er gegen Abend auf. Er war auf dem Sofa eingenickt. Auf dem Display stand ihr Name. Eine Stunde später versuchte sie es erneut. Limo durfte nicht nachgeben. Sie würde vermutlich beginnen, ihn zu hassen. Mit dieser Tatsache könnte er leben. Aber nicht mit der Tatsache, dass sie sterben müsste.

An diesem Montag erschwerten Temperaturen um den Gefrierpunkt die Arbeit. Limo war unterwegs mit einem Aushilfskollegen einer Leiharbeiterfirma. Gegen vierzehn Uhr hatten sie sich bereits einen enormen Zeitvorsprung erarbeitet. Sie brauchten um sechzehn Uhr nur noch in Olpe einen kleinen Abbau vorzunehmen. Plötzlich klingelte sein Firmenhandy. Aufgeschreckt blickte er auf das Display und sah die Nummer von Luca Jos.

»Firma RO-Trock, mein Name ist Mirco Langen. Wie kann ich Ihnen helfen?« sprach er vorbildlich ins Telefon.

»Mirco, ich bin's, Luca. Wie weit seit ihr?«

»Ich denke, in einer knappen Stunde sind wir in Olpe.«

»Geht es nicht eher?« fragte Jos freundlich, während Limos Laune sich rasant verfinsterte. Limo hatte ein feines Näschen für die Absicht, die hinter dieser Freundlichkeit steckte.

»Nö«, antwortete er knapp.

»Okay. Wenn du die Richtung nach Olpe einschlägst, dann fahr direkt ins Lager, schnapp dir zwei, wenn es geht drei Wassersauger und etwa dreißig Trockner. In Duisburg ist ein Notfall. Die zwei Trockner in Olpe baut dann Poller für dich ab.«

»Wenn ich richtig verstanden habe, soll ich gegen vier Uhr die Geräte laden und anschließend nach Duisburg fahren. Herr Jos …«, begann Limo förmlich, »… ich glaube Sie beordern den falschen Mann dorthin.«

»Das hat schon seinen Grund.«

»Das glaube ich gerne. Muss aber leider ablehnen.«

»Ablehnen? Noch bist du hier bei der Firma angestellt.«

»Sehr gut erkannt. Noch!« Limo überspielte gekonnt die Aussage seines Vorgesetzten. »Ich habe um halb sechs einen wichtigen Arzttermin, auf den ich knapp zwei Monate warten musste. Also werde ich pünktlich um fünf Feierabend machen.«

»Der Termin kann wohl warten. Ich erwarte dich um vier hier im Lager.«

»Du kannst mich erwarten wie, wann und wo du willst. Ich kann dir höchstens den Wagen mit den Geräten vollknallen. Das war's aber auch schon. Kai Peters hat Notdienst. Dann muss er heute Abend eben ohne Fußball klar kommen.«

»Das wird ein Nachspiel haben«, schrie Jos lauthals in den Hörer. Limo hörte ihn wild schnaufen.

»Nachspiel?« Limo lachte schallend ins Handy. »Was, wollt ihr mir kündigen? Ich schmeiß mich weg!«

Er lachte noch lauter. Plötzlich hörte er auf der anderen Seite nur noch Stille. Wutentbrannt raste Jos durch den Tower. Aufgebracht wie Rumpelstilzchen höchst persönlich stiefelte er in Kohlmeiers Büro.

»Dieses verfluchte Arschloch«, kochte Jos, der sich einfach nicht beruhigen wollte.

»Was ist passiert?« fragte Kohlmeier nach. So aufgewühlt und zornig hatte er Jos noch nie erlebt.

»Ich habe gerade Mirco hierher zitiert, um die Notfallbaustelle in Duisburg zu übernehmen.«

»Ja … und?«

»Dieses Rindvieh fährt nicht, weil er einen Arzttermin wahrnehmen muss.«

»Moment, ich ruf ihn mal an.«

»Kannst du gerne tun, aber glaub mir, er wird dich abblitzen lassen.«

»Schauen wir mal«, antwortete Kohlmeier arrogant und wählte Mircos Nummer.

»Firma RO-Trock, mein Name ist Mirco Langen. Wie kann ich ihnen helfen?« sprach Limo standardmäßig, obwohl er aufgrund der angezeigten Nummer im Display den Anrufer erahnte.

»Du weißt, wer hier dran ist. Tu nicht so dämlich.«

»Hallo …, Hallo …, wer ist denn da. Ich habe einen sehr schwachen Empfang. Hallo?«

»Hör zu, Mirco. Du lässt jetzt alles stehen und liegen, kommst aufs Lager und füllst den Servicewagen mit den Gerätschaften, die dir Luca bereits aufgezählt hat. Umgehend!«

»Ich kann nichts verstehen, Herr Kohlmeier?« rief Limo fragend ins Handy und legte auf.

»Einen Scheiß werde ich tun.« Limo kratzte sich das Kinn. Maria kam ihm in den Sinn. Kohlmeier klang jetzt nicht unbedingt wie ein Mensch, den man in die Enge getrieben hätte. Fehlte ihr doch der Mut?

»Das gibt's nicht. Der legt einfach auf und tut so, als sei er in einem Funkloch.«

»Hab ich doch gesagt. Er verrichtet nur noch Dienst nach Vorschrift, und das war's. Daran werden wir nichts ändern können.«

»Doch, Luca, können wir. Ich werde mit Kaltmann darüber sprechen und vereinbaren, ihm zu kündigen. Fristlos!«

»Na ja, klingt aus meiner Sicht nicht unbedingt nach einer Bestrafung«, feixte Jos. »Glaubst du, das ist sinnvoll? Im Augenblick wenigstens?«

»Das ist mir egal, Hauptsache, ich muss nicht mehr in diese arrogante Fresse gucken! Über weitere Maßnahmen habe ich alleine nicht zu entscheiden. Da wird bestimmt noch jemand ein Wort mitreden wollen.«

Jos zog nach Kohlmeiers Aussage eine hämische Fratze. »Bestimmt sogar«, bestätigte Jos lachend. »Ich gebe Kai jetzt Bescheid, dass er doch nach Duisburg fahren muss.«

»Mach das«, hielt sich Kohlmeier knapp.

Unmittelbar nach dem Gespräch mit Luca informierte der ambitiös veranlagte Niederlassungsleiter Kaltmann über das Verhalten des Aufrührers. Der Empfehlung, Mirco fristlos vom Dienst zu befreien, kam Kaltmann, ohne nach dem Beweggrund zu fragen, nach. Limo ahnte nichts, als er kurz nach vier auf das Firmengelände fuhr. Kohlmeier stand nicht ganz zufällig im Tower am Fenster. Dario Filippo gesellte sich zu ihm. Ohne Umschweife zitierte Kohlmeier den »Unbeugsamen« in sein Büro. Limo gab seinem Kollegen die Anweisung, schon einmal mit dem Reinigen der Trockner zu beginnen. »Aber im Schongang ….«, fügte Limo grinsend hinzu. Rasch begab er sich auf den Weg zur absolutistischen Gottheit. Bereits im Flur flog ihm Kohlmeier in Siebenmeilenstiefeln entgegen.

»Was gibt es denn?« fragte Limo bewusst naiv und begleitete Kaltmanns Adlatus ins Büro. Filippo hielt sich unauffällig im hinteren Bereich des Büros auf. Nachdem Limo Platz genommen hatte, zog Kohlmeier die Tür hinter sich zu und schwang sich auf den Chefsessel.

»Aufgrund der Vorkommnisse der letzten Tage ist kein Vertrauensverhältnis mehr vorhanden. Aus diesem Grund befreien wir Sie umgehend vom Dienst. Auf Deutsch, Sie können ab morgen ausschlafen.« Er sagte das mit einem breiten und hässlichen Grinsen. Limo blieb cool und zeigte keine Reaktion.

»Danke schön«, brachte er stattdessen hervor, stand von seinem Stuhl auf und öffnete die Tür. Kohlmeier begann zu lachen. Unerwartet kehrte Limo auf der Stelle um, trat vor den Schreibtisch, stützte beide Arme darauf ab und schaute Kohlmeier provozierend in die Augen.

»Raus jetzt!« brüllte Kohlmeier schließlich unbeherrscht. Die ruhige und besonnene Art von Limo brachte ihn vollends in Rage.

Limo lächelte souverän.

»Wer schreit, hört auf zu denken, Herr Kohlmeier! Wünsche noch ein sturmfreies Leben …«

Nachdem er Dario selbstbewusst zugenickt hatte, kehrte er den Herren den Rücken zu und verschwand. Irritiert versank Kohlmeier in seinem Chefsessel und dachte darüber nach, was dieser Typ mit dem letzten Satz andeuten wollte.

»Im Übrigen heißt es ‚Wer am lautesten schreit, der gewinnt', kleines arrogantes Arschloch«, dachte Kohlmeier laut. Er gab dem Sessel einen Schwung und bremste ab, als er Filippo vor sich sah.

»Was sagst du dazu?«

»Mich brauchst du nicht fragen, ich kenne Mirco seit meiner Schulzeit.«

»Dem Typen müsste man mal eine deftige Lektion erteilen.«

»Was verstehst du unter deftig?« hakte Filippo nach.

»Keine Ahnung. Nase einschlagen? Arme brechen, irgendwas in der Art.«

»Nachdem er die Akten freiwillig aushändigt? Oder zuvor?«

»Ich versteh nicht ganz«, blies Kohlmeier Luft durch die Backen.

»Die Fragen waren doch nicht kompliziert. Also …?«

»Scheiße. Du verarschst mich doch.«

»Also …?« blieb Filippo hartnäckig. Kohlmeier sollte ruhig erfahren, dass er ebenso im Bilde war wie der Rest der Chefetage.

»Wir sollten die Sache ernst nehmen, aber nicht *nur* zur Chefsache deklarieren.«

»Spielst du den Naiven?«

»Quatsch.«

»Nenn mir einen plausiblen Grund, warum dieser Drecksack nicht *nur* zur Chefsache deklariert werden soll? Du pokerst nämlich gerade um deinen gehobenen Lebensstandard.«

»Findest du das nicht etwas übertrieben?«

»Wie klingt ›Knast‹ für dich?«

»Vielleicht hast du Recht.« Kohlmeier strich sich über die Bartstoppeln. »Wir sollten Helmut fragen.«

»Das sollten wir. Ich habe keine Lust auf einen mehrjährigen Trip ins Nichts. Ich werde jedenfalls keinen einzigen Tag in vermutlich acht bis zehn Quadratmetern hausen. Erst recht nicht durch diesen Mistbock. Bevor ich gleich das Kotzen kriege, ich muss noch einige Sachen klären, bevor ich mich dieser Angelegenheit widmen kann.«

»Okay«, antwortete Kohlmeier flapsig. Filippo verließ das Büro. Der Halbitaliener stand unübersehbar auf der richtigen Seite. Kohlmeiers Lachen schallte durch die Bürotür.

Als sei nichts gewesen, unterstützte Limo seinen Aushilfskollegen noch dabei, die letzten Trocknungsgeräte seines Lebens zu säubern. Als der letzte Schmutz mit dem Reinigungswasser im Abfluss versickerte, wendete sich Limo an einige der Kollegen. Er verabschiedete sich mit Handschlag und Würde von denen, zu denen er in der Vergangenheit ein kollegiales Verhältnis hatte. »Das war's. Ich habe es gerade erfahren. Fristlos!«, enträtselte Limo die fragenden Blicke.

»Auf Wiedersehen, auf Wiedersehen …«, spotteten Poller und Co aus der hinteren Ecke der Halle. Sie hörten natürlich mit. Sie würden Limos letzten Arbeitstag vermutlich prächtig feiern.

»Die einzige Konstante in dieser Firma bist du, Poller, und deine Dummbeutel neben dir. Auf euch war stets Verlass, wenn es um Gemeinheiten ging. Aber eines schwöre ich dir Poller: Wir sehen uns wieder. Ganz bestimmt.«

Galep hielt sich einige Meter von Limo entfernt auf und begriff nicht ganz, was in diesem Augenblick ablief. Limo signalisierte ihm, dass er ihn später anrufen werde. Dann verschwand er zum letzten Mal über das Hofgelände der Firma. Einen Steinwurf von seinem Nissan entfernt hielt ein silbergrauer Firmenkombi an. Die Tür öffnete sich. Jos Luca trat ihm einen Schritt entgegen.

»Das war scheiße von dir, Mirco. Warum bist du nicht nach Duisburg gefahren? Du wirst doch bezahlt. Und das nicht schlecht.«

»Luca, was willst du jetzt von mir hören?«

»Eigentlich den Grund.«

»Eigentlich ist aber ein Widerspruch«, bemerkte Limo altklug.

»Nun, es geht mich ja nichts an, aber mir ist zu Ohren gekommen, dass du die fristlose Kündigung erhalten hast.«

»Stimmt, geht dich auch nichts an«, antwortete Limo angesäuert.

»Soweit ich informiert bin, sollte schon seit geraumer Zeit über deinen Verbleib in dieser Firma entschieden werden. Das konnte dir doch nicht egal sein?«, ignorierte Jos Limos Antwort.

»Heuchler«, schoss es durch Limos Kopf.

»Ist es auch nicht. Nur wegen Abmahnungen, die in keiner Weise zutreffend waren, wäre ich nicht gleich von der Brücke gesprungen. Dass hier umtriebig ein mieses Spiel gespielt wird, ist mir schon länger bekannt. Diese Abmahnungen habe ich nicht unterschrieben. Ich nahm sie allenfalls zur Kenntnis, bis mir Kohlmeier persönlich versicherte, dass sie hinfällig seien, mehr nicht.«

»Auch auf die Gefahr hin, dass man dir möglicherweise kündigen würde?«

»Das war doch schon von langer Hand geplant worden. Nur hatte der Initiator anscheinend noch keinen hieb- und stichfesten Kündigungsgrund gefunden.«

Limo köderte Jos. Vielleicht würde ihm ja ungewollt, im Zusammenhang mit seiner eigenen Angelegenheit, ein Wort über die Lippen rutschen. Limo vermutete aber, dass dieser aalglatte Typ ihm nicht den Gefallen tun würde.

»Jetzt hat er wohl?!«

»Mag sein. Wenn du denkst, dass eine fristlose Kündigung sinnvoll ist?«

»Was ich denke, Mirco, ist doch scheißegal. Zweitrangig, überhaupt nicht wichtig. Aber kannst du mir vielleicht sagen, warum du bei den anderen Monteuren so unbeliebt bist?« klang Jos ironisch.

»Mit anderen Kollegen meinst du bestimmt deine Fußballerbande. Denn wenn du korrekt informiert wärest, dann würdest du schnell feststellen, dass immer dieselben Kollegen mobben. Nicht, dass mich das besonders stört. Schließlich kenne ich diejenigen recht gut. Hinzu kommt, dass ich einen sehr guten Job erledige, bis auf extrem seltene, nichtige Fehler. Oh, ich berichtige mich: erledigt habe. Oder möchtest du mir erklären, warum ich für dubiose Vorkommnisse Abmahnungen erhalten sollte? Man könnte mir schon zutrauen, dass ich doppelt so sauber und ordentlich meine Arbeit verrichten würde, wie es gewöhnlich von den Monteuren verlangt wird. Schon alleine aus dem Grund, da mich jemand auf dem Kicker hat. Was meinst du? Und heute bist du der erste überhaupt, der nach etwa zwei Jahren mitkriegt, dass mir die besondere Behandlung deiner Fußballerschwachmaten zuteil wird? Ganz ehrlich, Jos, ich nehme dir deine Unkenntnis nicht ab«, Limo tastete sich bedächtig vor.

»Da bin ich deiner Meinung. Über so viel Intelligenz solltest du verfügen. Ich habe jedenfalls keine Beanstandungen zu deiner Arbeitsweise auf meinen Baustellen. Dennoch hatte ich nicht den Hauch einer Ahnung, dass du ausgerechnet von den Fußballern ignoriert wurdest.«

»Danke. Aber hey, Mobbing klingt aus deinem Mund so unschuldig. Wie formulierst du diese abartigen Praktiken: ‚Ignoriert wurdest'? Jos, da kann ich dich bedenkenlos korrigieren: Die Zeit hier bei euch war eine Riesensauerei. Und das Traurige dabei, ihr habt schützend eure Hände über Poller gehalten. Ich weiß noch sehr gut, dass Georg Stein damals auf die gleiche Weise entsorgt wurde. Der Wikinger übrigens auch.«

»Das mit Stein und dem Wikinger waren doch völlig andere Sachverhalte«, warf Jos ein.

»Vergiss es. Ich weiß genau, was damals ablief. Ich bin jetzt eben der Nächste. Nur ganz so leicht mache ich es euch nicht. Egal wer oder wie viele es sein mögen, die mich schnellstens entsorgen wollen. Ich lache gerne, Jos, sehr gerne und zudem sehr gerne zuletzt. Tutto a posto …?«

Langsam erlangte Limo Betriebstemperatur. Gerade aus diesem Grund sollte sich Limo vorsichtig artikulieren.

»Sicher, alles klar«, antwortete Jos auf Limos überraschend in Italienisch gestellte Frage. »Aber jetzt mal ehrlich. Wenn dich Kaltmann damals schon entlassen wollte, dann hätte er es auch getan. Egal wie du darüber denkst. Auch wenn du jetzt klagen solltest. Na und? Dann zahlt er eben eine Abfindung. Schluss und aus! Dem kannst du nichts entgegensetzen.«

Jos versuchte seinerseits Limo aus der Reserve zu locken. Wie zwei Raubtiere versuchten sie einen Schwachpunkt des Gegenübers zu erwischen. Innerlich kochte Limo. Am liebsten hätte er diesem Jos für seine Äußerungen seine Knochen malträtiert. Doch bevor er zuschlug, fiel ihm ein weiser asiatischer Spruch ein: »Wer lächelt, statt zu toben, ist immer der Stärkere«. Also lächelte Limo, fast schon mitleidig. Er spürte, dass Jos sich in keinen Hundehaufen setzen würde. Auch wenn er es nicht aussprach oder erwähnte, Limo war sich sicher, dass auch Jos längst über seine Aktensammlung informiert war. Limo war sich im Klaren, dass die Herrschaften mit sensiblem Fingerspitzengefühl an die Unterlagen kommen mussten. Der Versuch, es mit Gewalt zu versuchen, war ja gescheitert.

»Wer sagt denn, dass ich nichts entgegenzusetzen hätte. Du würdest vermutlich überrascht sein?«

»So leicht bin ich nicht zu überraschen.«

»Dann ist es ja gut. Wir werden es sehen. War's das jetzt?« fragte Limo.

Jos blickte irritiert.

»Na ja, an deiner Stelle wäre mir nicht zum Lächeln zumute. Ja, das war's.«

»Tröste dich, du wirst niemals an meiner Stelle sein. Dafür besitzt du nicht den Hintern in der Hose. Erst recht keine Eier«, antwortete Limo und verließ mit stolzer Brust das Firmengelände mit dem Wissen, dass seine Tage in dieser Firma endgültig gezählt waren.

Schneeflocken drängelten zu Boden. Böiger Wind ließ sie im Sog hinter Limos Fahrzeug wild umeinanderwirbeln. Limos Hände umklammerten das Lenkrad, als zerquetschte er Kohlmeiers Gurgel. Obwohl aus den Boxen besinnliche Weihnachtstöne hallten, glich Limos Gesicht einer düsteren Vision des Todes. Adrenalin flutete seine Adern. Seine Herzfrequenz schnellte in einen gefährdeten Bereich. Dann schrie Limo all seinen Frust und seinen Hass heraus. Unbändig trommelten die Fäuste auf das Lenkrad. So plötzlich der

Ausbruch begonnen hatte, so abrupt beendete er vorerst die Entladung seiner Wut. Jetzt ruhten die Hände bedächtig auf dem Lenkrad.

Mehrfach schweifte sein konzentrierter Blick in den Rückspiegel. Das einzige Fahrzeug, das eine Zeit lang Limo folgte, bog nun in eine Seitenstraße ein. Einigermaßen beruhigt steuerte er den Wagen Richtung Wenden. Der Schneefall intensivierte sich. Rund einen Kilometer vor Emelys Haus stellte Limo den Wagen in einer Gasse ab. Er schlug den Mantelkragen hoch und stapfte über den weißen Eiskristall-Teppich. Das Licht im Innern des Gebäudes leuchtete warm in die Dunkelheit. Die leicht eingeschneiten Lichterketten vermittelten Frieden und Besinnlichkeit. Limo beobachtete die friedvolle Stimmung. Eisige Kälte begann seinen Körper zu vereinnahmen. Limo schüttelte die Schneeflocken aus den Haaren und klopfte den Schnee von den Schultern. Sorgfältig vergewisserte er sich, die letzten Minuten ohne ungebetene Zeugen verbracht zu haben. Limo atmete erleichtert durch. Er fühlte sich in seinem Handeln bestätigt. Vielleicht, wenn er sich nicht weiter bei ihr melden würde, bestünde die reelle Hoffnung, dass diese Gestalten gänzlich das Interesse an Emely verlieren würden. Limo klopfte sich die restlichen Eiskristalle von der Kleidung, als er aus dem Augenwinkel eine Bewegung wahrnahm. Instinktiv blickte er zum Haus. Die Silhouette einer Frau verharrte hinter einem hauchzarten Store. Limo regte sich nicht. Emely glaubte, die männliche Gestalt unten in der Dunkelheit erkannte zu haben. Ungläubig haderte sie mit ihrem Gewissen. Statt ihn aufzufordern, sie zu umarmen und ihm zu sagen, dass sie ihn über alles liebte, blieb sie hinter dem Vorhang stehen und blickte Limo nach, wie er langsam seinen Körper aufrichtete. Für einen Wimpernschlag trafen sich ihre Blicke. Limo zerstörte die letzte Hoffnung in Emely, als er plötzlich auf der Stelle umkehrte und eilig davonlief. Wenige Sekunden später verschwand er in der Dunkelheit. Zurück blieb nur ein dichter Vorhang von Schneekristallen. Sie verstand Limo nicht. Emely kehrte in die untere Etage zurück und wählte Fios Nummer.

Der Nissan hielt nur schwerlich die Spur auf der Straße. Regen vermischte sich mit dem Schnee. Innerhalb weniger Minuten verwandelten sich die Straßen in lebensgefährliche Eisbahnen. Erleichtert, heil angekommen zu sein, stellte Limo seinen Wagen auf seinen angestammten Platz. Wenige Augenblicke später hielt sich Limo im Bad auf. Der warme Guss ließ langsam die Muskeln entspannen.

Unentwegt schaufelte sich Limo eine Kraftbrühe in den Mund. Die heiße Suppe begann zu wirken. Wohlig grunzend stellte er das Geschirr in die Spüle und ließ Wasser drauflaufen. Plötzlich vibrierte sein Handy. Limo hetzte zurück zum Wohnzimmer.

»Hey, Galep. Das war Gedankenübertragung. Hatte gerade gegessen und wollte dich anrufen.«

»Hi, Limo. Ich dachte schon, du hättest mich vergessen.«

»Nein. Bestimmt nicht. Ich musste noch bei Emely vorbeischauen.«

»Wie? Ich dachte du wolltest vorerst keinen Kontakt.«

»Ja klar. So ist es auch. Ich habe sie nur heimlich besucht. Ich hatte sie weder angerufen, noch bei ihr geklingelt. Es sollte eher eine Art Kontrollbesuch sein.«

»Ach du Scheiße. Warum?«

»Als ich am vergangenen Freitag noch spätabends bei ihr vorbeifuhr …, ein Fahrzeug stand nahe am angrenzenden Grundstück.«

»Und da hast du gedacht, dass es sich um …«

»Stopp, Galep. Zwei Typen hockten drin. Als ich nahe genug heran kam, wartete ich dort.«

»Worauf gewartet?«

»Ich erkannte die Umrisse zweier Gestalten. Sie schienen zu warten. Vermutlich auf mich. Jedenfalls wartete ich weiter auf eine Reaktion. Ich war mir bewusst, dass sie mich erkannt hatten. Mein Wagen ist nicht gerade unauffällig. Irgendwie ging dann alles sehr schnell. Ein Typ hechtete von der Beifahrerseite aus auf die Straße. Noch ehe ich ahnen konnte, was passierte, schnitt mir dieser Typ mit einer Hand symbolisch die Kehle durch. In der anderen Hand hielt er eine Pistole. Auf mich gerichtet.«

»Warum bist du nur zu Emely gefahren?«

»Weil ich mich vergewissern wollte.«

»Super! Jetzt wissen sie wenigstens, dass du noch um sie herumschleichst. Dass dein Desinteresse nur eine dämliche Show ist. Scheiße. Entschuldige bitte meinen Ausbruch. Bist du dir im Klaren, wie ernst es um dich steht? Um Emely? Verdammt, Limo. Ich bin echt über deine Dummheit überrascht.«

»Du hast recht.«

»Das ist alles was du dazu sagst? Du hast recht?«

»Ja. So einen Fehler begehe ich nicht wieder. Versprochen.« Limo unterließ es zu erwähnen, wo er noch vor einer Stunde war. »Setzen wir einen Haken dahinter.«

»Okay. Wenn du wissen möchtest, ob diese Hunde Emely weiter beschatten, gib mir Bescheid. Ich leite alles Weitere ein, ist das okay für dich?«

»Ist es, Galep.«

»Okay, und jetzt erzähl mir was vorhin vorgefallen ist.« Galep verschwieg seinerseits, dass er bereits davon wusste.

Wie so oft in den letzten Tagen befand Limo sich wieder einmal in einem Karussell – in einem Teufelskreis seiner Gedanken. Doch bevor er weitere Pläne schmiedete, beabsichtigte Limo gleich frühmorgens in der Firma sein Eigentum aus dem Spind zu holen. Noch bevor Kohlmeier den Hof betrat. Limo lag schon im Bett, als das Handy überraschend vibrierte. Ungläubig erfasste er Galeps Nummer.

»Hey. Um diese Zeit?«

»Sorry. Du hast hoffentlich noch nicht geschlafen?«

»Nicht ganz. Was gibt's?«

»Wir haben neues Bild- und Tonmaterial.«

»Was ist geschehen?«, murrte Limo übermüdet.

»Kaltmann, Kohlmeier, dann dieser Typ von der ›DASAN‹, der heißt Reich, und ein Typ namens Baldwin. Kennst du den? Er arbeitet für die RO-Trock.«

»Glaube nicht. Glaube auch nicht, dass ich den Namen schon einmal gehört habe. Was, oder besser wo soll er arbeiten?«

»Keine Ahnung. Vielleicht auch nicht so wichtig. Jedenfalls unterhielten sich die Typen über Geschäfte. Es geht um mehrere Millionen. Wenn wir jetzt reagieren, wir hätten sie alle an den Eiern. Hörst du, Limo? Alle! Mit jeder Menge Beweise.«

»Ich verstehe nicht ganz.«

»Pass auf, Limo: Ich bringe dir morgen den Film mit. Wenn ich es selber nicht schaffen sollte, dann lasse ich dir den Film vorbeibringen.«

»Das ist eine gute Idee. Wir unterhalten uns dann danach, wie wir weiter vorgehen.«

»Ich hätte da eine Idee.«

»Warte, Galep. Lass mich erst dieses Video sehen, dann entscheiden wir, okay?«

»Klar. Aber wir sollten nicht zu lange zögern.«

»Verstehe. Ich verspreche es dir. Und danke für diese hervorragenden Neuigkeiten.«

»Nichts zu danken. Dann wünsche ich angenehme Träume.« Limo lächelte am anderen Ende der Leitung. »Dir auch, Galep.«

Euphorische Gefühle regten sich. An Schlaf war nicht zu denken. Eigentlich hätte Galeps Information für genügsamen Schlaf sorgen sollen. Doch zu euphorisch, zu neugierig, beschäftigte Limos Unterbewusstsein ihn mit aufwühlenden Gedanken an *klickende Handschellen.*

Es hatte die Nacht über geregnet. Gefährliches Blitzeis überzog sämtliche Fahrbahnen. Limo fuhr geduldig hinter dem Räumfahrzeug her. Limo hatte genügend Zeit. Der Haupteingang würde vermutlich schon geöffnet sein. Aus Erfahrung wusste Limo, dass die Kollegen der Sanierungsabteilung den Arbeitstag eher begannen. Im ungünstigsten Falle träfe er auf einen der Monteure. Verwundert rieb sich Limo die Augen, als er Kaltmanns Bonzenschlitten unmittelbar neben dem Eingang erkannte. Irritiert stieg Limo aus seinem Wagen. Nur wenige Schritte später drückte er die Eingangstür zum Tower auf. Wie erwartet gab die Tür nach. Limo stand einen Augenblick später in der Gerätehalle. Erneut staunte er überrascht.

»Ey, Langen, du Arschloch hast hier nix mehr zu suchen. Verpiss dich, oder ich informiere sofort Kohlmeier.«

»Poller. Warte doch gerade einige Sekunden, ich bin sofort bei dir. Ich wollte nur noch meinen Spind ausräumen. Der Inhalt ist mein Eigentum.«

»Das ist mir so was von scheißegal.« Poller zog drohend sein Firmen-Mobiltelefon aus der Hosentasche. »Da bin ich aber mal gespannt, was Kohlmeier dazu sagen wird. Die Herren sind heute scheinbar nicht bei guter Laune. Letzte Warnung!« Limo beachtete Poller kaum. Hastig kramte Limo den Inhalt des Spindes in einen Stoffbeutel. Aus dem Augenwinkel erkannte Limo, wie Poller das Telefon zum Ohr führte. Weder Poller noch eine seiner *Ratten* registrierten Limos Ansturm. Erst als Limo unmittelbar neben ihm auftauchte, zu einem Monster-Kick ansetzte, spürte Poller die brenzlige Nähe. Das Telefon segelte quer durch die Halle. Pollers Hand brannte stechend. Doch bevor es ihm gelang, sich seiner schmerzenden Hand zu widmen, schwebte Poller auch schon quer in der Luft. Limo fegte seinem Widersacher buchstäblich die Beine vom Boden. Plötzlich tauchte aus dem Hinterhalt ein Schatten auf. Limo brachte sich mit einer Rolle vorwärts aus dem direkten Gefahrenbereich und setzte noch in der Flugrolle zu einem weiteren Schlag auf Pollers Hals an. Tom, und in seinem Windschatten Thomas, eilten

Poller zu Hilfe. Wenige Schritte bevor sie Limo erreichten, schwenkte Tom links neben Thomas ein. Nebeneinander näherten sie sich ihrem Ex-Kollegen. Erneut setzte Limo zu einer Vorwärtsrolle an. Als er mit den Fußsohlen den Boden kontaktete, warf er sich mit einem gewaltigen Sprung den beiden entgegen. Im Stile eines Wrestlers streckte er die beiden mit einem mörderischen *Double-Clothesline* nieder. Während es Tom einigermaßen gelang, sich zur Seite zu rollen und krampfhaft nach Luft zu röcheln, blieb Thomas hart getroffen auf dem Rücken liegen. Pollers Augen füllten sich mit panischer Angst.

»Ey, Langen, siehst du nicht, dass Thomas verreckt? Scheiße Mann ...«

»Halt dein blödes Schandmaul, Poller. Ich entscheide, wann dieses Arschloch verreckt. Genauso wie ich über dein Schicksal entscheiden werde. Oder glaubst du, ich bin schon fertig mit dir. Das war erst der Anfang.« Limos diabolisches Grinsen stammte geradewegs aus der Hölle.

Limo begab sich in die Aufrechte und trabte gelassen zum bewusstlosen Opfer. Vorsichtig kniete er sich zu Thomas hin, überstreckte und klemmte den Kopf seines Opfers sanft zwischen seine Oberschenkel. Als wäre es das normalste von der Welt, steckte Limo einige Finger in Thomas' Mund und fischte die Zunge heraus. Thomas begann zu röcheln und zu husten. Die Lebensgeister erwachten. Gekonnt, beinahe gelangweilt, beförderte Limo ihn in die stabile Seitenlage.

»Ich würde dir raten, noch eine kleine Weile in dieser Position auszuharren.« Limo erhob sich erneut und wand sich abermals Poller zu.

»Hast du gesehen, du dämliches Arschloch, ich entscheide über euren Verbleib auf dieser Erde. Du bist gerade erst im Besitz von neuen Schneidezähnen und das Nasenbein dürfte dich noch einigermaßen schmerzen. Ich kann da gerne noch einmal ansetzen. Sollte ich euch also in Zukunft auf offener Straße begegnen, behandelt mich besser wie Luft. Und sollte ich erfahren, dass ihr weiterhin eure Kollegen als Leibeigene misshandelt, dann werden wir uns noch einmal sehen. Ohne Zeugen. Versprochen!« Limo versicherte sich mit einem letzten Blick, dass Thomas sich allmählich erholte. Dann kehrte er ihnen den Rücken zu, schnappte sich sein Hab und Gut aus dem Spind und marschierte zum Ausgang der Halle.

Plötzlich blieb Limo stehen. Die markanten holzigen Aromen seiner *Julieta2* verwandelte das Treppenhaus des Towers zu einer *Winston Churchill-Lounge.* Die Nobelkarosse des Firmengründers war vorhin keine optische Täuschung. Er befand sich, zu dieser für ihn ungewöhnlich frühen Morgenstunde, auf dem Gelände. Limo schob die Tür der Halle geräuschlos auf. Zunächst steckte er nur den Kopf durch den Türspalt, inspizierte die Luft und betrat dann die Eingangsetage des Towers. Lautlos wie ein Dieb in der Nacht bewegte er sich zum Ausgang. Als er durch die verspiegelte Glastür in die Freiheit blickte, versteinerte sich seine Bewegung. Er erkannte die Silhouetten von Filippo und Jos.

Jos zog die Tür auf und ließ seinem Bruder den Vortritt.

»Mirco?«

»Ist das jetzt geraten, oder hast du mich erkannt, Dario?«, antwortete Limo bissig.

»Blöder Arsch. Ich kann auch anders.«

»Anders am Arsch. Verdammtes Dreckspack.«

»Ist ja gut. Wein dich ruhig aus.« Jos erspähte den Beutel in Limos Hand. »Da du anscheinend gefunden hast, wonach du vermutlich gesucht hast, sieh zu, dass du Land gewinnst.«

»Was sonst ...?« Limo steuerte bewusst auf eine unausweichliche Konfrontation zu.

»Was denn? Willst du uns bedrohen? Sei froh, dass es nur bei einer harmlosen Kündigung bleibt. Du Vollidiot weißt doch gar nicht, wozu wir in der Lage sind.« »Komisch ...«, unterbrach Limo Jos beiläufig.

»Komisch?«

»Sicher. Gerade hatte ich den gleichen Gedanken. Nur, dass ihr anscheinend nicht im Bilde seid, dass das Spiel mit der Kündigung erst begonnen hat. Zunächst solltet ihr lernen, von eurem hohen Ross abzusteigen. So lange es noch verletzungsfrei möglich ist, meine ich natürlich.«

»Ist nett von dir, Mirco. Aber mach dir um uns keine Sorgen. Vielleicht ist es ja dein Hals, der unglücklich bricht.«

»Bald schon wissen wir, wer über ein stärkeres Rückgrat verfügt«, antwortete Limo mit einem noch breiteren Grinsen.

»Dario? Jos? Habe ich gerade die Stimme von Mirco Langen gehört?« Kohlmeiers Tonfall klang wie der einer hysterischen Furie.

»Richtig gehört, Ernst. Ich denke, der Typ wollte gerade das Gebäude verlassen.« Kohlmeier polterte die Treppenstufen hinunter. Wenige Stufen über Mirco blieb Kohlmeier stehen. »Maria«, schoss ihm durch den Kopf. »Sie hat es getan«, dachte er schadenfroh.

»Was gibt's?«, fragte Limo so beiläufig wie möglich. Limo hatte Mühe, sich ein Lachen zu verkneifen.

»Ich wette, Sie wissen worum es geht.«

»Dann sollten Sie nicht um einen sehr hohen Betrag wetten.«

»Wie ich Ihre Art hasse.«

»Das wollten Sie mir sagen, Herr Kohlmeier? Dass Sie meine Art hassen? Oder dass Sie doch nur wetten wollten? Vielleicht sollten Sie Ihre Aussage konkretisieren.«

Limo reagierte smart und zugleich provozierend, wusste er doch, dass die unsichtbaren Augen in dieser Sekunde ihren Zweck erfüllten.

»Reden Sie keinen Stuss, Mann. Sie wissen genau, dass es nicht um Ihre Kündigung geht!«

»Worum denn sonst? Die Kündigung habe ich erhalten. Ich werde sie vermutlich akzeptieren. Auch wenn die Argumentation bodenlos infam ist. Aber wie man mir vor einiger Zeit bereits suggerierte, erstreite ich mir gerichtlich noch einen netten Betrag, der mir aufgrund der dämlichen Argumentation Ihrerseits zustehen wird. Nicht wahr, Jos? Du bist doch meiner Meinung? Und was Ihnen sonst noch für ein Problem auf den Magen schlägt, Herr Kohlmeier, drauf geschissen. Und jetzt leckt mich alle mal da, wo die Sonne für gewöhnlich nicht hin scheint. Es sei denn, man trägt den Arsch auf dem Hals, was Jungs?«

Rotzfrech marschierte Limo Richtung Ausgang. Kohlmeier platzte der Kragen und er hetzte Limo nach. Auf dem letzten Treppenabsatz zum Ausgang holte er Limo ein. Als sei er nicht ganz bei Sinnen, fasste er Limo am Kragen und forderte ihn auf, stehen zu bleiben. Blitzartig und geschmeidig wie eine Raubkatze umfasste Limo mit einer Hand die Hand Kohlmeiers, fixierte mit der anderen Hand den Ellenbogen und drehte sie in die entgegengesetzte Richtung. Durch die Hebelwirkung fügte er seinem Vorgesetzten stechende Schmerzen zu. Mit heftiger Wucht prallte zunächst Kohlmeiers Oberkörper gegen die Wand. Einen Bruchteil später schlug der Kopf seitlich nach. Ein Aufschrei hallte durch den riesigen Hausflur.

»Solltest du altes Arschloch mir noch ein einziges Mal an die Wäsche gehen, reiße ich dir deinen verschrumpelten Kopf ab. Du mieses, erbärmliches, nuttenfickendes Schwein …« Flüsternd drohte Limo Kohlmeier in einer rudimentären Fäkalsprache der allerübelsten Art. Allein Limos Grimasse sorgte in Kohlmeier für reichlich Unbehagen. Limo lockerte bewusst den Griff. Als er keine Gegenwehr befürchtete, ließ Limo ab. Hasserfüllt blieb Kohlmeier auf der Treppe zurück und blickte gemeinsam mit seinem Projektleiter Limo konsterniert nach. Mit einer Hand rieb er sein verletztes Handgelenk. Fassungslos schüttelte er seinen Kopf. Als sein Pulsschlag sich einigermaßen normalisierte, wurde ihm erst klar, mit welcher brutalen Schnelligkeit dieser miese Drecksack in der Lage war, sein Handgelenk wie ein marodes Stöckchen brechen zu können.

»Das lässt du dir gefallen, Ernst?« Dario Filippo wartete auf eine Antwort.

»Was meinte das Arschloch mit ‚erbärmliches, nuttenfickendes' Schwein?«, erwartete nun auch Jos eine Antwort.

Kohlmeier wand sich zunächst. Er massierte den Ellenbogen. »Der Typ hat meine Frau heimlich aufgesucht.«

»Und?«

»Sie legte mir gestern Fotos vor die Nase, auf denen ich mit Nutten zu sehen bin.«

»Die übergab ihr Mirco?«

Kohlmeier hob unwissend die Schulter. »Wer denn sonst?«

»Könnten die ein Fake sein?«

Kohlmeier antwortete mit einem Kopfschütteln.

»Scheiße! Was nun?«

»Hab keinen blassen Schimmer, Jos. Ich weiß nur, dass gerade in dieser Sekunde Maria ihr Hab und Gut aus der Villa ausräumt. Ausräumen lässt.«

»Warum bist jetzt hier? Du musst doch etwas unternehmen.« Kohlmeier lächelte wehleidig. »Unternehmen …? Was denn unternehmen, Jos?«

»Naja, wirf sie aus der Villa. Das Ding ist doch dir. Scheiß auf die Fotos. Ich würde mir jedenfalls nicht den Schneid abkaufen lassen.«

»Sagt dir der Name *Arios* etwas?«

»Müsste er?«

»Arios ist einer ihrer vier Brüder.«

»Na und, dann schicken wir zehn Typen vorbei. Jetzt!?«

»Gut gebrüllt Löwe. Und was hältst du davon, Dario, wenn wir innerhalb kürzester Zeit die Quittung für eine derart rabiate Vorgehensweise erhalten?«

»Ich verstehe nicht.«

»Arios ist ein hohes Tier eines internationalen Motorrad-Clubs. Du verstehst?«

»Okay. Das wusste ich nicht.«

»Schon gut. Woher auch. Mir bleibt kaum etwas anderes übrig, als diese Schmach zu ertragen. Verursacht durch diesen *Langen-Drecksack.*«

»Vielleicht sollten wir uns um Mirco intensiver kümmern?«, philosophierte Filippo.

»Der kriegt schon noch sein Fett weg«, antwortete Jos selbstbewusst.

»Ist Helmut aus diesem Grund schon im Haus?«

»Nein, Jos. Das hat einen anderen Grund. Aber gut, dass du mich an diese Tatsache erinnerst. Wir sollten hochgehen. Aber bitte kein Wort, okay?« Jos und Filippo nickten stumm.

Während in der Waschhalle noch missmutige Stimmung herrschte, erledigten verlässliche Mitarbeiter in der Chefetage emsig ihre Vorbereitungen. Hoher Besuch wurde gegen acht Uhr erwartet.

Galep saß an diesem Dienstagabend nach der Arbeit zu Hause am Tisch und verschlang hastig sein Lieblingsmahl. Kuru-Köfte, klassische Bratfrikadellen, die unter anderem aus Hackfleisch, Zwiebeln, Brot und Pul Biber bestanden, und Icli Pilav, ein Reisgericht mit raffinierten Gewürzen, bereitete ihm seine Mutter mit Liebe zu. Um die anstrengende Arbeit aus den Knochen und Muskeln zu vertreiben, hatte er am späten Nachmittag seinen jüngeren Bruder Gökmen telefonisch kontaktiert. Sie verabredeten sich für neunzehn Uhr in einer türkischen Sauna in Dortmund. Als der sympathische Türke das Essen bis auf wenige Happen in Rekordzeit verschlungen hatte, klingelte plötzlich das Telefon. Gemächlich griff er sein Handy, blickte aufs Display und wunderte sich, als er die Nummer seines Bruders erspähte. Gedankenübertragung?

»Hey, kleiner Bruder, was gibt's?«

»Großer, das musst du dir anschauen und vor allem anhören. Bis vor wenigen Minuten fand anscheinend ein Elefantentreffen in eurer Firma statt.«

»Wieder ein Elefantentreffen?«

»Ja, nur die oberen Herrn. Selbst ich hab kapiert, dass dort ein Riesending abläuft. Komm her und schau dir das mal an. Fürchte, die Sauna müssen wir verschieben.«

»Klar. Bin schon unterwegs. Bis gleich.«

Galep legte auf. Seine Mutter sah ihn vorwurfsvoll an.

»Nein, Mutter. Es ist nicht das, wofür du es wahrscheinlich hältst. Ganz im Gegenteil. Ich erkläre es dir bei passender Gelegenheit. Du kannst mir glauben, dass wir keinen Stress mit den Bullen haben.«

Aysun verfügte über eine angenehm souveräne Art und ihre natürliche Schönheit schien sich aus einer schier unerschöpflichen Lebensquelle zu schöpfen. Was auch bedeutete, dass ihre Jungs spurten, wenn ihre dunklen Augen streng funkelten. Einer dieser Blicke traf nun Galep. Er wusste genau, wie weit er gehen durfte. Als er aufstand, küsste er sie liebevoll auf die Stirn und verließ das Haus.

Eine Viertelstunde später traf er bei seinem Bruder ein. Gökmen beobachtete von seinem Fenster im dritten Stock aus, dass Galep eilig um das Auto herum zur Haustür rannte. Er brauchte nicht zu klingeln. Als wäre er auf der Flucht hetzte Galep, gleich zwei Treppenstufen auf einmal nehmend, hinauf. Nach einer brüderlichen Umarmung stiefelten die beiden in Gökmens Zimmer. Der Raum, sein »Hasenstall«, bot genug Platz für jeden erdenklichen technischen Hightech-Kram. Gökmen hatte als kleiner Computerfreak begonnen und sich über die Jahre in der türkischen Insiderszene zu einer anerkannten Hackergröße gemausert. Gökmens Erscheinung bediente jedes Klischee. Die Jeans flatterte ihm um die hageren Beinchen und ließ nicht nur die Shorts drunter erahnen, sondern auch befürchten, dass die Jeans jede Sekunde bis in die Kniekehlen rutschen würde. Ein fetter Siegelring zierte den Mittelfinger der linken Hand. Die Basecap saß selbstverständlich quer zur Nase auf einem gepflegten Kurzhaarschnitt. Geleerte Red Bull-Dosen, die vereinzelt auf dem Boden lagen, waren die Ursache für das in der Luft liegende künstliche Gummibärchenaroma.

»Setz dich, Großer. Ich bin gespannt, was du dazu sagst.«

Er startete das Programm und war gespannt auf die Reaktion seines Bruders. Galep ließ vor lauter Staunen seinen Mund offen stehen. Dutzendfach schüttelte er den Kopf und murmelte: »Wir haben sie alle am Arsch. Alle!«

Nach vierzig Minuten beendete Gökmen die Vorstellung.

»Na, habe ich dir zu viel versprochen?« fragte der kleine Bruder kess grinsend.

»Kleiner, du malst dir nicht aus, was sich auf dem Band befindet. Endlich besitzen wir vorzeigbare Beweise. Ich muss Limo umgehend informieren. Das wird nicht nur ein geiles Weihnachtsgeschenk werden, das wird ihm seine Kündigung tausendfach versüßen.«

»Kündigung?« fragte Gökmen verwundert nach.

»Ja, Mann. Sie haben Limo gefeuert. Er darf keinen Fuß mehr auf das Firmengelände setzen.«

»Diese Bastarde. Haben sie es endlich geschafft. Dann haben wir nur ein Problem.«

»Was für ein Problem?« fragte Galep überrascht.

Der kleine Bruder erklärte dem Großen, um welches Problem es sich handelte und dass es unbedingt ohne Zeitverlust erledigt werden musste. Galep schaute seinen tüchtigen Bruder an und machte ihm noch einmal klar, wie wertvoll Gökmen für ihn und Limo war. Dann schmiedeten die beiden einen Plan, den sie noch im Laufe des Abends in die Tat umsetzen mussten. Bevor Galep Limo von diesen unvorstellbar wichtigen Informationen berichtete, trommelte er drei weitere Kumpel zusammen. Wenn es drauf ankam, der Familie zu helfen, war Galep in der Lage, innerhalb kürzester Zeit über vierzig Mann für seine Sache mobil zu machen.

Nachdem Galep drei seiner Jungs animiert hatte, rief er gleich drauf Limo an.

»Hi, Galep, wie geht's?« begrüßte Limo seinen Freund.

»Hey, Limo. Ich möchte nicht um den heißen Brei herumreden. Wir haben sie am Arsch. Alle! Restlos alle!«, überschlug er sich fast.

»W… was. Wen am Arsch?« Limo stotterte und verstand kein Wort von dem, was sein Kumpel ihm mitzuteilen versuchte.

»Kannst du heute noch bei mir vorbei kommen? Äh … quatsch. Bei Gökmen. Jetzt? Kennst du noch die Wohnung von ihm?«

»Sicher weiß ich, wo Gökmen wohnt. Ich muss zuvor noch nach Siegen. Auf dem Rückweg komme ich bei euch vorbei. Das wäre so gegen sieben. Vielleicht halb acht.«

»Das ist sehr gut. Aber bring eine Stunde mit. Die Vorführung dauert etwa eine dreiviertel Stunde.«

»Ist gebongt. Dann bis gleich. Ciao, Galep!«

Limo legte auf.

Eine halbe Stunde später arbeitete sich Limo durch die Geschäfte in Siegens Einkaufsmeile. Zum einen versuchte er, Weihnachtsgeschenke für seine Eltern zu finden, zum anderen benötigte er selbst wasserfeste Schuhe. Überraschenderweise fand er zügig die geeigneten Geschenke. Wie verabredet klingelte Limo gegen neunzehn Uhr dreißig an Gökmens Haustür. Zu seiner Überraschung stand nicht Galep an der Tür, sondern sein Bruder Gökmen selbst.

»Hi, Gökmen. Ist Galep nicht da?«

»Nein. Galep musste noch etwas Wichtiges erledigen. Er bat mich, dir die Aufnahme zu zeigen. Er wusste nur nicht, wann er wieder zurück sein würde. Aber das ist doch kein Problem, oder?«

»Natürlich nicht.«

»Dann komm doch herein. Bin gespannt, was du sagst.«

Limo staunte nicht schlecht, als er das Zimmer betrat.

»Sieht aus wie in einem Science-Fiction Blockbuster«, stellte Limo mit andächtiger Stimme fest.

»Danke schön. Das fasse ich als Kompliment auf«, antwortete der aufgeweckte Türke. »So, dann bitte ich Platz zu nehmen. Limo, schauen wir uns zunächst einfach nur den Film an. Ich habe dir auch schon eine Kopie angefertigt.«

»Ich danke dir, Gökmen. Dann leg mal los.«

Limo spürte, wie in ihm die Spannung stieg. Zunächst saß er relativ entspannt auf dem Stuhl. Doch bereits nach wenigen Sequenzen begann sein Blut durch seine Adern zu rauschen. Kohlmeier, Kaltmann und Fuchs, einer der Gesellschafter, saßen bereits am großen Konferenztisch in Kaltmanns Büro. Anschließend klopfte es an der Tür und drei weitere Gestalten in Anzügen stiefelten ins Büro und begrüßten sich per Handschlag. Durch das Video erfuhr Limo, dass der Gutachter der DASAN-Versicherung AG, Christoph Reich, mit seinem Chef, Anton Ramm, tief in die Geschichte involviert war. Zuletzt betrat ein Typ das Büro, den Limo vom Sehen her kannte. Er vermutete, dass er im technischen Zentrum arbeitete, Andreas Baldwin. Ein hagerer Typ.

»Gökmen, spul doch bitte noch einmal zurück. Bis er durch die Tür tritt.«

»Kein Problem.«

Als die Kamera Andreas Baldwin in Großaufnahme erwischte, drückte Gökmen erneut auf Pause.

»Ich weiß nicht genau, was er bei RO-Trock treibt. Ich glaube, die Berufsbezeichnung Logistiker fiel im Zusammenhang mit seinem Namen. Sonst habe ich diesen Typ vielleicht zwei- oder dreimal flüchtig gesehen.«

»Was macht er dann da? Wozu benötigt Kaltmann einen Logistiker? Gökmen, lässt du bitte weiter laufen?«

»Natürlich.«

Nach weiteren aufregenden Minuten drohte Limo die Fassung zu verlieren. Dann endlich war es geschafft. Schweigend schaute Limo zu Gökmen rüber. Es bedurfte in diesem Augenblick keiner ergänzenden Worte.

»Vielen Dank, Gökmen. Das war sehr aufschlussreich.«

»Nur aufschlussreich? Ich finde, es ist der absolute Hammer«, ergänzte Galeps Bruder.

»Oder so.«

»Sorry, Limo, aber du sagst das so gelangweilt! Willst du denn nichts unternehmen? Auf so eine Chance hast du doch bestimmt gewartet?«

»Stimmt. Aber weißt du, seit ich nicht mehr für diese Schweinefirma meine Knochen aufs Spiel setzen muss, ist der Drang nach Rache nicht mehr so groß.«

»Oh, dann haben wir dich aber echt falsch eingeschätzt. Was ist denn mit Carmen? Und Carmens Freundin nicht zu vergessen? Mit Frau Hammer und mit deinem Hund? Und dazu noch beinahe der Tod deiner Mutter? Das alles soll nicht mehr schwerwiegend genug sein, die Verantwortlichen zu finden?«

»Das Video ist der Hammer. Aber es ist vor Gericht nicht verwertbar. Jedenfalls nach meinen Informationen.« Resignation und Schwermut lasteten auf Limo. Gökmen brachte ihm die traumatischen Erinnerungen ins Bewusstsein.

»Und wenn wir uns die Akten aus dem Video besorgen könnten?«

Limo schaute ungläubig. »Scheiße! Du hast doch vor wenigen Minuten selbst gesehen, was die Firma für Sauereien betreibt. Wir reden hier von zweistelligen Millionensummen. Menschen mussten ihr Leben lassen. Menschen, die ich geliebt habe. Sie wurden nicht nur aus dem Weg geräumt. Sie wurden bestialisch zerlegt und ich stehe mittendrin. Begreifst du nicht? Der Auslöser dieser Morde könnte ich sein. Nur durch enormes Glück sitze ich noch lebend neben dir.«

»Wie meinst du das?« Gökmen war irritiert.

»Aber wenn wir die Akten hätten …«

»Wie sollten wir an die Akten …«, Limo unterbrach. »Galep.«

»Was ist mit Galep?«

»Gökmen, du weißt was mit Galep ist. Und du weißt vor allem wo Galep steckt. Und Scheiße …, ich ahne es. Gökmen, sag mir bitte, dass das nicht wahr ist.« Limo ahnte, welch absolut halsbrecherische Aktion Galep in diesem Augenblick durchführte.

»Er ist unterwegs zur Firma.«

»Also doch. Er kann das doch unmöglich alleine durchziehen?«

»Kann er auch nicht. Er ist in bester Gesellschaft. Einige Kumpel unterstützen ihn tatkräftig. Er versucht die Unterlagen aus dem Tresor zu entwenden.«

»Ihr seid total verrückt. Wenn das schief geht?!«

»Keine Sorge, Limo. Galep weiß das Risiko einzuschätzen. Sobald sie raus sind, meldet sich mein Bruder bei mir.«

»Er soll sich umgehend melden, wenn er zurück ist, okay?«

»Geht klar.«

»Umgehend!« Limo fluchte innerlich. Die Jungs riskierten für ihn ihren Kopf. Wenn sie aufflögen, wären sie die längste Zeit bei der Leiharbeitsfirma angestellt. Limo hoffte, dass der Raubzug gut verlief.

Während Limo noch bei Gökmen saß, kam ihm Frank in den Sinn. Am morgigen Tag sollte er sich bei Frank melden. Es musste ihm irgendwie gelingen noch einen oder zwei Tage Zeit zu gewinnen. Selbst wenn er jetzt mit Frank sprechen sollte, würde er Franks Einstellung bereits ahnen.

»Sollte ich nicht besser nachfahren?«

»Keine Bange, Limo. Galep wird alles im Griff haben.«

»Scheiß..., Mist verdammter.«

»Lass es, Limo. Du kannst gerne bei mir bleiben, bis Galep zurückkommt. Oder du fährst in deine Wohnung. Vielleicht solltest du eine heiße Dusche nehmen. Sorry, Limo, ich will nicht altklug daher reden. Du bist berechtigterweise übernervös. Aber glaube mir, die Jungs kennen sich in ihrem Metier bestens aus.« Gökmens schneeweiße Zähne leuchteten.

»Vielleicht keine schlechte Idee. Informiert mich bloß, wenn Galep es geschafft hat, okay?«

»Sicher. Dann bis später.«

Limo verabschiedete sich und verließ Gökmens Zimmer. Noch auf dem Weg zu seinem Wagen rumorte in ihm das Gefühl, dass Gökmen ihn loswerden wollte. Dutzendfach bekämpfte Limo auf der Heimfahrt sein Vorhaben, noch bei Emely vorbeizuschauen. Schweren Herzens setzte sich die Vernunft durch. Sicher würde Emely bitter enttäuscht sein. Aber sie würde leben. Bei dieser Vorstellung huschte ein zaghaftes Lächeln über seine Lippen.

Zur gleichen Zeit warteten Galep und seine Freunde noch auf eine passende Gelegenheit, um an die Originalakten zu kommen. Die Nobelkarossen von Kohlmeier und Kaltmann standen unmittelbar im Eingangsbereich. Galep hatte nicht die geringste Ahnung, wie lange es noch dauern würde, bis die Typen endlich das Gelände verließen. »Ernst, geht das klar mit Baldwin?« erkundigte sich Kaltmann.

»Mach dir keine Sorgen. Der Typ ist eiskalt und aalglatt. Das ist bereits der zweite dicke Brocken, den er an Land gezogen hat. Den müssen wir uns warm halten. Wenn die Sache funktioniert, wovon ich überzeugt bin, sind wir gerade mal so eben um 1,8 Millionen Euro reicher. Ich kopiere mir nur noch schnell die Papiere, dann könnte es rein theoretisch losgehen.«

»Sind eigentlich die fingierten Unterlagen der letzten Jahre im Tresor verstaut?«

»Ja, alle. In Kürze nehme ich mir mal einen sorgfältigen Frühjahrsputz vor.«

»Das wollte ich damit andeuten. Kümmere dich bitte darum.«

»Klar. Vielleicht sollte ich mir den kompletten Stapel mit nach Hause nehmen und dann sicherheitshalber verbrennen.«

»Ich verstehe sowieso nicht, warum du den Kram nicht gesondert aufbewahrst.«

»Du weißt, dass ich diesem elektronischen Scheiß nicht über den Weg traue. Käme sicherlich nicht zum ersten Mal vor, dass ein verfluchter Hacker ...«

»Schon gut. Was das angeht, rede ich eh gegen eine Wand. Gut, dann wünsche ich dir dennoch ein gesegnetes Weihnachtsfest.«

»Ja, danke. Dir auch. Werde bestimmt keine Langeweile haben. Schöne Grüße an die Gemahlin.«

Während Kaltmann sich dem Ausgang näherte, begegnete ihm Dario Filippo. Er schien es sehr eilig zu haben.

»Hallo, Dario«, begrüßte er ihn. »So eilig noch unterwegs?«

»Grüß dich, Hartmut. Ja, ich muss noch Dringendes vor den Feiertagen klären. Danach beiße ich in den sauren Apfel und erledige mit meiner Frau einen Stresseinkauf. Wie das so ist, wenn plötzlich Weihnachten vor der Türe steht.«

Beide grinsten.

»Ja, ja, wenn endlich mal jemand käme, der einem früh genug Bescheid geben würde«, feixte Kaltmann.

»Kohlmeier ist übrigens auch noch drüben.«

»Hab seinen Wagen schon gesehen«, antwortete Filippo beiläufig und flog über den Flur.

»Was macht denn Filippo noch hier? Scheiße, haben die alle kein Zuhause?« fluchte Galep, der seit über einer Stunde mit seinen Kumpanen unsichtbar positioniert auf der Lauer lag.

»Vielleicht sollten wir abziehen und später wiederkommen?« schlug Ayman vor. Trotz der zerfledderten Jeans und den Buffalo-Boots wirkte Galeps Kumpel zerbrechlich.

»Ich denke, wir warten noch eine halbe Stunde. Dann sehen wir weiter.«

Kaum ausgesprochen flog Filippo förmlich aus der Tür, rannte zum Auto und raste mit fulminantem Tempo los.

»Hoppla, das ging aber flott. Hat die Mami wohl Dampf gemacht«, amüsierte sich Galep.

Es verstrichen weitere Minuten, bis auch Kohlmeier endlich das Gebäude verließ. Bewaffnet mit einer Aktentasche stieg er in den Firmenwagen und rauschte nichts ahnend davon.

»Achtung, Jungs, es geht los«, gab Galep das Kommando. Geschmeidig überquerten die Burschen das Gelände, ohne von der Kamera erfasst zu werden. Gekonnt entschärfte Ayman die Alarmanlage und öffnete ohne Komplikationen die Tür zum Paradies. In Windeseile hechteten sie zielstrebig die Treppe hinauf zu Kaltmanns Büro. Zu dritt standen sie vor dem Tresor. Nur Selim, der Jüngste von ihnen, der eine Ausstrahlung unschuldig wie ein Lamm besaß, wartete vor dem Gebäude als Alarmmelder.

»Was meinst du, Altan, bekommst du den auf?« fragte Galep. Altan war der einzige, der einen Knast von innen kennenlernen musste. Seine draufgängerische Art, ungebeten in Häuser einzusteigen, hatte ihn über dreieinhalb Jahre Freiheit gekostet.

»Das ist kein Billigtresor, aber man wächst ja bekanntlich mit seinen Aufgaben. Ich denke, ich bekomme es hin.«

»Wie lange wirst du in etwa benötigen?«

»Schwer zu sagen, Galep. Vielleicht zehn, vielleicht auch zwanzig Minuten.«

»Zehn Minuten wäre geil. Dann leg los!«

Galep hatte auf diese Antwort gehofft. Während Ayman in der Tür stand und sich ruhig verhielt, durchwühlte Galep Schränke und Schubladen. In einer rekordverdächtigen Zeit gelang es Altan, den Code des Tresors zu knacken.

»Wenn Sie mal schauen möchten, der Herr?!« scherzte er und gab freie Sicht auf den Inhalt des Wertschrankes.

Währenddessen fluchte Kohlmeier in seinem Wagen, als ihm bewusst wurde, dass er den wichtigsten Aktenstapel auf seinem Bürotisch hatte liegen lassen. Bei der nächsten Wendemöglichkeit drehte er um und fegte, angetrieben durch seine innere Unruhe, nun noch fixer zurück zum Büro.

»Schaut euch das an, Jungs. Das sind zig tausende Euro. Vielleicht sogar über hunderttausend.«

Galeps Grinsen breitete sich bis zu den Ohren aus.

»Hey, Ayman, lauf schnell runter zum Lager. Schau dich nach Tüten oder Beuteln um. Vorne vor dem Elektrolager müssten diese blauen Müllsäcke irgendwo im Regal liegen.«

»Okay, bin schon unterwegs.«

Ayman rannte los wie ein Flüchtender vor seinen Peinigern.

»Seltsam. Mit diesen Unterlagen, die hier im Tresor rumliegen, kann ich nicht viel anfangen. Wir nehmen sie trotzdem mit. Vielleicht versteht Limo mehr.«

»Aber wo liegen die Akten, die den Inhalt des Films betreffen?«

Galep schaute verdutzt drein. Gleich drauf hechtete Altan mit zwei, drei Abfallbeuteln durch die offene Tür.

»Dein Erinnerungsvermögen war mal wieder richtig, Galep. Hier sind die Beutel.«

»Sauber, Altan. Passt auf, wir machen folgendes. Ihr beide räumt den Tresor restlos aus und begebt euch, ohne Zeit zu verlieren, eine Etage tiefer. Ich weiß nicht warum, aber irgendetwas sagt mir, dass wir im Safe von Kohlmeier einen Treffer landen werden.«

»Wie kommst du darauf?«

»Ich habe mich daran erinnert, dass Kaltmann diesem Wichser in dem Überwachungsvideo mitteilte, die übrigen Akten zu holen. Und wo sollte er sie wohl am ehesten herzaubern …?«

»… aus seinem eigenen Büro-Safe«, beantwortete Ayman Galeps Frage.

»Bingo! Und deshalb begebe ich mich jetzt zu dessen Tresor. Oder besser, Altan, du begleitest mich«

Altan nickte zustimmend.

»Ayman, du machst hier klar Schiff, okay?«

»Roger!«

»Dann los, ich bin nicht scharf darauf, einen Überraschungsbesuch zu erleben. Wer weiß schon, wann noch so ein Vollidiot auftaucht?!«

Aufmerksam betrachteten Galep und Altan das Inventar in Kohlmeiers Büro. Altan ging zaghaft zum Schreibtisch. Plötzlich erinnerte Galep das Vibrieren in seiner Hosentasche daran, dass Selim sich rührten sollte, wenn Gefahr im Verzug war.

»Scheiße, das riecht nach Ärger. Selim, was gibt's?«

»Macht euch vom Acker. Dieser Kohlmeier fliegt jede Sekunde um die Ecke. In maximal sechzig Sekunden dürfte er durch den Haupteingang stiefeln!«

Galep drückte Selim weg.

»Altan, renn hoch zu Ayman und hilf ihm die Knete einzupacken. Kohlmeier trifft hier jede Sekunde ein! Ihr müsst innerhalb von fünfzehn Sekunden die Etage verlassen. Egal wie viel ihr eingesackt habt. Lauft den Flur nach hinten durch und steigt die Nottreppe runter! Ihr landet dann hinter dem Hof. Los jetzt!«

Altan folgte dem Befehl und rannte, was die Beine hergaben. Oben angekommen sah er, wie Ayman die letzten Geldbündel in einem der Säcke verschwinden ließ.

»Bist du schon fertig?«

»Klar. Was ist los?«

»Kohlmeier, das Arschloch ist jede Sekunde hier. Wir sollen uns sofort über die Hintertreppe verpissen.«

»Und Galep?«

»Ahm … ich denke, er wird das ebenfalls vorhaben. Los komm jetzt!«

»Aber das Arschloch wird doch misstrauisch, wenn der Haupteingang nicht verriegelt ist.«

»Drauf geschissen. Die paar Sekunden, die wir dadurch gewinnen würden …«

Hektisch warf Ayman seinem Kumpel einen Sack zu und raffte selbst eilig den anderen. Die Beine unter die Arme geklemmt, rannten sie bis zum Ende des Flurs der Chefetage durch und bewältigten die acht Treppenstufen mit einem Monstersatz. Altan rief nach Galep, aber er erhielt keine Antwort. Um nach dem Rechten zu sehen, wollte er gerade zu Galep rüber, als er schon die Verriegelung der Tür klicken hörte.

»Scheiße, Scheiße«, fluchte Altan mit erstickter Stimme. Dann kehrte er auf halber Strecke um und flüchtete gemeinsam mit Ayman die Nottreppe hinunter ins Freie. Zur gleichen Zeit fiel Galep ein Zettel ins Auge, der auf einem Aktenstapel lag. Ihm gelang es die Notiz »Schreddern« zu entziffern. Irritiert wechselte sein Blick vom Tresor zum Stapel. Er kannte die Bedeutung dieser Unterlagen nicht. Er ahnte aber, dass sie nicht umsonst da lagen. Plötzlich registrierten seine Ohren Schritte im Flur. Reaktionsschnell fischte er eine Sturmhaube aus der Hose hervor und stülpte sie sich über. Panisch suchte er nach einem geeigneten Versteck. Die Schuhabsätze hallten nun entschlossener. Galep saß in der Falle. Kohlmeier kam um die Ecke. Blieb stehen, kehrte um und rief Helmuts Namen. Er wiederholte seinen Ruf. Kohlmeiers Nervosität stieg an, als er keine Antwort erhielt. Solange er für Kaltmann arbeitete, war es kein einziges Mal vorgekommen, dass die Eingangstür nicht abgeschlossen und zusätzlich alarmgesichert war. Die Luft im Büro roch eigenartig. Ein Mix aus abgestandenem Büro-Mief und irgendeinem Gewürz. Kohlmeier schwenkte abermals um und stand erneut in der Tür zu seinem Büro. Knoblauch …, es riecht nach Knoblauch, dachte er. Kohlmeier verharrte noch an der Schwelle seines Büros und betrachtete das Inventar. Galep holte tief Luft und hielt inne. Kohlmeier betrat nun sein Büro und bemerkte den Zettel mit der eigenen Notiz auf dem Boden liegen. Irritiert schaute er sich um. Er war sich sicher, dass die Notiz auf dem Stapel gelegen hatte. Auch einige Papiere lagen anders auf dem Tisch. Die anfängliche Verwirrung wich der Angst. Er trat um den Schreibtisch herum. Instinktiv griff er nach dem Brieföffner und umfasste ihn derart krampfhaft, dass sich die Knöchel der Faust weiß verfärbten. Er schlich lautlos zur Tür und lugte achtsam in den Flur. Vor sich hielt er den Brieföffner. Außer einem gespenstischen Summen, das aus der unmittelbar angrenzenden Ozonkammer dröhnte, nahm er jedoch keine fremdartigen Geräusche wahr. Einige Sekunden lang rührte er sich keinen Millimeter. Galep atmete extrem langsam. Seine dunkelbraunen Augen funkelten durch die schmalen Sehschlitze. Galep fühlte unter seiner Sturmhaube eine erdrückende Hitze. Kohlmeier setzte leise einen Schritt zurück und drehte sich soweit, bis er erneut den Aktenstapel erfasste. Er war sich nicht sicher. Ein leichter Windhauch könnte diesen kleinen Zettel herunter geweht haben. Aber die anderen Papiere … Sein Hirn begann zu arbeiten. Verwirrt drehte er sich zum Flur um und beschloss, mit dem Brieföffner in der Hand einen Kontrollgang vorzunehmen. Plötzlich gefror das Blut in seinen Adern. Im linken Augenwinkel erkannte er einen dunklen Schatten hinter der Tür. Ein drei Zentimeter breiter Spalt, verursacht durch die Scharniere zwischen dem Türrahmen und der Tür, genügten Kohlmeier, um die groben Umrisse einer Person erahnen zu können. Zentimeter um Zentimeter schlich er sich auf Zehenspitzen ins Büroinnere. Galep fühlte, dass dieser alte Drecksack Lunte gerochen hatte. Er ahnte nicht, dass der alternde Niederlassungsleiter sich ihm unweigerlich näherte. Nun erreichte Kohlmeier den Punkt, an dem er, ohne selbst erkannt zu werden, ein stückweit um die Tür blicken konnte. Er erblickte die Spitzen von schwarzen Schuhen. Kohlmeier zitterte am ganzen Leib.

Keine fünfzig Zentimeter trennten ihn mehr vom Einbrecher. Kohlmeier wich vorsichtig einen Meter vom Türblatt zurück, nahm Schwung und rammte mit der Schulter heftig gegen die Tür. Galep, sichtlich überrascht, schrie laut auf. Im gleichen Atemzug riss der sonst so gebrechlich wirkende Kohlmeier die Tür auf und stach ohne Vorwarnung zu. Galep spürte, wie ein kalter spitzer Gegenstand seinen Unterleib durchbohrte. Wütend und mit einem entsetzlichen Schrei schlug Galep um sich. Mehrmals traf er den Kopf des Niederlassungsleiters. Doch Kohlmeier wehrte sich verbissen. Galep hielt es nicht für möglich, dass dieser alte Sack zu einer solch heftigen Gegenwehr in der Lage sei. Nochmals schlug Galep mit einer harten Salve auf ihn ein. Dann endlich traf er seinen Gegner dermaßen hart, dass Kohlmeier einen stark blutenden Cut über seinem linken Auge erlitt. Sekundenschnell schwoll das Auge zu. Durch das beeinträchtige Blickfeld bemerkte Kohlmeier den folgenden Schlag erst, als das Nasenbein bereits brach. Durch die Wucht des Schlages verlor er das Gleichgewicht. Bei dem Versuch, sich an einem Gegenstand festzukrallen, gelang es ihm Galeps Kapuze in die Finger zu bekommen. Er streifte dem perplexen Türken die Maske fast komplett vom Kopf. In letzter Sekunde riss Galep die Arme hoch und stülpte sich die Sturmhaube wieder über, während er mit einem ungelenken Tritt den nötigen Abstand erzwang. Kohlmeier mühte sich krampfhaft, sich eine günstigere Position zu erarbeiten, als eine fürchterliche Rechte ihn chancenlos zu Boden beförderte. Reglos blieb der alte Mann liegen. Galep betrachtete ihn für einige hektische Atemzüge und schleppte sich schwer gezeichnet zum Schreibtisch. Alles, was er unter die Arme zu klemmen vermochte, trug er aus dem Büro. Es gelang ihm die Flucht aus dem Hintereingang in die Richtung seiner Kumpel.

»Da kommt Galep. Endlich«, rief Selim aufgeregt. Altan und Ayman, die zwischenzeitlich den Ausgang erreicht hatten, erkannten, dass die Bewegungen ihres Freundes seltsam verliefen. Ohne zu zögern eilten sie zu ihm und stützten ihn.

»Mann, Galep, was war los? Du blutest.«

»Dieser Drecksack hat mich überrumpelt. Hat mir doch glatt ein Messer in den Bauch gerammt«, flüsterte Galep mit kratziger Stimme und sackte gleich darauf zusammen. Nun verließ auch Selim den Posten und eilte ihnen entgegen. Limos türkischen Freunden war völlig egal, ob sie von der Überwachungskamera erfasst wurden. Leichtfertig setzten sie die Flucht fort. Ayman feuerte die Akten in den Kofferraum. Selim und Altan bugsierten Galep behutsam in den Wagen auf den Rücksitz. Mit Vollgas rauschten sie vom Hof. Ohne Zeitverlust suchten sie umgehend einen speziellen türkischen Arzt auf. Keine Rechnung, keine Fragen …

Noch am gleichen Abend kreuzte Filippo nochmals in der Firma auf. Den Stresskauf mit seiner Frau hatte er relativ easy hinter sich gebracht, nun musste er seinerseits wichtige Unterlagen im eigenen Safe unterbringen, bevor er endgültig die Heimfahrt antrat. Als er den Parkplatz unmittelbar im Eingangsbereich erreichte, wunderte er sich, dass Kohlmeier sich noch im Büro aufhielt. Filippos Frau saß neben ihm und wartete, bis ihr Mann wieder zurückkommen würde. Nichtsahnend bewegte er sich schnellen Schrittes zu seinem Büro. Kohlmeier sollte nicht unbedingt mitbekommen, dass er einige Papiere sicher verstauen musste. Dennoch erforderte es die Höflichkeit, dass er seinen unmittelbaren Vorgesetzten wenigstens begrüßte.

»Hey, Ernst, verschläfst du Weihnachten?« scherzte er lautstark, bevor er die offenstehende Türe erreichte. Filippo runzelte die Stirn, als er keine Antwort erhielt. Er lugte ins Zimmer.

»Ernst?« vergewisserte er sich. Er wunderte sich über die chaotische Unordnung in Kohlmeiers Büro. Sämtliche Papiere lagen verstreut über den kompletten Tisch. Das Chaos passte nicht ins Bild des Ordnungsfanatikers. Zufällig entdeckte er die kleine Uhr auf dem Boden. Sie stand sonst akkurat auf der linken Tischecke. Neugierig betrat er das Büro. Bei dem Versuch, die Uhr aufzuheben, erschrak er so intensiv, dass er rückwärts gegen die Kante eines Bordes schlug. Unter dem Bürotisch lag eine menschliche Gestalt. Hastig eilte er um den massiven Holztisch herum. Kohlmeier gab ein schwaches Lebenszeichen von sich. Filippo gelang es mit Mühe, seinen Chef auf den Sessel zu setzen. Kohlmeier stöhnte und grunzte vor Schmerzen.

»Was ist passiert? Wer war das?« fragte Filippo besorgt. Der Deutschitaliener erkannte, dass Kohlmeier noch nicht in der Lage war, ihm zu antworten. Er ließ Kohlmeier für einen Moment allein und eilte mit einem Glas Mineralwasser zurück. Dankend nahm Kohlmeier die kühle Flüssigkeit zu sich und erholte sich langsam.

»Geht's halbwegs?« fragte Filippo besorgt.

»Danke.«

»Kannst du dich an etwas erinnern?«

»Ein Einbrecher! Ich habe ihn vermutlich überrascht. Dann kam es zu einer Keilerei. Ich habe ihn wohl mit einem Brieföffner schwer verletzt. Ist er fort?«

»Ja. Ich bin zufällig hier. Ich musste noch eine Sache erledigen. Unten stand noch dein Wagen, also bin ich rüber und wollte dir schöne Feiertage wünschen … und dann sehe dich hier liegen.«

»Ich … ich bin mir nicht hundert Prozent sicher, aber es gelang mir, seine Sturmhaube weit genug wegzureißen, um diesen Türken zu erkennen, der von der Leihfirma kommt. Wenn mich meine Augen nicht betrogen haben, dann muss es dieser Galep gewesen sein«, schnaufte Kohlmeier. Mit seinen Händen tastete er sich über seine schmerzende Nase und Augenbrauen.

»War er alleine?«

»Kann ich nicht wirklich sagen. Aber vielleicht gibt es einen Hinweis auf einer der Überwachungskameras.«

Daran hatte Filippo nicht gedacht.

»Wer kann die eigentlich überprüfen?« fragte er unwissend.

»Auf alle Fälle Hartmut«, antwortete Kohlmeier.

»Sollen wir ihn anrufen? Oder soll ich dich erst zum Notarzt fahren?«

»Nein danke. Außer verschmerzbarem Blutverlust und mächtigen Kopfschmerzen geht es mir einigermaßen. Aber Hartmut sollten wir …, scheiße! Die Unterlagen. Weg!«

»Von welchen Unterlagen redest du?«

»Interne Angelegenheiten. Ich sollte mich darum kümmern.«

»Darf ich fragen, was interne Angelegenheiten bedeutet?«

»Nimm mir das nicht krumm, Dario, ich darf niemandem etwas sagen. Nur so viel, es waren Vorgänge, die entsorgt werden sollten. Ich habe sie vor einigen Stunden hier auf den Tisch gelegt. Das war der eigentliche Grund, warum ich herkam. Jetzt sind sie weg.«

»Und was könnte Galep damit zu tun haben? Steckt er eventuell mit Langen unter einer Decke?«

Kohlmeier schaute Dario irritiert an.

»Woher … ich meine …, du weißt?«

»Nicht alles. Aber genug. Mirco ist dabei zu intrigieren, oder war zumindest dabei.«

»Was meinst du mit‚war'?«

»Ich habe aus sicherer Quelle erfahren, dass Langen die Unterlagen der fingierten Versicherungsvorgänge ausgehändigt hat.«

Kohlmeier schaute extrem überrascht. Dann schüttelte er resigniert den Kopf.

»Aber was hätte Galep davon? Fakt ist, sollte der Türke diese Unterlagen an eine bestimmte Person weiterleiten, und wir können uns sehr wohl vorstellen welche Person gemeint ist, existiert diese Firma nicht mehr lange. Für uns wäre mit Sicherheit für's erste Schluss mit Luxus. Du verstehst …?«

»Dämliche Frage. Und du meinst sicher Mirco Langen, der die aktuellen Unterlagen erhalten sollte!?«

»Absolut. Ich weiß nicht, wie wir an diesen Typen herankommen können. Mist … verdammter Mist. Natürlich muss ich Hartmut darüber informieren.«

»Dann ruf ihn an. Aber bevor du ihn darüber informierst …, wir haben doch bestimmt die Handynummer von Galep in der Kartei, oder nicht?«

Filippo war bestrebt, Kohlmeier zu helfen. Schließlich war Kohlmeier es, der seine Ernennung zum Stellvertreter befürwortet hatte.

»Wenn, dann haben die Mädels drüben die Nummer in der Kartei. Eventuell auch die Anschrift. Auf alle Fälle haben wir die Nummer der Leiharbeitsfirma.«

»Ich schau mal nach.«

»Okay, und ich informiere Hartmut.«

Die ungewisse Stille trieb Limo zur Weißglut. Er musste nun irgendetwas unternehmen. Jedenfalls nicht mehr sinnlos rumsitzen. Hektisch rief Limo Galep an. Ungewöhnlich für Galep, dass er sein mobiles Spielgerät verschmähte. Limo legte auf und fuhr instinktiv in Richtung Galeps Elternhaus. Plötzlich meldete Limos Handy einen Anrufer. Kurz überprüfte er die Nummer und sah den Namen. Zunächst stinksauer, dann doch extrem erleichtert.

»Hey, Galep. Wo steckst du denn?«

»Nein, Limo, hier ist Gökmen. Galep ist verletzt. Ich bin in zwanzig Minuten zu Hause. Kannst du kommen?«

»Was …? Wie …? Bin schon unterwegs. Ich schlag etwa zehn Minuten vor deinem Eintreffen bei dir auf. Wie schwer ist Galep verletzt?«

»Später, Limo. Ich sehe zu, dass ich so schnell wie möglich da bin. Ciao.«

22

Es roch im ganzen Haus nach frisch gebackenem Schokoladenkuchen. Die schmutzigen Schüsseln lagen im Spülwasser. Mit der Gelassenheit des Alters hockte die Frau am Küchentisch und löste Rätsel, während ihr Mann die Ruhe im Wohnzimmer genoss. Eine leichte Wolldecke bedeckte die Beine und den halben Bauch. Gemütlich verfolgte er die Nachrichten, als es kurz nach zwanzig Uhr an der Haustür klingelte. Verdutzt blickte er zur Uhr und wunderte sich, wer um diese Zeit noch störte. Es klingelte nochmals. Nun bekam es auch Inge mit und eilte nichts Böses ahnend zur Tür. Die Straßenlaterne warf gespenstische Schatten gegen die Tür aus Milchglas. Sie vermutete ihren Sohn an der Tür und somit wäre die schöne Überraschung mit dem Schokoladenkuchen dahin. Sie öffnete die Tür und erfasste zwei unbekannte Gestalten in der Dunkelheit hintereinander stehend. Dass die hintere Gestalt umsichtig die nähere Umgebung inspizierte, bemerkte Inge nicht. Mit einem Klapps auf die Schulter signalisierte er seinem Kumpan grünes Licht. Und bevor Inge noch die Fremden nach dem Besuchsgrund fragen konnte, war das letzte, was sie sah, ein merkwürdiger Gegenstand, der sich rasch ihrem Kopf näherte. Schwer getroffen sackte sie zu Boden. Die Kerle rannten ins Haus und verschlossen von innen die Tür. Mit roher Gewalt zerrten sie Limos Mutter ins Hausinnere. »Inge?« rief Horst besorgt aus dem Wohnzimmer. Mühsam quälte sich der halbseitig gelähmte Körper aus dem Sessel. Als es Horst beinahe gelungen wäre sich in die Aufrechte zu stemmen, stieß einer der Invasoren gewaltsam die Tür auf, schritt bis auf zwei Meter heran und zog hinter dem Rücken eine Pistole hervor. Die Augen des schwer kranken Mannes weiteten sich ängstlich. Verzweifelt sackte Horst in sich zusammen, fiel zurück in den Sessel und griff sich sichtlich geschockt mit einer Hand sofort zur Brust! Für einen winzigen Augenblick verfolgte der Eindringling den verzweifelten Kampf des alten Mannes. In seinem düsteren Blick schien eine Spur von Mitleid zu sein. Zwei gedämpfte Schüsse beendeten das Leid des alten Mannes. Das verschlossene Fenster und die heruntergelassene Rollläden ließen das Geräusch nicht nach außen dringen. Während der Killer den Tod des alten Mannes überprüfte, riss sein Partner den Kopf der Frau an den Haaren hoch. Ein erbarmungsloser Schuss aus direkter Nähe in den Hinterkopf beendete Inges Leben. Während Inges Mörder bereits an der Schwelle zur Haustür stand, warf sein Kumpan einen letzten Blick zurück. Zwei ahnungslose Leben ausgelöscht. Unnötig und vermutlich wirkungslos. Er riss sich vom Anblick der getöteten Frau los. Sekunden später flüchteten die beiden lautlos und unerkannt, wie sie nur wenige Augenblicke zuvor eintrafen. Der Kuchen, den Limos Mutter mit Liebe zubereitet hatte, stand noch im heißen Backofen …

Zur selben Zeit:

Limo wartete bereits seit einigen Minuten, als Gökmen auftauchte. Noch bevor Galeps Bruder seinen Wagen am Straßenrand unweit seiner Wohnung abstellte, lehnte Limo lässig an der Hausfassade nahe der Haustür. Er beobachtete aufmerksam, wie Gökmen einen immensen Stapel Akten aus dem Kofferraum heraushievte. Limo eilte dem Türken zu Hilfe.

»Ist es das, wofür ich es halte?«

»Limo, ist es. Gehen wir lieber schnell rein.«

Kaum ausgesprochen saßen sie schon in Gökmens Junggesellenbude.

»Jetzt erzähl erst einmal, was mit Galep ist.« Limo ließ Gökmen kaum zu Atem kommen. Doch bevor er antwortete und Limo Gesellschaft leistete, legte er seinen Stapel auf den Tisch, auf dem schon Limos Stapel ruhte. Dann brachte er rasch einige Schritte hinter sich und schloss die Zimmertür. Gökmen fiel in einen Sessel und seufzte einmal tief durch.

»Kohlmeier muss Galep wohl bemerkt haben. Dieser alte Sack ist gar nicht so alt, wie er aussieht. Er rammte meinem Bruder ein Messer in den Bauch. Mein Bruder ist bei einem türkischen Arzt. Sozusagen bei einem Freund der Familie. Dort ist er sehr gut aufgehoben.«

»Es besteht also keine Lebensgefahr?«

»Nein. Aber es soll ihn schon ziemlich ernsthaft erwischt haben. Hauptsache, er kommt durch.«

Limo atmete erleichtert auf.

»Okay, soweit ganz gut! Das hier sind alle Unterlagen, die wir besorgen konnten.«

»Alles? Auch die beiden blauen Säcke?« fragte Limo neugierig, als sein Blick die beiden Müllbeutel scannte.

»Nein, der Inhalt der Säcke ist noch viel pikanter.«

Limo schaute verwirrt, als Gökmen einen Sack öffnete und ihm gebündelte Geldscheine lässig auf den Tisch warf.

»Bitte schön. Schätze, so dreihunderttausend, vielleicht vierhunderttausend Euro dürften es sein«, grinste Gökmen wie ein Honigkuchenpferd.

»Woher stammt das? Oder sollte ich besser nicht fragen?«

»Quatsch. Wir haben nicht die Wohlfahrt beklaut. Die Knete stammt aus Kaltmanns Tresor.«

»Mach keinen Scheiß?«

»Wir haben alles ausgeräumt. Wenn, dann schon richtig.«

»Das sehe ich. Und Galep hätte beinahe dran glauben müssen. Ihr seid verrückt.«

»Sieh es positiv Limo. Es ist nichts Tragisches geschehen. Galep kommt durch und wir erleichterten mal eben diesen Bastard um einen ordentlichen Betrag. Für diesen Hund sind das doch nur Peanuts.«

»Dein Wort in Gottes Ohr.«

»Hoffentlich nicht, sonst müssten wir die Knete vermutlich noch abgeben.« Limo lächelte gequält.

»Dann nehme ich mir mal eine Akte vor. Wenn du willst, kannst du ja schon mal das Geld zählen.«

»Gute Idee. Dann viel Glück beim Durchstöbern.«

»Danke, werde ich bestimmt haben.«

Die Zeit verstrich. Gökmen benötigte etwa die Zeit eines Kinofilms mit extremer Überlänge, um die Zählung hinter sich zu bringen. Er schnaufte tief durch und kratzte sich den Haaransatz im Nacken. Grinsend strich er mit dem Daumen über den Designer-Kinnbart, ähnlich wie Limo ihn trug. Er griff sich einen Zettel und schrieb die Summe auf. Zufrieden mit der Höhe der Beute suchte er Limo im Nebenzimmer auf.

»Na, Großer, kommst du voran?« fragte er und konnte sich ein unverschämtes Grinsen nicht verkneifen.

»Was grinst du so?«

»Rate doch mal?« fragte der kesse Türke erwartungsvoll. Seine Zähne blitzten auf wie in einer Zahnpasta-Werbung. Neugierig sprang Limo auf und folgte dem Türken in das Nebenzimmer. Limo starrte auf die gestapelten Geldbündeltürme und versuchte die Summe zu überschlagen.

»Siebenhundertdreiundvierzigtausend Euro«, scherzte Limo.

»Knapp daneben. Das was drüber ist, gehört dann dem ehrlichen Finder?« grinste Gökmen noch breiter. »Wie würdest du 1,2 Millionen finden?«

»Was? Das ist der Hammer!« Limo verschlug es die Sprache.

»Geteilt durch fünf, sechs, oder sieben ..., ist doch ein nettes Taschengeld«, lachte Gökmen.

»Aber bevor wir uns darauf fixieren, möchte ich dir zeigen, warum diese Unterlagen so enorm wichtig sind.« Limos Gemüt befasste sich nicht lange mit dem überraschenden Geldsegen. Stattdessen durchstöberte er gemeinsam mit Gökmen einige hochbrisante Akten. Nach weiteren zwei Stunden staunte der in Köln geborene Türke nicht schlecht.

»Was ist los?« fragte Gökmen besorgt. »Dein Blick verheißt nichts Gutes. Der Inhalt dieser Akten wird die Wichser doch wie ein Hochgeschwindigkeitszug überrennen. Woran denkst du?«

»Ich musste gerade an Emely und an Galep denken.«

»Das wird bestimmt wieder. Wenn erst mal die ganze Sache durch ist, stehst du auch nicht mehr unter so einem wahnsinnigen Druck.«

»Ist gut gemeint von dir, Gökmen. Schade nur, dass ich ihr nicht klar zu verstehen geben konnte, wie heikel ..., lebensgefährlich die Situation wirklich ist. Mein Plan sah in der Tat so aus, dass ich die Polizei mit ins Boot nehmen wollte. Aber dann müsste ich die Aktion mit den drei Burschen, die ich getötet habe, auspacken. Denn, wenn ich es weiterhin verschweige, und sie kommen selbst drauf ..., scheiße! Auf eine Gefängnisstrafe stehe ich nicht. Und ich müsste in den Bau! Für sehr lange! Ich kann einfach nicht mehr zurück.«

»Aber war das keine Notwehr?«

Limo lächelte mitleidig.

»Nein. Na ja, vielleicht zum Teil. Die wollten mich ganz klar erledigen. Doch was dann folgte war Mord, hässlicher Mord.«

Limo vergrub sein Haupt tief zwischen seinen Schultern. »Hat Galep dir von den Morden erzählt?«

»Ja. Soviel wie er konnte. Vielleicht auch nur wollte. Nimm mir das jetzt nicht übel, Limo, aber du hattest die Gelegenheit aufzugeben, bevor du die Kerle zerlegt hast. Wenn du tief in dich hinein horchst, weißt du das. Doch nachträglich darüber zu philosophieren, ist sinnlos. Noch dazu ist jetzt der absolut ungünstigste Zeitpunkt, oder? Lass uns zunächst die Sache erledigen. Spätestens wenn die Typen im Knast ihre überfällige Strafe absitzen werden – wir und natürlich auch Emely außer Lebensgefahr sind – bekommst du bestimmt die Gelegenheit, ihr dein seltsames Verhalten erklären zu können. Vielleicht finden wir ja sogar einen Weg, dass du die Morde selbst Emely gegenüber nicht erwähnen brauchst. Natürlich nur, wenn du mit einem solch heftigen Geheimnis leben kannst. Aber darüber mach dir erst Gedanken, wenn der Zeitpunkt da ist. Nur begehe jetzt bloß nicht den Fehler und bringe Emely wieder ins Visier dieser Penner. Wir alle könnten mit unserem Leben bezahlen, wenn wir jetzt nicht höllisch aufpassen. Aber jetzt, jetzt ist es definitiv zu spät zum Aufhören.«

Limo nickte kommentarlos. Er ließ die Worte des Türken wirken. Dann hob Limo den Kopf.

»Sag mal, Gökmen, gibt es noch eine andere Alternative, diese Akten zu verstecken?«

»Warum fragst du?«

»Galep hat es erwischt. Er hat Glück gehabt. Aber wir sollten davon ausgehen, dass Kohlmeier ihn erkannt hat. Was ist, wenn sie ihn aufsuchen? Und das kannst du mir glauben, die klopfen nicht an und fragen höflich nach.«

»Kacke. Das stimmt. Daran habe ich noch keinen Gedanken verschwendet.«

Gökmen durchstreifte nachdenklichen Blickes das Zimmer. Als würde er die Lösung dort im Raum irgendwo zwischen den überstrapazierten Computerfachzeitschriften erahnen. Limo hörte ihn förmlich denken.

»Ich hab eine Idee. Lass uns den Kram zusammenpacken. Wir bringen das Zeug zu meinem besten Kumpel. Die Knete bringen wir an anderer Stelle unter.«

Limo vertraute Gökmen blind, genau wie Galep. Als seien sie bereits auf der Flucht ins Ausland warfen sie die Geldnoten in einen alten braunen Koffer und fütterten die blauen Beutel mit den Akten. Getrennt fuhren sie los. Gökmen zuerst. Limo folgte.

Gökmen begrüßte seinen guten Kumpel Halil überschwänglich. Limo betrachtete argwöhnisch die Umgebung.

»Hier in dieser Gegend leben rund neunzig Prozent Türken. Ich hoffe, das ist kein Problem für dich. Du bist Limo, stimmt's?«

Mit offenen Armen empfing Halil Limo. Halil ähnelte Gökmen wie aus dem Gesicht geschnitten. Nur korpulenter und gemütlicher. Auch in seiner Bude roch es wie in einer Kaugummibärchenfabrik. Diese Energy-Drinks schienen sich großer Beliebtheit zu erfreuen.

»Stimmt, bin ich. Und nein, ich habe kein Problem damit. Nur sieht es …«

»… sehr finster aus, was?« ergänzte und beendete Halil Limos Satz.

»Das kann man wohl sagen. Aber es freut mich dich kennenzulernen.«

»Dann kommt beide erst einmal rein. Habt ihr Durst?«

»Ein Mineralwasser wäre nicht schlecht.«

»Geht klar. Gökmen, du nichts?«

»Nee, danke. Vielleicht später.«

»Okay. Bin gleich wieder da. Das hier ist übrigens euer Reich. Macht es euch gemütlich.« Limo stellte die Beutel mit dem wertvollen Inhalt auf dem Boden ab. Kurz darauf erschien Halil mit einer Flasche Wasser.

»Also, Jungs, ich komme gleich zur Sache. Ich möchte keine Einzelheiten erfahren. Doch eines solltet ihr mir mitteilen. Ist die Kiste nur heiß oder explosiv heiß?«

»Es gab bereits Tote«, eröffnete ihm Limo. Er wunderte sich ein wenig über die akzentfreie Aussprache und die gehobene Wortwahl des Türken.

Als hätte er Limos Aussage gar nicht gehört, lockerte dieser seinen Blick nicht von seinem Kumpel.

»Wie stehen die Chancen?« fragte er dann.

»Wie meinst du das?« fragte Limo.

Jetzt fixierte er Limo.

»Na wenn du mir sagst, es gab bereits Tote, dann deutet das auf eine größere Sache hin. Wenn das so ist, und ihr Hilfe benötigt, dann bin ich dabei. Einschließlich meiner Familie!«

Limo schaute überrascht. »Das ist mehr als nur nett, Halil. Ich bin doch völlig fremd für dich.«

»Richtig. Aber nicht Gökmen. Er würde mich nicht mit einem Kartoffelfr…, sorry, Fremden aufsuchen, wenn er ihm nicht vertraute.«

Limo nickte. »Ich hoffe nicht, dass es zu einer Großveranstaltung kommen wird. Wir müssen uns, so rasch es irgendwie geht, einen gerissenen Anwalt mit ins Boot holen.«

»Wo ist das Problem? Ich verfüge über die besten Kontakte. Wenn du mir im Groben schildern kannst, worum es geht, vermittle ich euch dementsprechend den Besten. Ich muss zugeben, die Burschen sind für gewöhnlich nicht billig, aber es ist die Crème de la Crème. Du erweckst in mir nicht den Verdacht, dass du ein Typ bist, der zuerst um das Bestmögliche kämpft, um sich dann in das erträglich Mögliche zu fügen. Ist meine Einschätzung korrekt?«

»Deine Worte treffen sehr poetisch den Nagel auf den Kopf. Ich würde sagen, es handelt sich in erster Linie um Wirtschaftskriminalität. Es dreht sich dabei aber nicht nur um ein paar tausend Euro. Mord steht ebenfalls auf der Speisekarte. Jedenfalls befürchte ich es.«

»Je mehr, desto interessanter«, äußerte Halil cool.

»Auch wenn es mehr als zwanzig Millionen sind? Mehr als nur ein Toter?« fragte Limo und kratzte sich an der Nase.

»Das ist doch mal 'ne Hausnummer. Wartet mal einen Augenblick, ich gebe euch den Namen des Anwalts und dessen Nummer.«

Als Halil eine Visitenkarte Gökmen übergab, reichte er die Karte an Limo weiter. Interessiert las er den Namen.

»Adil Baki? Ist das nicht der Typ, der die Promis vertritt? Er vertritt doch auch Klienten, denen eine eindeutige Tötungsabsicht nachgewiesen wurde?«

Gökmen nickte. Er hatte den Namen auch schon mal gehört.

»Genau der! Abgewichst und mit allen Medienwassern gewaschen. Kann auch schon mal ein Arsch sein. Aber im Grunde genommen ist er fair. Wenn es sein muss!«

Halil grinste.

»Und so wie ich die Lage begreife, spielt Mord in eurem Fall durchaus eine wesentliche Rolle. Genau deswegen solltet ihr Herrn Baki aufsuchen. Der Typ beherrscht beide Kategorien.«

»Ist er denn bezahlbar?« unterbrach Limo.

»Mach dir keine Sorgen. Er wird euch für einen sehr guten Preis vertreten. Allein schon aus dem Grund, weil er darin exorbitante Publicity wittern wird.«

»Ich rufe ihn gleich nach Weihnachten an.« Limos Stimmung hellte sich etwas auf.

»Warum warten. Morgen …«, schlug Halil vor.

»Aber …«

»Nix aber. Der Mann hat eh keinen Sinn für Feiertage. Nutzt doch die freien Tage sinnvoll. Carpe diem, mein Freund. Was wörtlich so viel bedeutet wie: Pflücke den Tag.«

Nach reiflicher Überlegung stimmte Limo Halil bei. Er vereinbarte, gemeinsam mit Gökmen den gewieften Advokaten zu kontaktieren.

»Okay. Soweit steht der Plan. Ich fahre kurz nach Hause und erledige noch eine wichtige Sache. Ich denke, dass ich in gut einer Stunde zurück bin. Schlafen werde ich eh nicht können«, versprach Gökmen.

»Super. Dann bis gleich«, sagte Limo erleichtert und zwang seinen Körper in die Aufrechte. Gökmen und Halil folgten ihm. Rasch fischte Gökmen seinen Autoschlüssel aus der Hosentasche und verabschiedete sich knapp. Limo hockte wieder auf dem Sessel. Einen Augenblick später gesellte sich Halil zu Limo. Der Blick des Türken vermittelte Limo Neugierde. Limo verstand und weihte Halil in den folgenden Minuten in die Vorfälle der vergangenen Monate ein. Nun erfuhr Halil doch mehr als er eigentlich aus der Sicht des Deutschen erfahren sollte. Aber es ergab sich einfach aus der Unterhaltung und Limo fühlte sich wohl dabei. Plötzlich klingelte sein Handy. Der Blick aufs Display verriet ihm, dass Frank am anderen Ende der Leitung sein musste. Den Mittwoch, den Tag an dem Limo bei Frank reinen Wein weinschenken sollte – musste – hatte Limo verdrängt. Sicher wollte Frank ihn an den morgigen Tag erinnern. Limo entschuldigte sich bei Halil und nahm das Gespräch an.

»Hallo, Frank, wie geht es dir. Wir haben uns ja lange nicht …«, begann Limo die Begrüßung mit einer Floskel.

»Limo, Limo, entschuldige, dass ich dich unterbreche. Wo steckst du?«

»Mein Gott, was ist passiert? Deine Stimme überschlägt sich ja. Ist was mit Tine?«

»Bei uns ist alles okay. Das Haus deiner Eltern …, es brennt komplett ab. Aber viel schlimmer …«

»Was ist mit Mama und Papa? Frank? Hallo? Sag schon.«

»Bitte komm her. Sie sind beide tot. Im Feuer …«

»Ich komme sofort!«

»Okay, ich warte vor Ort. Beeil dich!«

»Bin schon unterwegs!«

Limo tastete geschockt nach seinem Wagenschlüssel und sprang auf.

»Danke, Halil, aber ich muss zu meinen Eltern. Ein Freund hat mir gerade gesagt, dass … Haus abgebrannt …, meine Eltern sind tot. Ich melde mich später!«

»Natürlich. Du hast ja meine Nummer. Schreib mir noch deine auf, für den Fall, dass ich dich anrufen müsste.«

Hastig kritzelte Limo die Zahlenfolge auf einen Zettel.

Zur selben Zeit besuchte Gökmen noch schnell seinen Bruder in einem ‚Mehrgenerationenhaus'. Doch im Gebäudeinneren glich es einer Privatklinik. Mit gehetztem Atem erreichte er die Etage, auf der Galep lag. Dort teilte ihm eine brünette Schönheit mit, dass er seit geraumer Zeit schlafen würde. Es ginge ihm den Umständen entsprechend gut. Gökmen lächelte, er war froh, dass keine akute Lebensgefahr für seinen älteren Bruder bestand. Mit beruhigtem Gewissen verabschiedete er sich und steuerte unmittelbar danach seine Rostlaube zu Galeps Wohnung, die sich im Mehrfamilienhaus der Mutter befand. Bei dem Versuch, den Hausschlüssel ins Schloss zu stecken, gab die Tür nach. Ein Lufthauch weckte in ihm einen bösen Verdacht. Lautlos schlich er zu seinem Auto zurück und zog aus einer speziellen Vorrichtung im Kofferraum einen flexiblen Teleskopschlagstock, an dessen Ende eine Bleikugel befestigt war. Hoch konzentriert betrat er nun das ungewöhnlich enge und steile Treppenhaus. Abtastend stieg er Stufe um Stufe das Treppenhaus hinauf. Mit dem Rücken an der Wand erreichte er die erste Etage. Zu seiner rechten Seite befand sich der Eingang zur Wohnung seiner Mutter. Mit den Fingerspitzen drückte er leicht dagegen. Doch die Tür schloss fest im Riegel. Zu seiner Linken befand sich ein Etagenklo. In diesen alten Gebäuden keine Seltenheit. Auch diese Tür überprüfte er. Bereits unter sanftem Druck gab die Tür nach. Plötzlich glaubte er ein unterdrücktes Winseln aus dem zweiten Stock wahrzunehmen. Den Blick vorwärts gewandt, schlich er die nächsten Stufen weiter empor. Seine Sicht reduzierte sich auf einen Tunnelblick. Eine dunkle Silhouette trat lautlos aus dem alten Klo und positionierte sich nur wenige Treppenstufen unterhalb seines ahnungslosen Opfers. Mit gezogener Pistole, bestückt mit einem Schalldämpfer, zielte der Killer auf Gökmens Rücken. In diesem Moment hörte Gökmen einen schrillen Pfiff. Instinktiv wandte er sich um und erblickte einen unmaskierten Fremden. Ohne Vorwarnung fiel der Schuss. Gökmen bekam noch nicht einmal mit, wie die Kugel durch seine Stirn drang und aus dem Hinterkopf wieder heraustrat. Hastig hechtete Gökmens Killer die Treppe hinauf. Während Kalli den sicheren Tod des Türken überprüfte, registrierte Toy, einer der überlebenden Sprösslinge aus der russischen Militärgefangenschaft, in Andrejs Blick eine Art Sympathie für die attraktive Türkin wachsen. Sie saß auf einem abgewetzten Holzstuhl geknebelt und gefesselt. Andrej betrachtete die Frau abschätzend. Kalli erreichte wieder die Ebene, auf der Toy und Andrej sich aufhielten. Toy registrierte noch Kallis Schatten an sich vorbei huschen, als er Andrejs Waffe griff, die auf dem Tisch vor ihm lag. Noch bevor Andrej und Toy die Situation erkannten, führte ihr Kollege die Pistole wenige Zentimeter vor die Stirn der Frau und drückte ab. Durch die Wucht des Projektils schleuderte ihr Kopf unkontrolliert nach hinten ins Genick. Kalli drückte die Schusswaffe gegen Andrejs Brust und riss ihn unsanft aus der Lethargie. Katzenartig sprangen die beiden Männer die Treppenstufen herunter und flüchteten. »Auftrag erledigt! Hauen wir ab.« Toy betrachtete für einige Atemzüge den widersinnigen Mord. Dann folgte er seinen beiden Kumpanen. Auf dem

Weg aus dem Gebäude meldete sich das Handy des Profikillers. Toy verfügte über eine gefährliche kriminelle Autorität. Er wurde von Gy nicht so geliebt wie das Dreigestirn, aber durch seine extreme Kaltschnäuzigkeit respektiert. Toy war jemand, der das Potential besaß, Gy eines Tages zu beerben. Mehr Potential, als es Igor, Andrej und Kalli hatten.

»Wie sieht es aus?«

»Läuft. Ich melde mich später.«

»Gut.« Das Telefonat hielt Toy bemerkenswert kurz. Dem Anrufer genügte die spartanische Aussage. Toy ließ das Handy in seiner Hosentasche verschwinden, noch bevor Andrej und Kalli es registrierten.

Aus den Lautsprechern seines Sportwagens dröhnte ein aggressiver Sound. Limos Sinne lechzten jetzt nicht nach Schmusesongs. Erst recht nicht nach klassischem Hochgenuss. Mit mechanisch wirkenden Bewegungen steuerte er den Wagen über den vom Schnee befreiten Asphalt. Von weitem fiel ihm ein rotes Licht ins Auge. Er drohte mit unvermindertem Tempo in die Ampelanlage zu krachen, an der drei Fahrzeuge geduldig auf die Grünphase warteten. Er erhöhte die Geschwindigkeit auf ein selbstmörderisches Tempo. Sein Augenmerk galt nur noch den Eltern. Plötzlich wechselte die Ampelanlage auf grün. Für ein Bremsmanöver blieb keine Zeit mehr. Limo erkannte nun gestochen scharf das Kennzeichen seines Vordermanns. Schlagartig meldete sich der Überlebensinstinkt. Er trat aufs Pedal und ließ alle zur Verfügung stehenden Pferdestärken aufgaloppieren. Mit Vollgas lenkte er seinen Wagen blitzschnell links an den stehenden Fahrzeugen vorbei und scherte gerade rechtzeitig vor dem Gegenverkehr wieder ein. Die grellen Lichter des Fahrzeugs auf der Gegenfahrbahn blendeten gleißend. Für eine Sekunde schloss Limo die Augen. Dann öffnete er die Augen und bremste ab, bis er ein moderates Tempo erreichte. Seine schweißnassen Hände umklammerten das Lenkrad. Der Sound dröhnte nervend, der Bass ließ die Fensterscheiben erzittern. Wie von Sinnen schlug er auf den Player ein. Endlich Ruhe! Er hatte sich wieder im Griff. Zum wiederholten Mal kündigte Limos Handy einen Anrufer an. Unbekannter Teilnehmer! Limo reduzierte das Tempo und meldete sich.

»Was gibt's?«, knurrte Limo knapp. Als würde er den Anruf bereits erwartet haben.

»Wie gefällt dir unser Auftritt?« Limo verstand den Sinn der Frage. Dieses verdammte Monster wollte ihn brechen. Für eine Ewigkeit zählte nur ein einziger Gedanke: Limo musste diese fiese Kreatur zur Strecke bringen. Nicht bloß töten, sondern ihn in Einzelteile zerreißen, ihn ausweiden, ihn zerfetzen. Noch tief in Tötungsabsichten verstrickt, erreichte ihn erneut die Aufforderung.

»Was ist, du Arschloch? Willst du mir mit deinem Schweigen suggerieren, dass dir der Tod deiner Eltern egal ist? Wenn dem so sein sollte, glaube nicht, dass diese Aktion die Letzte gewesen ist. Was glaubst du, Arschloch, könnte noch den Tod deiner Eltern toppen? Keine Angst, ich verrat es nicht. Bin mir ziemlich sicher, dass es dir gelingen wird, die Antwort auf meine Frage zu finden. Aber du solltest dich beeilen: Der Tod lauert in jeder Gasse.«

Limo achtete auf die arg verzerrte Stimme. Vermutlich benutzte der Anrufer einen Vocoder, ein Gerät, mit dem man eine Stimme polyphon modifizieren kann. Limo konzentrierte sich. »Ich weiß, wer du bist. Und du kannst dir sicher in deinem kranken Hirn vorstellen, dass ich weiß, wo du wohnst. Netter Versuch mit dem Vocoder. Aber genutzt hat es dir nichts. Meine Antwort auf deine Frage wird dir ganz und gar nicht gefallen. Du Arschloch bist nicht in der Position mich brechen zu können. Also droh mir nicht. Du solltest dir eher über wichtigere Dinge den Kopf zerbrechen. Dinge, die über dich einbrechen werden, die dein Innerstes nach außen kehren werden.«

»Okay. Dann lass uns zum Finale schreiten. Ich melde mich … versprochen!«

Limo betrachtete ungläubig das Display. Er hatte gepokert. Der Einsatz – sein Leben. Es würde keine Frage geben, *ob* er zuschlagen würde, nur *wann* er zuschlug.

Zehn Minuten später fuhr er die Zielstraße hinauf. Das Blaulicht der Rettungsfahrzeuge warf in gleichmäßigen Abständen lange, grellblaue Schatten an die Fassaden der umliegenden Häuser. Jetzt erkannte Limo die fetten Rauchschwaden, die sich in der Dunkelheit auftürmten. In einem Sicherheitsabstand hielt sich ein uniformierter Polizist an der letzten Straßengabelung auf. Er wies die vereinzelten Autofahrer an, den Umweg über die Parallelstraße zu benutzen. Selbst nachdem Limo sich vorstellte, gewährte der Beamte keine Ausnahmen. Aufgebracht stellte Limo den Wagen an Ort und Stelle ab, stieg aus und rannte hektisch los. Irritiert blickte der Beamte Limo nach.

Mehrere Feuerwehrwagen mit einer ganzen Armada von freiwilligen Feuerwehrleuten, zwei Rettungswagen mit den jeweiligen Rettungsärzten und ihren Assistenten, sowie mehrere Streifenwagen der Polizei boten den Gaffern ein trauriges Drama. Unter dem Menschengewusel tauchte plötzlich ein dunkles Fahrzeug auf. Der Lack schimmerte unter dem Blaulicht bizarr. Limo erblickte den Leichenwagen. In dem Getümmel von Helfern, Rettern und Neugierigen entdeckte er Franks Blondschopf. Die Blicke der beiden trafen sich. Limo blieb nun stehen und sank mit beiden Knien auf den harten Asphalt. Frank verschaffte sich hektisch Platz und eilte zu seinem Freund.

»Es tut mir so leid, Limo.«

Frank beugte sich vor und umschloss ihn mit beiden Armen. Limo fühlte sich unendlich leer. Ungläubig verfolgte Limo die Arbeit der Rettungsleute. Frank stützte seinen Freund und es gelang ihm sogar, ihn auf die Beine zu hieven. Er beobachtete die noch lodernden Flammen, die sich längst zum direkt angrenzenden Nachbarhaus durchfraßen. Doch bevor die Flammen auf das Nachbarhaus übergingen, gaben sie dem übermächtigen Druck des Wassers nach und erstickten.

»Geht es Tine gut?« fragte Limo, Frank.

»Ja, Limo, es geht ihr gut.«

»Dir? Auch gut?« fragte Limo mit starrem Blick auf das brennende Haus.

»Mir geht es auch gut. Limo, du machst mir Angst.«

»Weißt du, alles und jeden, den ich liebte und mochte, ist entweder tot oder in höchster Not.«

»Wie meinst du das?«

»… das würden wir auch gerne erfahren. Guten Abend, die Herren. Unser herzliches Beileid, Herr Langen. Mein Name ist Ron Steiger, Kripo Siegen. Neben mir meine Partnerin Saskia Völker. Sie kennen uns noch? Ich habe Sie unterbrochen.«

Frank stellte sich kurz vor. Limo verdrehte seinen Kopf, sein Blick streifte Frau Völker, bevor er sich wieder Steiger zuwandte.

»Nein, Herr Steiger, Sie haben uns nicht unterbrochen. Das war ein Gespräch unter Freunden. Sie sind kein Freund.«

»Dafür, dass gerade Ihre Eltern ums Leben gekommen sind, verhalten Sie sich nicht entsprechend.«

»Und Sie wissen bestimmt, wie man sich entsprechend verhält, was?«

»Hey, Limo, bitte. Der Mann ist von der Kripo und macht seinen Job. Warum bist du so feindselig?« mischte sich Frank ein und zuckte verständnislos mit den Schultern.

»Herr Langen, noch einmal unser tief empfundenes Beileid. Ihre Eltern sind nicht dem Feuer zum Opfer gefallen. Ihr Nachbar und dessen Bekannter haben spät am Abend im Untergeschoss eine extreme Rauchentwicklung bemerkt. Sie sind durch die Haustür eingebrochen. Es gelang ihnen aber nur, Ihre Eltern tot zu bergen. Die Männer, die ihr Leben riskiert haben, um Ihre Eltern zu retten, wollten sofort mit der Reanimation beginnen. Dann entdeckten sie die Einschusslöcher. Ich habe durchaus Verständnis für Ihr Verhalten, Herr Langen. Obwohl ich das allein schon aus rechtlichen und moralischen Gründen nicht sagen dürfte. Aber können Sie mir erklären, oder wenigstens eine Idee liefern, was hier passiert ist?«

»Erschossen?« fragte Limo nach. In seinem Blick spiegelte sich pure Angst.

»Herr Langen, noch einmal. Wollen oder können Sie uns nicht helfen?«

»Ich kann nicht helfen. Ich bin selbst ratlos.«

»Sie wären ein schlechter Verkäufer, Herr Langen. Ich glaube Ihnen kein Wort.«

»Ob Sie mir glauben oder nicht, geht mir sonst wo vorbei.«

»Also ist das alles dummer Zufall, dass wir uns zum – lassen Sie mich überlegen –mindestens dritten Mal treffen«, blaffte Steiger beleidigt.

»Die Wege des Herrn sind unerforscht.«

»Was für ein blödes Arschloch«, murmelte Steiger. »Also Klartext. Sie erscheinen morgen um zehn Uhr auf dem Revier. Sie wissen ja noch, wo das ist?! Wenn Sie Ihr Erinnerungsvermögen in dieser Hinsicht ebenso im Stich lässt, können wir auch jetzt gleich zusammen hinfahren. Würde Ihnen sicher gefallen.« Steiger machte ernst und duldete keine Spielchen mehr. Limo wollte noch etwas erwidern, wurde aber von Steiger bereits bei dem Versuch unterbrochen.

»Also doch lieber morgen. Gut! Sie sollten dieser Aufforderung nachkommen. Ich denke, ich muss Sie nicht noch konkreter über die Konsequenzen aufklären, sollten Sie sich wider Erwarten anders entscheiden.« Steigers Miene verriet echte Gereiztheit. Saskia Völker betrachtete Limo verständnislos. Sie konzentrierte sich auf Limos Gestik. Eigentlich mochte sie diesen sportlichen Typ, aber die Beamten hatten die trügerische Ruhe der letzten Tage und Wochen genutzt, um Limos Unschuld an den Morden an den drei Osteuropäern zu widerlegen. Durch eine Isotopenuntersuchung der Rechtsmedizin hatte sich eine annähernde Rekonstruktion der Opfer durchführen lassen. Alle drei stammten aus dem westlichen Kasachstan, unweit des Kaspischen Meeres. Seit etwa drei bis fünf Jahren mussten sie sich in mitteleuropäischen Gefilden aufhalten. Vermutlich überwiegend in

Deutschland und den umgrenzenden Ländern. Jegliche Versuche, die genaue Herkunft der Opfer aufzuklären, waren allerdings kläglich gescheitert. Eine der Weichteilrekonstruktionen ließ allerdings aufhorchen. Die Konturen des Kasachen ähnelten verblüffend Sergej Kovcik. Da die Kripo Köln und die Kollegen aus Siegen über eine sichere Kenntnis einer Verbindung zwischen dem Opfer und Langen verfügten, blieb Limo einer der Tatverdächtigen. Limo hatte weder ein taugliches Alibi für die Tatzeit noch entlastete ihn die Tatsache, dass vermutlich sein Wagen in der Nähe des Tatortes gesichtet wurde. Das machte ihn im Gegenteil zu einem der Hauptverdächtigen. Obwohl die Zeugen im Nachhinein ihre Aussagen revidiert hatten, blieb ein bitterer Beigeschmack hartnäckig haften. Durch den gewaltsamen Tod seiner Eltern geriet er nun erst recht in den Mittelpunkt der Ermittlungen.

Frank betrachtete Limo intensiv. Frank versuchte ihm zuzureden, mit der Polizei zusammenzuarbeiten. Frank ahnte nicht nur, sondern wusste, dass Limos Probleme unlösbar schienen. Fürsorglich nahm er ihn nochmals in den Arm und zog ihn zur Seite, weg aus der direkten Schusslinie der Öffentlichkeit. Tine wühlte sich derweil durch die Menschenmenge und fand nach langem Umhersuchen die beiden einige Meter abseits des Geschehens. Sie gab Frank einen sanften Kuss und umarmte Limo tröstend lange und behutsam. Er fühlte sich wohl in Tines Armen. Dann gab Limo ihr einen Kuss auf die Wange, schob sie einige Zentimeter von sich und bedankte sich.

»Geht's halbwegs wieder?« fragte Frank nach.

»Ja«, folgte die Antwort einsilbig.

»Bitte, Limo, fahr morgen zur Kripo. Mir zuliebe, ja?« ließ Frank nicht locker.

»Werde ich machen. Ich verspreche es dir.«

Frank atmete einigermaßen erleichtert auf. Doch je länger er Limo dabei zusah, wie er lethargisch dem Treiben der Feuerwehr zuschaute, desto mehr schwand die Zuversicht. Dann beobachtete er, wie der Leichenwagen im Schritttempo vorbeikroch. Ihm entging nicht, dass der Leichenwagen Limo scheinbar mit magischer Kraft anzog. Schließlich gelang es Limo, einen Blick durch die stark getönten Scheiben zu werfen. Frank war sich in dieser Sekunde nicht sicher, ob Limo den Inhalt der Ladefläche begriff. Dass es sich um seine Eltern handelte.

Plötzlich hob Limo den Kopf und wandte sich seinen Freunden zu.

»Ihr beide, seid mir nicht böse, aber ich fahre jetzt. Ich muss noch etwas Wichtiges erledigen. Frank, bist du so gut, wenn einer deiner Kollegen nach mir fragen sollte, ich melde mich bei ihnen. Machst du das für mich?«

»Natürlich«, antwortete Frank. »Wir sind da für dich, das weißt du doch«, fügte Tine hinzu.

Limo drehte sich zu den beiden um und lächelte: »Ihr ahnt nicht, wie gut mir das tut.« Frank und Tine beobachteten ihren Freund, bis sie ihn in der Menschenmenge aus den Augen verloren.

»Was ist da bloß passiert? Was geschieht im Augenblick mit Limo? Hast du seine Augen gesehen? Mir lief es heiß und kalt den Rücken hinunter.«

»Seine Schwester, deren Freundin, sein Hund, die Ex-Freundin und nun trifft es seine Eltern. Alle tot! Innerhalb von nicht einmal einem Jahr. Könnte uns auch noch etwas zustoßen?« fragte Tine ihren Mann.

»Die Frage ist nicht unberechtigt. Aber da muss es noch etwas viel Bösartigeres geben. «

»Was meinst du?«

»Limo offenbarte mir vor einigen Wochen seinen Verdacht, dass sämtliche Todesfälle miteinander im Zusammenhang stünden. In der Firma wird er gemobbt was das Zeug hält. Ich hätte ahnen müssen, dass das ein Hilfeschrei von ihm war. Ich meine, ich habe mir schon Gedanken dazu gemacht, aber mir schien es sehr weit hergeholt, dass es da eine Verbindung geben sollte.«

»Und warum glaubst du das nun?«

»Es ist die Art, wie er *nicht* mit mir redet. Es sind die Blicke, die mich tief in meinem Innern berühren. Seine Reaktionen, wenn man ihm Hilfe anbietet. Er nimmt sie nicht an. Ich befürchte das Schlimmste. Ich denke, der Ursprung seines Unglücks ist in der Firma deines Onkels zu finden.«

»Bei Hartmut?«

»Wahrscheinlich nicht bei ihm, wohl eher bei seinen direkten Kollegen.«

»Die bringen aber doch nicht seine Familie um.«

»Sie vielleicht nicht.«

»Aber?«

»Organisierte Killer.«

»Frank! Ich glaube ...«

»Ich weiß, was du sagen willst, ich habe ähnlich reagiert! Doch in der Zwischenzeit sind mehr als genug Opfer zu beklagen. Jetzt mussten sogar seine Eltern sterben. Viele gibt's da nicht mehr. Wahrscheinlich nur noch er selbst. Trotzdem komme ich an Limo nicht heran. Was verschweigt er? Ich hoffe sehr, dass er morgen keinen Mist baut und zur Kripo geht.«

Frank nahm seine Frau fest in die Arme. Gemeinsam sahen sie dem traurigen Treiben noch eine Weile zu. Frank grübelte. Sein Freund ging ihm einfach nicht aus dem Kopf: Was war mit Limo? Er hatte es noch nicht mal abwarten können, bis das brennende Elternhaus gelöscht worden war. Mitten in der Nacht verschwand er, um etwas Wichtiges zu erledigen.

Es war das einzige Fahrzeug auf der Autobahn in Richtung Olpe um diese Zeit. Limo erschrak leicht, als er die Uhrzeit registrierte. Kaputt, müde und zugleich aufgedreht nahm er gegen fünf Uhr morgens die Ausfahrt und bog auf die Landstraße Richtung Attendorn ab. Nach einigen Kilometern über die Landstraße fielen ihm für Sekundenbruchteile in unregelmäßigen Abständen die Augen zu. Hektisch bewegte er Arme und Kopf. Er öffnete das Fenster an der Beifahrerseite. Innerhalb weniger Atemzüge füllte die eisige Frischluft nicht nur den Innenraum des Sportwagens. Auch seine Lunge freute sich über die sauerstoffreiche Frische. Die Sauerstoffzufuhr genügte, um seine Hirnzellen auf Trab zu bringen. Plötzlich klingelte sein Handy. Auf dem Display sprang ihm der »Unbekannte Teilnehmer« entgegen. Eine Angstattacke schüttelte ihn durch, als er sich ausmalte, erneut einen Drohanruf entgegennehmen zu müssen. Er nahm das Gespräch mit mahlenden Kieferknochen an.

»Hallo …«

»Hallo, wen habe ich denn da. Limo, bist du es? Ich bin's, Halil.«

»Oh scheiße, Halil. Hast du mir einen Schreck eingejagt. Ich bin gerade auf dem Weg zu dir. Ich schätze, dass ich so in fünfzehn Minuten bei dir aufschlage. Ist Gökmen schon zurück?«

»Darum rufe ich an. Bitte fahr sofort zu ihm. Hier läuft eine ganz große Scheiße.«

»Was ist …? Okay, bin gleich da.«

Limo beendete das kurze Gespräch. Er hatte nicht mal gefragt, was passiert war. Endlich erreichte Limo die düstere Gegend, in der Galeps Familie wohnte. Er stieg aus und marschierte nervös zum Haus. Halil begrüßte ihn allein. Limo ahnte den Grund.

»Halil, wo ist Gökmen?«

»Komm mit.«

Schweigend folgte er ihm. Zunächst zeigte ihm Halil den leblosen Körper Gökmens. Limo beugte sich über Galeps Bruder und legte traurig eine Hand auf die entseelte Brust. Betroffen und kommentarlos folgte er Halil anschließend in die nächste Etage, wo der bewegungslose Körper einer Frau in einer Blutlache lag.

»Das war eine Hinrichtung!« fluchte Halil. »Eine gottverdammte Hinrichtung! Wo zum Teufel steckt ihr da drin?«

»Ich komme gerade von meinen Eltern. Sie sind ebenfalls beide erschossen worden! Das komplette Haus haben sie abgefackelt.«

Leichenblass blickte der kleine Türke zu Limo runter und ließ sich entsetzt auf einen Stuhl fallen. Überfordert schlug Limo seine Fäuste kraftvoll auf den Tisch.

»Innerhalb weniger Stunden werden zwei Familien fast komplett vernichtet. Wird es noch schlimmer kommen?« fragte Halil besorgt und dennoch kämpferisch.

»Ja, Halil, ich befürchte ja.«

»Brauchen wir Leute? Solche, die verstehen zuzuschlagen?«

»Wenn du kannst, dann her damit.«

»Vielleicht zehn? Oder wie wären fünfzig oder sechzig?«

»Das ist wirklich möglich?« fragte Limo ungläubig.

»Ist es. Mindestens. Schließlich bin ich Türke, Mann. Sag mir, wann du zum Gegenschlag ansetzen willst. Wir stehen dann zur Verfügung.«

»Gut zu wissen. Ich versuche jetzt zwei Stunden die Augen zu schließen. Dann schauen wir nach Galep. Anschließend werde ich jemandem einen Besuch abstatten.«

»Alleine?« fragte Halil nach.

»Bei diesem Besuch ja.«

Halil verstand, was Limo meinte.

»Halil, wenn es dir nichts ausmacht, können wir jetzt zu dir fahren?«

»Klar, nur wohin mit Gökmen und seiner Mutter?«

Limo blickte zur Leiche der Frau hinüber. »So makaber wie sich das anhört, wir sollten sie liegen lassen. Wir rufen von unterwegs die Polizei an.«

»Okay. Die Unterlagen hast du?«

»Ja. Die habe ich bei mir. Die Knete hat Gökmen versteckt. Er verriet mir aber glücklicherweise den Aufenthaltsort. Dort ist das Geld auch am sichersten aufgehoben bis wir es abholen. Naja, bis du es benötigst.«

»Da fällt mir noch ein, woher wusstest du, dass es vermutlich Gökmen erwischt hat?«

Halil lächelte gequält. »Wenn jemand von uns in direkte Not gerät, wählen wir einen Code, der mit einem Tastendruck aktiviert wird. Ich bin mir sicher, dass Gökmen kurz bevor er auf seinen Mörder traf das Signal sendete. Leider hatte Gökmen keine Chance. Diese Drecksau hat meinen Kumpel von hinten überrascht.«

»Es gleitet mir völlig aus der Hand. Verdammter Mist.«

»Weiter, Limo, immer weiter. Keiner dieser Tode darf umsonst gewesen sein. Jetzt erst recht.«

Limo nickte stumm. Wenige Sekunden später verließen sie unerkannt das Gebäude. Bei Halil angekommen ließ Limo seine übermüdete Seele samt seinem kraftlosen Körper in einen verknautschten Sessel fallen. Halil tat es ihm gleich. Weder Halil noch Limo sprachen ein Wort. Bald darauf nickten sie erschöpft ein.

Limo erwachte und wankte zum Fenster. Obwohl die Straßenlaternen nur einigermaßen Licht spendeten, erkannte Limo die Straße, die sich zu seinen Füßen schlängelte. Gediegen und verwaist. Vereinzelte Lichterketten zierten kleine Bäumchen und Sträucher in den Vorgärten. Das ist es, was die Vorweihnachtszeit symbolisieren sollte: Eine friedvolle und besinnliche Zeit. Keine frevelhaften Morde! Limo seufzte. Er wandte sich Halil zu. Der schien noch tief und fest zu schlafen. Limo geriet ins Grübeln und versuchte einen neuen Plan zu schmieden. Er schaute sich im Zimmer um und wühlte im Halbdunkel nach einem Blatt Papier und einem Stift. Auf Halils Schreibtisch wurde er fündig. Lautlos rückte Limo einen schmucklosen Holzhocker mit blanker Sitzfläche zurecht und hockte sich drauf. Unwesentlich später begann er mit überlegten Worten die weiße Seite zu füllen. Die Morgendämmerung brach herein. Limo las noch einmal den Text durch. Erneut durchschweifte Limos Blick das Zimmer. Als hätten sie nur darauf gewartet, sichtete Limo einige Briefumschläge, die unmittelbar über dem Schreibtisch auf einer Ablage lagen. Limo faltete das Blatt sorgfältig und tütete es in einen der Umschläge ein. Er schnaufte tief durch, als plötzlich sein Handy eine bestimmte Melodie spielte. Verdutzt sah er den Namen auf dem Display und stellte gleichzeitig fest, dass es bereits nach acht war. Halil wachte von der Melodie auf und rieb sich verschlafen seine müden Augen. Er runzelte die Stirn, doch bevor er etwas sagen konnte, legte Limo zwei Finger auf die Lippen.

»Hallo«, sagte Limo mit ruhiger, aber fester Stimme.

»Mirco? Hier ist Fiona.«

»Ähm … Hallo. Was gibt es? Ich meine so früh am Morgen. Warum … ich meine woher hast du meine Nummer?« Limo lehnte sich gegen eine Wand in Erwartung eines Blitzschlages. »Emely? Ist was mit Emely?« Limos Herz pochte gefährlich.

»Ziemlich viele Fragen. Aber zunächst möchte ich die letzte Frage beantworten. Wir wissen, wo Emely steckt. Sie meldete sich gestern Abend bei mir. Gestern war Emely nicht zu erreichen. Sie antwortete weder auf meine Anrufe, nicht auf eine einzige SMS, noch auf meine E-Mails. Sie war auf einem auswärtigen Kundentermin. Als ich gegen Nachmittag mit ihrem Vater zum Haus fuhr, um uns noch einmal zu vergewissern, fand ich deine Telefonnummer in Emelys Planer. Übrigens mit einem Herzchen eingerahmt.« Limo verstand die Andeutung.

Sein Puls wütete.

»Noch während ich mich mit dem Gedanken befasste, warum Emely ihren Planer nicht mithatte, klingelte endlich mein Handy. Emely war dran.« Fiona hörte Limos tiefe schnaufen.

»Emely erzählte mir, dass zwischen euch salopp formuliert *Funkstille* herrscht.«

»Hat sie?«

»Du kannst dir sicher vorstellen, dass sich gute Freundinnen alles erzählen. Sie ist meine beste Freundin.«

»Dann hat sie dir sicher auch den Grund dafür erzählen können.« Limo fühlte Fiona auf den Zahn.

»Tja, vielleicht könntest du mir davon berichten. Jedenfalls konnte Emely mir keinen sinnvollen Grund nennen. Nicht mal Andeutungen.«

»Vermutlich liegt es an meinem Verhalten ...« Limo zauderte mit seiner Ausführung. Verlegen kratzte er sich den Haaransatz im Nacken.

»Ich verstehe nicht ganz. Könntest du die Andeutung konkretisieren?« Fiona hielt sich im Spiel. Limo kratzte sich erneut.

»Es hat nicht funktioniert. Emely ist eine bildschöne und aufregende Frau. Aber so wirklich wollte der Funke nicht überspringen. Sie fühlte es vermutlich ebenso. Ich weiß nicht wie ich es besser formulieren könnte. Jedenfalls habe ich mich von Emely distanziert. Die Trennung von ihrem Mann liegt ja noch nicht sehr lange zurück. Was mich betrifft, mir gelingt es noch nicht, mich von meiner Ex-Frau emotional zu befreien. Ich befürchte, diese Diskrepanzen sorgen auf beiden Seiten für erhebliche Zweifel.« Sonderbare Stille herrschte im Netz. Limo spitzte seine Ohren.

»Okay, Limo. Deine Worte klingen für mich nachvollziehbar. Dann entschuldige bitte meine Neugier. Aber vielleicht meldest du dich ja doch noch einmal bei Emely. Miteinander reden wirkt oft wie ein Wunder.« Stille drang für einen Moment in den Vordergrund.

»Ich habe ja nicht mal mehr Emelys Telefonnummer. Und das ist auch gut so. Sollte sie wider Erwarten mich dennoch kontaktieren, versuche ich mit ihr zu reden. Versprochen.« Limo log bewusst.

»Danke. Dann vielleicht bis bald.«

»Ja, vielleicht. Ciao.« Limo beendete das Gespräch. Seine Miene verriet Nachdenklichkeit.

»Worüber grübelst du nach, Limo.«

»Emely war verschwunden.«

»*Die* Emely?«

Limo nickte stumm.

»Du glaubst an keinen Zufall?«

Limo nickte erneut stumm.

»Aber sie ist wieder da? Glaubst du, diese Wichser hatten ihre Hände im Spiel?«

Limo nickte unsicher. Scheinbar nicht in der Lage, das laut auszusprechen, was er dachte.

»Ich frage mich, wie weit diese Wichser bei Emely gehen würden?«

»Was sollen wir tun?«, versuchte Halil erneut Limo zu animieren. Schweigen! Limo bewegte sich zum Fenster und beobachtete die winzigen Eiskristalle am unteren Rand der Scheibe. Halil betrachtete den Deutschen stoisch.

»Fiona war nicht alleine.«

Endlich sprach Limo wieder. »Wer denn noch?«

Limo zuckte die Schultern. »Weiß nicht. Irgendetwas in mir …«, Limo unterbrach sich.

»Dieser Wichser? Oder die Cops?«, sprach Halil Limos Gedanken aus.

Abermals nickte Limo. »Denke schon.

»Und wenn ich jemanden dort vorbeischicke?«

»Hey, es ist Heiligabend.«

»Bedeutet dir das viel?«

»Eigentlich schon.«

»Und uneigentlich?«

»Auch.«

»Du wartest also ab?«

»Halil, ich weiß es nicht. Vielleicht ist deine Idee nicht verkehrt. Bevor wir deiner Idee aber eine Chance geben, sollten wir hier aus deiner Wohnung verschwinden. Besteht eine Möglichkeit, von hier zu verschwinden und gleichzeitig dieses Haus zu beobachten?«

»Natürlich. Mehrere. Jetzt gleich?«

»Sofort. Wenn mich meine Ahnung nicht trügt, sollte der Besuch nicht lange auf sich warten lassen.«

»Wir wurden also vermutlich geortet?«

»Mein Bauchgefühl irrt sich sehr selten. Wir sollten es herausfinden. Schnell.«

Sie packten rasch das Allernötigste zusammen und rannten die Treppe zum Ausgang hinunter.

»Halil, warte eine Sekunde. Mein Handy sollte ich besser in deiner Wohnung liegen lassen.«

Halil verstand auf Anhieb.

»Okay, dann gebe ich dir mein zweites Handy. Du musst erreichbar sein.«

Das leuchtete Limo ein. Umgehend schnappte der Türke Limos Handy, flog wie der geölte Blitz die Stufen rauf, legte es auf den Tisch im Wohnzimmer und griff schnell eines seiner betagten, aber noch funktionsfähigen Handys aus einer Schublade im Schlafzimmer. Limo hockte bereits wie auf heißen Kohlen neben seinem Sportwagen, als Halil aus der Tür spurtete.

»Fahr hinter mir her. Wir parken die Autos um«, schlug Halil vor.

»Gute Idee … oder ist es nicht doch sinnvoller, mein Handy einige Meter von deiner

Wohnung entfernt zu verstecken? Dich kennen sie ja noch nicht. Ist ja gut möglich, dass sie mich nur in einem bestimmten Umkreis geortet haben. Nicht unbedingt in deiner Wohnung.«

Halil zögerte keine Sekunde und raste erneut los. Völlig aus der Puste übergab er Limo beide Handys.

»Lass uns dein Handy in oder in der Nähe des Hauses verstecken, in dem Gökmen und seine Mutter liegen. Dann entdecken wenigstens die Cops die Leichen.«

»Super Idee. Sollen sie ruhig eine Verbindung zwischen Gökmen und mir herstellen. Das Handy in der Nähe verschwinden zu lassen gefällt mir besser. Dann jetzt nix wie weg hier!«

Sekunden später verließen nacheinander die beiden Fahrzeuge das Gelände. Auf dem Weg zum neuen Versteck entsorgte Limo sein Handy nur unwesentlich entfernt von Gökmens Wohnung quasi im Garten des Nachbarn. Einen 100-m-Sprint weiter stellten sie die Fahrzeuge in einem verlassenen Gehöft ab und rannten wie vom Teufel besessen zu einem Bekannten des Türken. Von dort konnten sie unauffällig das Geschehen nahezu der kompletten Straße überblicken. Limo schaute gebannt aus dem Fenster. Das Elternhaus von Gökmen und Galep lag in sichtbarer Entfernung. Murat stellte nicht eine einzige Frage, sah aber interessiert zu. Er gewährte Halil und Limo Unterschlupf so lange wie nötig. Limo hatte seine Sitzgelegenheit noch nicht annähernd warmgesessen, als drei zivile Fahrzeuge unmittelbar das Gebäude ansteuerten. Wie ein Schwarm aufgescheuchter Hornissen verstreuten sich blitzartig acht bis zehn Personen in alle Richtungen um das Haus. Nur eine Gestalt sicherte die Fahrzeuge mit gezogener Waffe. Limo erkannte Saskia Völker und Ron Steiger. Er nahm an, dass Steiger als Einsatzleiter fungierte.

»Also doch die Kripo. Schau dir das an. Die sind nicht gerade langsam«, sagte Limo.

»Doch nicht so dumm, wie sie im Fernsehen meistens dargestellt werden, was?« zollte Halil den Beamten Respekt.

»Hättest du nicht frühzeitig Lunte gerochen, wäre es das jetzt für uns gewesen.«

Limo nickte. Die Beamten befanden sich bereits über dreißig Minuten im Gebäude, als die ersten beiden ins Freie heraustraten und sich zu ihren Kollegen gesellten. Ron Steiger und Saskia Völker betraten als letzte den kleinen Anliegerparkplatz. Anhand der Mienen ahnte Limo, dass sie nicht das vorgefunden hatten, was sie sich erhofft hatten. Bis auf die erneute Ortung von Limos Handy waren die Polizisten leer ausgegangen. Steiger und Völker schauten sichtlich irritiert. Ein Kollege besorgte ihnen das Handy des gesuchten Mirco Langen. Nur einen Häuserblock weiter lag das Mobilgerät unauffällig auf einer leicht abschüssigen Böschung mitten auf der wintermüden Wiese. Damit erhärtete sich der Verdacht der Polizisten, dass Langen vermutlich selbst Verdacht geschöpft und aus Panik sein Handy weggeworfen hatte. Bald darauf erschien die Einheit der Spurensicherung. Während sie ihre Arbeit begannen, erhielt Steiger einen Anruf. Noch mit dem Handy am Ohr gab er das Kommando zum Abrücken. Er selbst setzte sich auf den Beifahrersitz und seine Kollegin sprang hinter das Steuer. Mit einer Hand setzte der Kommissar ein Blaulicht aufs Autodach und beide rauschten mit Martinsgeheul davon. Die Leichen von Gökmen und seiner Mutter blieben vorerst unentdeckt.

Limo saß auf einem zerschlissenen Sessel und fühlte sich nicht wohl in seiner Haut. Niedergeschlagen betrachtete er Murat und dessen Wohnung. In diesem Augenblick vermisste er das aufgeräumte und saubere Haus, in dem es nach Vanille geduftet hatte. Er vermisste Emely so sehr. Für einige flüchtige Momente schweifte er ab in die heile Welt, die er noch vor einigen Tagen glaubte erleben zu dürfen. Dann kam ihm ein Gedanke, der ihm einen Schub versetzte.

»Halil, kannst du mir einen großen Gefallen tun … ich meine noch einen!«

»Natürlich«, antwortete der.

»Ich habe eine Idee. Aber bevor wir die in die Tat umsetzen, fahre bitte bei Galep vorbei, und sieh nach, wie es ihm geht, okay?«

»Klaro, aber warum fährst du nicht mit? Er würde sich bestimmt riesig freuen.«

»Glaube mir, ich würde nichts lieber tun. Aber mit großer Wahrscheinlichkeit würden sich unangenehme Schatten an mich hängen. Sag Galep bitte noch nichts vom Tod seiner Mutter und von Gökmen. Ich befürchte, dass er …, naja … ich befürchte, er würde jegliche Ketten sprengen und sich ins Unglück stürzen. Okay?«

Halil überlegte. »Geht klar. Aber woher sollten die Cops wissen, wo du steckst?«

»Es ist nicht nur die Kripo, die uns am Hintern klebt. Viel schlimmer sind die Killer, die uns dicht auf den Fersen sind. Verstehst du, Halil? Vor diesen Typen müssen wir auf der Hut sein! Wenn sie uns zu fassen bekommen, werden sie uns abschlachten wie Viehzeug. Dieses Mal kamen ihnen die Polizisten zuvor, die uns orten konnten.«

Während Limo erzählte, staunte Murat nicht schlecht, doch er hielt sich wie ein unbedeutender Komparse lautlos im Hintergrund.

»… also ist es besser, wenn du hinfährst. Ich kümmere mich derweil um die andere Sache«, schlug Limo vor, nachdem er von seinem Plan berichtet hatte.

Bald darauf verabschiedete sich Limo und verließ das Versteck.

Limo fuhr jedoch zunächst zu einer Imbissbude. Trotz des Heiligen Abends war das Schnellrestaurant bis vierzehn Uhr geöffnet. Für eine doppelte Currywurst mit Pommes betrat er die Stube. Schon seit Stunden knurrte sein sträflich vernachlässigter Magen. Für eine Weile sollte der größte Hunger gestillt sein. Anschließend setzte Limo die Fahrt fort. Als er das Objekt der Begierde erreicht hatte, parkte er seinen Wagen einige Meter von der Villa entfernt, unauffällig zwischen den anderen Fahrzeugen. Rasch zauberte er eine Basecap hinter dem Sitz hervor und zog sie tief in die Stirn. Zusätzlich versteckte er Galeps Leihgabe hinter seinem Rücken in der Hose. Erleichtert und zugleich missmutig entdeckte er, dass das schwere und durch Kameras gut bewachte Eisentor leicht geöffnet ihn bereits höflich einlud, näher zu treten. Limo vergewisserte sich, angestachelt von Todesangst, dass sein Eindringen keinen Zeugen hatte. Limo war zu allem entschlossen. Vorsichtig schlich er ums Haus und suchte nach einem geeigneten Einstieg …

23

Das Navigationsgerät brachte Halil beinah an den Rand der Verzweiflung. Er hätte nie gedacht, dass er nicht in der Lage sein würde, in einem so kleinen, nicht mal sechseinhalb quadratkilometergroßen idyllischen Ort wie Brachbach eine einfache Straße zu finden. Immer wieder narrte ihn das Navigationsgerät. Mit nervender Beharrlichkeit lotste es ihn immer wieder in die falsche Straße. Bis zur Weißglut gereizt entschied er sich dafür, den nächstbesten Passanten anzusprechen, wenn sich ein Mensch vormittags am Heiligen Abend bei nasskaltem Wetter wider Erwarten vor die Tür wagte. Dann erblickte er an einer unscheinbaren Kreuzung in einem Gewirr von Schildern endlich den Namen der Straße, die er seit einer gefühlten Ewigkeit suchte. Glücklich bog er an der Kreuzung links ab und brauchte nun nur noch die Hausnummer zu finden. Wenigstens das erwies sich als sehr einfach. Halil fuhr nicht in die dicht bewachsene Einfahrt, sondern parkte unmittelbar neben dem Gehweg. Bevor er in Brachbach angekommen war, hatte er Limo über das gesundheitliche Befinden Galeps informiert. Erleichtert hatte Limo die Nachricht über die voranschreitende Gesundung seines Freundes vernommen. Aufgrund dieser Tatsache konnten Limo und Halil nun unbesorgt und konzentriert zur Sache gehen.

Der Türke tapste die nicht enden wollenden Treppenstufen bis hinauf zur Haustür. Mit einem Umschlag in der Hand klingelte er. Als habe jemand seinen Besuch bereits geahnt, öffnete eine attraktive dunkelhaarige Frau die Tür.

»Hallo, kann ich Ihnen helfen? Oder wollen Sie zu meinem Mann?« fragte die Frau vorsichtig mit wachen Augen.

»Entschuldigen Sie bitte, dass ich Sie an diesem Feiertag störe, bin ich hier richtig bei Frank Helmes?«

»Ja, da sind Sie richtig. Warten Sie bitte einen Moment, ich hole ihn.«

»Vielen Dank.«

Halil bedankte sich höflich. Einige Sekunden verstrichen, bis Frank die halboffene Haustür ganz aufschob.

»Ja, Sie wollten zu mir?«

»Ja. Bitte entschuldigen Sie, dass ich so hereinplatze. Aber Limo schickt mich. Ich soll Ihnen diesen Brief geben.«

Überrascht nahm Frank den Brief entgegen und riss ihn hastig auf.

»Bitte, kommen Sie doch erst einmal herein. Gehen wir vorne links ins Büro.«

Halil pflanzte seinen Hintern bequem auf einen schwarzen Ledersessel, während Frank auf einem gewöhnlichen Stuhl Platz nahm. Als er einige Zeilen hastig überflogen hatte, stieß Tine hinzu und fragte den jungen Türken, ob er durstig sei. Freundlich bat er um ein Glas Wasser. Als sie kurz darauf mit dem Glas in der Hand über die Türsachwelle trat, beendete Frank gerade die Lektüre.

»Das gibt es doch nicht! Können Sie mir sagen, wann Limo diese Zeilen geschrieben hat?«

»Nicht genau. Aber ich denke, vor wenigen Stunden.«

»Scheiße! Was für eine große Scheiße!«

Frank fluchte wild und gestikulierte unbeholfen mit den Armen. Tine erschrak. Ihr Mann konnte gewöhnlich seine Emotionen Fremden gegenüber verbergen. Sie fragte irritiert nach dem Inhalt des Briefes. Frank gab ihr den Brief und sie begann zu lesen ...

Währenddessen:

Limo blieb nichts anderes übrig, als an der Tür zu klopfen. Das Haus sah verlassen aus. Es gelang ihm nicht, eine Schwachstelle der Villa zu entdecken. Dann nahm er Kurs auf die Haustür, um sich über Kohlmeiers Anwesenheit in seinem privaten Refugium zu vergewissern. Zu gerne würde er erfahren, ob Maria tatsächlich den Mut aufbrachte, diesen Widerling zu verlassen. Er bog gerade um die letzte Hausecke, als er das Knattern eines alternden Dieselfahrzeugs vernahm. Limo schreckte zurück und verweilte gut versteckt hinter einer Insel mannshoher Kirschlorbeersträucher. Neugierig lugte er zwischen den Blättern hervor, als der reparaturbedürftige Sprinter vor dem Haus unsanft stoppte. Unwesentlich später stieg Maria in Begleitung eines breitschultrigen Hünen aus dem Wagen. Dem zornigen Blick des Burschen sollte sich besser kein Hindernis entgegenstellen. Durch den dunklen Teint wirkte die Muskelmasse bedrohlich. Maria schritt voran, der Riese klebte wie ein Schatten an ihr. Fest entschlossen öffnete sie mit dem Schlüssel die Tür. Noch bevor der kantige Bursche die Türe aufgestoßen hatte, fiel plötzlich ein Schuss. Panisch tauchte der muskulöse Typ ab und warf sich schützend auf Maria. Limo sah sich das Spektakel von der Seite aus an und bewunderte die Geistesgegenwart des Unbekannten. Hastig griff der Typ nach Maria und drängte sie seitlich von der Haustür weg. Keine fünf Meter trennten sie jetzt von Limo.

»Aris, das geht nicht gut. Ernst würde uns umbringen, wenn er könnte.«

»Schwesterherz, so schnell sterbe ich nicht«, antwortete Aris kriegerisch.

»Aber wie kommen wir denn nun rein? Vielleicht sollten wir besser die Polizei rufen?«

»Noch nicht. Erst wenn wir auch beim zweiten Versuch scheitern sollten.«

Limo hockte weiter regungslos hinter dem Busch und lauschte den Ansagen des griechischen Draufgängers. Ein Kerl, der Handeln als eine Lebensaufgabe begriff. »Psst ... Maria ... hier, hinter euch«, hauchte Limo kaum wahrnehmbar. Erschrocken wandte Maria sich um und erkannte den dunkelhaarigen RO-Trock-Mitarbeiter auf Anhieb. Aris schien nicht sonderlich schreckhaft zu sein. Limo legt den Zeigefinger auf die Lippen und winkte den beiden zu. Lautlos schlichen sie zu ihm.

»Mirco, was machen Sie hier?« fragte Maria hinter vorgehaltener Hand. Während Limo ihr seinen Plan in Kurzform darlegte, beobachtete Aris weiter den Eingangsbereich. Maria zeigte sich sichtlich geschockt über die stark abgekürzte Fassung seiner Geschichte. Als Limo sie nach dem Zweck ihrer Aktion befragte, erhielt er nur eine allzu verständliche Aussage. »Was mein ist, bleibt mein!« Dann wandte sich die attraktive Griechin ihrem Bruder zu und lotste ihn zum Sprinter. Zwei größere Sprünge vom Wagen entfernt rannten beide los, rissen die Türen auf und sprangen hinein. Aris startete den Wagen. Schon peitschte der nächste Schuss durch die Luft. Dieses Mal durchschlug das Projektil die Windschutzscheibe. Hektisch legte Aris den Rückwärtsgang ein und trat brachial auf das Gaspedal. Der Motor beschwerte sich mit einem heftigen Geräusch über die schonungslose Behandlung. Ernst Kohlmeier tauchte auf der Eingangsempore auf, legte an und traf erneut die Frontscheibe. Doch Aris steuerte geradewegs zum Tor. Kohlmeier hetzte den beiden wütend und mit hochrotem Kopf hinterher. Als der Sprinter das feudale Eisentor erreichte, stoppte Kohlmeier abrupt, legte an und feuerte abermals sinnlos ab. Als er erkannte, dass seine wütende Schießerei keinen Erfolg versprach, setzte er das Gewehr ab. Schrill stieß er in rudimentärer Fäkalsprache Flüche aus. Diesen günstigen Moment nutzte Limo aus. Er rannte, so schnell ihn seine Beine trugen, in die Villa und versteckte sich im Wohnzimmer. Wutschnaubend fuchtelte Kohlmeier draußen mit dem Gewehr herum. Maria und ihr Bruder waren mit viel Glück entkommen. Als Kohlmeier zurück ins Haus marschierte und die Tür hinter ihm ins Schloss krachte, bekam er nicht mit, wie Maria und ihr Bruder nur einige Häuserlängen weiter die Flucht unterbrachen. Ohne weitere Zeit zu verlieren stampfte er wie ein Poltergeist in den Wohnsaal. Er geiferte ungebremst weiter. Er lehnte das Gewehr aufrecht gegen einen Sessel und griff erneut in den Aperitif-Schrank, um sodann eine weitere halbvolle Flasche besten schottischen Whisky zu leeren. Limo riskierte immer wieder vorsichtig einen Blick und bemerkte den Frust seines Ex-Arbeitgebers. Innerhalb weniger Tagen war dieser miese, selbstgefällige Drecksack um zehn Jahre gealtert. Vor sich hin fluchend schenkte er sich ein weiteres Glas Whisky ein und stellte die Flasche auf den Tisch. Mit einem Zug leerte er das Glas und stieß einen langen Seufzer aus. Limo mühte sich lautlos auf und befand sich jetzt hinter ihm, nur einen Katzensprung von ihm entfernt. Noch erschien es Limo zu risikoreich, sich zu erkennen zu geben. Zu nah saß der Mann an seinem Gewehr. Obwohl der Alkohol sein Reaktionsvermögen bereits stark beeinträchtigt haben musste, traute er seinem Ex-Chef für keine fünf Cent. Auf Samtpfoten arbeitete er sich Zentimeter für Zentimeter an die Schusswaffe heran. Ahnungslos schenkte sich Kohlmeier erneut ein. Jetzt war Limo dicht genug heran gekommen. Er nutzte sofort die erste Gelegenheit und trat mit einem wuchtigen Kick gegen das Gewehr. Es sauste über den Parkettboden, bis es in einer gefahrlosen Entfernung liegen blieb. Kohlmeier erschrak. Hastig rammte er die Fäuste in den Sessel, stemmte sich auf und wollte, als er Limo erkannte, blind drauf los schlagen. Doch bevor er zum Schlag ansetzte, erkannte er, dass der Lauf einer Pistole auf ihn gerichtet war.

»Schönen guten Tag, Herr Kohlmeier. Sie trinken alleine?«

»Langen?« fragte Kohlmeier irritiert. Limo nahm seine Mütze ab.

»Genau. Mirco Langen. Hätten Sie nicht gedacht, was?«

»Was wollen Sie hier?«

»Zuschauen wie Sie sterben!«

Kohlmeiers gesunde Gesichtsfarbe wich einer Leichenblässe.

»Hast du sie nicht alle?«

»Wir haben euch im Sack. Alle! Nur Sie erleben die Gerichtsverhandlung nicht mehr mit.«

»Was habe ich denn verbrochen?«

»Sie kennen Galep?«

Kohlmeier blickte reumütig zu Limo auf.

»Da… das … ich meine … ich wollte sagen, das war ein Unfall«, stotterte er sichtlich nervös.

»Unfall?«

»Ich … ich bin erschrocken, als ich eine dunkle Gestalt hinter meiner Bürotür erblickt habe. Ich hatte eine verdammte Scheißangst. Ich hatte doch keine Ahnung, dass er sich dahinter versteckt hielt. Was hat er dort auch zu suchen gehabt? Ich griff nach dem Brieföffner, der auf dem Bürotisch lag und überraschte ihn wiederum. Lebt er denn?«

»Er lebt noch. Dafür wurden in der Nacht meine Eltern und später auch Galeps Bruder und Mutter umgebracht. Ihr verfluchten, stinkenden, verdammten Dreckschweine. Ihr steckt dahinter!«

»Nein. Nein, ganz bestimmt nicht. Wie du weißt, haben wir Betrügereien durchgeführt. Heftige Betrügereien. Aber mit Mord haben wir nichts zu tun!«

»Du verdammter verlogener Drecksack! Ich werde dich hier und jetzt abschlachten. Genau wie eure verdammten Killer das mit meiner Familie getan haben.«

Limo fauchte blind vor Wut. Als er Kohlmeiers irritierten Blick bemerkte, zögerte er einen Moment.

Limo fasste Kohlmeier am Kragen und drückte die Pistole an seine Stirn. »Verrate mir, wer die verfluchten Killer sind!«

»Es tut mir leid. Ich weiß es wirklich nicht. Es ging ausschließlich um Versicherungsbetrug. Aber doch nicht um Mord!« beteuerte Kohlmeier erneut. Limo lockerte etwas den Griff.

»Wer ist alles an den Schweinereien beteiligt?«

Daraufhin zuckte Kohlmeier resignierend mit den Schultern.

»Filippo und ich.«

»Filippo? Dario Filippo? Ihr beiden?«

»Ja.«

Limo holte aus und schlug ihm mit der flachen Hand auf die Nase. Das Blut schoss wie aus einem defekten Wasserhahn.

»Du verdammtes Schwein! Wir haben euch alle auf Band. In bester Qualität. Kaltmann, Filippo, seinen Bruder, dich, diesen abgewichsten Versicherungstypen, noch jemanden und den Neuen, Baldwin. Von wegen nur Filippo und du. Wie tief jeder mit drin hängt wird dann an anderer Stelle geklärt!«

Limo riss Kohlmeier herum, schob ihn vor sich her und suchte nach einem geeigneten Material zum Fesseln. In einer kleineren Kammer fand er ein breites Panzerklebeband. In diesem Augenblick jedoch unterschätzte er Kohlmeier, der sich geschickt befreite und Limo einen heftigen Faustschlag in den Magen versetzte. Für einen flüchtigen Moment verlor Limo die Kontrolle. Diesen günstigen Augenblick nutzte Kohlmeier. Er hechtete zum Gewehr, hob es auf, lud durch und schoss. Geistesgegenwärtig schmiss Limo sich hinter die Couch. Diese Pattsituation hatte Limo unbedingt vermeiden wollen. Er entdeckte die Rolle Klebeband. Kohlmeier rückte mit dem Gewehr im Anschlag näher auf ihn zu. Limo musste jetzt handeln, bevor es ihn erwischen würde. Er sprang hinter der Couch hervor, warf das Klebeband in Kohlmeiers Richtung und flog gleichzeitig mit einem artistischen Hechtsprung aus der direkten Schusslinie. Irritiert feuerte Kohlmeier ab. Das Projektil grub sich in die Wand. Kohlmeier war im Begriff neu anzulegen, als Limo kniend mehrfach zurückfeuerte. Eine Kugel erwischte Kohlmeier. Er verlor die Balance und schaffte es nicht mehr, das Gewehr zu halten. Als es auf den harten Holzboden aufschlug, sackte auch Kohlmeier zu Boden. Limo stand auf und entdeckte, dass er seinen Gegner entscheidend verwundet hatte.

»Warum nur, he? Warum mussten so viele Menschen sterben? Jetzt liegst du selbst da. Doch so schnell kratzt du nicht ab, mieser Schweinehund!«

Limo hatten den Satz kaum ausgesprochen, als Maria und Aris ins Haus stürzten.

»Ist er tot?« rief Maria mit gehetztem Atem.

»Nein, ist er nicht. Hatte euch eigentlich eher erwartet. Ruft bitte die Polizei und den Notarzt an, ich muss mich noch um jemand anderen kümmern.«

»Hartmut Kaltmann?« fragte Maria.

»Genau.«

»Weißt du, wo du ihn findest?«

»Nicht wirklich. Ich versuche es zunächst bei ihm zu Hause.«

»Versuch es bei Christoph Reich. Er gilt als Hauptansprechpartner der DASAN in den Abwicklungsvorgängen bei allen Versicherungsschäden. Ich bin mir ziemlich sicher, dass diese Kerle Bescheid wissen. Vermutlich planen die sogar eine Flucht. Wenn sie nicht schon längst über alle Berge sind. Mein treuer Ex-Ehemann steckte nämlich mit seinem Kopf tief im Hintern der Herren.« Marias Tonfall klang sarkastisch.

»Wo finde ich diesen Herrn Reich?«

»In der Maulstraße 14, irgendwo in Düsseldorf.«

»Ich danke dir. Ich denke, wir sehen uns bestimmt noch, ciao!«

Limo schloss Maria spontan in die Arme und drückte sie zum Abschied. Aris gab er die Hand und nickte ihm zu.

»Pass auf, auch diese Typen sind mit hoher Wahrscheinlichkeit bewaffnet!« rief Maria ihm noch zu. Limo drehte sich kurz um und nickte ihr zu. Dann hetzte er zu seinem Wagen und verließ den Ort in Richtung Autobahn.

Frank hatte seiner Frau das Schreiben übergeben und war enorm aufgewühlt. Er verstand Limo nun eher, ohne aber sein Vorgehen gutheißen zu können. Tine hörte gar nicht auf den Kopf zu schütteln. Sie hatte schon längst eine Vorahnung gehabt, dass ihr Onkel nicht der Saubermann war, der er in der Vergangenheit vorgab zu sein. Ähnlich wie Frank dachte sie daran, wie schwer es Limo gefallen sein musste, die Familie zu verlieren und niemanden zu haben, an den er sich hatte wenden können. Sicher wäre es klüger gewesen, die Polizei schon ganz zu Beginn mit einzubeziehen, doch Limo war eben ein sturer Hund. Genau diese Charaktereigenschaft hatte Limo in diese lebensbedrohliche Situation gebracht. Frank erfasste pfeilschnell, wie Limos Plan in etwa aussehen würde. Er wandte sich dem Türken zu.

»Wie ist dein Name?«

»Halil.«

»Gut. Kannst du mir sagen, Halil, wo Limo sich augenblicklich aufhält?«

Der Türke betrachtete den Polizisten skeptisch. Er schien sich nicht sicher, inwieweit er Frank Helmes trauen durfte. Als Limo ihm den Brief übergeben hatte, hatte er nichts davon erzählt, dass er Limos momentanen Aufenthaltsort verraten dürfe.

»Keine Angst, Halil. Wir müssen ihn finden, bevor er gefunden wird, verstehst du?«

Zögernd holte Halil tief Luft und gab sich schließlich einen Ruck.

»Er wollte den Kohlmeier aufsuchen. Kann sein, dass er noch dort ist.«

Frank sprang auf, nahm sein Telefon und rief Ron Steiger an. Binnen weniger Minuten lief eine Blitzfahndung an. Frank bedankte sich bei Halil und bot ihm an mitzukommen. Doch Halil lehnte ab. Abzutauchen erschien ihm jetzt ein besserer Ratgeber zu sein.

24

Emely schloss gequält die Augen. Die warmen Wassertropfen auf ihrer Haut besänftigten nur oberflächlich ihre Verstörtheit. Sie seifte ihren Körper ein. Mit einer Wurzelbürste versuchte sie ihre Beklemmung von der Haut zu schrubben. Während der reinigende Schaum die Haut hinunterglitt und im Siphon verschwand, meldete sich ihre innere Stimme. Sie verstand nicht, warum diese Gestalten sie heimsuchten, sie verletzten und demütigten. Schweren Herzens öffnete Emely ihre Augen. Sie war allein im Bad. Sie legte die Bürste beiseite und umarmte anschließend ihre eigenen Schultern, als sich ein Frösteln um sie legte. Nach einer kurzen Weile schloss Emely erneut die Augen und genoss mit bitteren Tränen den warmen Schauer. Plötzlich ließ sie ein undefinierbares Geräusch ihre Augen aufreißen. Mit beiden Händen wischte sie hektisch das Wasser aus dem Blickfeld. Doch die Tür blieb zu. Sie stellte das Wasser ab, kehrte ihren Rücken der Tür zu und griff nach dem Badetuch. Irritiert hörte sie nun ein lautes, unüberhörbares Poltern. Emely saß der Schrecken im Nacken. Vorsichtig, in winzigen Schritten, tapste sie näher zur Tür und lauschte angestrengt. Plötzlich krachte die Tür aus dem Schloss, sprang ihr entgegen und traf sie so heftig an Schulter und Stirn, dass sie weit zurückgeschleudert wurde. Noch im selben Wimpernschlag sah sie aus dem Augenwinkel einen Schatten näher kommen. Ein dumpfer Schlag gegen ihren Kopf folgte. Um sie herum verdunkelte sich alles …

Andrej legte sie sich auf dem Boden zurecht. Er drehte sie so, dass sie mit dem Rücken auf dem warmen Fliesenboden lag, spreizte ihre Schenkel weit auseinander und blickte auf ihre völlig entblößte Weiblichkeit. Liebend gern würde er ihr den Rest geben. Der Grund, warum er es nicht tat, lag allein in der Order begründet. Gemeinsam mit Kalli und Toy führte er den Job professionell durch. Sie erledigten einen Auftrag und hielten sich deshalb strikt an die Anweisungen.

»Alles klar bei dir da oben?« rief Kalli aus dem Untergeschoss.

»Alles klar. Mein Verdacht war unbegründet. Was machen wir jetzt mit der Kleinen? Soll ich sie jetzt erledigen?«

»Bring sie ins Untergeschoss.«

Andrejs Ständer erschlaffte binnen weniger Sekunden. Er packte Emely auf seine Schulter und ging nicht gerade zimperlich mit ihr um. Völlig nackt warf er sie auf das Sofa. Kalli reichte ihm Kabelbinder, die er im hinteren Keller gefunden hatte. Toy regte sich kaum. Er beobachtete wie gewöhnlich.

»Lass sie nicht so liegen, leg ihr wenigstens eine Decke über.«

»Die ist doch eh gleich hin«, maulte Andrej zurück.

»Ich weiß, dass du sie nur zu gern vögeln würdest. Ist aber nicht! Binde sie zusammen und Schluss!«

Kalli war kein besonders guter Kumpel wie Igor, dennoch folgte er der Anordnung. Da ertönte Kallis Handy. Toy verfolgte weiter das Geschehen. Andrej hasste dieses Verhalten des aufstrebenden Superkillers. Er sprach nur, wenn es unvermeidlich war. Doch selbst jetzt behagte Toys Blick Andrej nicht. Verachtung und Arroganz spiegelten sich darin.

Toy las wiederum in der Miene seines Kollegen, dass er nur darauf lauerte, ihm Schaden zuzufügen. Toy grinste gerissen.

»Shit, der schon wieder. Dem geht's bestimmt wieder nicht schnell genug.«

»Gy?« fragte Andrej, als er sich aus Toys Bann befreite.

»Nein, unserem Auftraggeber«, antwortete Kalli seinem Kumpan. »Hallo …?« rief er dann fragend ins Handy.

»Wie sieht's aus? Alles erledigt?« hörte er die künstlich klingende Stimme.

»Alles wie befohlen. Sie lebt. Noch!«

»Was soll das ‚noch' bedeuten. Gibt es Komplikationen?«

»Sie ist extrem sexy …«

»Lasst bloß eure Wichsgriffel von dieser Frau. Erst wenn ich es euch gestatte, könnt ihr mit ihr anstellen, was ihr wollt. Ist die Order unmissverständlich angekommen?«

»Sicher.«

»Okay, dann wartet dort auf weitere Anweisungen. Ich erwarte noch einen wichtigen Anruf. Es dürfte bald soweit sein …«

25

Endlich erreichte Frank Ron Steiger. Der gewitzte Kommissar war ziemlich schnell bei der Sache.

»Dann erzählen Sie mir mal, was Sie Schönes an diesem Vorweihnachtstag für mich haben!«

»Mirco Langen, von Freunden auch Limo genannt, ist unterwegs zu seinem ehemaligen Vorgesetzten Ernst Kohlmeier, wohnhaft in Siegen-Netphen, Adenauerallee 4. Limo vermutet, dass er derjenige ist, der die Fäden im Hintergrund zieht und die Morde angeordnet hat.«

»Scheiße, wir haben erst vor wenigen Minuten eine Meldung über eine Schießerei in Siegen erhalten …«

Frank hörte, wie der Kripobeamte im Hintergrund nach der Adresse der gemeldeten Schießerei fragte. Mit Schrecken nahm er die Informationen von Helmes zur Kenntnis.

»Hören Sie, Herr Helmes, meine Kollegin und ich setzen uns sofort in Bewegung. Unsere Kollegen müssten schon vor Ort sein. Vielen Dank erst einmal. Wir melden uns in Kürze bei Ihnen!«

»Gern geschehen. Einen Moment noch bitte, bevor Sie aufbrechen. Zusätzlich hat mir Limo versichert, dass er mir, sobald es ihm möglich wäre, umfangreiches Beweismaterial liefern würde. Sie wüssten, um welche Angelegenheit es sich handelt.«

»In der Tat. Hört sich sehr vielversprechend an. Er sollte auch lieber etwas Engagement uns gegenüber zeigen. Er ist nämlich heute Vormittag nicht bei uns erschienen. Ich hoffe für ihn, dass er das sehr gut begründen kann. Okay, Herr Helmes, es drückt. Wir müssen los!« Steiger verschwieg die Pleite des kürzlich durchgeführten Ortungsversuchs Limos.

»Viel Glück, bis später!« rutschte es Frank noch so eben über die Lippen, als sein Kollege auch schon auflegte. Zwei Minuten später rasten Steiger und Völker mit Blaulicht und Martinshorn zum Tatort. Dank der modernen Navigationstechnik benötigten sie keine zehn Minuten bis zu Kohlmeiers Traumareal. Als sie durch den riesigen Torbogen ins Hofinnere fuhren, standen bereits ein Streifenwagen und der Notarzt seitlich im Eingangsbereich. Die Kollegen der Kripo parkten einige Meter abseits gleich neben einem Sprinter, der seinen rostfreien Zeiten längst nachtrauerte. Mehrere uniformierte Beamte sicherten die Anlage. Steiger erhielt von einem der beiden die Info, dass die Kollegen und der Notarzt um das Leben von Kohlmeier kämpften. Steiger staunte nicht schlecht, als er unmittelbar im Eingang stand. Alleine die Eingangshalle der Villa umfasste die Ausmaße seiner eigenen Behausung. Als Saskia Völker die rechte Seite der Villa begutachtete, erkannte sie auch schon einen ihrer Kollegen.

»Hallo, Saskia.«

»Grüß dich, Arno«, entgegnete Saskia höflich und reichte ihm ihre Hand.

»Kannst du mir schon etwas mitteilen?«

»In der Tat. Es gab eine wüste Schießerei. Vermutlich einseitig. Bisher fanden wir nur eine Sorte von Patronenhülsen. Soweit die Jungs der Spusi feststellen konnten, stammen die Hülsen aus einem schwerkalibrigen Jagdgewehr. Hersteller: STEYR MANNLICHER. Ein Magnum-Kaliber 1175mm. Bitte komm doch mit. Drüben sind die Frau des Schwerverletzten und ihr Bruder. Es sieht nach einem Rachefeldzug aus. Aber du kannst sie gerne selbst befragen. Sie verhalten sich merkwürdigerweise gar nicht wie unter Schock. Eher umgekehrt.«

»Umgekehrt?«

»Ja, es kommt mir so vor, als ob sie froh wären, dass dieser Kohlmeier um sein Leben kämpft.«

Interessiert musterte Saskia Völker Frau Kohlmeier und deren Bruder. Sie wirkten wirklich nicht sonderlich betroffen. Arno Boll stellte die Beteiligten einander vor und überließ der Kommissarin die Initiative. Ohne Zögern gaben Maria und Aris Auskunft auf ihre Fragen. Währenddessen kümmerte sich Steiger um Kohlmeier. Eine Befragung in dieser lebensbedrohlichen Situation zog er nicht in Betracht. Seine Kollegin wandte sich nach der Befragung ihrem Partner zu und informierte ihn. Während sie erzählte, beobachtete Steiger die beiden Angehörigen. Irgendwie hatte er nicht das Gefühl, dass die beiden intensiver in die Sache verstrickt waren. Er trat bedächtig an sie heran. Sie hielten sich nach wie vor einige Meter abseits des Geschehens auf. Steiger stellte sich vor und befragte sie noch einmal. Er verglich die Aussagen, stellte jedoch kaum Abweichungen fest. Er befragte die beiden nun intensiver und ging tiefer ins Detail. Doch auch dem Druck der forschen Befragung hielten sie stand. Steiger erhielt nur besonnene und klare Aussagen. Zudem führte Frau Kohlmeier ihn zum Sprinter. Sie öffnete die Beifahrertür und übergab ihm einen Umschlag. Während er emotionslos ein Foto nach dem anderen anschaute, berichtete die attraktive Griechin auch von der Existenz abartiger Orgien im Netz. Grund genug, ihren Mann umzubringen, hätte sie schon. Doch nach einer Weile stellte Ron diesen Gedanken hinten an. Er schenkte Maria und ihrem Bruder Glauben, dass Mirco Langen Kohlmeier diese Verletzungen zugefügt hatte. Wie und warum, und wer wen attackiert hatte, würden sie sicher noch ermitteln können. Nach Rücksprache mit ihrem Chef leitete die Kommissarin offiziell die Fahndung nach Mirco Langen ein. Er sollte den nahen Atem der staatlichen Rechtsorgane spüren …

Vorschriftsmäßig befuhr Limo die Autobahn und spürte, wie seine schweißfeuchten Hände den gewohnten Gripp auf dem Lederlenkrad suchten. Laut Navigationsgerät würden es keine acht Kilometer mehr bis zum Ziel sein. Plötzlich schwebte ein Geschöpf unwirklich wie eine Undine aus dem Nebel empor und trübte Limos Wahrnehmung. Dann erkannte er Emely. Ging es ihr gut? War sie in Sicherheit? Nur noch drei Kilometer bis zum Ziel. Der Gedanke an die Gegenwart zerfetzte die geisterhafte Erscheinung.

Wenn Maria die Wahrheit gesagt hatte, mussten Hartmut Kaltmann und seine Kumpane sich ganz in der Nähe der Autobahnabfahrt Düsseldorf/Erkrath aufhalten. Hoch konzentriert lenkte Limo seinen Wagen, griff nach Halils Ersatzhandy und tippte rasch eine Zahlenfolge ein. Der Anruf stieß auf keinen Abnehmer. Limo ließ eine Zeitlang seine Gedanken arbeiten. Er versuchte es erneut. Er wartete jetzt geduldiger. Plötzlich meldete sich die Mail-Box. Limo schluckte.

»Bitte sprechen Sie jetzt ihren Text …«, forderte die weibliche Stimme auf.

»Ähm. Entschuldige bitte, Emely. Ich bin's, Mirco. Sorry, wenn ich mich so melde. Aber ich wollte dir und deiner Familie eine schöne Weihnachtszeit wünschen. Vielleicht sieht man sich ja doch mal irgendwann. Ich würde mich freuen. Ich würde dir dann gerne mein seltsames Verhalten erklären. Naja, nur wenn du noch möchtest. Tschüss, mach's gut.«

Kalli hielt der attraktiven Blondine ihr Handy vor die Nase.

»Du kennst die Nummer?«

Eingeschüchtert ahnte sie den Anrufer. »Ich bin mir nicht sicher.«

»Was? Ja oder nein.« Emely zuckte mit den Schultern und schüttelte gleichzeitig irritiert den Kopf.

»Gut, dann hör dir den Text auf der Mailbox an.« Kalli drückte auf die Wiederholungstaste und hielt das Mobilgerät an Emelys Ohr.

»Na, immer noch unsicher?«

»Nein. Das war Limo.«

»Schön. Und Limo ist Mirco Langen, richtig?«

Emely nickte ängstlich. Jetzt begriff sie. Ihre lebensbedrohliche Situation verdankte sie vermutlich Limo. Tränen quollen in Emelys Augen. Sie spürte, dass dies das letzte Mal gewesen sein könnte, dass sie Mircos Stimme hörte. Vermutlich würde sie niemals erfahren, wie er sich selbst und Unbeteiligte in diese verhängnisvolle Begebenheit hinein manövriert hatte. Kalli war schlau genug, auf das Display zu achten. Ohne zu zögern informierte er den Auftraggeber über die neue Nummer des begehrten Objekts. Nach dem knappen Telefonat schritt Kalli gemächlich zu der attraktiven Blondine hinüber und setzte sich neben sie auf das Sofa.

»Du hast es bald überstanden. Verhalte dich ruhig. Wenn dein Freund das tut, was man von ihm verlangt, wird es keine Toten geben. Nicht mehr.«

Emelys sonst so fröhliche, meereslagunenleuchtende Augen verkrochen sich ängstlich in ihren Höhlen. Sie zitterte am ganzen Leib. Sie ging zunächst mit keiner einzigen Silbe auf die Aussage des Osteuropäers ein. Doch als dieser finstere Typ ihrem Blick standhielt, nahm sie einen mutigen Atemzug.

»Was habt ihr mit ihm vor?«

»Wart's ab Süße, wart's ab. Bald schließt sich der Kreis …«

26

Limo bog in die Maulstraße ein. Er parkte umsichtig den Sportwagen unmittelbar hinter einer Bushaltestelle. Die restlichen Meter setzte er zu Fuß fort. Sein Zielobjekt war von einem über drei Meter hohen Wall aus Bruchsteinen umgeben. Gleich dahinter ragte ein uralter Baumbestand aus Ahorn und Buchen empor. Sie wirkten wie ein zusätzliches Schutzschild um das rustikale Gemäuer. Nervös und dennoch entschlossen erreichte Limo ein verschlossenes Tor. Limo lächelte verkniffen. Er hatte schon Kohlmeier Respekt für dessen Domizil gezollt. Doch dieses Anwesen übertraf in seiner optischen Extravaganz alle Erwartungen. Vogelgezwitscher untermalte die tiefe, wohltuende Ruhe, die das Schlösschen ausstrahlte. Limo hingegen verspürte ein Unbehagen in der Magengegend. Was würde ihn erwarten? Wen und wie viele Gestalten würde er gleich zu Gesicht bekommen? Waren sie bewaffnet? Wenn ja, wovon er im Grunde genommen ausging, mit was für Waffen würde er sich messen müssen? Hätte er überhaupt eine Chance? Und wäre jetzt nicht der geeignete – der allerletzte – Zeitpunkt, die Polizei mit einzubeziehen und einfach auf sie warten? Fragen dieser Art schüttelte er locker aus dem Ärmel. Nur die nötigen Antworten darauf verkrochen sich unauffindbar. Je schneller die Zeit verstrich, desto mehr vernebelte sein Angstgefühl den klaren Verstand. Er umlief das komplette Areal. Am Haupttor wieder angekommen rüttelte er an dem messingfarbenen Eisengestänge. Plötzlich durchbrach ein Gebell die Ruhe in unmittelbarer Nähe. Durch die Geräusche am Tor hatte er offenbar die Aufmerksamkeit der Hunde des Eigentümers geweckt. Limo betrachtete er den Innenhof und sah, wie drei Mordsköter zum Tor hetzten und daran hochsprangen. Limo wich beeindruckt ein stückweit vom Tor zurück. Nachdem er den ersten Schrecken überwunden hatte, vernahm er eine blasierte Männerstimme.

»Ares, Cautjo, Zeus … bei Fuß!«

Die Vierbeiner hockten sich noch in derselben Sekunde auf die Hinterläufe und warteten geduldig, bis ein hagerer Herr die Pforte erreicht hatte. Die wachsamen Hüter ließen weiterhin den fremden Besucher nicht aus den Augen. Als der Mann elegant näher zum Tor schritt, erkannte Limo ein faltenreiches, kränklich wirkendes Gesicht. Seine Augen sahen aus wie unstete Geister. Das blonde lange Haar, das er zu einem Zopf zusammengebunden hatte, wirkte wie aus einer Zeit, als die sexuelle Revolution auf dem Höhepunkt kochte. Seine schwarze Kleidung hingegen strahlte Seriosität aus. Der Mann musterte Limo von den Haarspitzen bis hinunter zu den Schuhsohlen.

»Meine Hunde mögen Sie offensichtlich nicht. Darf ich fragen, wer Sie sind und was Ihr Anliegen ist?«

Limo verkniff sich ein Grinsen, als seine Ohren diesen hohen, näselnden, beinah tuntig klingenden Tonfall vernahmen. Doch in Anbetracht des ernsten Hintergrunds seines Besuches lächelte er sanft.

»Es ist mir unangenehm, dass ich störe. Aber ich bin fremd hier in der Gegend und suche nach einem netten Anwesen, das ich käuflich erwerben könnte. Als ich an diesen hohen Mauern vorbeischlenderte, dachte ich mir, wer wohl in diesem phantastischen

Anwesen residiert? Ich wollte gerade läuten, als mich Ihre Hunde erschreckt haben«, log Limo.

»Sie meinen, Sie möchten ein solches Anwesen erwerben wie das hier?«

»Oh nein! Bitte verstehen Sie mich nicht falsch. Ich bin zwar nicht gerade arm, aber für ein Anwesen dieser Kategorie fehlt mir dann doch das notwendige Kleingeld.« Limo lächelte verschmitzt. »Mich faszinierte nur der Gedanke, wer wohl darin leben mag? Mit welch edlem Mobiliar wohl die Räumlichkeiten ausgestattet sein mögen?«, log Limo weiter.

»Sie würden also gerne einen Blick hineinwerfen?«

»Sehr gerne sogar. Wenn man schon nicht darin leben kann, so wäre es doch ein Traum, ein solches Anwesen einmal mit eigenen Augen sehen zu dürfen. Vielleicht inspiriert mich ja das ein oder andere Detail.«

»Darf ich fragen, wie Ihr werter Name ist?«

»Oh, entschuldigen Sie, mein Name ist Samuel Arno«, log Limo weiter.

»Dann kommen Sie herein. Einen kleinen Rundgang gewähre ich Ihnen gerne.«

Obwohl der Herr seinen Namen nicht verriet und Limos zum Gruß ausgestreckte Hand ignorierte, führte er ihn zur Villa, die Kohlmeiers Prunk-Cottage zu einer ärmlichen Stallunterkunft degradierte.

»Bitte nach Ihnen.«

Was Limo dann zu sehen bekam, dafür gab es keine treffenden Adjektive in seinem Wortschatz. Nun musste er eine Gelegenheit finden, um eine Brücke zu dem wahren Beweggrund seines Besuchs zu schlagen.

»Bewohnen Sie dieses unglaubliche … Schloss ganz alleine?« fragte Limo ehrfürchtig. Der Hausherr runzelte die Stirn.

»Nicht ganz. Mein langjähriger Geschäftspartner lebt ebenfalls in diesem … Schloss, wie Sie es so schön formuliert haben.«

Die Hunde hockten währenddessen auf ihrem Geläuf und beobachteten, jederzeit zum Sprung bereit, jede noch so flüchtige Geste Limos. Nichts deutete auf einen momentanen Aufenthalt Kaltmanns hin. Wenn Kaltmann und dieser Christoph Reich nicht hier waren, wo steckten sie dann? Würden sie eventuell zurück erwartet?

»Bitte verstehen Sie mich nicht falsch, aber wenn man so viel Geld verdient wie Sie: Könnten Sie mir einen Tipp geben, wie man so reich werden kann?«

Für einen Moment schloss der schrullige Typ die Augen und schwieg sekundenlang. Hatte dieser Kautz Limos Lügen durchschaut?

»Ich glaube, da müssten Sie meinen Partner fragen. Er ist der Schöpfer, Initiator und zugleich Hauptinvestor dieser Immobilie. Der Macher sozusagen.« Seine Worte klangen selbstkritisch. Voller Verletzbarkeit und Ironie.

Er verdrehte das Handgelenk, warf einen prüfenden Blick auf seine historische Panerai Radiomir 1940 und lächelte Limo schmallippig zu.

»Nun, es ist jeden Augenblick fünfzehn Uhr. Wenn Sie noch auf einen Kaffee Zeit hätten, könnten Sie ihn gleich selbst fragen. Eigentlich müsste er schon zurück sein. Soweit ich weiß, war er zum Essen verabredet. Also, wenn Sie warten möchten …?«

Limo atmete tief durch. Auf einen Satz wie diesen hatte er gehofft. Dankend nahm er das Angebot des betagten Herrn an. Nun saß er ehrfürchtig an einem erlesenen Salontisch aus dem Spätbarock und wartete auf den Kaffee. Limo führte sich vor Augen, dass er baldmöglichst seine Fassade fallen lassen musste. Limos Unruhe stieg stetig an. Als der Herr mit dem Tablett an den Tisch herantrat und die zwei Tassen samt dem passenden Unterteller auf dem Tisch platzierte, schlug die Stimmung schlagartig um. Limo fokussierte sich auf den Sinn seines Besuchs.

»Hören Sie, Herr ..., ich kenne Ihren Partner. Ach so, bevor ich weiter rede, wären Sie so gütig und bringen Ihre vierbeinigen Freunde in sicheren Gewahrsam?«

Die hagere Gestalt schaute völlig verdutzt aus der Wäsche.

»Und wenn ich Ihrer Bitte nicht nachkommen sollte?« fragte er herausfordernd.

»Dann sorge ich persönlich dafür, dass Ares, Cautjo und Zeus mir nicht gefährlich werden können.«

Limo legte seine Pistole auf den Tisch und ließ seine Hand darauf ruhen.

»Wer sind Sie wirklich?«

»Das spielt keine Rolle. Sagen wir, ich könnte eventuell dafür sorgen, dass Sie in naher Zukunft etwas sparsamer leben müssten.«

Zornig vernahm der Herr Limos Drohung. Dann schaute er zu den Hunden und begab sich zu ihnen. Limo folgte ihm aus sicherer Entfernung. Die Hunde führte er zu einem Zwinger in der Größe eines Einfamilienhauses. Bald darauf marschierten sie durch das Haupthaus zurück zum Kaffeetisch.

»Was hat Ihnen mein Partner angetan?« fragte der Herr mit Gelassenheit.

Limo studierte die Mimik seines Gegenübers. Die Augen des betagten Mannes betrachteten ihn argwöhnisch. Er schien eindeutig der talentiertere Pokerspieler zu sein. »Ihr Partner vermutlich nur indirekt. Eher dessen Partner, der ehrenwerte Herr Kaltmann«, antwortete Limo sarkastisch.

»So arg, dass Sie mich mit einer Waffe bedrohen müssen?«

»Stellen Sie sich vor, Sie hätten Ihre Eltern, Geschwister und einige sehr gute Freunde innerhalb kürzester Zeit auf die brutalste Weise verloren, wie würden Sie reagieren?«

»Mit verloren meinen Sie getötet ..., ermordet?«

Er bemerkte, dass die Augen des Fremden mit dem angeblichen Namen Samuel Arno glasig glänzten. Er ahnte, dass er einen wunden Punkt getroffen hatte.

»Aber damit habe ich nichts zu tun.«

»Das glaube ich Ihnen sogar. Dennoch muss ich extrem vorsichtig sein.«

Plötzlich schaute der Herr zur Tür. Limo folgte seinem Blick nicht. Er vermutete eine Ablenkung.

»Ich glaube, Sie können Ihren Plan in wenigen Minuten fortführen. Wenn Sie gestatten, ich bin mir sicher, dass die Herren Ihrer Begierde gerade vorgefahren sind.«

Er forderte Limo auf, ihm zu folgen. Limo ließ ihn mit der Pistole in der Hand gewähren. Auf einen Knopfdruck senkte sich ein komfortabler Bildschirm vor die Wand. Die Überwachungskameras übermittelten die Besucher. Hartmut Kaltmann und sein Versicherungslakai näherten sich dem Eingang. Die Nervosität stieg in Limo explosionsartig an. Dem Hausherrn entging die Unsicherheit des Fremden nicht. Er spürte eine Art Mitleid für diesen Samuel und schenkte dessen Worten Glauben.

»In zwei Minuten werden sie hier sein. Was werden Sie nun unternehmen?«

Limo blickte ihn stirnrunzelnd an.

»Bitte setzen Sie sich an den Tisch. Ich empfange sie hier.«

Freiwillig kehrte der Herr zum Tisch und hockte sich gelassen hin. Dieses abgeklärte und disziplinierte Verhalten irritierte Limo. Es kam ihm beinah so vor, als sei der Herr auf seiner Seite …

Limo ging auf Nummer sicher und verschanzte sich hinter einem tonnenschweren bordeauxfarbenen Vorhang in einer Ecke des Saals. Mit höchster Konzentration richtete Limo die Pistole genau auf den Kopf des Herrn. Selbst in dieser prekären Situation blieb der Mann mit dem Ledergesicht cool. Limo zuckte zusammen, als er eine Tür zuschlagen hörte. Gebannt drehte er seinen Kopf ein wenig zur Seite. Seine Aufmerksamkeit galt der Richtung, aus der er den Knall zu hören glaubte. Eine Gestalt schob die Tür auf. Die Schuhabsätze hallten durch die unvergleichliche Wohnhalle.

»Hallo, Gottfried, da sind wir wieder.«

»Hallo. Ich hoffe, die Küche war hervorragend?«

»Wie immer, Gottfried, wie immer.«

»Freut mich.«

»Ist was?« fragte Christoph Reich, ein Typ in weißem Hemd mit gelockerter Krawatte. Das Verhalten seines Partners erschien ihm merkwürdig. Das Sakko zur passenden Anzughose lässig über eine Schulter geworfen stand er vor seinem Mitbewohner.

»Nichts. Nicht im Geringsten…«

»Na dann …«, antwortete Reich. Reich wandte sich gerade zu seinem Gast um. Abfällig verdrehte er die Augen.

»… nur die Tatsache, dass jemand mit einer Pistole auf meinen Kopf zielt, verschafft mir ein wenig Unbehagen.«

Über diese trockene Aussage lachte Christoph Reich. Nur Kaltmann, der etwas entfernt stand, nahm die Worte des alten Mannes nicht auf die leichte Schulter. Er schaute nervös um sich. »Es wäre schön, wenn ich mitlachen könnte …« Kaltmann schwieg abrupt. Sein Blick verriet seinem Compagnon unerwarteten Besuch.

Limo trat einige Schritte hervor und zielte nun auf die beiden Betrüger.

»Mirco?« rief Hartmut Kaltmann erstaunt. »Mirco Langen«, wiederholte er ungläubig.

»Schön, dass Sie mich noch erkennen. Ich wünsche einen schönen Tag gehabt zu haben. Nur wird dieser besinnliche Heiligabend nicht sonderlich erfreulich enden. Nicht für euch beiden Drecksäcke.«

Limo näherte sich ihnen bis auf wenige Schritte.

»Du kennst diesen Mann?« fragte Gottfried, der mit Nachnamen Edgars hieß.

»Ein Mitarbeiter meiner Firma.«

»Ex-Mitarbeiter«, warf Limo ein.

»Wieso Ex-Mitarbeiter?« fragte Kaltmann irritiert. Noch ein begeisterter Pokerspieler.

»Netter Versuch. Doch den dummen August kaufe ich dir nicht ab. Aber das spielt auch keine Rolle mehr. Bevor ich euch auffliegen lasse, würde ich gerne wissen, warum nahezu meine komplette Familie und meine Freunde umgebracht werden mussten? Was sollte mich verdammt noch mal daran hindern, Gleiches mit Gleichem zu vergelten?«

»Was meinst du mit *umgebracht werden mussten*? Hast du sie nicht alle? Wäre sehr aufmerksam, wenn du uns mal erklären könntest, was genau hier los ist?« forderte ihn sein Ex-Geldgeber auf.

»Ihr seid am Arsch. Mein Kollege ist genau in dieser Minute bei der Polizei und übergibt Unterlagen, die beweisen, welche Schweinereien in der Firma abgelaufen sind. Stichwort ‚Versicherungsbetrug'. Wir sind im Besitz von Beweismaterial über Deals, die weit in die zweistelligen Millionen gehen. Zudem noch über einige andere Gaunereien. Dies alles zusammen bedeutet für euch Knast, und das nicht zu knapp. Und sollte euch nachgewiesen werden, dass ihr für die Morde verantwortlich seid …«, Limos Stimme klang belegt. »Wenn ihr jetzt keinen Scheiß mit mir versucht und mich nach drüben zum Zwinger begleitet sehe ich mich nicht dazu berufen, euch beide jetzt und hier zu erledigen. Wenn ihr über einen geringen Restverstand verfügt, warten wir gemeinsam auf die Bullen.«

Irritiert und interessiert schaute Gottfried dem Treiben zu. Kaltmann begann laut zu lachen. Wie aus dem Nichts zog Reich eine Pistole unter dem Sakko hervor und eröffnete ohne Vorwarnung das Feuer. Limo reagierte. Aus der Hocke heraus setzte er blitzartig zu einem Sprung an, und rollte geschmeidig aus der Schusslinie. Nun folgte Kaltmann seinem Kumpel und zog ebenfalls eine Schusswaffe hinter dem Rücken hervor. Gottfried schien in der Tat nicht die leiseste Ahnung von allem zu haben. Mit großen und erschrockenen Augen starrte er seinen Partner an. Er zuckte nicht, suchte keinen Schutz, er hockte einfach nur auf dem Stuhl.

»Was glotzt du so affig? Was glaubst du denn, woher die Knete kommt?«

»Aber … ich meine …, von welchen Morden spricht dieser Mann?«

»Bleib unten und geh mir nicht auf den Sack. Wir haben niemanden getötet. Der Vollarsch redet nur dämlichen Mist.«

»Das sagt mir jemand mit einer gezogenen Waffe in der Hand. Wieso überzeugt mich jetzt deine Aussage nicht.«

»Halt jetzt besser deine dämliche Fresse, alter Mann. Du wohnst nur aus einem Grund in meinem Reich. Also halt dich aus meinen Angelegenheiten raus, wenn du dir was aus deinen wenigen Tagen machst, die dir noch bleiben.«

Limo beobachtete, flach auf dem Boden liegend, wie Christoph Reich in der Nähe des langen Vorhangs entlangschlich. Links von ihm musste irgendwo Kaltmann seine vertrackte Situation verdauen. Und im Zentrum der Kontrahenten hockte Gottfried Edgars unter dem Tisch, hilflos wie ein Schaf kurz vor der Schlachtung. Souveränität und Beherrschtheit waren längst aus seiner Miene gewichen.

»Tja, sieht wohl für dein Vorhaben scheiße aus, Langen, was?« Limo antwortete Reich nicht. Er belauerte seinen Gegner. Nur Kaltmann blieb unsichtbar. Irgendetwas musste Limo nun unternehmen. Ohne Risiko würde er nicht aus dem Anwesen flüchten können. Limo überlegte, diesem Versicherungstypen in den Arm zu schießen. Vielleicht würde er ihn treffen. Hastig warf Limo seinen Kopf umher. Plötzlich vermittelte ihm der Zufall eine mögliche Lösung. Die Schuhspitzen des Versicherungsmaklers drangen in sein Blickfeld. Instinktiv visierte Limo die Unterschenkel des Verbrechers einige Zentimeter höher. Drei Projektile peitschten rasch hintereinander zwischen den Tisch- und Stuhlbeinen hindurch. Mindestens eines der Projektile traf Reich wenige Zentimeter unter der Kniescheibe. Ein schriller Schrei folgte und im gleichen Atemzug, während er zu Boden stürzte, begann der Getroffene unbeherrscht die Richtung, aus der die Schüsse vermutlich kamen, in Beschuss zu nehmen. Mit hasszerfressenen Gesichtszügen drückte er weiter ab, bis auch die letzte Kugel das Ziel verfehlte. Hoch konzentriert lauerte Limo auf die Gunst des perfekten Moments. Erneut erspähte er den Verbrecher. Jetzt auf dem Boden liegend. Gnadenlos drückte Limo ab und traf sein Ziel erneut. Reich schrie um sein Leben. Kaltmann nutzte derweilen die Verwirrung und gelangte bis auf einen Katzensprung an den Ausgang heran. Limo entging dieser Fluchtversuch nicht und er versuchte Kaltmann auf der entgegengesetzten Seite intensiv zu bedrängen. Bevor Kaltmann aus der Tür zu entwischen drohte, schoss Limo zweimal blind in die Richtung seines Ex-Arbeitgebers. Die Versuche schlugen fehl. Neben einer Vitrine warf Kaltmann sich Schutz suchend zu Boden und registrierte den heranfliegenden Schatten. Noch bevor Kaltmann eine Chance erhielt, durchzuschnaufen, baute sich die athletische Gestalt vor ihm auf. Während Limos eine Hand das Handgelenk Kaltmanns erwischte und ihn an dem Faustschlag hinderte, setzte die andere Hand pfeilschnell zum Gegenschlag an. Eine krachende Ohrfeige folgte. Die Pistole Kaltmanns schleuderte durch die Wucht unkontrolliert durch die Luft. Der Schmerz in Kaltmanns Bizeps ließ den Arm baumeln. Kaltmann krachte mit dem Gesicht unsanft auf den Boden, bevor sein Körper unkontrolliert folgte. Mit unvorstellbarer Schnelligkeit vollzog Limo drei, vier Sätze, schleuderte seinen Ex-Chef mühelos auf den Rücken und drosch wütend auf ihn ein. Gnadenlos und hasszerfressen! Das Geräusch der schallenden Ohrfeigen hörte Gottfried noch am anderen Ende der Halle. Mit beiden Händen riss er Kaltmann dann am Kragen in die Aufrechte, bevor er einen hektischen Anlauf nahm und sein längst unterlegenes Opfer mit einem brachialen Kick zur Brust erneut zu Boden beförderte. Geschmeidig wie eine Raubkatze setzte Limo nach. Erneut schlug er sein Opfer mit der offenen Handfläche ins Gesicht. Limo entwickelte jetzt eine unglaubliche Kraft und ging dazu über, diesen Bastard mit harten Faustschlägen zu traktieren. Erst als Blut aus mehreren Körperöffnungen quoll, beendete Limo die Demütigung seines Opfers. Limo versuchte mit mäßigem Erfolg, den Widerling aufrecht zu stellen. Sein Körper wankte unkontrolliert, bis die Knie nachgaben und wegknickten wie verfaulte Hölzer. Blut lief über sein Gesicht. Jetzt war Limos Blick auf Kaltmann fixiert. Sein Blick füllte sich mit Leben und er begann langsam zu begreifen. Das, was von Kaltmanns Augen noch zu erahnen war, war gefüllt mit Angst und Schrecken. Gottfried hockte noch unter dem Tisch und sah, wie Limos wirrer Blick durch den Saal wanderte, wie er die Blutflecken auf dem Boden, die umgestürzten Stühle und zuletzt sein wankendes Opfer in sich aufnahm. In jede Sekunder, die Limo diesem Drecksack seine Aufmerksamkeit schenkte, schäumte und wuchs seine Wut. Er blähte verächtlich beide Nasenflügel, ballte ein letztes Mal die Fäuste, als er mit ansah, wie Kaltmann sich irgendwie auf die Füße aufrappelte. Gnadenlos hetzte Limo mit voller Wucht zum finalen Akt auf sein Opfer zu. Kaltmann sah einen gigantischen Schatten auf sich zustürzen. Ein brachialer Kick traf seitlich seinen Kopf. Mit dem Gefühl, als habe jetzt die letzte Stunde geschlagen, sackte Kaltmann mehr tot als lebend zu Boden. Limo landete souverän auf seinen Füßen. Kaltmanns Leib zuckte. Limo begann durch den Adrenalinausstoß selbst zu zittern. Dann warf er hektisch seinen Kopf nach links und rechts und erkannte zunächst unscharf eine Gestalt vor sich. Limo schloss für einen langen Atemzug die Augen. Als er seine Sinne auf ein erträgliches Maß besänftigt hatte öffnete er wieder die Augen. Er erkannte, dass Gottfried die Pistole seines Partners aufgehoben hatte. Nackte Angst erfüllte Limo. Er hatte gehofft, keinen Fehler zu begehen. Nun war es ihm doch passiert. Im Hintergrund winselte Reich laut: »… erschieß dieses verfluchte Schwein. Mach ihn fertig!«

Gottfried stand ruhig und besonnen vor Limo.

»Du solltest nun gehen … Mirco, richtig?«

»Ja. Es tut mir leid, dass ich …«

»Ist schon gut. Ich habe nicht geahnt, dass mein Partner ein so widerlicher Mensch ist.«

Selbst in diesem Moment bewies dieser kränklich wirkende Mann Stil. Limo beneidete ihn um diese Gabe.

»Aber ich wollte …, sie sollten im Knast verrecken.« Gottfrieds Blick folgten Limos, als er zu Kaltmann hinüber schaute.

»Hab einfach nur Vertrauen. Sie werden bekommen, was sie verdienen. Woher kommst du eigentlich?«

Limo irritierte die Frage. Der alte Mann schien kein Interesse an Kaltmanns Überlebenskampf zu hegen.

»Warum?« entgegnete Limo knapp.

»Ich würde mich freuen, mit dir die Tasse Kaffee in Ruhe fertig zu trinken. Ich möchte mich erkenntlich zeigen. Irgendwann.«

Irgendwie mochte Limo diesen merkwürdigen Kauz. Und dies nicht nur, weil er den Abzug der Pistole nicht benutzte. Die Polizei nicht alarmierte. Ihn am Leben ließ.

»Ich komme aus dem südlichen Sauerland …, Wenden. Mein richtiger Name ist Mirco Langen, aber das wissen Sie ja bereits. Mein Weg ist hier noch nicht zu Ende. Es existieren noch einige ‚Kaltmanns und Reichs'. Wenn Sie verstehen.«

»Sicher. Aber es wird immer diese ‚Kaltmanns und Reichs' geben. Noch ist keiner der beiden seinen schweren Verletzungen erlegen. Wägen Sie es ab, wie weit Sie noch gehen wollen.«

Limo betrachtete sein Gegenüber sorgfältig. »Es gibt für mich im Augenblick kein Aufhalten. Der sich mir in den Weg stellt …« Limo schluckte.

Gottfried lächelte wie ein vertrauter Freund. »Ist schon gut. Jedenfalls würde ich mich angenehm überrascht fühlen, wenn ich Sie wiederträfe. Um diese beiden Herren kümmere ich mich jetzt. Nicht, dass mir noch jemand über den Jordan geht. Wenn Sie überleben sollten, dann dürften die Fragen der Polizisten nicht ganz so aufdringlich ausfallen.«

Dann reichte ihm Limo die Hand und verabschiedete sich.

»Bitte schließ die Türe hinter *dir*«, rief ihm Gottfried nach. Daraufhin drehte Limo sich um, für einen flüchtigen Moment ruhte sein Blick auf den beiden schwerverletzten Verbrechern, bevor er Gottfried noch einmal kurz die Aufmerksamkeit schenkte.

»Sehr gerne«, antwortete Limo und lächelte gequält. Er zog die überdimensionale Tür zu und lauschte für einige Sekunden der Stille. Er schnaufte tief durch und sein Blick streifte das Umland. Ihm fiel die Gegend um das Haus auf, sanft hügelig, eher sedierend als aufrührend. Limo hatte nur den Hauch einer Ahnung, was Gottfried unternehmen würde. Er eilte zu seinem Wagen, zog den Kofferraumdeckel auf und betrachtete den Stapel Ordner. Erleichtert steuerte er zurück in heimische Gefilde. Es fehlte noch der finale Schlussstrich. Mit allen befürchteten Konsequenzen. Noch konnte die Kripo ihm die Morde nicht nachweisen. Limos Zuversicht wuchs.

Mitten in seinem Anflug von Hochgefühl klingelte unerwartet das von Halil geliehene Handy.

»Halil?« rief Limo fragend.

»Hey. Allah sei Dank. Du lebst. Wo steckst du?«

»Ich habe mich um Kaltmann gekümmert und treffe in gut einer Stunde in Olpe ein. Hast du Frank den Brief übergeben?«

»Yes Sir. Scheint ein guter Typ zu sein. Die Bullen suchen dich übrigens immer noch wie verrückt. Pass auf, dass sie dich nicht erwischen.«

»Genau zu denen will ich aber jetzt hin. Einen Gefallen könntest du mir noch tun.«

»Welchen?«

»Fragst du bitte Galep nach dem Anwalt? Ich hab den Namen vergessen. Er weiß, wen ich meine.«

»Kein Ding. Ist praktisch schon geschehen.«

»Danke. Bis später.«

»Hey, hey, nicht so schnell.«

»Was gibt's?«

»Du erwähntest vorhin, dass du dich um diesen Typen *gekümmert* hast.«

»Sicher. Und?«

»Wie muss ich mir das vorstellen? Er ist doch nicht ...«

»Quatsch. Halil, mache dir keine Sorgen. Er muss sicher für einige Zeit auf feste Nahrung verzichten. Er ist momentan in guten Händen.« Limo grinste hämisch.

Wenige Sekunden später bog Limo zur Autobahnauffahrt ab. Bereits nach den ersten Kilometern verarbeitete seine Erinnerung die vergangene Stunde. Kaltmanns verwirrter Blick behagte ihm nicht. Eine Frage brannte sich in seine Gedanken: Was, wenn sie wirklich nicht die Initiatoren der Morde waren? Sowohl Kaltmann als auch dieser Versicherungsdrecksack bestritten seine Anschuldigung. Je länger Limo die letzte Stunde Revue passieren ließ, umso verschwommener kam ihm sein Handeln vor. Und erneut marterte ihn die Frage: Wenn nicht Kohlmeier, nicht Kaltmann, wer dann?

27

»Wann meldet sich dieser Typ endlich?«

Andrej nervte es gewaltig, die Zeit nutzlos verstreichen zu lassen.

»Das erfährst du schon noch früh genug«, antwortete Pascha beiläufig. Seit geraumer Zeit gesellten sich Igor und er zu ihren Mitstreitern. Gy versammelte vor Ort die Elite.

»Seit über zwei Stunden hängen wir hier dumm rum.«

Pascha strafte ihn mit bösen Blicken. Toy verfolgte die beiden aus schmalen Sehschlitzen. Die mongolische Herkunft seiner Mutter ließ sich nicht verleugnen.

»Was glotzt du so dämlich?« fragte Andrej angepisst.

»Lass gut sein. Wir sollten unseren Job ordentlich erledigen.«

»Was mischst du *Mongo* dich ein. Kümmere dich um deinen eigenen Scheiß.«

»Ich verstehe nicht, warum du mich beleidigen musst. Wenn die Zeit reif ist, wird sich der *Mongo* um eine sinnige Konfliktlösung bemühen. Versprochen. Also halt jetzt besser die Schnauze und erledige deinen Job, genauso wie wir.«

Andrej blickte beleidigt aus dem Fenster. Es stank ihm gewaltig, von einem wesentlich jüngeren Typen vorgeführt zu werden. Widerwillig verhielt er sich ruhig. Er kannte Toy gut genug, um ein direktes Duell zu vermeiden. Emely verfolgte mit feuchten Augen den Zwist der beiden Streithähne. Überraschend fuhr ein dunkler Jeep in die Einfahrt. Ein Mann mit krausem Haar schritt zur Tür und klopfte. Andrej zog seine Pistole und öffnete zurückhaltend die Haustür. Der Fremde musste keine Silbe über die Lippen treten lassen. Andrej kapierte, wer ihm gegenübertrat. Auch wenn er den Fremden noch nie zuvor gesehen hatte. Er ließ ihn herein.

Es herrschte gähnende Leere auf der Autobahn. Limo befuhr schon seit geraumer Zeit die A4 und befand sich zwischen Engelskirchen und Gummersbach. Aus dem CD-Player rieselte melodische Instrumentalmusik. Plötzlich riss ihn das Handy aus seinen Gedanken. Limo vermutete erneut Halil und nahm den Anrufer mit einem Daumendruck entgegen.

»Hey, Halil, wie geht es Galep?« fragte Limo überschwänglich.

»Ist mir scheißegal!«

Sichtlich geschockt kontrollierte Limo die Nummer. Unbekannter Teilnehmer. Limo verstand nicht, wer außer seinem türkischen Helfer noch im Besitz dieser Nummer sein könnte.

»Wer bist du? Das ist keine offizielle Nummer, also mit wem spreche ich?«

»Pass auf, du erbärmliches Arschloch. Du stellst keine Fragen. Wenn du weiter leben willst, dann erledigst du folgendes …«

»Du kannst mich am Arsch lecken. Du machst mir keine Angst«, wehrte sich Limo.

»Angst? Glaubst du, hier geht es um Angst? Musstest du nicht schon genug Familienblut fließen sehen?«

»Du verfluchter Wichser!«

Limo schäumte vor Wut.

»Du steckst hinter den Morden!«

Er überlegte angestrengt, ob er die verstellte Stimme einer bekannten Person zuordnen konnte.

»Bravo. Du bist echt ein Blitzmerker. Aber das wussten wir ja alle schon immer. Nur eines noch: bevor du deinen Eltern ins Tal des Jammers folgst, gebe ich deiner Freundin die Gelegenheit, ihr Leben stilvoll zu beenden. Du weißt schon … Zunächst bearbeiten meine Freunde sie sehr intensiv. Dank der fortschreitenden Technik steht dir selbstverständlich die Ehre zu, uns als Zeuge zu begleiten. Schön langsam schneiden wir anschließend der bildschönen Blondine die Kehle durch. Ich persönlich werde ihr anschließend bei vollem Bewusstsein die Zunge herausreißen. Einfach ausgedrückt, ein schöner, qualvoller Tod. Das müsste dir doch gefallen! Hast ja schließlich in den letzten Monaten genügend Beerdigungen beiwohnen dürfen. Eine mehr oder weniger …«

»Wozu dieser Irrsinn? Was rechtfertigt diese Barbarei? Warum mussten alle diese Menschen sterben? Warum vergreifst du mieses Arschloch dich nicht an mir? Aber den Arsch hast du nicht in der Hose. Diese Morde brauchten nicht zu sein.«

»Irgendetwas scheinst du nicht zu begreifen: Dich habe ich doch schon längst. Erst die Pflicht, dann die Kür! Spaß muss sein …« Limo vernahm abartiges Gelächter. »Du erwartest allen Ernstes, dass ich deine weinerlichen Fragen beantworte?«

»Dann lass es bleiben, du krankes Arschloch. Ich bin mir sicher, dass du weißt, wo ich mich für gewöhnlich aufhalte. Dann komm und hol mich. Ach, ich vergaß, ohne Eier wird das wohl nicht gehen. Dann schick mir doch deine Killer vorbei. Im Übrigen war deine Idee, ich hätte eine Freundin, recht amüsant. Doch nicht der Wahrheit entsprechend. Im Augenblick fokussiere ich mich auf mindestens ebenso interessante Dinge. Zum Beispiel solche dämlichen Gestalten wie dich hinter Gitter zu bringen. Ein gutes Bauchgefühl verrät mir, dass ich auf einem erfolgversprechenden Weg wandle. Also noch einmal zum Mitschreiben, du Doofarsch: Ich habe keine Freundin. Du kannst mir jetzt mit weiteren möglichen Morden drohen, es ist mir egal. Du hast alles, was mir viel bedeutet hat, bereits ermorden lassen. Versuch es also doch mit mir, du verkrüppelter Schwachkopf!«

»Tapfer gebrüllt, Löwe. Ganz ehrlich gesagt, nehme ich dir deinen netten Bluff nicht ab! Dann hör doch mal genau hin …«

Der Fremde nickte seinem Helfer zu. Umgehend schleppte man die rassige Blondine zu ihm, deren nackter Leib nur von einer Wolldecke verhüllt blieb. Den Klebestreifen riss er heftig von ihren Wangen. Emely schossen Tränen in die Augen. Mit zwei Fingern griff er ihr in den Mund und schleuderte den Wollknäuel auf den Boden. Plötzlich schlug ihr der Fremde ohne Vorwarnung mit dem Handrücken ins Gesicht. Ein Blutschwall quoll aus ihrer Nase, lief weiter über die Lippen, bis er das Kinn erreichte. Ungläubig leckte Emely mit der Zunge ihre Lippen. Während der im Zwischenhirn befindliche Hypothalamus das Schmerzempfinden in ihr Bewusstsein dringen ließ, zitterte Emely.

»Hör zu, Schlampe. Falls du noch nicht kapiert haben solltest, dass dein Leben auf dem Spiel steht, so holt dich die Realität schnell ein, wenn du nicht mitspielst. Dein Freund ist bereits tot. Du könntest dich noch retten, verstanden?«

Emely nickte. Ängstlich, völlig verstört.

»Hör mal, du Superhirn, habe eine kleine Überraschung für dich … los, sag was zu deinem Schatzi.«

»Ha… Hallo, Mirco?"

»Emely, mein Gott. Das genau wollte ich vermeiden. Geht es dir gut? Euch?«

»Sie haben mich entführt!«

Limo hörte ein leises Wimmern. Triumphierend riss der Fremde sie am Oberarm und schleuderte sie zu Boden.

»Jungs, jetzt könnt ihr euch ein wenig mit der Kleinen vergnügen. Und du Arschloch bist in einer Stunde auf dem Gelände der Firma Rohr & Abel in Drolshagen. Wenn du gerade vielleicht daran denken solltest, die Bullen mit ins Spiel zu bringen …, wäre 'n saudoofer Gedanke, pflichtest du mir doch sicher bei, oder?«

»Aber ich befinde mich im Augenblick in der Frankfurter Gegend. Wie soll ich das schaffen?« gaukelte Limo vor.

»Ganz einfach, dir bleibt eine Stunde. Ist durchaus machbar. Im Übrigen solltest du die gestohlenen Unterlagen mitbringen. Wäre doch schade, wenn niemand überleben sollte. Leben die Eltern deiner Freundin nicht in Siegen? Ihr Bruder in München. Richtig? So, Schlaukopf, denke, du bist im Bilde. Die Zeit läuft.«

Der Versuch, zusätzlich Zeit zu schinden, scheiterte kläglich. Am Ende wollte Limo noch der Tatsache, dass Emely nicht seine Freundin war, Nachdruck verleihen. Nicht für eine Sekunde würde er vor seinem Widersacher einknicken. Limo senkte den Hinterkopf gegen die Kopflehne und schnaufte tief durch. Er wählte instinktiv Franks Nummer. Sie hatten Emely jetzt doch in ihren Fängen. Trotz der Sorgen um Emelys Leben wartete er geduldig das Klingeln ab. Seine Stoßgebete wurden schließlich doch erhört, da er eine besorgte Stimme wahrnahm.

»Hallo?« meldete sich eine Frauenstimme kaum hörbar. Limo glaubte Tine am anderen Ende der Leitung erwischt zu haben.

»Tine, bist du es? Hier ist Limo.«

»Oh, endlich, Limo. Wo steckst du? Komplette Hundertschaften der Polizei sind auf der Suche nach dir.«

»Ich weiß, Tine. Entschuldige bitte, dass ich kurz angebunden bin. Ist Frank zufällig bei dir?«

»Nein. Er ist mit den Kollegen Steiger und Völker unterwegs. Er vergaß dummerweise sein Handy.«

»Könntest du ihn dennoch irgendwie erreichen?«

»Nicht direkt, aber den Steiger von der Kripo. Frank gab mir vor einigen Minuten dessen Rufnummer durch.«

»Okay. Tine, ich komme in wenigen Minuten bei dir in Brachbach vorbei und übergebe dir eine Menge Akten. Die leite bitte umgehend an meinen Anwalt Adil Baki weiter. Er ist ein Experte auf dem Gebiet der Wirtschaftskriminalität. Ich würde ihm mitteilen, dass er das Material bei dir umgehend abholen könnte. Ist das okay?«

»Natürlich. Aber woher kennst du diesen Baki?«

»Ein guter Kollege und sehr guter Freund hat ihn mir empfohlen. Auf Galep ist hundert Prozent Verlass.«

»Schön, dann warte ich auf den Anruf.«

»Dann hätte ich noch eine Bitte. Ruf Ron Steiger an und informier ihn darüber, dass Emely als Geisel gehalten wird. Eine verstellte Stimme eröffnete mir telefonisch ihr Vorhaben. Ich soll innerhalb einer Stunde am Treffpunkt sein, den dieses Arschloch mir vorschrieb. Er ließ keinen Zweifel daran, dass er Emelys Eltern ebenso ermorden lassen würde. Genau wie meine Eltern.« Limo räusperte sich verlegen. »Hast du gerade etwas zum Schreiben in der Hand?«

»Leg los ...«

»Treffpunkt Firma Rohr & Abel in Drolshagen. Eine Straße nannte man mir nicht. Aber ich denke, das dürfte kein Problem für die Jungs darstellen. Ich will nur nicht, dass die Cops mit einem Streifenwagen vorfahren. Ich bin mir sicher, dass mindestens eine Handvoll dieser Schweinesäcke mich empfangen wird. Versuch dein Glück, Tine. In gut fünf Minuten schlag ich bei dir auf.«

Die Bummelfahrt fand ein jähes Ende. Zur gleichen Zeit rief Tine Steiger an. Gleich beim ersten Versuch kam sie durch.

»Herr Steiger, hier ist Christine Helmes. Mirco Langen rief mich vor einer Minute an. Emely ist offensichtlich entführt worden. Sie wird gefangen. Er teilte mir mit, dass Sie umgehend zur Firma Rohr & Abel nach Drolshagen kommen sollen. Er ist jede Sekunde bei mir und übergibt mir ein umfangreiches Aktenmaterial. Ich vermute, dass es sich dabei um besondere Beweise handelt. Er wollte dann aber gleich weiter nach Drolshagen. Er sagte zudem, dass es mehrerer Leute bedürfe. Er vermutet mindestens eine Handvoll Kidnapper.«

»Gute Nachricht. Danke, wir werden uns umgehend darum kümmern. Hat er meine Nummer oder kann ich ihn erreichen?«

»Ich gebe ihm Ihre Nummer, wenn er ..., hören Sie, da fährt er soeben in die Einfahrt. Ich gebe ihm Ihre Nummer mit. Er wird sich sicher bei Ihnen melden.«

»Tun Sie das. Oder geben Sie ihn mir von Ihrem Telefon aus? Hallo? Hallo?«

Tine beendete abrupt das Gespräch, noch bevor Steiger eine Antwort auf seinen Vorschlag erhielt. Tine eilte so schnell sie konnte Limo entgegen. Limo umarmte und küsste sie freundschaftlich. Tine erwiderte es gerne.

»Hey, Limo, das tut mir so unendlich leid. Schön, dass dir nichts zugestoßen ist.«

Limo kramte alle Ordner und Akten zusammen und überließ sie Tine.

»Herr Baki weiß Bescheid. Er wird um neunzehn Uhr bei dir eintreffen. Hier habe ich seine Nummer. Wenn etwas sein sollte, kannst du ihn ebenfalls anrufen. Er scheint ein guter Typ zu sein.«

»Ah, die Nummer ...«

Tine kehrte auf der Stelle um, hetzte die Stufen zum Haus hinauf und kehrte rasch mit einem Schnipsel Papier in der Hand zurück. Limo schaute verdutzt.

»Das ist die Nummer von Ron Steiger.«

»Okay, super.«

Limo hätte selbst nicht daran geglaubt, dass er sich einmal begeistert über die Handynummer des Beamten zeigen würde.

»Benötigst du noch irgendetwas? Was kann ich sonst noch für dich tun?« fragte Tine, sehr besorgt um Limo.

»Glück, Tine … wünsch mir, und ganz besonders Emely, Glück.« Tine bemerkte in Limos Augen eine dramatische Verstörung.

Sie näherte sich Limo rasch, als sie fühlte, dass er ihr jede Sekunde den Rücken zuwenden würde, und küsste ihn auf den Mund.

»Es wird gut verlaufen. Bestimmt. Nimm um Gotteswillen Hilfe an.«

Limo lächelte zärtlich. Er schätzte Tines Freundschaft und ihre augenblickliche körperliche Nähe. Aber es gelang ihr nicht völlig, zu ihm durchzudringen. Dann schloss er sie rasch zum Abschied in die Arme und drückte sie innig. Er schloss sehnsüchtig die Augen und sah *seine* süße Emely, die er in diesem Augenblick tief und fest in seinem Herzen fühlte. Den Ablenkungsversuchen zum Trotz litt sie durch seine Schuld in den Fängen dieses Abschaums. Dann schob er Tine von sich weg. Tine verstand, ohne ein Wort zu verlieren.

In der Zwischenzeit setzte Ron Steiger Himmel und Hölle in Bewegung, um kurzfristig eine SEK-Einheit zu mobilisieren. Mit Engelszungen brachte er den leitenden Polizeidirektor dazu, ohne den nötigen Bürokratenkram abzuwarten, seine Zustimmung gleich zu geben.

Limo durfte keine wertvolle Zeit verlieren. Mit nahezu dreihundert Stundenkilometer schoss er über die Autobahn und degradierte vereinzelte Verkehrsteilnehmer zu stehenden Streckenpfosten. Leichter Nieselregen setzte ein, als Limo jetzt die Autobahn verließ und die Geschwindigkeit auf das erlaubte Maß drosselte. Das Navi kündigte die Zielstraße an.

Aufgeregt suchte Limos Blick immer wieder die Uhrzeit. Er lag gut in der Zeit. Doch noch keine Spur von der Firma. Noch nicht einmal ein Hinweisschild. Limo inspizierte gründlich beide Straßenseiten. Plötzlich verharrte sein Blick. Rasch steuerte er den Wagen zur rechten Straßenseite hin und hielt an. Hastig griff er sich das Handy und wühlte sich durch die Anrufliste. Er erinnerte sich an die letzten drei Zahlen einer zwölfstelligen Zahlenreihe. Während er mit dem Handy am Ohr wartete, durchforstete sein Blick aufmerksam das nahe Umfeld. Zum ersten Mal rührte sich in ihm der Gedanke an eine Verarschung. Sollte er zu einer fiktiven Firma geschickt worden sein?

»Hallo?« vernahm sein Ohr.

»Hallo, ist dort … Bist du es, Fiona? Hier ist Limo.«

»Oh. Hey, du hast mir einen Schrecken eingejagt. Hast du was Neues von Emely gehört?«

Limos Kloß im Hals wuchs an wie ein Geschwür. »Äh …, ja.«

»Limo, du machst es zu spannend. Ich bekomme Angst. Ist was mit ihr? Wo ist Emely? Sag es endlich, wenn du es weißt.«

»Emely ist entführt worden. Ich habe eine gewisse Ahnung, wer dahinter stecken könnte, aber noch keinen blassen Schimmer, wo sie sich aufhält.«

»Ja … was?! Ist die Polizei schon informiert? Woher kommt deine Ahnung?«

»Ich habe veranlasst, dass die Polizei informiert wird. Vermutlich befinde ich mich im Augenblick in ihrer unmittelbaren Nähe. Dem Augenschein nach dürften die Polizisten hier jede Minute eintreffen.«

»Wo ist hier?«

»Sorry, Fiona. Das kann und werde ich dir nicht erzählen. Ich wollte nur, dass du erfährst, was ich jetzt weiß.«

»Kannst du …«

»Fiona, bitte«, unterbrach Limo forsch. »Keine Fragen mehr. Ich melde mich, sobald ich noch mehr weiß. Du könntest bitte Emelys Eltern informieren. Und noch etwas, Fiona, haltet euch von Emelys Haus fern. Hast du das verstanden? Ich kann mir vorstellen, wie sich das für dich anhören muss. Aber bitte, bitte fahrt nicht zu dem Haus.« Limos Tonfall verursachte eine Gänsehaut auf Fionas Körper. »Jetzt hast du mir wirklich Angst gemacht.«

»Sorry. Das war wirklich nicht meine Absicht. Wenn es für Emelys Eltern unmöglich sein sollte, dann informiert die Polizei. Am besten kontaktiert ihr die Kripo. Lasst euch entweder mit Herrn Ron Steiger oder Frau Saskia Völker verbinden. Sie sind involviert. Jemand sollte euch unbedingt begleiten, wenn ihr das Haus unklugerweise aufsuchen müsst. Sorry, Fiona. Ich muss dich jetzt leider abwürgen, ich melde mich, versprochen.« Noch im selben Atemzug beendete Limo das Telefonat. Fiona hielt ihr Smartphone in der Hand. Der Ausdruck von verstörender Angst ließ ihre Gesichtszüge entgleiten. Sie rieb sich eine Weile die Wange. Eine sorgenvolle Vorahnung hemmte ihre für gewöhnlich ausgelebte Leichtigkeit, die Emely stets an ihr bewunderte. Sie gab sich einen Ruck. In Windeseile tippte sie mit einem Daumen eine Zahlenfolge.

Limos Interesse galt der unmittelbaren Umgebung. Mit einem Ruck öffnete er die Tür, murmelte »Arschloch«, bevor er den Asphalt betrat. Sein Körper war noch nicht ganz aus dem Wagen geschwungen, da klingelte plötzlich sein Handy. Erneut meldete sich der »unbekannte Teilnehmer«.

»Ja«, meldete sich Limo angewidert.

»Bitte mit mehr Höflichkeit. Du begibst dich umgehend in Richtung Olpe und wartest auf weitere Anweisungen. Ich sagte doch, komm alleine. Alleine …, was verstehst du an diesem Wort nicht? Aber du warst ja schon immer ein Querulantenarschloch.«

Limo kotzte dieser mechanisch klingende Tonfall an.

Dann vernahm Limo im Hintergrund eine Frauenstimme. Es schien nicht Emely zu sein. Angestrengt versuchte er, irgendeine Stimme aufzufangen. Vergeblich. Er befasste sich mit dem neuen Befehl des »unbekannten Teilnehmers«. Es ging ihm nicht in den Kopf, warum er nun die Richtung ändern sollte. »Also war es doch ein Finte?!« Während sein Verstand sich in diese Aussage verbiss, hörte er erneut die synthetische Stimme.

»Ich bin mir beinahe sicher, dass es dir lieber ist, dass zunächst die Mutter deiner kleinen Freundin dran glauben wird.« Der Fremde spielte nach Belieben Katz und Maus.

»Nein … nein. Es war keine Polizei im Spiel. Ich bin völlig allein. Ich finde die Firma nicht. Und nun soll ich nach Olpe fahren? Ich hätte es doch geschafft.«

»Pech! Opfer Nummer eins ....«

Ein Schuss fiel. Danach herrschte Stille. Unerträglich und unheilvoll.

»Tja, da waren es nur noch zwei ...! Du bewegst jetzt besser deinen Arsch zur Firma Rollmann. Raiffeisenstraße. Sehe ich die Bullen noch mal, stirbt der nächste.«

Der »unbekannte Teilnehmer« beendete abrupt das einseitige Gespräch. Limo fluchte lauthals. Rationales Denken – abgeschaltet! Plötzlich erstarrte Limo zu einer Steinsäule. Selbst wenn Tine umgehend reagiert hätte, so schnell konnten Steiger und seine Kollegen nicht in Drolshagen aufschlagen. Niemals! Limo hockte in seinem Wagen wie ein Häufchen Elend. Ein Meer von Selbstmitleid strömte durch ihn hindurch. Er war sich sicher, dass es wahrscheinlich Emelys Mutter erwischt hatte. Er trug wieder einmal die Mitschuld am Tod eines Menschen. Limo stellte sich mehrfach die Frage, woher diese Gestalten wussten, wer Emelys Eltern waren? Wo sie wohnten? Wie rasch es ihnen gelang die Eltern zu entführen! Mit den Ärmeln seines Hemds wischte er die Feuchtigkeit von der Stirn. Der Nieselregen intensivierte sich. Er betrachtete seine Augen im Frontspiegel seines Sportwagens und verpasste sich selbst zwei Ohrfeigen. Wer war dieser verdammte Scheißkerl! Wie eine Herde Büffel trieb er diesen Gedanken vor sich her. Limo startete den Wagen und setzte sich in Richtung Olpe in Bewegung.

In einer vertrackten und völlig verbauten Industrieecke lag das Ziel im Fokus der Polizisten. Das SEK begann, gezielt das Gebäude zu umstellen. Nach allen Wänden hin abgesichert schritt Ron Steiger vorwärts, zusätzlich bestückt mit einem Megaphon, das ihm an einem Ledergurt lässig um seine Brust hing. Unwesentlich hinter ihm folgte Saskia Völker. Sie überließ ihm die Speerspitze. So, wie sie ihm seit Wochen das Gefühl vermittelte, die Nummer eins zu sein. Doch sie war die Chefin im Ring. Frank Helmes blieb mit einem Kollegen in sicherer Entfernung zurück. Sie wachten an den Einsatzfahrzeugen. Während Steiger diese Auftritte als eine besondere Herausforderung betrachtete, fehlte Frank für diese Art von Einsätzen die nötige Ausbildung. In Anbetracht der lebensbedrohlichen Tatsache fiel es ihm nicht sonderlich schwer, in sicherer Entfernung auszuharren. Steiger schaltete das Megaphon an und führte es zum Mund. Nach mehrmaligen Aufforderungen an die im Gebäude vermuteten Entführer gab Steiger das Zeichen zum Stürmen des Areals. Sie mussten extrem vorsichtig agieren. Es existierten weder verlässliche Hinweise über die Anzahl der Geiselnehmer und Geiseln, noch darüber, wo sich die Geiselnehmer verschanzten. Die einzige vage Information stammte von Limo. Lautlos drangen die Profis des Sondereinsatzkommandos ins Innere des mittelständischen Unternehmens. Ron Steiger und Saskia Völker schlichen dem Regenschauer zum Trotz zu zwei riesigen Müllcontainern und warteten hinter deren Schutzwall ab.

Der Einsatz verlief ernüchternd. Als der Leiter des SEK-Kommandos durch den Haupteingang marschierte, rief er laut den Namen des BKA-Beamten. Als Ron Steiger den Kopf in die Höhe reckte, erkannte er nur ein Achselzucken des Kollegen. Seine Partnerin und er eilten dem Beamten entgegen und informierten sich gründlich über den Einsatz. Als sie erfuhren, dass das Gebäude verwaist war, stampfte Steiger heftig auf den Boden. Es stank ihm gewaltig, derart vorgeführt zu werden. Hastig setzte er sich in

Bewegung. Einen Augenblick später traf er auf Frank Helmes. Mit knirschenden Zähnen vergewisserte er sich, dass man ihm die korrekte Firmenanschrift mitgeteilt hatte. Frank zögerte keine Sekunde und griff sein Handy aus der Innentasche seiner Lederjacke. Wenige Sätze genügten, um sich bei seiner Frau zu vergewissern. Leider musste sie ihrem Mann auch mitteilen, Limo nicht erreichen zu können. Dennoch gelang es Tine, von einem Strohhalm der Hoffnung zu berichten. Gegen neunzehn Uhr würde der von Limo angeheuerte Anwalt bei ihr eintreffen und die Beweisakten in Empfang nehmen. Frank hielt noch das Handy in unmittelbarer Nähe seines Ohrs und gab diesen Silberstreif an Steiger weiter. Steiger bat um das Mobiltelefon. Worauf er das Gespräch mit Tine kurz weiterführte. Er forderte sie auf, den Anwalt darüber zu informieren, dass er auf die BKA-Beamten warten solle. Nach wenigen Sätzen beendete er das Telefonat, übergab das Handy Frank und gab das Zeichen zum Abrücken. Bis auf drei SEK-Beamte, die noch routinemäßig das Gelände absicherten. Sie erhielten die Order, auf den Inhaber der Firma zu warten. Der war bereits über den Vorgang des SEKs informiert worden. Der Rest der Sondereinheit erhielt den mündlichen Auftrag, weiter »unsichtbar« in Alarmbereitschaft abzuwarten. Umgehend rauschten die Kripobeamten gemeinsam mit Frank Helmes nach Brachbach.

Wenige Meter vor der Hauseinfahrt, um fünf nach sieben, faltete sich ein adrett gekleideter Mann aus einem blutorangefarbenen 1971er Porsche Targa. Der lange schwarze Mantel schleifte leicht über den feuchten Asphalt, bis er sich zu seiner gesamten Körperlänge streckte. Für einen Türken schien er groß gewachsen. Der gepflegte Typ glich einem wandelnden Selbstdarsteller. Er interessierte sich nicht für die überheblichen Äußerungen der Mitmenschen. Spätestens wenn sie sein Können erahnten, ließ er sie seine intellektuelle Gerissenheit spüren. Er drehte sich nicht einmal um, als die Beamten unmittelbar nach ihm eintrafen und neben ihm anhielten. Wie einstudiert stießen die drei Polizisten gleichzeitig die Türen auf, um den Fremden zu begrüßen. Ohne dass sie es wussten, ahnten sie, dass es sich um Adil Baki handeln musste.

»Guten Tag, mein Name ist Steiger, dies ist meine Kollegin Völker, Kripo Siegen. Zu meiner Linken Herr Helmes. Zudem Eigentümer dieses Hauses, das Sie aufsuchen sollten.«

»Guten Tag, mein Name ist Adil Baki. Rechtsanwalt für Wirtschaftskriminalität.« Anschließend reichte er jedem Anwesenden freundlich die Hand. »Dann glaube ich, wenn Sie Herr Helmes sind, dass ich vorhin mit Ihrer Frau telefoniert habe.«

Frank bestätigte dies mit einem leichten Kopfnicken.

»Dann lassen Sie uns ins Haus gehen«, forderte Frank den Anwalt auf. Tine hatte die Begrüßung vom Küchenfenster aus mitbekommen und öffnete bereits die Tür, bevor sie die letzten Treppenstufen erreichten. Frank gab ihr einen flüchtigen Begrüßungskuss und stellte die anderen Anwesenden vor. Tine führte die Herrschaften ins Wohnzimmer und reichte wortlos das Material. Nachdem die Akten auf dem Tisch lagen fragte Tine aufmerksam nach, wer etwas trinken wolle. Ron Steiger lächelte und teilte ihr mit, sich über einen starken Kaffee zu freuen. Gleich darauf baten die anderen ebenfalls um einen Kaffee. Während der Anwalt die Unterlagen ausbreitete, servierte Tine den Kaffee in schlichten Porzellantassen, und setzte sich selbst in einen Sessel, der um einiges weiter hinten nahe dem Fenster stand.

»Dann schauen wir mal, was wir hier haben.« Adil Baki begann zu blättern.

28

Limo steuerte zur gleichen Zeit die Olper Autobahnabfahrt an und bremste angemessen ab, bis er schließlich doch an der Ampel warten musste. Die Musik hatte er schon vor einer gefühlten Ewigkeit abgestellt. Sein Blick streifte die Pistole auf dem Beifahrersitz, die er bis zu diesem Zeitpunkt noch verschmähte. Plötzlich erinnerte Limo sich an das Telefonat, das er vor einigen Minuten noch mit dem Verbrecher geführt hatte. »... aber du warst ja schon immer ein Querulantenarschloch!« Während Limo versuchte, die Aussage zu entschlüsseln, fiel ihm ein weiterer Satz ein. »... ein Schnelldenker, aber das wussten wir ja alle schon immer ...« – Was meinte er damit? Nun registrierte Limo, dass der unbekannte Anrufer ihm definitiv nicht unbekannt sein konnte. Aber wer war sonst noch, außer Kaltmann und Konsorten, involviert? Wer steckte hinter der mechanischen Stimme? Diese offenen Fragen, deren Antworten praktisch vor seiner Nase lagen, aber dennoch entfernt genug, dass er nicht drauf stieß! Es wollte ihm einfach nicht in den Sinn kommen, wer sich hinter der Stimme verbarg. Erneut rief er vor seinem geistigen Auge mögliche Kandidaten ab. Letztlich reduzierte sich der Kreis der Verdächtigen auf drei. Es bestand durchaus eine kleine reelle Möglichkeit, den Kreis noch zu dezimieren.

Das Hupen des Hintermannes an der Ampel riss Limo aus seiner körperlichen und psychischen Trägheit. Limo entschuldigte sich mit dem Heben eines Armes bei dem Fahrer für sein phlegmatisches Verhalten. Als er einige Kilometer weiter die steil ansteigende Raiffeisenstraße herauf fuhr, entdeckte er wider Erwarten die Firma Rollmann & Söhne zu seiner linken Seite. Er bog nicht gleich ab, sondern steuerte seinen Sportwagen, wie üblich, vorsorglich einige Meter weiter. In sicherer Entfernung drehte er und stellte das Fahrzeug auf dem verwaisten Parkplatz einer kleinen Firma ab. Limo überprüfte durch einen intensiven Blick in den Rückspiegel das rückseitige Umfeld. Er versicherte sich seiner alleinigen Anwesenheit. Dann streifte sein Blick die Augenpartie im schmalen Schlitz des Spiegels. Er lächelte müde. In seinem Haaransatz und in seinem Gesicht glänzte der Schweiß. Limo schnaufte kräftig durch die Nase. Er verstaute die Pistole zwischen Jeans und Gürtel hinter seinem Rücken und drückte die Tür lautlos zu. An einer unscheinbaren Einmündung folgte er einem breitgetretenen Trampelpfad. Ungemein vorsichtig näherte er sich dem Zielobjekt. Je weiter Limo dem Pfad folgte, umso unübersichtlicher ragten wildgewachsene Sträucher und ausgedörrte Gräser. Der bequeme Trampelpfad verjüngte sich zu einer handbreiten, schlammigen Rinne. Links und rechts wucherten ihm jetzt die wilden Sträucher weit über den Kopf. Einzelne vergilbte Blätteransätze klammerten sich noch mühevoll ans Geäst. Eine Ansammlung von Amseln trotzte dem widrigen Weihnachtswetter. Die kraftvollen Töne vermittelten ein Gefühl, als ob die Vögel durch das Trillern den Frühling herbeisehnten. Limo robbte über den unwegsamen Trampelpfad, als die Fassade des Gebäudes in Erscheinung trat. Der Weg führte unmittelbar oberhalb des Firmengeländes entlang. Als Limo am Ende des Pfades anlangte, war seine einzige Erkenntnis, keine ausreichenden Einsichtmöglichkeiten auf dieser Seite zu erhalten. Er begab sich enttäuscht und frustriert auf dem gleichen Weg zurück. Er überlegte besonnen seine weitere Vorgehensweise. Er beobachtete so gut er konnte das Gelände. Für den Bruchteil einer Sekunde kam ihm Ron Steiger in den Sinn. Dieser Gedanke verbiss sich in seinem Kopf. Er zog das Handy aus der Hosentasche und überlegte. Entsetzt starrte er auf das schwarze Display. Die Telefonnummer des Polizisten war in seinem eigenen Handy gespeichert, nicht in diesem. Limo sammelte seine Konzentration. Tine! Frank! Die Telefonnummer seiner Freunde hatte er im Kopf. Er fasste sich ein Herz und begann die Zahlen einzutippen. Unerwartet begann während des Wählvorgangs das Handy zu klingeln. Ein Blick aufs Display ließ seine Gesichtsmuskeln erstarren.

»Was ist, du blödes Arschloch, ich kann nicht fliegen«, fluchte Limo unbeherrscht los.

»Tja, wäre für diesen Herrn hier von Vorteil gewesen.«

Abermals krachte ein Schuss aus dem Hintergrund. Wieder herrschte anschließend Ruhe.

»Da waren's nur noch einer. Oder doch nur eine? Du kennst doch sicher das Prinzip der zehn kleinen Negerlein? Ich melde mich wie versprochen in zehn Minuten nochmals.«

»Wer verdammt noch mal bist du? Gib mir …, hey?«

Die Frage erreichte den Killer nicht mehr. Limo hockte mit dem Hintern auf dem Boden. Leichenblass. Er wollte sich nicht ausmalen, dass dieser Drecksack gerade vermutlich Emelys Vater erledigt hatte. Angstschweiß rann ihm die Schläfen herunter, als er an Emely dachte. Den feuchten Boden, der seine Hose am Hintern durchnässte, registrierte er nicht. Wenn er nun Steiger anrufen würde, blieben ihm keine zwanzig Minuten. Limo musste eine Lösung finden, bevor durch seine Schuld ein weiteres Menschenleben erlosch. Limo rammte wütend eine Faust in die aufgeweichte Erde und wünschte, dass diese Wucht seinen Widersacher treffen würde. Er war gezwungen zu einer Entscheidung. Er wählte instinktiv Franks Nummer …

Während Limo das Freizeichensignal abwartete, überlegte er konzentriert. Es gab vermutlich nur zwei Möglichkeiten, in den Trakt einzudringen. Beide vermeintlichen Schwachstellen waren besetzt. Der Mitteletage schenkte er vorerst wenig Aufmerksamkeit. Die Fenster hingen unerreichbar hoch. Ohne Leiter war das Eindringen sinnlos. Was Limo nicht wusste, oben in der Chefetage befand sich ein Fahrstuhl, der nur vom Büro aus zugänglich war und direkt in eine Tiefgarage führte. Nur wer im Besitz des Zahlencodes war hatte die Möglichkeit, das schwere Sicherheitstor von innen zu öffnen.

Das Haustelefon bei Tine und Frank klingelte. Konzentriert vernahm Limo Tines' – Hallo! Obwohl Limo hektisch und kaum verständlich sprach, gelang es ihr, den Inhalt einigermaßen zu entziffern. Entgeistert betrachtete sie die schweigende Runde.

»Stopp, Limo. Stopp. Warte eine Sekunde. Herr Steiger ist gerade hier vor Ort. Ich reich dich weiter …«

Zunächst betrachtete Steiger genervt seine Kollegin. Dann nahm er den Blickkontakt zu Tine auf.

»Steiger, hallo?«

»Herr Steiger, Mirco Langen hier«, sagte Limo mit unterdrückter Stimme.

»Wer? Ich kann Sie nicht verstehen.«

»Mirco Langen hier. Ich kann nicht lauter sprechen.«

Aufgeregt und aufmerksam streckte der Kommissar sein Rückgrat. Er signalisierte der Runde am Tisch, dass tatsächlich Langen am Telefon war.

»Wo stecken Sie? Was sollte der Scheiß vorhin?«

»Hören Sie, ich befinde mich in Olpe. Ich wurde aufgefordert, nachdem ich in Drolshagen eintraf, sofort umzudrehen. Der Typ, der das Sagen hat, hat dafür gesorgt, dass die Mutter meiner Freundin und wahrscheinlich Emelys Vater erschossen wurden. Ich soll die Polizei nicht einschalten. Wenn doch, würde er alle töten. Ich steckte in einer verdammten Zwickmühle. Es blieb mir keine andere Wahl. Wenn ich nun innerhalb einer extrem knapp bemessenen Zeit nicht am Treffpunkt erscheine, wird er für jede weitere zehn Minuten Verspätung jemanden töten. Wie gesagt, zwei Menschen sind vermutlich schon tot. Es wird mir nichts anderes übrig bleiben, als jetzt hineinzugehen.«

»Wo befinden Sie sich genau? Haben Sie eine Straße? Irgendeinen Anhaltspunkt?«

»Es ist die Raiffeisenstraße. Ein Industriegebiet. Direkt bei der Firma Rollmann & Söhne. Ich werde nicht warten können. Was ist, wenn er tatsächlich weiter tötet? Wann können Sie hier sein?«

»Wenn wir umgehend starten, sind wir in knapp dreißig Minuten vor Ort.«

»Das habe ich mir gedacht! Über so viel Zeit verfüge ich nicht. Ich muss reingehen und versuchen, Zeit zu schinden.«

»Das ist ein zu großes Risiko.«

»Es bleibt mir keine andere Wahl. Versuchen Sie bitte so schnell wie möglich herzukommen. Ich gehe jetzt rein.«

»Hören Sie, Sie erwähnten, dass diese Typen bereits zwei Menschen erledigt hätten. Können Sie mir sagen, wie viele Geiseln die Entführer festhalten? Hallo …? Herr Langen?« Steiger bemerkte nicht, dass Limo längst das Gespräch beendet hatte. Hastig sprang er auf. Er forderte Saskia Völker mit Zornfalten auf mitzukommen, während er Frank Helmes mitteilte, dass es besser sei, hier bei seiner Frau zu bleiben. Ungern verließ sich Frank auf die Profis und blieb bei Tine und dem Anwalt. Noch in der gleichen Minute saßen die beiden Staatsdiener im Wagen. Während seine Kollegin Gas gab, informierte Steiger die Sondereinheit über die neuen Begebenheiten. Adil Baki saß noch eine Weile bei Frank und Tine und überflog weiter die Akten. Nach weiteren zwei Tassen Kaffee und mehreren Akten verließ auch er das Haus. Er versprach dem Polizisten und der attraktiven Lehrerin, sich sehr kurzfristig zu melden.

Eigentlich war es kein schlechter Tag. Nicht für die Menschen, die von Limos Überlebenskampf nichts ahnten. Die Straßen blieben verwaist. Erst recht in diesem Industriegebiet. Mittlerweile gefror der Nieselregen zu frostigen Hagelkörnern. Die Temperaturen verkrochen sich um den Gefrierpunkt. Böige Winde hauchten eisige Atemzüge ins Land.

Limo überlegte eifrig. Es musste ihm irgendwie gelingen, unbemerkt ins Innere der Firma zu gelangen. Nochmals lief er in gebeugter Haltung zur Hinterseite der Halle. Er vergewisserte sich nun intensiv über eine Einstiegsmöglichkeit. Sein Optimismus sank erneut auf den Nullpunkt. Ein zweites Mal zurückgekehrt zum Ausgangspunkt, schaute er sich griesgrämig um. Er wusste eigentlich gar nicht, wonach er suchen sollte. Dann fasste er sich ein Herz. Er marschierte zum Wagen und war im Begriff, seine Basecap aufzusetzen, als er seinen Sportdress auf der kleinen Ablage hinter den beiden Sitzen entdeckte. Plötzlich durchflutete ihn eine wagemutige Idee. In Windeseile zwängte er seine Gestalt in die körperbetonende Kleidung. Zuletzt schnürte er die Laufschuhe zu und drückte die Baseballmütze tief ins Gesicht. Halils Handy legte er im Fond ab. Entschlossen schnappte er die Pistole und einige Ersatzpatronen, die er in einer kleinen aufgesetzten Tasche seiner Sporthose verstaute. Ein letzter Blick schweifte in die Gegend. Keinen einzigen Menschen lockte es an diesem Weihnachtsabend ins Industriegebiet.

Limo hetzte nun die Straße hinab, bis er zur Einmündung der Firma Rollmann gelangte. Er zögerte keine Sekunde. Er wusste, würde er jetzt in diesem Augenblick anhalten, wäre nicht nur das Schicksal Emelys besiegelt. Keine zwanzig Meter trennten ihn vom Eingang. Er hielt abrupt vor dem Eingangsbereich inne, mit genügend Abstand, um eventuelle Bewegungen hinter der Glasfassade ausmachen zu können, und täuschte gemächlich Dehnübungen vor. Pascha erblickte die fremde Gestalt auf dem Hof. Interessiert und sichtlich irritiert schaute er dem Typen bei der sportlichen Betätigung zu. Nach einigen Minuten hatter er von der Vorstellung genug und er verließ eigenmächtig seinen angewiesenen Platz. Limo dehnte weiter die Muskeln. Die Angst saß ihm im Nacken. Er befürchtete, dass der Unbekannte schon längst versuchte, ihn auf dem Handy wissen zu lassen, dass er erneut einem Menschen das Licht ausblasen würde. Geradezu angestachelt, Emely zu retten, dehnte er Sehnen und Muskeln weiter.

Plötzlich öffnete sich die Tür des Haupteingangs. Limo verharrte in einer sonderbaren Verrenkung. Andrej saß etwas versetzt, so dass es ihm nicht gelang, einige Meter weit in den Eingangsbereich einzusehen, in dem sich gerade Pascha aufhielt. Der drei Meter lange Mauervorsprung, ursprünglich als Regenschutz gedacht, erwies sich als toter Winkel. Limo nutzte diesen Umstand.

»Hey, betreib bitte deine Turnübung woanders«, forderte Pascha den Sportler überraschend freundlich auf.

»Entschuldigung. Ich jogge hier in der Gegend ab und zu. Je nach Wetterlage. Ich bin jeden Augenblick fertig. Dann verlasse ich Ihr Firmengelände. Ich bitte noch mal um Verzeihung. Ich glaubte nicht, am Heiligabend noch jemanden anzutreffen.«

Limo beugte seinen Körper ein letztes Mal zum Boden und täuschte clever eine Rückenverletzung vor. Krampfhaft schrie er auf. Mit einer Hand fasste er sich rasch an den Rücken und sank mit einem Knie zu Boden. Der Osteuropäer grinste überheblich.

»Ja, ja, ab einem bestimmten Alter sollte man an einem Feiertag lieber mit der Familie vor der Glotze abhängen.«

Er trat Limo drei Schritte hilfsbereit entgegen. Limo nutzte die Leichtgläubigkeit des Fremden konsequent aus. Rasant fegte er das Standbein des Russen fort. Überrumpelt verlor dieser sein Gleichgewicht und stolperte rückwärts zu Boden. Limo setzte nach und erledigte den jungen, relativ unerfahrenen Burschen mit nur einem einzigen harten Schlag gegen die Schläfe. Vorsichtig ließ er seinen Blick umherschweifen. Limo betrat das fremde Terrain, nachdem seine geschärften Sinne keine Menschenseele vermeldeten. Er durchstöberte umsichtig den Überwachungsbereich des jungen Osteuropäers. Als er eine Seitentür öffnete, zog er im selben Atemzug die Pistole hervor. Nachdem er die Tür halb geöffnet hielt, sah er nichts als Putz- und Reinigungsutensilien. Auf dem obersten Brett eines betagten Regalbords lagen ordentlich zusammengerollt eine Art Wäscheleine, Scheren, Müllbeutel und weitere Putzaccessoires. Ohne Zeit zu verlieren, eilte er zurück zu dem überwältigten Burschen. Limo schulterte sein ohnmächtiges Opfer und legte ihn auf dem Fußboden der Abstellkammer wieder ab. Gekonnt zurrte und knebelte Limo den Burschen wie eine Weihnachtsgans zusammen. Mit einem kräftigen Schlag ins Genick beförderte Limo sein Opfer für lange Zeit in die Welt der Träume. Mit einem Hebel verbarrikadierte er sicherheitshalber die Tür. Limos Herzschlag raste, als er wenige Augenblicke später im Türrahmen stand. Gegenüber befand sich eine weitere Tür. Aufmerksam lehnte er den Kopf seitlich gegen das Türblatt und lauschte. Er legte eine Hand auf den Griff und drückte, als er ein Husten und Räuspern vernahm. Seine Hände zitterten, als er den Griff wieder losließ. Limo blickte um sich. Daraufhin entdeckte er, dass sich die Türe kaum einen Meter vom Wandende entfernt befand. Ein nächster Geistesblitz folgte. Mutig klopfte er an die Tür und schob seinen Körper einen Schritt zur Seite.

Andrej reckte den Hals, als er ein Klopfgeräusch vernahm. Irritiert richtete er die Aufmerksamkeit zum Fenster hin. Sein sechster Sinn trieb ihn unruhig an. Innerlich angespannt schnellte er aus dem bequemen Bürostuhl, hetzte dann in den Nebenraum, wo eigentlich Pascha das Areal bewachen sollte und hechtete dort zum Bürofenster. Durch die Scheibe überblickte er nur den verwaisten Hof. Verdächtige Stille! Andrej machte jetzt einen enormen Satz zur Tür hin und riss sie heftig auf. Menschenleer. Eine Tür trennte ihn vom großzügigen Treppenhaus. Lautstark rief Andrej Paschas Namen. Limo streckte seinen Körper. Er stand dicht hinter der Tür im Flur. Für Andrej nicht zu erahnen. Pascha hielt nicht, wie vereinbart, seinen Posten. Wütend darüber rannte er gleich los, Richtung Tür. Ihm stank Paschas leichtsinniges Verhalten. Andrej runzelte die Stirn. Selbst wenn Pascha zum Pott gehen wollte, sollte er Bescheid geben. Die Tür öffnete sich ruckartig. Limo passte genau diesen Moment ab, als der Typ zwischen Tür und Zarge einen Schritt in das Treppenhaus wagte. Brutal versuchte Limo, mit der kompletten Masse seines Körpers die Tür zufallen zu lassen. Er erwischte, wie gehofft, diese Gestalt seitlich am Kopf und im Schulterbereich. Limo sprang hervor, um seinen kleinen Vorteil weiter auszunutzen. Zu seinem Entsetzen konterte der Osteuropäer mit zwei knochenharten Faustschlägen, noch bevor Limo eine geeignete Deckung aufbaute. Limos Attacke steckte er nicht nur locker weg, sondern leitete blitzschnell einen harten Konter ein. Doch auch Limo bewies exzellente Nehmerqualitäten. Die ersten beiden Faustschläge verpufften locker an den angespannten Bauchmuskeln. Den folgenden dritten Schlag wehrte er geistesgegenwärtig ab. Schläge und Tritte wechselten sich ab. Limo feuerte harte, zerstörende Salven los. Ein Funkenflug einer Unaufmerksamkeit genügte, um einen brachialen Kick ans Außenknie anzusetzen. Noch in derselben Attacke ließ Limo einen verheerenden Stoß mit dem Ellenbogen gegen den Kehlkopf des Russen folgen. Diese beiden harten Treffer steckte selbst dieser Hüne nicht weg. Er schwankte. Er knickte ein und landete unsanft auf beiden Knien. Außer Rand und Band fasste Limo wie ein Bullterrier nach. Gnadenlos und unbarmherzig. Während der Osteuropäer, geschlagen auf dem Boden, in seinem eigenen Blut zu schwimmen begann, schlug Limo weiter berauscht zu. Er wusste noch aus der Erfahrung seiner aktiven Karatezeit, wie hart die Jungs aus dem damaligen Ostblock fighteten. Nahezu regungslos lag Limos Gegner auf dem Rücken. Limo selbst bewegte sich schleppend in die Aufrechte. Mit gespreizten Beinen klemmte er Andrejs Hüftknochen fest, während Limo noch die Fäuste geballt hielt. Qualvoll rang der am Boden liegende Hüne schwer nach Luft. Unbeeindruckt vom Todeskampf seines Gegners griff Limo seinem Opfer unter die Achseln und zog es in die Abstellkammer zu dessen jüngerem Kollegen. Unwesentlich später lag der kantige Klotz geknebelt, straff verseilt und versandfertig neben Pascha. Daran, dass die Typen in der Putzkammer möglicherweise zu ersticken drohten, verschwendete Limo keinen Gedanken. Limos Interesse galt nun der Haustreppe. Das erste Obergeschoss. Er trat aus der Tür und betrachtete missmutig die breite Blutspur auf dem Fußboden. Neugierig verharrte sein Blick für einen Augenblick auf dem Innenhof der Firma. Limo schüttelte sich und schlich nun mutig die Treppe zur nächsten Etage empor. Er riskierte Kopf und Kragen, als er jede einzelne Räumlichkeit checkte. Sein Herzschlag pulsierte nun in einem bedrohlichen Bereich. Limo war sich sicher, dass der verfluchte Killer ihn längst auf dem Handy zu erreichen versuchte. Doch einen weiteren Schuss hatte er noch nicht vernommen. Emely und ihre Familie mussten in der obersten Etage festsitzen. Auf Zehenspitzen und mit gezogener Waffe überwand Limo Stufe für Stufe. Zwei zugezogene Türen galt es jetzt noch zu überprüfen. Plötzlich schreckte ihn ein schriller Schrei auf, vermutlich ausgestoßen aus einer männlichen Kehle. Dieser Typ musste einen heftigen Groll hegen. Jetzt folgten fluchende Wortfetzen. Das vulgäre Geschrei kam eindeutig aus der linken Tür, an der sich Limo unmittelbar befand. Limos Aufmerksamkeit galt dieser Tür, auf deren Türgriff jetzt seine Hand ruhte. Für einen Bruchteil einer Sekunde überlegte Limo, was, wenn jetzt jemand von innen die Tür überraschend öffnen würde? Plötzlich fühlte er sich federleicht. Bereit und zu allem entschlossen, drosch er brachial die Tür auf und rollte geschmeidig über dem Boden ab, wie er es damals im Aikido erlernt hatte. Der Lauf seiner Pistole zielte in eine gähnende Leere. Limos Kehle schnürte sich zusammen. Den Lärm, den er mit dem Öffnen der Tür verursacht hatte, mussten die Killer zur Kenntnis genommen haben. Jede Sekunde würde er dem Verbrecher gegenüberstehen. Limo staunte nicht schlecht, als die Tür zur gegenüberliegenden Seite geschlossen blieb. Katzenartig ließ er seine Füße über den Linoleumboden gleiten. Jetzt trennte ihn nur noch die Dicke eines Türblatts von der Lösung seines Konflikts. Schweißnass klebte das Shirt am Oberkörper. Noch zählte er neun Patronen in der Schusswaffe. Egal wie das unausweichliche Ereignis ausgehen würde, er würde sein Leben für Emely opfern. Limo hörte den Typen nach wie vor toben. Irgendetwas musste ihn unglaublich erregt haben. Limos Hass brannte lichterloh. Tapfer riss er die Tür mit einem Zug auf. Dieses Mal täuschten sich Limos Ohren nicht. Aufgeschreckt blickte ein blasser Typ in seine Augen. Für weniger als einen Wimpernschlag erinnerte sich Limo an diese Visage. Dieses Schwein drohte ihn damals auf der Straße vor seiner Wohnung zu erschießen, als er dessen Kumpan in Schach hielt. Noch bevor das

Hirn des Osteuropäers ihn zu irgendeiner Reaktion anstacheln konnte, schoss Limo ihm aus nächster Nähe eiskalt in die Stirn. Mit einem Hechtsprung rollte er kopfüber in den riesigen Saal. Umgehend folgte eine zweite Hechtrolle. Kalli sank tödlich getroffen zu Boden. Geistesgegenwärtig raufte der Auftraggeber Emelys Blondschopf und zwang sie so, zu ihm aufzustehen. Er nutzte sie als Schutzschild. Ohne selbst einen Schusswechsel zu riskieren, öffnete er hinter sich eine Zwischentür und verschwand blitzartig aus dem Raum, noch bevor es Limo gelang, dessen Identität zu entschlüsseln. Igor eröffnete das Feuer. Hinter einem umgestoßenen Tisch verschaffte Limo sich eine kurze Atempause. Während Igor sich in die Richtung der Geiseln wühlte, nahm Toy listig Reißaus und verschwand durch die Hintertür. Limo lugte um die Tischecke und erkannte den Killer zwischen Tisch- und Stuhlbeinen. Ohne zu zögern zielte Limo auf die Beine des Osteuropäers. Mehrere Projektile verpassten ihr Ziel, bevor plötzlich ein schriller Schrei die Schusssalven unterbrach. Eine der Kugeln traf Igor eine Handbreit oberhalb eines Knöchels. Er stieß Hasstiraden auf russisch aus und verlor die Balance. Seine Pistole schleuderte durch das Großraumbüro. Limo wandte seine Aufmerksamkeit zur rechten Seite hin. Er erkannte Emelys Eltern. Sie lebten noch! Limo atmete tief ein. Mutig sprang er auf und rannte in Igors Richtung. Der Russe tastete sein Bein ab und spürte winzige Knochensplitter in der Austrittswunde. Igor begriff seine Lage rasch und raffte sich auf. Er stand schon aufrecht, als Limo über einen Tisch hinwegsegelte. Mit einem kräftigen Ellenbogencheck beförderte er Igor erneut zu Boden. Mutig wollte Limo nachsetzen, doch der Kick rauschte ins Leere. Igor reagierte wieselflink. Zunächst gelang es ihm, sämtliche Schläge und Tritte abzuwehren, ohne jedoch eine Gegenattacke starten zu können. Limo spielte mit seinem Gegner Katz und Maus. Doch diesen Hochmut bezahlte Limo schmerzlich. Mit einer krachenden Rechten konterte Igor. Die Augenbraue platzte auf. Blut rann Limo ins Auge. Woher nahm dieser Russe nur diese unglaubliche Energie? Hastig wischte er das Blut mit dem Ärmel ab und setzte Igor hinterher. Mit einer Hand gelang es Limo, das unverletzte Bein des Russen zu fassen. Erneut geriet der Killer aus dem Gleichgewicht. Hoch konzentriert hechtete Limo auf den Killer zu und schlug auf ihn ein. Limo bemerkte nur am Rande, dass die sporadische Gegenwehr des Killers verebbte. Ohne Gnade drosch Limo weiter auf den Wehrlosen ein. Hier ging es längst nicht mehr um saubere Kampfkunst. Nur der Überlebenswille war von Bedeutung. Regungslos lag Igor auf dem Boden, wie kurz zuvor dessen Kumpane im Untergeschoss. Plötzlich standen Ankes tödliche Verletzungen Limo vor Augen. So oder so ähnlich musste sie ausgesehen haben. Limo fletschte die Zähne. Wie von Sinnen schlug er mit einer hässlichen Fratze weiter auf die menschlichen Überreste ein. Immer und immer wieder, berauscht von seinem Hass, bis die Erschöpfung ihm allmählich Einhalt gebot. Die Blutlache um den Kopf des Russen wurde stetig größer. Emelys Eltern schauten sichtlich geschockt zu ihrem fremden Retter herüber. Endlich ließ Limo ab. Limo schüttelte ungläubig den Kopf. Dann fiel sein Blick auf die Geiseln. Schwer atmend schleppte er sich erschöpft zu ihnen. Limo erhob sich schleppend und durchstöberte einige Schubfächer der vielen Schreibtische, bis er eine Schere fand und die Gefangenen von ihren Fesseln befreite. Keine Freude, kein Dankeschön! Anna versuchte zaghaft ihren fremden Befreier anzusprechen. Nach wie vor verriet ihre Miene Betroffenheit. Limo erwähnte kein Wort davon, dass dieser verdammte Killer ihn im Glauben gelassen hatte, dass er sie rücksichtslos erschossen hätte. Erneut sprach sie ihn an. Doch er harrte wie versteinert vor ihr aus und hörte sie nicht. Mit beiden Händen umfasste sie seinen Kopf. Der eindringliche Blick dieser attraktiven Dame traf ihn tief im Herzen. Ohne den Namen ihrer Tochter auszusprechen, verstand er den Hilfeschrei einer Mutter. Alfred verfolgte noch sichtlich geschockt die Szenerie. Außerhalb ihres Blickfelds gelang es Igor mehr tot als lebend über den Boden zu seiner Pistole zu rutschen. Langsam gelang es dem Halbtoten, sich aufzurichten. Erst in diesem Augenblick bemerkte Limo aus dem Augenwinkel eine bedrohliche, dunkle Gestalt. Dieser unglaublich harte Typ stand einen Meter vor der Fensterfront, bewaffnet mit einer Pistole. Erschrocken und fasziniert starrte Limo ihn voller Respekt an. Dann erkannte er, dass diesem *Ding* die Kraft fehlte, die Hand mit der Waffe zu heben. Im gleichen Atemzug setzte Limo zum Sprung an und versetzte ihm mit gebündelter Kraft ins blutunterlaufene Gesicht den Kick. Der willensstarke Leib durchbrach aufgrund der Wucht die Fensterscheibe. Den Sturz aus über drei Stockwerken überlebte er nicht. Limo reckte sich aus der zerfetzten Scheibe und vergewisserte sich. Die Lage des Russen auf dem Pflastersteinboden ließ keinen Zweifel. Er war tot.

Für eine Sekunde hielt Limo inne. Dann lief er wortlos aus dem Gebäude. Alfred rieb sich die Handgelenke und begab sich zögernd zu Anna.

»Wie geht es dir, Anna?« Alfreds Stimme klang weit entfernt.

»Nicht so toll. Ich spüre jeden einzelnen Knochen in mir. Es schmerzt überall. Alfred …? Warum schaust du mich nicht an, wenn ich schon auf deine Frage antworte.«

»Sei bitte nicht böse, Anna. Wer verdammt noch mal war dieser Typ? Kennst du ihn?«

»Nein. Aber als er mir in die Augen sah …, ich glaube er kennt uns.«

»Woher?«

»Emely vielleicht.«

»Ich verstehe nicht.«

»Liegt das wirklich so fern?«

»Für mich schon. Schließlich ist vor einigen Tagen erst dieses verwöhnte Muttersöhnchen aus dem Haus geworfen worden.«

»Ja, ja. Ist ja schon gut. War ja auch nur so ein Gedanke. Vielleicht sollten wir jetzt die Polizei anrufen. Was meinst du?«

Alfred nickte. »Also dem Männergeschmack unserer Tochter kann ich nicht folgen. Erst so einen zwielichtigen Künstler, der für seine Leistung lieber eine Kiste Bier als Gage erhält. Dann diesen verwöhnten Hotelbubi, der sich im Nachhinein als Fremdgeher und Betrüger entpuppte. Zur Krönung dann vermutlich dieser Typ, der gerade mal so diese Verbrecher in die Flucht schlägt, nein, t ö t e t. Anna hörst du? Mit diesem Typen soll meine Tochter … Bestimmt nicht.«

»Lass es, Alfred. Bitte ruf die Polizei an und einen Krankenwagen. Die Schmerzen in meinem Ellenbogen und in der Schulter werden langsam unerträglich.« Erneut nickte Alfred und suchte ein Telefon.

Müde, aber körperlich einigermaßen intakt erreichte Limo seinen Wagen. Starr blickte er auf Halils Handy und erkannte vier Anrufe in Abwesenheit. Limo lächelte ironisch. Ein Blick auf die blutigen Faustknöchel signalisierte ihm, dass es noch nicht zu Ende war Zunächst fuhr Limo über die Bundesstraße in Richtung Attendorn. Während er Halils Nummer wählte, bog der schwarze Nissan auf den Zubringer zur Autobahn ein.

29

Alfred riskierte zögernd einen Blick aus dem zerborstenen Fenster. Mit gemischten Gefühlen entdeckte er den toten Entführer unten auf dem Boden. Im Stillen war er erleichtert, dass es einen dieser Gestalten erwischt hatte. Wenigstens einer. Er bewunderte nach wie vor nicht ihren Retter für die Art und Weise, wie er hier aufgeräumt hatte. Er sehnte sich nach seiner Tochter. Mit seinen Schuhspitzen schob er vereinzelt Glassplitter hin und her.

Anna beäugte ihren Mann. »Alfred, wir haben diesem …, also dem …, naja du weißt schon, wen ich meine, unser Leben zu verdanken.« Alfred blies Luft durch die Zähne.

»Vielleicht haben wir ihm aber auch zu verdanken, dass wir überhaupt in diese lebensbedrohliche Lage geraten sind. Und noch schwebt Emmy in Lebensgefahr. Oder siehst du das anders?« konterte Alfred ohne viel Sinn für sentimentale Gefühle.

»Verstehst du, Anna, ich kann im Grunde nichts unternehmen. Diesen Zustand hasse ich bis auf den Tod.«

»Die Polizei dürfte jeden Augenblick eintreffen. Wie sieht es aus mit den Schmerzen, geht's noch?«

»Es geht. Gut zu wissen, dass jeden Augenblick Hilfe kommt.« Alfred bestätigte stumm nickend.

Alfred setzte sich zur gegenüberliegenden Wandseite in Bewegung. Sinnigerweise mussten die Beamten von dieser Seite aus eintreffen. Als er an das Panoramafenster trat, beobachtete er zufällig, wie eine Heerschar vermummter und bis zu den Zähnen bewaffneter Polizisten das Areal betrat. Alfred verfolgte gebannt diesen Aufmarsch. Er eilte zu einem der Nebenfenster, die sich vermutlich öffnen ließen. Nicht, dass er noch mit einem der Entführer verwechselt würde. Alfred riss das Fenster auf und schrie zum Hof hinunter und fuchtelte wild mit den Armen. Erleichtert atmete er durch, als er merkte, dass er registriert wurde. Mindestens zwölf bis fünfzehn Polizisten in voller SEK-Montur tauchten vor ihm auf. Hektisch und doch geordnet liefen sie mit den Waffen im Anschlag dem Gebäudetrakt entgegen. Der Mann in der ersten Reihe deutete mit seinen Armbewegungen an, dass drei Kollegen voranschreiten sollten. Weitere drei Polizisten folgten in gebührendem Abstand. Alfred schätzte das achtsame Agieren. Immer wieder rief Alfred lautstark durch die Türe, dass sie alleine waren. Kurz darauf hatte die Spezialeinheit den Tatort gesichert.

»Wer sind Sie? Was tun Sie hier?« schallten die Worte des SEK-Leaders durch das Chaos.

»Mein Name ist Alfred Peschel. Das ist meine Frau Anna. Wir sind die Geiseln, die Sie vermutlich suchen.«

Noch in der gleichen Sekunde marschierte der Polizist zum Fenster. Seine Geste mit dem Arm deutete vermutlich eine neue Anordnung an.

Alfred schüttelte sich erleichtert. Rieb sich die Handgelenke und sehnte sich nach einem Schluck Wasser. Dann stießen auch schon die Kripobeamten hinzu.

»Hallo, mein Name ist Steiger und dies ist meine Kollegin Völker. Sie sind ...?«

»Alfred Peschel«, und mit einer auffällige Kopfbewegung: »... und das ist meine Frau Anna. Wir wurden als Geiseln gehalten. Aber mindestens einer der Entführer ist mit meiner Tochter geflohen.«

»Sie wurden als Geiseln gehalten? Also doch?!«

Die Zornesröte stieg Ron Steiger ins Gesicht.

»Ja. Genau hier. Aber ich verstehe nicht ganz. Was soll ich unter dem ‚also doch' verstehen?«

»Spielt jetzt gerade nur eine unwesentliche Rolle.«

»Wie viel Zeit ist vergangen, seitdem die Entführer mit Ihrer Tochter geflohen sind? Und warum mussten sie überhaupt fliehen?« Saskia Völker führte die Befragung weiter.

Alfred berichtete von den traumatisierenden Erlebnissen der letzten Stunden. Wie sie in ihrem eigenen Haus brutal gekidnappt wurden. Auch über die Rettungsaktion eines Typen, den sie nicht kannten. Während Alfred weiter berichtete, eilten ein Notarzt und ein Assistent zum Firmenbürotrakt. Annas physische Schmerzen sollten jetzt bald der Vergangenheit angehören. Während der Arzt sich um sie bemühte, verfolgte sie gebannt die Unterhaltung. Während Ron Steiger zusah, wie der Arzt Anna versorgte, hörte er weiter Alfreds Darstellung interessiert zu.

»Nur noch mal zum Verständnis. Nur eine einzelne Person drang in dieses Gebäude ein und soll also diese zwei Burschen ganz alleine ausgeschaltet haben? So, als wollte er mal eben Purzelbäume für die Bundesjugendspiele trainieren?«

»Also für mich sah das aus, als habe er jede Menge Zeit für Purzelbäume geopfert. Dieser Typ ist hier durch wie ein Orkan.« Alfreds Stimme drückte durchaus Verwunderung aus. »Aber Sie erwähnten gerade zwei Entführer?«

»Korrekt.«

»Es waren mindestens drei oder vier Kerle. Mindestens. Jedenfalls die, die ich zählen konnte. Plus diesem Anführer. Oder was auch immer er darstellte. Jedenfalls gehorchten sie seinem Kommando. Und das Schwein ist nun mit meiner Tochter über alle Berge«, antwortete Alfred.

Stirnrunzeln auf Saskias Stirn. Sie reagierte blitzschnell und gab per Funk durch, das gesamte Gelände nach zwei weiteren Geiselnehmern gründlich zu durchforsten. In gesicherter Umgebung warteten die Kripobeamten eine Mitteilung der Spezialeinheit ab. Nach geraumer Zeit knackste es im Funkgerät. »Jo«, hallte es unmissverständlich aus dem Gerät. Dann folgte die Entwarnung. Man hatte zwei der vermutlichen Mittäter gefunden. Eine der blassen Gestalten hatte die Knebelung nicht überlebt. Bei dem jüngeren stellten sie nur noch einen schwachen Puls fest. Umgehend zitierte Saskia Völker den Notarzt zum Fundort, während der Assistenzarzt die letzten Vorsorgemaßnahmen einleitete.

»Haben Sie eine Ahnung, wo Ihr Retter aufzufinden sein könnte?« wandte sich Saskia Völker an Herrn Peschel. »Das ist uns nicht bekannt. Woher auch? Glauben Sie vielleicht, dass dieser Typ uns vorher mitteilt, wohin er fliehen würde? Im Grunde ist mir das auch egal. Mir wäre nur lieb, wenn Sie nun konkret etwas unternehmen würden. Jede Sekunde, die wir hier herumlungern, könnte meine Tochter das Leben kosten.« Alfreds und Annas Blicke trafen sich

»Wollen Sie mir vielleicht verraten, in welchem Zusammenhang Ihr Retter mit Ihnen – Ihrer Tochter – steht? Wenn ich das richtig verstanden habe, waren Mirco Langen, Limo, und Ihre Tochter ein Paar. Jedenfalls so ähnlich«, versuchte die Kommissarin das Thema zu wechseln.

»Dann wissen Sie mehr als wir«, antwortete Alfred beleidigt.

»Wie eng ist das Verhältnis zu Ihrer Tochter?«

»Was soll diese seltsame Frage?«

»Na ja, wenn Sie über keine Kenntnisse darüber verfügen, mit wem Ihre Tochter liiert ist? Ihre Freizeit verbringt …«, Saskia Völker provozierte bewusst.

»Sie sind ein wenig voreilig und zudem ziemlich indiskret. Es geht Sie im Grunde genommen nichts an, wie eng die Bindung zu unserer Tochter ist. Wie überhaupt zu unseren Kindern.«

»Im Normalfall dürfte ich Ihnen nicht widersprechen. Doch in diesem Fall … Wir ermitteln in einem Entführungsfall, Tötungsdelikten, wer weiß, vielleicht sogar Mord! Ich habe Fragen. Die möchte ich gerne beantwortet haben. Insofern sie mit den Fällen in Verbindung stehen.« Betretenes Schweigen bei Alfred und Anna.

»Wir können es nicht verstehen, warum diese Typen auf Emely aus sind.«

»Herr Peschel, sind Sie vermögend?«

»Nein. Wir hatten das Glück, gutes Geld zu verdienen. Aber von vermögend sind wir dann doch um einiges entfernt.«

»Okay. Vor Ihrer eigenen Entführung erhielten Sie keinen Anruf, Erpresserbrief, irgendetwas in der Art?«

»Nein.«

»Also haben Sie auch Herrn Langen vorher noch nie gesehen?«

»Nein.«

»Wirklich? Versuchen Sie sich doch genau zu erinnern.«

»Wollen Sie mir irgendetwas unterstellen?«

»Nicht unterstellen, nur Ihnen die Möglichkeit geben, die Wahrheit zu sagen.«

»Was erlauben Sie sich …«

»Herr Peschel. Gut, dann sollte ich etwas konkreter werden.«

»Werden Sie …«, Alfred rieb sich die Handgelenke.

»Ich kann nicht nachvollziehen, warum Sie ein zufälliges Treffen mit Mirco Langen am Haus Ihrer Tochter verschweigen wollen. Kennen Sie Fiona, die beste Freundin Emelys?«

»Sicher.«

»Dass Mark Ihr Sohn ist, dürfte dann auch korrekt sein?«

»Mark? Fio? Was ist mit Ihnen?«

»Keine Angst. Ihnen geht es gut. Auf dem Weg hierher erhielten wir einen wichtigen Anruf aus der Zentrale. Zunächst sprachen wir mit Ihrem Sohn. Anschließend mit der jungen Frau. Fiona konnte uns unter anderem von diesem Treffen berichten. Keine Panik, sie sind in guten Händen.«

Alfred nickte einmal mehr. »Ja. Fio verriet mir, dass dieser Mirco in eine ganz schlimme Sache verstrickt sei. Angeblich beendete er aus Sicherheitsgründen die Beziehung. Er befürchtete, dass nicht nur er selbst attackiert werden würde. Viel mehr plagten diesen Typen immense Ängste, dass Emely oder uns etwas zustoßen könnte. Emely kaufte ihm die Geschichte anscheinend nicht ganz ab. Und wenn ich ehrlich bin, ich hätte es an Emelys Stelle auch nicht geglaubt.«

»Könnten Sie Ihre Aussage konkretisieren?«

»Nein, kann ich nicht. Nur, dass dieser Typ in der Firma extreme Probleme hatte.«

»Okay. Können Sie vielleicht den geflüchteten Geiselnehmer beschreiben?« übernahm Steiger.

»Kaum. Diese merkwürdigen Gestalten liefen ständig maskiert umher. Auch der Anführer selbst. Er dürfte ungefähr einen Meter achtzig groß sein. Sportliche Statur. Dunkel gekleidet.«

»Er könnte italienischer Abstammung sein. Ich bekam mit, wie einer der maskierten Typen ‚Scheiß Itaker' sagte.« ergänzte Anna die vage Personenbeschreibung ihres Mannes.

»Sonst noch irgendetwas Auffälliges?«

Steiger und Völker blickten in nachdenkliche Gesichter. Sie erhielten keine Antwort.

»Wurde Mirco Langen, also *der Typ*, vom vermeintlichen Anführer gezwungen mitzugehen? Oder ist er geflüchtet?«

»Nein. Er hat, wie bereits erwähnt, unser Leben gerettet, indem er die anderen außer Gefecht setzte. Der Mann, der hinten aus dem Fenster stürzte, richtete zuvor die Pistole in unsere Richtung. In diesem Moment befürchtete ich, dass es das war. Doch diesem Typen, also Mirco« gab jetzt auch Alfred ihrem Retter einen Namen, »gelang es unter Einsatz seines Lebens, diesem Verbrecher einen Tritt zu verpassen. Durch die infernalische Wucht geriet der Mann ins Wanken und krachte durch die Scheibe. Der Anführer nutzte derweil die Zeit zur Flucht. Es ging alles so schnell. Jedenfalls schnappte er sich unsere Kleine und schleppte sie durch einen hinteren Ausgang. Mirco ist den beiden kurze Zeit später gefolgt, als er sah, dass es uns einigermaßen gut ging. Jetzt ist er alleine hinter diesem Schweinehund her.«

Anna gelang es nicht, ihre Tränen zu unterdrücken. Er hatte es in den letzten Jahren in der Öffentlichkeit nicht oft getan, aber in diesem Augenblick schloss Alfred seine Frau in die Arme. Zärtlich streichelte er tröstend ihre Schultern. Anna blickte mit verheulten Augen zu ihm hinauf. Er nickte, legte ihren Kopf sanft auf seine Brust und hielt sie fürsorglich, wie ein kleines Baby an sich gedrückt. Sie fühlte eine Innigkeit wie seit Jahren nicht.

Super! Noch ein Superheld. Steigers Mundwinkel verzogen sich griesgrämig.

»Konnten Sie mitbekommen, womit Herr Langen dem Geiselnehmer gefolgt ist?« fragte er.

»Konnte nur verfolgen, wie er über den Hof rannte. Er lief in die Richtung, aus der Sie kamen«, antwortete Alfred.

»Ich bedanke mich für Ihre Ausführungen. Ich überlasse Ihnen eine Visitenkarte von mir. Für den Fall, dass Ihnen noch etwas einfallen sollte.«

»Moment, Frau Völker, wie geht es jetzt weiter?«

»Wir werden jetzt alles daran setzen, Emely zu befreien. Also wenn Ihnen noch wichtige Details einfallen sollten … meine Nummer haben Sie. Wir melden uns umgehend, wenn es einen neuen Stand gibt. Ich veranlasse eine Streife, Sie rund um die Uhr zu überwachen. Bis zum Ergreifen der Entführer. Okay?« Saskia Völker tätschelte mitfühlend Annas Oberarm. Die beiden Kommissare verließen den Tatort. Noch bevor sie das Areal verließen, informierte Saskia Völker die Spurensicherung und teilte dem Innendienst mit, dass sämtliche Streifen ein verstärktes Auge auf diesen durchaus auffälligen Sportwagen mit dem bekannten Kennzeichen werfen sollten. Steiger hingegen leitete die Ringfahndung ein. Wie so oft in den letzten Wochen tappten die uniformierten Staatsdiener im Dunkeln. Wenigstens hatten die filmischen Beweise und ausführlichen Schriftstücke einen enormen Umfang. Dazu besaß die Polizei dutzende Wertpapiere, deren Wert bereits in Kürze konkret entschlüsselt werden würde. Dieser Fall hatte genügend Potenzial, um von der Presse sorgfältig ausgeschlachtet zu werden. Doch bevor dies geschehen würde, musste noch der schwierigste Teil erledigt werden. Steiger rief Frank Helmes an. Er solle mit dem türkischen Anwalt am nächsten Tag vormittags um elf im Revier erscheinen. Dann sollte über die weitere Vorgehensweise entschieden werden.

Zwischenzeitlich kümmerte sich die Spurensicherung darum, jeden nur erdenklichen Hinweis zu ermitteln, der zum Täter führen könnte. Selbst die Kollegen aus Hagen und Köln aktivierte Steiger. In der Zwischenzeit chauffierte eine Zivilstreife Familie Peschel zu deren Eigenheim. Jeweils zwei Kollegen begannen die Observation.

Zur gleichen Zeit:

Atemberaubend schöne Frauen verwöhnten eine Gruppe geiler Kerle. Noch am Vormittag hatten sie gigantische Geschäfte abgewickelt, nachmittags die feinsten Gourmetmenüs verspeist und erlesenen Wein getrunken. Nun am Abend frönten sie einer Sexorgie mit Luxushostessen. Gleich drei Frauen bedienten dabei einen einzelnen Herrn. Sie ließen keinen Männertraum unerfüllt. Gy schloss Geschäfte mit Italienern, Russen, Türken, sogar mit Niederländern ab. In diesem Falle waren es zum Teil hochdekorierte deutsche Politiker, Banker und Wirtschaftsmagnaten. Sehr gut gelaunt über den positiven Verlauf der Geschäfte am Weihnachtsabend führte Gy gönnerhaft seine Edelhuren vor. Die Greise präsentierten sich keck unter der Wirkung der blauen Lagune, um sie herum viel zu junge Frauen. Sie wärmten die alten, schlaffen Glieder der Greise mit ihren feurigen Leibern. Mit widerlichem Gelächter und obszönen Bemerkungen befahlen sie den Sexspielzeugen, ihre alten verschrumpelten Schwänze zu lutschen. Und würden diese dekadenten Herren es befehlen, würden sie ihnen noch das Essen vorkauen. Einzig Gy hielt sich vorsorglich bedeckt. Ein Typ, der bei jeder Gelegenheit einen kühlen und klugen Kopf bewahrte. Einer seiner Laufburschen trat zu ihm heran und übermittelte ihm eine wichtige Depesche. Ein unbekannter Typ wartete im Vorraum seines Büros. Gy schielte unauffällig in die Runde. Er grinste hämisch, als er einem in den Siebzigern gefürchteten Rebellen zusah, der zu seiner aktiven Zeit niemals müde wurde zu streiten, wie er einer der bezahlten Liebesdamen abartige Befehle erteilte. Dann verkrümelte er sich stillschweigend, während die ahnungslosen Gnome nicht ihre Finger von den Frauen lassen konnten.

»Was verschafft mir die Ehre Ihres Besuches«, spottete Gy.

»Hör auf mit dem Scheiß. Hör zu, es gibt Mordsprobleme. Deine Jungs haben auf ganzer Linie versagt.«

Gy lachte irre.

»Willst du mich verarschen?«

Das Lachen verstummte abrupt.

»Sieht das so aus für dich, dass ich mir Scherze erlaube? Vermittelt dir irgendeine dämliche Geste, dass ich dich verarschen will? Es ist gut möglich, dass niemand überlebt hat.«

»Was …!! Wie ist das möglich? Hast du das selbst gesehen?« fragte Gy nun sichtlich nervös. Schließlich stand das Leben einiger seiner besten Männer auf dem Spiel.

»Es lief genau nach Plan bis zu dem Punkt, als dieser Wichser aufgetaucht ist. Wie aus dem Nichts überfiel er uns im obersten Stockwerk. Keine Ahnung, wie dem Arsch dies gelungen ist. Von deinen Jungs im Untergeschoss keine Spur. Dieses Arschloch hat deinem Wortführer einfach eine Kugel in die Stirn gejagt. Was mit dem vierten Mann geschah, weiß ich nicht. Er geht nicht an sein Handy. Die Schlampe konnte ich so grade noch erwischen. Sie befindet sich im Kofferraum meines Wagens. Sieht wohl nach einer beschissenen Weihnachtsüberraschung aus.«

Gys Grimasse glich dem faden Abklatsch eines Hollywoodmafioso. Drei seiner besten Leute tot?! Zwei von ihnen langjährige Weggefährten. Dennoch gelang es Gy nach dem ersten Schock, äußerlich ruhig und bedacht zu wirken.

»Was ist mit den Unterlagen, die er gegen euch verwenden wollte? Nutzt es noch, wenn ich mich um diesen Langen persönlich kümmere?«

»Sämtliche Unterlagen befinden sich wohl in seinen Händen.«

»Wenn er sie nicht bereits den Bullen übergeben hat«, führte Gy an.

»Das liegt natürlich im Bereich des Möglichen. Ich hoffe aber, dass er sie noch besitzt. Denn das Merkwürdige ist, er ist tatsächlich alleine aufgetaucht. Kein einziger Cop weit und breit, als ich das Areal verließ.«

»Du vermutest, er unternimmt einen Alleingang?«

»Ich kenne Mirco ganz gut. Seit der Schulzeit kenne ich ihn. Zudem spielten wir einige Jahre zusammen Fußball. Er ist ein verdammter Gerechtigkeitsfanatiker. Er ist eklig penetrant, wenn ein Freund unfair behandelt wird. Vor gut zehn Jahren verlor ich ihn aus den Augen. Ausgerechnet mein Bruder holte dieses Arschloch zur Firma. Ich dachte, ich sehe ein Gespenst, als er bei Luca aus dem Büro trat. Ich kann und werde mir von niemandem meine Karriere versauen lassen. Erst recht nicht von Mirco. Ich hasse diese verkrüppelte Pottsau. Und es geht nicht nur um mich. Es geht verflucht noch eins um die ganze Firma. Er bringt jeden, der bei den Geschäften mit drinhängt, in den Knast.«

Dario Filippo keifte, wild geworden vor Hass.

»Dann bring es zu Ende! Oder wir gehen alle drauf!«

»Aber wie?«

Filippos Hirn drehte sich im Kreis. Er hatte nicht den Hauch einer Idee. Der Halbitaliener verfluchte seine Ratlosigkeit und gleichzeitig seine Abhängigkeit von Gy.

»Ganz einfach. Köder ihn mit seiner Tussi. Lock ihn hoch zur Luisenhütte. Die befindet sich im Sauerland zwischen Balve und einem kleinen Örtchen namens Mellen, westlich von Balve gelegen. Zwei Waldwege führen zu einer uralten Hochofenanlage. Die Anlage ist seit einigen Jahren als ein nationales kulturelles Denkmal eingestuft worden. Dürfte eine optimale Gegend sein, um diesem Wichser einen gebührenden Empfang zu bereiten. Der Vorteil ist, bis man die Anlage erreicht hat, muss man einen ziemlich langen, schmalen Pfad befahren. Ringsum nichts als Felder und Wiesen. Unmittelbar um die Anlage selbst schotten Bäume die Gegend ab. Sollte der Typ also auf die Idee kommen, die Bullen anzuschleppen, werden wir es früh genug mitbekommen.«

»Aber wenn die Anlage doch in einer Sackgasse steht?«

»Verlass dich drauf, ich kenne mich in dieser Gegend gut aus.«

Dario blickte skeptisch zu Gy rüber, verließ sich aber dann doch auf dessen Aussage. Gy hatte ihm in der Vergangenheit oft genug bewiesen, dass auf ihn Verlass war.

»Und außerdem würde ich diesem Pisser mit Freuden ein Loch in den Kopf schießen. Er hat meine Jungs auf dem Gewissen.«

»Du sagst das so locker und leicht. Ich jedenfalls habe Mirco extrem unterschätzt. Hätte nicht geglaubt, dass dieses Arschloch so hart im Nehmen ist. Spätestens als ich gesehen habe, wie er kämpft und wie er mit der Waffe umzugehen weiß, wurde mir klar, dass wir ihn mit allen Mitteln stoppen sollten. Wenn es nicht schon zu spät ist.«

»Zerbrich dir nicht meinen Kopf. Ich weiß sehr wohl selbst einzuschätzen, welchen Verlust dieser Typ mir zugefügt hat. Doch so läuft das Geschäft. Heute du, morgen ich! Ich verspreche dir, dass die von dir investierte Knete bestens bei mir angelegt ist. Spätestens morgen Abend …«

Der Halbitaliener verstand die Andeutung und kratzte sich nervös. Eine Geste, die ihn als einen miesen Pokerspieler entlarvte. So langsam sehnte er sich nach der üblichen Langeweile an den Weihnachtstagen.

30

Limo und Halil saßen mit Murat am Tisch. Sie vertilgten gerade eine türkische Delikatesse, die Murats Schwester zubereitet und vorbeigebracht hatte. Sie platzierte eine faustdicke Kerze in der Mitte des Tisches und zündete sie an. Sie lächelte süß. Sie blickte die Jungs nacheinander an und sagte: »Wenigstens etwas Weihnachtsatmosphäre«. Dann verließ sie die Stube. Unter sechs Augen berichtete Limo von seinen Taten an diesem Tag. Je detaillierter er erzählte, ums so schwerer fiel es ihm, die Happen des vorzüglichen Essens zu schlucken. Eine bleischwere Last drückte Limos Schultern zu Boden. Halil spürte, wie der Deutsche von Minute zu Minute wortkarger wurde. Es hatte den Anschein, als stopfe er nur gelegentlich apathisch und notgedrungen die Happen in den Mund.

»Limo. Was ist los?« fragte Halil besorgt nach.

»Er …er …, dieses Schwein hat Emely noch in seinen Pfoten.«

Limo fasste sich mit beiden Händen an seine Stirn und verdeckte seine Augen. Halil schaute hilfesuchend zu Murat hinüber. Noch vor wenigen Stunden hatte Limo sich als Kämpfer und Retter erwiesen. Doch in diesem Augenblick, als er Emely vor seinem geistigen Auge erblickte, wurde ihm klar, dass es nun kaum noch möglich war, sie zu retten. Halil unternahm einen Versuch, Limo zu trösten.

»Was glaubst du, wo könnte dieser Typ sich verstecken?« versuchte der Türke Limo mit einer Frage in ein Gespräch zu verwickeln.

Limo legte die Hände auf den Schoß.

»Halil, ich habe nicht den Hauch einer Ahnung. Aber ich habe eine vage Idee, wer der Kerl sein könnte. Soweit ich nachgezählt habe, fehlen nur noch zwei. Mit den Filippos drei! Es existieren ja zwei Filippos. Luca und Dario. Sowie der Typ, den man im Video sehen konnte, Baldwin.«

»Wieso sind Dario und Luca Brüder?« fragte Halil nach. »Galep erwähnte mir gegenüber einmal, dass der eine sich Dario Filippo schreibt und Luca mit Nachnamen Jos heißt.«

»Das ist korrekt, Halil. Deren Mutter war zweimal verheiratet. Ihr Mädchenname lautet Filippo. Später heiratete sie einen Tschechen. Ich vermute, dass dies damit zusammenhängt. Ist auch nicht sonderlich wichtig.«

»Aber was spricht dagegen, diesen drei Herren genauer auf den Zahn zu fühlen?«

»Morgen?« fragte Limo erwartungsvoll.

»Jetzt!« antwortete Halil. »Warum zögern? Die Weihnachtstage sind eh verschissen. Und zweitens wartet deine Freundin auf Hilfe. Also?« Plötzlich war er wieder da, der Kampfesmut in Limo.

»Wir beide?«

»Warum nicht. Wir sind ausreichend bewaffnet. Hinzu kommt der Überraschungseffekt, der eindeutig auf unserer Seite ist.« Halil verbreitete Zweckoptimismus.

»Obwohl …, die haben doch bestimmt Familien?« fügte er dann doch etwas unsicher hinzu. Als eingefleischter Familienmensch gefiel ihm dieser Gedanke nicht so recht. Klar, diese Filippobrüder und Baldwin wollten sie aufschrecken, keine Frage! Aber Unschuldige sollte es möglichst nicht erwischen.

»Ich hatte auch mal eine Familie!« legte Limo den Finger auf die Wunde. Halil schwieg für einige Sekunden.

»Sorry, Limo. Manchmal bin ich …«

Limos Blick drang durch ihn hindurch. Er registrierte, dass er seit dem brutalen Tod seiner Eltern nicht eine einzige Sekunde an den Mord gedacht hatte.

»Limo …?«

»Mach dir keinen Kopf. Ich weiß, was du mir mitteilen wolltest«, entgegnete ihm Limo.

»Hey, Leute, wenn ihr noch Verstärkung benötigt, ich wäre dabei«, bot Murat tapfer seine Dienste an.

»Das ist echt nett von dir, Murat. Mir wäre es aber lieber, wenn du hier die Stellung halten könntest. Wir tauschen am besten alle Telefonnummern aus. Zusätzlich gebe ich dir noch die direkten Rufnummern der Kripoleute. Egal was auch geschieht, du könntest von hier aus reagieren. In deiner gewohnten Umgebung bist du sicher aufgehoben.«

»Kein Problem. Dachte nur, weil ich gut kämpfen und mit Waffen umgehen kann. Halil ist eher der Denker.«

Murat fixierte seinen Kumpel.

»Da muss ich ihm allerdings beipflichten«, bestätigte Halil. »Das soll nicht heißen, dass ich mich drücken will. Bestimmt nicht. Aber Murat sieht nur wie ein Engel aus«, ergänzte Halil mit einem Augenzwinkern.

»Warum rufen wir eigentlich nicht jetzt schon die Kripo an?«

»Gute Frage, Halil. Ich weiß es nicht. Ich weiß nur, dass es zweimal daneben ging. Wenn ich ehrlich bin, strebe ich danach, dieses miese Stück selbst dingfest zu machen. Ich habe, zugegebenermaßen, in der letzten Zeit genügend Fehler begangen. Auf den einen mehr kommt's jetzt nicht mehr an.«

»Wenn es dann aber der entscheidende Fehler wäre?«

»Wie meinst du das, Halil?«

»Na ja, bis hierher besteht noch berechtigterweise Hoffnung, diesen fiesen Drecksack zur Strecke zu bringen. Nur was ist, wenn dir selbst ein Unglück zustoßen sollte? Wer sollte die Geschichte dann zu Ende bringen?«

Limo lächelte sanftmütig. »Ein berechtigter Gedanke, Halil. Aber, wie du schon trefflich bemerkt hast, es besteht noch ein Funke Hoffnung. Das Schwein ist alleine geflohen. Keine Ahnung, wie viel Typen er noch aus dem Hut zaubert. Das Risiko nehme ich in Kauf. Wenn's mich dann dennoch treffen sollte … aber hey, wird schon gut gehen!« versuchte Limo den beiden Türken und sich selbst einzureden. »Okay, wenn es keine Einwände gibt, gehen wir wie folgt vor …«

Nachdem Limo Halil und Murat alle verfügbaren Rufnummern mitgeteilt hatte, schnappten Murat und Limo die Pistolen und die Munition, die für das Erlegen einer Kompanie von Verbrechern ausreichen würden. Limo kam Murats Vorschlag nach und überließ Halil den technisch sicheren Part. Sie verließen Murats Zimmer. Einige Treppenstufen weiter unten deutete Murat auf der Türschwelle an, dass Limo einen Augenblick warten solle. Irritiert blieb Limo stehen und verfolgte flüchtig, wie Murat eine Treppe tiefer entschwand. Einige nervöse Atemzüge später registrierte Limo das Gepolter auf den Holzstufen der Kellertreppe. Kurz darauf kehrte Murat mit Kabelbindern und zwei Schlagringen zurück. Limo nickte lächelnd. Er gewährte dem findigen Türken mit dem Engelsgesicht den Vortritt und ließ die Tür ins Schloss fallen.

Einige Minuten später befanden sie sich wenige Kilometer vor dem Olper-Südkreuz der A4. Limo teilte dem Türken mit, seinen ursprünglichen Plan ein wenig umdisponieren zu wollen. Nicht erst diesen Baldwin, so sein Bauchgefühl. Denn bei dem Gedanken an die Filippos rumorte es mächtig in der Magengegend. Murat grinste kess. Ihm schien es egal zu sein, wer als erstes dran glauben musste. Murat testete den Schlagring, ballte kräftig die Faust, dass selbst in der Dunkelheit die weißen Knöchel unter der Handwaffe sichtbar hervortraten. Plötzlich trat Limo auf die Bremse und steuerte dann die Ausfahrt bei Gerlingen hinunter, ein Ort unmittelbar südlich hinter Olpe gelegen, wenn man aus Richtung Attendorn kommend die L 512 befährt. Murat vergrub sich tief in die Schalensitze. Erneut grinste er kess.

»Deine Entschlusssicherheit ist nicht unbedingt die verlässlichste. Also doch erst diesen Baldwin?«

Limo nickte und suchte nur flüchtig einen Blickkontakt. »Sorry.«

»Wofür? Dann mal los.«

Limo wusste nur, dass Baldwin in diesem Ort unmittelbar an der Koblenzer Straße wohnte. Limo besaß keinerlei Informationen über den unscheinbaren Typ. Nicht mal die Hausnummer kannte er. Limo parkte in einer relativ unbeleuchteten Ecke, als sie an der Koblenzer Straße angekommen waren. Sie wechselten noch einige Worte und trennten sich dann. Im Schutze der Dunkelheit suchten sie Haus für Haus die Namensschilder der Einwohner ab. Murat empfand es als das Glück des Tüchtigen, als er den Namen A. Baldwin an einer Türklingel handschriftlich eingetragen entdeckte. Er schlich einige Meter vom Haus zurück und sendete Limo eine SMS. Unwesentlich später traf Limo an der Wohnung ein. Umsichtig betraten die beiden das Grundstück. An der Rückseite des Hauses stand ein Fenster auf Kipp. Das Rollo war nur zur Hälfte heruntergelassen. Konnte man der Klingelaufschrift Glauben schenken, so musste Baldwin im Untergeschoss des renovierungsbedürftigen Altbaus hausen. Murat erwies sich als Profi. Mit einem süffisanten Grinsen auf den Lippen betrachtete Limo, wie sein neu gewonnener Helfer eine circa dreißig Zentimeter lange Metallstange hervorzauberte, an deren Ende merkwürdige Spitzen eingearbeitet waren. Er machte sich daran, das Fenster aufzuhebeln. Ohne Probleme sprang das Fenster lautlos auf. Mühelos verschwanden die unscheinbaren Schatten im Haus. Nachdem sie einigermaßen die Orientierung gefunden hatten, stiegen sie eine schmale Stiege hinab. Unten angekommen standen sie zögernd vor einer Holztür. Kein Namensschild, keine Klingel. Trotzdem sagte Limos Bauchgefühl ihm, dass er vor der richtigen Tür stand. Er gab Murat ein Zeichen, worauf sie gemeinsam die Tür rammten und ohne Anstrengung in der Wohnung standen. Das Geräusch ließ Baldwin unsanft aus den Federn schrecken. Murat nahm rasch zwei Schritte Anlauf und landete mit einem

Mordssprung auf seinem Opfer und nutzte dessen Verschlafenheit aus. Wenige Sekunden später lag die verdächtige Person verschnürt wie ein Paket auf dem Bett. Limo trat erst einige Zeit später ins Schlafzimmer. Zuvor suchte er den Rest der Wohnung nach weiteren Mitbewohnern ab. Baldwin hauste offensichtlich alleine in dieser Bude. Ein widerliches Gemisch von mangelnder Körperhygiene und schlechtem Atem erreichte Limos Nase und verursachte einen unangenehmen Brechreiz. – Das soll der Typ sein, der Emely in seinen Wichsgriffeln halten sollte? Berechtigte Zweifel verursachten ein flaues Gefühl im Magen.

»Wer seid ihr?« fragte Baldwin, nachdem er den ersten Schock überwunden hatte. Limo schaltete das Licht ein.

»Du? Bist du nicht bei der Firma RO-Trock?« erkannte Baldwin sein Gegenüber.

»Genau wie du. Es tut uns leid, dass wir Sie zu einer solch unchristlichen Zeit behelligen müssen. Aber wir sind auf der Suche nach einer Frau und deren Kidnapper«, erläuterte Limo höflich, als habe Baldwin sie freiwillig zur Tür hereingelassen.

»Bei mir?«

»Sie sind doch Andreas Baldwin?«

»Ja. Der bin ich. Und was habe ich mit einer Entführung zu tun?«

»Keine Ahnung. Sagen Sie es mir.«

»Blödsinn. Wen sollte ich denn entführt haben? Sieht das hier vielleicht aus wie eine Räuberhöhle?«

»Ah, zu Scherzen aufgelegt. So wie ich hier die Bruchbude sehe, wären Sie sicher froh, in einer Räuberhöhle zu wohnen. Allein bei diesem Gestank … Widerliche Pottsau. Zum Pissen oder zum Scheißen machen Sie sich vermutlich gar nicht erst die Mühe, aufs Klo zu gehen. Aber das soll jetzt nicht unser Anliegen sein. Bis wir geklärt haben, ob Sie der Entführer sind oder mit drin stecken werden Sie unser Gast sein. Sie haben einen Wagen?« Langsam begriff der Überrumpelte seine gefährliche Situation.

»Ja. Aber um wen handelt es sich denn? Ich habe keinen blassen Schimmer.«

Limos Miene verfinsterte sich. »Ihr Name ist Emely. Aber natürlich weißt du nicht, wer das ist.«

»Emely? Meine Emely …?«

»Ihre? Sind Sie nicht ganz dicht?«

»Wie sieht sie aus? Blond? Extrem attraktiv? Sie wohnt in Wenden.«

»Warte einen Augenblick. Ich besitze noch ein Foto von ihr.« Limo nickte Murat zu. Baldwin wälzte sich aus den muffigen Federn und zog bedächtig sein Handy hervor. Murat immer im Schatten.

»Bitte. Das ist Emely. Reden wir von dieser Frau?«

Limo blieb stumm. Er kämpfte mit dem Gedanken, dass dieses Stinktier Emely anfassen durfte. Mit ihr schlief. Limo würgte die eigene Kotze hinunter. Baldwin checkte die Lage.

»Oh Scheiße. Du bist ihr Stecher?« Noch bevor er seine Weisheit laut aussprach, registrierte er die Miene des Eindringlings. Er war clever genug, sich nicht weiter zu belustigen. »Hey, Mann, dass war nicht so gemeint.« Limo blieb äußerlich gelassen.

»Schon gut.«

»Schon gut?« Murat fehlte das Verständnis.

»Später, Murat. Alles zu seiner Zeit.«

»Dann übergeben Sie uns bitte den Schlüssel und begleiten Sie uns.«

Limo blieb freundlich, aber bestimmt.

»Und wenn ich mich weigere?«

In diesem Augenblick zog Limo seine Pistole hervor und kratzte sich mit dem Lauf provokant und wortlos den Oberschenkel. »Was glaubst du, wie viele Kugeln werde ich benötigen, bevor du stirbst?« Spätestens jetzt stellte Baldwin fest, wie prekär seine Lage wirklich war. Dieser Einbrecher mit seinem Kumpel stellte unmissverständlich klar, dass Blut fließen würde, wenn er nicht parieren würde, sein Blut!

»Ich habe wirklich nichts mit dieser Entführung zu tun.«

»Dann haben Sie nichts zu befürchten. Außer, dass Sie sich vor Gericht wegen Betruges rechtfertigen müssen. Bloß'n paar Jahre Knast. Immer noch besser als zwei Meter tief in der Erde.«

Baldwin zog ein trotteliges Gesicht und besorgte den Wagenschlüssel. Als Limo den Schlüssel von Baldwin in den Händen hielt, ließ sich Baldwin ohne Gegenwehr knebeln. Murat schulterte spielend das Opfer und verließ mit ihm die Bude, aus der sogar ein Skunk die Flucht ergreifen würde. Limo folgte. Auf Knopfdruck sprang der Kofferraumdeckel auf und Murat bugsierte das wehrlose Objekt hinein. Murat setzte sich hinters Steuer und wartete, bis Limo eintraf. Fest entschlossen überquerten sie die nordrhein-westfälische Grenze in Niederschelden und steuerten Limos Heimatdorf an. Dort, wo auch Luka Jos und Dario Filippo wohnten. Limo vertraute seinem sechsten Sinn. Er schenkte Baldwins Aussage Glauben. Dieser Typ war kein Entführer, kein Mörder. Er war einfach nur ein wirtschaftskrimineller Ganove. Aus Limos Sicht musste mindestens einer der beiden Brüder der Initiator der Verbrechen sein. Wenn nicht gar beide. Murat folgte Limo in unauffälliger Entfernung. Der hielt an. Lucas Reich! Umsichtig betraten sie das Grundstück. Murat bewegte sich vorsichtig um das Haus herum und schenkte Limo nicht viel Zuversicht. Es existierte keine Schwachstelle am Haus des Möchtegernmachos. Skepsis kroch Limo in die Knochen. Kein Licht im Haus. Das Haus verriegelt und verrammelt. Entweder verbrachte dieses Arschloch den Weihnachtsabend bei seiner Mutter? Oder seinem Vater? Oder … Limo schluckte. Es blieb ihnen keine andere Möglichkeit, als die Scheibe der Haustüre einzuschlagen. Limo schaute um sich und hoffte, dass in der Nachbarschaft kein Hund unter einer schwachen Blase litt. Der Wind wehte ihnen günstig in den Rücken. Limo versteckte seine Faust schützend unter dem Pulli und schlug mit einem kernigen Ruck die Scheibe ein. Schnell steckte er eine Hand hindurch und drehte den Knauf, bis die Tür aufsprang. Murat zog seine Pistole und folgte Limo ins Haus. Noch herrschte Dunkelheit im Hausflur.

Durch den dumpfen Schlag und das Geräusch der aufschlagenden Scheibenstücke auf dem Fliesenboden schreckte Luca auf. Seine Freundin bemerkte nur die ruckartige Bewegung ihres Freundes. Als sie ihre Augen öffnete, sah sie, wie Luca mit einem Finger seine Lippen verschloss. Dieser aalglatte Typ bewies in dieser Situation Mut und kletterte selbstbewusst aus dem Bett. Limo und Murat schlichen bereits die Treppe zum Obergeschoss hinauf, als sie das unscheinbare Knarren einer Tür vernahmen. Luca fluchte innerlich. Er hatte nicht an die Scharniere gedacht, die schon seit Jahren nach Öl lechzten. Limo und Murat positionierten ihre Körper lautlos hinter ausgewachsenen Goldfruchtpalmen im Hausflur. Sie verharrten dort im Schutz der Dunkelheit für eine Weile. Limo spürte instinktiv, dass Luca jede Sekunde um die Ecke kommen würde. Er führte diesen Gedanken noch nicht ganz zu Ende, als er nackte Fußspitzen erkannte. Wie ein Raubtier schnellte Limo zwischen den Palmen nach vorne und überraschte Luca mit einem vernichtenden harten Leberhaken. Mühelos setzte er nach und überwältigte den schleimigen Typen. Murat erledigte den Rest. Während Limo in Windeseile die anderen Räume im Obergeschoss nach Mitbewohnern durchstöberte, hielt Murat Luca in Schach und fesselte ihn rücksichtslos mit Kabelbinder. Schließlich wurde Limo im Schlafzimmer fündig. Gleich darauf schrie die junge Frau mit verängstigten Augen wild los. Ohne groß Mitleid zu verspüren versetzte Limo ihr einen Schlag mit der flachen Hand ins Gesicht. Sie hielt sich vor brennenden Schmerzen das Gesicht, abrupt verstummte ihr Geschrei. Als Murat Luca fertig verpackt hatte, folgte er Limo ins Schlafzimmer und begann umgehend die junge Frau zu fesseln. Unterdessen marschierte Limo zu seinem Ex-Objektleiter. Murat hatte ihn in einer Embryonalstellung zurechtgelegt. Limo hockte sich auf Lucas Kopfhöhe neben ihn.

»Da sind wir«, begann Limo. Luca beobachtete eingeschüchtert, wie Limo ihm tief in die Augen sah. »Dachte schon, du würdest einen harmonischen Weihnachtsabend feiern. Aber dass du schon um diese Zeit im Bett liegst?«

»Tja. Es gibt Dinge im Leben …«, Luca beendete den Satz nicht. Er fixierte Limo.

Limo griff dessen fragenden Ausdruck auf. »Folgendes kannst du dir gleich sparen. Warum und wieso wir hier sind, spielt keine Rolle. Wobei ich mir sicher bin, dass du im Bilde bist. Ich stelle dir jetzt die eine oder andere Frage. Solltest du sie mir nicht adäquat beantworten, stirbt deine Freundin zuerst. Wenn du das begriffen hast, solltest du jetzt mit dem Kopf nicken. Okay?«

Luca reagierte kooperativ. Er ließ sich auf kein Spiel mit Mirco ein.

»Niederlassungsleiter, hört sich doch gut an. Bist du nicht sauer, dass Dario nun den Titel bekommen hat?« begann Limo abschätzig.

»Blödsinn. Er verdient es durchaus. Ist das der Grund, warum du nachts bei mir einbrichst? Meine Freundin zu Tode erschreckst? Oder willst du dich rächen, für die Aussage, die ich dir damals an den Kopf geworfen habe? Mitten in der Nacht!«

»Nur deine Freundin? Du hast dich nicht erschreckt?«

»Mirco, ich versteh nicht, was du von mir willst? Komm doch einfach mal zur Sache.«

»Ganz einfach. Ich klage dich hiermit unter Ausschluss der Öffentlichkeit an, in mehreren Fällen die Anordnung zum Mord erteilt zu haben. Ich bin jetzt für dich so etwas wie Geschworener, Richter und Vollstreckungsorgan in einer Person.«

»Du redest in Rätseln. Welche Morde? Wen denn, verdammt noch mal? «

Limo ließ ab von seinem Plan, als er Lucas Blick prüfte. Wenn Luca log, krauste er für gewöhnlich leicht die Nase und versuchte sich mit dem folgenden Schniefen Zeit zu verschaffen. In diesem Moment sagte er die Wahrheit. Limo kniff die Augen zusammen.

»Also, Herr Projektleiter, wo finde ich deinen Bruder?«

»Dario?«

»Hast du noch einen Bruder, den ich kennen sollte? Gerade noch habe ich dir deine Aussage abgekauft. Jetzt wiederholst du den Namen deines Bruders, als hätte ich ein Wunder laut ausgesprochen. Sieht für mich aus, als ob du Zeit für eine kluge Antwort benötigst. Nun, da ich dir diesem Wunsch mit meinem Geschwätz entgegengekommen bin, für welche Antwort hast du dich entschieden?« Hinter Limos Rücken streckte sich Murat aufrecht. Die Finger seiner rechten Hand steckten in seinem Eisengestell. Luca erahnte den Gegenstand.

»Er … er wollte, ich meine, er ist auf einer Hochofenanlage in Mellen, nahe Balve«, stotterte er. Er ließ Murat nicht aus den Augen.

»Geht's konkreter?« drängte Limo.

»Die Hochofenanlage war oder ist ein Museum. Habe keine Ahnung genau wo. Er teilte mir am frühen Abend telefonisch mit, dass er nicht vorbeikommen könnte. Er hätte noch Besorgungen zu erledigen. Muss wohl eine ziemliche Einöde sein. Besser kann ich es nicht erklären.«

»Bevor ich dem jetzt nachgehe, muss ich mich natürlich rückversichern, dass du die Wahrheit sagst.«

»Ich verstehe nicht.«

»Macht nichts. Wenn du die Wahrheit gesagt hast, gibt es keine Komplikationen. Wenn nicht, wäre doch schade, wenn ich auch in deinem Falle als Vollstrecker fungieren müsste. Ihr habt meine Familie ausgelöscht, jetzt darf ich im Zweifelsfall eben ran.«

»Aber ich verstehe wirklich nicht, von was du redest!«

Limo erkannte ein weiteres Mal den Wahrheitsgehalt in Lucas Aussage.

»Alles wird gut.«

Limo erhob sich, schlich durch die Wohnung, bis er ein Blatt Papier und einen Stift aus einer Kommode kramte. Er schrieb einige Sätze auf, faltete es anschließend zusammen und steckte es in seine Hosentasche. Limo verlor nun keine Zeit. Er schulterte Luca und Murat die junge Frau. Gemeinsam hievten sie ihre Opfer die Treppe herunter. Luca landete unsanft im Kofferraum in Baldwins Wagen, die junge Frau auf dem Rücksitz. Limo und Murat setzten sich zügig in Bewegung. Doch bevor es sie in Richtung Balve zog, blickte Murat irritiert aus dem Fenster. Er registrierte, wie Limo vor ihm das Tempo auf Schrittgeschwindigkeit drosselte. Er schien nach etwas zu suchen. Der Türke bemerkte, dass Limos Aufmerksamkeit einer Ruine galt. Jetzt blieb Limo beinah stehen und fixierte die klaffende Lücke zwischen den beiden anderen Hausblöcken, die das Feuer nur mäßig beschädigt hatte. Murat ließ Limo alleine den traurigen Gedanken nachhängen. Als die Aschenrückstände im Augenwinkel zu einem undefinierbaren Klumpen zusammenschmolzen, konzentrierte Limo sich wieder auf die Straße. Plötzlich verließ er die Hauptstraße und bog in eine Nebenstraße ein. Murat verstand nicht, folgte aber mit seiner Ladung. In der Nähe eines Wendehammers blieb der Sportwagen stehen. Limo stieg aus und beobachtete die nähere Umgebung. Wenige Augenblicke später stand Limo am Wagen von Murat und lehnte lässig den Arm auf das Dach. Mit einem leisen Surren glitt die Fensterscheibe der Fahrertür ins Blechkleid des Wagens. Die stickige Luft im Wageninneren vermischte sich rasch mit dem kühlen Dunst des Weihnachtsabends.

»Was gibt's? Wo sind wir?« stellte Murat gleich zwei Fragen.

»Hör gut zu, Murat. In diesem Haus drüben wohnt mein Kumpel Frank. Er ist Polizist …«

Murat stemmte den Oberkörper zurück in die Rückenlehne und zog eine misstrauische Miene.

»Nein, nein. Es ist schon okay. Er ist ein sehr guter Freund. Pass auf, bitte erledige du für mich eine ganz wichtige Sache …«

Limo erzählte ihm von seinem Vorhaben und übergab seinem neu gewonnenen Freund darauf das Blatt Papier mit einigen Notizen.

»Aber du bist von nun an allein auf dich gestellt.«

»Ich weiß. Du erweist mir damit einen enormen Gefallen. Die Nummer von meinem Handy kennst du ja. Wir sehen uns später.« Murat runzelte die Stirn. »Tun wir das wirklich?« fragte Murat flüsternd. Er blickte Limo eindringlich an.

»Ich versteh, was du meinst. Du glaubst gar nicht, wie sehr ich euch allen mein Leben verdanke.«

Limo gab ihm einen freundschaftlichen Klaps gegen die Schulter und verschwand mit dem gemischten Gefühl aus Todesangst und Zuversicht in der Dunkelheit. Murat ließ diesen verrückten Deutschen nicht aus den Augen, bis er mit um die Kurve bog. Limos Gedanke galt nun einzig und alleine *Emely*. Sie war die einzige, die in den stinkigen Wichsgriffeln des Halbitalieners übrig geblieben war. Was musste sie wohl bis jetzt durchgemacht haben? War sie überhaupt noch am Leben? Mit jeder Sekunde, die er an seine Traumfrau dachte, trat er kerniger aufs Gas.

»Glaubst du, er kreuzt alleine auf?« klang Dario längst nicht mehr entschlossen. Eher vorsichtig. Nervös.

Gy schaute ihn grinsend an.

»Schiss?«

»Quatsch«, antwortete er, »ich denke nur, wenn er die Bullen wider Erwarten informiert haben sollte, dann schicken sie bestimmt keinen einfachen Streifenwagen.«

»Keine Angst. Er wird kommen. Ruf ihn an. Zur Not lässt du unser Maskottchen ran. Wenn er ihre Stimme hört, wird er kommen. Allein oder mit Cops. Ist mir scheißegal. Wenn das hier durch ist und du komplett die Knete übergibst, werden wir schon längst diesem schönen Schlaraffenland den Rücken zugekehrt haben.« Gy durchdrang Dario mit einem Blick, der ihm sagte, dass er es ernst meinte. »Und das empfehle ich dir ebenso. Nur so als Tipp am Rande. Und jetzt ruf ihn an. Wird Zeit, den Matchball zu versenken …«

Limo benötigte noch etwa eine halbe Stunde bis zum Ziel, als das Handy neben ihm auf dem Sitz vibrierte. Als er den winzigen Apparat in die Hand nahm und zum Ohr führte, ahnte er bereits, dass er nun endgültig zur finalen Show eingeladen würde. Er überlegte kurz und meldete sich dann mit harter und fester Stimme.

»Wo? Wann?«, ohne abzuwarten. Dario sollte spüren, dass Limo zu allem entschlossen war.

»Ort: Balve-Mellen. Luisenhütte. Hochofenanlage, steht unter Denkmal. Du Schlaumeier findest es bestimmt ohne Schwierigkeiten. Solltest du – schnell. Alleine, in spätestens einer Stunde.«

Dario Filippo beendete mit einem Daumendruck das Gespräch. Limo hielt an der rechten Fahrbahnseite an und tippte die Angaben ein. Limo schaute gebannt auf sein Navigationsgerät. Die moderne Technik brauchte einige Momente, bis sie die benötigten Angaben auf dem Bildschirm anzeigte. Limo war schon näher dran als gehofft. Nach der Berechnung der Technik in fünfzehn Minuten am befohlenen Zielort. Limo überlegte, Murat anzurufen, doch er beließ es bei der Überlegung. Plötzlich fuhr Limo erschrocken zusammen, als sein Handy erneut vibrierte. »Limo?«

Limo erkannte die Stimme.

»Frank, du?«

»Hör gut zu, es ist alles arrangiert. Ron Steiger und seine Jungs vom SEK sind bereits unterrichtet und sind unterwegs zu dir. Bitte unternimm keine waghalsigen Aktionen. Das sind Profis und die wissen, was zu tun ist.«

»Frank, sagst du bitte Tine, dass ich sie sehr geliebt habe. Ich bin so glücklich darüber, dass ihr beide euch damals gefunden habt. Mit mir wäre sie niemals so glücklich geworden.«

»Limo, was erzählst du denn da? Das solltest du ihr später selber sagen.«

Frank begriff erschrocken den Sinn und die Ernsthaftigkeit der Aussage seines Kumpels.

»Ich werde dich und die Matches mit dir sehr vermissen …«

Limo legte auf. Nochmals vibrierte Limos Handy. Er ignorierte es und ging nicht mehr ran. Er fühlte sich, als stünde der Feind bereits hinter ihm, die Klauen fest um seine Gurgel gelegt. Er befand sich auf dem Weg, den vielleicht dümmsten Fehler seines Lebens zu begehen. Limo verschwendete jedoch keine einzige Sekunde an den Gedanken aufzugeben. In dieser Sekunde zählte nur noch die entscheidende Möglichkeit, Emely aus den Fängen dieses Verbrechers zu befreien. Die gnadenlose Rache für den Mord an seiner Schwester und ihrer Freundin. Den Mord an Anke. Die Morde an seinen Eltern und das Abschlachten seines über alles geliebten Ronny! Er hatte es mit vier Burschen gleichzeitig aufgenommen und gewonnen. Jetzt musste der Halbitaliener dran glauben. Limo ignorierte jede sinnvolle Überlegung und missachtete alle Vernunft. Es wurde Zeit, das Finale des mörderischen Drehbuchs umzuschreiben!

Frank saß am anderen Ende, den versteinerten Blick auf sein Mobilfunkgerät gerichtet.

»Was hat er gesagt?« fragte Murat.

»Frank, bitte. Nun sag schon«, forderte Tine ihn auf.

»Limo, er wartet nicht auf Steiger und das SEK.«

Frank wandte sich seiner Frau zu. Ihre fassungslosen Blicke trafen sich. Während Frank standhielt, sammelten sich bei Tine die ersten Tränen. Es gelang ihr nicht, das sinnlose Vorgehen Limos nachzuvollziehen. Immer wieder den Kopf schüttelnd wollte sie es nicht wahrhaben, dass Limo sich quasi für immer verabschiedet hatte. Ihr gemeinsamer Freund nahm mit schonungsloser Entschlossenheit in Kauf, bei dem Versuch, Emely zu befreien, sein eigenes Leben zu verlieren. Frank schnellte aus dem Stuhl hoch und eilte zu Tine. Leidenschaftlich umarmte er sie. Sie erwiderte seine Nähe. Murat starrte verlegen ins Leere.

Tine löste sich einigermaßen und wischte mit den Ärmeln ihres Pullovers die Augen trocken. »Warum tut er das? Frank … bitte.« Ratloses Achselzucken.

»Wir haben ihn doch gerade erst wieder.«

Murat räusperte sich auffällig. »Vielleicht sollten wir doch nicht das Schlimmste befürchten. Schließlich ist er noch nicht tot. Ich habe Limo kämpfen sehen, mit etwas Glück schafft er es bestimmt. Oder er wartet letztes Endes doch noch auf diesen Steiger und seinen Kollegen.«

Tine schaute ihn mit verheulten und von Wimperntusche verschmierten Augen hoffnungsvoll an.

»Danke, dass Sie uns Mut machen wollen, an Limo zu glauben.« Ein zögerndes Lächeln umspielte seine Mundwinkel, das nichts anderes verdecken sollte als seinen eigenen Pessimismus.

In der Zwischenzeit erreichte Limo die nähere Umgebung seines Ziels. Limo drosselte die Geschwindigkeit bis unter Schrittgeschwindigkeit. Umsichtig inspizierte er die Gegend, soweit es die Dunkelheit zuließ. Noch etwa zwei Kilometer bis zum Ziel. Noch eineinhalb Kilometer. Limos Puls beschleunigte. Die Scheinwerfer erloschen. Der Halbmond spendete nur kärglich Helligkeit. Risse und Schlaglöcher erschwerten die Zufahrt. Etwa fünfhundert Meter vor dem Ziel fand Limo eine günstige Gelegenheit seinen Wagen abzustellen. Auf einem dichtbewachsenen Waldweg hielt Limo an. Die letzten vier- bis fünfhundert Meter wollte er zu Fuß bewältigen. Der Überraschungseffekt sollte abermals sein Vorteil und Wegbereiter sein. Bewaffnet mit der *Glock20* und seiner Kampfkunst bewegte er sich weiter am Rande des Weges entlang.

Gys Männer lauerten, bestückt mit Nachtsichtgeräten und schwerer Bewaffnung, rund um die restaurierte Hochofenanlage. Zusätzlich würde auf Limo im Innern der umfunktionierten Scheune eine vernichtende Überraschung warten. Sollte er es wider Erwarten bis ins Innere des Gebäudes schaffen.

Emely lag zusammengekauert und festgezurrt auf einem zerlumpten Sofa mit Ungeziefer. Ihre notdürftig übergestreiften Kleidungsfetzen vermochten ihr Erschaudern nicht zu unterbinden. Sie fror. Die Luft roch intensiv nach kaltem Zigarettenqualm, Männerschweiß und dem Muff eines uralten und schlecht gelüfteten Gebäudes. Der Grund für die wachsende Euphorie ihrer Entführer lag vermutlich in der Tatsache begründet, dass sie Limo erwarteten. Sie wollten ihn in eine Falle locken, um sich seiner dann brutal zu entledigen. Im Augenblick betrachtete Emely den Osteuropäer. Ein Typ wie aus einem Sergio-Leone-Western entflohen. Nur das auffällige Tattoo, das sich vom Genick bis zur rechten Seite des Halses emporschlang, passte nicht ins Klischee. Vermutlich war sein Körper komplett mit Kunstwerken übersäht. Gy bewegte sich auf seinen Kompagnon zu. Sie verstand nicht, was er ihm ins Ohr flüsterte.

Vermutlich noch wenige Minuten, bis Limo die Anlage erreichen würde. Sicher würden sie ein Empfangskomitee bereithalten. Er hatte jetzt noch etwa zwanzig Minuten

Vorsprung, bis er offiziell erwartet wurde. Ein Kälteschauer durchfuhr Limos Körper. Instinktiv verließ er die aufrechte Haltung, verließ den regulären Weg und robbte Meter für Meter der Anlage entgegen.

Ein Tross von pechschwarzen Transportern geriet ins Stocken, bis er letztlich stillstand. Dutzende dunkle Schatten wirbelten umher. Eine herrische Stimme gab die Anordnungen.

»Wir befinden uns kurz vor dem Ziel. Auf mein Kommando hin legt ihr die Nachtsichtgeräte an. Einen Kilometer vor dem Eintreffen stellen wir unsere Fahrzeuge ab. Nur die Fahrer bleiben zurück und sichern die Fahrzeuge. Der Rest folgt mir in einem hundert Meter breiten Gürtel. Es bleiben maximal fünf Meter Freiraum zum Nebenmann. Stellt euch auf alle Eventualitäten ein. Nach meinen Informationen treffen wir mit großer Wahrscheinlichkeit das Sondereinsatzkommando der Cops an. Niemandem der Herren wird ein Haar gekrümmt. Außer es geschieht aus Notwehr. Ist das verstanden?! Ich will einen Krieg mit den Cops vermeiden. Vorerst! Zudem sollten die betreffenden Zielobjekte, wenn möglich, lebend aufgegriffen werden. Noch Fragen?«

Niemand zweifelte seine Order an. Weit über hundertfünfzig Mann umfasste diese kriegerische Meute. In einer Kolonne näherten sie sich unaufhaltsam im Schutz der Nacht ihrem Ziel.

Die Wolkendecke riss auf. Um ihn herum erhellte der Halbmond die still daliegende Gegend. Auf den anfänglichen Schutz der Bäume musste Limo jetzt verzichten. Er robbte durch ein gigantisches Meer aus hüfthohen, wildwüchsigen Gräsern. Es fiel ihm zunehmend schwer, mühelos voran zu krabbeln. Immer wieder riskierte er einen Blick über die hin und her wogenden Grashalme. Dann endlich erblickte er schemenhaft einen undefinierbaren großen Steinklumpen. Der Beginn der Anlage. Seine Richtung stimmte also und er konzentrierte seine Sinne auf einen einzigen Punkt. Sein ermüdender Körper spannte sich. Einige Meter links vom Gebäude robbte er weiter auf dem Boden entlang. Auf der Rückseite des Gebäudes vermutete er keine allzu große Überwachung. Endlich gelangte er gut zwanzig Meter hinter das Gebäude. Wie ein guter Schwimmer streifte er die Gräser ein stückweit auseinander und riskierte erneut einen Blick. Blitzartig sackte er in die Wiese zurück. Eine bis zu den Zähnen bewaffnete Wache lauerte auf einer kleinen Anhöhe. Kaum zehn Meter vor ihm. Ohne dass Limo es so geplant hatte lag er glücklicherweise sehr günstig. Leichte Böen aus nordöstlicher Richtung wehten ihm ins Gesicht. Er hoffte darauf, dass der Wind die winzigen Geräusche, die er verursachte, verschluckte. Die hohen Gräser boten Limo nun nicht mehr den besten Schutz. Er lag schon in Spuckweite. Selbst die Geräusche seiner Atemzüge könnten ihn jede Sekunde auffliegen lassen. Eine Hand griff in seine Tasche. Limo zog spontan das Handy heraus und warf es unauffällig in einem hohen Bogen einige Schritte weg. Das dumpfe Geräusch des Aufpralls alarmierte den Wachposten. Er wandte sich in die Richtung, aus der er diesen seltsamen Laut vernahm. Limo fackelte keine Sekunde. Mit einem Riesensatz sprang er auf den Killer zu, versetzte ihm eine Handkante ins Genick. Ohnmächtig ließ ihn Limo zu Boden gleiten. Limo drehte sein Opfer auf den Bauch. Nervös blickte er sich um. Er dachte nach, was er mit diesem Kerl anstellen sollte. Wenn er ihn zurücklassen würde, bestünde die Gefahr, dass er aufwachte, bevor er am Ziel war. Utensilien zum Fesseln besaß er diesmal nicht. Während dieser Überlegungen löste sich das Problem von selbst. Denn überraschend flink kam der Typ wieder zu Bewusstsein. Schnaufend fixierte er Limo, während die eine Hand nach seinem Genick griff. Limo erfasste reaktionsschnell die mörderische Absicht des Angreifers. Mit einer Hand gelang es Limo, das andere Handgelenk seines Opfers zu fassen. Nur wenige Zentimeter, bevor die kalte Stahlklinge sich durch Limos Bauchmuskeln, Sehnen und Innereien bohrte, beendete Limo die Heimtücke des Verbrechers mit dem Schwung des Ellenbogens gegen die Kehle. Gedankenschnell nutzte Limo die lebensbedrohliche Verletzung seines Gegners aus und griff nach der Stichwaffe und entriss sie ihm blitzschnell. Der böige Wind verwehte das Knacken des Handgelenks in die Nacht. Nahezu gleichzeitig presste Limo eine Hand kraftvoll auf den Mund seines Feindes, während er mit der anderen Hand das Messer in die Nähe des Herzens führte. Ein kaum wahrnehmbares Stöhnen und Gurgeln folgte dem Eindringen der kalten Klinge in den warmen Menschenkörper. Erst als der Todeskampf verebbte, ließ Limo locker. Sein Atem noch gehetzt, fiel ihm das Nachtsichtgerät des Toten ins Auge. Umsichtig robbte Limo über den leblosen Körper hinweg und griff sich das Nachtsichtgerät. Einen Augenblick später entdeckte Limo in dem fluoreszierenden, grünlichen Bild vier weitere Wächter. Mit dem Messer in der Hand setzte Limo bis auf den letzten alle außer Gefecht. Limo erreichte die letzten Bäume in der unmittelbaren Nähe des Gebäudes. Das Mondlicht malte durch das laublose Geäst der Buchen hindurch bizarre Figuren auf die Erdoberfläche. Unglaublich leichtfüßig schlich er bis auf wenige Meter an seine letzte Hürde heran.

Die Türen klackten sanft. Ron Steiger besprach mit dem Einsatzleiter des SEKs die weitere Vorgehensweise. Wenige Sekunden später strebten die extra für solche Situationen geschulten Männer ihrem Ziel entgegen. Ron Steiger und Saskia Völker hielten sich mit einem vermummten Beamten bei dem Tross von Dienstfahrzeugen im Hintergrund. Vier Notärzte warteten in ihren Rettungswagen angespannt auf ihren möglichen Einsatz …

Limo spitzte die Lippen. Sein Atem verursachte einen sanften Pfiff unmittelbar hinter dem schwer bewaffneten Killer. Erschrocken drehte er sich, wie von Limo erwartet um. Doch bevor sein Verstand an eine Aktion denken – geschweige denn starten konnte – rammte Limo ihm das Messer durch die Oberbauchdecke, während er mit der anderen Hand seinen Mund zuhielt. Der Killer schaute Limo mit erstauntem Blick an. Es sollte das letzte sein, was er in seinem Leben sah. Limo ließ ab und sackte gemeinsam mit dem Sterbenden in die Knie, bis er geräuschlos auf dem Boden lag. Bevor er in die finale Phase eintreten würde, vergewisserte er sich mit dem Nachtsichtgerät, dass ihn nicht doch noch weitere Komplikationen empfangen würden. Erst dann schlich er rastlos zum Eingangsbereich. Er verfluchte innerlich dieses halbitalienische Arschloch. Dieses Schwein war nicht dumm. Schwache Beleuchtung, die aus sämtlichen Fenstern mal mehr oder weniger einen Lichtkegel in die Nacht warf, gaukelte trügerisches Treiben in den Räumlichkeiten vor. Limo fixierte ein Fenster nach dem anderen. Keine beweglichen Schatten. Wie sollte er bloß herausfinden, wer sich in welchem Raum aufhielt? Über wie viele Gestalten verfügte wohl das Empfangskomitee hinter diesen gewaltigen Gemäuern? Und wo würden diese Bastarde Emely verstecken? Limo kniff die Augen zusammen. Nach seiner Logik vermutete er Emely in einer der Räumlichkeiten im Obergeschoss. Eine Hand ruhte bereits auf dem Türknauf. Mit der anderen Hand umfasste er eisern die Pistole. Das Messer steckte bereits im Gürtel. Mit einer lautlosen Drehbewegung des Knaufes löste sich der Riegel im Schloss. Ein sachter Ruck war nötig, um die Tür zu öffnen. Mit nervösen Kopfbewegungen in alle nur erdenklichen Richtungen versuchte Limo die Sachlage zu checken. Er trat nun in die finale Phase ein.

Exakt einhundertachtzig Mann sprangen nacheinander aus sämtlichen Transportern und sammelten sich rasch in militärischer Präzision vor den Fahrzeugen. Das Zielobjekt sollte in einem Karree zügig eingekesselt werden. Die Anführer jeder Einheit kommunizierten per Funk miteinander. In einem rasanten Tempo steckten sie punktgenau die Ecken ab. Weitere drei Minuten benötigten sie, um eine Fläche von rund zehn großen Eishockeyfeldern einzugrenzen. Der Befehlshaber dieser Armee flüsterte nur ein Wort über Funk, schon setzte sich die Tötungsmaschinerie in Bewegung.

Ron Steiger und Saskia Völker lehnten sich mit dem Rücken gegen eines der Fahrzeuge und beobachteten abwechselnd mit dem Nachtsichtgerät das Umfeld vor ihnen. Die stillgelegte Hochofenanlage schimmerte schwach. Saskia schlug den Kragen ihrer Softshelljacke hoch und beobachtete Rons ablehnende Haltung ihr gegenüber. Längst rieben die einst gut geölten Kugellager auf blankem Stahl. Sobald sie die berufliche Ebene auf die private Ebene verlegten, uferte die Konversation im unerträglich polemischen und sinnlosen Streit aus. Ein frostiger Wind blies ihr bei dieser Erinnerung ins Gesicht. Plötzlich entfachte in ihnen im gleichen Moment ein bedrohliches Geräusch Todesangst. Erschrocken wandte sich Saskia um. Sie erkannte als Erste die tödliche Gefahr, als sie die Mündung einer Kalashnikov erblickte. Zur Salzsäule erstarrt wartete sie auf eine Regung des ganz in Schwarz vermummten Fremden. Ron erging es nicht anders. Das Geräusch vom Durchladen eines Maschinengewehres flößte auch ihm Angst ein. Er verschwendete erst gar keinen Gedanken daran, seine Pistole zu ziehen. Tief beeindruckt blickten die BKA-Beamten auf zahlreiche Männer, die sie geräuschlos überrascht hatten und mit schwarzen Kapuzen ihre Identität verschleierten. Schmale Sehschlitze ließen in der Dunkelheit kaum einen Blick in die Augen zu. Ein Typ aus dem Hintergrund schnellte hervor, inspizierte die Fahrzeuge und übermittelte anschließend per Funk in einer osteuropäischen Sprache für die Polizisten undefinierbare Wortfetzen. Kurz darauf stießen die vier Ärzte mit furchterregendem Geleit zu den beiden. Noch bevor es jemandem gelang, einen klaren Gedanken zu fassen, ganz zu schweigen davon, dieser Situation Herr zu werden, traf sie der Blitzschlag. Mit dem Hinterschaft einer AK 105 hart in die Lendenwirbel gestoßen, sackten sie zu Boden. Uniformierte Gestalten fesselten ihre wehrlosen Geiseln. Sechs Wachhunde blieben zur Bewachung. Der Rest marschierte zielsicher weiter. Wortlos blickten Ron Steiger und Saskia Völker ihnen hinterher. Keiner von beiden hatte einen blassen Schimmer, was sich gerade abspielte. Während Steiger zögernd die Vorstellung verwarf, dass Mirco Langen seine Finger mit im Spiel haben könnte, verblieb Saskia eine Weile bei ihrer Vorstellung, dass ihre Kollegen vom SEK sich als eine Art letzte Enklave der Hoffnung darstellten.

Das SEK-Team rückte dem Gebäude bedächtig nahe. Ein Vorposten erreichte den Eingangsbereich. Gewissenhaft wie ein Pedant drehte er sinnbildlich jeden einzelnen Stein um. Die Haustür stand einen Spalt weit offen. Flüsternd berichtete er dem Einsatzleiter diese befremdliche Tatsache. Während der Vorposten die Tür weiter in Augenschein nahm, meldete sich der Einsatzleiter. Die Verstärkung würde binnen einer Minute bei ihm eintreffen. Alleingang – *negativ*. In der Tat verstrich kaum eine Minute, als einige seiner Kollegen bei ihm eintrafen. Wie einstudiert trennte sich der Trupp zu gleichen Teilen. Während fünf Spezialisten des Sondereinsatzkommandos den Eingangsbereich in Beschlag nahmen, setzte sich die andere Hälfte in Bewegung zur Rückseite des Hauptgebäudes. Ein kurzer Blick des Dienstältesten genügte, um eine geeignete Einstiegsmöglichkeit auszuloten. Geschickt wie flinke Krabbeltiere kletterten vier Männer nacheinander an dem Wasserrohr unbemerkt empor, bis sie aufs Dach gelangten. Dort befestigten sie Drahtseile zum Abschwingen. Zwei Fenster befanden sich auf der oberen Etage. Dort schien die geeignetste Möglichkeit, den Überraschungseffekt auszunutzen. Es verstrich eine weitere Minute, bis noch drei *Krabbeltiere* auf das Dach gelangten. Schwer bewaffnet und absprungbereit warteten sie nur noch den Befehl zum Stürmen ab.

Limo rieb nervös seine Finger in der rechten Handinnenfläche, als verstecke er zwei Murmeln darin. Sein Atem schwer und zittrig. Er kniff die Augen zusammen und forderte seine mentale Stärke auf, ihn nicht im Stich zu lassen. Er setzte den ersten Fuß auf die unterste Treppenstufe. Eigentlich eine lächerliche Hürde von vielleicht sieben, vielleicht acht Stufen, die ihn zum Obergeschoss führen würden. Doch in der Dunkelheit glich der Aufmarsch einer Rampe zur abgrundtiefsten Ewigkeit. Als es Limo gelungen war, die ewig langen Holzstufen unentdeckt hinaufzuschleichen, verhinderten erneut mehrere Türen eine Rettung seiner Traumfrau. Er bewegte sich auf die erste der fünf geschlossenen Türen zu. Die *Glock20* hielt er in der linken Hand. Rasch legte Limo sein Ohr an das Türblatt und horchte. Fehlalarm. Nicht der Hauch eines verdächtigen Geräusches drang hinaus. Sein Herz raste panisch vor Angst. Die zweite Tür. Limo ging vor wie bei der ersten. Plötzlich vernahm er dumpfes Stimmengewirr. Er kniff die Augen zusammen und fokussierte sein Hörvermögen auf die Geräusche, die gedämpft zu ihm drangen. Er verdrehte nervös seine Augen. Sein Herzschlag ähnelte einem lebensbedrohlichen Vorhofflimmern. Vielleicht war dies das richtige Zimmer. Rasch entfernte er sich von der Tür und kontrollierte sicherheitshalber noch die drei übrigen Türen. – »Keinen Fehler machen … jetzt nur keinen Fehler.« – Der Gedanke rotierte durch Limos Kopf. Limo registrierte das drohende Unheil um sich herum nicht mehr. Er war bereit in Kauf zu nehmen, dass er sich eventuell doch irrte. Doch sein Magen – sein zuverlässiger Warnmelder – krampfte sich zusammen. Also kontrollierte er ein weiteres Mal die zweite Tür. Erneut drangen Stimmen ins Ohr. Fest entschlossen fokussierte er jetzt diese eine Tür aus zwei bis drei Schritten Entfernung. Die Unsicherheit gewann erneut die Oberhand. Limo redete sich ein, dass aller guten Dinge drei waren. Also schnellte er ein letztes Mal zur Tür vor und lauschte noch einmal. Stille! Eine verdächtige Stille. Limo fühlte sich ertappt. Der Schweiß lief ihm in sein zerschlissenes schwarzes Baumwollhemd. Jeden einzelnen Muskel und Sehnenstrang spannte er an. Dann legte er seine Hand beschwörend auf das Türblatt, trat einen Schritt zurück und fixierte den Griff. Nach kurzem Zögern trat er vorsichtig weitere drei Schritte zurück, bis er an der Wand gegenüber lehnte. Die Tür fest fixiert. Das Rauschen des Blutes in seinen Ohren endete abrupt. Der Herzschlag sehnte sich nach Stillstand. Plötzlich kam ihm seine Oma in den Sinn, die einige Jahre vor ihrem Tod versucht hatte, ihm den Himmel zu erklären. Wie damals erschienen ihm auch heute ihre Worte wie ein Mysterium. *»Weißt du, wie es ist, wenn wir in den Himmel kommen? Im Himmel, da reden die Engel den ganzen Tag darüber, wie überwältigend schön die Sonnenuntergänge sind. Wie die Sonne sich rötlich verfärbt, bevor sie am Horizont ins Meer eintaucht. Wie sie intensiv spüren, wie die Kraft langsam aus der Sonne verschwindet und das Feuer nur noch im inneren Kern glüht.«* Limo lockerte die angespannte Muskulatur. Er stellte sich vor, wie sie ihrem Tod so begegnet sein würde, wie sie selbst den Himmel beschrieb. In dieser Sekunde huschte ein sanftes Lächeln über sein Gesicht. Er verstand die Bedeutung der Worte seiner Oma. Limo wandte seinen Blick zurück zur Tür. Jetzt noch entschlossener. Mit geballter Wucht katapultierte er seinen Körper nach vorn. Die Tür krachte unkontrolliert gegen die Innenseite des Raumes. Ein halbes Dutzend Gestalten empfing ihn standesgemäß. In letzter Sekunde glaubte er, aus dem Augenwinkel auf einem Sofa Emely erblickt zu haben, als auch schon die ersten Schüsse fielen. Limos Blick haftete sich an Emely. Emely erwiderte seinen Blick. Projektile durchbohrten Limos Oberkörper. Dann krachten von der Rückseite des Zimmers aus die Spezialisten des SEKs durch die Fensterscheiben. Eine wilde Schießerei begann. Binnen weniger Sekunden bekam die SEK-Einheit das Geschehen unter Kontrolle. Zwei SEK-Beamte eilten zu Limo. Er kämpfte stehend um sein Leben. Andere Kollegen kümmerten sich um die gefesselte Gefangene. Wie durch ein Wunder hatte Emely keine Kugel getroffen. Als jemand sie endlich von den Fesseln befreit hatte, stürzte sie auf Limo zu und weinte. Limos Schmerzen zeichneten sich auf seinem Gesicht ab. Traurig senkte sich sein Kopf zum Brustkorb, während er darum kämpfte, diese wunderschöne Frau nicht aus dem Blick zu verlieren. Nie wieder. Limo spürte, wie Kälte tief in ihn eindrang. Wieder tauchten die Worte seiner Oma vor seinen Augen auf. Diese Vorstellung vom Himmel gefiel ihm, *während die Kühle des Meeres*, die heraufzog, sich jetzt unaufhaltsam in seinem Leib ausbreitete. Das letzte, was Limo noch sehen konnte, waren die Augen, in die er sich vor gar nicht allzu langer Zeit so sehr verliebt hatte. Emely breitete ihre Arme aus und umarmte ihn leidenschaftlich. Sie küsste ihn. Sie streichelte ihn. Sie tröstete und spendete Wärme. Müde, kraftlos und dem Tod sehr nahe, sackte er in ihren Armen langsam auf den Fußboden. Ein letzter Blickkontakt. Erschöpft ließ er sich sinken. Emelys Lippen näherten sich Limos Mund. Sie küsste ihn ein letztes Mal. Dann wich sie ein Stück zurück und legte flehend den Kopf in den Nacken. Doch sie stieß nur auf besorgte und mitleidige Gesichter. Emely wandte sich wieder Limo zu. Seine Augen waren geschlossen. Sie ahnte, dass es zu spät sein würde. Sie versuchte ihn zu reanimieren. Ihn wach zu halten, bis endlich ein Arzt den Raum betrat. Sie ahnte nicht, wie nahe die Schwingen der Ewigkeit ihn bereits seinem eigenen Himmel entgegen trugen. Wie die Kraft aus seiner Sonne schwand.

Dario Filippo und Gy sowie ein weiterer Killer hatten den riskanten Einsatz der SEK-Beamten überlebt. Drei der Verbrecher mussten ihr Leben lassen, während es bei den Spezialisten keine Verluste zu vermelden gab. Per Funk versuchte der Einsatzleiter den Notarzt zu rufen. Doch Kommissar Steiger verweigerte den Ruf. Er versuchte wiederholt Ron Steiger oder Saskia Völker zu erreichen. Während der SEK-Einsatzleiter immer wieder die Namen der Beamten in sein Helmmikro fauchte, hetzte er verwundert über deren Verhalten die Treppe hinunter und flog aus dem Eingang. Abrupt blieb der Beamte mit weit aufgerissenen Augen stehen. Gleich mehrere Gewehrläufe richteten sich gegen ihn. Instinktiv hob er seine Arme als Zeichen der bedingungslosen Aufgabe. Ein bulliger Hüne schritt auf den Beamten zu. Prüfend musterte der Riese sein Gegenüber.

»Wie viele sind noch drin?« fragte der Riese im gebrochenen Deutsch mit stark slawischem Akzent.

»Wir sind von der SEK. Wir haben die Sache unter Kontrolle«, antwortete er mutig.

»Das war nicht meine Frage!«

»Etwa ein Dutzend. Davon drei Gefangene. Einige sind tot.«

Daraufhin zeigte der Hüne ein Bild, auf dem ein Mann abgelichtet war. Der SEK-Einsatzleiter erkannte die Absicht des Fremden.

»Der ist oben in Gewahrsam«, erkannte der Beamte den Typen auf dem Foto. Der Osteuropäer lächelte.

»Sie gehen mit mir ins Haus und verhalten sich absolut ruhig, wenn Sie und Ihre Männer überleben wollen.«

Dem Beamten blieb keine andere Wahl, als die Aufforderung des Typen zu befolgen. So ging er voran. In seinem Schatten folgte die respekteinflößende Persönlichkeit mit fünf seiner Mitstreiter. Als sie im oberen Stockwerk eintrafen, befahl der Osteuropäer den Beamten, die Waffen unverzüglich niederzulegen. Der Riese bedeutete seinen Jungs, die beiden entsprechenden Personen abzuführen. Gy und sein Kumpel Toy erhielten die unsanfte Aufforderung mitzugehen. Irritiert blickte der SEK-Beamte zum Osteuropäer hinüber.

»Was ist mit dem Dritten dort?« fragte er nach und deutete mit dem Arm auf Filippo.

»Er ist für uns unwichtig.«

Daraufhin verließen sie das Haus.

»Dürfen wir den Notarzt alarmieren?« rief der Beamte noch schnell hinterher.

»Wir sind nicht mehr da!« Die Gestalt hob einen Arm. Sie hielt ihr Handgelenk vor den Mund und äußerte unverständliche Silben ins Mikro.

Der Beamte verstand erst, als der Osteuropäer ihm zunickte. Ohne zu zögern rief er erneut nach dem Notarzt und den beiden BKA-Beamten. Unwesentlich später spurteten die Ärzte die Treppe hinauf. Ein Assistentsarzt kümmert sich um Emely. Der zweite

Arzt schaute nach den Toten, während die letzten beiden Ärzte sich um Limos Überleben bemühten. Ohne zu zögern begannen sie mit den Wiederbelebungsversuchen. Es verstrichen entscheidende Minuten, die Limo für lebensrettende Maßnahmen so sehr benötigt hätte.

Die Horde kampfbereiter Streitkräfte befand sich bereits in guter Entfernung zu der Hochofenanlage. Gy und Toy blickten irritiert umher. Ein mulmiges Gefühl trieb im Magen des Russen sein Unwesen. Vor ihn trat eine vermummte Gestalt, nicht im Ansatz so groß wie die anderen, die sich um ihn herum auftürmten.

Zur Gys Überraschung enttarnte sich sein Gegenüber. Er ließ die Sturmhaube in einer Hand. »Sie sind Gy?« runzelte ein hagerer Typ die Stirn. Aufgrund seiner eigenartigen rätselhaften Ausstrahlung riss er die Aufmerksamkeit an sich und erniedrigte sein Gegenüber zu einer gottverlassenen Gestalt. Er schritt zackig an Gy heran.

»Noch mal, Sie sind Gy?«

Die Lautstärke der Frage steigerte, als Gy nicht gleich antwortete.

»Wer will das wissen?«

»Sie stellen keine Fragen. Ich frage Sie nun zum letzten Mal, sind … Sie … Gy?«

»Ja, bin ich es?«

»Okay! Toy …? Bestätigst du es?«

Überrascht schaute Gy zu seinem Kumpel herüber. Irritiert und angewidert.

»Du?«

»Halt deine Schnauze Gy. Es ist vorbei mit dir. Ja Sir, das ist der Mann, den Sie suchen.«

Gy geiferte. Er zog eine abartige Visage. Wütend versuchte er den Verräter mit Fußtritten zu traktieren, als er auch schon selbst zwei harte Schläge abbekam. Unsanft stürzte er zu Boden. Gy verrenkte die Schultern und hob er seinen Kopf in Richtung der hageren Kreatur.

»Mein Name ist Zoltan Bajramovic. Nur so am Rande erwähnt. Sie werden beschuldigt, meinen Neffen ermordet zu haben. Sie erinnern sich? Nach meinen verlässlichen Informationen sind Sie wahrscheinlich der letzte Überlebende, der mit dieser Tat zu tun hatte. Sie erinnern sich vielleicht an den Namen Eismann? Zudem verkehren Sie geschäftlich mit einem gewissen Herrn Kaltmann?«

Nun kapierte Gy. Mit finsterer Miene blickte Gy sein Gegenüber an und spuckte auf seine Schuhe. Zoltan zögerte keine Sekunde. Ohne Urteilsverkündung zog er seine Pistole und feuerte einen finalen Schuss frontal in die Stirn. Als Gy zu Boden stürzte, jagte Bajramovic ihm weitere vier Kugeln in den Kopf. Toy grinste sichtlich erleichtert, zur rechten Zeit die Seite gewechselt zu haben. Plötzlich wandte sich Bajramovic Toy zu und richtete auch den Verräter mit einem Schuss in den Kopf hin. Verräter besaßen in seinen Augen eine noch geringere Lebensberechtigung. Nachdem er so den Tod des Eismanns gesühnt hatte, befahl er, den leblosen Abschaum aufzusammeln. So geheimnisvoll wie die Armee aus der Finsternis auftauchte, so verschwand sie mitsamt den zwei Leichen spurlos in die Nacht.

31

Drei Monate später:

In der einen Hand umklammerte sie den Flaschenhals der *Imperial*, als transportiere sie streng vertrauliche Staatsakten. Unter dem anderen Arm klemmte sie eine Papiertüte fest zum Brustkorb hin. Der Duft von handwarmen Brötchen stieg ihr verführerisch in die Nase. Die Naturschönheit hopste die letzten Meter über die Straße und überquerte geschickt die noch blassen Beetfelder am Straßenrand. Für das folgende Osterwochenende prophezeiten die Wetterfrösche die ersten wärmenden Sonnenstrahlen. Kümmerliche Krokusse, Narzissen und artverwandte Pflanzen streckten sich vergeblich dem Sonnenlicht entgegen. Auch die frühblühenden Bodendecker wie das kleine Immergrün oder das Scharbockskraut hielten sich noch unauffällig im Hintergrund zurück. Drei Wochen waren vergangen, seitdem die Sonne und der allgegenwärtige Regen zunächst vereinzelt Löcher in die geschlossene Schneedecke rissen, bevor ansteigende Temperaturen Väterchen Frost endgültig den Garaus machten. Vogelgezwitscher untermalte die Vorfreude. Sie zwitscherten und piepsten der wärmeren Jahreszeit entgegen.

Ein netter Kollege hielt ihr zuvorkommend die verglaste Haustüre auf. Sie bedankte sich freundlich und hastete mit vollen Händen zu ihrem Büro in die dritte Etage.

Mit Geschick öffnete sie die Türe, als ihr Kollege die Augenbrauen hoch in die Stirn zog.

»Gibt es was zu feiern?« »Feiern? Ich würde es so nicht unbedingt bezeichnen. Ich dachte, du und ich essen statt einer grandiosen Verabschiedung gemütlich noch ein oder zwei leckere Brötchen, allein. Und zu deinem Abschied habe ich mich extra in Unkosten gestürzt. Ein Champagner sollte es schon sein.«

»Das ist lieb. Aber dafür bleibt keine Zeit.« Saskia Völkers Gesichtszüge entglitten. Sie zog scharf Luft durch die Zähne ein.

»Du möchtest mir sicher damit zu verstehen geben, du hast keinen Bock auf diese sentimentale Dämlichkeit?«

»Das hast du gesagt.« Ron Steiger hob beschwichtigend die Arme.

»Okay. Vergiss es. Ich hielt mich tatsächlich mit dem Gedanken auf, dir wenigstens einen angenehmen Abschied zwischen zwei vertrauten Kollegen zu bereiten. Jedenfalls was noch von dem übrig schien. Wenn du schon ...«

»Ja was ...? Wenn ich mich schon verpisse?«

»Das hast du gesagt.«

»Saskia, hör auf mit dem Scheiß.«

»Ich soll aufhören? Verdreh bitte nicht die Tatsachen. Die letzten Wochen beginnst du täglich dieses saudumme Spiel.« Saskia schnaufte tief auf. Ron sackte zurück in die Stuhllehne. Seine Kollegin rieb sich das Ohrläppchen, was sie immer tat, wenn sie genügend Argumente zurechtgelegt hatte und wenn sie mit treffsicheren Giftpfeilen ihr Gegenüber verbal malträtierte. »Das hast du gesagt ..., das kommt von dir ..., du wolltest es so ..., du, du, du! Wie oft habe ich dich um eine konstruktive Meinung gebeten. Nichts! Stattdessen nur diese dämlichen du hast, du wolltest, du …« Saskia hielt abrupt inne. Sie lächelte süß, während es ihren rationalen Gedanken gelang, ihre Wut im Bauch zu besänftigen. »Okay. Sorry. Es hat einen Augenblick gedauert. Wann geht dein Flug?« Saskias Tonfall klang beinahe mütterlich. Irgendwie gleichgültig.

»Ich muss um dreizehn Uhr am Frankfurter Flughafen sein. Um zehn Minuten nach vier geht's los.«

»Bringt dich jemand hin?«

»Ich nehme mir ein Taxi.« Saskia lächelte jetzt noch intensiver. Die Miene bedeutete aber nichts anderes als »blödes Arschloch«

»Na dann …, ich wünsche dir einen guten Flug. Vielen Dank für die tolle Zeit mit dir. Überwiegend jedenfalls.«

»Danke Saskia. Das fand ich auch. Bevor ich mich als ein noch größeres Arschloch oute und mein Heimweh mich zu einem vollkommenen Vollidioten macht, breche ich die Zelte ab.«

»Wieso *bevor*? Ist dir doch schon längst mit Erfolg gelungen«, Saskias Giftpfeil schoss von ihren Lippen. »Okay. Ich wünsche dir von Herzen, dass du in deiner Heimat findest, was du suchst. Vielleicht meldest du dich ja mal.« Die Beamtin gab ihrem Stolz einen Ruck und bewegte sich auf ihren Kollegen zu. Sie umkurvte seinen Schreibtisch, beugte sich ein stückweit nach vorne und gab ihm einen Kuss auf die Wange. »Nochmal, Arsch...«, endgültig ließ Ron das reibungslose Kugellager aus grauer Vorzeit ineinander krachen. Er dachte überhaupt nicht daran, ihr einen kleinen Schritt entgegenzukommen. Ihr Kuss blieb unerwidert. Saskia durchbohrte Ron mit einem Blick, der ihm unmissverständlich mitteilte, dass er sie mit seinen Gesten ankotzte. So gleichgültig wie möglich begab sie sich auf ihren Stuhl.

»Hast du die Frau Baldwin, Emely...?«

»Ja, Ron, habe ich«, unterbrach sie forsch. »Frau Baldwin dürfte in gut einer Stunde hier eintreffen. Warum?«

»Nur so. Weiß sie denn, dass Mirco Langen nicht tot ist? Er im Koma liegt?«

»Ja, das weiß sie. Soweit ich informiert bin, besucht sie ihn wohl mehrmals in der Woche.«

Ron nickte sanft. »Das ist gut.«

»Gut?«, fragte Saskia nach. Sie vermutete in Rons Geste einen weniger positiven Sinn.

»Ja, gut«, erwiderte er. »Du kennst meine Meinung. Mirco Langen, oder sollte ich besser sagen, seine dahinvegetierenden Überreste, die nur noch von Maschinen mit Sauerstoff versorgt werden, besäße auch nur einen Funken Hoffnung, zu überleben? Ich finde es nur bedauerlich, dass sie sich die Illusion der Wiedergenesung erhofft.«

»Vielleicht, weil sie diesen Typen liebt?«, konterte Saskia trocken.

»Mag sein. Aber nicht jede Liebe erfährt eine Gegenliebe.«

»Deine Weisheit brauchst du mir nicht auf die Nase zu binden.« Natürlich registrierte er Saskias Seitenhieb.

»Aber in diesem Fall erhofft sie sich ein Wunder. Wir Amerikaner glauben ja für gewöhnlich eher an Gottes Hilfe. Warum sollte Gott nicht auch in diesem Fall ein Wunder bewirken?«

Saskia ließ Rons Bemerkung verpuffen.

»Sag mal, hast du die Aussagen von Gottfried Edgars und von den beiden DASAN-Versicherungstypen Christoph Reich und Anton Ramm fertig?«

»Natürlich.« Ron legte verschwörerisch eine offene Handfläche auf eine mehrere Zentimeter dicke Akte. »Nicht nur von diesen Herren. Zudem habe ich dir die Aussagen von diesem Baldwin, den beiden Italienern und, nicht zu vergessen, die Aussagen von Herrn Kaltmann und Herrn Kohlmeier vorbereitet. Weitere Aussagen von Mitarbeitern der Firma RO-Trock erhältst du im Laufe dieser Woche. Darunter befinden sich auch die direkten Kollegen von Mirco Langen. Vermutlich begann damals wirklich alles mit dem Mobbing seiner Kollegen. Die Kollegen Meier und Selbich stecken gerade in den letzten Zügen. Sie sollen dir die Akten zukommen lassen, wenn sie mit ihren Befragungen fertig sind. Und um meine letzte Amtshandlung abzurunden, die Angaben von Mirco Langens mutmaßlichem Mithelfer, Mitwisser, oder was auch immer, dessen Befragung du durchgeführt hast, befinden sich hier ganz oben auf dem Stapel. Ich hoffe, wir haben niemanden übersehen. Die Herren Kohlmeier und Kaltmann wolltest du noch einmal separat interviewen.«

»Das ist bereits geschehen. Ich gehe später noch einmal die Angaben durch, die sie bei dir machten. Ich fürchte, wir werden einen langen Atem benötigen.« Ron pellte sich aus dem Sessel. Er wandte Kollegin den Rücken zu und kramte in der Innentasche seiner Brandit-Jacke. Saskia verfolgte mit Argwohn die Bewegungen ihres Amerikaners. Mit der Geschmeidigkeit eines Eiskunstläufers drehte er sich um die eigene Achse und tauchte blitzschnell vor Saskia auf. Sehr nahe vor ihr. Sie wich nicht zurück. Ihre Blicke trafen sich.

»Es ist soweit, Saskia.« Ron hob den Arm. Die Hand noch zu einer Faust geballt. Auf der Höhe ihres Kinns beendete er die Bewegung und öffnete die Faust. »Bitte bekomme jetzt keinen Schrecken. Nein, es ist kein Verlobungsring. Vielmehr soll es … es soll …«, Ron unterbrach. Es gelang ihm nicht, die Worte auszusprechen, die tief in seinem Herzen seit einer gefühlten Ewigkeit für Schmerzen sorgten.

Saskia umschmeichelte mit ihren Händen die Wangen ihres Kollegen, zog ihn an sich und drückte einen langen Abschiedskuss auf seinen Mund. »Es tut mir sehr leid, Ron. Du bist für mich ein unheimlich wichtiger Mensch gewesen. Und bist es noch. Ich habe dich auch geliebt. Aber nicht auf eine Weise, die du dir vermutlich erhofft hast. Es gab auch den einen oder anderen Moment an dem meine Gefühle ins Schleudern gerieten.«

»Ist schon gut. Gefällt dir der Ring?«, Rons Tonfall ließ keinen Raum für Spekulationen. Saskia öffnete bedächtig die kleine schwarze Schatulle.

»Er ist ein Traum.« Wie magnetisiert ließ sie den Mittelfinger hindurchgleiten. Er passte. »Warum schenkst du mir einen solch teuren Schmuck. Der Ring muss ein Vermögen gekostet haben?«

»Nur ein kleines«, lächelte Ron zufrieden. »Und, weil du es wert bist. Wenn ich in wenigen Minuten hinter mir die Tür zuziehe, beflügelt mich der Gedanke, mit dir einige glückliche Jahre verlebt zu haben. Du bist eine tolle, unglaublich liebenswerte Frau. Ich hoffe, dir läuft bald die Liebe deines Lebens über den Weg.« Jetzt zog Ron sie leidenschaftlich an sich und küsste sie seinerseits das letzte Mal. Einen Wimpernschlag später entfernte er sich rasch und packte seinen privaten Kram zusammen.

»Im Übrigen wünsche ich mir diese Liebe ebenso. Mach's gut. Vielleicht sehen wir uns ja doch noch einmal in diesem Leben. Vielleicht in meiner Heimat.« Saskia blickte in Rons Augen, die wie funkelnde Kristalle glitzerten. Dann schlug die Tür hinter ihm ins Schloss. Saskias Blick schweifte in die Ferne. Die Wetterprognosen der Meteorologen schienen in der Tat ins Schwarze zu treffen. Nur vereinzelte Schönwetterwölkchen versuchten die pralle Sonne vergeblich zu verdecken. Und obwohl die Worte Rons sie schmerzten, konzentrierte sie sich auf die umfangreichen Aufgaben, die vor ihr lagen. Plötzlich unterbrach der schrille Klingelton des Telefons.

»Völker, ja?«

»Guten Morgen, Frau Völker. Hier ist Graubauer. Die Frau Baldwin ist eingetroffen. In Begleitung von Frau Fiona Mester. Soll ich sie hochschicken? Oder holen Sie die beiden hier bei mir ab?«

»Guten Morgen, Graubauer. Bitte teilen Sie den beiden Damen mit, wo sie mich finden werden. Danke schön.« Sorgfältig vorbereitet legte die BKA-Beamtin die notwendigen Akten zurecht. Sie betrachtete Rons Geschenk am Finger, als es, wie erwartet, an der Tür klopfte.

»Kommen Sie herein.« Zögernd betraten Emely und Fiona das Büro. Nach einer nüchternen, aber freundlichen Begrüßung nahmen die beiden Frauen Platz.

»Wie geht es Ihnen, Frau Baldwin?«

Emely nickte beiläufig, während sie der Beamtin positive Signale vermittelte.

»Und Ihren Eltern?«

»Danke, dass Sie nachfragen. Ihnen geht es auch ganz gut. Der schlimmste Schrecken dürfte überwunden sein. Wir hatten einen sehr hilfsbereiten Schutzengel.«

»Da kann ich Ihnen nicht widersprechen.« Saskia betrachtete Emely und Fiona.

Erst nachdem Emely die Frage aufwarf, was mit den Tätern nun geschähe, wie der nahende Prozess verlaufen würde, regte sich Leben. Die Beamtin benötigte einige Zeit, um den beiden Damen den Ablauf einigermaßen zu erörtern.

»Aber dies ist natürlich keine Garantie dafür, dass dieser Prozess genau nach Schema F verlaufen muss.«

»Wann der Prozess beginnt, können Sie mir wahrscheinlich auch nicht sagen?«

»Leider nein. Bis alle Zeugen vernommen sind … Es wird bestimmt noch die eine oder andere Woche ins Land ziehen. Aber wir setzen alles daran, um den Start des Prozesses zu beschleunigen.«

»Was geschieht …«, Emely stockte. »Was geschieht denn in dem Fall, wenn Limo …, also wenn er sterben sollte? Danach sieht es ja leider aus.«

»In der Tat. Dass dieser Bursche immer noch lebt …, wirklich ein Wunder.«

»Oder Lebenswille«, ergänzte Fiona.

»Ja. Oder Lebenswille. Da bin ich ganz Ihrer Meinung, Frau Mester.« Saskia erhob sich von Ihrem Stuhl. »Frau Baldwin, Sie besuchen Limo sehr intensiv.«

»Ja«, antwortete Emely einsilbig. Sie schien auf weitere Fragen der Beamtin zu warten.

»Mal angenommen, Limo überlebt, es besteht nur eine geringe Chance, dass er straffrei davonkommt.«

»Damit rechne ich. Glauben Sie nicht, ich würde mit einer rotgetönten Herzchenbrille durch die Gegend laufen. Limo hat mir das Leben gerettet. Mir und meinen Eltern.« Emely verschränkte die Arme zu einem Schutzwall.

»Das ist soweit korrekt. Er hat Sie … Sie alle aber auch mit in diese schreckliche Zeit hinein manövriert. Nur wenige Tage vor dem Geschehen in Mellen tauchten plötzlich doch noch durchaus glaubwürdige Zeugen auf, die Limo extrem belasten könnten. Vermutlich auch werden.«

»Ich kann Ihnen nicht ganz folgen. Was bedeutet durchaus glaubwürdige Zeugen? Was können sie denn bezeugen?«

»Limo steht im Verdacht drei Menschen umgebracht zu haben. Drei Männer. Und je nachdem, wie glaubwürdig und belegbar die Angaben der Zeugen sein werden, bleiben dem Richter kaum Alternativen.«

»Das mag sein. Aber das war doch Notwehr. Höchstens. Schließlich wurden meine Eltern und ich …«

»Stopp. Entschuldigen Sie bitte, dass ich Sie unterbrechen muss. Die Tötungsdelikte liegen einige Zeit vor der geplanten Hinrichtung seiner Feinde. Davon gab es wohl einige.« Fragezeichen türmten sich in Emelys Kopf zu einem Wolkenkratzer auf.

»Wenn ich Ihren Blick richtig deute, Frau Baldwin, dann ist diese Erkenntnis eine Überraschung für Sie. Wie bereits von mir erwähnt, sollten die Angaben der Zeugen tatsächlich glaubhaft sein, könnte es sein, dass dann die Staatsanwaltschaft eine Mordanklage erheben wird.«

»Drei Männer?«

»Ja.«

»Aber warum?«

»Es tut mir leid, Frau Baldwin, aber ich darf nicht noch tiefer ins Detail gehen. Mehr darf ich nicht ausplaudern. Die Ermittlungen sind längst noch nicht abgeschlossen.«

»Also würde Limos Aussage sinnlos sein.«

»Nein, Frau Mester. Wir versprechen uns durch seine Angaben viel Licht in der gegenwärtigen Dunkelheit.«

»Wozu? Egal, was auch in den nächsten Tagen geschehen würde, Limo besäße immer die Arschkarte.«

»So krass würde ich es nicht formulieren.«

»Wie würden Sie es denn formulieren? Für Sie ist er doch mit Sicherheit ein Monster. Oder Killer?«

Saskia ließ sich nicht aus der Reserve locken. »Hören Sie, Frau Baldwin, noch einmal: Ich sehe in Limo kein Monster oder wie man ihn sonst betiteln könnte. Ich bin mir noch nicht einmal sicher, ob es nicht besser wäre, dass Limo seinen Verletzungen erliegen würde. Dann würde der Tod ihn zu dem machen, was er im Grunde genommen ist … ein Mensch. Überlebt er, dann werden Sie sich noch an meine Worte erinnern. Die Medien würden ihn in der Luft zerfetzen. Die Spätfolgen seiner Verletzungen sind bis dato noch nicht abzuschätzen. Vielleicht bleibt er sogar ein Pflegefall. Ich hoffe, Sie können meine Gedanken nachvollziehen.« Saskia unterbrach ihre Ausführung. Emely lockerte derweil die Blockade vor ihrem Brustkorb.

Emely hätte am liebsten geschrien. Doch äußerlich wirkte sie gelassen.

»Vielen Dank für Ihre Offenheit, Frau Völker. Es fällt mir in der Tat schwer zu glauben, dass er bewusst Menschenleben auf dem Gewissen hat, haben soll. Egal, wie das Ganze ausgehen wird, für Limo meine ich. Ich liebe diesen Typen. Jetzt noch inniger als zuvor. Es passt so nicht zusammen. Nicht, wie ich Limo kennengelernt habe. Und ich weigere mich daran glauben zu müssen, dass ich mich in ihm geirrt habe. Jetzt gerade verstehe ich sein Handeln, sein Verhalten mir gegenüber. Ich verstehe nun, warum er sich von mir so abrupt entfernt hatte.«

»Was meinen Sie?«

»Er wollte mich beschützen. Mich aus der Schusslinie bringen.«

»Wie kommen Sie darauf?«

»Er klang am Telefon alles andere als ein Typ, der bloß eine simple Fickbeziehung beenden wollte. Ich war mir nicht ganz sicher, aber ich glaube, es war zwei Tage vor meiner Entführung, als ich in einer dunklen Gestalt Limo erkannt zu haben glaubte. Es schneite extrem. Er hielt sich genügend weit entfernt auf, um nicht erkannt werden zu wollen. Ich glaubte, vom Fenster oben im Kinderzimmer aus gesehen zu haben, wie diese Gestalt mir noch zugewunken hat, bevor sie rasch verschwand.«

»Vermutlich nicht weit genug entfernt. Es liegt durchaus nahe, dass Sie observiert wurden. Vielleicht war diese eine Begegnung zwischen Ihnen und Limo die ausschlaggebende. Aber solche Gedanken bleiben sicher vorerst noch reine Fiktion, solange Limo nicht aus dem Koma erwacht ist.«

»Vermutlich. Aber solange werde ich Limo weiter aufsuchen. Vielleicht, wer weiß …?

»Das ist gut, Emely. Darf ich Sie so nennen?«

»Gerne.«

»Danke. Tun Sie das. Ich würde es an Ihrer Stelle ebenso tun. Ich hatte die Gelegenheit, ihn auch kennenzulernen. Dienstlich«, Saskia lächelte gütig. »Es ist nicht wichtig, was ich von ihm halte. Mein Interesse ihm gegenüber bestand und besteht nur darin, den Fall zu klären. Er hat nicht nur meinen Partner an der Nase herumgeführt, auch mich. Limo agierte nicht unbedingt kooperativ. Das sollten Sie noch wissen. Und den Grund dafür hoffe ich noch herauszufinden. Ich kann Ihnen verraten, dass ich dicht davor stand, den Fall abzugeben. Von Anfang an liefen wir mit unseren Ermittlungen den Ereignissen hinterher. In dieser Zeit brannte mir das ständige Nachsehen buchstäblich ein tiefes Loch in meinen Stolz. Meinem Partner erging es nicht anders. Er fand noch treffendere Worte, die ich Ihnen aber ersparen möchte. Sie sehen also, dass mein Anliegen nicht von besonderer Romantik geprägt ist. Deswegen sollten Sie ihn weiter lieben. Ich hoffe, dass er es wert ist.«

Emelys Augen glänzten türkis und kristallklar. Sie wischte tapfer eine Träne aus dem Gesicht. Ihr Blick schweifte für einen Atemzug ab. Dann heftete sie ihn wieder fest auf die Beamtin.

»Ist er. Und ich werde es Ihnen beweisen. Er selbst wird es beweisen.«

Trotzig erhob sich Emely aus dem Sessel. Einen Augenblick später verließen sie und Fio das Büro. Saskia bewegte sich zum Fenster hin. Sie legte einen Arm vor ihren Bauch und stützte den anderen Ellenbogen darauf ab. Würde sie Ron wiedersehen? Würde es ihr gelingen, die wahren Mörder und Verbrecher hinter Gitter zu bringen? Wer waren diese finsteren Gestalten, die sie am rechtzeitigen Zugriff auf Limo hinderten? Würde Limo überleben? Wie tief war er wirklich verstrickt? Was verschwiegen möglicherweise die türkischen Freunde Limos? Egal wie lange sie für das Zusammensetzen der Puzzleteile benötigen würde, sie schwor sich, nicht eher aufzuhören, bis sich die Einzelteile zu einem schlüssigen Bild formten. In einem Punkt war sie sich sicher, die Gefängnisse würden bald Zuwachs erhalten.

Schneeweiße Verbände mumifizierten Arme, Beine, den Leib und den größten Teil seines Kopfes. Das Klacken, Saugen und Surren der Apparate und Monitore führten neben Hoffnungen auch zu Beklemmung. Mehrere Schläuche, Drainagen und Sonden transportierten Körperflüssigkeiten und Wundsekrete ab und hielten die Vitalfunktionen aufrecht. Ein Elektrokardiogramm zeigte unentwegt die Herzfrequenz auf dem Monitor an. Im Zustand der tiefen Bewusstlosigkeit gab Limos Körperhülle kein Zeichen. Doch während die geballte Ladung moderner medizinischer Gerätschaften Limos Überlebenskampf unterstützte, kämpfte vermutlich Limos Unterbewusstsein gegen seinen Tod an. Vor geraumer Zeit glaubte Limo daran, dass ein lebensbedrohliches Ereignis über ihn hereinbrechen würde. Doch nun durchzuckten Lebensgeister Limos rechte Hand. Plötzlich zitterten vereinzelt die Finger. Die invasive Blutdruckmessung erfasste Veränderungen in Limos Körper, die auf ein erwachendes Bewusstsein hinwiesen. Limos Augenlider zuckten. Durch die Signaltöne des Elektroenzephalographen alarmiert, eilte eine aufmerksame Stationsschwester zum Patienten. Limo war nicht ansprechbar. Doch sie erkannte deutlich das hektische Rollen der Augäpfel unter den geschlossenen Lidern. Sie warf einen prüfenden Blick auf alle anderen Geräte. Als sie sich über die intakte Funktionalität versicherte, eilte sie zurück zum gegenüberliegenden Stationszimmer und informierte umgehend den Chefarzt. Den im Tiefschlaf befindlichen Patienten ließ sie keine Sekunde aus den Augen.

Dass Limos Unterbewusstsein in der Zwischenzeit Bekanntschaft mit einen kleinen, schwarzen, undefinierbaren Klumpen schloss, blieb für die Stationsschwester verborgen. Zunächst glaubte Limos Unterbewusstsein, dass eine fantasievolle Fabelwelt ihm einen Streich spielen würde. Der schwarze Klumpen schien sich zu nähern. Rasch. Limos Gehirn versuchte eine Verbindung herzustellen. Die ersten Konturen begannen sich in der flirrenden Luft abzuzeichnen. Aus den unscharfen Konturen entwickelte sich sein bester Freund. Ronny …

Limos Träume ließen den Puls rasant beschleunigen. Gewaltige Bildblitze formten das edle Tier zu einer wahrhaftigen Erscheinung. Das Gedicht …, an der Stelle, … wenn Limos Sehnsucht schmerzt und weint, dann erscheint sein Kamerad. Jetzt stand Ronny zum Greifen nah vor Limo. Und doch so fern. So sehr er es sich wünschte, sich bemühte, die Arme blieben schlaff neben dem einst athletischen Körper ruhen. Limos Träume rotierten. Der Puls schnellte jetzt in einen bedrohlichen Bereich. Ronny begann zu bellen. Lautlos. Gespenstig. Limo rief seinen Namen. Es gelang ihm im Traum nicht, die Bedeutung des geräuschlosen Kläffens zu enträtseln. Plötzlich fiel der Blutdruck rapide ab. Während des Vorfalls flogen buchstäblich Ärzte und Assistenten um Limos Bett herum. Ein Arzt zog ein oberes Augenlied weit auf. Aus dem weißen Kittel fischte er eine Taschenlampe. Das Herz raste verzweifelt weiter. Die Pupille rotierte und flatterte wie wild. Limos Füße begannen zu rucken und zu vibrieren. Ronny drehte plötzlich im Wind und verschwand, bis er sich zurück in einen schemenhaften Klumpen verwandelte. Limos Träume schrien. Sie weinten. Sie kämpften. Was wollte ihm sein tierischer Freund andeuten? Wollte er Limo motivieren?

Limos Zustand glich einem kurz vor der Eruption stehenden Vulkan. Die Ärzte kämpften um das Leben dieses Menschen. Limos Unterbewusstsein registrierte erneut undefinierbare Wortfetzen. Blitze … Plötzlich tauchten seine Eltern aus dem Nebel auf. Sie schienen es eilig zu haben. Limo erkannte die beiden am Gang, noch bevor sie deutlich vor ihm auftauchten. Sie versuchten auf ihn einzureden. Doch auch ihre Bemühungen, zu ihm durchzudringen, scheiterten. Obwohl Limo in seiner Lethargie klar die Gesten deutete, drang nicht einmal im Ansatz ein Wort verständlich herüber. Blitze … Die Ärzte leiteten mit dem Defibrillator die Wiederbelebung ein. Plötzlich sprangen, irrten und tollten sonderbare Wesen durch die Fantasiewelt. Abermals Blitze … Die sonderbaren Gestalten? Jetzt entpuppte sich eine der sonderbaren Gestalten als seine Schwester. Ihre Freundin folgte. Plötzlich streckten ihm die beiden jungen Frauen ihre gefolterten Leiber entgegen. Nicht vorwurfsvoll. Auffordernd und flehend? Während die Bewegungen der beiden Frauen abflachten und verpufften, forderte Ankes zerstörte Hülle seine Aufmerksamkeit. Limos stumme Schreie drangen nicht bis zu den Ärzten durch. Plötzlich wieder Blitze … Finstere Gestalten zerrten und rissen an ihm. Dunkle Schatten. Die Monster, die auch ihn umbringen wollten? Blitze … Erschöpft streckte sich der Arzt. Die beiden Elektroden des Defibrillators noch in den Händen. Hoffnungslosigkeit legte sich auf die Miene des Mediziners. Plötzlich wechselte der feine hohe Piepton zu einem durchgängigen Ton. Trotz der äußerlichen Fakten bebte in Limo das Kämpferherz. Und auf einmal liefen wieder schwache, unregelmäßige Pieptöne über den Bildschirm. Limo gab noch nicht auf. Als sendete Limo aus den Tiefen der Zwischenwelt Signale, gab jetzt auch der Arzt noch nicht auf. Plötzlich formierten sich Limos Traumfetzen zu einem Ganzen. Die Menschen, die er durch tragische Geschehnisse verlor, hießen ihn nicht willkommen. Sie forderten ihn geradezu auf, seinen irdischen Weg weiter zu beschreiten. Die Attitüden seiner Lieben bedeuteten nichts anderes als: Du bist noch nicht fertig. Verschwinde!

Blitze … Nebelbänke verhinderten Limos Klarheit. Ein weiterer Blitz. Die Nebelbänke sendeten erste sanfte Farbtöne. Konturen. Ein mächtiger, der stärkste empfundene Blitz durchströmte Limo. Der Arzt öffnete abermals ein Augenlid des Patienten. In der anderen Hand hielt er die Kontrollleuchte. Der Lichtkegel kollidierte mit der gebündelten Wucht eines Protonenstrahls mit dem äußerst bedeutenden Sinnesorgan.

Gleißendes Licht …